CRUZANDO

➤—LOS—➤

LÍMITES

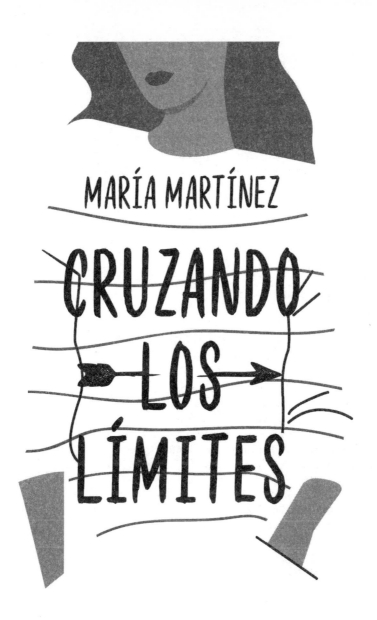

MARÍA MARTÍNEZ

CRUZANDO LOS LÍMITES

TITANIA

Argentina • Chile • Colombia • España
Estados Unidos • México • Perú • Uruguay

1.ª edición Junio 2015

2.ª edición Noviembre 2020

© 2015 *by* María Martínez
© 2015 *by* Ediciones Urano, S.A.U.
   Plaza de los Reyes Magos, 8, piso 1.º C y D – 28007 Madrid
   www.titania.org
   atencion@titania.org

ISBN: 978-84-17421-02-1
E-ISBN: 978-84-18259-00-5
Depósito legal: B-15.650-2020

Fotocomposición: Jorge Campos Nieto

Impreso por Romanyà Valls, S.A. – Verdaguer, 1 – 08786 Capellades (Barcelona)

Impreso en España – *Printed in Spain*

A Nazareth, el hada madrina de esta historia.
Y a Yuliss, porque siempre supo que llegaría este momento.
Gracias por todo.

Prólogo .

Mayo, 2011

*E*stás seguro de que no quieres regresar a casa? —preguntó Liam.

Caleb negó con la cabeza mientras echaba un último vistazo al centro de menores en el que había pasado los últimos dos años. Miró a su tío y trató de sonreír. Liam era el hermano de su madre. Vivía en Nuevo México desde hacía varios años y las cosas le iban bastante bien. Como él, había sido un chico rebelde y problemático, sin futuro, hasta que decidió abandonar Port Pleasant. Quizá, él tuviera la misma suerte.

—No creo que sea buena idea. En ese pueblo nadie olvida —dijo Caleb.

—¡Que se vayan al infierno! —replicó Liam.

Caleb sacudió la cabeza y embutió las manos en los bolsillos de sus tejanos. Cada vez que cerraba los ojos, revivía lo que sucedió aquella noche como si solo hubiera ocurrido unas horas antes. Había pasado todo ese día en el sótano de Tyler, perdiendo el tiempo, sin hacer nada salvo ver películas de terror y beber cerveza. Cuando llegó a casa y vio el Chevrolet Chevelle de su padre, aparcado en medio del jardín con parte de la valla de madera bajo las ruedas, supo que habría problemas.

Al entrar en la casa, los gritos y el eco de los golpes confirmaron sus peores temores. Su madre estaba presa de un ataque de nervios mientras su padre estrellaba la cabeza de su hermano pequeño contra el suelo. Dylan ya no se defendía y su pecho apenas se elevaba. ¡Dios, solo tenía catorce años! Algo se rompió dentro de Caleb mientras contemplaba la escena. Estaba cansado de aquel infierno, de aguantar las palizas y los insultos, de tener miedo cada vez que aquel hombre entraba por la puerta.

Corrió hasta su habitación, cogió el bate de béisbol que guardaba bajo la cama y regresó a la cocina. Tenía diecisiete años y el pánico le atenazaba la garganta. Su padre se enderezó y lo miró con un gesto de sorpresa; después su mirada reflejó un odio profundo mientras se levantaba del suelo con los nudillos ensangrentados.

Esa noche, Caleb no había vacilado y había hecho lo que un hombre haría para proteger a su familia.

—Es tu casa, y tu madre y tu hermano quieren que regreses —insistió Liam al ver que su sobrino guardaba silencio.

—Pero yo no quiero volver. —Respiró hondo—. Ellos están mejor sin mí.

Liam suspiró y le dio una palmada en la espalda.

—Si esa es tu última palabra, entonces vendrás conmigo —dijo mientras abría la puerta del coche.

Caleb lo miró sorprendido.

—¿Quieres que vaya contigo a Santa Fe? —preguntó sin aventurarse a sonreír.

—Eres mi sobrino, no puedo dejarte en la estacada. Además, será un favor por otro favor.

—¿Qué clase de favor? —quiso saber Caleb con cierto recelo. Hacía mucho que no confiaba en nadie excepto en sí mismo.

—Necesito una persona que me ayude en el gimnasio por las mañanas y en el taller por las tardes. Solo tengo una condición: te mantendrás alejado de los problemas y las drogas. ¿De acuerdo?

—Las drogas no tienen que preocuparte, pero los problemas me persiguen —dijo Caleb con voz cansada.

—Pues les patearemos el culo cuando aparezcan. No voy a dejarte, chico. ¿Qué dices, te interesa el trabajo?

Caleb estrechó la mano que Liam le ofrecía y esta vez se atrevió a sonreír.

—Me interesa.

1

Dos años después.

Caleb jamás pensó que regresaría a Port Pleasant, y mucho menos que lo haría para asistir al funeral de Dylan. Aún no podía creerlo. Un accidente de tráfico, un maldito árbol, y su hermanito había dejado de existir para siempre.

Estrelló un puño contra el volante. No lograba asimilar la idea de que no iba a verle nunca más. No quería mortificarse, pero le resultaba imposible no preguntarse si había hecho lo correcto largándose a Santa Fe. Aún no estaba seguro de si había tomado esa decisión para proteger a su madre y a su hermano de la clase de persona en la que se estaba convirtiendo, o si, en realidad, se había limitado a huir de sí mismo, de los recuerdos y el desastre en el que acabaría convirtiéndose su futuro de un modo inexorable.

Con solo diecisiete años, Caleb había cometido infinidad de robos y allanamientos; destrozado un par de coches durante las carreras ilegales que tenían lugar en la carretera de la costa; y enviado a más de un tipo al hospital por las peleas en las que su padre le obligaba a participar.

Los dos años que había pasado en el centro de menores habían sido como un bálsamo para su alma. Su padre había muerto dos días después de que a él le encerraran, a causa de un infarto que nada tenía que ver con las lesiones de la agresión; eso habían dicho los médicos. A Caleb le daba igual el motivo por el que la había palmado. Lo único que le importó en aquel momento fue que ya no tendría que pasarse las noches en vela pensando si su madre o su hermano estarían bien, o si, por el contrario, aquel sería el día que al cabrón se le iría la mano más de la cuenta. Saber que estaban en peligro y que él no podía hacer nada para protegerlos, habría sido una tortura mayor de la que podría haber soportado.

Cruzó el pueblo en dirección a las afueras, hacia el barrio donde había vivido la mayor parte de su vida. Allí todas las casas eran iguales, separadas las unas de las otras tan solo por un muro de ladrillo, insuficiente para tener algo de intimidad. En un barrio como aquel todos se conocían y las miserias eran de dominio público. No estaba muy lejos de las zonas de clase media, ni de la colina donde se alzaban las grandes casas sureñas de los ricos; y, al mismo tiempo, se encontraba a un mundo de distancia.

Detuvo el coche frente a la que había sido su casa. Se sorprendió al ver el jardín delantero con un césped impoluto. En el porche había un pequeño balancín, y de la viga de madera que lo sostenía colgaban maceteros con flores multicolores. Se bajó con el corazón latiendo muy deprisa y contempló la entrada. Había pasado mucho tiempo desde la última vez que había cruzado aquella puerta.

—¡Caleb!

Su madre apareció en el porche y corrió hacia él. Se quedó inmóvil, mudo de la impresión, y solo fue capaz de abrir los brazos mientras ella se precipitaba entre ellos. La estrechó contra su pecho, preguntándose en qué momento se había convertido en aquel ser, pequeño y frágil. La apretó con más fuerza e inspiró el olor a lavanda que desprendía su pelo. Se le encogió el alma al sentir aquel aroma tan familiar que seguía grabado en su cerebro después de tanto tiempo.

Habían pasado dos años desde la última vez que se vieron, poco antes de que él terminara de cumplir su condena, y en todo ese tiempo solo habían hablado por teléfono. La apartó un poco y le dedicó una sonrisa. Estaba tan pálida y demacrada que habría podido pasar por el cadáver que les esperaba en la funeraria. Solo tenía cuarenta años, pero el espejo de su cara reflejaba muchos más, demasiados.

—Estás muy guapo —dijo su madre mientras le acariciaba la mejilla—. Y mucho más alto. —Lo miró a los ojos y soltó un suspiro entrecortado. A ella le dolía contemplarlos porque eran iguales a los de Dylan: de un marrón claro salpicado de máculas verdes, y con largas y espesas pestañas que los ocultaban cuando los entrecerraba—. Anda, vamos adentro. Aún faltan un par de horas para el funeral, y seguro que estarás cansado del viaje.

Caleb se inclinó para besarla en la frente. Le rodeó los hombros con el brazo y, juntos, se dirigieron a la casa. Se detuvo en el porche y cerró los ojos. Durante un segundo, pensó que no podría hacerlo, que no podría entrar. Tomó aire y se obligó a cruzar el umbral del que había sido su infierno.

2

Savannah contempló el ataúd. Aún no podía creer que el cuerpo de Dylan estuviera allí dentro.

Nunca habían sido grandes amigos; no hasta un par de años antes, cuando Hannah Marcus, la madre de Dylan, empezó a trabajar como asistenta para su familia. Todas las tardes el chico iba a recogerla para acompañarla después a casa, y, mientras la esperaba, él y Savannah solían conversar en la cocina tomando un té helado. A veces, incluso la ayudaba con los deberes. Cálculo y química se habían convertido en una pesadilla para ella, y sin la ayuda de Dylan no habría logrado la nota que necesitaba para graduarse e ir a la universidad.

En cierto modo, acabó admirándolo. Dylan siempre había sido un chico amable, inteligente, y había conseguido lo que pocos en su situación lograban: una beca completa para estudiar en la Universidad de Columbia.

Recorrió con la vista los rostros de los asistentes al funeral. Todos eran vecinos del barrio. Muchos de ellos la miraban como si fuera alienígena, y no era de extrañar. La gente de la colina, como su familia, con sus lujosas mansiones y sus coches caros, no solía relacionarse con la masa de los suburbios. No porque fueran mejores ni nada de eso, sino porque pertenecían a mundos diferentes.

Los ojos de Savannah se posaron en Hannah Marcus. La pobre mujer estaba destrozada y apenas lograba mantenerse de pie. Solo los brazos de su hijo mayor impedían que cayera al suelo de rodillas. Savannah miró de reojo al muchacho, Caleb Marcus. Su reputación aún era una leyenda en Port Pleasant. Era el tipo de chico sobre el que los padres previenen a sus hijas. Las cosas que se contaban sobre él atemorizarían al tipo más duro del pueblo, y ella las creía a pies juntillas. Aún recordaba lo mucho que la intimidaba su presencia cuando se cruzaba con él en los pasillos del instituto. También rememoraba el hormigueo que sentía en el estómago cuando sus ojos, de un color fascinante, coincidían con los suyos por accidente.

En aquella época, la diferencia de edad entre ellos suponía un abismo: Savannah contaba catorce años y Caleb tenía diecisiete. Sabía que era invisible para él. Caleb salía por aquel entonces con Spencer y toda su atención era para ella. Eran tal para cual. Pertenecían al mismo barrio, al mismo ambiente y a la misma pandilla. El rey y la reina de los suburbios.

Savannah jamás lo admitiría, aunque le fuera la vida en ello, pero había estado enamorada de Caleb en secreto durante todo un año; hasta que lo detuvieron por darle una paliza a su padre y desapareció. Le costó olvidarse de él. Durante mucho tiempo formó parte de sus sueños y fantaseaba despierta imaginando cómo sería que la abrazara y la besara como hacía con Spencer.

Notó que se ruborizaba con aquellos recuerdos. ¿Por qué pensaba ahora en todo eso? Miró de nuevo al chico. Decir que estaba guapo era quedarse corto. Los años le habían sentado de maravilla. Lucía una sencilla camiseta de color negro, lo suficientemente ajustada para insinuar un cuerpo perfecto, y unos tejanos desteñidos que se moldeaban muy bien a sus caderas. Caleb tenía una belleza agresiva a la par que natural. Recordaba haber visto ese torso desnudo muchas veces, durante los partidos de baloncesto, y los temblores que le provocaba.

Empezó a subirle un calor asfixiante por el cuello, que se instaló en sus mejillas como dos faros luminosos. Apartó la vista cuando él miró en su dirección. Se sentía fatal por tener esos pensamientos durante el funeral de su hermano, pero decidió devolverle la mirada.

Solo que no era a ella a quien había visto.

Spencer acababa de aparecer agitando su oscura y larga melena y contoneando las caderas de una forma insinuante. Pasó por su lado dejando una estela de ese perfume barato que siempre usaba, y se lanzó a los brazos de Caleb. Savannah se quedó de piedra ante su falta de sutileza. Si se pegaba más a él, acabaría por fundirse con su cuerpo. Podría cortarse un poco, ¿no? Aunque tratándose de Spencer, sería como pedirle a una leona que no se comiera a una pequeña cebra. Y la chica tenía debilidad por las cebras, sobre todo si estas parecían modelos salidos de un anuncio como ocurría con Caleb... y también con Brian.

Dio media vuelta con el estómago revuelto: Spencer la ponía enferma. Empezaba a arrepentirse de haber asistido al entierro. Cassie se lo había advertido, le había repetido mil veces que no era una buena idea dejarse ver por allí, y mucho menos sola, pero ella se había negado a escucharla. Dylan se había convertido en su amigo y merecía esa despedida. Pero, como siempre, Cassie tenía razón.

3

A la mañana siguiente, Caleb se levantó temprano. Apenas había podido dormir; demasiados recuerdos. Había pasado parte de la noche entre las cosas de su hermano: hojeando sus cómics, sus libros del instituto, y contemplando la fotografía que le habían tomado el día de su graduación, apenas un mes antes.

Se había sentido tan orgulloso de él: el primer Marcus que iría a la universidad, y nada menos que a Columbia. Ahora todo eso se había convertido en una bonita ilusión absorbida por la realidad. La gente como ellos no tenía derecho a soñar. Cuando lo hacían, siempre ocurría algo que les recordaba que las cosas buenas solo les pasaban a los demás.

Fue hasta la cocina y se sirvió una taza de café. Oyó a su madre en el sótano, refunfuñando un par de maldiciones.

—¿Necesitas ayuda? —preguntó desde la puerta.

—Lo que necesito es una lavadora nueva —respondió ella con tono gruñón.

Caleb sonrió. Era tan agradable escuchar su voz. Apoyó la cadera en la encimera y recorrió con la vista la cocina mientras daba pequeños sorbos al café caliente. Todo estaba tal como lo recordaba, incluidas las abolladuras en los armarios y las paredes, decoradas por los puños de su padre. Su madre apareció cargando con un cesto de ropa. Caleb se apresuró a ayudarla.

—Deja que yo lleve eso.

Se lo quitó de las manos y la siguió hasta el patio trasero. Mientras ella tendía la ropa, Caleb contempló la casa. Se fijó en el óxido que recubría las bisagras de las contraventanas y en la pintura desconchada. A la valla de madera le faltaban bastantes listones y a través de los huecos se veía con claridad el patio del vecino. No necesitaba mirar para saber que el tejado pedía a gritos una buena revisión, pues las manchas de humedad que había visto en el techo daban fe de ello. Y el día anterior, al llegar, también se había percatado de lo mal que estaban los peldaños del porche y la puerta del garaje.

—¿Qué miras? —preguntó su madre.

Con las manos en las caderas, Caleb sacudió la cabeza disgustado.

—Mamá, la casa se está cayendo a pedazos.

—Lo sé —dijo ella con un suspiro—. Dylan hacía lo que podía, pero nunca fue tan mañoso como tú. Además, sus estudios le tenían ocupado la mayor parte del tiempo y... mi sueldo no da como para contratar a alguien que la repare.

Caleb tomó aire y lo soltó despacio: oír a su madre referirse a Dylan en pasado era muy doloroso. Sus ojos volaron a la puerta. Deseó que se abriera y que el chico la cruzara con su amplia sonrisa, tal y como la recordaba. Pero eso no iba a suceder y debía aceptarlo cuanto antes. Su madre debió adivinar sus pensamientos, porque se acercó a él y le acarició el brazo. El contacto hizo que tuviera que apretar los párpados para contener unas estúpidas lágrimas. ¡La había echado tanto de menos!

—Tu hermano te adoraba. Para él eras como uno de esos superhéroes que aparecen en los cómics que leía.

—Ya, solo que el héroe no estaba aquí para cuidar de él.

—Caleb, tu hermano nunca te culpó de nada, ni pensó por un solo instante que le hubieras abandonado. Te quería muchísimo y, aunque te echaba de menos, siempre supo que no era fácil para ti regresar aquí. Lo que pasó, lo que hiciste aquella noche... —Respiró hondo—. Siempre tuvo muy presente que fue para protegerle a él. Tú cambiaste su vida esa noche, le diste un futuro sacrificando el tuyo.

—Hice lo que tenía que hacer y, si me arrepiento de algo, es de no haberme cargado a ese cabrón mucho antes —masculló, apretando los puños.

—No te atormentes, por favor. No quiero seguir pensando en cómo habrían sido las cosas si... si... —Se cubrió las mejillas con las manos. Las lágrimas tensaban su voz—. Las cosas simplemente pasan, Caleb. Sé que no es fácil aceptarlo sin más. Tu hermano ya no está. Honra su memoria y sigue adelante. Es lo que él querría que hicieras. No le gustaría que continuaras sacrificando tu vida por él.

Caleb no respondió, no sabía qué decir.

—Creo que me quedaré unos días. Voy a arreglar la casa —comentó al fin, cambiando de tema—. Iré a la ferretería del viejo Travis a por algunas herramientas y madera. Sigue allí, ¿no?

Su madre sonrió.

—Sí, sigue allí, solo que ahora es su yerno quien se ocupa del negocio. Zack Philips, ¿te acuerdas de él?

—Claro que me acuerdo de él.

Su madre miró el reloj que llevaba en la muñeca y sus ojos se abrieron como platos.

—¡Es tardísimo, voy a llegar tarde al trabajo! —exclamó.

—¿Vas a ir a trabajar? —preguntó Caleb sorprendido. Y añadió con tono enojado—: ¿Qué pasa, que esos ricachones no respetan ni el luto?

—¡No! Soy yo la que quiere ir. No... no puedo quedarme sin hacer nada. Necesito estar ocupada y también necesito el dinero. Hay que pagar el funeral.

—Está bien —refunfuñó—, pero yo te llevo. Quiero ver esa casa donde trabajas.

Caleb condujo su Ford Mustang de 1969 hasta la colina donde se encontraba el barrio de la gente rica de Port Pleasant. Adoraba su coche. Su tío lo había comprado en un desguace y se lo había regalado para celebrar su salida del Centro. A Caleb le había costado una pasta restaurarlo, dinero que había conseguido trabajando quince horas al día durante dos años, pero había merecido la pena. Por primera vez tenía algo que era realmente suyo.

—Es ahí —dijo su madre, señalando una enorme casa blanca de dos plantas con gigantescas columnas.

Caleb silbó por lo bajo.

—¡Vaya! ¿Y a qué dices que se dedica esta gente?

—No te lo he dicho. El señor Halbrook es juez, vive con su esposa, Helen, y con su hija, Savannah. Es una chica muy agradable, y también muy guapa. Toda una señorita.

—Ya, como todas ellas —replicó él con tono sarcástico.

Aún recordaba al grupito de animadoras del instituto: las populares. Tan estiradas que parecía que se habían tragado un palo, y con la nariz siempre arrugada como si estuvieran oliendo algo asqueroso. Esas chicas no sabían divertirse. Su única aspiración en la vida era cumplir los deseos de los chicos del equipo de fútbol y perder la virginidad con uno de ellos durante el baile de graduación. Chico con el que se casarían al acabar la universidad y con el que formarían uno de esos matrimonios aburridos abocados a la infidelidad. Porque ese tipo de chicas, que solo vivían para ser perfectas, en realidad soñaban con que un tipo como él se colara bajo sus vestidos de diseño.

Su madre le dio una colleja cariñosa y después enredó los dedos en su pelo oscuro para alborotárselo.

—Necesitas un buen corte.

—Mi pelo es sagrado, ya lo sabes. ¿Recuerdas cómo me perseguías para cortármelo? Me traumatizaste. Llegué a tener pesadillas —comentó con los ojos entornados.

Su madre rompió a reír y provocó que él también lo hiciera. Por un momento fue como viajar atrás en el tiempo. Soltó con fuerza el aire de sus pulmones y clavó la vista en la casa. Jamás volvería a ser como antes, ya no.

—No eres un mal chico, aunque te empeñes en lo contrario —le dijo ella con dulzura, y añadió en voz baja—: Yo lo sé y tú te darás cuenta algún día.

Caleb no respondió. Quizá no fuera malo, pero tampoco era bueno. Los chicos buenos no eran como él. Solían ser las estrellas del equipo de fútbol y salían con chicas respetables; planeaban su futuro; iban a buenas universidades, y se convertían en médicos, abogados o jueces. Los chicos buenos no se metían en peleas ni se jugaban el pellejo con asuntos ilegales. Tampoco se veían obligados a proteger a una madre y a un hermano pequeño de un padre violento. Y no fumaban hierba para olvidar que la vida era una mierda y que no merecía la pena esforzarse por un futuro que no iban a tener. No, definitivamente él no era un buen chico.

—¿A qué hora vengo a buscarte? —preguntó, haciendo a un lado sus pensamientos.

—La verdad es que no lo sé. Los viernes suelo acabar pronto, pero el señor Halbrook da una cena mañana y es probable que deba quedarme un poco más para echarle una mano. Te llamaré, ¿de acuerdo?

Caleb asintió y se dejó abrazar por ella durante unos segundos.

—Te quiero mucho —dijo su madre.

—Yo también te quiero, mamá.

Caleb se puso en marcha y fue directamente a la ferretería. Poco después estaba trabajando en el porche.

A última hora de la tarde ya había reemplazado todas las maderas del suelo y los peldaños estaban casi terminados. Se limpió el sudor de la frente con la camiseta y continuó arrancando los clavos oxidados con un martillo con el que hacía palanca.

—¡Serás capullo, he tenido que enterarme por los cotilleos del barrio de que mi mejor amigo había vuelto!

Caleb se dio la vuelta y se encontró con Tyler apoyado como un gato perezoso en la plataforma de su camioneta. Unas latas de cerveza colgaban de su mano. Se apartó el pelo de la frente y se encogió de hombros.

—Te habría enviado flores con una nota, pero no sabía si aún te ponían las rosas —dijo Caleb sin ninguna emoción. Se sacudió las manos en los pantalones.

Tyler se echó a reír y su risa chillona acabó contagiando a Caleb. Chocaron sus puños y acabaron fundidos en un abrazo fraternal.

—Me alegro de verte —declaró Tyler mientras le daba un golpecito en el hombro.

—Yo también. Aunque lo negaré en público —admitió Caleb con una sonrisa maliciosa. Señaló las cervezas—. ¿Están frías?

—Como el trasero de una tía —respondió Tyler. Cogió una lata y se la lanzó.

Caleb la atrapó al vuelo y se sentó en los peldaños del porche.

—Veo que conservas tu encanto.

—Yo también te quiero, pero no pienso besarte —repuso Tyler con un suspiro. Hubo un largo silencio en el que ambos se quedaron mirándose. Rompieron a reír a carcajadas, como si los cuatro años que habían estado separados nunca hubieran pasado—. Siento lo de Dylan, tío, y siento no haber asistido al funeral, pero ya sabes que esas cosas me ponen los pelos de punta.

—Tranquilo. No pasa nada —comentó Caleb.

Le dio una palmada en la espalda y apuró la cerveza. Abrió otra lata y estiró sus largas piernas para acomodarse. Contemplaron la calle, donde unos niños jugaban con un monopatín y molestaban a unas niñas que saltaban con una cuerda.

—¿Cómo lo llevas? —preguntó Tyler.

El corazón de Caleb se aceleró y se le tensaron los músculos de los brazos.

—Estoy jodido. No puedo creer que mi hermano ya no esté —respondió. Se pellizcó el puente de la nariz para evitar que las lágrimas aparecieran en sus ojos—. Él era mi razón para todo, Ty. Era mi responsabilidad, y no he podido mantenerlo a salvo.

—No podías protegerle de algo así. Aunque hubieras ido con él en ese maldito coche, no habrías podido hacer nada. No te rayes, ¿vale?

Caleb asintió, pero sabía que jamás podría librarse del sentimiento de culpa que lo consumía.

—¿Qué pasó en realidad?

Tyler se encogió de hombros.

—No lo sé. Su coche apareció empotrado contra un árbol a la altura de Cape Sunset. No había marcas de neumáticos, no frenó.

—¿Crees que pudo quedarse dormido?

—Ni siquiera eran las once cuando le encontraron. Yo no lo creo, pero... quién sabe. —Abrió su segunda cerveza y apoyó los brazos en las rodillas—. Dicen que había bebido. Había restos de alcohol en su sangre.

—¡Y una mierda! —soltó Caleb a la vez que se enderezaba como si le hubieran pinchado—. Lo más fuerte que tomaba mi hermano eran refrescos con azúcar.

—Lo sé, tío. No le he quitado el ojo de encima durante estos cuatro años, y juraría por mi vida que tu hermano no había bebido esa noche ni ninguna otra. Pero el informe del forense dice lo contrario.

—¡Pues ese informe se equivoca!

Se puso de pie y tomó un par de tablas del suelo. Las estudió por ambos lados hasta darles el visto bueno.

Tyler se apartó de la escalera y se quedó mirando cómo las encajaba buscando una alineación perfecta.

—Estás haciendo un buen trabajo —comentó para cambiar de tema.

Caleb tenía un genio de mil demonios y Tyler se había dado cuenta de que hablar de su hermano lo descontrolaba. Además, le dolía ver ese remordimiento en su mirada. Se había pasado la vida culpándose por cosas de las que no era responsable. Tyler lo sabía mejor que nadie.

—La casa se cae a pedazos. Necesita muchos arreglos, y para eso necesito pasta. Y no tengo —dijo Caleb mientras hundía unos clavos con demasiada fuerza. Se estiró y miró ansioso las ventanas—. Tengo que arreglarla como sea.

Tyler se plantó a su lado mientras se pasaba la mano por la sombra que le oscurecía la mandíbula.

—Entonces necesitas un trabajo. ¿Vas a quedarte? —le preguntó con un atisbo de esperanza en la voz.

—No —contestó señalando la calle con la cabeza—. Este sitio ya no es para mí. Regresaré a Santa Fe en cuanto me asegure de que mi madre está bien.

—Pues es una mierda que vuelvas a irte.

Un coche patrulla pasó muy despacio por la calle. El policía que conducía bajó la ventanilla y clavó sus ojos en Caleb. Tyler alzó la mano y los saludó con una sonrisa socarrona.

—Gilipollas —masculló, asqueado, sin perder la sonrisa.

En cuanto desaparecieron les levantó el dedo corazón.

—Me alegra ver que hay cosas que no cambian.

—¿Esos? Para lo único que sirven es para poner multas y tocar los huevos. Sin contar con que solo protegen a los de siempre. —Tyler jugueteó con el aro de su oreja y cogió otra cerveza—. Voy a hablar con mi padre, quizá puedas echarnos una mano en el taller. No será mucho, pero... te vendrá bien la pasta.

Caleb se frotó la barbilla y una sonrisa se dibujó en su cara.

—Eso estaría bien, Ty.

—Hablaré con él esta noche. Podrías empezar mañana. —Tyler entornó los ojos mientras bebía un largo trago de cerveza y observó el brazo de su amigo—. ¿Y eso? Ahí no es...

Caleb se miró el bíceps, donde su tatuaje asomaba bajo la camiseta, y asintió.

—No soportaba esa cicatriz —aclaró con un estremecimiento.

Tras una carrera que Caleb había estado a punto de perder, su padre lo había aplastado contra el motor caliente del coche y le había provocado una quemadura bastante seria.

—¿Y te tatúas una lagartija al estilo maorí? —preguntó Tyler con una sonrisita burlona.

—Es un gecko, idiota, y es samoano —le espetó mientras se levantaba la manga para que pudiera verlo.

—¡Vaaaaale! Es muy chulo, tío, me gusta. Pero me sigue pareciendo una lagartija.

Caleb resopló.

—Pues si vas a burlarte, paso de enseñarte el que llevo en la espalda.

—¿Llevas otro en la espalda? ¿Cuántos tienes ya? ¡Venga, desnúdate para mí, déjame verlo! —canturreó Tyler con tono socarrón mientras contoneaba las caderas.

Caleb se echó a reír.

—Te juro que después de lo que acabas de decir, no pienso volver a darte la espalda; y mucho menos agacharme.

Tyler se quedó pensando. Frunció el ceño. De repente, su cara se iluminó, captando la indirecta.

—¡Serás capullo! Ya podrías ser la hermana gemela de Sasha Grey y no te metería mano aunque me lo suplicaras —gritó mientras se lanzaba a por él.

Chocaron contra una de las columnas y comenzaron a pelearse en broma, justo cuando un Mercedes gris se detenía en la calle. Los chicos se enderezaron y lanzaron una mirada desconfiada al vehículo. Un hombre descendió por la puerta del piloto y se apresuró a rodear el coche para abrir la otra portezuela.

—No era necesario que me trajera hasta casa, señor Halbrook —dijo Hannah Marcus.

—Por supuesto que sí, Hannah. No es ninguna molestia. De todas formas tenía que salir.

—Gracias, señor Halbrook.

El hombre asintió y miró la casa. Sus ojos se posaron en los dos chicos que le devolvían la mirada de hito en hito.

—¿Es tu hijo?

Hannah sonrió orgullosa.

—Sí, es mi hijo mayor, Caleb.

El juez Halbrook cruzó los escasos metros que lo separaban del porche y alargó la mano hacia Caleb. No porque conociera al otro muchacho, sino porque Caleb era el vivo retrato de su madre y no había lugar a error.

—Encantado de conocerte, hijo. Soy Roger Halbrook.

Caleb se quedó mirando la mano del tipo, en la que destacaban un anillo y un reloj de oro que debían valer lo que aquel barrio. ¿Por qué aquellos ricachones se empeñaban en restregar a todo el mundo la pasta que poseían? Sin apartar la mirada, Caleb estrechó con fuerza aquellos dedos de perfecta manicura con su mano callosa.

—Buen apretón —señaló el juez—, fuerte y seguro. Eso dice mucho de un hombre. —Sonrió y sus ojos volaron al porche—. ¿Lo estás arreglando tú?

Caleb dijo que sí con la cabeza sin dignarse a abrir la boca. Le importaba un cuerno ser amable con ese tipo. No le gustaba la gente como él, que contemplaban el mundo desde un pedestal. Su madre le dedicó una mirada asesina.

—Sí —se obligó a responder para no contrariarla.

—Pues está realmente bien. —Se quedó pensando un momento, con los brazos en jarras mientras inspeccionaba el suelo del porche—. Espero que no te moleste, pero... —Clavó sus ojos grises en Caleb—. ¿Te interesaría trabajar para mí unos días?

4

Savannah no podía apartar los ojos de Cassie, que, con la boca abierta, escuchaba las razones de Marcia por las que ella debía perdonar a Brian por su desliz y volver a salir con él. Inició en su mente la cuenta atrás. Al llegar a cero, estaba segura de que Cassie abriría la boca y, sin cortarse un pelo, enviaría a la cándida Marcia a que le hicieran una lobotomía de urgencia.

—Bueno, no es que yo crea que estuvo bien lo que hizo —decía Marcia—. Pero, reconozcámoslo, ¡es un chico! Y si una fulana como la «innombrable» se lo da servidito en bandeja, pues es comprensible que lo tome. Los chicos tienen necesidades y no todos son de piedra.

—¿Tú estás colocada? ¿Qué te has fumado? —preguntó Cassie entornando los párpados.

Savannah miró a su alrededor para asegurarse de que nadie en el bar estaba pendiente de su conversación. Se masajeó las sienes y se cruzó de brazos; estaba cansada de aquel tema. Su ruptura con Brian había sido la comidilla de todo el vecindario. La pareja perfecta ya no lo era y ese hecho parecía haberse convertido en un problema nacional para todo el mundo.

—¡No, ya sabes que yo no tomo esas cosas! —respondió Marcia ofendida—. Solo digo que Brian es el chico más popular. Es guapo, un brillante universitario y su familia es la dueña de medio condado. Y todas sabemos que con Savie aún... pues eso, que nada de nada. No creo que haya que enviarlo a la hoguera por un error. Está arrepentido y quiere volver con ella. —Clavó los ojos en Savannah—. En serio, Savie. No sé a qué esperas. Los chicos como Brian no abundan y tú vas a perderlo por no tragarte ese orgullo.

Savannah la miró sin dar crédito a lo que acababa de escuchar. Abrió la boca para contestar, pero Cassie se le adelantó.

—¿Estás insinuando que, ya que mi mejor amiga no se acuesta con él, su ahora ex novio tiene todo el derecho del mundo a tirarse a otra para bajar el calentón?

Cassie levantó las cejas esperando la réplica.

—¡No, solo digo que, hasta cierto punto, es comprensible! Cuando no... cuando los chicos no... Ya sabes, se excitan y no tienen sexo, les duelen los testículos y...

—¿Eso fue lo que te dijo Ethan para meterse en tus bragas? ¿Que le dolían los testículos y que necesitaba...? ¿De verdad eres tan inocente? —Cassie empezó a reír con ganas.

—¿Quieres bajar la voz? —masculló Marcia, fulminándola con la mirada—. Sé que es cierto, también se lo oí decir a mi hermano.

—¡Oh, Dios, mátame! Si oigo una tontería más me haré el harakiri —replicó Cassie. Se inclinó sobre la mesa—. Marcia, crece de una vez. Las chicas no somos ONGs para tíos salidos, ¿vale? Brian la fastidió al acostarse con otra mientras salía con Savannah. Si ella le importara de verdad, no la habría traicionado por un mal polvo en el asiento trasero de su coche.

Nora, que estaba junto a la ventana sin decir una palabra desde que habían llegado, carraspeó para llamar la atención de sus amigas.

—Cassie, tienes razón. Pero oí a Brian hablando con Terry, y dijo que esa camarera se le echó encima. ¡Casi lo violó! No sé, seamos sinceras, Brian es un partidazo. Savie no encontrará a nadie más como él. —Miró a Savannah a los ojos—. Y está loco por ti, deberías perdonarle. Lo está pasando fatal desde que rompisteis.

—¡Oh, pobrecito! ¿Y tú qué vas a decir? ¡Es tu primo! —le espetó Cassie.

—Vale, ya está bien, dejad el tema. Brian es asunto mío, ¿de acuerdo? —intervino Savannah.

—¿Y eso qué quiere decir? —estalló Cassie—. ¿No te estarás planteando volver con él?

Savannah resopló exasperada. Adoraba a Cassie, pero su sinceridad y su mal genio formaban una mezcla que la sacaba de quicio.

—De momento, solo hablaremos. Le prometí que le escucharía y es lo que voy a hacer.

El ambiente se llenó de aroma a Chanel n°5 y todas alzaron la cabeza.

—¿Qué es lo que vas a hacer? —preguntó Bonnie, una chica pelirroja que acababa de llegar. Ocupó el asiento al lado de Cassie.

—Savie hablará esta noche con Brian —respondió Marcia.

—¿Es hoy la gran noche? —preguntó Bonnie.

Savannah asintió y se hundió en el asiento mientras la conversación volvía a girar en torno a su relación con Brian. Habían salido juntos durante más de un año y, a lo largo de todo ese tiempo, se había sentido la mujer más afortunada del universo por tenerlo como novio. Brian era el hombre que cualquier chica podría desear... y los padres de la chica... y las amigas de la chica.

Era guapo como un dios del Olimpo, estrella del equipo de fútbol universitario; inteligente, caballeroso y muy divertido. También era algo engreído, pero ¿quién no lo sería con su ficha? Pertenecía a una de las familias más ricas de todo el condado y, en cuanto se licenciara en la universidad, tendría un prometedor puesto en la junta directiva del conjunto de empresas que generaciones de Tucker habían levantado.

Pero todos los sueños, planes y promesas se vinieron abajo cuando Brian destrozó el pequeño universo de Savannah al liarse en el asiento trasero de su deportivo con otra chica. Y si eso ya era malo, peor fue descubrir quién era la «robanovios» en cuestión: Spencer Baum. Spencer era la chica con peor reputación de todo Port Pleasant, una colgada; y Savannah sentía ganas de vomitar con solo pensar en ella.

—¡Madre mía, sacad el paraguas, han empezado a llover ángeles! —exclamó Bonnie, y sus ojos repasaron de arriba abajo al chico que acababa de cruzar la puerta del bar.

Sus amigas se giraron en el asiento y siguieron la dirección de sus ojos.

—¿Quién es ese? Me suena mucho —preguntó Cassie.

Savannah levantó la vista de la mesa y se quedó sin aire en los pulmones. Caleb Marcus avanzaba hacia ellas entre los clientes que abarrotaban a esas horas el local. Su mirada no se fijaba en nada concreto. Daba la impresión de que solo buscaba un lugar libre en la barra; pero la de ella sí que se empapó de él. El chico vestía unos tejanos desteñidos y una camiseta blanca sin mangas, pringada de grasa, con una camisa de cuadros anudada a la cintura. Cuando logró que sus ojos se desplazaran del cuerpo hacia arriba, se encontró con un rostro por el que los antiguos escultores griegos habrían matado para inmortalizarlo. Incluso con aquella mancha oscura tan mona que le ensuciaba la mejilla.

—Bonita lagartija —le dijo un tipo al pasar junto a él.

—Es un gecko —gruñó Caleb.

—Te dije que parece una lagartija —se rió Tyler a su espalda.

Caleb se giró y le dio un empujón, que solo logró que Tyler se echara a reír con más ganas.

—¡Qué ángel ni qué niño muerto! —susurró Nora, inclinándose sobre la mesa—. Ese es Caleb Marcus. ¿Os acordáis de él? Iba a nuestro instituto. Era un colgado que siempre andaba metido en líos y peleas —bajó la voz—, y, que yo sepa, desapareció en penúltimo curso porque acabó en la cárcel.

—No me extraña, debe ser un delito estar tan bueno —replicó Cassie. Se dio la vuelta en la silla cuando él pasó de largo—. Y ese culo debería estar prohibido.

—Pero si no se le ve con la camisa —le hizo notar Marcia.

—Cinco pavos a que tiene un culito memorable —ronroneó Cassie.

Nora golpeó la mesa con las palmas de las manos.

—Pero ¿se puede saber qué pasa con vosotras? ¿Habéis oído algo de lo que he dicho? Ese tipo de chicos solo trae problemas. Utilizan a las chicas y arruinan su reputación, y a veces hasta la vida. Tíos como él hacen subir el índice de embarazos juveniles.

Cassie alzó las manos en actitud de derrota y sacudió la cabeza.

—Eh, respira, ¿quieres, Nora? Aquí nadie está hablando de salir con él. ¡Dios, lo tuyo es de médico!

—¡Chicas, mirad quién acude puntual a su cita! —anunció Marcia, mirando a través del cristal.

Brian cruzaba en ese momento la calle con un par de amigos. Caminaba como si el mundo le perteneciera. Unas semanas antes, a Savannah esa arrogancia le habría parecido de lo más atractiva, pero ahora la sacaba de sus casillas. Empezaron a sudarle las manos. Ya no estaba tan segura de que fuera buena idea hablar con él. No se sentía con fuerzas y su intuición le decía que se largara a casa.

—Necesito ir al baño —dijo de repente, poniéndose de pie a la velocidad del rayo.

—Ponte algo de colorete, estás muy pálida —gritó Bonnie a su espalda.

Savannah serpenteó entre la gente y se precipitó hacia el oscuro pasillo donde se encontraban los servicios. Estaba ocupado y tuvo que esperar. Odiaba aquel sitio porque el aseo era unisex. La puerta se abrió y Caleb apareció secándose las manos en los tejanos. Savannah se quedó clavada al suelo mientras su corazón comenzaba a latir a un ritmo acelerado. ¿Qué demonios le pasaba? De golpe se sentía como si hubiese viajado al pasado, cuando era una cría patética que babeaba por el chico malo en busca de riesgo y emoción.

—Eh, Marcus, mola la lagartija —dijo uno de los camareros al pasar entre ellos.

—Es un... ¡a la mierda! —replicó Caleb. Agarró la camisa que colgaba de su cintura con intención de ponérsela.

—Es un gecko —susurró Savannah.

Caleb la miró sorprendido, como si no se hubiera percatado de su presencia hasta ese momento.

—¿Qué? —preguntó con el ceño fruncido.

Savannah tragó saliva e irguió los hombros. El sonido grave de su voz le hizo cosquillas en el estómago, no la recordaba así.

—Que... que es un gecko. Para las culturas polinesias es un animal sagrado y los nativos se lo tatúan para alejar a los malos espíritus. ¿Tú lo llevas por eso, para alejar las cosas malas?

Caleb la miró de arriba abajo. Inspeccionó su cuerpo sin ningún disimulo, sin importarle que ella pudiera ofenderse por semejante repaso. La chica llevaba un vestidito rojo que apenas cubría unas piernas de infarto y un generoso escote. Una sonrisa traviesa apareció en su cara al ver que ella se ruborizaba y empezaba a mover los brazos sin saber muy bien dónde colocarlos. En la penumbra del pasillo no podía saber de qué color exacto eran sus ojos y su pelo, largo hasta media espalda. Tenía toda la pinta de ser una de las pijas ricachonas que vivían en la colina.

Caleb asintió muy despacio en respuesta a la pregunta. En el fondo estaba sorprendido de que supiera el significado de su tatuaje, pero no pensaba demostrárselo.

—Sí, por eso lo llevo. Aunque parece que no funciona, porque tú sigues aquí.

Los ojos de Savannah se abrieron como platos, después sus labios, brillantes por varias capas de *gloss*. Enrojeció como un tomate y su mirada comenzó a echar chispas mientras apretaba sus pequeños puños y la asaltaba el deseo irrefrenable de estampar uno en la cara de aquel idiota. Él sonrió con suficiencia.

«Subnormal», pensó ella, y la palabra se abrió paso a través de su garganta, donde quedó atascada.

—¡Aquí estás, preciosa!

Brian apareció a su lado y le rodeó los hombros con el brazo, atrayéndola contra su cuerpo de una forma demasiado posesiva. Los ojos del chico se posaron en Caleb y, por un momento, el asombro se dibujó en su rostro, pero de inmediato recuperó su actitud altiva.

—¡Marcus, qué sorpresa! No sabía que habías regresado —dijo, alargando la mano hacia él.

Caleb se quedó mirando la mano, levantó la vista y el estómago se le revolvió al contemplar la sonrisa blanqueada del hipócrita de Tucker. No había cambiado nada: seguía siendo el mismo cretino al que no soportaba en el instituto. Decir que habían sido enemigos acérrimos era quedarse muy corto; por su culpa, Caleb había pisado el despacho del director más veces que un aula. Y allí estaba, con su cara sonriente de gilipollas al cuadrado, como si fueran socios del mismo club.

—Llegué hace dos días.

—Ya —dijo Brian mientras bajaba la mano—. Supongo que por el funeral de tu hermano.

Caleb apretó los dientes y cada uno de sus músculos se tensó marcándose bajo la camiseta.

—Siento mucho lo que le ocurrió. Parecía un buen tipo —continuó Brian.

—Lo era, mejor que cualquiera de aquí.

Sin apartar los ojos de Caleb, Brian esbozó una leve sonrisa difícil de interpretar.

—¿Vas a quedarte mucho?

—Aún no lo sé —respondió Caleb con una sonrisita que era pura malicia—. ¿Eso te preocupa, Tucker?

Brian se encogió de hombros y apretó a Savannah un poco más bajo su brazo.

—No, Marcus. Aunque no lo creas, me alegro de verte por aquí. El instituto quedó atrás y yo pasé página hace mucho. ¿Tú no?

—Claro, colega. ¿Te apetece una cerveza y nos ponemos al día? —preguntó Caleb con tono sarcástico, destilando chulería.

Sacudió la cabeza y salió de allí de vuelta a la barra.

Tyler apuraba su cerveza cuando Caleb se sentó a su lado con un gruñido.

—Has dejado como nuevo el Shelby, mi padre casi se echa a llorar cuando ha oído ronronear a ese pequeño. —Caleb asintió una vez y se bebió de un trago su jarra de cerveza—. ¿Todo bien? —preguntó, mientras la emprendía a mordiscos con una hamburguesa gigante.

Caleb volvió a asentir. Miró por encima de su hombro la mesa donde Brian y su «llavero» se habían detenido.

—¿Quién es?

—¿Quién?

—La princesita de rojo —aclaró Caleb. Ahora podía ver que su melena era de un llamativo rubio caramelo. Sus ojos la recorrieron de nuevo de arriba abajo y acabaron sobre Brian, que le rodeaba la estrecha cintura con una mano demasiado juguetona que se empeñaba en descender hasta su trasero.

Tyler siguió la dirección de sus ojos.

—Se llama Savannah Halbrook.

—¿Esa es la hija del juez Halbrook?

—*Sip*, la misma. ¿Y tú cómo sabes que el juez tiene una hija?

Caleb apoyó los codos en la mesa y enterró el rostro en las manos, después enredó los dedos en su pelo con gesto cansado.

—Me lo dijo mi madre, trabaja para esos pijos, ¿recuerdas?

—Y ahora tú también —le recordó Tyler con una risita.

Caleb lo miró con los ojos entornados y le quitó su plato de patatas.

—Solo porque necesito el maldito dinero para arreglar la casa. No me hace ninguna gracia, te lo aseguro.

—Entonces, ¿tu interés en ella es solo laboral? Porque está buena —comentó Tyler, y enarcó una ceja con un gesto pícaro.

A Caleb se le dibujó en la cara una media sonrisa, la única advertencia que le dio a Tyler, y le estampó un puñetazo en el hombro.

—¡Vale, lo he captado! ¡Dios, me has jodido el hombro! —exclamó el chico, rotando el brazo para asegurarse de que le funcionaba.

—Lo único que me interesa es saber qué clase de personas rodean a mi madre. Si esa niña mimada es de las que se pasan el día pidiendo las cosas a gritos sin ningún respeto, ¿está claro?

—Clarísimo, y en eso no puedo ayudarte. No sé nada sobre ella, que sale con «Don perfecto», pero eso ya lo habrás adivinado por cómo le mete mano.

Caleb volvió a mirar por encima de su hombro a la parejita, pero allí ya no había nadie.

5

Savannah apartó de un manotazo la mano de Brian.

—¿Y ya está? ¿Crees que con un «lo siento» se arregla todo?

El chico resopló y se pasó la mano por la cara. Sus ojos de color avellana la contemplaban inyectados en sangre; demasiada cerveza. Abrió la boca para decir algo, pero la cerró y sacudió la cabeza, irritado.

—¿Y qué quieres que haga, cariño? Te he pedido perdón un millón de veces. No sé qué más quieres de mí.

—¡Que contestes a la maldita pregunta con sinceridad! —le espetó ella con una mirada asesina—. ¿Por qué, Brian? Solo dime por qué.

Brian suspiró y sacudió la cabeza otra vez. Levantó los ojos hacia ella y se encogió de hombros.

—Ella no significó nada. Ni siquiera recuerdo cómo acabamos en mi coche. Estaba tan borracho que no me enteré de nada. Pasó, y yo me siento fatal desde entonces, no soporto haberte perdido.

Savannah bajó la mirada y agarró con fuerza su bolso, cada vez más convencida de que no había sido buena idea hablar con él. Seguían en la misma espiral de acusaciones y excusas, y no tenía pinta de que fueran a terminar.

Se estremeció cuando Brian le acarició la mejilla y después los labios, pero esta vez no fue por la anticipación; ahora su contacto le resultaba desagradable. No sabía si era por la rabia que sentía o porque la magia se había roto y ya no notaba esas mariposas en el estómago cuando lo tenía cerca. Ahora solo deseaba que se alejara y le dejara espacio.

—Vuelve conmigo —musitó él, deslizando los dedos por su brazo.

—No puedo. —Suspiró cansada—. ¿Y qué pasa con ella? ¿No te preocupa si para Spencer sí significó algo?

—¿Y qué importa? —Su voz era profunda y suave, pero muy fría, como si aquella conversación lo aburriera.

—A mí me importa.

—Pues no debería —alzó la voz. Dejó caer los brazos—. Ella no me interesa. Ni siquiera me gustó. Tú y yo habíamos discutido por el tema de acostarnos. Me fui hasta ese bar y bebí demasiado...

—Y como no pudiste hacerlo conmigo, lo hiciste con ella... ¡con Spencer! —Se cruzó de brazos y apartó la mirada.

Brian se acercó y le acarició el hombro. Ella se deshizo de su contacto.

—Savie, por favor, olvidemos todo este asunto, podemos hacerlo. Yo te quiero.

—Pues vaya forma de demostrármelo —murmuró ella.

—Si me das otra oportunidad, te juro que no te arrepentirás. Seré el novio que te mereces, mucho más. ¡Vamos, cariño, piensa en el futuro! En septiembre irás a Columbia, estaremos juntos y será perfecto —susurró, sujetándole las caderas—. Tú y yo estamos hechos para estar juntos. Tus padres me adoran y los míos te adoran a ti. Ya soñaban con vernos casados cuando solo éramos unos críos. No podemos hacerles esto.

Savannah experimentó una extraña sensación.

—¿Casados? —preguntó alucinada. Era la primera vez que oía esa palabra en labios de Brian. De repente, sintió vértigo.

—Claro que sí. ¿A dónde crees que lleva lo nuestro? Eres la novia perfecta y algún día serás la esposa perfecta. Mi mujercita, solo mía.

Ella lo miró sin dar crédito a lo que estaba oyendo. La actitud de Brian era tan cínica que resultaba ofensiva. Se comportaba como si no hubiera hecho nada reprochable.

—No sé, Brian, tengo que pensarlo. Para mí no es tan fácil olvidarlo todo —dijo ella, apartando la cara para evitar que la besara.

—No pienses —musitó él, tomándole el rostro entre las manos. La besó en la boca y luego recorrió su cuello con los labios—. Olvida el tema y vuelve conmigo. Sé que aún me quieres —jadeó sobre su piel mientras le deslizaba una mano por el interior de los muslos.

—Para, Brian —le ordenó ella, tratando de sujetarle el brazo para que no ascendiera. Una vez, no hacía mucho, él le había parecido atractivo y encantador. Ahora se comportaba como un baboso.

—Sé que me deseas, lo que tenemos es especial. Yo lo sé y tú lo sabes.

Le rodeó la cintura con firmeza y tiró de Savannah hacia él, presionando sus caderas contra las de ella.

—Déjame...

—Vamos, cariño.

Se oyeron unos pasos en la gravilla y percibieron la sombra de alguien que doblaba la esquina del bar.

—Eh, Brian, Terry y las chicas quieren ir a los billares, ¿os apuntáis? —preguntó Mick, uno de los chicos que acompañaban a Brian.

Él masculló una maldición y se apartó de Savannah. Se giró hacia Mick con un rictus de enojo. Movió la cabeza imperceptiblemente y su amigo dio un paso atrás, alzando las manos en señal de disculpa.

—Desaparece —ordenó Brian con un tono glacial.

—Lo siento, tío —se excusó el chico, y salió de allí como un rayo.

Brian se giró hacia Savannah esbozando su mejor sonrisa, pero ella ya no estaba.

—¡Mierda! —masculló mientras golpeaba la pared con el puño.

Savannah salió a toda pastilla del aparcamiento. Cassie tenía razón, no se podía confiar en Brian, nunca debería haberlo hecho. Era evidente que él no le daba la misma importancia a lo sucedido. Catalogaba de error lo que para ella había sido la peor traición de toda su vida. ¿Cómo iba a seguir al lado de un chico en el que no podía confiar? Se volvería loca pensando si la iba a engañar otra vez, si de verdad la quería tanto como afirmaba. Pensar en el futuro con alguien así era imposible, al menos para ella.

Tenía que ser fuerte y no dejarse convencer. Lo tenía todo en su contra: sus amigos, sus padres..., medio pueblo trataba de mediar para persuadirla de que regresara junto al mejor partido de todo el condado. ¿A nadie le importaba la razón por la que habían roto? Porque tenía la sensación de que allí la única culpable era ella por no hacerse la tonta y colocarse una venda en los ojos que borrara todos los defectos del chico predilecto de la ciudad.

El rugido de un motor la sobresaltó, sacándola de golpe de sus pensamientos. De repente, se dio cuenta de que caminaba sola por la carretera en medio de una oscuridad absoluta, rota tan solo por la luz amarillenta de las farolas. Un coche oscuro pasó a toda velocidad, frenó de golpe unos metros más adelante y dio marcha atrás. Savannah se quedó paralizada por el miedo, que la asaltaran sería el broche perfecto para esa noche. Respiró hondo y se recompuso, aparentando una tranquilidad que no tenía. Continuó caminando. El vehículo frenó justo a su lado y la ventanilla del copiloto bajó.

—¿Tu príncipe azul te ha dejado tirada?

Savannah se estremeció. Habría reconocido esa voz en cualquier parte. Miró de reojo al interior del coche y vio a Caleb inclinado hacia ella con una sonrisita socarrona. No se detuvo y continuó caminando.

—¿Qué príncipe? —preguntó mientras su corazón latía de una forma furiosa.

—Tucker, tu novio —aclaró Caleb, adaptando la velocidad de su Mustang al paso de la chica.

—Brian no es mi novio.

—¿Ah, no?

—No.

—Pues nadie lo diría. En el bar parecía otra cosa.

—Pues no.

—Entonces, ¿dejas que los chicos te metan bajo su brazo y te soben el trasero? Interesante —comentó mientras admiraba las vistas a través de la ventanilla. La chica tenía unas piernas preciosas.

—¡No! Pero ¿qué te has creído? Brian y yo... antes... hasta hace un mes...

A Caleb le resultó graciosa la forma en la que Savannah se había puesto a la defensiva, y oírla tartamudear era demasiado tentador como para dejarlo correr.

—¡Oh, vaya, Barbie y Ken han roto! ¿Y puede saberse cuál de los dos va a quedarse con la mansión de Malibú?

Ella puso los ojos en blanco: Caleb era un cretino. Forzó una sonrisa antes de hacerle un gesto grosero con el dedo corazón y apretó el paso, rezando para que la dejara en paz. Oyó que él reía por encima de la música que sonaba en el coche y eso la cabreó. Estaba siendo una noche horrible. «Ten cuidado con lo que deseas. ¿No querías que Caleb Marcus te hiciera caso? Pues ahí lo tienes», pensó exasperada.

—Eh —insistió él.

—Piérdete, Marcus, ¿no tienes a otra a la que acosar?

La chica tenía carácter y a Caleb eso le gustó, aunque no tenía muy claro el motivo. Ni siquiera sabía por qué se había detenido... Sí lo sabía; era un capullo, pero no un desalmado que dejaba a una mujer sola en medio de una carretera donde podría pasarle cualquier cosa.

—Anda, sube —le pidió con un suspiro.

Savannah clavó una mirada de desprecio en la ventanilla. No podía verle el rostro, solo veía su cuerpo. Un cuerpo que descansaba en el asiento en una postura relajada que hacía que se preguntara qué se sentiría al estar sentada sobre ese regazo. Apartó la idea con un gruñido y murmuró:

—Ni loca subiría a tu coche.

—Solo me estoy ofreciendo a llevarte. No te estoy pidiendo un revolcón. —Su voz era ronca y seductora.

—Como si pudieras.

Él suspiró y sus ojos contemplaron aquellas piernas largas y torneadas mientras caminaban cada vez más deprisa. Las chicas de su clase no le interesaban. Las que eran como ella pensaban que los tipos como él eran escoria, pero no estaba tan ciego como para no ver lo evidente, y hasta disfrutar de ello. Savannah era una preciosidad. La rodeaba un halo de inocencia muy sexy y excitante; y por sus palabras y el tono de su voz, era una inocencia real que lo obligaba a ser bueno con ella. Al menos un poco.

—Créeme, podría; pero no quiero. Dudo que supieras qué hacer conmigo. No me va el sexo pasivo —se burló.

Con la vista clavada en el suelo, Savannah sintió que se ruborizaba hasta las orejas, imaginándose la sonrisita de lujuria que curvaba sus labios en ese momento.

—No me interesan tus perversiones.

Confió en que su tono de voz sonara tan despreocupado como pretendía, porque respiraba tan rápido que casi jadeaba.

Él soltó una breve risita.

—¿Seguro? Podría enseñarte un par de cosas que a lo mejor te gustan.

Ella también se rió.

—¿De verdad te funciona eso con las chicas? Porque a mí me parece un intento patético.

—Venga, aún no he hecho mi buena acción del día —dijo él—. Deja que te lleve.

—Ni en tus sueños.

—¿Y piensas ir andando hasta la colina?

Savannah se paró en seco y los reflejos de Caleb hicieron que se detuviera al mismo tiempo.

—¿Y cómo sabes tú donde vivo? —preguntó irritada.

—Soy un tipo listo.

—¿Te lo repites como un mantra para convencerte a ti mismo de eso?

Caleb se inclinó hacia la ventanilla y ella pudo ver su rostro.

—Intento ser amable —repuso con una mirada inocente.

—E imagino lo mucho que te está costando. Sobre todo cuando lo más bonito que sabes decir es: «¡Eh, nena!» —replicó ella con sarcasmo, imitando su voz grave.

Viendo que Savannah no se movía, Caleb bajó del coche y la contempló por encima del techo. Sonrió con picardía. No pensaba admitirlo, pero se estaba divirtiendo con aquel tira y afloja.

—Me está sorprendiendo esa boquita contestona que tienes —admitió, sonriendo de oreja a oreja.

Savannah apretó los dientes. Él no era el único sorprendido, ella también lo estaba. No tenía ni idea de dónde estaban saliendo todas aquellas respuestas; era como si algo salvaje en su interior empujara hasta su boca cada réplica. Caleb lograba sacarla de sus casillas de tal forma que no se reconocía a sí misma. Su prudencia había desaparecido bajo el impulso irrefrenable de... de... ¡estrangularlo muy despacio!

—Mira, te conozco muy bien y sé cómo piensas —le espetó ella con las manos en las caderas. Las bajó, al ver que él le daba un buen repaso a esa zona de su cuerpo, y se abrazó los codos. Fue una mala idea, ahora le miraba el pecho, apretujado bajo los brazos.

—¿Y desde cuándo se supone que me conoces? Porque yo no te había visto antes de esta noche —comentó él mientras rodeaba el vehículo y se apoyaba contra la carrocería, a solo unos pasos de ella.

—Claro que me habías visto antes, en el instituto —le recordó.

—¿Íbamos juntos al instituto?

Caleb torció el gesto, frunciendo el ceño de una forma que a ella le pareció muy mona.

—Sí, yo estaba en primero y tú en tercero. Recuerdo perfectamente cómo eras, de qué modo tratabas a las chicas, como si fueran de usar y tirar. Caleb Marcus, el chico al que solo le van los rollos fáciles —explicó Savannah. Alzó las cejas—. Si crees que voy a subir a ese coche contigo, es que estás mal de la cabeza.

Él se pasó la mano por la mandíbula, haciendo verdaderos esfuerzos para no echarse a reír. La chica estaba tan roja como el vestido que llevaba puesto. Intentó acordarse de ella, pero no lograba ubicarla. Aquellos años habían sido una locura y apenas lograba recordar parte de ellos; mucho menos a una cría que por aquel entonces no debía tener más de catorce años.

—Vale, tienes razón, en el instituto no era de fiar. Y debo admitir que no he cambiado mucho desde entonces: me siguen gustando los «asaltos» rápidos sin complicaciones posteriores. Pero te prometo que estás a salvo conmigo. No eres mi tipo —confesó con una sonrisa sincera.

Savannah se quedó con la boca abierta. Eso era lo último que esperaba oír. Su enojo aumentó, aunque no entendía por qué; o quizás sí. No quería reconocerlo, pero le había molestado que admitiera sin dudar que no le gustaba, ni siquiera un poco. ¿Qué tenía ella de malo? Estaba segura de estar muy por encima de la media de las mujeres que solían acercarse a él. De repente, se sintió estúpida por los derroteros que estaban tomando sus pensamientos.

—¿Qué dices, te llevo a casa? Es tarde para que una princesita como tú camine sola por la calle —continuó él mientras se inclinaba para abrir la puerta del coche, invitándola a subir.

Ella lo miró con desconfianza, después le echó un vistazo a los alrededores. Ni un alma había pasado en los últimos minutos por aquella carretera. Era tarde y tampoco se atisbaban luces encendidas en las casas. El silencio y la oscuridad la inquietaban. Empezó a considerar seriamente aceptar la oferta de Marcus. Soltó de golpe el aire de sus pulmones y frunció los labios con una mueca de disgusto y resignación. Lo miró a los ojos, que brillaban divertidos. Estaba segura de que se tronchaba por dentro a su costa.

—¿Sabes? No te pega el papel de salvador de chica en apuros, ni el caballo blanco.

Él le dedicó una de esas miradas que podían convertirse en la perdición de una chica. Savannah cambió su peso de pie en cuanto notó que se le doblaban las rodillas. Su forma de observarla la ponía demasiado nerviosa. ¡Dios, había comenzado a sudar! Las señales, había señales de peligro por todas partes que la avisaban de que no debía acercarse a él.

Caleb enfundó las manos en los bolsillos de sus tejanos y dio un paso hacia ella. Apoyó el pie en el bordillo y balanceó su cuerpo; después se frotó la nuca. Una leve sonrisa se insinuó en sus labios, pero esta vez no había ni rastro de fanfarronería o juego. Se quedó mirándola un largo segundo.

—No soy ningún salvador a lomos de un caballo blanco, te lo aseguro, pero mi Mustang no está mal. —Pasó la mano por la pintura del coche. La miró de reojo y suspiró—. Voy a serte sincero. Quiero llevarte a casa porque sé que mi madre te tiene cariño y me cortará los huevos si se entera de que he pasado de largo y te he dejado aquí.

Savannah le sostuvo la mirada, que acabó posándose en sus labios carnosos, curvados con la primera expresión sincera de toda la noche. Un sentimiento de decepción se instaló en su corazón. Conque todo era por su madre, no porque quisiera molestarla o por otro motivo como que... quisiera tontear con ella. De pronto no supo qué decir.

—Gracias —musitó al fin.

Caleb sonrió y se encogió de hombros. Le hizo un gesto con la cabeza, animándola a subir.

Los faros de un coche aparecieron de la nada y el pitido intermitente de su claxon ahogó el silencio. Un Toyota descapotable se detuvo detrás del Mustang con un fuerte frenazo.

—¡Por Dios, Savie! ¿Cómo se te ocurre marcharte sin decir nada? Nos has dado un susto de muerte —le espetó Cassie desde el volante. Sus ojos iban del cuerpo de Caleb al rostro de su amiga—. ¿Todo bien? —preguntó con recelo.

—Sí, todo bien. Caleb... Caleb se estaba ofreciendo a llevarme a casa.

—Ya no es necesario. Te llevaremos nosotras —intervino Marcia desde el asiento trasero. Lanzó una mirada despectiva a Caleb.

Savannah asintió. Bajó la vista y miró de reojo a Caleb. Se sentía mal por él. El desprecio y la desconfianza eran evidentes en el tono de sus amigas. Por la expresión de su cara, el sentimiento era mutuo.

—Será mejor que vaya con ellas. Gracias de todas formas.

Él no dijo nada, se limitó a llevarse la mano a la frente a modo de despedida y rodeó su coche dispuesto a marcharse. Ella se dirigió al descapotable de Cassie, mientras Nora cambiaba el asiento delantero por el trasero y se sentaba junto a Marcia.

—Eh, reina del baile —dijo Caleb.

Savannah se giró con el corazón latiendo deprisa. De nuevo estaba allí esa sonrisa arrogante y oscura que encendía todos sus avisos de peligro.

—¿Sueles madrugar?

Ella lo miró con cara de póker.

—¿Qué clase de pregunta es esa?

Él se encogió de hombros y entró en su coche, pero un instante después asomó la cabeza por la ventanilla.

—Eh, nena...

Savannah se giró de nuevo con los ojos en blanco.

—¿Es cosa mía o... en el instituto estabas coladita por mí? Parece que me recuerdas muy bien —comentó con intención de picarla.

Savannah se quedó de piedra. Un calor sofocante encendió sus mejillas y su irritación empezó a dar paso a un profundo cabreo. Era un cretino.

—Capullo —masculló por lo bajo antes de darle la espalda.

—Esa boquita —rió él mientras aceleraba a fondo y desaparecía en la carretera.

6

*A*quel martilleo incesante había empezado a las siete y media de la mañana. Una hora después, Savannah estaba a punto de perder los nervios. Agarró otra almohada y la puso sobre la que ya tenía en la cabeza. Las apretó con fuerza contra su cara para amortiguar el molesto golpeteo. Tuvo que apartarlas al cabo de unos segundos porque se estaba ahogando por la falta de aire.

Se quedó mirando el techo. Quería dormir, necesitaba dormir... De repente, el sonido se detuvo. Esbozó una sonrisa encantada y se acurrucó bajo las sábanas, abrazando la almohada. Dio media vuelta y se colocó de lado. Luego se giró y se puso boca abajo. Pateó las sábanas con fuerza hasta que estas cayeron al suelo a los pies de la cama, porque era incapaz de volver a conciliar el sueño. Se levantó farfullando un montón de maldiciones mientras se recogía el pelo en un moño flojo sobre la nuca. Solo a su padre se le ocurría hacer reformas en casa en plenas vacaciones de verano.

Salió de su habitación arrastrando los pies. Necesitaba un café bien cargado. Bajó las escaleras y se dirigió a la cocina mientras estiraba los brazos y el cuello para desentumecerse. Se ajustó el pantalón del pijama: el satén rosa era muy mono, pero tenía tendencia a resbalar por sus caderas. Sintió un escalofrío y tiró del bajo de su camiseta, decorada con conejitos, para taparse el ombligo. Se sentía como uno de esos zombis de las películas que se movían sin ninguna coordinación, como si estuvieran borrachos.

Se acercó a la encimera y encendió la cafetera. El mármol estaba frío y se inclinó para apoyar la frente contra él. Maldita jaqueca. La cafetera hizo un ruido sordo y comenzó a gotear. El olor a café flotó en el ambiente y Savannah gimió con un sonoro suspiro de placer. Se estiró, ronroneando como un gatito, y movió las caderas de un lado a otro con un ligero balanceo.

—Adorable.

Savannah soltó un grito. Se giró hacia la voz y se quedó sin habla. Caleb Marcus estaba apoyado junto a la nevera con una botella de agua en la mano. La miraba con los ojos entornados y una sonrisa torcida que probablemente habría derretido el corazón de cualquier mujer del universo. Su mirada la recorrió de arriba abajo y sus labios se separaron con un largo suspiro.

—Creo que a partir de ahora veré los conejitos rosas con otros ojos —anunció.

Se llevó la botella a la boca y bebió un largo trago sin apartar la vista de ella. El pijama tapaba muy poco y pudo corroborar lo que ya intuía: la chica tenía un cuerpo de infarto. Con el pelo revuelto y sin maquillaje era sencillamente preciosa.

Savannah se ruborizó por el repaso e inmediatamente se recompuso.

—¿Qué haces tú aquí? —inquirió. Aunque empezaba a hacerse una idea. Caleb llevaba la camiseta pegada al cuerpo por culpa del sudor y de su cadera colgaba un cinturón lleno de herramientas. Allí estaba el responsable del incesante martilleo.

—Tu padre me contrató para arreglar vuestro cobertizo y un par de cosas más. —Sonrió con malicia y se mordió el labio inferior.

—Ya. ¿Y siempre comienzas a trabajar tan temprano? Es imposible dormir con tanto ruido —replicó ella, tratando de aparentar indiferencia. Se dio la vuelta para servirse una taza de café y perder de vista aquel cuerpo que se movía con la languidez de un felino perezoso.

—Te pregunté que si solías madrugar, pero tú me ignoraste. Te habría avisado si me hubieras dado la oportunidad —comentó él con tono desenfadado.

—Mi instinto me dice que te ignore. Solo le hacía caso, no suele equivocarse —replicó ella.

—¿No te da pena herir mis sentimientos de ese modo? —se burló Caleb.

Savannah abrió el armario para coger una taza, pero no quedaba ninguna en el primer estante. Se puso de puntillas para alcanzar las del segundo. Maldita sea, no llegaba. Y, desde luego, no iba a pedirle ayuda a él.

Caleb rodeó la isleta que lo separaba de Savannah y se situó a su espalda, tan cerca que podía sentir el calor de su piel. Alargó la mano por encima de su cabeza para alcanzarle una taza y le rozó el trasero con la cadera. Notó cómo se ponía tensa y contenía el aliento. Con una lentitud premeditada dejó la taza delante de ella. La estaba incomodando porque aquella chiquilla despertaba en él el deseo irrefrenable de molestarla, y era tan fácil conseguirlo. Además, se le soltaba la lengua cuando se mosqueaba y era divertido ver cómo se ponía roja y decía lo primero que se le pasaba por la cabeza.

—Gracias —susurró Savannah.

Caleb se inclinó sobre su oído mientras con el aliento le acariciaba la nuca. Ella se estremeció.

—De nada —musitó. Al responder aspiró su olor. Olía muy bien y no era a perfume, sino a una mezcla de ropa limpia y crema hidratante corporal con aroma a coco. Dio media vuelta y cogió la botella de agua.

Savannah volvió a respirar. Le temblaban tanto las piernas que tuvo que apoyarse mientras servía el café. Necesitaba aire, mucho aire frío.

La puerta se abrió de golpe y Hannah entró en la cocina con un plumero en la mano.

—Caleb, ¿qué haces aquí? —preguntó sorprendida.

—Nada, mamá, solo quería una botella de agua. ¡Hace un calor de cojones!

Hannah le dio un coscorrón al pasar por su lado.

—Jovencito, esos modales —le dijo en tono severo. Miró a Savannah con una sonrisa de disculpa—. Veo que ya conoces a Savie.

—Sí, acabamos de presentarnos. Tenías razón, es toda una señorita —dijo Caleb, posando sus ojos en la chica. Ella se esforzaba por ignorarle y eso le hizo sonreír. Su mirada se paseó por su cuerpo mientras se dirigía a la puerta—. Una señorita hasta que pierde los papeles y saca las uñas —susurró con tono malicioso al pasar por su lado.

Savannah lo fulminó con la mirada hasta que desapareció por la puerta. Regresó a su cuarto, avergonzada y enfadada. Una vez dentro, cerró de un portazo. ¿Cómo podía haberle gustado aquel tipo en el instituto? Era odioso, manipulador y un cretino. Maldijo para sus adentros.

Se movía por la habitación como un león enjaulado, rememorando el momento en la cocina una y otra vez; cada palabra, cada gesto... Se le ocurrieron decenas de frases hirientes con las que podría haberle contestado y se golpeó la frente con la mano por no haberlas pensado antes.

Tenía calor y se acercó a la ventana para abrirla y dejar que el aire de la mañana enfriara la habitación. Ese mismo aire se le atascó en los pulmones. Caleb se encontraba sobre el tejado del cobertizo, sin camiseta, clavando unas tablas. Cada vez que alzaba el brazo o su espalda se movía, ella se ahogaba un poco más. No lo soportaba, de ninguna manera, pero había que estar ciega para no admirarlo.

—¡Menudas vistas! —dijo Cassie, pegando la nariz al cristal.

—¡Dios, qué susto! —gritó Savannah. Se llevó las manos al pecho como si así pudiera detener el infarto que estaba segura iba a sufrir en cuestión de segundos—. ¿Qué haces aquí tan temprano?

—Mi madre ha invitado a un amigo a desayunar. Diez minutos de risitas tontas y me han dado ganas de vomitar. —Se cruzó de brazos y contempló a Caleb—. ¡Eso sí que es un cuerpo! No me sorprende que estén subiendo las temperaturas desde que él ha llegado. Está que arde.

—Y tú tienes un problema —farfulló Savannah.

—¿Qué hace aquí? —preguntó Cassie, ignorando el comentario de su amiga.

—Mi padre lo ha contratado para que haga unas chapuzas.

—¡Qué envidia me das!

—Todo tuyo —dijo Savannah sin apartar la vista del tejado—. Paso de los tíos como él.

—Y por eso estás babeando.

Savannah frunció el ceño y se puso a la defensiva.

—¡Yo no babeo!

—El charco en el suelo dice lo contrario —repuso Cassie con un inocente aleteo de pestañas—. ¡Venga, admítelo, en el instituto estabas coladita por él! Me hacías pasar por delante de su taquilla todos los días solo para verle, dándose el lote con alguna, pero para verle.

—Tú lo has dicho, me gustaba en el instituto. Han pasado cuatro años y he crecido. Él no, te lo aseguro. Es imbécil.

—Sí, pero un imbécil que está como un tren. Mírale, seguro que lleva un letrero en el pecho que dice «máquina del amor».

A Savannah se le escapó una risita.

—No tienes arreglo —dijo mientras la empujaba con el codo. Cassie empezó a poner morritos y a hacer gestos lujuriosos—. Vale, puede que sea el dios del sexo, pero también es un cretino arrogante.

—Y te sigue gustando. Vamos, a mí puedes decírmelo. Tus fantasías más secretas están a salvo conmigo.

Savannah notó cómo se le encendían las mejillas. Caleb acababa de enderezarse para beber agua y algo tan sencillo lo convertía en todo un espectáculo. Poseía una belleza masculina tan intimidante, que costaba no quedarse mirándolo. Desvió la mirada y soltó un sonoro suspiro.

—No soy tan superficial. Que esté bueno no evita que me entren ganas de abofetearlo cada vez que abre la boca. No entiendo por qué tiene que ser tan idiota —dijo con pesar. Si no fuese un canalla presuntuoso, sería el hombre perfecto.

Cassie se encogió de hombros.

—Porque sabe que es guapo y que tendrá a la chica que quiera con solo parpadear. Así que ten cuidado.

Savannah soltó una carcajada.

—Vaya, pensaba que tratabas de convencerme para que me liara con él.

—Y aún quiero, tonta. Necesitas desmelenarte. —Cassie hizo una pausa y miró a su amiga a los ojos—. Solo digo que no es el tipo de hombre que se casará contigo y te prometerá amor eterno. Caleb es un chico para pasar el rato. No es prudente enamorarse de alguien como él. —Sus labios se curvaron con una sonrisa maliciosa—. Pero es perfecto para pasar un verano inolvidable y averiguar cuántas posturas del Kamasutra se pueden hacer sin romperte un hueso.

Savannah frunció el ceño, como si la idea le desagradara.

—¿Qué pasa? ¿Te reservas para el matrimonio? Nunca te he tenido por una estrecha —replicó Cassie.

Savannah se sentó en la cama con un sentimiento extraño de temor y excitación. Cassie tenía razón: dentro de ella había un rincón oculto, lleno de fantasías en las que el protagonista había sido Caleb. Durante todo un año las había alimentado y tenía miedo de que, cuatro años después, continuaran allí, al acecho, esperando a que bajara la guardia. Su respiración se aceleró y su corazón empezó a latir desbocado. Si ya era una pésima idea imaginarlo, planteárselo como una posibilidad era una locura de la que estaba segura saldría con algo más que el orgullo herido.

—Creo en el sexo sin amor, no soy tan mojigata —confesó.

—Entonces, ¿qué te impide cumplir un par de fantasías?

—Que no soy su tipo. Si lo intentara estaría perdiendo el tiempo… y la dignidad —dijo Savannah con un suspiro.

Cassie se sentó a su lado y subió las piernas a la cama.

—¡Por Dios, Savie, me dan ganas de estrangularte cuando te pones en ese plan! Tú eres el tipo de cualquier hombre que habite en el planeta Tierra y tenga ojos en la cara. ¿Qué ha hecho Brian con tu autoestima? Ese sí que es idiota.

—Dejemos a Brian, por favor. Y no es una cuestión de autoestima. Sé que no soy su tipo porque él mismo me lo ha dicho.

—¿Y yo me he perdido esa conversación? —inquirió Cassie con los ojos muy abiertos.

Savannah se cubrió la cara con las manos y se dejó caer de espaldas sobre la cama.

—Fue la otra noche, cuando se ofreció a llevarme a casa. Me dijo que podía subir a su coche muy tranquila porque yo no le interesaba lo más mínimo. Que no era para nada su tipo. —Miró a Cassie—. Y era sincero.

Cassie se quedó pensando un segundo y empezó a jugar con la pulsera que llevaba en el tobillo.

—Que no seas su tipo no quiere decir que no acabes siéndolo. Seguro que podrías seducirlo.

Savannah se quitó las manos de la cara y se incorporó sobre los codos. Entornó los ojos.

—¿Y por qué iba yo a querer seducirlo?

—¡Para pasar el mejor verano de tu vida antes de ir a la universidad! Venga, no me digas que no te apetece pasar estas semanas en los brazos de Caleb; hacer realidad tus fantasías de adolescente; cerrar ese capítulo antes de sumergirte en la tediosa vida de universitaria responsable —dijo Cassie casi sin respirar, y se abrazó las rodillas—. Está bueno a rabiar y ese aura de peligro y maldad que lo rodea es tan sexy... Es el tipo ideal para perder la virginidad, cariño.

Savannah no pudo evitar sonrojarse y su imaginación comenzó a hacer de las suyas. Tragó saliva mientras sentía cómo el calor comenzaba a concentrarse en su vientre y ascendía hacia su pecho.

—Seguro que sí, pero también sería mi suicidio social. Y sé cómo suena que diga eso, pero esto es Port Pleasant.

—Nadie tendría por qué enterarse —convino Cassie.

Savannah estiró los brazos por encima de la cabeza y resopló irritada.

—No, pero falla la parte más importante. ¡No le gusto! Si ni siquiera me mira salvo para meterse conmigo y hacerme sentir estúpida. No se va a fijar en mí en ese sentido. —Se puso de pie y comenzó a dar vueltas. Ni siquiera sabía por qué estaban manteniendo una conversación tan surrealista.

—¿Tú quieres que se fije en ti?

—No lo sé, ¿quiero? —preguntó. De repente se sentía abrumada, mareada, Cassie lograba ese efecto en ella cuando trataba de convencerla de algo, y siempre lo conseguía. Sacudió la cabeza—. No, no quiero acabar colgada de su cuello, con mi reputación por los suelos y compartiendo antecedentes.

—¿Savie?

—¿Sí?

—Vuelves a babear —dijo Cassie entre risas. Sin darse cuenta, Savannah había vuelto a la ventana y no apartaba los ojos del cobertizo.

7

El taller de los Kizer se hallaba a las afueras del pueblo, cerca de la playa. Tyler acababa de entregar un Shelby a su dueño, un tipo enamorado de los coches antiguos y con mucha pasta que gastar; y estaba seguro de que volvería. El hombre había quedado impresionado con el trabajo de Caleb.

Se despidió de él, tras cobrar una buena propina, y fue directamente a la oficina en busca de las llaves. Era hora de cerrar. Se encontró a Caleb durmiendo en el sofá. Su amigo parecía de verdad cansado y no quiso despertarlo. Se sentó a la mesa y contó el dinero que habían ingresado a lo largo del día. Lo guardó en una pequeña caja fuerte bajo la mesa, menos cien dólares que dobló en su mano. Se acercó a Caleb con intención de meterle la pasta en el bolsillo de la camisa, junto con la llave para que pudiera cerrar cuando despertara.

Se inclinó con cuidado sobre él. Dudó un segundo. Su amigo parecía demasiado tenso, tenía los puños apretados y sus ojos no dejaban de moverse bajo los párpados. Lo que estuviera soñando no parecía bueno. Alargó la mano con el dinero colgando de las puntas de los dedos. Ni siquiera tuvo tiempo de darse cuenta de nada. Una mano lo cogió por el cuello y acabó de espaldas, espatarrado en el suelo, sin apenas poder respirar y con un puño a milímetros de su cara. Caleb jadeaba sobre él con expresión de terror y los ojos muy abiertos.

—¡Caleb, soy yo! Soy yo, tío —gritó, aguantando aquel puño por la muñeca para que no aterrizara en su cara.

Caleb parpadeó y miró a Tyler. Después, sus ojos recorrieron el entorno asimilando dónde se encontraba. Se apartó de un salto y apoyó la espalda en el sofá mientras se pasaba las manos por la cara.

—Lo siento —se disculpó.

—¿Qué diablos estabas soñando? —preguntó Tyler en cuanto recobró el funcionamiento de sus cuerdas vocales.

—No sé. Tenía una pesadilla... Estaba con mi padre... mi hermano y... conejitos rosas. Había conejitos rosas por todas partes —dijo en un susurro.

—¿Conejitos rosas? —repitió Tyler, arrugando la frente—. Vaya, menuda locura. —Se quedó mirando a su amigo. Apoyó los codos en las rodillas y se dejó caer contra la mesa—. Sabes que tu viejo ya no puede hacerte nada, ¿verdad?

Caleb asintió.

—Y aun así sigues teniendo pesadillas.

Caleb volvió a asentir.

—Creía que, después de cuatro años fuera de aquí, lo habrías superado.

—No se supera, Ty —masculló Caleb poniéndose en pie—. Unas veces se soporta mejor que otras, pero no se supera. Él se encargó de que así fuera, y lo hizo a conciencia. A todo esto, ¿qué cojones estabas haciendo sobre mí, ibas a besarme o qué?

Tyler sonrió y se frotó la nariz antes de coger el dinero que había caído al suelo.

—Iba a pagarte por el Shelby. El tipo estaba contento y ha sido generoso, pero acabo de cambiar de opinión, capullo.

Le enseñó los billetes, agitándolos en el aire.

—Dame la pasta —le pidió Caleb con una sonrisa de oreja a oreja. Tomó el dinero y se lo guardó en el bolsillo—. Unos cuantos como este y tendré para el tejado.

El teléfono sobre la mesa comenzó a sonar. Tyler alargó la mano por encima de su cabeza y lo localizó a tientas.

—Taller Kizer —contestó. La expresión de su rostro cambió—. Tranquilízate, mamá... Iré a buscarle, ¿vale?... Sí, le llevaré a casa... Tranquila, creo que sé dónde está. —Colgó el teléfono y se puso en pie de un salto.

—¿Qué pasa? —preguntó Caleb, intuyendo que algo no iba bien.

—Es mi hermano. Ese gilipollas va a conseguir que mis padres enfermen con tantos disgustos.

—¿Qué ha hecho?

—¡Qué no ha hecho! Anda metido en cosas... ¡Voy a matarlo! —Le dio una patada a la puerta al salir—. Mira, nunca me ha importado que se ponga pedo con unas cervezas. Todos lo hemos hecho, ¿vale? Pero esto no se lo voy a consentir, aunque tenga que encerrarlo hasta que le salgan canas.

—¿En qué está metido? —insistió Caleb mientras lo seguía fuera del taller.

Cada uno agarró una de las puertas correderas y tiraron de ellas para cerrarlas. Tyler colocó el candado y se dirigió a su camioneta.

—*Meta*. Le ha dado por pillar *meta*. Hace unas semanas conoció a unos tíos, tienen un local y la venden allí. Se lanzaron directos a por los chicos del barrio. Unos fueron listos y pasaron de esa mierda; otros, como mi hermano... ¡Joder! Hay que ser imbécil —Golpeó un coche con el puño—. Voy a romperles todos los huesos.

—Voy contigo —dijo Caleb. No iba a dejar solo a Tyler con aquel asunto.

—De eso nada, tú no vienes. No quiero que te metas en problemas. Tienes que mantenerte limpio.

—Cierra el pico, Ty. No eres mi madre.

—Como si a ella le hicieras caso —rezongó el chico.

*L*a puerta se cerró de golpe y el tipo que estaba tras la barra dio un respingo. No había nadie en el local salvo él. A Caleb no le extrañó. Ni las ratas querrían entrar en un tugurio como aquel.

—¿Puedo ayudaros en algo? —preguntó el hombre, arrastrando las palabras. No estaba en condiciones de mantenerse de pie.

—¿Donde están? —inquirió Tyler mientras se acercaba con aire amenazador. Se detuvo delante, con las piernas abiertas y los brazos rígidos a ambos lados del cuerpo.

—¿Quiénes?

Caleb sonrió con suficiencia. Saltó tras la barra y lo agarró por el cuello. Lo estampó contra el expositor de bebidas.

—Tres chicos. Aparentan unos quince años. Así de altos. —Puso la mano a la altura del pecho—. Uno tiene el pelo muy rubio, con un aro en la oreja izquierda... y es gilipollas —masculló frustrado.

—No... no los he visto —respondió el hombre, sacudiendo la cabeza mientras se estiraba de puntillas intentando que el brazo de Caleb no lo estrangulara.

—No me mientas. —Caleb volvió a empujarlo contra el cristal—.

Dime dónde están o te romperé algo más que la cara —le espetó con tono gélido.

El hombre se rajó enseguida.

—Es... están abajo. El... el almacén. —Señaló una puerta junto a la de los servicios.

Tyler y Caleb entraron allí. Junto a unas cajas apiladas vieron otra puerta. La empujaron y bajaron por unas escaleras por las que ascendía música rap a un volumen demasiado alto. Entraron en aquel sótano a saco, sincronizados, evaluando con un simple vistazo la situación. Lo habían hecho tantas veces, entre peleas y pandilleros, que no necesitaban ni mirarse.

—¡Mierda, Derek, es tu hermano! —gritó un chico. Los otros dos que le acompañaban, en un sofá que se caía a pedazos, se pusieron en pie de un salto. Una mano en el hombro los empujó hacia abajo.

—Sentaditos, y al que se mueva le parto la cara —masculló Caleb con una mirada asesina.

Los tres chicos obedecieron, haciéndose pequeños en el asiento.

Tyler, con expresión resuelta, fue directo a por dos tipos que se habían levantado de golpe de una mesa. Un tercer hombre metía unas pastillas blancas en unas bolsas.

—¡Os voy a quitar las ganas de vender esa mierda! —rugió mientras volcaba la mesa. Su puño aterrizó en la cara de uno de ellos. El tipo se tambaleó, llevándose las manos a la nariz. Empezó a sangrar—. Si volvéis a acercaros a ellos os mato. ¿Está claro? Vuelve a acercarte a mi hermano y te mato.

Los otros dos clavaron sus ojos en Caleb, después en la puerta, y a continuación en Tyler, que le estaba dando una paliza a su amigo. Volvieron a mirar a Caleb y se abalanzaron contra él. Uno de ellos logró darle un violento empujón que lo obligó a retroceder.

—Lárgate, cara bonita. O te haremos una nueva no tan mona —le escupió.

—¿Tú y cuántos más? —dijo Caleb para sí mismo.

El hombre trató de golpearlo. El puño de Caleb encontró su mandíbula, después un costado, y el hueso de la nariz al partirse crujió con un ruido espantoso al recibir un fuerte gancho. Caleb le dio una patada en el estómago y el tipo cayó al suelo con una mano en la cara y la otra en las costillas. Agarró al otro idiota cuando intentaba salir corriendo. Lo estampó contra la pared con una violencia desmesurada.

—¿De dónde sacáis esa basura? —masculló, haciendo un gesto hacia la mesa que Tyler había volcado nada más entrar.

—No... no es nuestra, nos la pasa un tío. Nosotros se la compramos y después la vendemos —respondió el hombre entre sollozos.

—¿Qué tío? —Volvió a sacudirlo contra la pared. Le palmeó la mejilla y lo empujó otra vez.

Tyler empezó a recoger todas las bolsitas de plástico y se las fue guardando en los bolsillos.

—No... no lo conozco de nada. Ni siquiera sé cómo se llama. Uno de esos finolis con un Challenger rojo.

—¿Un finolis?

—¡Sí, solo un tío así estropearía la pintura de un coche como ese con el dibujo de un tigre en la puerta! Apareció un día y me ofreció un trato para colocar su mercancía. Nada más. Poca cosa, nada grande.

—Y se la vendéis a unos críos. ¡Qué bien, hombretón! —musitó Caleb entre dientes con una rabia glacial. Se inclinó sobre su oído—. Mírame bien, capullo, y quédate con mi cara, porque será lo último que veas si vuelves a venderle una sola pastilla a esos idiotas de ahí. —Señaló al pequeño de los Kizer y a sus amigos. Los chicos continuaban sin moverse, pálidos y con el rostro descompuesto—. ¿Está claro?

El tipo asintió de un modo compulsivo.

—Buen chico, veo que nos entendemos —dijo Caleb.

Le propinó otra bofetada y le estiró la camisa rota sobre los hombros. Se dio la vuelta y, pasando por encima del que aún se encontraba tirado en el suelo, se dirigió a la escalera, seguido por Tyler, que empujaba a los chicos hacia la salida.

Vio una barra de hierro apoyada contra la pared y sus puños se cerraron con un movimiento involuntario. Se detuvo, con el pecho subiendo y bajando muy deprisa por su respiración acelerada. De repente, la agarró, se giró empuñándola como si fuera un bate y la emprendió a golpes con todos los muebles hasta que los redujo a astillas. Dio rienda suelta a la ira que anidaba en él y que necesitaba descargar, antes de que el reloj de la bomba que él mismo era comenzara a hacer tictac.

Tyler había metido a los chicos en el asiento trasero del Mustang, y esperaba a Caleb apoyado contra el capó mientras daba rápidas caladas a un cigarrillo. Tiró la colilla al suelo en cuanto lo vio aparecer y subió al coche. Caleb echó la barra dentro del maletero y se sentó frente al volante. Un segundo después, tomaban la carretera en dirección al barrio a toda velocidad.

—¿Problemas con el autocontrol? —preguntó Tyler con tono mordaz.

Caleb era como un hermano para él: leal, sincero y capaz de cualquier cosa por aquellos que le importaban. Pero también sabía cómo las gastaba y que no había que provocarle. Tenía un carácter fuerte e impulsivo; y no en el buen sentido. Se había pasado toda la vida defendiéndose y sobreviviendo, y esa vida había dejado marcas en él. Sus demonios eran de los que no se podían exorcizar. Bien sabía que no era un mal tío, pero sí alguien a quien no tener de enemigo bajo ningún concepto.

Caleb le dedicó una mirada maliciosa y arrugó la nariz.

—Yo diría que no. Seguían respirando cuando salí de allí.

Tyler se echó a reír con ganas y Caleb se limitó a sacudir la cabeza con una sonrisa burlona en el rostro. Se pararon en la playa. Allí tiraron al agua todas las pastillas que habían logrado encontrar. Poco después se detenían frente a la casa de los Kizer, dos calles más arriba de donde Caleb vivía.

—Gracias, tío —dijo Tyler con la vista clavada en la calle a través del parabrisas.

Caleb se encogió de hombros, restándole importancia al asunto.

—Para eso está la familia, ¿no?

Tyler asintió. Tenía un nudo apretado en la garganta que no le dejaba hablar, y la adrenalina que le recorría el cuerpo aún le impedía relajarse. Se bajó del coche y movió el asiento para que su hermano y sus dos amigos pudieran salir. No pudo evitar darle una colleja a cada uno, conforme iban pasando bajo su brazo. No lograba entender cómo podían ser tan idiotas para meterse en esos líos.

—Nos vemos mañana y... gracias otra vez.

—No me las des. Tú habrías hecho lo mismo por Dylan —señaló Caleb, sacudiendo la cabeza con la vista en la carretera. Sus ojos destellaron un segundo—: ¡Derek! —gritó.

El hermano de Tyler se quedó clavado en la acera. Caleb le hizo un gesto para que se acercara a la ventanilla. Cuando el chico se paró junto a él, giró la cabeza y lo miró a los ojos.

—Tú y tus colegas estaréis por la mañana en mi puerta, a las seis. Si alguno llega tarde o se le ocurre no aparecer... —Hizo una pausa en la que entornó los ojos y una advertencia asomó a ellos—. Mejor no quieras saberlo.

El chico asintió sin más y salió de allí a toda prisa.

—¿Qué piensas hacer con ellos? —le preguntó Tyler.

Caleb le dedicó una sonrisa mientras giraba la llave en el contacto y pisaba el acelerador, disparando las revoluciones del motor.

—Les voy a sacar esa mierda del cuerpo y las ganas de volver a tomarla —dijo con tono travieso.

8

Cómo puede haber pasado una semana tan pronto?», pensó Savannah al oír la voz de su madre ascendiendo desde el vestíbulo, e inmediatamente se arrepintió. La adoraba, pero era una mujer con unos problemas de personalidad preocupantes. El famoso complejo de Peter Pan se quedaba a la altura de un simple dolor de cabeza en lo que a su madre se refería. No asumía el paso del tiempo. Para ella, el mundo se había detenido en aquellos años de instituto en los que había sido la reina del baile, la reina de la belleza y la reina del *quarterback* del equipo. La chica más popular de Port Pleasant.

La relación que mantenía con ella no era sencilla. Sentía que tenía una hermanita pequeña a la que debía controlar, y no una madre. Su padre la justificaba continuamente y hacía oídos sordos a las evidencias. Savannah conocía el motivo por el que él se comportaba así: se sentía culpable por haberle cortado las alas, algo que su madre le recordaba cada vez que tenía ocasión. Se había convertido en una experta en manipularle. Como si ella no hubiera hecho nada en aquella fiesta, en la que sus vidas cambiaron para siempre al concebir un bebé bajo los efectos del alcohol. Primer año de universidad, de hermandades, de libertad; y nueve meses después cargaban con un bebé regordete y llorón de enormes ojos grises.

Su padre continuó estudiando para poder licenciarse y conseguir un futuro para su nueva familia; y su madre regresó al pueblo para ahogarse entre pañales y biberones. Ahora vivía esa juventud que no había tenido, y no era malo que lo hiciera, porque solo tenía treinta y nueve años. El problema residía en el modo que lo hacía. Un modo del que Savannah se avergonzaba en muchas ocasiones.

—¡Hola, Helen! —saludó desde la escalera. Ahora ni siquiera le permitía llamarla mamá, sino por su nombre de pila. Forzó una sonrisa y bajó los peldaños para abrazarla.

—¡Oh, hola, Savie!

—¿Qué tal tus vacaciones?

—Maravillosas —respondió con su sonrisa perfecta—. Ese balneario es estupendo y los tratamientos casi milagrosos.

—Pero tú no los necesitas. Eres preciosa, ma... —se corrigió a tiempo—, y maravillosa.

Su madre sonrió y volvió a abrazarla.

—Tú sí que eres maravillosa, aunque deberías cuidarte un poquito esas ojeras —la reprendió como si hubiera cometido un delito de primer grado. Suspiró y se pasó la mano por la frente—. Estoy cansada. Creo que subiré a echarme un rato. ¿Podrías subir las maletas, mi amor?

—Por supuesto, cariño, enseguida —respondió de inmediato su padre, que intentaba cruzar el umbral con dos maletas enormes en las manos y una tercera colgando de su hombro.

Aquello hizo que Savannah pusiera los ojos en blanco. Los despidió y se dirigió a la cocina a por algo frío que beber. Ese verano estaba siendo uno de los más calurosos que recordaba, y la temperatura no hacía más que subir. Encontró a Hannah limpiando unos tarros de cristal que iba guardando meticulosamente en una caja de cartón.

—¡Buenos días! —saludó Savannah.

—Buenos días.

Savannah abrió la nevera y sacó una jarra de té helado. Se sirvió un vaso y, mientras bebía, observó a Hannah. Le apenaba que una mujer tan joven y guapa tuviera siempre esa expresión triste y cansada, y la sonrisa de una anciana que considera que su vida ya no puede aportarle nada especial. Era el rostro de una persona que ya no tiene deseos. Se preguntó qué clase de vida habría tenido.

—¿Qué tal estás, Hannah? —preguntó.

La mujer levantó la vista de la caja y la miró.

—¡Bien, gracias! —Sonrió y sus ojos brillaron un momento.

«Tiene los mismos ojos que Caleb, y el mismo pelo», pensó Savannah. De nuevo estaba allí el nombre en el que no quería pensar, en el que no debía pensar, y que no lograba apartar de su mente.

—No hemos hablado desde... desde lo que pasó. Y... bueno... ni siquiera te has tomado unos días para descansar. ¿De verdad estás bien? No puedo imaginar por lo que estarás pasando —comentó con ansiedad.

Hannah dejó de frotar el tarro de cristal y apretó los párpados un momento.

—Eres una buena chica, Savie. No cambies. —Se dio la vuelta y se acercó al fregadero, donde humedeció el paño, y añadió—: He perdido a un hijo, claro que no estoy bien. Siento que me han arrancado el corazón y que me dolerá mientras viva, pero no me queda más remedio que seguir adelante. Tengo otro hijo... Caleb me preocupa mucho y... me necesita. La muerte de su hermano ha sido un golpe muy duro para él y ni siquiera es capaz de demostrarlo... No, Savie, no estoy bien.

Con el corazón encogido, Savannah rodeó con sus brazos a Hannah y la estrechó muy fuerte. No fue capaz de decir nada porque la pena que sentía no se lo permitía; y porque, si abría la boca, se echaría a llorar. Apenas dos semanas antes, Dylan había estado en esa misma cocina hablando sobre la universidad y los millones de planes que tenía para el futuro. Era un chico estupendo. Tan diferente a los muchachos de su barrio y... a Caleb.

Hannah se dio la vuelta y le acarició la mejilla.

—Anda, deja que lleve esa caja al cobertizo.

—No te preocupes, yo la llevaré —se apresuró a decir Savannah. Agarró la caja y por un momento se le doblaron las piernas bajo su peso.

—¿Estás segura?

—Sí. Además, pensaba ir a buscar un filtro para la depuradora de la piscina. Hay que cambiarlo y a papá se le olvida.

—Esta bien, ponlos junto a los otros. Los verás en un estante en la parte superior.

—Vale.

—Hay una escalera en la esquina. Junto a la podadora.

—En la esquina, junto a la podadora. De acuerdo.

Savannah salió al jardín con la caja entre los brazos. El peso hacía que sus pies se hundieran en el césped y sus tobillos se doblaran. Avanzó unos metros dando traspiés. Se detuvo para tomar aire y clavó una mirada molesta en el cielo, donde brillaba un sol infernal. Al bajar la vista el oxígeno dejó de llegarle a los pulmones.

Caleb estaba de espaldas a ella, inclinado sobre un banco de trabajo donde serraba unos listones de madera. Los tejanos que vestía le sentaban muy bien, aunque parecía incapaz de mantenerlos en su sitio y le colgaban de las caderas dejando ver un poco de su ropa interior. No llevaba camiseta y su piel brillaba por el sudor con un increíble tono dorado.

El chico se enderezó un poco para cambiar la posición de la sierra y los ojos de Savannah se abrieron como platos. Tenía un tatuaje tribal enorme que comenzaba en medio de su espalda, se desplazaba hasta el hombro y bajaba por el bíceps donde había visto el gecko. Él se giró, como si hubiera sentido que le estaban observando, pero ella continuó inmóvil sin apartar la vista de su torso. El tatuaje cubría la parte delantera de su hombro y bajaba hasta la mitad del pectoral. ¡Y qué pectorales! Aquella era, con diferencia, la visión más sexy de un chico que había tenido en toda su vida.

Apartó la vista de golpe, medio mareada, cayendo en la cuenta de que estaba conteniendo la respiración. Apretó la caja contra su pecho y continuó andando. ¡Mal, mal, muy mal! La había sorprendido mirándolo pasmada. ¡Cómo podía ser tan ridícula!

—¿Necesitas ayuda con eso? —preguntó Caleb.

—No, gracias, puedo yo sola —respondió entre jadeos por el esfuerzo. Lo miró por encima del hombro y le dedicó una sonrisita de suficiencia. La caja bailó en sus brazos y a punto estuvo de caer de bruces.

Caleb suspiró y se quedó mirándola. Los pantaloncitos que llevaba apenas tapaban sus largas piernas y la vista era espectacular. Aunque no tanto como aquella espalda completamente desnuda, a excepción de la tira de su biquini rosa chillón que la cruzaba de lado a lado. ¿Qué les pasaba a las chicas como ella con el rosa? Labios rosas, uñas rosas, ropa rosa; parecían pomposos algodones de azúcar.

Tomó aire y, sin saber muy bien la razón, echó a andar tras ella.

—Dame eso —dijo, mientras le quitaba la caja de las manos.

—No es necesario, yo puedo...

—¿Dónde quieres que lo deje? —preguntó, ignorando por completo sus protestas.

—En el cobertizo. ¿Qué pasa, Marcus, que aún no has hecho tu buena acción del día? Mi padre no va a pagarte más por esto.

Caleb la miró por encima de su hombro y se echó a reír al ver su expresión de suficiencia. Lo estaba retando, ¡y era tan fácil caer en aquel juego de tiras y aflojas con ella! Decidió ser bueno. Arrugó los labios con un puchero y a ella se le escapó una sonrisa que disimuló rápidamente. Entraron en el cobertizo.

—Tengo que ponerlos arriba. Sujeta la caja y yo los voy colocando —le indicó ella.

—¿Ahora sí quieres mi ayuda? —le hizo notar Caleb.

Ella lo fulminó con la mirada. Cogió la escalera y la colocó frente a los estantes. Tuvo que subir hasta arriba para alcanzar la repisa superior. Cogió un par de tarros y los colocó, girándolos hasta alinearlos perfectamente. Repitió el gesto con los siguientes. Él arqueó las cejas, sorprendido por el esmero que ponía en algo tan insignificante. Así que, además de pija, era una tiquismiquis; seguro que se ponía de los nervios cuando alguien cambiaba de sitio sus cosas. Sería divertido hacer la prueba y ver cómo se ponía histérica. Abandonó sus planes malvados en cuanto se percató de que tenía su bonito trasero a la altura de la cara. ¡Madre mía, era demasiado tentador! Soltó un gruñido, reprimiendo las ganas de plantar sus manos en él.

—¡Dios! —maldijo.

—¡Qué! —inquirió ella, entornando los ojos—. ¿Qué pasa?

—Estooooo... —empezó a decir mientras su vista vagaba de un lado a otro—. Una araña, era enorme.

Savannah se quedó paralizada, odiaba las arañas más que nada. Eran unos bichos repugnantes frente a los que no era capaz de pensar.

—¿Dónde está? —susurró muerta de asco—. ¡Dime que ya no está, por favor, dime que ya no está! —rogó con los párpados apretados.

Caleb esbozó una sonrisa maliciosa. La princesita cumplía con todos los tópicos posibles. «No lo hagas, no lo hagas», pensó. No pudo resistirse.

—No te muevas —musitó. Notó que ella dejaba de respirar. Le puso una de las manos en las caderas—. La tienes justo aquí, en los pantalones, y es enorme.

Savannah dio un respingo y comenzó a gritar mientras se sacudía todo el cuerpo con las manos.

—¡Quítamela... quítamela... apártala! —chilló.

La escalera osciló y Savannah cayó de espaldas. Caleb apenas tuvo tiempo de soltar la caja y abrir los brazos. La atrapó al vuelo y la apretó contra su pecho. Tenía el peso de una pluma, su piel era suave y olía de maravilla. La miró, tenía los ojos cerrados y temblaba. Hasta ahora no se había percatado de las pecas que le salpicaban las mejillas, que pasaban desapercibidas bajo el bronceado de su piel. Le daban un aspecto dulce.

—¡Eh, princesa —bajó la voz hasta convertirla en un susurro profundo y sexy—, estás a salvo!

—¿La ves por alguna parte? —preguntó ella, aún asustada.

Caleb tuvo que librar una auténtica batalla por controlar su risa. Su pecho se agitó bajo ella.

—La verdad es que no había ninguna araña —admitió sonriente. Ella abrió los ojos de golpe y lo taladró con sus iris de un gris profundo. Era la primera vez que podía verlos bien y sintió un revoloteo en su estómago. Eran enormes, increíbles, y en ese momento le lanzaban rayos—. En realidad te estaba mirando el culo y... bueno... no quería admitirlo.

Ella se puso colorada y empezó a retorcerse en sus brazos. Estaban tan cerca que respiraban el mismo aire.

—Bájame.

—¿Te has enfadado? —preguntó él con tono burlón. Ella lo atravesó con la mirada—. Vale, ya veo que sí. ¿Qué harás si te dejo en el suelo?

Savannah volvió a retorcerse y le golpeó el pecho con las manos. Empezaba a sudar y le ardía la piel, porque se sentía avergonzada y porque estar entre los brazos del chico la alteraba demasiado.

—Caleb, va en serio, déjame en el suelo ahora mismo. ¡Ya!

El frunció el ceño con un destello de diversión contenida.

—No me gusta ese tono mandón. Pídemelo por favor.

Ella apretó los dientes y lo retó con la mirada. Él arqueó las cejas y se encogió de hombros.

—Puedo estar así hasta mañana —avisó.

—Por favor —masculló Savannah, a punto de salirse de sus casillas.

—Por favor, ¿qué? —inquirió Caleb, y sus labios se curvaron con una sonrisa petulante.

—Bájame al suelo, por favor —escupió ella en voz baja.

Caleb se quedó mirándola un largo rato antes de dejarla en el suelo. La bajó despacio y, de forma premeditada, la apretó contra su pecho antes de soltarla. Sonrió, pícaro, al ver que se ponía muy nerviosa al apoyar las manos en sus brazos para recuperar el equilibrio. Que lo tocara era agradable, y un inexplicable deseo se enroscó en sus entrañas.

Por un segundo, Savannah se olvidó de su enfado. La piel de Caleb le quemaba las palmas de las manos y sus ojos marrones la mantenían anclada a él. Ninguno de los dos apartó la vista y el aire se volvió tangible. La miraba sin parpadear, respirando con suavidad sobre su rostro. Nunca nadie la había mirado de ese modo, ni durante tanto tiempo. Tragó saliva con la boca seca.

Caleb le colocó las manos en la cintura y la empujó hacia atrás con suavidad.

—Solo ha sido una broma. ¿Amigos? —preguntó él sin poder ocultar un atisbo de mofa.

Ella volvió en sí y se puso roja. Aquel cretino se había reído de ella, y no solo eso, le había estado mirando el trasero. El gran Caleb Marcus, al que ninguna chica se le resistía. ¡Pues con ella se equivocaba de cabo a rabo!

—¡Claro! —respondió mientras sonreía como una tonta, fingiendo que no se había molestado.

Se dio la vuelta y salió del cobertizo como si no pasara nada. En realidad, no podía respirar y sus mejillas eran puro fuego. Se sentía mal consigo misma porque en el fondo todo aquel encuentro había sido excitante. Una parte de ella lo había disfrutado.

Caleb la siguió y se detuvo en la puerta. Algo no le cuadraba en su actitud; demasiado fácil. Ni un mal gesto, ni una mirada aviesa. La contempló, y sus ojos se perdieron en aquel contoneo de caderas hasta que ella se detuvo en medio del jardín. Se obligó a alzar la vista hacia arriba. Savannah lo taladraba con una mirada cargada de rabia.

—Me apetece tanto ser tu amiga como que me saquen los ojos y después me rellenen las cuencas con pimienta —dijo ella con los brazos en jarras—. Por eso voy a contarle a tu madre la clase de pervertido que eres y lo que acabas de hacer. Te cortará esas dos bolitas a las que tienes tanto aprecio. —Le señaló con el dedo la entrepierna—. Si tiene la suerte de encontrarlas, claro.

Caleb se puso derecho con un respingo. Mierda, eso sí que no lo esperaba. Su madre se llevaría un buen disgusto si se enteraba de que había molestado a Savannah. ¿Había dicho «bolitas»?

—Ni se te ocurra. —La apuntó con el dedo y entornó los ojos—. Esto es entre tú y yo. No seas cría.

Ella frunció los labios con un mohín

—Vaya, vaya, el chulito de Marcus también tiene su *kryptonita*. ¡Mami va a darte unos azotes! —canturreó mientras echaba a correr hacia la casa.

9

Sentado a la mesa de la cocina, Caleb estaba recibiendo una reprimenda de dimensiones épicas por parte de su madre. No recordaba la última vez que le había echado una bronca tan enfadada, aunque probablemente habría sido muy poco antes de que le detuvieran. Por aquella época siempre andaba metido en algún lío. Ella procuraba hacer de madre y de padre y de educarlo metiéndole con calzador algo de sentido común, mientras intentaba que no faltara comida en la mesa. La quería y respetaba por todo ello, y sabía que no se lo había puesto nada fácil.

Conocía a otras familias igual de jodidas que la suya, en las que las cosas habían acabado muy mal. Pero su madre nunca se rindió. No había ahogado sus problemas en alcohol, ni los había abandonado para huir del infierno. Los había consolado, protegido, y había tratado por todos los medios que aquel horror que sufrían, bajo la mano del bastardo de su padre, no causara heridas más allá de las palizas. Eso no pudo lograrlo. En su interior había muchas más cicatrices que las que mostraba su piel.

—Tienes veintiún años, Caleb. No eres ningún niño para comportarte así —decía ella, mientras cortaba unas verduras para la cena—. Savie es una buena chica, un cielo de niña. No quiero que vuelva a repetirse...

—Mamá, solo ha sido una broma. ¡Vamos, seguro que no es la primera vez que alguien le gasta una! Lo que pasa es que las chicas como ella no tienen sentido del humor —se justificó, escondiendo una sonrisa.

—Te conozco, Caleb. Tienes dos personalidades: una que adoro, y otra que no soporto, de la que he oído tantas historias que, si pudiera, la extirparía de tu cerebro. Eres un buen chico, lo sé, ¿o acaso crees que no he oído los rumores que corren sobre lo que Tyler y tú hicisteis anoche? Solo a un buen chico le preocuparía lo que pueda ocurrirles a esos niños. Pero lo solucionaste como no debías, con violencia, como un gamberro... Y hoy has sido igual de desvergonzado con Savie.

«A veces no queda más remedio que ser un hijo de puta para que te respeten», pensó Caleb. Clavó los codos en la mesa y escondió el rostro entre las manos mientras su madre seguía con el sermón. Cinco minutos después ya no conseguía asimilar ni una palabra más y dejó de prestar atención.

Sin saber cómo, Savannah acabó en sus pensamientos. Tenía que admitir que estaba sorprendido. La chica había tenido el valor de contárselo todo a su madre, palabra por palabra. Se la había devuelto. Sonrió al recordar su carita maliciosa de pequeño demonio mientras lo señalaba con el dedo. «Bolitas... ya te daré yo bolitas, nena», pensó, y su sonrisa se ensanchó. Tenía la impresión de que Savannah Halbrook era una caja de sorpresas que esperaba a ser abierta. Y él comenzaba a sentir curiosidad por saber qué guardaba dentro. Su madre le dio un coscorrón.

—¿Te hace gracia lo que te estoy diciendo? —preguntó enfadada.

—¿Qué? ¡No! Tienes toda la razón, y a partir de ahora me portaré bien.

—Y le pedirás disculpas a Savannah —sugirió ella.

Caleb se giró en la silla y entornó los ojos al mirarla.

—No.

—Sí, te disculparás.

—Solo me disculpo cuando de verdad me arrepiento de algo, y de esto no me arrepiento.

—¡Caleb!

El teléfono móvil de Caleb empezó a sonar. Miró la pantalla: era su tío.

—No volveré a molestarla, en serio, pero no pienso disculparme. Además, creo que tu niñita mimada necesita espabilarse y no correr a esconderse en las faldas de los mayores cada vez que alguien le saca la lengua. Cuando salga de este pueblo y se tope con el mundo real, se la comerán con patatas. ¡Casi que le hago un favor!

Salió al porche y oyó a su madre pelearse con las cacerolas mientras soltaba un millón de maldiciones. Lo sentía, no quería hacerla enfadar, pero bajo ningún concepto iba a disculparse con *Miss Trasero Perfecto*.

—¿Qué pasa? —respondió al teléfono.

—¿Qué pasa, chico? —preguntó Liam al otro lado—. ¿Qué tal está tu madre?

—En este momento, cabreada conmigo.

—¿Qué le has hecho?

—Nada, se ha mosqueado por una tontería. Ya se le pasará. Eh, Liam, necesito pedirte algo.

—Claro, chico, lo que sea, ya lo sabes.

—Necesito quedarme un tiempo. No será mucho, te lo prometo.

—No necesitas mi permiso, y si has decidido quedarte, también me parece bien. Perderé al mejor mecánico que he tenido jamás, pero ¡qué se le va a hacer!

—Cualquiera diría que te alegras de perderme de vista.

Liam se echó a reír y su risa ronca surtió un efecto calmante en Caleb. Quería a aquel hombre y lo respetaba como a nadie.

—Eres como un hijo para mí, lo sabes. Y aquí siempre tendrás un sitio. Yo no abandono a los míos. Aunque sean unos capullos como tú —apostilló.

Esta vez fue Caleb el que rompió a reír a carcajadas.

—Solo necesito unas semanas. La casa se cae a pedazos y no puedo dejar a mi madre así.

—¿Necesitas dinero?

—No, tranquilo, he conseguido un par de empleos. No pagan mucho, pero será suficiente.

Hubo un silencio en el que la respiración de Liam se volvió pesada.

—¿Cómo estás, Caleb? Y dime la verdad, ya sabes que huelo tus mentiras a kilómetros.

—¿Te refieres a...?

—Sí, a tu hermano, y a cómo te sientes al estar de nuevo allí.

Caleb tragó saliva. Liam tenía un don para ver dentro de él como lo haría un halcón cazando una presa. Directo y preciso hasta clavar las garras donde dolía. Pero ese tipo de dolor no era malo, porque le recordaba que se preocupaba por él. ¡Su vida habría sido tan distinta si él hubiera sido su padre!

—Soy como un campo de minas, pero no tienes de qué preocuparte. Puedo controlarlo.

—Y si no, solo tienes que llamarme. Estaré ahí enseguida.

—No te preocupes, en serio. No hay nada que me ate aquí y, con un poco de suerte, convenceré a mi madre para que venga conmigo. Antes de que te des cuenta, estaré aplastándote contra la lona del *ring*.

—¡Ni en tus sueños, gallito!

Caleb colgó el teléfono y se quedó mirando la calle con una sonrisa en el rostro. Solo llevaba allí unos días y ya echaba de menos Santa Fe.

10

*R*ecostado sobre un tronco que había arrastrado la marea, Caleb contemplaba el cielo cubierto de estrellas y la luna gigantesca que reflejaba su luz brillante sobre el océano en calma. La arena de la playa aún conservaba el calor del día.

El grupo se había reunido otra vez y, por un instante, se sintió como si tuviera de nuevo diecisiete años. No estaba seguro de si esa sensación le hacía sentir bien o no. Si hacía inventario de sus emociones, la balanza se inclinaba de un lado a otro. Estar allí con sus viejos amigos le recordaba quién era, de dónde venía. Ellos habían sido su familia y su apoyo durante mucho tiempo. Por otro lado, viejas heridas comenzaban a doler.

Dio un trago a la botella de tequila y se la pasó a Tyler, que no dejaba de hablar con Matt de coches y de las próximas carreras de NAS-CAR. Jace y Sally seguían metiéndose mano sin ningún reparo. Y también estaba Spencer. No había vuelto a verla desde el funeral. Trabajaba en un garito a las afueras en el que pasaba casi todo el tiempo, pero esa era su noche libre y, cuando Sally le contó los planes sobre el reencuentro, no había tardado en aparecer.

Spencer se acercó a Caleb contoneando sus caderas, ceñidas bajo una minúscula falda de licra. Tyler contempló la escena con cierta preocupación. Spens era explosiva, una de esas chicas por las que los tíos podían partirse la cara solo para conseguir que les dedicara uno de sus mohines coquetos. Había sido la chica de Caleb durante el penúltimo curso de instituto y habían estado locos el uno por el otro. Pero nunca habían roto. Simplemente, cuando detuvieron a Caleb, él desapareció de su vida y nunca regresó, nunca la llamó; y ella continuó con su vida y con lo que mejor sabía hacer: romper corazones, uno tras otro. Ahora se preguntaba qué ocurriría entre ellos. Spencer parecía más interesada que nunca en él, y Caleb... sobre Caleb no tenía ni idea. El chico que se había largado no era el mismo que había regresado.

Sally soltó un gemido ahogado, que hizo que todos se fijaran en ella.

—Os pasáis el día sin dejar de mover la lengua, ¿no os cansáis? —les espetó Tyler.

—Búscate una novia, Ty —le dijo la chica a la vez que le enseñaba el dedo corazón.

Spencer se sentó junto a Caleb y le pasó la botella que llevaba en la mano.

—Así que lo has logrado, has conseguido tu pequeño sueño. Es muy bonito. —Sacudió la cabeza en dirección a su Mustang y soltó una risita—. Aún recuerdo cómo te pasabas horas hablando de que algún día tendrías ese coche. ¡Me volvías loca!

Caleb la miró y sonrió.

—Yo también lo recuerdo. —Dejó escapar un suspiro y clavó la vista en el océano—. Ha pasado mucho tiempo desde entonces.

Ella alargó la mano y la colocó sobre el muslo de Caleb.

—No tanto. A mí me parece que fue ayer y que todo sigue igual. Bueno, no todo... —Lo miró de arriba abajo y se mordió el labio—. ¡Estás increíble!

Caleb esbozó una sonrisita y giró la cabeza hacia ella.

—¿Estás ligando conmigo, Spens?

—Es posible. ¿Funciona? —preguntó, lanzándole una mirada atrevida.

Caleb se encogió de hombros y la estudió de arriba abajo. ¡Dios, estaba cañón! ¡Y con tan poca ropa era una visión muy excitante!

—Es posible —contestó él. Notó la mano de Spens ascendiendo por su muslo. No se movió. Miró hacia abajo e intuyó sus uñas rojas haciendo circulitos sobre sus tejanos, a juego con unos labios igual de rojos. De repente pensó en uñas rosas, en labios rosas... conejitos rosas de satén. Se puso tenso. En los últimos días ese tipo de pensamientos aparecían en su cabeza con demasiada frecuencia.

—Me alegro de volver a verte, Caleb —susurró Spencer, sentándose en su regazo y rodeándole el cuello con los brazos—. Te he echado mucho de menos.

—Yo también me alegro, preciosa.

Ella sonrió y se colocó entre sus piernas con la espalda reposando sobre su pecho. Encendió un cigarrillo y se lo entregó. Caleb dio una larga calada y suspiró, soltando el humo muy despacio. Spens le quitó el pitillo de la boca y se contoneó frotándose contra él de un modo que lo dejó sin aliento. Caleb no quería complicaciones con Spencer, y menos de ese tipo, pero si no dejaba esos jueguecitos, otra cosa, y no precisamente su cerebro, iba a meterse donde no debía.

—Las carreras de NASCAR están bien, pero lo que mola es la Fórmula 1 —dijo Jace, destapando la segunda botella.

Tyler y Matt se volvieron para mirarlo.

—¡Joder, pero si hablas! Pensaba que solo sabías mover la lengua —le soltó Tyler.

—Y sabe moverla —replicó Sally.

Tyler le hizo un gesto obsceno con su boca.

—Mi primo estuvo en Canadá el mes pasado y dice que fue alucinante, que podía oler la adrenalina a pie de pista —continuó Jace, ignorando el intercambio de gestos—. Por eso quiero estudiar ingeniería mecánica, para poder meterle mano a una de esas preciosidades. Tocar esos motores tiene que ser como un orgasmo tras el mejor polvo de tu vida.

Tyler se quedó en silencio, pensativo.

—Me excitas cuando te pones poético —dijo después entre risas.

Jace alargó la pierna para darle una patada y también se echó a reír.

—Eres idiota, Ty.

Tyler se llevó las manos a la cabeza y su cuerpo osciló hacia los lados. Estaba mareado.

—Sí, pero un idiota que necesita bajar este pedo para poder conducir y llevaros a casa —dijo mientras se ponía de pie, inseguro—. Dios, ¿qué tenía ese tequila que has traído, Spens?

—Nada, que te has bebido media botella tú solito.

—Me está sentando mal. Necesito andar un poco o vomitaré aquí mismo. Debería haber comido algo —se quejó Tyler.

Caleb palmeó las caderas de Spencer, invitándola a que se levantara. Se puso de pie y se acercó a Tyler. Le rodeó el cuello con el brazo.

—Demos una vuelta —propuso. Y todos estuvieron de acuerdo.

Pasearon por la playa durante un rato. Se agitó una brisa fresca y Spens se apretujó bajo el brazo de Caleb para absorber algo de su calor. A lo lejos vieron las llamas de una hoguera y a un grupo de gente a su alrededor. Las voces y las risas se hicieron más nítidas conforme se acercaban.

—Por cierto, Caleb, ¿qué tal te va por Santa Fe? —preguntó Jace.

—No me va mal. Paso casi todo el tiempo trabajando —contestó mientras se encogía de hombros.

—Tú tío es el dueño de los negocios. Entonces, tú serás algo así como el jefe, ¿no?

—Soy el puto amo —respondió Caleb, chasqueando la lengua.

—Lo que eres es un fantasma —intervino Tyler, y añadió en tono burlón—: ¿Sabíais que da clases de defensa personal a un grupo de niñas en el gimnasio? ¡Sí, el amo de la guardería!

Caleb le dio un empujón con el codo y el chico trastabilló.

—Nunca dije que fueran niñas, dije nenas —puntualizó Caleb.

Matt silbó.

—El sueño de cualquier hombre: chicas empapadas en sudor repartiendo puñetazos. Ese es el trabajo que necesito, y dejar de servir ensaladas y agua con gas en el Club. Árbitro en peleas de barro. —Se echó a reír—. Solo pondría una regla: nada de ropa.

—¡Por Dios, Matt, estás enfermo! —exclamó Spencer.

—Lo que está es salido —dijo Tyler—. ¿Qué pasa, que Kim te tiene casti...? —la pregunta se ahogó en su garganta cuando tropezó con algo y cayó al suelo de bruces.

—¿Quieres mirar dónde pisas, imbécil? —dijo una voz masculina en la oscuridad.

La silueta de un tipo bastante grande se elevó recortada contra la luz de la hoguera, que estaba a escasos pasos de ellos. A su lado también se incorporó una chica, que empezó a colocarse bien la ropa.

Tyler se puso de pie con serios problemas para mantener el equilibrio.

—¿A quién llamas imbécil? —inquirió con tono asesino.

—A ti. Me has pasado por encima.

—La próxima vez que te pongas a echar un polvo en la playa, busca un sitio más adecuado, gilipollas. ¿O es que te gusta tener público? —le soltó Tyler señalando con la barbilla a la gente que los observaba atónita.

—Ten cuidado con lo que dices o te partiré la cara —dijo el chico dando un paso hacia Tyler.

—¡Uy, qué miedo! —se burló.

Dio un traspiés porque aún seguía borracho.

El chico se lanzó contra Tyler, pero Caleb lo contuvo con una mano en el pecho.

—Tranquilo —gruñó entre dientes.

—No me toques. ¿Quién te crees que eres? —Apartó la mano de su pecho de un manotazo. Soltó una risita—. ¡Si sois esos colgados del barrio!

Caleb acortó la distancia que le separaba del chico, que tenía la espalda del tamaño de un armario, hasta quedar pecho contra pecho. Las llamas le iluminaron el rostro y dieron vida a sus ojos inyectados en sangre.

—Repítelo y alégrame el día —masculló, echándole el aliento en la cara.

El chico dio un paso atrás. Aunque no parecía dispuesto a retirarse.

—Eh, venga, ya está bien. Seguro que ninguno quiere complicar las cosas esta noche —dijo alguien desde la hoguera.

Caleb reconoció la voz y se puso tenso. Sus ojos se clavaron en Brian Tucker, que se acercaba a ellos para colocarse delante de su amigo, relegándolo a un segundo plano mucho más seguro.

—Pues enséñale algo de educación a tu colega —replicó.

—¡Marcus! —dijo Brian, tratando de disimular su sorpresa.

—¡Tucker! —exclamó Caleb en el mismo tono burlón.

—Perdona a Mick. A veces se descontrola un poco —indicó Brian. Sus rasgos se endurecieron—. Discúlpate, Mick.

—Pero ¿qué dices? —estalló, indignado, mirando a Brian.

—He dicho que te disculpes —musitó este con voz fría.

Mick bajó la cabeza y resopló. Lanzó una mirada asesina a Tyler y después se dirigió a Caleb.

—Lo siento —dijo a regañadientes. Agarró a la chica que estaba con él y dio media vuelta de regreso a la hoguera.

—¿Veis? Lo siente mucho. Mick es un poco impulsivo, pero es buen chaval. Demasiados golpes en la cabeza con el fútbol, ya sabéis —dijo a modo de broma. A nadie le hizo gracia.

—Pues dile a tu chico que la próxima vez lo dejaré sin lengua. —Caleb no parecía dispuesto a dejarlo pasar. Se había puesto de mal humor sin darse cuenta. La gente como Brian y Mick tenía ese efecto en él.

—¡Vamos, Marcus, relájate un poco! —Brian sacudió la cabeza, como si se le hubiera ocurrido una idea estupenda—. ¿Por qué... por qué no os quedáis un rato y tomáis algo con nosotros? Tengo un bourbon de primera.

Caleb estaba a punto de responderle que se metiera su invitación por donde le cupiera, cuando atisbó un rostro conocido a través de las llamas. Savannah Halbrook estaba haciendo lo imposible para esconderse tras su melena y pasar desapercibida. Algo se agitó dentro de él, un aleteo en su corazón que lo pilló por sorpresa. Entonces ella alzó la barbilla y sus ojos se encontraron. Decir que parecía incómoda era quedarse corto. Era el momento perfecto para cobrarse una pequeña venganza por haberse ido de la lengua con su madre.

—¡Claro, por qué no! —aceptó sin apartar la vista de ella.

Las comisuras de sus labios se elevaron con una mueca maliciosa.

—Claro, será divertido —lo apoyó Brian.

—¡No, Caleb! —susurró Spencer, que salió de las sombras y lo agarró por el brazo—. Vámonos, por favor.

Brian se puso pálido al ver a la chica. No fue capaz de decir nada. Era tarde para retractarse y no le quedó más remedio que sonreír. Caleb rodeó la cintura de Spencer con su brazo y le dio un apretón cariñoso.

—Venga, nena, probemos ese bourbon de primera.

—No creo que sea buena idea —dijo Tyler, que de pronto parecía más sereno que nunca.

Caleb sacudió la cabeza. No pensaba marcharse por nada del mundo. Savannah le miraba a través de su cabello, que junto al fuego brillaba con un color rojo imposible.

—Sí que lo es. ¿Qué es eso que dijiste el otro día, Tucker? ¿Que el instituto quedó atrás y hay que pasar página?

Brian asintió. Una sonrisa forzada curvó sus labios.

—Pues pasemos página —dijo Caleb.

11

Se acercó al fuego y se sentó sobre la arena. Spencer se acomodó a su lado, rígida. Él le rodeó los hombros con el brazo. Tyler, Matt, Jace y Sally terminaron de cerrar el círculo. Durante unos largos segundos nadie dijo nada. El silencio se volvió demasiado tenso para todos, menos para Caleb, que contemplaba divertido los intentos de Savannah por ignorarle.

—¿Por qué... por qué no seguimos jugando? —sugirió Marcia. Agarró la botella vacía que tenía delante y la hizo girar—. Era mi turno. —La botella dio vueltas hasta detenerse señalando a Cassie.

Tyler se quedó mirando la botella.

—Así debe ser el infierno, pijos jugando a verdad o prenda —masculló.

—¿Tienes algún problema? —le espetó Cassie.

Tyler giró la cabeza para mirarla con desgana. Como si el simple hecho de dedicarle su atención supusiera más esfuerzo del que merecía.

—¿Me estás hablando? —le hizo notar en tono mordaz.

Cassie puso cara de asco y le sostuvo la mirada.

—Yo te conozco. ¿Cómo era que te llamabas...? Ah, sí, Fracasado.

Tyler se inclinó hacia ella.

—Tú puedes llamarme *mi amo* —dijo con una sonrisa maliciosa.

Se quedaron mirándose, echando chispas por los ojos.

—Vamos, Cassie —intervino Marcia—. Verdad o prenda. ¿Es cierto que te diste el lote con Ricky durante la graduación?

Cassie giró la cabeza de golpe y le puso mala cara.

—¡Claro, éramos los que gemíamos en el suelo mientras el director entregaba los diplomas! —soltó como si nada. Hubo algunas risitas y hasta los labios de Tyler se curvaron un segundo—. ¡Pues claro que no! Me toca. —Hizo girar la botella y, para su sorpresa, apuntó a Tyler—. Verdad o prenda, Fracasado. ¿Cuándo fue la última vez que te trincó la poli?

—Será esta noche, pienso hacer algo muy malo con este cuerpo, ¿te apuntas? —preguntó, clavando sus ojos en ella; Cassie sacudió la cabeza y lo ignoró. Tyler agarró la botella como si quemara y la hizo dar vueltas. Apuntó a Caleb. Sonrió—. Verdad o prenda, Marcus. ¿Por qué cojones quieres sentarte con estos?

Caleb no contestó. Agarró su camiseta y se la quitó, lanzándosela después a su amigo como si fuera un proyectil. Con el torso desnudo se inclinó e hizo girar la botella. Señaló a Cassie.

—Verdad o prenda, rubita. ¿Por qué le dan miedo las arañas a la princesa? —preguntó, señalando con su barbilla a Savannah.

Los ojos de Cassie se posaron en su amiga y los entornó cuando ella le devolvió la mirada. Savannah parecía un gatito asustado con los ojos muy abiertos, lanzando a través de ellos una súplica silenciosa.

—¡Tengo que contestar! Ya he perdido los zapatos y solo me queda el vestido. No pienso quedarme en ropa interior delante de estos —se justificó Cassie. Miró a Caleb—. Verdad. Cuando teníamos doce años fuimos a un campamento de verano. Unos chicos llenaron un bote con esos bichos y se los echaron por encima mientras dormía. Algunas le picaron y tuvo una reacción alérgica bastante fuerte. No podía respirar. Desde entonces las odia.

La sonrisa engreída desapareció de la cara de Caleb, para dar paso a una menos divertida. ¿Qué clase de idiotas le hacían algo así a una chica? Empezó a sentirse mal por haberle gastado esa broma estúpida en el cobertizo.

Continuaron jugando. El ambiente no se relajó en ningún momento. Todo el mundo estaba rígido, esquivo. Todos menos Caleb, que no parecía afectado por nada de lo que sucedía a su alrededor. Solo se fijaba en Savannah, en sus gestos, en sus movimientos. No sabía si sería por el exceso de tequila o porque desde que había llegado a Port Pleasant no había estado con ninguna chica, pero la princesita lo excitaba.

—Verdad o prenda, Savie —anunció Nora—. ¿Vas a volver con Brian?

Savannah tosió. No se esperaba esa pregunta. Parpadeó un momento y se inclinó hacia delante buscando la mirada de Nora, esperando haber oído mal. Ese era el típico comportamiento de la entrometida de su amiga, si es que se le podía llamar así. Su melena le cayó sobre el hombro y Brian se apresuró a recogérsela tras la oreja.

—Mi prima te ha hecho una pregunta, Savie —le recordó el chico.

Savannah se encogió, apartándose de su ex novio. Se puso tensa y miró de reojo a Caleb. El brillo travieso de sus ojos le aceleró el pulso. Él alzó las cejas, animándola a contestar.

—Prenda —respondió con la voz entrecortada.

Se puso de pie y se quitó la camiseta, quedándose tan solo con el sujetador. Se sentó, abrazándose las rodillas para ocultar su pecho, e hizo girar la botella. Aquel objeto de cristal pactó con su mala suerte y se detuvo apuntando a Caleb. Se quedó helada. No podía ser... El corazón estaba a punto de salírsele por la boca. Los engranajes de su cabeza comenzaron a funcionar. No tenía ni idea de qué preguntarle. Lo miró y él esbozó una sonrisa lenta y malévola. Spencer estaba a su lado, rodeándole la cintura con los brazos. Los celos despertaron en su pecho, pillándola por sorpresa. Deseó darle a Spens de su propia medicina.

—Verdad o prenda, Caleb. —Tragó saliva. Los ojos del chico la taladraban—. ¿Cuál es tu tipo de chica? La otra noche no terminaste de aclarármelo y siento curiosidad —dijo como si nada.

Desvió la mirada hacia Spencer y comprobó, por su mala cara, que había logrado su propósito. Por una vez sentaba bien ser la bruja de la historia. ¡Mejor que bien!

—¿La otra noche? —preguntó Brian a media voz, pero Savannah lo ignoró.

Nadie respiraba, todos estaban pendientes de ellos sin poder disimular su curiosidad. Caleb se inclinó hacia delante como un felino. Sus ojos brillaron al calor de las llamas y ese mismo calor hizo enrojecer las mejillas de Savannah. Ella notó que se le aceleraba el corazón con aquella mirada abrasadora.

—Si te refieres a si me gustan rubias, morenas o pelirrojas, con ojos azules, verdes o... grises, eso me da igual, me gustan todas —respondió él con suficiencia y una sonrisa que a ella le resultó irresistible. Suspiró y su expresión cambió—. Pero han de tener algo para llamar mi atención. Han de tener un treinta por ciento de ángel y un setenta por ciento de demonio. Eso te excluye.

Se quedaron mirándose fijamente y todo desapareció a su alrededor. Savannah únicamente era consciente de aquellos ojos oscuros que no la dejaban pensar. Odiaba el efecto que tenían en ella, pero al mismo tiempo la excitaban. Caleb solo podía pensar en el rosa brillante de sus labios que, a la luz del fuego, relucían como una señal luminosa en la oscuridad. Deseó mordisquearlos y averiguar a qué sabían.

—¿Y por qué me excluye? ¿Tan fea te parezco? —preguntó ella con desdén.

Caleb sonrió y negó con la cabeza.

—No, princesa, te deja fuera porque tú eres cien por cien ángel.

Savannah contuvo el aliento. El tono grave de su voz la rodeó como si de un abrazo se tratara, estremeciéndola. Forzó una sonrisa engreída y señaló la botella.

—Te toca jugar. —Sacudió su melena y se echó hacia atrás, apoyándose en las manos.

Caleb la miró de arriba abajo sin ningún disimulo, deteniéndose en sus curvas, en la forma de su estómago. Alargó el brazo y el juego continuó.

—Otra vez yo —gritó Cassie minutos después, dando palmaditas.

La botella apuntó a Brian. De repente, todo el mundo se quedó en silencio.

—¡Se avecina tormenta! —dijo alguien entre dientes.

Savannah se cubrió la cara con las manos, rezando para que su amiga se controlara, al menos esa noche. La chica odiaba a Brian por muchos motivos y no perdía ninguna ocasión de demostrarlo.

—Verdad o prenda —dijo Cassie con un tono helado. Brian se puso tenso y le sostuvo la mirada. Sus ojos de color avellana parecían retarla—. ¿Habrías continuado tirándote a la camarera si no te hubiera pillado Savie? —Soltó la bomba sin dudar, mientras señalaba a Spencer para que nadie tuviera dudas de a qué y a quién se refería.

Caleb se giró y miró estupefacto a Spencer. Joder, ¿había entendido bien? ¿Brian y Spencer? Apartó su brazo de ella. El silencio que siguió a la pregunta fue sepulcral. Brian estaba completamente rojo, tenía los puños apretados y parecía inmerso en una batalla personal contra su autocontrol.

—No —masculló con voz firme—. Ese fue el peor error de mi vida. ¿A quién se le ocurre que yo podría estar con alguien como ella más de una vez?

Spencer se quedó pasmada, incapaz de moverse, con sus sentimientos hechos jirones por la humillación. La mirada de Caleb terminó de desarmarla. Se puso de pie y salió corriendo. Savannah también se levantó y le dedicó una mirada asesina a su amiga.

—No solo los has humillado a ellos, Cassie —le espetó.

—Lo siento, Savie, yo... Es que ese idiota... —empezó a justificarse Cassie.

—¡Ya va siendo hora de que os metáis en vuestros propios asuntos! —les gritó a todos. Dio media vuelta y se alejó en dirección a la carretera.

—Savie, espera —le pidió Brian.

—No me hables. No me sigas. Tú menos que nadie —gritó desde la oscuridad.

Caleb, completamente alucinado, clavó sus ojos en Tyler. El chico sacudió la cabeza y se encogió de hombros.

—Ya te dije que no era una buena idea —dijo con un suspiro. Se puso de pie mientras se sacudía la arena de los pantalones—. Larguémonos de aquí.

Caleb condujo en silencio hasta la casa de Spencer. Ella tampoco dijo nada durante el tiempo que duró el trayecto. Lo conocía bien y sabía que en ese momento estaba muy cabreado. Cuando se detuvieron frente al apartamento del motel donde ella vivía, la tensión era inaguantable.

—Dilo si vas a decirlo —dijo Spencer cuando no pudo soportarlo más. Se cruzó de brazos como si quisiera protegerse.

Él apretó el volante y un tic contrajo el músculo de su mandíbula.

—¿Qué? ¿Que te pregunte si te acostaste con Brian cuando estaba con otra? Creo que ya tengo la respuesta a eso.

—Fue un error, Caleb.

Él la miró de reojo.

—Tú no cometes errores de ese tipo.

—Si estás enfadado conmigo porque estás celoso, no olvides que llevo cuatro años sin saber de ti...

Caleb se inclinó hacia delante y golpeó el volante con la frente varias veces. Suspiró. Permaneció en esa posición durante un largo segundo.

—No estoy celoso, Spens. Estoy cabreado porque te conozco y puedo hacerme una idea de por qué dejaste que ese capullo te llevara a la cama.

—Tú no sabes nada —masculló ella. Le dio la espalda y se quedó mirando por la ventanilla.

—Joder, ¿de verdad creíste que se enamoraría de ti? ¿Qué esperabas, que te presentara a sus padres y te comprara un diamante y una casa donde criaríais a vuestros hijos?

Spencer no contestó y se limpió con la mano las lágrimas que resbalaban por sus mejillas.

—Los tíos como Brian se acaban casando con las de su clase, no con gente de la nuestra —añadió él—. ¡Tú eres más lista que todo eso!

Spencer se giró hacia él con una mirada furiosa.

—¡Y tú también!

Caleb puso mala cara.

—¿Qué cojones quieres decir con eso?

Spencer se inclinó sobre él.

—Hablo de la *princesita*. ¿Acaso crees que no me he dado cuenta de que la mirabas como si te la fueras a comer?

Él soltó un gruñido y puso los ojos en blanco.

—Creo que te has pasado con el tequila. Imaginas cosas.

Spencer se rió, pero fue un gesto frío.

—¿Miedo a las arañas? Parece que sabes cosas que muchos no. ¿Y qué es eso de cien por cien ángel? —El estómago se le retorció por los celos—. Vamos, Caleb, no has dejado de mirarla ni un solo segundo.

Él respiró hondo. Todavía estaba alterado, pero eso no le impidió recapacitar un instante sobre su actitud con Savannah. La conclusión no se hizo esperar. Sabía perfectamente qué le ocurría con ella. Pero a Spencer no podía explicarle que solo se trataba de algo físico, de puro instinto y atracción. Savannah lo excitaba y no entendía por qué, cuando ni siquiera era el tipo de chica que le gustaba.

—Trabajo en su casa. He hablado con ella alguna vez. No hay nada más —dijo sin intención de dar más explicaciones.

—No me lo trago. Yo también te conozco, Caleb, y sé que esa niña se te ha metido entre ceja y ceja —replicó ella.

Se bajó del coche, cerró de un portazo y echó a andar hacia el bloque de apartamentos. De repente se detuvo y dio media vuelta.

—¿Sabes qué? —gritó.

Caleb respiró hondo y salió del coche. Avanzó unos pasos y se cruzó de brazos con las piernas abiertas.

—Sí, de verdad creí por un instante que podía pasar —dijo ella con la voz rota—. Me dije, ¿y por qué no? Soy guapa, lista, ¿por qué no puede alguien como él enamorarse de mí, comprarme una casa blanca y sacarme de toda esta mierda? —Hizo un gesto con los brazos con el que abarcó todo lo que la rodeaba. El decrépito edificio, el aparcamiento solitario a excepción de un par de caravanas, y los contenedores donde se acumulaba la basura—. Lo creí, aunque ese fuera Brian. ¡Me habría dado igual quién fuera, la verdad! Pero él solo quería lo que quieren todos. Todos menos tú. A ti sí te importaba.

Caleb se pasó la mano por la cara y después por el pelo.

—Y me sigues importando... —susurró, mirándola a los ojos.

Spencer acortó la distancia que los separaba y puso una mano sobre su pecho. Caleb inclinó la barbilla para mirar esa mano. Sintió el calor que irradiaba, pero su cuerpo se quedó igual de frío. Ahí estaba la señal que había esperado los últimos cuatro años cuando pensaba en ella, la que confirmaba que todo se había acabado.

—Eres el único chico del que me he enamorado de verdad. Ahora estás aquí. Podría funcionar si lo intentamos, Caleb.

Él le cogió la mano y la apartó muy despacio.

—No me importas de ese modo. Ha pasado demasiado tiempo.

—Para mí no. Creía que sí, pero cuando te vi en el funeral supe que todo seguía ahí, latiendo con la misma fuerza. Lo que teníamos era especial. —Su voz sonaba como un ruego desesperado.

Se pegó a él y sus manos le acariciaron el torso, bajaron hasta su estómago y recorrieron la cinturilla de sus vaqueros. Tragó saliva y lo miró a los ojos mientras una de sus manos se deslizaba bajo su camiseta, llegaba hasta su espalda y descendían hasta su trasero.

Caleb intentó que esa vulnerabilidad que empezaba a hacerse patente en ella, y que le humedecía los ojos, no lo afectara como para hacer una tontería. Y si no se andaba con cuidado, eso era exactamente lo que iba a pasar, porque su cuerpo empezaba a tener otras ideas sobre cómo acabar la noche. La sujetó por los brazos y la apartó. No iba a tener sexo con ella, y mucho menos cuando las razones eran equivocadas para los dos.

—Tú lo has dicho, lo que teníamos. Ya no somos los mismos, ninguno de los dos. No puedo salvarte cuando no he conseguido salvarme a mí mismo, y eso es lo que estás buscando con tanta desesperación, que te salven. Si no, no habrías caído en los brazos de Tucker. —Sacudió la cabeza y dio media vuelta—. Buenas noches, Spencer.

Abrió la puerta del coche.

—Verdad o prenda, Caleb.

Él se quedó inmóvil, esperando la pregunta que estaba seguro vendría a continuación.

—¿Por qué nunca me llamaste?

Caleb se encogió de hombros. Se dio la vuelta y enfundó las manos en los bolsillos de su pantalón.

—¿Y para qué iba a hacerlo? Tenía diecisiete años, había cruzado casi todos los límites que podía cruzar y me iban a encerrar una buena temporada. —Torció el gesto al tiempo que se frotaba la nuca—. Tú te merecías algo mejor que yo. Estaba seguro de que sin mí tendrías alguna posibilidad de dejar todo esto, y me obligué a olvidarme de ti. —Levantó la vista del suelo y le lanzó una mirada que parecía suplicar comprensión—. No fue fácil, y tardé mucho, pero...

—Lo conseguiste, te olvidaste de mí —terminó de decir ella.

—Nunca me he olvidado de ti. Solo... solo dejé de quererte como te quería.

Spencer tragó saliva y se abrazó los codos. Parecía a punto de echarse a llorar.

—Creo que eso es aún peor —susurró. Dio media vuelta y entró en su apartamento.

Caleb se quedó mirando la puerta un buen rato.

—Mierda —masculló, y dio un puñetazo al coche.

12

Cassie dejó sobre la encimera de la cocina una enorme tarrina de helado de frambuesa.

—Aquí tienes, el más insípido y sin gracia que encontré. Cero grasa y ni una pizca de azúcar. ¡Guerra a las calorías! —exclamó con entusiasmo.

Savannah apartó la vista de la pantalla de su portátil y la miró de reojo. Tras un largo suspiro, se recostó en la silla y se quitó las gafas para frotarse los ojos.

—No voy a perdonarte porque me compres helado. Anoche te pasaste mucho, Cass.

Cassie puso cara de perrito abandonado.

—Lo sé —gimoteó. Se acercó a su amiga y la rodeó con los brazos—. Pero ya me conoces, somos amigas desde primaria y... ¡Por Dios, mis *Polly Pocket* eran tus *Polly Pocket*, esas cosas no se comparten con cualquiera! Unen casi tanto como la sangre.

Savannah sonrió mientras Cassie la zarandeaba con un enorme abrazo de oso.

—No vuelvas a hacerlo, ¿vale? —dijo cuando pudo respirar—. Olvida el tema y olvida a Brian. Es asunto mío. No os podéis pasar todo el verano lanzándoos puyas.

Cassie dio un paso atrás y arrugó la frente.

—Eso suena a reconciliación —refunfuñó—. Dime que no lo estás considerando.

—Cass —replicó Savannah a modo de advertencia.

—Tendrás que pedir una orden de alejamiento si quieres que te deje tranquila con este tema. Brian no debería respirar el mismo aire que tú. —Se dirigió al cajón y sacó dos cucharillas—. Un tío que piensa más con la entrepierna que con el cerebro no merece la pena, cielo.

Savannah sacudió la cabeza con exasperación y volvió a centrarse en la página en blanco abierta en la pantalla de su ordenador. Cassie se sentó sobre la mesa y destapó la tarrina. Hundió la cucharilla y se la llevó rebosante a los labios.

—¿Qué haces? —preguntó con la boca llena de helado.

Savannah cerró el portátil de golpe.

—¡Nada! Estaba comprobando mi correo —respondió, forzando una sonrisa.

Llevaba un par de años escribiendo de forma constante y ya había sumado un buen número de relatos, cuentos y una novela corta de la que se sentía bastante orgullosa. Soñaba con ser escritora desde los cinco años, cuando aprendió a leer y descubrió que era tan divertido imaginar sus propias historias como leer las de los demás.

En secreto fantaseaba con la posibilidad de convertirse en una escritora famosa, ver sus novelas en los escaparates de las librerías. Pero solo era eso, una fantasía. Su padre esperaba que se convirtiera en juez, como él; o, en su defecto, que estudiara algo «serio» con lo que lograr un brillante futuro. Cuando de pequeña ella le hablaba de sus sueños, él se reía y le quitaba importancia, echando por tierra, quizá sin pretenderlo, todas sus esperanzas. Por ese motivo nunca le había hablado a nadie sobre ese tema, ni siquiera a Cassie.

El timbre de la puerta sonó. Savannah trotó hasta la puerta principal, con Cassie pegada a sus talones. Al abrir, sus pupilas se dilataron por la impresión. Uno ochenta, pelo rubio, gafas oscuras. El aro que colgaba de su oreja atrapó un rayo de sol y lanzó reflejos que la dejaron momentáneamente ciega. Parpadeó y recorrió con los ojos los tatuajes de sus brazos. Los chicos como él, así, tan de cerca, disparaban todas las alarmas de peligro. Daban un poco de miedo.

—¿Puedo ayudarte?

—Estoy buscando a Caleb —dijo Tyler, ladeando la cabeza para ver el interior de la casa.

Hizo ademán de entrar, pero Savannah se movió ocupando el hueco de la puerta.

—Disculpa, pero apenas te conozco. No puedo dejarte entrar.

Tyler arqueó las cejas y la miró.

—Ya la has oído —dijo Cassie tras ella.

—La que faltaba —masculló el chico. Echó mano a su bolsillo trasero y sacó su teléfono móvil. Marcó y se lo llevó a la oreja—. ¡Eh, mueve el culo hasta la entrada! Aquí *Wendy* y *Campanilla* no me dejan entrar, creerán que he venido a robarles la cubertería de plata.

Las chicas se miraron con cara de póker. Un instante después, Caleb aparecía tras ellas con la respiración agitada y sudando a mares.

—¿Has traído guantes?

Tyler asintió y se quedó mirando a las chicas. Ninguna parecía tener intención de moverse.

—Caleb, mi padre no permite visitas en casa. Tus amigos no pueden venir a pasar el rato contigo —repuso Savannah con cara de pocos amigos.

Caleb ni siquiera se dignó a mirarla.

—Necesito ayuda para subir las vigas al tejado. O lo hace él, o me buscas a alguien que lo haga —replicó con ojos centelleantes. Nadie se movió y nadie dijo nada—. Tictac... tictac... tictac... Tendré que irme a casa.

Tyler apretó los labios para esconder una sonrisa. Savannah resopló y se hizo a un lado para dejarle pasar.

—Está bien, pero la próxima vez deberías informar antes a mi padre de estas cosas —dijo ella a su espalda.

—Lo que tú digas —farfulló Caleb, y la dejó plantada en la puerta sin mirarla ni una sola vez.

Dos horas más tarde, el tejado lucía un aspecto mucho más sólido y seguro.

—¿Crees que lo hacen a propósito? —preguntó Tyler, mirando de reojo hacia la piscina.

Caleb encajó la última viga en su lugar. Se pasó la mano por la frente para evitar que el sudor le entrara en los ojos y comenzó a recargar la pistola de clavos.

—¿De qué hablas?

—De ellas —respondió Tyler con un gesto de su barbilla, señalando a Cassie y Savannah, que tomaban el sol junto a la piscina—. Están ahí, tumbadas, prácticamente desnudas, sabiendo que tú y yo estamos por aquí.

—No creo. Están en su casa, hace calor y tienen una piscina de tamaño olímpico.

Tyler frunció el ceño, poco convencido.

—Pues es la tercera vez que la rubita se pone protector en menos de una hora. ¡Dios, es imposible concentrarse mientras está ahí, sobándose!

—Pues no mires —le espetó Caleb.

Porque eso era lo que él estaba haciendo: todo lo posible para no quedarse embobado contemplando el cuerpo de la princesita. Desde su encuentro en la playa, y tras conocer el triángulo que formaba con Spencer y Brian, había evitado pensar en ella. Sentirse atraído por Savannah era absurdo, y eso le cabreaba. Estaba enfadado. En primer lugar, por sentirse atraído por ella; y en segundo, porque conociéndose como se conocía no tardaría mucho en hacer algo estúpido. ¿Y qué podría ser lo más estúpido? Seducirla y llevársela a la cama para relajar la tensión, cada vez mayor, que comenzaba a sentir. No podía hacer eso, por un millón de razones que le complicarían la vida. Si su madre se enteraba, lo castraría como a un gato. Así que, lo mejor sería mantenerse alejado de ella como si fuese venenosa.

—¿Y a ti qué te pasa? —inquirió Tyler—. Desde la otra noche pareces cabreado, ¿tiene algo que ver con Spencer?

—¿Y por qué iba a estar cabreado con Spencer?

—No sé, tendría sentido que lo estuvieras después de enterarte de que se acostó con Tucker.

Caleb lo miró de reojo y frunció el ceño.

—¿Tú lo sabías?

—¡Claro, se enteró todo el mundo! La movida llegó hasta el último rincón. ¿Es eso lo que te tiene mosqueado? En su favor, debo decir que tú eras historia.

Caleb negó con un gesto y cazó al vuelo un clavo que se le escapó de la mano. Se inclinó sobre la viga y disparó dos veces. Estudió la madera con ojo crítico, y la recorrió con la vista comprobando que continuaba recta. Al fin dijo:

—Spens ya no es asunto mío, es libre de hacer lo que quiera y con quien quiera. Aunque debería haberlo pensado dos veces antes de dejar que ese imbécil le pusiera una mano encima. Hay hombres y luego está Brian, una rata. Sigue siendo el mismo imbécil prepotente.

—Yo sigo sin entender a las mujeres. En serio, deberían venir con un manual de instrucciones —dijo Tyler con la vista clavada en las dos chicas que tomaban el sol. Cogió la botella de agua y la abrió mientras reía entre dientes—. Entonces, ¿nada de nada? Siempre creí que entre Spens y tú habría «un para siempre».

Caleb se sentó sobre la caja de herramientas y le quitó a Tyler la botella de las manos. Bebió un largo trago y después dejó caer el resto sobre su cabeza. Se pasó las manos por el pelo, peinándolo hacia atrás. Hacía un calor infernal.

—Yo también lo creía, pero ya ves, las cosas cambian. —Esta vez sucumbió al impulso que llevaba reprimiendo toda la mañana y clavó la vista en Savannah. Parecía una sirena, recostada sobre la toalla. Y añadió—: Cambian cuando menos te lo esperas.

—Entonces, ¿no hay problema para que no puedas ir al Shooter esta noche?

Caleb sacudió la cabeza y salpicó el aire de gotitas de agua.

—Si lo dices por Spens, no, no hay problema. Ella sigue siendo mi amiga. Aunque ahora está cabreada conmigo y no sé cómo va a reaccionar cuando me vea por allí.

Tyler lo miró sorprendido.

—¿Se ha cabreado contigo?

—Bastante. Me pidió que volviéramos —respondió Caleb. Respiró hondo y se levantó para seguir trabajando.

—Ya. Y tú le dijiste que no —aventuró Tyler con tono condescendiente.

—No salgo con nadie por lástima.

—¿Tienes a alguien en Santa Fe? —preguntó Tyler. Quizá su amigo tuviera una chica en otra parte.

—No, en los dos últimos años no ha habido nada serio. No es eso, Ty. No la quiero, ya no estoy enamorado de ella —admitió Caleb. Su rostro se contrajo con una mueca de fastidio.

—Nunca ha sido imprescindible para ti.

Caleb lo miró a los ojos y rebufó.

—Sé que soy un cabrón de primera y que me he aprovechado de ese tipo de cosas otras veces. Pero con Spens no voy a hacerlo.

—No trato de convencerte. Te entiendo, en serio —susurró Tyler—. Lo que pasa es que soy un sentimental y pienso en esos años... Lo pasábamos bien. No sé, veros juntos me hace recordar todo aquello. —Le dio una palmadita en la espalda. Cogió su camiseta, que colgaba de la parte superior de la escalera, y se la puso. Después contempló el nuevo tejado—. Pues esto ya está. Así que yo me largo a casa.

—Gracias por ayudarme, tío —dijo Caleb con una sonrisa.

—No quiero tu agradecimiento. Esta noche pagas tú las copas.

Al otro lado del jardín, Cassie volvió a cambiar de postura sobre la toalla. Estiró el cuello y trató de ver por encima de sus gafas de sol sin que se notara que lo estaba haciendo. Se pasó la lengua por el labio superior y los frunció.

—¿Dónde hay un móvil con cámara cuando lo necesitas? —gruñó sin poder apartar la vista del tejado.

—Se van a dar cuenta de que los estás mirando —susurró Savannah.

Trató de concentrarse en la revista que estaba leyendo, pero la visión de Caleb, mientras vaciaba una botella de agua sobre su cabeza, era todo un regalo para sus ojos.

—¿Tú crees que lo hacen a propósito? —inquirió Cassie con la frente arrugada.

—¿El qué?

—Ya sabes, estar ahí, medio desnudos, haciendo posturitas y presumiendo de músculos y tatuajes. —Sacudió una mano, como quitándole importancia—. No es que me moleste, lo estoy disfrutando, pero hay que tener un ego muy grande para exhibirse de esa forma. ¡No me gustan los creídos!

—Para no gustarte, no les quitas los ojos de encima —le hizo notar Savie.

—¡Qué quieres, no soy de piedra!

Savannah les dedicó otra mirada de soslayo bajo sus gafas de sol.

—No creo que se estén exhibiendo. Hace calor y están trabajando sobre un tejado.

Y lo creía de verdad. Hacía un calor insoportable y desde donde se encontraba podía apreciar como a Caleb le brillaba la piel por culpa del sudor. Pensó en sus manos sosteniéndola por las caderas, en lo que sintió cuando cayó en sus brazos, y se estremeció. Recordó su penetrante mirada y se le aceleró la respiración. Intentó distraerse con la revista de la que no había logrado leer ni un solo párrafo en la última hora, y que empezaba a humedecerse por la presión de sus dedos.

—Oh, oh, el fracasado se larga —canturreó Cassie.

—Se llama Tyler —le recordó Savie.

—¡Nos vemos en el Shooter! —dijo Tyler a Caleb una vez en el suelo. Alzó la mano a modo de despedida y cruzó el jardín hacia la salida.

Cassie se giró en la toalla y se apoyó en los codos para tener una mejor perspectiva del jardín.

—¿Ya te marchas, Fracasado? —gritó para llamar la atención del chico.

A Savannah se le escapó un gemido de sorpresa.

—Pero ¿por qué te metes con él? —musitó, poniéndose roja como un tomate.

Tyler se detuvo y las miró con mala cara.

—Sí, ¿qué pasa? ¿Quieres cachearme por si estoy robando algún clavo? —Dio unos cuantos pasos hacia ellas y levantó los brazos en cruz. Se miró la entrepierna—. Empieza por los bolsillos delanteros, tienen sorpresa.

Cassie forzó una sonrisa orgullosa.

—¿Eso te funciona con las chicas o todas vomitan?

—Cuando me prueban solo saben pedir más —dijo él con una mirada juguetona—. ¿Quieres probar? Así podrías presumir con tus amigas de haber estado con un hombre de verdad.

—¿Y ese se supone que eres tú?

—Cassie, por favor —susurró Savie. Estaba a punto de esconder la cara tras la revista y fingir que no se encontraba allí.

—La verdad es que solo quería preguntarte por ese garito, el Shooter. ¿Es tan guay como dicen?

Tyler se quedó de piedra durante un momento, ¿qué clase de tía con más de quince años decía guay?

—¡Guay! —sacudió la cabeza y dijo para sí mismo—: ¡Joder, lo que hay que oír! —Se rascó la cabeza y se echó a reír—. Sí, es bastante guay. ¿Qué pasa, te has cansado del Club de campo y buscas emociones más fuertes?

—Es posible —respondió Cassie, decidida a no dejarse amedrentar por él.

Tyler suspiró y se pasó una mano por el pelo.

—Pues si estás pensando en aparecer por allí, voy a darte un consejo: no pierdas el tiempo, no durarías ni media hora. Además, seguro que en la tele dan algún maratón de *Gossip Girl*. No querrás perdértelo, ¿verdad?

Le dedicó una sonrisa socarrona y echó a andar, dejando a Cassie con la palabra en la boca.

Ella se puso de pie a la velocidad del rayo, resoplando enfadada.

—¡Eh, Fracasado!

Tyler la ignoró, y se limitó a alzar la mano y hacerle un gesto grosero con el dedo corazón.

—Veinte pavos —continuó Cassie.

Él se detuvo y se giró con una sonrisa astuta dibujada en su cara.

—Cuarenta, y no irás antes de las once. Es cuando empieza a animarse.

Ella entornó los ojos con una mirada maliciosa.

—Ve preparando la pasta.

13

De todas las malas ideas que has tenido hasta ahora, esta es la peor —protestó Savannah mientras bajaba del coche de Cassie.

Se soltó la coleta y se sacudió la melena con los dedos para darle volumen a su pelo. Contempló la explanada y los nervios le arañaron el estómago. Camiones gigantescos bordeaban la carretera, camionetas de grandes ruedas y coches tuneados para carreras atestaban el aparcamiento. Se dio la vuelta y estudió el local. Frente a la puerta, una decena de Harleys perfectamente alineadas brillaban bajo las luces de neón del cartel. Tenía una sola planta y las ventanas parecían pintadas del mismo color que las paredes.

—Y por eso va a salir bien —dijo Cassie, cogiéndola de la mano—. A mí no me vacila nadie, y menos un fracasado.

—Ni siquiera sabes a qué se dedica para hablar así de él.

—No me hace falta.

—Y no te vaciló, fuiste tú, al igual que la apuesta fue cosa tuya. Yo estaba allí, ¿recuerdas? —Se detuvo en secó y tomó aire—. Mira, yo misma le daré los cuarenta dólares si nos vamos ahora mismo.

—Relájate, ¿qué puede tener este sitio que no tengan otros? —exclamó Cassie, arrastrándola hacia la entrada.

—¿Te refieres a algo más que al hecho de que parece sacado de una de esas películas de *Carretera al infierno* o *Carretera 666*? Siempre hay un sitio como este, en una carretera como esta —gimoteó.

Cassie le dedicó una mirada impaciente.

—Deja de decir tonterías. No tiene ninguna gracia.

De repente, la puerta se abrió y un tipo enorme con un delantal blanco apareció jalando por la camisa a otro tipo. Con la mano libre lo agarró de los pantalones y lo lanzó por los aires. El hombre aterrizó como un saco a los pies de las chicas, levantó la vista y las miró. Una sonrisa se dibujó en sus labios e hipó.

—Señoritas, las invito a una copa —arrastraba las palabras, completamente borracho. Su cabeza se desplomó sobre la arena.

Cassie y Savannah se miraron un instante y sus ojos volaron hasta la puerta. El hombre del delantal se quedó mirándolas al ver que no se movían.

—¿Vais a entrar? —les preguntó con cara de pocos amigos.

Las dos asintieron a la vez. Como para decirle que no con aquella cara.

—¡Venga, seguro que no es para tanto! —susurró Cassie.

—No sé cómo me he dejado convencer —masculló Savie.

Cogidas de la mano entraron en el local. Dentro, el aire era casi irrespirable. Sobre sus cabezas flotaba una densa nube de humo de cigarrillos que se mezclaba con el que se escapaba de la cocina. Olía a algo acre mezclado con alcohol y ambientador, y hacía un calor insoportable. El techo era bajo y los muros estaban decorados con carteles de coches antiguos y matrículas de todos los estados, entre publicidad de cerveza y de bourbon. Una de las paredes lucía una colección de viejos vinilos enmarcados, y fotografías de boxeadores autografiadas.

Los clientes no eran del tipo que ellas solían encontrar en los lugares que frecuentaban. Estaba repleto de camioneros, moteros, trabajadores de la construcción…, gente de paso que buscaba un sitio donde tomar algo que no se encontrara dentro de una máquina expendedora. Un par de camareras serpenteaban entre las mesas, vistiendo unos pantaloncitos cortos y unas camisas a cuadros anudadas bajo el pecho.

—¡Me encanta este lugar! —exclamó Cassie con una enorme sonrisa.

Savannah lo contemplaba todo con los ojos muy abiertos. Se estremeció cuando un par de tipos —que parecían hermanos de los ZZ TOP, con largas barbas, bandanas de calaveras en la cabeza y chaquetas de cuero, a pesar de que allí dentro podrían estar rondando los treinta grados—, la miraron como si estuviera desnuda. Trató de ignorarlos y siguió a Cassie entre la gente. El local formaba una ele y al llegar al fondo se abría hacia la izquierda. Mesas de billar y futbolines se distribuían en esa parte bajo rieles de bombillas amarillas. Reconocieron a algunos chicos del instituto, gente del barrio que las miraban con descaro. Las risitas y los comentarios llegaron hasta sus oídos, pero los ignoró.

Cassie localizó a Tyler en una de las mesas y fue directa hacia él.

—Hola, Fracasado.

El chico se dio la vuelta y una sonrisa socarrona se dibujó en su cara.

—¡Eh, Caleb, pide cerveza, tenemos cuarenta pavos que gastar!
—gritó por encima de la música.

Savannah lo buscó con la mirada. Estaba en la barra, hablando con
otro chico. Él se giró y sus miradas se encontraron. Las comisuras de su
boca se alzaron con una sonrisa engreída. Levantó su vaso a modo de
saludo y la miró de arriba abajo. Ella se sonrojó y el corazón le dio un
vuelco. Estaba muy guapo con una camiseta negra de manga corta y
unos tejanos del mismo color. Apartó la mirada y cerró la boca antes de
parecer idiota.

—Bien, rubita —dijo Tyler a Cassie—. Será una hora a partir de este
momento. Si sales por esa puerta antes de tiempo, me da igual el motivo,
me darás mi dinero.

—Pan comido —dijo ella.

—No cantes victoria todavía. ¿Ves a todos esos tipos que ahora no
os quitan los ojos de encima? —Les rodeó los hombros con los brazos—. Dentro de nada estarán apostando por vosotras, y no se rinden
fácilmente. Sois como un helado en la puerta de un colegio —musitó
con su cabeza entre las dos chicas. Soltó una carcajada y regresó a la
mesa para seguir jugando.

Savannah tragó saliva y apretó la mano de Cassie. Todo el mundo
las miraba. Unos con curiosidad, otros con interés, y algunos con demasiada malicia. Caleb pasó junto a ellas con una jarra de cerveza y les
guiñó un ojo, pero no se detuvo ni dijo nada.

Se sentaron a una mesa que acababa de quedar libre. Miraron a su
alrededor, solo para comprobar que seguían atrayendo la mayor parte
de las miradas. Savannah se sentía como un filete ante un perro hambriento. Allí había otras chicas, pero las únicas que llamaban la atención
eran ellas. ¿Tanto se notaba que estaban fuera de lugar?

—No creo que sea para tanto. Seguro que Tyler ha dicho esas cosas
para meternos miedo y que nos larguemos. Ya sabes, pretende ganarme
con psicología. Inteligente, pero no pienso picar —dijo Cassie.

—Espero que no te equivoques. Si uno de esos se me acerca, me
largo de aquí corriendo —susurró Savie, haciendo como que no veía los
guiños que un borracho le lanzaba desde la barra.

Cassie se inclinó sobre la mesa y bajó la voz.

—¿Sabes? Es por el miedo. Lo huelen y te conviertes en un objetivo. El truco está en aparentar que eres una chica dura.

—¿Y si no cuela?

—Pues les haces creer que tu novio es un campeón de lucha libre y que podría partirlos por la mitad.

—Es la tontería más grande que he oído en mi vida. Se nos nota a la legua que lo más extremo que hemos pisado es la bolera y los recreativos del centro comercial.

—Con la cara de gatito asustado que tienes no me extraña. Podrías soltarte un poco.

Savannah entornó los ojos y gruñó por lo bajo.

—No estoy asustada, es solo que... me siento incómoda en este sitio.

Una camarera se acercó.

—¿Qué va a ser, chicas?

—Cerveza —dijo Savannah sin dudar.

—¿Cerveza? —inquirió Cassie, sorprendida.

Savannah asintió como si lo que estuviera pidiendo fuese aire para respirar. Necesitaba desinhibirse un poco y aflojar la tensión. Estaba segura de que Cassie tenía razón y que parecía un gatito asustado, y que en aquel sitio no era lo más recomendable.

—Tenéis veintiún años, ¿verdad? —preguntó la camarera.

—¡Claro que sí! —exclamó Cassie con su gesto más inocente.

—Muy bien, un par de cervezas para las animadoras. —Tomó nota en una libreta—. ¿Queréis algo de comer?

—No, gracias. Solo las cervezas.

—Vale. ¡Spens, dos cervezas para la doce! —gritó con su voz aguda.

Cassie y Savannah se giraron de golpe hacia la barra. Spencer apareció tras ella y colocó encima dos botellas, las abrió y las empujó con una destreza increíble. Se deslizaron por la madera y la camarera las cogió al vuelo. Spencer alzó la mirada hacia un cliente que trataba de coquetear con ella y reparó en la presencia de las dos chicas. Sus ojos se entornaron y sus puños se crisparon sobre la barra.

—Eh, Chad —gritó. El tipo del delantal, que las había recibido al llegar, gruñó desde uno de los grifos de cerveza—. Deberíamos reservarnos el derecho de admisión, aquí ya entra cualquiera —añadió dirigiendo una mirada asesina hacia ellas.

—¿Tú sabías que trabajaba aquí? —preguntó Savannah, apartando la vista de la morena.

—¿Cómo iba a saberlo? Es la primera vez que vengo. Creía que trabajaba en ese bar que hay cerca de Point Cape.

—Yo también. Vale, intentemos relajarnos —susurró.

De golpe el local parecía encogerse sobre ella. Spencer en la barra y Caleb Marcus en las mesas de billar; y todos aquellos tipos que no dejaban de mirarla y sonreírle como idiotas. Estaba rodeada. Tomó la botella y se la bebió de un trago. La dejó sobre la mesa con un golpe seco. El corazón le iba a mil por hora. Sintió que estaba llegado a su límite. Las últimas semanas habían sido una pesadilla y no podía más. Cogió la botella de Cassie y se tragó la mitad.

—Vaya, jamás te había visto beberte una cerveza así —dijo Cassie.

—Eh, ¿puedes ponerme otra? —le gritó Savannah a la camarera. Un eructo escapó de su garganta y se llevó una mano a la boca con una risita. Se inclinó hacia Cassie—. Estoy harta. Harta de dejar que los demás me traten como si fuera idiota. Mis padres, Nora, Marcia, Brian... Todos me dicen lo que tengo que hacer, lo que debo pensar, cómo debo ser...

La camarera regresó con otras dos botellas. Savannah tomó un largo trago y apoyó la barbilla sobre sus manos entrelazadas.

—Mi novio me pone los cuernos y todos esperan que actúe como si no hubiera pasado nada. La chica con la que se acostó me odia. ¿Perdona? —Sacudió la cabeza y tomó otro trago—. Soy yo la que tengo motivos para odiarla, ¿no crees? Mi madre se comporta como una adolescente, ¡hasta coquetea con mis amigos! Y el primer chico del que me enamoré es un cretino que espera que me derrita cada vez que me sonríe.

—Savie, ¿estás bien? —inquirió Cassie un poco preocupada.

—Sí.

—Entonces, ¿a qué viene esto?

—A que voy a cumplir diecinueve años y en un par de meses iré a la universidad. Y... ¿de qué puedo presumir en todos estos años? De nada, solo de haber sido una chica buena y responsable. ¿Y de qué me ha servido? De nada. —Suspiró con angustia—. Mi antigua yo le habría dado una patada en la entrepierna a Brian y habría dejado sin pelo a esa fulana. ¿Y qué hice? Me di la vuelta y les dejé que terminaran. Me quedé allí, escuchándoles gemir y diciéndose guarrerías. ¡Aaaah! ¡Ohhh! ¡Y el muy cretino aún dice que no recuerda lo que pasó! Estaba bastante centrado en lo que hacía, te lo aseguro. ¡Dios, debería haberle destrozado el coche!

—Sí, deberías haberlo hecho —admitió su amiga—. Aún puedes hacerlo, Savie. Puedes sacarte esa espina.

Savannah se mordió el labio, insegura.

—No quiero seguir así. Yo no soy así.

Cassie sacudió la cabeza, sin poder creer que estuvieran, por fin, manteniendo esa conversación.

—No, no lo eres. Y solo necesitas soltarte un poco y dejar de pensar en cómo te ven los demás. ¿Recuerdas cómo nos conocimos?

Savannah asintió y soltó una risita. Por un instante se notó mareada.

—Sí, en nuestro primer año de primaria. Las dos fuimos al despacho del director, castigadas.

—Sí, tú habías puesto mermelada en los borradores de la pizarra...

—Y tú le habías cortado el pelo a una niña en el baño —dijo Savannah entre risas—. Fue la primera niña *grunge* de nuestro colegio.

Cassie se echó a reír a carcajadas.

—Sí, le quedaba bien, ¿verdad?

—Y yo cambié —continuó Savannah—. Me volví aburrida, predecible, y, aun así, has estado siempre a mi lado.

—Bueno, siempre confié en que acabarías recuperando tu lado salvaje. —Cassie frunció el ceño—. Y si llego a saber que solo necesitabas venir a un antro como este para espabilar, te habría traído mucho antes. ¡Nunca subestimes lo que la cerveza y el olor a sudor y calcetines usados pueden hacer con una chica respetable! —replicó, guiñándole un ojo.

Las dos rompieron a reír. Savannah se limpió un par de lágrimas que le resbalaban por las mejillas. Alzó la vista y su mirada se encontró con la de Caleb. El chico estaba apoyado sobre un taco y esperaba su turno mientras su amigo estudiaba las bolas. La miraba fijamente, con una expresión extraña que le cortó el aliento. Sintió un hormigueo extendiéndose por su cuerpo. Él sonrió de una forma que resultaba inquietante y el hormigueo se transformó en una tensión que agarrotó su cuerpo.

—¿Sabes qué? —susurró Savie inclinándose sobre la mesa—. Vamos a ganar esa apuesta.

Cassie la miró de hito en hito.

—Dime dónde está mi amiga y qué has hecho con ella.

Savannah la miró muy seria.

—Estoy harta de la actitud que se gastan esos dos. ¿Te das cuenta de que nos tratan como si fuésemos retrasadas mentales? ¡Oh, mira mis pectorales! ¡Oh, mira mis abdominales! Soy un chico malo, uuuhhh. No nos moveremos de aquí hasta llevarnos esos cuarenta pavos, aunque nos acose un ejército de borrachos.

Dos hombres se sentaron a su mesa. Llevaban botas y ropa de trabajo. Por su aspecto y sus manos callosas debían dedicarse a la construcción. Tendrían unos *veintipocos* y parecían tan fuera de lugar como ellas.

—Eh, chicas, ¿podemos invitaros a una cerveza? —su acento terminó de confirmar que no eran de allí. ¿Canadienses?

Cassie y Savie se miraron con complicidad.

—¡Claro, por qué no! —dijo Savie alzando su cerveza. Y añadió—: Por las apuestas.

14

*C*aleb no apartaba los ojos de Savannah. Su amiga y ella llevaban casi una hora con aquellos dos tipos y parecía que lo estaba pasando muy bien. Incluso había bailado con uno de ellos. Verlos juntos, abrazados, le provocó una sensación extraña que se le enroscaba en las entrañas. El chico aprovechaba cualquier excusa para tocarla. Hasta cierto punto podía entenderlo, porque en su lugar, él habría hecho lo mismo. Savannah era preciosa y esa noche, con unos pantalones ajustados y una camiseta que dejaba a la vista su estómago plano cada vez que se movía, era toda una delicia.

Pero eso no evitaba que, cada vez que lo veía coquetear con ella, deseara echársela sobre el hombro y sacarla de allí. Ver a aquel tipo rodeándola con sus brazos hacía que le hirviera la sangre.

Tyler le echó otro vistazo a su reloj y farfulló un par de maldiciones. Faltaban dos minutos para que se cumpliera la hora que habían acordado e iba a perder la apuesta.

—Creo que has perdido tu dinero —dijo Jace entre risas—. Las pijas no han salido corriendo.

Tyler le respondió con un empujón y Jace se lo devolvió. Caleb no les prestaba atención. Los tipos se habían puesto de pie y parecía que se marchaban. Se puso tenso. Si Savannah se largaba con ellos, no estaba seguro de si la dejaría ir sin más. Con un inesperado alivio vio cómo salían, solos. Cassie se levantó y se encaminó directamente hacia él; pasó de largo con Tyler en su punto de mira. Savannah se quedó en la mesa.

—Deberías cerrar la boca. Babeas —dijo Spencer con voz envenenada al pasar por su lado.

Caleb la siguió con la mirada. Continuaba enfadada y no se molestaba en disimularlo. A veces las mujeres eran un auténtico misterio para él. Pedían sinceridad, pero cuando la recibían, y esa sinceridad no encajaba con sus expectativas, te declaraban la guerra. Apoyó la cadera en la mesa de billar, reuniendo el valor suficiente para acercarse a la princesita. Se sentía estúpido. Eso nunca había sido un problema para él, sobre todo porque eran las chicas quienes siempre lo buscaban.

Tomó aire y dejó el taco. Si pensaba acercarse debía hacerlo ya, antes de que su amiga regresara. Se enderezó de golpe, al ver que Spencer acababa de tropezar con la silla que ocupaba Savannah. Parecía un traspié fortuito, pero Caleb la conocía lo suficiente como para saber que había sido deliberado.

—¡Uy, perdona! —dijo Spencer con sarcasmo.

Savannah se frotó el brazo, donde la había empujado con la cadera, y se puso de pie como si un resorte la hubiera lanzado hacia arriba.

—Lo has hecho a propósito —le espetó.

Spencer soltó una carcajada y regresó tras la barra. Comenzó a recoger unos vasos.

—Te comportas como una cría —murmuró Savannah.

Spencer la fulminó con la mirada. Se echó hacia atrás la melena oscura y apoyó las manos en la barra.

—¿Cómo has dicho?

—¡Que te comportas como una cría! —repitió Savannah, alzando un poco más la voz, con ganas de sacar las uñas.

—Niñata estúpida —masculló Spencer con ojos llameantes.

Savannah acortó la distancia entre la barra y ella. La bruja no dejaba de provocarla y ella estaba a punto de estallar, ya fuera por la cerveza, o porque su mitad irracional e impulsiva estaba arrancado de cuajo a la sensata. En el fondo le daba igual el motivo; esta vez no iba a mirar para otro lado y a dejar que la pisotearan.

—Estoy harta de tu actitud —le espetó—. Me tratas como si fueras la víctima y yo la que se hubiera tirado a tu novio —soltó sin importarle que todo el mundo la estuviera oyendo—. ¡Aquí la fulana eres tú!

Spencer se puso roja.

—¡Voy a partirte la cara!

—¿Seguro que tendrás tiempo entre polvo y polvo? Aquí debe haber muchos tipos con novia.

—¡Estás muerta! —gritó Spencer mientras agarraba una botella.

Savannah no se amedrentó. Al contrario, tenía ganas de plantar un bofetón en aquella sonrisa pintada de rojo y se lanzó hacia delante con intención de saltar la barra. Unos brazos la sujetaron por la cintura y la alzaron del suelo.

—¡Tiempo, tiempo! —dijo Caleb, cargando con ella hacia la salida. No sin antes echar un vistazo atrás para asegurarse de que Spencer se quedaba tras la barra. Chad la sujetaba por los brazos.

—¡Suéltame! —gritó Savannah.

—Si te suelto te hará daño —replicó él, escondiendo una sonrisa—. Tú y yo vamos a tomar el aire un rato.

—No quiero tomar el aire. Quiero atizar a esa bruja.

Caleb empujó la puerta con la espalda y apretó a la chica contra su pecho con más fuerza para que no se le escapara de entre los brazos. No dejaba de patalear y de retorcerse. El aire fresco los recibió bajo un cielo cubierto de estrellas.

—Ey, princesita, cálmate, ¿quieres?

—¡Suéltame, Caleb! —protestó.

De repente sintió el deseo de morderle, pero él la aplastó contra la pared, sujetándola por los hombros antes de que pudiera lograrlo. Caleb se inclinó hacia delante, hasta que sus ojos quedaron a la altura de los de ella. Brillaban divertidos y con algo más que no supo identificar.

—Si Spencer te pone la mano encima, te dará una paliza. Así que cálmate.

—Con esa no tengo ni para empezar —replicó ella, intentando zafarse. Logró colarse bajo su brazo y con un gruñido se lanzó contra la puerta.

Caleb se echó a reír con ganas.

—Créeme, su derechazo es letal.

La tomó por la cintura y la levantó. Esta vez se alejó hasta el tocón de un viejo árbol que había en un lateral. Se sentó con ella en su regazo, mientras le sujetaba las muñecas sobre el pecho y la apretaba contra él. Inmovilizándola por completo.

—¡Suéltame! —gritó ella.

—Tienes valor, princesita, pero estás demasiado borracha para que te deje volver ahí dentro.

—No estoy borracha.

—Jodidamente borracha —señaló Caleb.

Tenía la respiración acelerada por el esfuerzo que estaba haciendo al sujetarla. Y porque el olor de su perfume y su piel empezaban a nublarle la mente. Acercó la nariz a su cuello y le entraron ganas de besarlo. Tuvo que morderse el labio para no caer en la tentación.

—¿Te pagan por decir *tacos*? —preguntó ella con rabia—. Porque solo sabes decir mierda, puta, gilipollas...

Caleb soltó una carcajada y se inclinó sobre ella.

—Esa boquita sucia me excita —susurró junto a su oído—. Suelta un *joder* y verás hasta qué punto. —Movió las caderas bajo su trasero y notó cómo ella contenía la respiración.

—¡Ahora esperarás que me derrita! —replicó Savie, aparentando una calma que no tenía—. Pues vas listo.

Trató de ponerse de pie, pero Caleb no la dejó moverse.

—¡Venga, no te enfades! Me portaré bien, te lo prometo. Si tú me prometes que te vas a quedar aquí conmigo hasta que las aguas se calmen —dijo él.

Savannah giró la cabeza y lo miró. Él le dedicó una sonrisa astuta que le aceleró el corazón y le hizo ser consciente de la situación en la que se encontraban. Solos, en la oscuridad, sentada en su regazo mientras la sujetaba entre sus fuertes brazos. Una sensación cálida le recorrió el vientre.

—Lo prometo —susurró, y trató de relajar el cuerpo.

Caleb también se relajó, y muy despacio le soltó las muñecas. Aún no se fiaba de ella, por eso la abrazó por las caderas y apoyó la barbilla en su hombro. Sonrió encantado. Si un rato antes alguien le hubiera dicho que iba a ver cómo Savannah le plantaba cara a una chica como Spencer en un bar de mala muerte, no lo habría creído.

—¿Se puede saber qué te hace tanta gracia? —preguntó ella—. Te estás riendo.

—No me estoy riendo... —Hizo una pausa en la que metió un brazo bajo sus rodillas y la hizo girar, colocándola de lado para poder verle el rostro. Se le encogió el estómago. Estaba preciosa con el pelo enmarañado y la nariz brillante por el sudor—. Solo estoy sorprendido.

—¿Por qué?

Caleb guardó silencio sin dejar de mirarla. Con una mano le apartó el pelo del hombro y dejó a la vista su cuello. Deslizó los dedos por esa zona y acercó la nariz a su piel.

—Porque no suelo equivocarme con las chicas, nunca, y contigo lo he hecho —respondió.

Savannah tragó saliva. Sentía la respiración de Caleb bajo su oreja, mucho más tranquila que la suya, y era una sensación fascinante.

—Ah, ¿sí? ¿Y se puede saber en qué te has equivocado?

Caleb esbozó una sonrisa maliciosa y la meció con su cuerpo antes de contestar. Deslizó un dedo por su brazo mientras la miraba a los ojos. Se pasó la lengua por el labio inferior y siseó.

Savannah apenas podía respirar. No era capaz de pensar ni de analizar nada de lo que estaba pasando ni qué hacía allí con él. Nunca la habían mirado como él la estaba mirando y no quería que dejara de hacerlo. Le gustaba sentirlo junto a ella y le costaba comprenderlo.

—En que no eres cien por cien ángel. Ahora solo necesito averiguar los porcentajes —respondió él con voz grave.

—¿Qué pasa, Caleb, que empiezo a ser tu tipo?

Él no dijo nada. Entornó los ojos, como si pensara en algo.

—¿Juegas al futbolín?

Ella arqueó las cejas, sin entender el cambio de tema.

—¿Es una pregunta con trampa?

Caleb se echó a reír. Se puso de pie, la tomó de la mano y la condujo hacia el bar.

—¿Te hace una partida?

Savannah lo frenó clavando los tacones en el suelo.

—Si entro ahí, Spencer me atizará.

—No la dejaré, te lo prometo.

—No confío en ti.

Caleb acortó la distancia que los separaba y pegó su cuerpo al de ella. Le puso un dedo bajo la barbilla y la obligó a que lo mirara a los ojos. En ellos no había nada salvo resolución y un atisbo de deseo contenido.

—Cuando hago una promesa siempre la cumplo, siempre —dijo con tono vehemente. Su mirada bajó hasta sus labios, brillantes por una capa de gloss. «Me gusta tu boca», musitó para sí mismo. Volvió a mirarla a los ojos y soltó el aliento—. Puedes confiar en mí.

Savannah contuvo el aire. Solo necesitaba ponerse de puntillas y sus bocas se unirían. Deseó besarlo, tocarlo... y mucho más. ¡Dios, de verdad estaba borracha! Eso explicaría que estuviera comportándose de ese modo.

—Vale —murmuró ella—. Pero creo que lo mejor es que me vaya a casa.

Caleb gruñó y apretó con más fuerza su mano sobre la de ella. No quería que se fuera, se moría por pasar algo más de tiempo con ella. De repente se le ocurrió una idea, una auténtica cabronada, pero le daba igual. Cuando quería algo los escrúpulos no eran un problema.

—¿Te gustaría devolvérsela a Spencer? —preguntó muy serio.

—¿Qué?

—Me has entendido perfectamente. Eres una chica lista.

Savannah se mordió el labio y apartó la mirada. La rabia aún bullía en sus venas, y la propuesta sonó demasiado tentadora.

—¿Cómo?

Caleb suspiró y con una lentitud premeditada le colocó una mano en la cadera y se inclinó sobre su oído.

—Si entras ahí conmigo y finges que te lo estás pasando muy bien, le estarás dando donde más le duele.

—¿Cómo estás tan seguro? Me parece que no pensaba mucho en ti cuando se tiró a mi novio —replicó Savannah. Él se movió y sus caderas se rozaron. Se le aflojaron todas las articulaciones.

—Entonces yo no estaba aquí. Ahora sí, y ella quiere volver conmigo.

—¿Y vas a volver con ella? —preguntó con voz queda. Por dentro sintió un arrebato de ira.

Caleb sonrió y un hoyuelo se dibujó en su cara.

—¿Tú qué crees? —Su voz grave sonó malhumorada. Ella torció el gesto—. No, no quiero volver con ella.

—Creía que era tu amiga.

Caleb sabía que lo estaba poniendo a prueba, y eso significaba que la princesita se estaba planteando seriamente aceptar su propuesta. Se lo tenía que jugar a una sola carta y la verdad era la mejor apuesta.

—Es mi amiga, pero creo que te mereces esa revancha y ella una lección.

Savannah esbozó una sonrisa y Caleb supo que había dado en el blanco.

—Tienes un sentido muy peculiar de la justicia —le hizo notar ella.

Caleb la recorrió con la mirada de arriba abajo.

—Venga, sé que hay un pequeño demonio ahí dentro —susurró, y la empujó en el estómago con el dedo. Después, ese mismo dedo se coló por la cintura de su pantalón y la atrajo hacia su cuerpo. Le guiñó un ojo—. Reconozco a un igual cuando lo veo.

Savannah contempló la sonrisa de Caleb mientras el corazón le latía tan rápido como las alas de un colibrí. Se sonrojó hasta las orejas, pero le sostuvo la mirada en todo momento. La estaba retando y, a pesar de que era la peor idea de todos los tiempos, aceptó su propuesta. No podía decir que no a aquel dedo que no dejaba de acariciarle la piel bajo el ombligo.

A Caleb se le iluminó la cara. Le apretó la mano y la guió hasta el bar. Savannah iba un par de pasos por detrás y no podía apartar los ojos del chico. De su pelo oscuro y desgreñado, de la forma de sus hombros, ni de cómo se le tensaba el brazo con el que la sujetaba. Estaba loca, completamente loca. En algún momento de la noche su conciencia había sido abducida y reemplazada por una falta de juicio total. Estaba en un garito de mala muerte con Caleb Marcus, un chico que probablemente habría engatusado con tretas parecidas a incontables chicas. Aun así, no quería estar en ninguna otra parte. Todavía notaba las articulaciones flojas. Sentir su cuerpo en contacto con el de él, era lo más intenso que había experimentado en toda su vida.

—¿Esto es necesario? —preguntó ella, agitando su mano entrelazada con la de él.

Caleb se encogió de hombros.

—Supongo que no —contestó, al tiempo que le dirigía una sonrisa arrogante—. Pero esto sí.

Le soltó la mano y la rodeó con el brazo. Su cuerpo la envolvió en calor y un maravilloso aroma. Empujó la puerta y entraron.

Un tipo vestido con taparrabos a lomos de un elefante hubiera causado menos asombro que el hecho de que Caleb y Savannah aparecieran abrazados. Por algunas de las sonrisitas que iba encontrando a su paso, Savannah supo que los pistones de aquellos cerebros pervertidos estaban sacando conclusiones. Un rápido vistazo a la barra, y a la mirada ceñuda de Spencer, borraron de un plumazo cualquier inquietud al respecto.

—Ya te dije que no tenías de qué preocuparte —le dijo Tyler a Cassie con una sonrisa burlona.

Cassie no se dignó a mirarlo. Agarró a su amiga de la muñeca y de un tirón la desincrustó del brazo de Caleb. La arrastró hasta una esquina. Arqueó las cejas con una mezcla de susto y sorpresa y una pregunta más que clara.

—Te lo explico luego, ¿vale? —dijo Savannah con las manos unidas en un gesto de súplica—. Y sígueme el rollo. —Hizo ademán de girarse, pero se volvió hacia Cassie otra vez—. Y veas lo que veas no te sorprendas, no es de verdad.

—Empiezas a asustarme —susurró Cassie.

—Sacamos nosotros —dijo Caleb a su espalda.

Savannah apenas logró controlar el estremecimiento que le recorrió todo el cuerpo al sentir el aliento del chico en el cuello. Sus manos se posaron a ambos lados de sus caderas y la hicieron moverse y avanzar hacia un futbolín.

—Tú controlas al portero y la defensa. Yo centrocampistas y delanteros —informó Caleb.

—No he jugado nunca —replicó Savie sin atreverse a mirarlo directamente. Él alzó una ceja con un gesto de preocupación—. Ha sido idea tuya, no mía —apostilló, encogiéndose de hombros.

Caleb se echó a reír. Cogió la diminuta pelota y miró a sus adversarios: Tyler y Matt. Un golpe contra la madera y la lanzó al interior de la mesa. Durante cinco largos minutos Savie encajó cuatro tantos y los trescientos segundos más incómodos que recordaba. Y llegó el quinto tanto. Él se dio media vuelta y la miró con expresión ceñuda.

—¡Dios, eres penosa! —resopló. Le dio la espalda—. Jace, saca la lengua de la boca de tu novia y ven aquí —gritó a un rincón en la barra.

Savie vio a un chico moreno que intentaba separarse del abrazo caníbal de una muchacha con el pelo teñido de rojo.

—No puedes cambiar de compañero —se quejó Tyler.

—No voy a cambiar —dijo Caleb con tono travieso.

Agarró a Savannah del brazo cuando esta intentó apartarse. Se colocó tras ella y le sujetó las manos en las barras, rodeándolas con las suyas. Ella tragó saliva y sintió vértigo, preguntándose por qué cada contacto con él le parecía tan íntimo.

Caleb abrió las piernas y tomó una bocanada de aire. Se dijo a sí mismo que debía ser bueno e ignorar que aquella chiquilla era demasiado estimulante para sus sentidos. Bajó la vista hacia la mesa y se topó con una visión de su escote que no esperaba. «Joder, ni que fueran las primeras tetas que veo», pensó, regañándose a sí mismo. Volvió a mirar y notó que se encendía.

Empezaron a jugar.

—Relájate —dijo Caleb a su oído sin dejar de mover los brazos, defendiéndose de los ataques de Matt—. Deja el cuerpo flojo y que yo guíe.

Savannah intentó hacer lo que le pedía, pero era demasiado complicado cuando su presencia no la dejaba respirar. Jace logró colocar un pase en la portería contraria. Dos minutos después era Caleb quien marcaba otro gol desde el centro del campo, y un tercero quince segundos después. Ya fuera por las risas o por cómo refunfuñaba Tyler, Savannah empezó a animarse y un soplo de desinhibición dejó su cerebro, demasiado analítico, en blanco. Casi sin darse cuenta, su cuerpo empezó a moverse al ritmo del cuerpo de Caleb. De delante hacia atrás o con giros y golpes de cadera cada vez que lanzaban la pelota al terreno contrario.

Caleb intentó mantener la concentración, pero sentía el trasero de la chica contra los pantalones; y cada vez que se movía, corrientes eléctricas lo sacudían de arriba abajo. Se le secó la boca. Tyler golpeó demasiado fuerte y la pelota salió despedida como un proyectil, botando por el suelo. «Sé bueno, sé bueno», se repitió. Ella se dio la vuelta entre sus brazos y sus labios dibujaron una sonrisa traviesa. Tenía las mejillas arreboladas y las pupilas tan dilatadas que casi hacían desaparecer el gris de sus ojos. Él se perdió en ellos.

—¡Vamos a ganarles! —canturreó Savannah—. Y mira a Spencer, está cabreadísima. —Se puso de puntillas mientras lanzaba una mirada a la barra, aferrada a sus hombros.

«Sé bueno», se repitió Caleb como un mantra. No podía apartar la vista de aquella boca rosa. ¡Madre mía, aquello era una agonía! A pesar de saber que estaba jugando con fuego, la cogió por la cintura y clavó sus dedos en ella. Savannah se dejó hacer, y sin apartar la mirada de Spens, trazó con las manos el contorno de sus hombros y las deslizó hasta su pecho muy despacio. Después se mordió el labio con un gesto sugerente. Caleb notó que se le aceleraba la respiración. ¿Aún seguían jugando o estaba provocándolo a propósito?

—Tú y yo vamos a tener un problema esta noche como no te cortes un poquito —le dijo en voz baja. Miró hacia abajo, hacia su torso, donde ella había puesto las manos y clavaba las uñas. Salvó el espacio que separaba sus cuerpos y se apretó contra ella—. ¿Entiendes a qué me refiero? No empieces nada que no puedas terminar.

Savannah se puso colorada. Aún veía a Spencer por el rabillo del ojo.

—No hace falta que te lo tomes tan en serio, se lo está tragando —susurró ella, pensando que todo formaba parte del plan.

Caleb levantó una ceja, estudiándola. Joder, ¿de verdad era tan inocente? Dios, sí que lo era, no estaba fingiendo ser una chica ingenua y virginal. Le dedicó una sonrisa maliciosa. Se estaba consumiendo por dentro y, sin pensar mucho en lo que hacía, sus dedos le recorrieron la cintura en sentido descendente.

Tyler regresó.

Sin quitar las manos de la parte baja de su espalda, Caleb la hizo girar y continuaron jugando. Empataron tres minutos después.

—¿Lista para machacarlos? —preguntó Caleb, inclinándose sobre su oído. Ella asintió eufórica y apretó sus deditos en torno a las barras.

—¡Sí! —clamó. Jamás se había sentido tan competitiva. Clavó sus ojos grises en Matt y el chico entornó los párpados, retándola—. Machácalos.

La pelota entró en la portería contraria como una bala y golpeó la madera, retumbando como un trueno.

—¡Sí! —soltó Caleb, alzando los brazos—. ¿Quién es el mejor?

—¡Hemos ganado! —gritó ella, tan entusiasmada que saltó colgándose de su cuello. Él la abrazó y con su mano libre chocó el puño con Jace.

—¿Quién es el mejor? —insistió. Apuntó con el dedo a Tyler y este le hizo un gesto grosero.

—¡Tú! —exclamó Savannah.

Intentó posarse en el suelo, pero él no la soltó.

—Formamos un buen equipo. Esto parece prometedor. ¿Te apuntas a mañana por la noche? —sugirió Caleb con un guiño.

Savannah arrugó la nariz con un gesto muy sexy y enlazó los brazos en torno a su cuello. Él se estremeció, aquella chica pasaba de la inocencia más pura a aparentar una perversidad absoluta.

—No te emociones. Solo le estoy dando credibilidad al momento —replicó Savannah, buscando con la mirada a Spencer. La camarera salía por la puerta echando humo—. Y ahora que acaba de marcharse, se terminó el juego. Me voy.

Empujó a Caleb en el pecho para que la dejara en el suelo.

—No lo dices en serio —la cuestionó él, entornando los ojos.

—Muy en serio —aseguró, sosteniendo su mirada. Por dentro se derretía poco a poco y su subconsciente le rogaba que aceptara la cita—. Cassie, nos vamos. —Se enderezó mientras se atusaba la melena—. Gracias, ha sido divertido —dijo como despedida, y se dirigió a la salida con su amiga de la mano.

Caleb sacudió la cabeza, con la sensación de que le había tomado el pelo.

—Ese es mi pequeño demonio —suspiró con una sonrisita.

Ella lo oyó y, sin darse la vuelta ni detenerse, respondió:

—Cien por cien, principito.

Caleb se echó a reír con ganas, y se pasó una mano por el pelo sin dejar de sacudir la cabeza.

—Sabes tan bien como yo que es mala idea, ¿verdad? —preguntó Tyler, poniendo un vaso con tequila en la mano de su amigo.

Juntos, apoyados contra la mesa, las observaron llegar hasta la puerta.

—Sí —respondió Caleb—. La peor. Pero qué quieres que te diga... tiene algo.

—Sí que lo tiene, un saco lleno de problemas si no mantienes los pantalones en su sitio. —Le palmeó la espalda—. Puedo entender que una tía como ella tenga cierto morbo. Está buena, lo admito. Pero no merece la pena que te metas en líos por ella.

Caleb se encogió de hombros y apuró de un trago su tequila.

—El problema es que me gustan los líos.

15

Savannah volvió a mirar el reloj, sorprendida. Era casi mediodía. Se quedó contemplando el techo de su habitación y escuchó. Nada, ni un sonido. A esas horas Caleb ya debería estar trabajando.

Aún medio dormida, se recogió el pelo en una coleta y entró en el baño. Se miró en el espejo mientras las imágenes de la noche anterior se sucedían en su cabeza. Sin el efecto del alcohol, su lado analítico comenzó a trabajar implacable. ¡Había estado a punto de pegarse con Spencer! Después Caleb la había sacado a la calle en volandas y, a partir de ese momento, todo su ser se había descontrolado. Por si no estaba bastante claro, la noche anterior había disipado todas sus dudas: había perdido un tornillo.

Nunca se había comportado de ese modo con un chico. Intentó recordar cada gesto, mirada, palabra o roce... Ni buscando a conciencia encontraría en ellos un ápice de inocencia. Caleb la seducía con una simple mirada, y cuando la tocaba, dejaba de pensar. Habría hecho cualquier cosa que le hubiera pedido, estaba segura.

Lo deseaba de un modo irracional y primario, y esa necesidad que sentía la aterraba. Porque todo lo que había oído sobre él era cierto. Caleb era atractivo y sexy a rabiar; arrogante, embaucador, peligroso..., y poseía una sonrisa que prometía la luna y las estrellas. A su lado una chica perdía el control sin importarle que al día siguiente volviera a salir el sol. Lo había comprobado en su propia piel. Y, aun así, se moría por volver a verle. Sí, definitivamente estaba perdiendo la cabeza.

Regresó a la habitación y se asomó a la ventana. Lo buscó con la mirada, pero no lo avistó por ninguna parte. Quizá estuviera en la cocina. Casi siempre coincidían allí. Salió del cuarto y bajó las escaleras corriendo. Frenó al llegar a la puerta y se detuvo un instante para coger aire. Entró y... nada, allí tampoco estaba. Torció el gesto con cierto desencanto y se sintió ridícula por buscarlo de aquella forma desesperada. Debía olvidarse de él. El coqueteo de la noche anterior no había sido real. Solo había sido un juego, un juego demasiado cruel al que se había prestado sin dudar.

Se sentó con una taza de café en una mano y un bote de aspirinas en la otra. Le dolía la cabeza. Cerró los ojos y subió las piernas a la mesa. Afuera se oyeron unos pasos y la puerta chirrió. No se movió, pensando que sería Hannah. Los pasos eran suaves, no como el sonido de las botas de Caleb cuando aporreaban el suelo.

Una mano le rodeó el pie descalzo, envolviéndolo con una caricia. Abrió los ojos de golpe y se encontró con unos ojos marrones y astutos clavados en ella desde el otro lado de la mesa. El corazón se le paró un segundo, antes de volver a latir descontrolado, golpeándole las costillas con fuerza. Se quedó sin habla. Caleb la repasó de arriba abajo sin disimulo. Entornó los ojos y esbozó una sonrisa taimada.

Savannah trató de retirar el pie. Caleb lo sujetó con más fuerza y se sentó en la silla como si estuviera tirado en el sofá de su casa. Comenzó a masajearle el tobillo, sin prisa, presionando con los dedos de una forma que provocó que algunas partes de ella comenzaran a derretirse.

—¿Resaca? —preguntó él. Señaló con la barbilla las aspirinas.

—Estoy bien. —Su voz sonaba casi sin aliento.

—¿Seguro? Pareces tensa. Podría ayudarte con eso —dijo con un susurro tentador y su mirada pasó a sus labios. Deslizó los pulgares hasta la planta del pie y la acarició trazando circulitos.

Savannah puso los ojos en blanco e intentó recuperar el pie. Si seguía acariciándola de esa forma, su fachada de indiferencia iba a venirse abajo.

—Seguro que crees que sí —replicó con voz queda. Si no la soltaba acabaría dándole una patada—. ¿No deberías estar trabajando? —le preguntó impaciente.

Dio otro tirón y logró que la soltara. Cada centímetro de su ser era consciente de su presencia. Él sonrió como si conociera cada uno de sus pensamientos.

—Hoy no.

Se puso de pie mostrando un modelito que dejó a Savannah con la boca abierta: un pantalón de deporte gris y una camiseta sin mangas del mismo color. Unas zapatillas negras completaban una imagen demasiado perfecta.

—Necesito un aislante especial para el tejado, que no llegará hasta dentro de unos días —añadió Caleb.

—Entonces, ¿a qué has venido? —preguntó Savannah. Él había dicho días, eso significaba que no volvería a verle en todo ese tiempo. De nuevo sintió ese extraño desencanto.

—A darte esto —respondió Caleb mientras dejaba un billete de veinte dólares sobre la mesa—. Es tu parte por lo de anoche.

—¿Mi parte?

—Sí, tu parte, ¿creías que jugábamos por jugar? Había pasta de por medio.

Ella entornó los ojos y se puso de pie. Notó el cambio de expresión en el rostro del chico y recordó que aún iba en pijama.

Caleb no se cortó un pelo y la miró de arriba abajo sin disimulo. No estaba ciego, y el pantaloncito y la camiseta que ella vestía apenas lograban tapar nada. Savannah no poseía una belleza exuberante, llamativa, llena de curvas como la de Spencer, el tipo de chica en el que Caleb siempre se había fijado. Savannah tenía un físico atlético, piernas largas, caderas estrechas y un bonito trasero. Bajo la camiseta se adivinaba una preciosa cintura y unos senos pequeños y firmes. En su caso, menos era más, mucho más.

—Los conejitos me gustaban, pero el negro me vuelve loco —comentó con una sonrisa traviesa.

Savie se la devolvió a modo de burla y cogió el dinero, maldiciéndose por haberse puesto tan roja. No tenía ni idea de cuándo hablaba en serio y cuándo le estaba tomando el pelo. Dudaba de que alguien como él hablara en serio alguna vez.

—Yo no hice nada, ganaste tú —replicó, ignorando su comentario.

—Pues no veo que lo estés rechazando —le hizo notar él.

—Por supuesto que no. Sobre todo después de las molestias que te has tomado para venir hasta aquí —dijo ella con tono burlón.

Caleb soltó una risita y volvió a mirarla de arriba abajo. Imágenes de la noche anterior acudieron a su mente y el deseo de volver a sentirla apretada contra él se hizo demasiado intenso. Dio media vuelta para marcharse.

—¿Y qué vas a hacer estos días hasta que recibas el aislante? —preguntó Savie, sin saber muy bien por qué. Bueno, sí lo sabía, de pronto tenía el deseo enfermizo de conocer cada uno de sus pasos.

Caleb se paró y la miró por encima del hombro.

—¿Te interesa?

—La verdad es que no —respondió con indiferencia.

Se acercó al fregadero y tiró el café, que se había quedado frío. Cuando se dio la vuelta se encontró con Caleb justo detrás. Contuvo un gritito. ¡Dios, le había dado un susto de muerte! Comenzaba a ponerla de los nervios esa habilidad para aparecer a su espalda, tan cerca, tan silencioso. También que la mirara del modo que lo hacía, con tanta intensidad que anulaba sus pensamientos.

—Aprovecharé para ver a viejos amigos, salir por ahí y divertirme —dijo Caleb—. ¿Vas a echarme de menos?

Apoyó las manos en la encimera y se inclinó sobre ella, disfrutando de cómo se ponía nerviosa al tenerlo tan cerca. Se acercó un poco más y estudió su rostro sin ningún disimulo. Ella respiraba a través de sus labios entreabiertos y desvió la mirada de él con el rubor tiñéndole las mejillas. El deseo de alzarla por las caderas y sentarla sobre la encimera para colocarse entre sus piernas se convirtió en algo difícil de manejar. Tenía que controlarse o aquello acabaría yéndosele de las manos; o directamente a las manos. Las cerró en un puño para no tocarla.

Savannah respiró hondo intentando que no se notara que estaba sufriendo un infarto. Captó el olor de su perfume, o quizá fuera loción de afeitado; daba igual, olía de maravilla.

—Creo que no —dijo mientras enfrentaba sus ojos. Arrugó los labios, pensativa—. Estoy segura de que no te echaré de menos.

—Yo a ti sí —dijo él con tono travieso. Le colocó un mechón de pelo tras la oreja y sonrió. Se apartó, devolviéndole su espacio—. Si quieres que volvamos a jugar como anoche, ya sabes dónde encontrarme. Y... no me refiero al futbolín —matizó.

Se dio la vuelta y salió de la cocina con un balanceo de caderas cargado de chulería. Savannah se quedó agarrada a la encimera. Notaba que se le estaban durmiendo los dedos de apretarlos tan fuerte. De repente, echó a correr hasta la puerta principal, entró en el salón y se asomó por la ventana tras la cortina, solo para verle marchar. Se quedó de piedra al ver a una chica rubia con el pelo corto esperándole apoyada en su Mustang. Ella esbozó una sonrisa coqueta cuando él llegó a su lado, y le acarició el brazo. Subieron al coche y desaparecieron a toda velocidad.

—Ya veo cómo te diviertes —dijo para sí misma con rabia.

16

Benjamin Tucker y Roger Halbrook eran amigos de toda la vida. Como cada mes, desde que Savannah tenía uso de razón, ambas familias se reunieron para comer juntas en el Club. Para ella era la segunda comida que tenía lugar tras su ruptura con Brian, y la situación no podía ser más embarazosa.

Agitó con la pajita el hielo de su vaso, centrando su atención en cómo daba vueltas y se iba derritiendo dentro de su refresco. Era consciente de la mirada de Brian sobre ella, también de que no tardaría en aprovecharse de la situación para acercarse y hablar. Algo que Savannah trataba de evitar a toda costa.

Brian siempre había sido una constante en su vida. Alguien a quien conocía, que siempre había estado ahí: en los cumpleaños, durante las vacaciones, en Navidades..., pero con quien apenas había tenido relación. Para ella siempre había sido el hermano mayor de Brenda. Era atento y educado, incluso en alguna ocasión le había atizado a algún chico por molestarla. Pero su interés en ella siempre había sido inexistente. Hasta que cumplió los dieciséis años. Brenda, Cassie y Savie pasaron ese verano en un campamento en Florida. A su regreso, casi tres meses después, todo cambió. De repente, Brian solo tenía ojos para ella; y durante meses trató de conquistarla como si de un príncipe azul se tratara. Y lo consiguió; logró enamorarla y se convirtieron en la pareja perfecta. Hasta que todo el castillo se desmoronó bajo ellos, por culpa de la bruja y su manzana envenenada.

—Discúlpenme. La mesa ya está preparada —informó una camarera.

Savannah dejó su vaso sobre la barra y se dirigió al comedor. Una mano la retuvo.

—¿Te importa si hablamos un momento?

Savannah se giró y se encontró con la tierna mirada de Sophie, la madre de Brian. Asintió sin estar muy convencida. La mujer enlazó su brazo con el de ella y siguieron a los demás.

—¿Qué tal va todo? Hace mucho que no hablamos —dijo la mujer.

—Bien. Todo va bien.

Sophie suspiró de forma exagerada. Ese era el prólogo que anunciaba la incómoda conversación.

—Estos días he hablado mucho con Brian. Está muy arrepentido, lo sabes, ¿verdad? —empezó a decir. Savannah puso los ojos en blanco, pero ella no pudo verlo—. Cariño, te aseguro que mi intención no es disculparlo, ni convencerte de nada...

—Entonces, ¿por qué estamos hablando de esto? —preguntó Savannah, consciente de que estaba siendo grosera.

Sophie volvió a suspirar, afectada.

—¡Porque qué sería de nosotros si no aprendiéramos a perdonar! Todos cometemos errores –si bien es cierto que unos más que otros–, pero... Brian te quiere mucho, Savie. Él tiene planes, planes importantes de los que tú formas parte. Él no concibe un futuro en el que no estés tú.

Savannah sacudió la cabeza. Vio cómo su madre les lanzaba una mirada fugaz por encima del hombro y después continuaba conversando con el *infiel*. Aquello olía a complot.

—Pues no ha sabido demostrarlo —masculló con los labios apretados.

—Bueno, ya sabes cómo son los hombres...

Savannah la miró de reojo, sin dar crédito a lo que acababa de oír. ¡Bienvenidos al siglo de la igualdad! Por mujeres como Sophie, Nora e incluso Marcia, los hombres se comportaban como niños caprichosos para los que nunca había consecuencias por sus actos. ¡Pobrecitos, nunca saben lo que hacen! ¡Y un cuerno!

—¿Y cómo son, si se puede saber? —preguntó Savannah. Sonrió para disimular el tono acerado que no podía reprimir.

—Cariño, los hombres a veces creen que desean aquello que no tienen para sentirse bien. Después se dan cuenta de que lo que de verdad necesitan es lo que siempre han tenido a su lado. Lo que ocurre es que, para llegar a esa conclusión, antes experimentan y no siempre de la forma más adecuada. No sé si me sigues —explicó con una risita tonta—. Y si a todo eso sumamos que el miedo al compromiso los vuelve locos al principio... —Acarició el brazo de Savie con ternura y le dio un ligero apretón—. Brian ya ha superado ambas etapas. Se ha dado cuenta de que ha estado a punto de perderte por una insignificancia. Esa chica... ¡ya sabes cómo son las de su clase!

«¡No puedo creer lo que estoy oyendo!», pensó Savannah. Catalogaba de insignificancia los cuernos de su hijo, y no solo eso: lo eximía de toda responsabilidad culpando solo a Spencer.

—Perdóname, Sophie, pero... —Exhaló con brusquedad y la miró a los ojos—, lo que Brian ha hecho está mal y ahora mismo no confío en él. Nadie le obligó a nada y, que yo sepa –y sabe Dios que no la disculpo a ella–, el único con un compromiso que debía respetar era él. Te aseguro que «humillada» no define bien cómo me siento.

—Lo sé, cariño, y si ese chico tuviera unos cuantos años menos, le habría dado unos buenos azotes —dijo la mujer con rabia. Suspiró y su expresión se relajó. Posó su mano sobre la de Savannah—. Dale una oportunidad, os conocéis desde pequeños. Te quiere muchísimo y... luego están tus padres, nosotros. ¡Ya somos una gran familia!

Savannah sintió una presión en el pecho. Sophie estaba jugando sucio, intentaba que se sintiera culpable, cuando ella no había hecho nada. No era justo y las palabras se precipitaron fuera de su boca.

—Si hubiera sido yo la que engañó a Brian, ¿intentarías convencerle a él para que me perdonara?

—Cielo, tú nunca harías algo así.

Savannah se detuvo y se plantó delante de ella. Frunció el ceño y sacudió la cabeza, sorprendida.

—¿Por qué no? Imagínalo por un momento. Con uno de esos chicos del barrio, por ejemplo. Con antecedentes, tatuado y con mala reputación. ¿Me aceptarías después de saberlo?

Sophie se quedó muda de repente.

—Bueno... No se trata... Quiero decir que... No es... —tartamudeó.

Savannah hizo un ruidito exasperado con la garganta.

—Ya has contestado a mi pregunta —dijo sin más, forzando una sonrisa.

Se dirigió al comedor maldiciendo entre dientes. Comenzaba a estar muy cansada de aquella situación. Sabía que su comportamiento con la señora Tucker quizá no había sido el más apropiado, pero había sido incapaz de mantener los labios cerrados y asentir como una tonta solo por ser educada, después de la sarta de disparates que la mujer había soltado por su boca.

Brian se levantó de la mesa en cuanto la vio aparecer, y retiró con cortesía la silla que había a su lado para que pudiera sentarse. Ella ignoró el gesto y se sentó al otro lado de la mesa, entre su padre y Brenda.

Se dedicó a doblar la servilleta sobre su regazo con la vista clavada en la tela, mientras su madre relataba por milésima vez que necesitaba un nuevo entrenador personal. Miró de reojo a Brenda, que cada vez tenía peor aspecto. Siempre había sido una muchacha preciosa, con un pelo rubio y perfecto, y unos ojos de color avellana tan grandes que era imposible apartar la mirada de ellos. Era una de las chicas más populares, capitana del equipo de animadoras durante dos años y futura estudiante de Yale. Hasta hacía un mes, cuando sufrió una especie de brote psicótico que sus padres intentaban suavizar llamándolo ataque de ansiedad.

—¿Qué tal, Brenda, todo bien? —preguntó en voz baja.

Brenda la miró, apenas un segundo, pero en seguida volvió a mirar al frente con urgencia, como si un fuerte golpe la hubiera asustado, y se contempló las manos. Asintió una vez y volvió a ignorarla.

—Podríamos quedar algún día. ¿Por qué no vienes a casa y nos comemos una tarrina de helado mientras vemos una película? ¿Esta noche? —insistió Savannah.

—No... no creo que sea buena idea. No salgo... por la noche —respondió Brenda con un hilito de voz.

—Puedo ir yo a tu casa —sugirió Savannah. Pasar la noche en la residencia de los Tucker, sabiendo que Brian podría estar allí, no era lo que más le apetecía. Pero Brenda parecía estar tan mal, que sentirse incómoda en su casa era lo que menos le importaba.

—No. Suelo acostarme temprano —negó Brenda mientras se pellizcaba los dedos.

—¿Puedo tomarles nota? —preguntó una voz.

Savannah levantó la vista hacia el camarero y sus ojos se abrieron como platos. A pesar del uniforme y de su pelo perfectamente peinado, pudo reconocer a Matt, el amigo de Caleb con el que había estado en el Shooter. Ella esbozó una leve sonrisa. Él le guiñó un ojo de forma casi imperceptible y también sonrió. De repente se le erizó el vello de la nuca y su mirada se encontró con la de Brian. Su *ex* se había percatado de los gestos y lanzaba rayos por los ojos.

—No sé dónde vas a encontrar un nuevo entrenador en Port Pleasant, cariño —decía Roger Halbrook, el padre de Savannah—. En menos de un año has despedido a los tres últimos.

—Pues pondré un anuncio en el periódico, si hace falta. Pero necesito a alguien que de verdad sepa lo que está haciendo. Como uno de esos entrenadores que tienen las actrices de Hollywood —respondió la madre de Savannah.

—Oh, querida —intervino Sophie—. De esos no hay en Port Pleasant.

—Disculpe, señora. No quiero meterme donde no me llaman... Pero yo conozco a alguien que... —empezó a decir Matt.

—Pues cierra la boca. Nadie te ha pedido que hables, solo que sirvas, y mi vaso está vacío —lo interrumpió Brian con malos modos. Se giró en la silla y lo miró a los ojos con un desprecio evidente.

Matt le sostuvo la mirada y un tic le contrajo el músculo de la mandíbula.

Savannah no pudo callarse y, con las manos a ambos lados de su plato, se inclinó hacia Brian.

—Que yo sepa, no se ha dirigido a ti, sino a mi madre. No tienes derecho a hablarle así. No es tu esclavo.

—¿Y desde cuándo te importa a ti cómo le hablo a un camarero?

—¡Desde que te has convertido en un gilipollas! —alzó la voz.

—¡Savie, esos modales! —la reprendió su madre.

—¡Chicos, por favor! —intervino Ben Tucker. Le lanzó una mirada furibunda a su hijo y el chico se relajó en la silla.

El encargado apareció a toda prisa, como si lo estuvieran fustigando. Lo seguía una muchacha.

—Matthew, ¿te importaría cambiar tu puesto con Melissa? Por favor.

Savannah se quedó mirando la espalda de Matt, mientras este salía del comedor con los puños apretados. Bajó la vista y la clavó en Brian, que la miraba sin parpadear y parecía muy molesto. El corazón le dio un vuelco y todo su cuerpo se tensó con la sensación de que aquello no había terminado.

—¿Qué van a tomar? —preguntó la camarera.

—He perdido el apetito —masculló Savannah, mientras se ponía de pie arrastrando su silla. Salió disparada antes de que nadie dijera nada.

Cruzó el comedor y llegó hasta la cafetería. El lugar más rápido para salir de allí era a través de la terraza que daba a la playa. Por el rabillo del ojo vio a Matt en la barra, secando unos vasos. Se detuvo un segundo, sin saber muy bien si debía acercarse. Tomó aire y se encaminó hacia el chico. Se sentó en un taburete frente a él y apoyó los brazos sobre el cristal. ¡Se sentía tan indignada por lo ocurrido!

—Hola.

Matt levantó la vista y le hizo un gesto con la cabeza a modo de saludo.

—No sabía que trabajabas aquí —continuó ella.

Matt se encogió de hombros.

—Llevo aquí unos seis meses.

—¿En serio? —preguntó Savie con los ojos como platos—. No... no te he visto.

Matt colocó el vaso en un estante y apoyó las manos en la barra. Se quedó mirándola muy serio.

—Pues yo a ti sí. Me he ocupado de tu mesa varias veces.

Savannah sintió como si una roca de una tonelada le estuviera aplastando el pecho. Aquel chico llevaba trabajando en el Club seis meses y durante algunas semanas la habría visto casi a diario; pero si se lo hubiera cruzado por la calle ni siquiera lo habría reconocido, porque nunca se había fijado en él.

—Eh, no te sientas mal, estoy acostumbrado. La gente que viene a este sitio no suele fijarse en los empleados —dijo él, quitándole importancia al darse cuenta de que se sentía abochornada.

«Ya, porque somos unos estúpidos esnobs», pensó ella. Recordó la noche que habían estado juntos en el Shooter. Matt había sido amable y respetuoso en todo momento. Su aspecto la había impresionado al principio. Con aquella bandana en la cabeza tenía más pinta de pandillero que de otra cosa, pero solo era una imagen que no reflejaba la realidad. «¿Qué realidad?», pensó de repente. ¿La que sus prejuicios y los de los demás le habían hecho creer? Sí, esa realidad. Apartó la mirada porque, de repente, se sentía demasiado hipócrita.

—Siento lo de antes. Brian es un cretino.

—Lo sé, le conozco bastante bien —replicó él. Al ver que ella se avergonzaba y se ruborizaba aún más, añadió—: No pasa nada, no te preocupes. Me importa una mierda lo que ese imbécil diga. Y un día alguien le partirá la cara... La lista de voluntarios es grande.

Savannah sonrió.

—Eso que le has dicho a mi madre sobre que conocías a alguien... —comentó para cambiar de tema.

Matt asintió y pasó el paño de forma distraída sobre la superficie de la barra.

—Conozco a una persona que podría ser una entrenadora perfecta para... ¿era tu madre? —Savie dijo que sí con la cabeza—. Bueno, pues eso, Kim es un hacha en Fitness, Pilates y todos esos rollos que les van a las chicas.

—¿Y Kim es...? —sondeó Savie, arqueando las cejas.

—Kim es mi chica. Trabaja en un gimnasio, cerca del *Starlight*, la bolera.

Savannah tragó saliva y sonrió para que no se le notara la incomodidad. Esa zona pertenecía al barrio, estaba a las afueras, y su madre jamás contrataría a alguien de allí. Pero tampoco tenía por qué saberlo...

—¿Y crees que podría hablar con ella? Solo hablar y preguntarle sobre el tema, porque ni siquiera sé si mi madre aceptará —confesó al fin.

Él asintió una vez y miró el reloj.

—¡Claro! Ya ha acabado mi turno. ¿Quieres venir ahora? —preguntó Matt.

Savannah se quedó pensando. No estaba segura de si hacía lo correcto. Largarse con un chico del que no sabía nada, solo por el hecho de que le caía simpático, a conocer a su novia que trabajaba en un gimnasio... Tomó aire. Prejuicios, prejuicios... no quería ser así.

—¡Sí, por qué no! —exclamó.

Matt sonrió.

—Vale. Tengo que cambiarme. No tardo nada.

—Vale —repitió ella—. Te espero en el aparcamiento.

Diez minutos después, el auténtico Matt aparecía en el estacionamiento del Club. Vestía unos pantalones de camuflaje marrones y una camiseta negra sin mangas, con el logo de un grupo musical alternativo, que se le ceñía al torso. La visera de una gorra le tapaba parte de la cara. Llegó hasta Savannah y le lanzó una bolsa de papel manchada de grasa.

—¿Y esto? —preguntó ella.

—Una hamburguesa y patatas. Por lo poco que has estado en el comedor, intuyo que no has comido nada —respondió con una sonrisa, y añadió mientras daba un par de pasos de baile y los finalizaba con una reverencia—: ¡Qué se le va a hacer, soy todo un caballero!

Savannah se echó a reír.

—Se te da bien —confesó, poniéndose un poco colorada. ¡Dios, esos movimientos habían sido alucinantes!

—Esto es lo mío: *funky, street, krump...* Servir mesas paga el alquiler.

Savannah se quedó mirándolo un instante. Era encantador y dulce como ningún otro chico que hubiera conocido. Toda su vida se había dejado llevar por las apariencias y así le había ido; no quería imaginar la cantidad de veces que se habría equivocado.

—Gracias por la hamburguesa, la verdad es que me muero de hambre. ¿Cuánto te debo?

—Nada. Corre de mi cuenta —contestó—. ¿Tienes coche o te llevo?

—Sí, tengo. Te sigo. —Accionó el mando a distancia y las luces de su Chrysler Crossfire parpadearon con un par de pitidos.

—¿Es tuyo? —preguntó Matt. Mantuvo los ojos fijos en el coche, sin pestañear, mientras daba la vuelta a su alrededor.

—Sí —respondió un poco incómoda por su admiración.

—Pues espera a que Jace y Tyler le echen el ojo encima. Tardarán cinco segundos en diseccionarle el motor. Se ponen cachondos con estas cosas.

Savannah se estremeció y apretó con fuerza la bolsa de papel.

—¿Lo dices en serio?

—¿Que si se ponen cachondos? —Asintió con los ojos muy abiertos—. Como perros en celo. Dan asco.

Ella sonrió con timidez.

—No. Me refería a lo de diseccionarlo, solo hace dos meses que lo tengo.

—Ah, vale. —Esta vez fue Matt quien se ruborizó un poco—. No, tranquila. Se limitarán a babear sobre el motor. Aunque eso también da asco. —Le dio la vuelta a su gorra, de modo que la visera quedó sobre su nuca—. ¿Vamos?

17

Savannah seguía de cerca al viejo Cadillac de Matt, sujetando el volante con una mano, mientras con la otra trataba de comerse la hamburguesa que él le había conseguido. No mancharse de aceite se estaba convirtiendo en toda una odisea. Logró tragar el último bocado y lamió sus dedos manchados de salsa, uno a uno. Chupó el pulgar, deslizándolo entre los labios con un sonido gutural de placer. Se inclinó sobre la guantera y, sin apartar la vista de la carretera, logró encontrar la caja de pañuelos que guardaba allí. Se limpió lo mejor que pudo. Comer dentro del coche, y conduciendo, no era la mejor de las ideas.

Al doblar una esquina atisbó una vieja cancha de baloncesto y, un poco más adelante, un parque. El Cadillac aparcó justo enfrente, entre un supermercado y un viejo cine. Savannah se detuvo en un hueco, detrás de él. Bajó del coche y se quedó mirando el edificio gris que había en medio. Parecía un viejo almacén reformado. Levantó los ojos y la sorpresa asomó a ellos.

«Gimnasio Balboa», leyó en un rótulo hecho con grafitis. La be la formaban dos guantes de boxeo. Una cuerda de saltar se entrelazaba con las letras. Debajo del nombre se podía apreciar el torso de un musculoso boxeador con los puños a la altura de la cara, dispuesto a atizar un buen golpe. Las comisuras de sus labios se elevaron sin darse cuenta. El dibujo era realmente bueno, muy realista y con unos detalles increíbles.

—¿Balboa? ¿Como Rocky Balboa? —preguntó a Matt, que se había detenido a su lado. El chico asintió con una sonrisa—. No es muy original, ¿no?

Él la miró como si estuviera loca.

—Pero ¡qué dices! Es un nombre genial. Además, esa obra de arte es mía —dijo, hinchando el pecho, orgulloso.

—¿También eres un *grafitero*?

—Soy un artista, nena —replicó con aires de estrella.

Savannah se echó a reír. Matt cada vez le caía mejor.

—Así que pintas, bailas... ¿También cantas o tocas algún instrumento? Si dices que sí, podría considerarte el chico perfecto —bromeó.

Él sacudió la cabeza y se echó a reír.

—No. La verdad es que tengo un oído penoso —confesó. Se ruborizó un poco. La miró a los ojos y esbozó una sonrisa maliciosa. Se levantó la camiseta dejando a la vista unos abdominales increíbles—. Pero soy perfecto en otros sentidos —replicó, alzando las cejas con un gesto elocuente.

En el costado, bajo las costillas, llevaba tatuada la cabeza de un lobo que aullaba. Savannah no pudo evitar que sus ojos se posaran allí. Se puso colorada. Pero sabía que él estaba bromeando y le siguió el rollo.

—¡Vaya, creo que voy a desmayarme! —exclamó, exagerando el tono.

Matt dejó caer su camiseta, entornó los ojos y frunció los labios mientras le ofrecía su brazo. A Savannah le pareció un gesto adorable y enlazó su brazo con el de él.

—Suelo causar ese efecto. Es mi maldición —suspiró.

Savannah volvió a mirar el rótulo.

—Me gusta. Tienes talento, Matt. Deberías ir a una escuela de Arte.

La sonrisa se borró de la cara de Matt, y su mirada se entristeció un segundo.

—Conseguí una beca, ¿sabes? Para ir a la SCAD.

—¿En serio? —preguntó asombrada. La SCAD era una de las mejores escuelas de Arte del país. Jamás lo hubiera imaginado—. ¿Y qué pasó?

—Mi familia pasaba por un mal momento y no podía dejarles. Pero aún me la guardan, así que, en cuanto consiga convencer a Kim de que venga conmigo, creo que me matricularé —comentó mientras entraban en el gimnasio.

—Me alegro por ti. Espero que...

La frase se quedó atascada en su garganta al ver el interior del gimnasio. El nombre le iba que ni pintado, porque aquel lugar parecía salido de una de las películas de Rocky. Incluso había pósters de las cintas por todas partes. A su derecha vio una vitrina, dentro de la cual había una bata de boxeo negra y dorada. A su lado, en la pared, colgaba una fotografía firmada en la que se veía a Sylvester Stallone con una bata idéntica. Se acercó un poco y la miró con atención, preguntándose si sería auténtica.

No se dio cuenta de que lo había preguntado en voz alta hasta que Matt le respondió:

—Lo es.

—¡Vaya! —susurró alucinada.

—Espera aquí. Iré a buscar a Kim —le pidió él.

—Vale. —Le dedicó una sonrisa y se quedó allí, parada, sujetando con fuerza la correa de su bolso.

Solo había dos personas entrenando, y una tercera, un hombre mayor, que limpiaba el suelo. Savannah entornó los ojos y se fijó en el tipo que había al otro lado del ring, golpeando un saco, con la cabeza cubierta por la capucha de una sudadera sin mangas. Muy despacio rodeó las cuerdas.

Era Caleb.

El chico movía los pies de un lado a otro, en un baile perfectamente coordinado, mientras lanzaba sus puños contra un saco que colgaba del techo. Sus músculos se tensaban cuando lanzaba un puñetazo, al tiempo que ladeaba la cabeza y hundía el cuello en los hombros, como si se estuviera protegiendo de un ataque invisible. Cada vez que uno de sus puños se descargaba contra el cuero, el sonido que producía le erizaba el vello. Vale, si creía que ya había visto al Caleb más sexy, estaba equivocada, porque lo tenía justo delante en ese momento.

Se acercó un poco más, y unas gotitas de su sudor la salpicaron. Olía tan bien que no fue capaz de sentir asco. No llevaba guantes, solo unas vendas blancas alrededor de los nudillos. Tomó aire para poder hablar, porque había dejado de respirar sin darse cuenta.

—¿Practicando para romper unos cuantos huesos en la calle?

Caleb dio un respingo y se giró. Perdió la concentración un segundo y el saco estuvo a punto de golpearlo. Lo sujetó por los pelos y clavó sus ojos en Savannah. Durante un instante la sorpresa asomó a ellos, pero de inmediato adoptó su actitud suficiente.

—¡Pero mira quién se ha perdido!

Ella forzó una sonrisa y se cruzó de brazos.

—Voy a pensar que me acosas —añadió él.

—Ya te gustaría.

Caleb la miró de arriba abajo y ella sintió la necesidad de abanicarse.

¿Por qué tenía que ser siempre tan descarado? Si hubiera movido la mano para pedirle que girara sobre sí misma para un repaso completo, no le habría sorprendido.

—No sabes cuánto —respondió él con un gesto muy masculino. Sonrió encantado al ver cómo ella se ruborizaba.

—¿Por qué no llevas guantes? —preguntó Savannah para cambiar de tema. Apartó la mirada de sus ojos y se fijó en sus manos—. ¿Es para sentir mejor cómo crujen los huesos de los incautos que se meten contigo?

Él abrió las manos y las cerró un par de veces. Sacudió la cabeza y una sonrisita cínica borró el buen humor de su cara.

—¿Crees que vengo a eso? ¿Que boxeo para poder sacudir a los gilipollas que intentan molestarme? —preguntó con la mirada vagando por el gimnasio.

Savie se encogió de hombros.

—¡Dios, me da miedo hasta qué punto me conoces! Es como si pudieras ver dentro de mí —replicó Caleb con un tono de voz acerado y sarcástico. Entornó los ojos y acercó su nariz a la de ella—. Deberías dedicarte a esto, se te da bien «calar» a las personas.

Savannah se mordió el labio. Parecía que había ido demasiado lejos con sus comentarios. El chico presumido y provocador ya no estaba allí. Una rabia intensa lo estremecía de pies a cabeza, y todo porque ella se había pasado de lista.

—¿Qué haces tú aquí? —interrogó él mientras volvía a golpear el saco.

—He venido con Matt.

Caleb sujetó de nuevo el saco y la miró con cierta desconfianza.

—¿Y qué haces tú con Matt? —preguntó con una mueca de fastidio. De repente sus ojos se fijaron en algo por encima de ella. El hermano pequeño de Tyler y sus amigos acababan de aparecer—. Derek, llegas tarde, y espero que tengas una buena razón —gritó.

—Es que Sean no ha podido salir hasta que su madre ha llegado del trabajo —contestó Derek.

—Espero que sea verdad, porque pienso preguntarle. Ahora a trabajar. Poneos los protectores. Derek, tú y Sean al ring, ya. Tú —señaló al tercer chico—, quiero verte sudar en aquel saco.

Los chicos se movieron a la velocidad de la luz, obedeciendo a Caleb como si sus vidas dependieran de ello.

—¿Por qué... por qué los tratas así? ¿Les obligas a pelear? ¿No es mejor que jueguen al baloncesto o a otra cosa menos violenta? ¿Quieres que sean como tú? —Savannah lanzó la batería de preguntas sin percatarse de que él se estaba poniendo rojo.

Caleb se pasó la mano por el pelo oscuro de su nuca y después se frotó la cara, tenso como la cuerda de un violín.

—Escucha, listilla, ni siquiera merece la pena que te lo explique, ya que me conoces tan bien. Pero voy a hacerlo. Hace un par de semanas saqué a esos idiotas de un tugurio de mala muerte donde se estaban poniendo hasta arriba de pastillas y alcohol. Y como creo que necesitan un buen correctivo, voy a tenerles aquí hasta que a mí me dé la gana, sacándoles esa mierda del cuerpo y las ganas de volver a tomarla. Porque, a veces, la única forma de conseguir algo es a base de golpes, ¿entiendes? —Le dio un puñetazo al saco.

Savannah lo miró sorprendida por su arrebato y, sobre todo, por los motivos por los que obligaba a aquellos chicos a ir hasta allí. Se sentía avergonzada y deseó golpearse la frente contra la pared por haber dejado que las apariencias y los prejuicios le hicieran sacar conclusiones precipitadas, otra vez. Las mejillas le ardían por la vergüenza.

—Lo siento. Creí que...

—No creas nada. Tú no me conoces —le espetó él.

—Ya te he dicho que lo siento.

—No has contestado a mi pregunta —le recordó Caleb, ignorando su disculpa.

—¿Qué pregunta?

—¿Qué coño haces tú con Matt?

Savannah frunció el ceño. Sabía que se había pasado un poco con él, y que tenía motivos para sentirse molesto por las cosas que le había dicho; pero no por ello tenía que aguantarle ese tono impertinente ni permitirle que le hablara de ese modo.

—¿Y por qué no puedo estar con Matt? ¿Acaso tenéis exclusividad el uno con el otro? ¿Tan en serio va lo vuestro? —preguntó de mala manera. Caleb lograba sacarla de sus casillas, y el arrepentimiento por haberle juzgado mal unos segundos antes ya se había esfumado.

Una sonrisa torcida se dibujó en los labios de Caleb. Dio un par de pasos, acortando la distancia entre sus cuerpos. Notó cómo ella contenía el aire con la vista clavada en su boca, mientras sus labios se separaban. El deseo de atrapar su labio inferior y mordisquearlo se le hizo insoportable. La miró a los ojos.

—La exclusividad la tiene con Kim —contestó—. Y cuando se trata de su novio es como una gata salvaje. Yo que tú me pensaría muy bien cuáles son mis intenciones.

Hizo un gesto con la cabeza. Savannah miró en esa dirección y se encontró con Matt y la chica rubia de pelo corto que había visto con Caleb unos días antes; iban cogidos de la mano. De nuevo se sintió estúpida. La otra mañana había estado segura de que esa chica y Caleb tenían algo, y los celos se encargaron del resto dejando volar su imaginación.

—¿Esa es Kim, la novia de Matt?

—Sí.

—Pues no tienes de qué preocuparte, he venido a hablar con ella.

—¿Y qué coño tienes tú que hablar con ella? —le espetó, aún más contrariado.

Savannah lo fulminó con la mirada y le clavó un dedo en el pecho.

—Deja de hablarme en ese tono —le soltó enfadada—, o la próxima vez mi rodilla le hará una visita nada amable a tu entrepierna.

Le dio la espalda, dispuesta a alejarse.

Caleb la sujetó por el brazo y la obligó a darse la vuelta. Parecía una muñequita con aquel vestido blanco de lazos y las mejillas coloradas por el enfado. Era la imagen más excitante que había tenido de ella hasta ahora.

—Queda conmigo esta tarde —dijo en un susurro. La petición había salido casi sin darse cuenta.

Los ojos de Savannah se abrieron como platos. ¿Le estaba pidiendo una cita? No, más bien le estaba ordenando que tuvieran una cita.

—¿Y por qué iba a hacerlo?

—No disimules conmigo. Tienes tantas ganas de verme a solas como yo a ti. —Su voz sonaba áspera.

—¿Qué? A ti se te va la olla.

Caleb entornó los ojos y tomó entre los dedos la punta de uno de los lazos que sujetaba el vestido a sus hombros. Imaginó cómo sería tirar de él y ver de qué forma se deslizaba la tela hacia abajo. Se mordió el labio inferior y la miró a los ojos.

—La otra noche lo pasamos bien —murmuró con intensidad.

—La otra noche fingíamos que lo pasábamos bien, y había un motivo para hacerlo.

Caleb le rodeó la cintura con el brazo sin que a ella le diera tiempo a reaccionar y de un tirón la apretó contra él. Savannah notó su camiseta sudada empapando su vestido. Tuvo que apoyar las manos en su pecho para intentar mantener las distancias. Le fue imposible moverlo.

—Tú lo has dicho, y por eso me lo debes —dijo Caleb con voz tensa. Su cuerpo rígido oprimía el de ella—. Evité que Spens limpiara el suelo contigo, después te ayudé con tu pequeña venganza, y hasta te hice ganar pasta. Quiero verte esta tarde.

Savannah cerró los ojos para intentar abordar el tema con toda la calma posible, ya que ni siquiera lograba pensar en nada que no fuera aquel cuerpo enorme en contacto con el suyo, irradiando calor. Inspiró hondo y abrió los ojos. Se encontró con su mirada, que estaba tan cerca que podía contar los puntitos verdes que la salpicaban.

—A eso se le llama chantaje —dijo ella.

Caleb le guiñó un ojo.

—Es la primera vez que le pido a una chica que quede conmigo, y esa chica acaba de rechazarme. No estoy acostumbrado.

Savannah sonrió sin darse cuenta. Saber que era la primera chica que lo rechazaba acababa de subir su autoestima dos puntos. Su vista seguía sobre ella. Le encantaban esos ojos cargados de malicia. ¿Era cosa suya o de repente hacía un calor infernal allí?

—No es mi problema —respondió, armándose de voluntad para no rendirse.

—Vamos, Sav, queda conmigo esta tarde. Y te prometo que seré bueno —musitó Caleb con la respiración entrecortada. Sus labios se curvaron hacia arriba y se le formaron unas arruguitas alrededor de los ojos. Unos ojos que ardían sin apartarse de ella.

Savannah se estremeció. No la había llamado nena ni princesa, sino por su nombre, Sav. Nadie la llamaba así porque en el fondo no le gustaba, pero en sus labios había sonado tan bien, tan íntimo... Era el hombre de las mil caras, podía pasar de cretino a seductor en un segundo; y ese tono suplicante era tan adorable.

—Puede que otro día. Hoy no puedo, de verdad —susurró. Él torció el gesto—. No es una excusa. Esta tarde debo llevar mi coche al taller. Algo le ocurre al climatizador, no funciona, y estamos en verano con un calor de muerte.

Caleb le soltó la cintura. Esperaba que ella se apartara de un salto, pero no lo hizo. Eso le gustó. Se quitó la capucha de la cabeza y se pasó la mano por el pelo.

—¿A qué taller piensas llevarlo?

—Al de Harkness —respondió Savannah.

Caleb sonrió y sacudió la cabeza, haciendo que varios mechones de pelo le cayeran sobre la frente. Savannah tuvo que clavarse las uñas en la palma de la mano para no alzarla y apartárselos con una caricia.

—Esos capullos no tienen ni idea de coches —comentó él.

—¿Y tú sí?

Él asintió y Savannah puso los ojos en blanco. El ego del chico era de dimensiones siderales. Caleb ahogó su risa en un suspiro cargado de suficiencia. Apoyó las manos en las caderas y se pasó la lengua por el labio inferior.

—Por esta calle, en dirección a la playa, hay un taller. Se llama Kizer. Estaré allí hasta las siete.

—No iré.

—Contestona y testaruda, esto cada vez se pone mejor. —Se inclinó sobre ella hasta rozarle la piel del cuello con la nariz, y susurró junto a su oído—: Irás.

Se quedaron mirándose fijamente, sin decir nada. Savannah fue la primera en apartar la vista. Le dio la espalda y fue al encuentro de Matt y su chica. Podía sentir la mirada de Caleb, abriéndose paso a través de su cuerpo, y esa sensación le gustaba tanto como la aterrorizaba.

Su mente empezó a agitarse inquieta, demasiado activa. No podía permitirse pensar. No quería especular sobre hasta qué punto era real ese interés desmesurado que Caleb parecía tener en ella, porque necesitaba que lo fuera. Empezaba a creer que su corazón solo era capaz de latir cuando le tenía cerca y eso no podía ser bueno. No conocía a Caleb, pero sabía que no era de fiar, y por eso no podía convertirse en el aire que necesitaba para respirar, el mismo aire que desaparecía de sus pulmones cuando imaginaba su boca sobre ella.

Al cabo de un rato, Savannah salía de la pequeña oficina con Kim.

—Gracias por todo. Hablaré con mi madre. Estoy segura de que te llamará.

—Vale —dijo Kim—. Si al final le interesa, solo tiene que decirme los días y yo iré hasta tu casa.

—Gracias —repitió Savannah.

—De nada. Te acompaño hasta el coche.

Savannah le dedicó una sonrisa a modo de agradecimiento. Sin pretenderlo, sus ojos volaron hasta la zona donde antes había visto a Caleb. Seguía allí, ladrando órdenes a los chicos mientras continuaba golpeando el saco con agresividad. Deseó que aquel revoloteo que sentía en el estómago cada vez que le veía cesara, porque si no iba a acabar con una maldita úlcera.

—Sabes que le gustas, ¿verdad? —soltó Kim de repente.

Savannah la miró con los ojos muy abiertos.

—¿Qué?

—A Caleb le gustas, le «pones» mucho.

Savannah le sostuvo la mirada un segundo, antes de echarse a reír.

—¡Qué va! Lo que le «pone» es atormentarme. Le gusta mosquear a la pija tonta y esnob.

Kim también se echó a reír con ganas.

—Oye, no estás tan mal, ¿sabes? Hasta podrías caerme bien —bromeó. Se cruzó de brazos y contempló a Caleb—. Sé lo que digo. Matt me contó lo que pasó la otra noche en el Shooter, y hace un rato ha estado a punto de comerte ahí mismo. Le gustas, lo sé, pero ten cuidado con él.

—¿Por qué dices eso? —preguntó con cautela.

—Porque no es un hombre fácil. Es posible que te vuelva loca con sus cambios de humor y sus paranoias antes de que llegues a conocerle solo un poco.

Savannah respiró hondo sin apartar los ojos de él. No dejaba de pensar en lo que Kim afirmaba con tanta seguridad. En el fondo se moría por que estuviera en lo cierto. Inmóvil, continuó observándole, preguntándose cómo no se hacía daño golpeando con las manos casi desnudas aquel saco, una vez tras otra.

—¿Por qué practica boxeo? No parece que le guste, ni que disfrute. Está ahí, golpeando ese saco como si le hubiera hecho algo.

—No golpea al saco... —dijo Kim—. Le está dando una paliza a sus demonios; es la única forma que tiene de mantenerlos a raya.

Savannah se quedó muda. Buscó la mirada de la chica, pero ella no la apartaba de Caleb.

—La primera vez que entró por esa puerta, solo tenía seis años. Vino con su padre. El muy cabrón le obligó a pelear contra otro niño de nueve. Cada vez que caía al suelo, Caleb se levantaba. Puñetazo tras puñetazo, siempre volvía a levantarse. Cuando mi padre vio lo que ocurría y paró la pelea, me acerqué a él con una botella de agua. Me daba mucha pena. Temblaba como un flan y yo sabía que estaba intentando no llorar... —Hizo una pausa para tomar aire. Savannah la miraba con una expresión de horror en la cara—. Le pregunté que por qué se había levantado todas las veces si sabía que ese chico le volvería a pegar. Me dijo que lo hacía porque cada vez que se ponía de pie, era más fuerte. Yo le pregunté que por qué quería ser más fuerte. Y él me dijo que si lograba serlo, algún día podría devolverle los golpes al cabrón de su padre. Desde entonces vino cada día y golpeó ese saco hasta que no podía tenerse de pie.

»Y al final lo hizo, pateó al hijo de... —Kim no terminó la frase. Resoplaba por la nariz.

—¡Eso es horrible! —exclamó Savannah.

Entonces recordó los rumores que habían corrido por el pueblo cuatro años antes, cuando detuvieron a Caleb. Decían que le había dado una paliza a su padre. De repente, uno más uno sumaban dos. Se le encogió el corazón pensando en qué clase de vida había tenido el chico.

—Lo es. Pero que no se te ocurra compadecerle o te mandará al infierno y desaparecerá tan rápido que ni te darás cuenta. Y tampoco le digas que te lo he contado. Me matará si se entera.

—No le diré nada —aseguró Savannah. Se la quedó mirando y se percató de que llevaba tatuada la misma cabeza de lobo que Matt, solo que la de ella se encontraba en su antebrazo—. Caleb te importa mucho, ¿verdad? El otro día te vi con él, estabas en su coche cuando fue a mi casa. Pensé que entre tú y él... había algo.

—Y lo hay —admitió Kim.

Los ojos de Savannah se abrieron como platos y una punzada de celos le encogió el estómago.

Kim se dio cuenta y añadió:

—No te equivoques, Caleb es como mi hermano. Por eso sé que es un capullo con carita de dios. Ten mucho cuidado con él o el tipo irresistible te hará daño.

Savannah cruzó los brazos sobre su pecho, incómoda.

—Pareces muy segura de que será así. —Su voz no pudo disimular el malestar que sentía.

—Lo estoy. Para que funcione tendrías que ser como él, y no lo eres ni de lejos. Y por lo que he visto, contigo no se va a dar por vencido. Insistirá hasta que te consiga. Así que, sí, estoy segura de que te hará daño.

Savannah sacudió la cabeza con incredulidad.

—¿Conseguirme? No soy ningún premio ni un rollo fácil —masculló.

Kim sacó un cigarrillo de plástico de su bolsillo y comenzó a mordisquearlo.

—Si lo fueras, no estaríamos teniendo esta conversación. Solo le he visto esa fijación una vez, y fue por su Mustang. Ha tardado dos años, pero ahí lo tiene. Es tozudo hasta un punto que no imaginas.

—Me has comparado con un coche, no lo estás arreglando.

Kim se echó a reír.

—¡Era un cumplido, te lo juro!

—¿Y por qué me adviertes?

Kim se encogió de hombros.

—Porque Matt tiene razón. No eres como todos esos ricachones estirados... y empiezas a caerme bien. —Suspiró—. Y Caleb se castraría a sí mismo antes que intentar enrollarse con la reina del baile, por lo que es evidente que tienes algo. Aunque aún no sé qué. Por eso no pienso quitarte los ojos de encima. Si Caleb tiene problemas por tu culpa, te partiré las piernas. ¿Te queda claro?

Savannah asintió una sola vez, con los labios apretados para no saltar sobre Kim y morderle la yugular. Con la amenaza se había pasado un trecho. Empezaba a creer que la doble personalidad era una característica común en todos ellos. Primero se mostraban amables para que te confiaras y luego te daban un sopapo que dejaba claro que se encontraban en lados distintos.

—Me hablas como si dieras por hecho que él también me gusta.

Kim tuvo que esforzarse para no reír a carcajadas.

—Boqueabas como un pez fuera del agua cuando lo tenías encima. Yo diría que te gusta mucho más de lo que crees.

18

Caleb dejó un par de llaves sobre el banco de trabajo y se limpió las manos manchadas de grasa con un trapo. Miró su reloj por tercera vez en diez minutos. Ya eran las siete. Resopló y comenzó a extraer la batería muerta de una preciosa Harley Electra Glide de 1969. Pronto él tendría una como esa, en un par de años como mucho. Volvió a mirar el reloj y maldijo por lo bajo. No iba a aparecer, la princesita no iba a aparecer. Vale, muy bien, pues iría a buscarla.

Se quedó inmóvil. ¡Por supuesto que no iría! Joder, si no quería venir, ella se lo perdía. Como si no hubiera chicas dispuestas a pasar un rato en su compañía. El problema era que él no quería a cualquier chica, la quería a ella. Le hervía la sangre cuando la tenía cerca, se ponía nervioso. Jamás se había alterado de ese modo por culpa de una mujer.

¿Qué le pasaba con Savannah? No lograba entenderlo. No sabía si era porque tenía un cuerpo hecho para condenar al infierno al hombre más casto, o porque lo ignoraba completamente. No, no era solo atracción sexual. La deseaba, de eso no tenía la menor duda, pero había algo más. Su risa le producía calor y le gustaba hacerla enfadar solo para ver cómo enrojecía. En los últimos dos años, solo ella le estaba haciendo sentir esas cosas, y la lista de números de teléfono que había sumado en todos esos meses era bastante larga.

Miró de nuevo la hora. Las siete y cuarto.

—¿Por qué miras tanto el reloj? ¿Tienes prisa por algo? —preguntó Tyler al llegar a su lado. Llevaba un montón de tapacubos en los brazos y encima unas latas de cerveza.

—No.

—Si necesitas salir antes, solo tienes que decirlo —insistió Tyler.

Colocó los tapacubos en el suelo, junto a un Chevelle. Alcanzó una lata y se la lanzó a Caleb, que la cogió al vuelo y la abrió con los brazos estirados para que no le salpicara.

—Todo está bien, en serio. —Se quedó mirando el suelo. O lo soltaba o acababa escupiendo bilis—. Bueno, no lo está. Me ofrecí a arreglarle el coche a la princesita y... no ha aparecido. Ha pasado de mí.

Tyler se quedó inmóvil con la lata a medio camino de su boca y los ojos abiertos como platos.

—¿Qué demonios te pasa con esa tía?

—Si lo averiguas, ven y cuéntamelo, porque yo no me entero —masculló Caleb.

Tyler alzó las cejas. Miró al infinito, tenso, y comenzó a mover la cabeza de un lado a otro.

—Lo sabía, me di cuenta la otra noche. ¡Te gusta de verdad! —exclamó, como si esa fuera la peor noticia del mundo—. No es para nada tu tipo y lo sabes.

—Lo sé —respondió Caleb con la mirada huidiza.

—Y también sabes que un tío como nosotros solo acaba con una tía como ella en las películas. En la vida real no funciona.

—Lo sé, y no se trata de eso. ¡Joder, no quiero casarme con ella! —gruñó con expresión cansada—. Ni siquiera algo serio, pero me tiene loco.

—Lo que te tiene es salido.

—¡Dios, sí!

Tyler alzó las manos como si dijera: ahí lo tienes, esa es la respuesta.

—Genial, me quitas un peso de encima. Pues ya sabes, tíratela cuanto antes y olvídate de ella.

—A veces eres un auténtico capullo.

Tyler se encogió de hombros.

—Bueno, tengo un buen maestro, deberías sentirte orgulloso.

Caleb le enseñó el dedo corazón y lanzó su lata a la papelera. El sonido de unos neumáticos sobre la gravilla llegó hasta ellos, se detuvo y se oyó un portazo.

—¿Hola?

Caleb se enderezó de golpe y una sonrisita apareció en su cara.

—Parece que no pasa de ti —le hizo notar Tyler. La sonrisa del chico se ensanchó—. ¡Qué cara de idiota se te ha puesto!

—¿Hola?

Savie apareció con expresión de despiste tras el coche que había en el foso. Se puso colorada en cuanto vio a los dos chicos y su mirada vagó de uno a otro mientras se frotaba las palmas de las manos contra los pantalones cortos.

—Hola —repitió. Se acercó un poco más. Tyler estaba apoyado sobre un coche y no parecía contento. Caleb se encontraba a horcajadas sobre una Harley y sonreía taladrándola con la mirada—. Espero que no sea tarde. No he podido venir antes.

—No es tarde.

—Entonces, ¿vas a echarle un vistazo a mi coche?

—¡Claro! —respondió Caleb mientras bajaba de la moto.

Savannah apartó la mirada de su cuerpo, capaz de provocar incendios solo con los pensamientos que inspiraba. Había pasado toda la tarde dudando de si debía ir hasta allí. Durante todo ese tiempo había logrado controlar el impulso, la necesidad imperiosa de verle. A las siete ya no se sentía capaz de contenerse y asumió que Caleb era un problema del que no podía distanciarse, aunque tuviera un sinfín de razones para hacerlo. Algo dentro de ella le impedía alejarse de él, a sabiendas de que las consecuencias podían ser desastrosas; sobre todo para ella.

—Te dije que vendrías —susurró él al pasar por su lado hacia la puerta.

Ella entornó los párpados con una mirada asesina que hizo que Caleb se echara a reír. Lo siguió, deseando no sentir todo lo que sentía, mientras se lo comía con los ojos sin poderlo evitar.

—Bien, veamos ese... ¿ese es tu coche? —preguntó Caleb muy sorprendido.

Savannah asintió, parándose a su lado mientras contemplaba su precioso Chrysler gris.

—Sí —respondió. Se encogió de hombros y se meció sobre las puntas de los pies, antes de añadir—: ¿Por qué pones esa cara? ¿No te gusta?

Caleb sacudió la cabeza.

—Pero ¡qué dices, es precioso! Aunque consume demasiado. Solo me sorprende que tengas buen gusto para los coches. No sé, esperaba un Mini o un Escarabajo rosa decorado con flores y mariposas —comentó como si nada.

El puño de Savannah salió disparado y le dio un buen golpe en el brazo. Con ganas.

—Muy gracioso.

—¡Au! —se quejó él, frotándose el brazo. Una sonrisa astuta curvó sus labios—. Pegas fuerte para tener esos bracitos delgaduchos.

Savannah le dedicó un mohín de burla.

—No te fíes de las apariencias. No pienses ni por un momento que me conoces.

Caleb se giró hacia ella y de un paso acortó la distancia que los separaba.

—Tú no me conoces, yo no te conozco. Eso es algo a lo que deberíamos poner remedio —dijo con tono grave.

Movió la mano hasta los pantaloncitos de Savannah y la hundió en el bolsillo trasero. Cuando la sacó, las llaves del coche colgaban de sus dedos. Savannah quiso contestar pero no pudo. Sentía una extraña tensión en el estómago. Un calor sofocante y electrizante expandiéndose hacia abajo en oleadas. Se quedaron mirándose un largo instante. Entonces él sonrió y sus ojos brillaron antes de meterse en el coche y llevarlo adentro.

Sentada en uno de los bancos, Savannah observó a Caleb mientras este trasteaba con el coche. No tenía ni idea de qué estaba haciendo, pero por su gesto de concentración y por la seguridad de cada uno de sus movimientos, él sí. No entablaron conversación en ningún momento, pero las miradas hablaban por sí mismas. Era incapaz de apartar los ojos de él más de diez segundos, y se descubrió admirando ciertas partes de su anatomía sin ningún pudor. Jamás había mirado a un chico como lo miraba a él, ni siquiera a Brian. Pero, lo cierto era que tampoco ningún chico le había hecho sentir lo que Caleb lograba con un simple roce de sus dedos. La dejaba sin aliento. Se preguntó si ella lo alteraba de la misma forma; parecía tan contenido la mayor parte del tiempo... El golpe del capó al cerrarse la sacó de sus pensamientos.

—¡Listo! —anunció Caleb con las manos en las caderas.

—¿Ya está? —preguntó, completamente alucinada. No había tardado más de media hora. Se bajó de un salto del banco—. ¿Qué le ocurría?

—La válvula de expansión se había obstruido. La he limpiado, también el condensador, y le he cargado el gas. Ahora debería funcionar. —Abrió la puerta del copiloto y, con un gesto de su cabeza, añadió—: Sube.

Ella entornó los ojos.

—¿Para qué?

—Para ver si funciona. La única forma es con el coche en marcha, a ser posible circulando —explicó él. Savannah dudó y sus labios se fruncieron con una mueca. Una risa ahogada y sexy vibró en el pecho de Caleb—. No voy a secuestrarte ni nada de eso. Estás completamente segura conmigo.

Ella suspiró con los ojos en blanco y entró. Caleb cerró la puerta, rodeó el coche y se sentó frente al volante. Ajustó el asiento a su altura y reguló los espejos. El motor rugió y salieron marcha atrás. Maniobró sin frenar y enfilaron la carretera.

—Completamente a salvo —dijo ella, mirándolo de reojo.

Caleb cambió de marcha y aceleró. Buscó su mirada y sus labios esbozaron una sonrisa lenta y burlona.

—Completamente a salvo, le dijo el lobo a Caperucita antes de comérsela —musitó con voz ronca.

Savannah se quedó sin aire y un cosquilleo se extendió por todo su cuerpo. Aquel chico no iba a traerle nada bueno, y lo primero sería un infarto. Se frotó los muslos sin saber qué hacer con las manos.

Caleb bajó la mirada hasta ese punto y sintió la necesidad de deslizar sus dedos por el interior de aquellas piernas suaves. Apretó el volante y se concentró en la carretera. No pensaba tocarla de esa forma sin estar seguro de que sería correspondido en ese sentido, por más que lo deseara. Y no tenía ni idea de si ese deseo era compartido, ya que con ella todas las señales eran demasiado confusas. Unas veces daba la impresión de que él le gustaba, y mucho; otras, se comportaba como si su simple presencia le molestara.

Circularon en silencio por la autopista que serpenteaba junto a la costa. Al cabo de unos minutos, Caleb tomó un desvío hacia el interior. El paisaje cambió y el desierto de dunas fue sustituido poco a poco por el campo y los árboles.

—Parece que el climatizador funciona —dijo Savannah mientras se abrazaba los codos con un escalofrío.

Caleb subió la temperatura unos cuantos grados.

—Ya te dije que sabía lo que hacía. Esos inútiles de Harkness te habrían cobrado una pasta y seguro que para nada.

—Gracias —susurró ella.

A Caleb le fue imposible no derretirse con el sonido de su voz. La miró y apretó con fuerza el volante. Aquellos ojos enormes se lo tragaban cada vez que se clavaban en él. Su cuerpo se tensó con una punzada de excitación. «El tipo de deseo que te jode el cerebro, se te mete en la sangre y te deja indefenso sin que puedas hacer nada», pensó. Ese era el deseo que él sentía, instintivo y primario. Apartó la vista y contuvo el aliento con los ojos en la carretera. De repente, redujo la velocidad y acabó deteniéndose en la cuneta. Se bajó del vehículo y lo rodeó ante la mirada estupefacta de Savannah.

—Sal del coche —le pidió mientras le sujetaba la puerta.

—¿Para qué?

Caleb la cogió de la mano y tiró de ella.

—Para dar un paseo. Te dije que quería pasar la tarde contigo —respondió mientras la guiaba por un estrecho camino de tierra que se perdía entre unos árboles.

—Está a punto de anochecer, ya no queda tarde —replicó ella. Él se giró y le guiñó un ojo. Sus mejillas se llenaron de color y sus ojos se iluminaron—. No era necesario probar el coche en la carretera, ¿verdad? Has hecho todo esto para salirte con la tuya.

Caleb se echó a reír.

—Ahora sí que empiezas a conocerme.

19

Savannah se dijo que debería enfadarse con él, pero no podía cuando el único pensamiento que le ocupaba la mente era que quería subirse a caballito sobre aquella espalda musculosa y rodearle el cuello con los brazos mientras hundía la nariz en su pelo revuelto. Le apretó la mano sin darse cuenta y él le devolvió el apretón, dejándola sin habla.

Caleb entrelazó sus dedos con los de ella y la miró de reojo. Savannah no se había molestado con él por la treta con la que la había llevado hasta allí. Al contrario, parecía bastante cómoda y continuaba aferrada a su mano. Era agradable sentirla. La miró de arriba abajo y dio gracias a la falta de recato y a la liberación de las mujeres a la hora de vestir, porque sus pantaloncitos cortos y la blusa semitransparente que vestía la convertían en una delicia. No podía dejar de mirarla. Era preciosa.

—¿Dónde vives? —preguntó Savannah, intentando mantener una conversación que ahogara el silencio, y también porque se moría de curiosidad.

—En el barrio.

—No, me refiero a...

—Sé a qué te refieres —la interrumpió él. Se detuvo bajo unos árboles y soltó su mano. No solía hablar de su vida con nadie, salvo con sus amigos, y con ellos no es que hablara mucho. Alzó la vista hacia las copas—. Llevo un par de años viviendo en Santa Fe.

—¿Y qué haces allí?

Él se encogió de hombros.

—Por las mañanas trabajo en el taller de mi tío, y por las tardes en un gimnasio. También es suyo. Mantengo ocupados a los chicos de la zona, así no se meten en líos —respondió, un poco incómodo. Tontear era sencillo, innato en él. Hablar de su vida era una tortura.

—¿Y qué más haces? ¿Estudias? ¿Sales con amigos... amigas?

Caleb giró la cabeza para observarla. Ella se había recostado contra el tronco de un árbol y no le quitaba los ojos de encima. La brisa le agitaba el pelo y se lo recogió tras las orejas con un gesto que le resultó adorable. Se le aceleró el pulso y su mirada descendió hasta sus pechos. El sujetador se le trasparentaba, definiendo unas curvas perfectas en tamaño y forma.

—Me gradué a los pocos meses de salir del Centro. Fue una de las condiciones que me puso mi tío para quedarme con él. Y sí, salgo con amigos y... amigas —respondió, arqueando las cejas con un gesto arrogante.

«Centro», repitió Savie para sí misma. A veces olvidaba que Caleb había sido detenido y condenado durante dos años por darle una paliza casi mortal a su propio padre. Hizo un esfuerzo para no formular ninguna pregunta al respecto, a pesar de que tenía muchas sobre el tema. Sabía que no era apropiado, ni se conocían lo suficiente como para hablar de ello. Otra pregunta por cuya respuesta sentía la misma avidez, se deslizó por su boca.

—¿Alguna amiga en especial? —preguntó.

—Define especial —pidió él con los ojos entornados—. Porque ha habido muchas y, no sé, todas eran especiales. Cada una a su modo, ¡claro! Las había que...

—Vale —lo interrumpió Savannah. Se le encendieron las mejillas y una punzada de celos le recorrió el pecho—. Mejor lo dejamos aquí. Lo cierto es que no necesito información sobre tu vida personal.

—Sexual —matizó él.

—¿Perdona? —No podía haber oído bien.

—Mi vida sexual. No hay amigas en mi vida personal en Santa Fe. —Sonrió con picardía.

Savannah abrió la boca y volvió a cerrarla.

—Bueno, pues… no necesito información sobre tu vida sexual.

Caleb se pasó una mano por la cara para esconder una sonrisa.

—Pues hablemos de ti. Cuéntame algo —le pidió.

—No hay mucho que contar. Me acabo de graduar y pasaré el verano contando los días que faltan para largarme de aquí e ir a la universidad. ¡Adiós Port Pleasant, bienvenido futuro! —exclamó Savannah, alzando los puños a modo de victoria.

Caleb sonrió. Sus miradas se encontraron y estuvo seguro de que hubo un chispazo de química entre ellos.

—¿Y qué hay de Tucker? ¿Está en tu futuro? —preguntó como si nada.

La sonrisa desapareció del rostro de Savannah.

—No creo —respondió. Pestañeó y miró hacia otro lado para ocultar su malestar. No entendía por qué había tenido que nombrarlo.

—¿No crees? ¿Eso quiere decir que aún tiene posibilidades contigo? —insistió él. La miró fijamente para no perder detalle de su reacción. Si decía que sí, el paseo y todo lo que tuviera que ver con ella se terminaba en ese mismo momento.

—¡No! —respondió Savannah como si alguien la hubiera golpeado—. Lo único que quiero decir es que con el tiempo podríamos volver a ser amigos, nada más. Nos conocemos desde pequeños y... eso es mucho tiempo.

—¿No eres de las que perdonan? —Sonó más a una afirmación.

—Solo ciertas cosas —contestó ella. Se enderezó y enfundó las manos en los bolsillos traseros de sus pantalones. Dio unos pasitos, notando cómo la hierba le hacía cosquillas en los dedos desnudos de sus pies en las sandalias—. Cuando alguien te quiere y te desea de verdad, no tiene la necesidad de engañarte.

—Fue un imbécil solo por pensarlo, y un gilipollas por llevarlo a la práctica. Un hombre de verdad no se comporta así. Nunca te mereció —dijo Caleb con tono vehemente, mientras daba un salto y se colgaba con las manos de una de las ramas.

Savannah sonrió. Sus palabras habían prendido una llama en su pecho, que cobraba fuerza por segundos. Lo miró de reojo. Él no dejaba de balancearse como un mono y la camiseta se le había subido por encima del ombligo. Se quedó mirando aquel estómago plano; decir que estaba bien formado era una manera suave de decir que tenía el cuerpo más deseable, hermoso y perfecto que jamás había visto. Un cuerpo con un tatuaje que le había pasado desapercibido. La mancha oscura sobresalía por la cinturilla de sus vaqueros, a la altura de la cadera, en el vientre. Lo reconoció a pesar de que solo se veía la parte superior.

—¿Qué significa ese lobo? Matt y Kim tienen uno idéntico. Y estoy segura de que tus otros amigos también lo llevan.

Caleb se soltó de la rama y sus pies aterrizaron en el suelo. La miró antes de bajar sus gruesas pestañas y sonreír con aire travieso. Con una mano se subió un poco la camiseta y con el pulgar de la otra tiró hacia abajo de la cintura del pantalón hasta la sombra oscura del vello. El tatuaje quedó a la vista y Savie se acercó un poco para verlo mejor.

—Puedes tocarlo si quieres —dijo él con una sonrisa maliciosa.

Savannah también sonrió y le dedicó una mirada coqueta que estuvo segura tuvo algún efecto en él, porque sus labios se tensaron mientras tragaba saliva.

—Buen intento, Marcus —replicó sin apartar la vista del dibujo para que no notara que sus mejillas volvían a encenderse. Se preguntó cómo sería tocar toda aquella piel firme y bronceada, y que olía de maravilla.

Caleb se la quedó mirando un segundo antes de responder.

—Cuando éramos pequeños fuimos de campamento a una reserva. En uno de esos viajes que organizaba la iglesia para los niños del barrio. Uno de los monitores nos llevó a observar una manada de lobos. Nos explicó lo importante que es para ellos la familia; y cómo se defienden y se protegen de otros depredadores. Se cuidan entre ellos y nunca se abandonan, ni siquiera a los enfermos. Son territoriales y peligrosos cuando se les amenaza o amenazan a sus familias.

»Nos sentimos identificados con ellos, porque nos cuidábamos del mismo modo entre nosotros. Así que, cuando cumplimos los dieciséis, todos nos tatuamos uno —explicó Caleb con voz grave. Se bajó la camiseta y se frotó los brazos—. Todos ellos son mi familia, aunque no lleven mi sangre.

Decirle aquello le costó a Caleb un gran esfuerzo. Tomó aire y apartó la mirada, pero no antes de que ella pudiera ver un atisbo de vulnerabilidad en sus ojos. Savannah se mordió el labio hasta hacerse daño. El deseo de acercarse y tocarle le cosquilleaba en los dedos de forma dolorosa. Sin estar muy segura de lo que hacía, se aproximó a él muy despacio.

—Y tú eres el Alfa que los cuida y los mantiene unidos, ¿verdad?

—Antes lo era —respondió él con los ojos clavados en ella.

Se le aceleró la respiración al tenerla cerca. La estudió de arriba abajo sin parpadear. Era delicada, con una piel blanca dorada por el sol, suave y perfecta. Intentó no detenerse demasiado en su impresionante escote y ascendió por la línea de su cuello hasta el rostro. Tuvo que inclinar la cabeza para verlo, porque ella se había detenido a su lado y ahora alzaba una mano temblorosa para tocarle el bíceps. Las yemas de sus dedos le acariciaron la piel, allí donde los trazos de tinta negra asomaban bajo su camiseta de manga corta. Se estremeció con el roce y todo su cuerpo se tensó. Ella lo notó y alzó la vista hacia él. Aquellos ojos grises le provocaron un dolor agudo en el pecho.

—Déjame verlo entero —pidió Savannah, aunque sonó más bien a súplica.

—¿Es tu forma de pedirme que me desnude para ti? —preguntó. Sonrió y le brillaron los ojos.

Savannah le sostuvo la mirada con una mezcla de temor y fascinación.

—Si quisiera que te desnudaras para mí, te lo pediría sin más —replicó, flirteando del mismo modo.

Caleb se puso serio, de nuevo nervioso y sorprendido de que ella tuviera ese poder sobre él. La miró de arriba abajo y el deseo se deslizó como un cosquilleo por su torrente sanguíneo.

—¿De verdad me lo pedirías?

—No soy tan mojigata como crees, Marcus.

Caleb emitió un gruñido y acercó su nariz a la de ella.

—Cada vez que me llamas así, me matas —musitó con voz ronca. Echó las manos por detrás del cuello y tiró de la camiseta hacia delante. La dejó caer y se quedó quieto.

Savannah soltó el aire de sus pulmones con un ligero temblor y se colocó a su espalda. Era demasiado alto para ella.

—Necesito que te agaches.

Caleb obedeció y se sentó sobre la hierba con las piernas abiertas. Ella se arrodilló tras él, inspiró hondo y contempló el tatuaje. Sus dedos se deslizaron sobre el dibujo, recorriendo el contorno y las distintas formas. Lo hizo despacio, disfrutando de la sensación que le producía tocarle de ese modo. Caleb tenía una piel suave y cálida. Sus músculos, perfectamente definidos, estaban tensos y duros. Notó que temblaban bajo su mano y se preguntó si sería por la misma razón por la que ella también temblaba. Anhelo.

—¿Qué significa? —preguntó.

—Cada símbolo significa algo distinto.

—Entonces, no lo llevas solo para presumir —susurró Savie sin dejar de mover los dedos.

Él se sacudió bajo una risa silenciosa.

—No. —Inclinó el cuello hacia abajo y dejó que sus brazos reposaran en los muslos—. Ahí, donde estás tocando ahora, ese representa el pasado, el presente y el futuro. Justo encima, ese es el sol, trae buena fortuna. —Notó cómo la mano de ella ascendía y acariciaba el centro del astro, después se deslizó hasta el hombro—. Esos círculos representan a mis antepasados, para que no olvide de dónde provengo. Ese es el gran ojo, es un símbolo intimidatorio, permite poseer el espíritu del enemigo. Ese es mi espíritu protector, y el gecko ya sabes para qué sirve.

Ella soltó una risita y sus manos ascendieron de nuevo por su brazo hasta el cuello, mientras iba rodeando su cuerpo. Acabó de rodillas frente a él, entre sus piernas, con los ojos clavados en el dibujo.

Caleb le devoraba el rostro con expresión hambrienta. Aquel era el momento más erótico que había tenido en toda su vida.

—¿Y este? —continuó ella, acariciando su clavícula.

La forma en la que el pecho de él subía y bajaba aceleró aún más su propia respiración. Intentó parecer relajada, incluso cuando besarle se convirtió en una tentación.

—Ese simboliza a tres personas en una. —Caleb le cogió los dedos y los puso sobre un punto en su piel que se asemejaba a un árbol—. Este soy yo con los brazos abiertos, que conectan aquí y aquí con mi madre y mi hermano, uniéndolos a mi corazón —le explicó mientras colocaba su mano sobre la de ella.

Savannah lo miró fijamente; podía sentir los latidos de su corazón bajo la mano, rápidos y fuertes. Aquello la había conmovido y sabía que se le notaba porque unas estúpidas lágrimas se arremolinaban en sus ojos bajo las pestañas. Los de él mostraban otro tipo de emoción, y ella volvió a encenderse como si hubieran acercado una cerilla a una mecha impregnada en gasolina.

—Me miras como si quisieras besarme —murmuró con voz temblorosa.

—Eso es porque quiero besarte —respondió él muy serio. La agarró por las caderas y la arrastró, pegándola a su cuerpo, sin apartar los ojos de su boca.

—¿Y vas a hacerlo, vas a besarme? —quiso saber. Se humedeció los labios con la lengua, y fue un acto reflejo, nada premeditado. Se puso tensa por la invitación que acababa de regalarle.

Caleb negó con la cabeza. Le pasó un dedo por la mejilla, los labios, el cuello y la clavícula. Deslizó ese mismo dedo hasta su barbilla y le sostuvo el rostro mientras la miraba a los ojos.

—Nunca he dado el primer beso.

—¿Y eso qué quiere decir? —preguntó Savannah, desconcertada.

—Siempre han sido ellas las que han dado el primer paso, y yo he acabado tomándolo por costumbre. Nunca tomo la iniciativa.

Savannah le lanzó una mirada gélida, molesta por su ego tan desproporcionado; o quizá no lo era tanto. No dudaba de que la mayoría de mujeres habidas y por haber no tendrían la paciencia suficiente como para esperar a que el chico diera el primer paso, y que se lanzarían como hienas sobre aquellos labios carnosos que prometían el cielo y todas las estrellas del universo.

—¿Qué pasa, te da miedo que te rechacen y que descubras que no eres tan irresistible como crees? —le espetó con tono arrogante.

Caleb entornó los ojos y una sonrisita apareció en su cara. Entonces, sin previo aviso, sus brazos le rodearon las piernas y la sentó a horcajadas sobre sus caderas. Se inclinó sobre ella y le rozó los labios con la punta de la nariz. Aquel cuerpecito ardía entre sus brazos alimentando su propio calor. Y era increíble con qué perfección encajaban.

—¿De verdad crees que es eso lo que me preocupa? —musitó, provocándola.

Savannah cerró los ojos al sentir su aliento. Se moría por probarlo, por averiguar a qué sabía, pero se cosería la boca antes que darle el gusto de ceder y aumentar un punto más su fanfarronería.

—Pues sí. En el fondo no eres tan seguro como quieres parecer —logró decir.

Puso las manos en sus hombros desnudos y lo empujó un poco para apartarlo de ella, sobre todo porque su pecho estaba reaccionando al roce masculino de una forma más que evidente. Se encogió mientras se desembarazaba de él y se ponía de pie. Caleb la siguió y, sin apartar sus ojos de ella, se puso la camiseta.

—O quizá seas tú la que tienes miedo de tomar la iniciativa.

Savannah iba a replicar cuando un vehículo aproximándose por la carretera llamó su atención. El coche patrulla se detuvo junto al suyo y el agente que viajaba a bordo bajó. Con las manos en las caderas rodeó el Chrysler, observándolo.

—Vamos —dijo Caleb muy serio.

El policía no apartó los ojos de ellos mientras regresaban a la carretera.

—¡Señorita Halbrook! —exclamó como si no hubiera sabido desde un principio que se trataba de ella—. ¿Va todo bien por aquí? ¿Algún problema? —preguntó, taladrando a Caleb con la mirada.

—No, agente Black. Todo está bien. Caleb ha reparado una avería que tenía en mi coche. Ahora lo estábamos probando —informó con una sonrisa.

—¿Está segura de eso? —inquirió. Daba la impresión de que no creía una palabra, como si pensara que Caleb la estaba reteniendo contra su voluntad, o algo parecido, y ella tuviera miedo de dar la voz de alarma.

Caleb le sostuvo la mirada al policía. Apretó los dientes para contener su lengua y no mandar al infierno a aquel tipo. Sabía que no era inteligente meterse en líos en ese momento, y que lo detuvieran delante de ella no era la imagen que quería dejar impresa.

—Sí, lo estoy, pero si no me cree puede llamar a mi padre. Sabe que estoy aquí. Es él quien va a pagar la factura del taller.

—Aun así, puedo acompañarla a casa si lo desea —insistió.

—Gracias, pero no es necesario.

—Ya… —murmuró el policía. Miró a Caleb directamente—. Supongo que no te quedarás mucho por aquí, Marcus. Este pueblo debe ser bastante aburrido después de vivir en una ciudad como Santa Fe.

Caleb le sostuvo la mirada, mientras encajaba la invitación a largarse de Port Pleasent cuanto antes.

—No mucho —respondió con voz queda.

Los ojos del policía vagaron de un rostro a otro durante dos largos segundos. Al fin se llevó la mano al sombrero y se despidió de Savannah con una ligera inclinación. A Caleb le dedicó una mirada asesina cargada de advertencias. Subió al coche y desapareció.

—¿Has visto cómo ha reaccionado al vernos juntos? —preguntó Savannah con los ojos como platos.

—Sí, estoy acostumbrado —masculló Caleb.

—Yo no —admitió ella en un susurro. El corazón le latía desbocado por la escena de película que acababa de presenciar y no era capaz de mirarlo a la cara.

Caleb cerró los ojos un segundo e inspiró hondo.

—¿Te preocupa lo que piensen los demás si te ven conmigo? —preguntó con un tono plano y frío.

—Hasta hace unos días sí. Ahora no lo sé —respondió ella sin aire en los pulmones, antes de pararse a pensar detenidamente en ello.

—¿Y qué ha cambiado? —Caleb continuaba serio y tenso.

—No creas que es por ti —se apresuró a aclarar Savannah—. Es por mí, porque estoy cansada de todo esto, de fingir y aparentar. De que todo ocupe un lugar predeterminado y sin lugar a cambios. Y que si abandonas el lugar al que se supone que correspondes, o actúas en contra de lo que se considera que está bien, dejas de pertenecer a su pequeño club y todos te señalan con el dedo. Estoy cansada de pensar primero qué va a parecerle a los demás el modo en que me comporto, cuando mis actos son asunto mío y de nadie más.

Caleb bajó la vista un momento, considerando cada palabra. Su expresión se suavizó y le entraron ganas de acariciar la arruga que se le había formado en la frente.

—Vas a ir a la universidad, ¿no? —preguntó. Ella asintió—. En septiembre, cuando te marches, toda esta gente se quedará aquí. A la mayoría jamás volverás a verla. ¡Que les jodan! Es tu vida, la mía, y la de nadie más.

Savie lo miró a los ojos. Leyendo entre líneas el significado de sus palabras. Quería que pasara por encima de los prejuicios y que se viera con él. Demasiado tentador cuando se consumía por dentro solo con recordar su cuerpo bajo ella.

—Pero para septiembre aún faltan dos meses y, mientras, debo seguir aquí. No estoy preparada para el cambio, ni para que me señalen.

—A mi lado siempre es así.

Ella se mordió el labio, escondiendo un suspiro antes de contestar.

—Lo sé.

Caleb sacudió la cabeza y por un momento apretó los puños a ambos lados de su cuerpo. Se acercó a ella, buscando su mirada.

—Voy a largarme de aquí, tú también. ¡Deja de pensar e intentar controlar todo lo que contiene el universo! A veces ese universo se reduce solo a ti.

En los ojos de Savannah se reflejaron la confusión y la sorpresa.

—¿Intentas decirme algo?

Él le puso las manos en las caderas y la atrajo hacia sí. Contuvo el aliento y, sin apartar la mirada de la de ella, le deslizó la mano por el cuello. Le acarició la piel con el pulgar y notó cómo ella empezaba a temblar.

—Que, mientras ambos estemos aquí, quiero verte y quiero que salgamos por ahí. Me importa una mierda lo que piensen los demás.

Savannah tragó saliva e intentó apartarse.

—A mí sí me importa lo que piensen. No es tan fácil. Sé lo que una reputación como la tuya le hace a las chicas como yo. No me va lo de ser un nombre más en tu agenda.

—No tengo agenda.

Savannah sacudió la cabeza y suspiró.

—Entiendes lo que quiero decir. Para ti serán las palmaditas en la espalda y a mí me colgarán la etiqueta de fulana.

—Le daré una paliza al que siquiera lo piense.

—Caleb, no estoy segura de si quiero que nos vean juntos —dijo ella de forma categórica.

Él dio un paso atrás y la soltó.

—¿No quieres volver a verme? —preguntó sin ninguna emoción.

—Yo no he dicho eso.

Caleb dejó caer la cabeza hacia delante. Después la echó hacia atrás y contempló el cielo mientras se pasaba la mano por el pelo, pensando. Suspiró frustrado.

—Entonces, ¿qué es lo que quieres?

Savannah tragó saliva, pero su voz solo fue un susurro.

—Podemos ser amigos y vernos sin necesidad de salir por ahí.

—A mí no me va lo de ser el rollo oculto de ninguna mujer. No voy a esconderme, si es lo que intentas proponerme. Tú decides qué pasa a partir de ahora entre nosotros, princesita —replicó Caleb con demasiada dureza—. Porque está claro que entre tú y yo pasa algo.

Ella se cubrió la cara con las manos, demasiado nerviosa y abrumada. No podía tomar una decisión en ese momento, no cuando la estaba mirando de aquella forma tan horrible.

—Vale, he captado el mensaje —dijo él con los labios apretados al ver que guardaba silencio. Abrió la puerta del coche y la sostuvo sin mirar a Savannah ni una sola vez—. Sube, te llevaré de vuelta.

—Caleb...

—Sube y cierra el pico. No necesito más aclaraciones.

20

Lo oyó gritar desde el salón.

—*Caleb, levántate, tu tío Dani ha llamado —bramó su padre mientras avanzaba por el pasillo dando trompicones.*

—*No es mi tío —masculló Caleb para sí mismo.*

Dylan abrió los ojos y se puso tenso.

—*¿Qué pasa? —susurró sin poder disimular su miedo.*

—*Tranquilo, es conmigo, no te hará nada.*

—*Siempre es contigo, Caleb. Eso es lo que me da miedo, que siempre es contigo —musitó el chico, pegándose a la pared.*

—*¡Caleb! —resopló su padre, golpeando la puerta con el puño.*

—*Por Dios, Josh —rogaba su madre—. Acabas de traerle de una de esas carreras. Déjale descansar.*

—*Cierra la boca si no quieres que te la cierre yo. No sirves para nada, solo lloriqueas. Caleb, te quiero en el coche ya o la paliza te la daré yo —dijo entre risas.*

Caleb se levantó de la cama. Se puso una camiseta y sus zapatillas, y salió al pasillo, donde su padre le esperaba. Estaba apurando una cerveza y dejó caer la botella al suelo en cuanto le vio aparecer.

—*Vamos —le dijo.*

—*Josh, por favor —rogó Hannah—. Un día le harán daño de verdad.*

—*¡Cállate! —le espetó al pasar junto a ella, y la apartó de un empujón. Caleb la cogió al vuelo y la aguantó contra la pared.*

—*No le provoques —susurró—. Yo me encargo.*

—*Lo siento mucho, hijo. Todo es culpa mía.*

—*No es culpa tuya, solo suya —masculló Caleb lanzando una mirada asesina a la puerta por la que su padre acababa de salir—. Pero un día...*

Subió al coche, en silencio, y se dedicó a contemplar la oscuridad mientras su padre conducía.

—*El chico es grande —empezó a decir el viejo—, pero también es lento. No te costará mucho tumbarlo. Las apuestas van fuertes esta noche.*

No la cagues. Deja que se acerque durante el primer asalto, se confiarán, y en el segundo lo destrozas. ¿Entendido? —le dijo con tono amenazador—. Ha venido mucha gente. Se pueden sacar dos mil y los necesito. Los chicos quieren ir a Las Vegas y con los mil quinientos de la carrera me perderéis de vista una temporada.

Su risa hizo que a Caleb le entraran ganas de cerrarle la boca a puñetazos, pero su padre era demasiado grande y fuerte como para intentarlo. En las ocasiones que había tratado de defenderse, había acabado en el hospital hecho carne picada. «Algún día», pensó. Ahora solo debía ganar la pelea, la pasta, y el bastardo se largaría a Las Vegas una temporada. Eso significaba paz durante un tiempo.

Esta vez iba a ser en un viejo granero a unos cuarenta kilómetros de Port Pleasant. Los gritos se oían desde fuera. Entró en el improvisado ring y se quitó la camiseta. Miró al chico al que tendría que enfrentarse. Joder, no era grande, sino un gigante.

Minutos más tarde el sabor de la sangre era lo único que sentía en la boca, y un doloroso zumbido en el oído. El resto del cuerpo lo tenía como si le hubiera pasado por encima una apisonadora. Iba a necesitar hielo para el ojo urgentemente o se le cerraría en cuestión de minutos.

—Bien hecho, hijo —le dijo un tío mientras le ponía un fajo de billetes en la mano.

Salió a la calle a trompicones y encontró a su padre junto al coche con una mujer a la que no había visto nunca. Apretó los dientes para no vomitar y se acercó con el dinero en la mano. De repente, su padre se giró hacia él y los ojos de Caleb se abrieron como platos. El viejo tenía la cara destrozada, una brecha en la frente y le faltaban un par de dientes. Sostenía un bate ensangrentado con la mano.

El prado y el granero desaparecieron y la cocina de su casa tomó forma en su lugar.

—¿De verdad creías que no iba a volver a por ti después de lo que me hiciste? —preguntó su padre con una voz de ultratumba.

Caleb cayó al suelo de culo y comenzó a arrastrarse para alejarse de él.

—Voy a matarte, pequeño bastardo. Pero antes me cargaré a tu madre y a tu hermano, y tú vas a verlo —dijo entre risas, mientras levantaba a Dylan del suelo con una sola mano.

La cocina se desvaneció entre una extraña niebla y se encontró de pie en medio de una carretera. Olía a gasolina y el sonido de un claxon taladra-

ba el silencio de la noche. Se dio la vuelta y vio un coche empotrado contra un árbol. Se acercó con miedo, sabía lo que iba a encontrar cuando mirara dentro.

—¡No, joder, no!

*C*aleb se despertó de golpe empapado en sudor. Todo el cuerpo le temblaba y sentía náuseas. Se levantó de un salto y corrió al baño. Cayó de rodillas y empezó a vomitar entre espasmos. Al cabo de unos minutos logró que su estómago se tranquilizara. Se acercó al lavabo y se enjuagó la boca, después se mojó la cara y se quedó mirando su reflejo en el espejo. Unos ojos inyectados en sangre le devolvían la mirada.

Las pesadillas y el miedo iban a acabar con su juicio. Dormir era una tortura; y, cuando estaba despierto, lo que más deseaba era volver atrás y cambiar las cosas. Esa necesidad se estaba convirtiendo en una obsesión. Tarde, ya era tarde, y regodearse en toda esa mierda no iba a devolverle esos años y mucho menos a su hermano. Apretó el lavabo con las manos y el reflejo le devolvió una mirada de odio. «Debiste pararlo antes, mucho antes», pensó.

—No te pareces a él. No eres como él, Caleb —dijo su madre desde la puerta.

—¿Cómo estás tan segura? —le preguntó a través de su reflejo en el espejo.

—Porque tienes mi pelo y mis ojos, y cuando te miro veo un buen chico.

—¿Y qué hay de lo que no se ve? —susurró él, mientras se daba la vuelta para mirarla a los ojos—. De lo que hay dentro. Porque sé que no es bueno, mamá.

Ella se acercó y le acarició la mejilla. Caleb movió el rostro buscando la palma de su mano.

—Nunca serás la clase de persona que él era, ¿me oyes? Nunca —aseguró ella con tono vehemente.

Caleb cerró los ojos y sacudió la cabeza

—Desde que él se fue no he sido un santo, mamá. Y ese sí soy yo.

—¿Alguna pelea? ¿Un par de cervezas? No eres malo por eso, es la marca que deja crecer en un sitio como este. ¿Cómo... cómo era aquello que decías cuando te regañaba? Decías: en un barrio como este tienes que gritar más fuerte que los demás si quieres que te escuchen, tienes que pegar más fuerte que los demás si quieres que te respeten...

—Tienes que dar más miedo que los demás si quieres que te teman —dijo Caleb a la vez que ella.

—Tenías razón, cariño. Era el único camino —continuó Hannah—. En cuanto a los fantasmas que no te dejan dormir... Eres fuerte, un superviviente. Y sé que vas a lograrlo, lo superarás.

Le tomó el rostro y lo besó en la mejilla, después lo abrazó por la cintura con fuerza.

—No debí permitírselo. Debí hacer algo antes, mucho antes —musitó Caleb, incapaz de devolverle el abrazo.

—Lo hacías. Solo eras un niño. Nunca fue culpa tuya, ¿entiendes? Era suya.

El teléfono comenzó a sonar.

—Iré a ver quién es —dijo Caleb.

Tomó aire de forma entrecortada y salió del baño.

—¿Estás mejor? —preguntó Hannah desde el pasillo.

Él se limitó a asentir. Fue hasta la cocina. Las primeras luces del amanecer comenzaban a colarse por la ventana tiñendo las paredes blancas de un fantasmal tono violeta. Descolgó el teléfono que había en la pared, junto a la nevera.

—Marcus —contestó.

—Hola, Caleb. Soy Zack. Acaba de llegar el aislante que necesitabas para el tejado. Uno de mis chicos te lo llevará a la dirección que figura en el pedido. ¿Te parece bien?

—Claro, tío, estaré allí dentro de media hora.

Colgó el teléfono y se quedó mirando la pared. Mierda, tenía que volver a casa de los Halbrook y acabar el tejado del cobertizo. No había escapatoria posible. Apoyó la frente contra la nevera y la golpeó un par de veces, enfurruñado. No podía ver de nuevo a Savannah, no después de la conversación de la tarde anterior. Sus palabras aún retumbaban dentro de su cabeza y le entraban ganas de destrozar cosas.

La niña rica lo había atrapado bien con aquella dualidad de belleza inocente y espíritu de gatita salvaje. No debía desearla y la deseaba. No debía pensar en ella y no hacía otra cosa. El rato que había pasado bajo aquellos árboles, con ella a su alrededor acariciándole la piel y después entre sus brazos, había sido con diferencia el mejor de toda su vida.

Había tenido que contar hasta cien para no besarla. Debió besarla y no haberse comportado como un gilipollas engreído; aunque pensaba cada palabra que dijo. ¿Qué culpa tenía él si las chicas le encontraban atractivo y la media de espera antes de lanzarse entre sus brazos era de unos cinco minutos? Pero Savannah no, ella era un misterio para él. Unas veces, era un pequeño ángel de hielo; otras, un demonio que lo consumía en fuego. Se alegró de no haberla besado, porque no quería ese recuerdo entre los muchos que ya lo martirizaban.

Guardó aquellos pensamientos en el lugar más apartado de su cabeza y fue a su cuarto a vestirse. Terminaría ese tejado cuanto antes y se acabó, se largaría poniendo una gran distancia entre ellos.

*S*entada a la mesa de la cocina, Savannah era incapaz de pensar en otra cosa que no fuera Caleb. Un par de horas antes se habían encontrado en la puerta. Ni una mirada, ni un saludo. Lo único que había recibido por su parte había sido una absoluta indiferencia, y esa actitud le había dolido. Saber que se encontraba allí, a solo unos metros de ella, era una tortura.

Estaba hecha un lío. La tarde anterior él había dejado muy clara su postura. En unas semanas regresaría a Santa Fe y, mientras, quería salir con ella y divertirse. Conociéndole, seguro que se refería a pasar las noches en ese local de mala muerte y a practicar sexo sin parar. Lo que significaba que la veía como una relación pasajera y poco más. Esa realidad había abierto un abismo de decepción en su interior y se odiaba por sentirse así. ¿Qué esperaba cuando ella también iba a marcharse y a iniciar una nueva vida? ¿Que la siguiera hasta Columbia?

La puerta de la cocina se abrió y Caleb entró con una botella de agua vacía en la mano. Durante un segundo sus miradas se encontraron. Él no dijo nada, dejó la botella sobre la mesa y se dirigió a la nevera. Savannah lo contempló. Llevaba una camiseta de tirantes ajustada que dejaba a la vista sus tatuajes. Todo su cuerpo se estremeció al recordar lo que había sentido al tocarlos. ¿A quién quería engañar? Se derretía por dentro cuando lo tenía cerca, y en esas circunstancias se creía capaz de hacer cualquier cosa que le pidiera.

Caleb cerró la nevera y se dispuso a largarse por donde había entrado. El timbre de la puerta sonó. Savannah se levantó de la silla, pero no para abrir. Se plantó delante de él, cortándole el paso.

—Espera, Caleb —pidió, frenando su avance con las manos en su estómago. Él bajó la vista claramente molesto por la confianza y ella las apartó—. Es absurdo que te comportes así conmigo, como si hubiera asesinado a tu perro.

Caleb alzó una ceja con un gesto que a ella le pareció muy sexy y Savannah se obligó a continuar:

—¿Qué quieres de mí? Hasta hace unos días no me conocías, ni siquiera te caía bien ni era tu tipo. Y ahora estás enfadado conmigo porque me da miedo que la gente nos vea juntos y empiece a sacar conclusiones que no son.

—Brian, querido, ¡qué sorpresa! —exclamó la voz de Helen Halbrook en el vestíbulo—. ¿Qué te trae por aquí?

—Nunca he necesitado un motivo para visitaros —respondió Brian—. Pasaba por aquí y he pensado que podría ver cómo está Savie. Quiero disculparme por mi comportamiento de ayer en el club.

—¡Es tan considerado por tu parte! Estaba en la cocina hace un momento.

Mientras esa conversación estaba teniendo lugar, Caleb y Savannah no apartaban los ojos el uno del otro, inmóviles como dos estatuas salvo por sus expresiones. La de Caleb era la de la ira personificada, la de Savannah un caleidoscopio de emociones que iban desde la vergüenza al enfado.

—¿Ayer? ¿Con él no te da miedo lo que piensen los demás? —la cuestionó Caleb con voz envenenada.

—Eso no es justo —susurró ella.

—Aquí la tienes —dijo Helen al entrar en la cocina.

Hubo un momento incómodo por parte de todos, en el que las miradas entre unos y otros se sucedieron. Brian clavó sus ojos en Caleb y después en Savannah, y regresaron de nuevo a Caleb con un destello de violencia contenida. Una sonrisa falsa se dibujó en sus labios.

—¡Vaya, hola, Marcus! ¿Qué haces tú aquí?

—Oh, ¿no lo sabías? —se apresuró a intervenir Helen—. Roger contrató al hijo de Hannah para que arreglara el tejado del cobertizo.

—Eso es estupendo —replicó Brian sin perder su falsa sonrisa—. Roger es incorregible, siempre dispuesto a salvar el mundo con sus pequeñas obras de caridad.

Helen soltó una risita de asentimiento y apretó con cariño el brazo del chico, como si estuvieran compartiendo algún tipo de broma secreta.

Savannah se quedó de piedra y clavó una mirada severa en Brian. Quiso disculparse con Caleb por el comentario malintencionado, pero no tuvo tiempo; él salió como un rayo de la cocina mascullando que debía volver al trabajo.

—Yo tengo que marcharme, chicos. Pasadlo bien —dijo Helen, dedicándoles un guiño.

En cuanto se quedaron solos, Savannah se giró hacia Brian.

—¿A ti qué demonios te pasa? ¿Era necesario que le humillaras? —le soltó muy enfadada.

El chico abrió los ojos, sorprendido, como si la cosa no fuera con él.

—¿Humillarle? No he dicho nada que no sea cierto —se excusó—. ¿Y por qué te enfadas? ¿Desde cuándo te preocupa a ti que un tío como ese se moleste?

—Ese tío tiene un nombre —dijo ella—. Si has venido a disculparte, pierdes el tiempo.

Se dirigió a la puerta con intención de ir a su cuarto, pero él la sujetó por el brazo. Se inclinó sobre ella, arrinconándola entre la encimera y el aparador de la vajilla. Sus ojos, habitualmente cálidos, se clavaron en ella con dureza.

—¿Hasta cuándo piensas castigarme? —preguntó con tono grave.

—No... no te estoy castigando. Pero ¿en qué mundo vives?

Él se acercó un poco más, hasta que sus piernas se tocaron. Savannah había olvidado lo que era tenerlo tan cerca, que la envolviera con su presencia, que la tocara. Y si tenía alguna duda sobre lo que sentía por él, esta se difuminó en ese mismo instante. No había cabida a segundas oportunidades.

—Te echo de menos, Savie. Estoy siendo paciente, más de lo que jamás imaginé, pero empiezo a cansarme de tus tonterías —le susurró mientras acercaba su boca a la de ella.

Savannah apartó la cara.

—¿Tonterías? —repitió sin dar crédito—. Que no confíe en ti. Que me dé miedo un futuro contigo porque no sé si la próxima será la vecina, o la secretaria, o la niñera de nuestros hijos, ¿eso te parecen tonterías?

Él suspiró, como si aquel tema le aburriera sobremanera.

—Cometí un error. ¿Cuántas veces tengo que decírtelo? ¿Cuántas veces debo disculparme y pedirte perdón?

Savannah logró que se hiciera a un lado y pudo salir de entre sus brazos. Empezaba a quedarse sin aire dentro de aquella cocina.

—Ni una más, Brian —aseguró resuelta—. Porque tú y yo hemos terminado para siempre. No va a haber un nosotros, ni un futuro juntos, nada. ¡Métetelo en la cabeza, porque esta conversación no volverá a repetirse!

Brian dio un paso hacia ella.

—No vuelvas a decir eso. Lo nuestro no se ha terminado. Yo lo sé y tú te darás cuenta en algún momento.

—Hemos terminado —repitió. Lo empujó en el pecho para que no siguiera acercándose.

—No —negó Brian, categórico—. Solo hay una mujer con la que pasaré el resto de mi vida. Eres mía, Savie. No creas ni por un segundo que voy a permitir que lo que tenemos termine. No me presiones.

Savannah se quedó muda. Respiró hondo para recuperar la calma y se alejó de él unos cuantos pasos.

—No me gusta cómo ha sonado eso —dijo—. No te reconozco.

Brian sacudió la cabeza, con los ojos enturbiados por una profunda emoción que Savannah no podía precisar. De repente, se dejó caer en el suelo con los brazos en cruz.

—Perdona, perdóname, no me malinterpretes. Estoy desesperado, no sé lo que digo. Te quiero, te necesito...

—¡No hagas eso! —graznó ella.

—Pues di que me perdonas.

Savannah vaciló un instante, cansada de aquella situación.

—Está bien, te perdono...

Él levantó la vista y una sonrisa comenzó a dibujarse en sus labios.

—Pero no volveré contigo —terminó de decir ella.

Brian estrelló el puño contra el suelo y se puso de pie.

—¿Puedes dejar de ser tan difícil?

—¿Puedes dejar de serlo tú? —le gritó.

—Es que no entiendo tu reticencia. ¡Dios, dime qué tengo que hacer y lo haré!

Savannah se abrazó los codos y lo miró con un gesto de súplica.

—Acepta lo que ha ocurrido, Brian. Sigue adelante y deja que yo siga.

Brian se apartó de ella. Se quedó mirando el suelo, como si estuviera meditando algo.

—Sí, tienes razón, necesitas tiempo para aceptarlo, para perdonarme. Sabré esperar... —suspiró—. Por cierto, ya tengo tu cazadora para Columbia. Llegó ayer... Es preciosa. Nuestros nombres quedan muy bien juntos en la espalda. Estoy deseando verte con ella puesta.

Savannah lo miró como si le estuviera hablando en otro idioma.

—No la quiero. ¿No me has escuchado? No quiero nada tuyo. No te quiero a ti. ¡Márchate!

Brian miró su reloj.

—Sí, debería marcharme. He quedado con nuestros padres para ir a pescar. ¿Sabías que tu padre me ha regalado una caña nueva? —Sonrió—. Me quiere como a un hijo, lo sabes, ¿verdad?

—¡Brian! —exclamó exasperada—. ¿Me estás haciendo chantaje con los sentimientos de mi padre?

—No es chantaje, Savie, es la verdad. Él entiende lo que pasó.

—¡Dios, todos los tíos sois iguales!

—Cariño, estás enfadada, y lo entiendo, es ese enfado el que te hace decir esas cosas. —Hizo una pausa y la miró—. No voy a rendirme. No puedo resignarme a perderte, ¿entiendes? Voy a ganarme tu perdón.

Savannah se quedó mirando el pasillo por el que Brian acababa de desaparecer. Cuando oyó que la puerta principal se cerraba, se desplomó sobre la mesa enterrando el rostro entre las manos. De pronto sentía que lo tenía todo en contra. Se preguntó en qué momento se le había complicado tanto la vida. Nada iba bien, y lo que más le dolía era haber perdido a Caleb, incluso antes de haberlo tenido.

21

*N*o puedo creer que esté haciendo esto», pensó Caleb mientras se colaba en la habitación de Savannah a través de su ventana.

Llevaba dos horas dentro del coche, aparcado a pocos metros del hogar de los Halbrook, con la esperanza de que, en algún momento de la noche, la chica saliera de casa. Al final había acabado con los nervios destrozados por culpa de la impaciencia, incómodo por las miradas que algunos vecinos comenzaban a lanzarle, y desesperado porque sabía que una vez que se le metía algo en la cabeza, no paraba hasta llevarlo a cabo costara lo que costara.

La habitación estaba iluminada por una lamparita de lava que emitía una tenue luz, y no había nadie a la vista. En el baño se oía el agua de la ducha. Se sentó en la cama y contempló el dormitorio. Las paredes estaban llenas de cosas de chicas: fotos, pósters de películas, pañuelos... Había un escritorio perfectamente ordenado, una librería, un par de armarios y una cómoda. Todo en colores blancos y amarillos; nada rosa, observó con cierta decepción. Sin saber por qué, ese color se había convertido en parte de sus fantasías.

Se puso de pie, incapaz de permanecer quieto. Cruzó el cuarto y fisgoneó los libros que había sobre la mesa. Después se acercó a la cómoda y se asomó al primer cajón entreabierto. Silbó por lo bajo y cogió con el dedo unas braguitas azules de encaje. Estuvo a punto de guardárselas en el bolsillo, pero en el último momento le hizo caso a su conciencia. Con la mano libre cogió un sujetador a juego, alzó ambas prendas y una sonrisa se dibujó en su cara. Se la imaginó con el conjunto puesto... o quitándoselo. Ahora sí que era un acosador en toda regla. ¡Mierda, aquella chica le estaba dejando frito el cerebro!

Jamás en su vida había hecho nada parecido, ni remotamente parecido. Ir así detrás de una mujer, contra sus propios principios y normas; porque tenía normas, eran necesarias. Se le estaba yendo la olla.

La puerta se abrió de golpe. Caleb se giró y sus ojos se encontraron con los de Savannah. Apenas iba cubierta con una toalla, y durante un instante se quedó embobado con la aparición.

Savannah solo acertó a ver un cuerpo enorme en medio de la penumbra de su habitación. Gritó aferrándose a la toalla. El cuerpo se abalanzó sobre ella y le tapó la boca mientras siseaba para que se callara.

—¡Joder, soy yo, Caleb! Shhhh... No grites —susurró con urgencia.

Savannah se quedó de piedra. Parpadeó y enfocó sus ojos en aquel rostro que se encontraba a solo unos milímetros del suyo.

—¿Caleb? —Movió los labios bajo la mano que le cerraba la boca.

—Sí.

De repente, ella le dio un empujón que lo estampó contra el dosel de la cama.

—Pero ¿qué demonios haces en mi cuarto? Me has dado un susto de muerte.

—Lo siento —se disculpó él.

—¿Que lo sientes? —Empezó a pegarle en el hombro y en el pecho con la mano libre—. Eres idiota. ¿Quién te crees que eres para colarte así en mi habitación? Casi me matas de un infarto. Se me va a salir el corazón por la boca.

Caleb alzó los brazos para protegerse, mientras una risa ahogada brotaba de su garganta. Logró sujetarla y la inmovilizó contra una de las columnas del dosel.

—Lo siento, ¿vale? —musitó—. Voy a soltarte, pero prométeme que no vas a pegarme.

—No voy a pegarte —le aseguró—. ¡Voy a matarte! —juró entre dientes, intentando plantarle un bofetón en la cara.

Caleb le detuvo el brazo y apretó los dientes para no reír a carcajadas.

—¡Savie! ¡Savie, cielo! ¿Qué ocurre? —gritó su padre en el pasillo.

La puerta se abrió de golpe y Caleb apenas tuvo tiempo de echarse al suelo y girar sobre su espalda para ocultarse bajo la cama. Roger Halbrook se precipitó dentro de la habitación con un palo de golf en la mano. Con los ojos a punto de salírsele de las cuencas escudriñó el cuarto; al no encontrar a nadie los clavó en su hija, que se encontraba paralizada sujetando una toalla contra su escote. Entonces se dio cuenta de que iba medio desnuda y le dio la espalda de golpe.

—Perdona, cielo, pero te oí gritar.

—Sí... Bueno... Lo siento. Creí haber visto una araña —dijo ella—. Lo siento, papá.

Su padre relajó el cuerpo y suspiró.

—Savie, tienes que controlar ese miedo absurdo a las arañas. Te he visto jugando con las serpientes de la tienda de mascotas, y te pones histérica por un bichito de ocho patas. ¿Entiendes que es de lo más ilógico?

—Lo sé, papá. Lo siento.

—Bueno, no pasa nada. Iré con tu madre antes de que llame a los S.W.A.T.

—Vale. No volverá a pasar —aseguró ella con tono de disculpa.

En cuanto su padre salió por la puerta, ella corrió a cerrarla con el pestillo. Durante un instante apoyó la frente contra la madera y suspiró. Caleb iba a volverla loca de remate. Por la mañana ni siquiera le hablaba y ahora lo tenía escondido bajo la cama. Se dio la vuelta.

—Ya puedes salir —le dijo, aún enfadada.

—¿Vas a pegarme? —preguntó él con tono travieso.

—No.

Caleb se arrastró con la habilidad de un contorsionista y un segundo después estaba de pie en medio de la habitación. La observó sin parpadear y se le dibujó una sonrisita juguetona en la cara.

—¿Vas a decirme qué quieres o solo has venido para quedarte ahí como un pasmarote?

—¿Estás enfadada?

—¿Tú qué crees, tío listo? Kim ya me advirtió de que me volverías loca con tus paranoias, pero creí que exageraba.

Con la toalla apretada contra su pecho se acercó hasta la cama. Le temblaban las rodillas y necesitaba sentarse. Cambió de opinión en cuanto él se le acercó por la espalda. La cama no era un buen lugar si ibas medio desnuda y todas las articulaciones se te aflojaban con solo captar su olor.

—¿Qué te dijo Kim exactamente? —preguntó Caleb. No le gustaba la idea de que Kim y ella hubieran estado hablando sobre él. La hizo girar, agarrándola por la muñeca.

Savannah clavó su mirada en los ojos entornados del chico.

—¿Qué quieres, Marcus?

Caleb se pellizcó el puente de la nariz y después se pasó la mano por la mandíbula. Se le había olvidado todo el discursito que tenía preparado. Le resultaba difícil concentrarse cuando la presencia de Savie le enturbiaba el cerebro de aquella manera y solo podía pensar en una cosa. Estaba completamente trastornado, ya no tenía dudas. Al menos podría alegar enajenación mental si acababa haciendo alguna estupidez a partir de ese momento.

—Vale. Esta mañana me preguntaste qué quería de ti —empezó a decir. Los ojos de ella se abrieron como platos. «Sí, princesa, voy a hablar de mis sentimientos. Ni yo me lo creo», pensó—. Y la respuesta a esa pregunta es que no lo sé, no sé qué quiero de ti. Pero me jugaría el cuello a que tú tampoco sabes qué quieres de mí, así que... eso nos deja en empate.

Guardó silencio un momento para darle opción a replicar, pero ella no dijo nada.

—Pero lo que sí sé es que me gustas mucho... Más de lo que imaginas. —Un gruñido vibró en su pecho—. Y yo te gusto a ti. Si no fuera así, no me habrías dejado acercarme tanto. No eres de esas.

Una sonrisita asomó a sus labios y dio un par de pasos para aproximarse a ella. Se moría por tocar aquella piel suave.

Savannah se alejó de espaldas y le apuntó con el dedo a modo de aviso.

—No te me acerques y termina el monólogo. No creas que vas a distraerme con tu voz grave y esos ojitos sexys —dijo muy seria. Se dio una palmadita mental por no haberle temblado la voz, porque por dentro se estaba desmoronando.

—¡Ojitos sexys! —exclamó él, y su sonrisa se ensanchó. La borró de su cara en cuanto ella se cruzó de brazos y lo asesinó con la mirada. Allí estaba su pequeño demonio, y lo volvía loco—. Vale, piso a fondo. Así están las cosas. No quiero esconderme ni ser tu secretito, y tú no quieres que tu gente te vea conmigo; pero tampoco quiero dejar de verte y es evidente que tú no quieres dejar de verme. Sigues ahí y no has llamado a la pasma —razonó—. Así que he dado con la solución.

—¿Qué solución? —preguntó intrigada.

—Tienes que venir conmigo y verla por ti misma —dijo él mientras le ofrecía la mano.

—¡¿Ahora?! —exclamó—. No pienso ir a ninguna parte y menos

sin saber a donde. Que me gustes no significa que confíe en ti. Ni por un segundo creas que confío en ti.

Caleb acortó la distancia entre ellos y la tomó por la cintura con firmeza, apretándola contra él. Su larga melena húmeda le hizo cosquillas en el brazo y su olor lo envolvió de arriba abajo.

—Deja de hacerte la dura conmigo, Sav. No te funciona —susurró con la cara a milímetros de la de ella. Su tono era grave y estaba cargado de frustración—. Aquí no tienes que fingir, solo estoy yo, ¿vale?

—No estoy fingiendo. No confío en ti —susurró, perdiéndose en el brillo de aquellos ojos que se la bebían.

—Está bien. Dime que me vaya y no volverás a verme —la retó Caleb, inclinándose un poco más sobre ella mientras su pecho subía y bajaba muy rápido.

Savannah abrió la boca para contestar, pero no pudo. Estaba atrapada en aquellos ojos oscuros y maliciosos, y su aliento sobre el rostro no la dejaba pensar. Se mordió el labio hasta hacerse daño.

—No hagas eso —musitó él con una advertencia en los ojos.

—¿El qué? —Se humedeció los labios resecos.

—¡Joder, eso! —gimió Caleb con la respiración acelerada.

La agarró por el cuello y la besó en la boca, anhelante, intenso y lleno de pasión. La atrajo con firmeza hacia él. Entreabrió los labios y su lengua rozó los de ella, incitándola a abrir la boca. Ella separó los labios con un gemido y se estremeció cuando él la tomó por completo, incapaz de pensar, solo consciente de su sabor. Su lengua la provocaba y la saboreaba con avidez, mientras la apretaba contra sus caderas. La besó con más fuerza, exigiendo la respuesta que estaba provocando en ella.

Asustada y excitada, Savannah dejó de contenerse. Sus manos se movieron con vida propia, deslizándose por sus bíceps. Le recorrieron los hombros, el cuello y se enredaron en su pelo. Emitió un profundo gemido y contuvo el aliento un segundo. Su pecho subía y bajaba cada vez más rápido, sorprendida de su propia respuesta. La toalla continuaba en su sitio porque la presión entre sus cuerpos no la dejaba caer. Él aflojó un poco y convirtió el beso en un baile lento y mucho más profundo. Dios, nunca la habían besado así. Susurró su nombre con un quejido cuando él le mordió el labio inferior y volvió a sumergirse en su boca con una pereza premeditada que le aflojó todas las articulaciones. Los besos se tornaron más lentos hasta que rompieron el contacto por la falta de aire.

Caleb la miró a los ojos, pero ella aún los mantenía cerrados.

—Mírame —susurró con un jadeo, y le lamió el labio inferior.

Ella obedeció y el fuego que encontró en sus pupilas hizo que su cuerpo ardiera. Él esbozó una sonrisa.

—Creí que nunca dabas el primer beso —dijo Savannah con la voz entrecortada.

Caleb tragó saliva, demasiado excitado. No podía apartar la vista de sus labios, ahora un poco hinchados y enrojecidos. Savannah le estaba robando el control y el alma, que ya estaba condenada al infierno solo por los pensamientos que le enloquecían la mente. Lo siguiente podría ser el corazón; tenía que andarse con cuidado en ese sentido.

—Yo también, pero parece que contigo no dejo de cruzar mis propios límites —contestó.

Deslizó la mano hasta su nuca y la enredó en su larga melena. Con un suave tirón la obligó a mostrarle el cuello. Se inclinó y le besó la garganta, ascendiendo hasta su oreja. Le atrapó el lóbulo con los dientes.

Ella se estremeció y todo su cuerpo se tensó con expectación al sentir su lengua en la piel, trazando un sendero de sensaciones hacia la clavícula.

—Eres deliciosa, Sav —susurró, erizándole la piel con el aliento.

Savannah apretó los párpados. Él sabía perfectamente lo que estaba haciendo, lo que provocaba en ella con esos gestos. Lo miró a los ojos. No era la única que se moría de deseo.

Caleb tenía el cuerpo rígido mientras la oprimía con fuerza contra él. Emitió un trémulo suspiro, con los dedos de su mano jugueteando con el borde de la toalla. Deslizó la mano por su muslo desnudo hasta el lugar donde se unía a su trasero y lo apretó con fuerza. Cerró los ojos un instante, reuniendo la escasa voluntad que le quedaba para apartarse de ella.

—Vístete. Te esperaré en la calle. He aparcado junto al cruce.

La soltó y Savannah tuvo que hacer malabares para mantener la toalla en torno a su cuerpo.

—¿Adónde vamos? —preguntó ella.

Caleb le tomó el rostro entre las manos.

—Confía en mí, ¿vale? Esta noche estás a salvo, princesa —susurró.

Le plantó un beso en los labios y se deslizó hasta la ventana.

—Eso fue lo que el lobo le dijo a Caperucita antes de comérsela —replicó Savannah.

Caleb sonrió y su cara reflejó hambre. Le guiñó un ojo.

—No tardes.

Savannah necesitó unos segundos para conseguir moverse. A través de la bruma mental que le embotaba la cabeza, empezó a ser consciente de lo que acababa de pasar. Se le doblaron las rodillas y apretó la toalla contra su pecho. Notaba el corazón desbocado, y un dolor real en el vientre, tan tenso que sentía calambres en él. Todas aquellas sensaciones eran nuevas.

Su cerebro racional empezó a despertar y se fue dando cuenta de la magnitud de sus actos. Fue hasta la cómoda para coger ropa interior, repasando mentalmente cada segundo. ¡Había sido el momento más intenso de toda su vida, y apenas habían pasado de unos besos y caricias! Se tapó la boca y ahogó un grito.

Corrió al baño y se plantó delante del espejo. Temblaba como un flan de pies a cabeza. Se llevó la mano a los labios, que tenía hinchados y enrojecidos. Tampoco le extrañaba que estuvieran así, pues había perdido el control por completo. Si Caleb no hubiera interrumpido el beso, no estaba segura de hasta dónde habría llegado. El chico lograba llevarla al límite en todos los sentidos.

Con manos temblorosas se cepilló el pelo y terminó de arreglarse. Se paró delante del armario sin saber qué ponerse. No tenía ni idea de a donde iba a ir. Tampoco quería vestirse de una forma demasiado llamativa que él pudiera interpretar como una invitación a «quítamelo todo porque me he quedado con ganas de más».

Miró su reloj. Cerró los ojos y metió la mano en el cajón de las camisetas. Abrió un ojo y comprobó su pesca: camiseta negra de tirantes. Hizo lo mismo en el cajón donde guardaba los pantalones: shorts tejanos. Menudo ojo, un poco más informal e iría en pijama. Se calzó sus zapatillas y se precipitó fuera del cuarto. Bajó las escaleras, gritando a sus padres desde el vestíbulo que había quedado con Cassie, y salió a toda prisa de la casa antes de que estos pudieran hacerle alguna pregunta. Una vez en el jardín sacó su teléfono móvil y escribió un mensaje para su amiga.

SOS. Padres. Estoy contigo. Viendo peli. Mañana te cuento. No llames, no puedo contestar.

Antes de que pudiera guardarlo de nuevo en su bolsillo, Cassie contestó:

¿Un chico? ¿Algún lío? ¿Mejor amiga nueva? (Te mataré si se trata de eso). No hagas nada que yo no haría.

«Menudo consejo», pensó Savannah con los ojos en blanco. No había nada en el mundo que Cassie no se atreviera a hacer. Cruzó el jardín y llegó a la calle. Giró a su izquierda y continuó por la acera. Intentó no pensar que iba a encontrarse con Caleb Marcus después de que se hubieran enrollado en su habitación. Imposible, era lo único que tenía en la cabeza. Sus manos recorriéndole el cuerpo, su boca, su lengua, su piel…

Se llevó una mano al pecho, como si así pudiera frenar los latidos de su corazón desbocado. Él le había dicho que le gustaba, que le gustaba mucho. Hasta se había colado en su cuarto como si tuviera quince años. Y lo que había pasado entre ellos no era teatro, de eso estaba segura. No es que tuviera mucha experiencia en esos temas. Con Brian las cosas nunca habían llegado demasiado lejos, pero sabía reconocer el deseo y Caleb la deseaba. No pudo evitar sonreír, mientras se preguntaba dónde estaba su sentido común cuando más lo necesitaba.

El rugido de un motor vibró en el silencio de la calle y unos faros la iluminaron. Parpadeó y pudo ver el Ford Mustang, con Caleb dentro. El corazón le saltaba en el pecho mientras abría la portezuela y se acomodaba en el asiento. Sintió su mirada sobre ella, examinándola de arriba abajo, y se ruborizó. Lo miró y él le dedicó una sonrisa adorable.

—¿Hora de regreso, toque de queda o algo parecido? —preguntó Caleb.

—No, ya no soy una cría —le espetó.

—De eso no me cabe la menor duda —susurró él. Le sostuvo la mirada sin dejar de sonreír, pero sus ojos lo traicionaron y descendieron hacia abajo. Le era imposible dejar de mirarla—. Bien, vámonos —anunció.

—¿Vas a decirme adónde?

—No —respondió sin más.

Savannah no supo si echarse a reír o enfadarse por ese estilo directo que gastaba el chico. Parecía de esas personas que sueltan lo que piensan sin más, sin ningún tipo de filtro. Iba a contestarle, cuando él deslizó la mano entre sus muslos y la dejó allí, trazando circulitos con el pulgar. Se quedó sin aire. La pregunta apareció en su mente, pero no se atrevió a formularla. ¿Qué somos, una especie de pareja, novios secretos...?

Caleb la miró de reojo mientras conducía. Una sonrisita satisfecha se dibujó en sus labios. Allí la tenía, toda para él. Si pusiera el mismo empeño en no meterse en líos y en controlar un poco su carácter, las cosas le irían algo mejor. Ella guardaba silencio y mantenía la vista fija en la carretera. Su pulgar trazó un nuevo círculo en aquella piel suave. Movió la mano hacia arriba, solo unos centímetros, y la hundió un poco más, rodeando su muslo con sus largos dedos. Ella se puso tensa, pero no era el tipo de tensión que provoca la incomodidad, sino la rigidez que cada músculo de tu cuerpo adquiere cuando despierta a las sensaciones.

Savannah tragó saliva e intentó controlar los nervios que se habían apoderado de su estómago. No era la primera vez que un chico le acariciaba las piernas. Apretó los párpados con fuerza. A quién quería engañar. Nada de lo que hubiera hecho o sentido con otra persona hasta entonces podía compararse al modo hiperventilación en el que entraba con Caleb. «Al cuerno con todo», pensó. En menos de dos meses iría a la universidad, y él aseguraba que había encontrado la forma de poder verse sin que ella tuviera que sufrir el escarnio social de convertirse en su juguetito. Algún día moriría, y lo haría sabiendo que había vivido un verano loco junto al chico más guapo y sexy de todo el planeta Tierra. Al menos tendría eso.

Tomó aliento y movió la mano. Deslizó los dedos por el brazo que reposaba entre sus piernas y las separó un poco para tener acceso a su mano. Entrelazó los dedos con los de Caleb y apretó los muslos. Cuando levantó los ojos se encontró con su mirada sobre ella. Él también respiraba de forma acelerada. Saber que lo alteraba del mismo modo la hizo sentir más segura, y apartó la vista con una sonrisa coqueta.

—¿El barrio? —inquirió, enderezándose en el asiento en cuanto se dio cuenta de dónde estaban.

—Sí —respondió Caleb.

Sin ganas, sacó la mano de entre sus piernas para maniobrar por un estrecho callejón que desembocaba a una calle más ancha de viviendas de dos plantas. Se detuvo frente a una de aquellas casas pintadas de blanco y paró el motor.

—¿Dónde estamos? —preguntó ella mientras observaba con atención el edificio.

—En casa de Matt —contestó Caleb.

Se inclinó hacia ella para mirar por la ventanilla, pero inmediatamente su atención se centró en la curva de su cuello y en lo bien que olía. Le apartó un largo mechón de pelo que dejó a la vista su clavícula y la recorrió con los dedos.

—¿Esta es tu solución, la casa de tu amigo? No voy a acostarme contigo, y mucho menos aquí, si es lo que estás planeando.

Caleb le tomó el rostro entre las manos y la miró a los ojos. Su ceño fruncido era adorable.

—Cuando nos acostemos, no será en casa de Matt. Puedo asegurártelo —susurró.

Le rozó el labio inferior con el pulgar. Savannah apenas podía respirar. Había dicho «cuando nos acostemos» con una seguridad tan rotunda que hasta ella había creído durante un instante que era algo que pasaría sin remedio. Se inclinó y la besó, y para su sorpresa fue un beso largo y casto en el que no separó los labios en ningún momento; hasta que los abrió y su lengua dibujó el contorno de su boca. Savannah se aflojó por completo.

—Tampoco será aquí —dijo él con voz ronca.

Se bajó del coche y ella lo siguió intentando recuperar el aliento.

—Dime al menos qué hacemos aquí. No veo esa solución por ninguna parte.

Caleb suspiró. Se detuvo en medio del camino de cemento de la entrada y la abrazó por la cintura.

—El barrio y mis amigos son los únicos que cumplen con todos los puntos de nuestro acuerdo...

—¿Acuerdo? —lo interrumpió Savannah, entornando los ojos.

—Nadie que tú conozcas, y que creas que puede pensar que eres una fulana por salir conmigo, te verá aquí. Y a mis amigos te aseguro que les importa una mierda que nos liemos o no. —Hizo una pausa para tomar aire y mirar la casa—. Deja de darle vueltas a esa cabecita buscando pegas, sabes que tengo razón.

—Eres un prepotente manipulador —dijo ella, pero sabía que Caleb estaba en lo cierto. Él no tenía que esconderse de sus amigos para poder estar con ella y nadie que ella conociera podría verla en un sitio como aquel, porque el barrio los repelía como si fueran imanes de polos opuestos.

—Tú también me gustas —dijo él sobre su oído, y la besó bajo la oreja con un mordisquito. Entrelazó sus dedos con los de ella y la arrastró al interior de la casa.

22

¡No me jodas! —soltó Tyler, con la vista clavada en la puerta de la cocina que daba al patio trasero de la casa.

Todos miraron en la misma dirección y vieron a Caleb con Savannah Halbrook. Se la estaba presentando a la hermana mayor de Matt y al novio de esta.

—Eso sí que es una sorpresa —dijo Matt, despatarrado en el suelo del patio con Kim sentada entre sus piernas—. Sabía que le gustaba, pero no que le gustara tanto.

—Hacen buena pareja —indicó Kim. Le dio un trago a su cerveza e inclinó la cabeza para mirarlos desde otro ángulo.

—Pero ¡qué buena pareja ni qué nada! —exclamó Tyler—. ¿Soy el único que ve que esta historia no puede funcionar de ninguna manera y que cuando se termine, porque terminará, Caleb se va a quedar más jodido de lo que ya está? Vosotros no lo conocéis como yo. No está bien. Y lo de Dylan... Ni siquiera ha vuelto al cementerio, se comporta como si no hubiera pasado nada. Cuando explote, Hiroshima será un petardo comparado con él.

Jace apartó la cabeza del cuello de Sally, que estaba sentada a horcajadas sobre él, y le dio un golpecito a Tyler con el pie.

—Está bien que quieras protegerle, pero es su vida. ¡Pasa del papel de hermano mayor por una noche, tío, y deja que se divierta!

—Lo que tú digas, *Freud* —masculló Tyler.

—El problema de Ty no es esa pija, sino su amiga la rubita... ¿Cómo se llamaba? —comentó Sally.

—Cassie —informó Matt.

—Esa tía lo pone de los nervios, y cree que por ser amigas son iguales —continuó Sally—. ¿Os ha contado que nos encontramos con ella en el centro comercial? ¿No? Fue un encanto, en especial con Ty. —Miró al chico con una sonrisita burlona—. Lo mejor de todo fue cuando te enseñó el dedo y te sacó la lengua. ¡Está loca por ti!

Tyler se giró hacia ella con los labios apretados.

—No podrías ser más zorra aunque quisieras —le espetó.

Sally hizo el mismo gesto que Cassie le había ofrecido un par de días antes.

—Eh, tío, no te pases. Sabes que está de broma —le dijo Jace, acurrucando a su novia sobre su pecho. Miró a Savannah—. Habría que darle una oportunidad. Y si a Caleb le gusta...

—Le gusta —aseveró Kim con una risita.

—Yo he hablado un par de veces con ella y no es como esos gilipollas del Club —intervino Matt.

Tyler resopló.

—¡Vale, dejadlo ya! Me dedicaré a beber y mantendré la boca cerrada. Pero os juro que no pienso despegarme de su culo para ser el primero en decirle «te lo dije».

—Eres un encanto —masculló Kim con tono irónico.

Tyler adoptó su expresión más inocente y alzó su cerveza hacia ella.

—Vamos, Kim, sé que estás loca por mí. Algún día dejarás al corista de *Step Up* y acabarás conmigo.

—El corista de *Step Up* sabe moverse muy bien, y no solo cuando baila —dijo Kim, y agitó sus caderas.

Todos se echaron a reír, incluso Tyler, que se inclinó y besó a Kim en la mejilla mientras ella arrugaba la nariz con un mohín.

—¿Qué pasa, no puedo dejaros solos sin que os matéis? —preguntó Caleb con una enorme sonrisa.

Todos alzaron la vista hacia arriba y, en un acuerdo tácito, nadie mostró su sorpresa por que Savannah estuviera allí.

—¿Qué tal, tío? Pensé que ya no venías —le saludó Matt.

Caleb se encogió de hombros.

—Bueno, pasé a buscar a Savannah.

La miró y le dedicó una sonrisa. Ella se la devolvió, pero no pudo disimular que estaba muy nerviosa. Le puso una mano en la parte baja de la espalda y la acarició para tranquilizarla.

—¡Bienvenida a mi casa! —exclamó el anfitrión.

—Gracias, Matt —repuso Savannah. Notó que se ruborizaba y se alegró de la penumbra que había en el patio.

—¿Cerveza? —inquirió Tyler, lanzando una mirada cargada de preguntas a Caleb.

—Estoy harta de cerveza —intervino Kim. Se puso de pie y se sacudió el trasero con las manos—. ¿Quién quiere mojitos? —Todos levantaron la mano—. ¿Me acompañas? —pidió a Savannah al pasar por su lado.

—¡Claro! —respondió ella.

—Yo también voy —se apuntó Sally, saltando del regazo de su novio.

Juntas entraron en la cocina. Kim despejó parte de la encimera y sacó unos vasos de un estante. Sally apareció con una bolsa de hielo y unos limones, y empezó a exprimirlos.

Savannah guardó silencio mientras las oía bromear y preparar las bebidas a una velocidad asombrosa. Miró a su alrededor. La cocina era tan humilde y sencilla como lo que había visto hasta ahora de la casa, pero tenía un encanto especial. Invitaba a sentirse a gusto.

—Ahora debería decirte eso de... ¡Te lo dije! —comentó Kim a Savannah—. Te dije que Caleb no pararía hasta conseguirte y no me equivoqué.

Savannah se sonrojó. Se frotó los brazos y se encogió de hombros sin saber muy bien qué decir.

—Bueno. No es que se dé por vencido a la primera —contestó.

Sally se dio la vuelta para mirarla y se apoyó en la encimera. Sus ojos la recorrieron de arriba abajo con cierto desdén.

—Caleb es un bombón, el premio gordo de la lotería, y es como un hermano para mí. Has tenido suerte de que se fije en ti, cielo. Espero que sepas apreciarlo... —Hizo una pausa cargada de intención y entornó los ojos— y que no le hagas nada que no te gustaría que yo le hiciera a tu hermanito o a tu papá —le espetó, forzando una sonrisa.

—¡Sally! —la reprendió Kim.

—¿Qué? —soltó la pelirroja—. No soy hipócrita, es lo que pienso. Lo que todos pensamos. Y dicho esto... ¡Encantada de conocerte!

—No le hagas caso —le dijo Kim a Savannah mientras fulminaba con la mirada a Sally—. Caleb ya es mayorcito y sabe lo que hace. Lo que pase entre vosotros es cosa vuestra y de nadie más, ¿vale?

Savannah asintió y le dedicó una sonrisa, agradecida.

—No es tan mala como parece —añadió Kim en voz baja mientras colocaba unas hojas de hierbabuena en dos vasos y se los entregaba.

—Si tú lo dices —susurró Savannah con serias dudas.

Kim sacudió la cabeza y le guiñó un ojo.

Juntas salieron afuera y cruzaron el patio entre risas. Caleb se había recostado contra la pared de madera de una pequeña piscina desmontable. Miró hacia arriba cuando ella se detuvo a su lado y sonrió suavemente mientras tomaba el vaso que le estaba ofreciendo. Con un gesto la invitó a sentarse entre sus piernas. Nerviosa, Savannah notó que se sonrojaba y que la temperatura de su cuerpo aumentaba. Inspiró hondo y trató de controlar los acelerados latidos de su corazón al tiempo que se sentaba. Apoyó la espalda contra su pecho y la cabeza sobre su hombro. Cerró los ojos un momento, encantada con su proximidad.

Caleb le recogió un mechón detrás de la oreja y le rozó el oído con la nariz.

—Me gusta tenerte así —le susurró.

A ella se le disparó el pulso y se dejó rodear por su brazo, que acabó reposando sobre su estómago con los dedos trazando líneas bajo su ombligo. Notó que se le erizaba la piel. Allí estaba, acurrucada entre los brazos de Caleb tal como había soñado tantas veces. Apenas lograba prestar atención a nada que no fuera su cuerpo tras el suyo. Cada vez que él se movía para cambiar de posición o se agitaba por la risa, su corazón latía a un ritmo endemoniado que no podía ser sano. Su voz, su olor, su calor..., eran de lo más excitante para ella.

—Ni siquiera sé cómo lo hice —explicó Caleb. Dobló las rodillas y enderezó la espalda. Cogió las manos de Savannah y entrelazó sus dedos con los de ella de forma distraída—. Solo sé que el coche salió volando y yo pensé que no íbamos a contarlo. ¡Tyler gritaba como una niñita! —Se echó a reír con ganas.

—¡Venga ya! No grité —exclamó Tyler con una carcajada socarrona—. ¿De quién fue la idea de escaparnos por allí? Si no me hubieras hecho caso, nos habría cogido la pasma. Aunque el que sí que nos trincó fue mi padre. Nos tuvo trabajando toda una semana en el desguace.

Caleb se echó a reír de nuevo y Savannah se contagió de su risa. Sabía que estaban hablando de carreras ilegales, recordando cosas que habían pasado antes de que él se marchara. Eran como niños pequeños contando sus travesuras, y no los delitos que realmente eran. Se fijó en sus caras. No había maldad en aquellos recuerdos, solo la irresponsabilidad de unos adolescentes que se creían por encima de las normas.

Continuó escuchando sus batallitas y bromas, acunada entre aquellos fuertes brazos. Algo estaba despertando dentro de ella. Caleb no solo la atraía físicamente, empezaba a gustarle de verdad. Viéndole allí entre sus amigos, relajado en su ambiente, estaba conociendo una parte del chico que no esperaba. De repente, él se puso tenso, con la vista clavada en la casa. Savie miró en la misma dirección y el color abandonó su rostro. Spencer venía hacia el grupo.

—¡Joder! —masculló Matt, y sus ojos volaron hasta Caleb—. Creí que no iba a venir —se disculpó. Entonces miró a Savannah—. Lo siento.

—No pasa nada —dijo Caleb. Acercó su boca al oído de Savannah—. Lo siento. Si te hace sentir incómoda y quieres que nos vayamos, solo dímelo. Te traje porque estaba seguro de que ella no iba a estar. ¡Vaya mierda! —musitó mientras se pasaba una mano por el pelo.

—¡Hola! —saludó Spencer con una sonrisa que desapareció de su cara en cuanto vio a la parejita. Sus ojos evaluaron la situación. La niña rica entre las piernas de su exnovio, mientras él la abrazaba con una intimidad que era difícil de ignorar.

Aquella mirada asesina hizo que Savannah se enfadara. Pero ¿qué se creía aquella arpía para actuar como una novia celosa?

—Estoy bien, no quiero irme —susurró, inclinando la cabeza para que solo él pudiera oírla.

Caleb sonrió y le tomó la barbilla entre los dedos. Se inclinó y la besó con lentitud. Su boca sabía a alcohol y a menta, deliciosa. Savannah soltó un gemido que acabó ahogado en sus labios. Cuando logró separarse de él, Spencer ya no estaba.

—Vale. Necesito ir al baño. ¿Te importa que te deje sola cinco segundos? —preguntó Caleb al cabo de unos minutos.

Ella negó con la cabeza y se apartó para que él pudiera levantarse. Lo contempló mientras se alejaba. El movimiento de su espalda y sus caderas era el más masculino y sexy que jamás había visto. Derretirse era obligado con semejante regalo del universo. Se ruborizó al darse cuenta de que todos la miraban. Tyler se inclinó sobre ella.

—Me gusta cómo sonríe cuando está contigo. A lo mejor hasta acabas cayéndome bien.

Savannah le sostuvo la mirada.

—Te llevo ventaja, tú ya me caes bien —murmuró.

Los ojos de Tyler se abrieron como platos y poco a poco una sonrisa se le dibujó en la cara. Le rodeó los hombros con el brazo y chocó su vaso con el de ella.

—Por las nuevas amigas —dijo.

Savannah se echó a reír y dio un largo trago a su bebida.

—Yo quitaría ese brazo de ahí antes de que Caleb regrese y te lo ampute —comentó Matt.

Tyler aceptó la sugerencia, lanzando una mirada fugaz a la casa, y apartó su brazo.

Savannah frunció el ceño. Bromeaban, ¿verdad?

23

*C*aleb salió del baño secándose las manos en los pantalones. Le dolía la cara por la estúpida sonrisa que llevaba en ella toda la noche. La culpa la tenía una preciosidad de piernas largas y melena de color caramelo que no le convenía, y de la que no podía apartar las manos. Pero ¿cómo iba a hacerlo con ese cuerpo de escándalo? Además, era divertida y tenía carácter. No era una de esas chicas que se pasan todo el día asintiendo y sonriendo mientras aletean sus pestañas. No soportaba esa actitud.

—Así que al final has metido a la niña rica en tu cama. ¿Es lo que esperabas o es tan mojigata como parece?

Caleb apretó los párpados antes de darse la vuelta y enfrentarse a Spencer. La encontró sentada en un taburete, junto a la nevera, con un vaso de zumo en la mano. ¡Qué raro, no solía bajar del tequila!

—Spens, por favor. No quiero discutir contigo.

—Tranquilo, no he venido para eso.

Caleb alzó los brazos, exasperado.

—Entonces, ¿a qué has venido?

La mirada asesina de la chica había pasado a ser fulminante.

—No olvides que también son mis amigos, mi familia al igual que la tuya. Y no solo eso. Yo he estado aquí con ellos estos cuatro años. Tú no.

Caleb apretó los labios, encajando el duro golpe. Eso se lo había merecido.

—Tienes razón, lo siento —le espetó, embutiendo las manos en sus tejanos.

—Más te vale sentirlo. Este es mi sitio, siempre lo ha sido. No soy yo la que sobra aquí.

Se quedaron mirándose fijamente. De repente él estalló.

—Lo siento, ¿vale? Siento haberme ido, siento no haber vuelto y siento no seguir enamorado de ti. Soy un gilipollas por no haberte valorado como debías. ¿Eso es lo que querías oír? Pues ya lo he dicho y soy sincero. Pero las cosas son así. Ella me gusta, me gusta mucho, y no sé por qué, ¿vale?

Alzó los brazos con actitud de derrota, y añadió:

—Deberías estarle agradecida por haberte quitado de encima al cabrón más grande de todos los tiempos. Cuando vuelva a cagarla, será con ella, no contigo.

Los ojos de Spencer brillaron, se llevó la mano a la boca y empezó a llorar.

—¡Joder, Spens, sabes que no puedo verte llorar! —musitó Caleb, acortando con dos zancadas la distancia entre ellos.

—¡No es por ti! —dijo ella en un susurro—. Estoy embarazada, Caleb. Dios, estoy embarazada y ni siquiera sé cuidar de mí misma.

Él se quedó de piedra. La miró, y el hecho de tomar conciencia de algo así le costó unos momentos. Las risas y los gritos en el patio sonaban altos y claros. Tomó a Spens del brazo y la sacó de allí. Aquel asunto había pasado de ser privado a ser completamente confidencial y restringido. La llevó hasta la pequeña sala de estar. La televisión estaba encendida pero no había nadie.

—¿Qué has dicho?

—Lo que has oído —respondió ella. Se limpió con las manos las lágrimas que resbalaban por sus mejillas sin control—. Estoy embarazada de siete semanas.

Caleb se llevó las manos a la cabeza y enredó los dedos en su pelo desgreñado.

—Vale... ¿Y cómo...? ¡Mierda! —La miró a los ojos—. ¿Quién es el padre?

Ella forzó una carcajada seca. Se limpió las lágrimas con el dorso de la mano.

—¿Tú qué crees? En los últimos dos meses no he estado con nadie más.

Caleb no necesitó pensar mucho. Soltó un puñetazo al aire y unas cuantas maldiciones.

—¿Y cómo, nena? ¿Qué falló, la píldora, los condones? —inquirió, más alterado de lo que quería. Un bebé, y del gilipollas de Brian Tucker, era lo último que Spens necesitaba. Ella apartó la vista, avergonzada—. ¡Joder! ¿En qué demonios pensabas? Tú no eres estúpida, Spens.

Estaba gritando sin darse cuenta. Que no estuviera enamorado de ella no significaba que no la quisiera. Por encima de todo era su amiga, le importaba, y cuando algo le importaba demasiado, el miedo le hacía comportarse como un idiota. Ella se echó a llorar de nuevo y se abrazó los codos, ocultando su rostro tras su larga melena oscura.

Caleb se arrepintió de inmediato de su salida de tono.

—Lo siento, nena, lo siento. No quería gritarte. —La abrazó con fuerza y la besó en la coronilla—. Es que estoy cabreado con ese capullo. Era su obligación. Un tío debe preocuparse de esas cosas antes de hacerlo —maldijo entre dientes—. Vale, perdona, me estoy pasando.

—Tienes razón, fui estúpida. No sé cómo me acosté con él sin protección.

—Voy a hablar con ese imbécil —masculló Caleb, mientras le acariciaba la espalda de arriba abajo.

Spencer se estremeció y sacudió la cabeza contra su pecho.

—No, no quiero que te metas. Esto es cosa mía. Yo hablaré con él.

—¿Estás segura? No me importaría tener esa conversación con el niño bonito.

—Por favor, Caleb. No te metas en esto. Al menos de momento. Por favor —suplicó ella.

Él le tomó el rostro entre las manos y la miró a los ojos. Le limpió un par de lágrimas de las mejillas con los pulgares.

—Vale. ¿Has pensado qué vas a hacer?

—Aún no —suspiró Spens—. Necesito pensar con calma en todo esto. Le he pedido unos días a Chad en el bar. Quizá vaya a visitar a mi abuela.

Caleb la abrazó de nuevo.

—De acuerdo. Ya sabes que estoy aquí, preciosa. Puedes contar conmigo, para lo que sea.

Ella apretó los puños, estrujándole la camiseta

—No se lo digas a nadie, por favor —le suplicó.

—Claro que no. Será nuestro secreto hasta que tú decidas —aseguró Caleb. Se apartó y le tomó el rostro entre las manos. Después la besó en la frente con ternura. ¡Jodido Tucker! Más le valía no cruzarse en su camino, o si no...

—¡Eh, tortolito!

Caleb se giró hacia Tyler, que estaba apoyado contra la jamba de la puerta.

—¿Qué pasa?

Tyler se encogió de hombros.

—Nada, solo pensé que querrías saber que Savannah acaba de largarse.

—¡¿Qué?! ¿Por qué? —preguntó con un vuelco en el estómago.

—No sé, puede que sea porque acaba de verte abrazado a tu exnovia en una situación un poco extraña, ¿no?

Caleb se puso pálido y se pasó las manos por el pelo.

—¡Joder! —gruñó—. No es lo que parece —le espetó a Tyler al pasar por su lado.

—¡Eh, no mates al mensajero! —exclamó este, alzando las manos.

Caleb salió corriendo de la casa como alma que lleva el diablo. Al llegar a la acera se detuvo un segundo, intentando averiguar qué dirección habría tomado Savannah. Si tenía un mínimo de sentido de la orientación, seguro que iría hacia el norte, hacia su casa, aunque la colina se encontraba a varios kilómetros de allí. Se la jugó a esa carta y echó a correr. Dobló la esquina, deslizándose sobre sus Converse negras, que emitieron un desagradable chirrido. Un suspiro de alivio escapó de su garganta cuando la localizó unos metros por delante. Corrió tras ella.

—Eh —llamó con la respiración entrecortada—. Eh, princesa.

Ella lo miró por encima de su hombro sin dejar de caminar. Su mirada era afilada como un cuchillo y tenía las mejillas rojas y brillantes.

—Si vuelves a llamarme princesa, te saco los ojos —le espetó hecha una furia.

Caleb vaciló un instante, sorprendido. Ángel cero, demonio a tope.

—Sav, por favor, lo que has visto no era lo que parecía… —trató de explicarle.

—¿Ah, no? Si tú me hubieras encontrado así con Brian, ¿cómo te lo habrías tomado? —preguntó Savannah con desdén.

«Ahora el capullo tendría un par de piernas rotas y unos cuantos dientes menos», pensó él.

—Dejaría que te explicaras —respondió con toda la sinceridad que pudo aparentar. Iba a darle alcance cuando ella se giró de pronto.

—No te me acerques, Marcus —le advirtió, apuntándole con el dedo. Su irritación aumentó—. Lárgate.

—Vamos, Sav, no puedes ir sola por este barrio. Se ve de lejos que no eres de aquí.

Un coche que pasaba disminuyó la velocidad y un tipo bastante borracho asomó medio cuerpo por la ventanilla.

—¡Eh, preciosa! ¿Necesitas que lleve tu bonito trasero a alguna parte? —gritó con la voz vacilante.

—Tú, gilipollas, sigue circulando si no quieres que te parta la cara —lo amenazó Caleb.

El tipo pestañeó y se fijó en Caleb. Sus ojos se abrieron como platos y su expresión se transformó. Lo que quiera que hubiera tomado se le bajó a los pies.

—Marcus, tío, no sabía que era tu chica. Lo siento mucho.

—Lárgate.

—Lo siento, tío —volvió a disculparse mientras se alejaba.

Caleb tuvo que apretar el paso, Savannah se alejaba de él por momentos. Con un suspiro de exasperación, trotó hasta pegarse a su espalda.

—Sav, deja que te explique —le rogó.

—No soy tu chica para que montes esos numeritos de novio posesivo. Caleb suspiró. ¡Menudo carácter!

—No estaba pasando nada. Ella es mi amiga, ya te lo dije, solo eso. Le ha ocurrido algo y me lo estaba contando. Tiene problemas muy serios. Está jodida de verdad.

Savannah soltó una carcajada y lo miró por encima del hombro.

—Ya, y supongo que quería que tú la jodieras un poco más —soltó sin pensar.

Caleb tuvo que apretar los labios para no echarse a reír. Dios, le encantaba Savannah, hasta cuando se enfadaba de aquella forma que la hacía parecer una psicópata.

La agarró por la muñeca y la obligó a detenerse. Ella lo empujó y se zafó de su mano.

—¡No me toques!

—Nena, aunque esa hubiera sido su intención, no tenía nada que hacer. No me interesa —suspiró exasperado. Intentó abrazarla.

—¡Que no me toques! ¿Estás sordo o qué?

Estaba tan enfadada que solo tenía ganas de abofetearlo. Los celos la consumían. Ni siquiera sabía que una persona pudiera sentirse como ella se sentía en ese momento. Le ardía todo el cuerpo y no conseguía respirar con normalidad, solo resoplar. Caleb no cejó en su empeño, y su enfado también aumentaba por momentos.

—Vale, no te tocaré. Pero detente y aclaremos este asunto —pidió, armándose de paciencia.

—¡No! Me largo a casa.

—¡No puedes irte a casa andando, no es seguro! —le dijo con tono hosco. Las cosas se estaban desmadrando.

Savannah lo miró furiosa

—¿No? Pues mira cómo lo hago. —Echó a andar.

Caleb la observó alejarse unos metros. Alta, esbelta, más que guapa era perfecta; y la forma en la que sus caderas se contoneaban debería estar prohibida por riesgo de infarto. La siguió, y cuando la alcanzó la sujetó por el brazo para detenerla y obligarla a que se diera la vuelta.

—¡Sav!

Ella le apartó la mano de un manotazo, furiosa.

—Por Dios, ¿quieres dejarme en paz? ¿Por qué no vuelves con ella?

—Porque ella no me interesa —replicó Caleb.

—Eres idiota si crees que voy a tragármelo.

Caleb la sujetó con fuerza por el brazo, sin intención de soltarla por mucho que se resistiera.

—Escucha, mientras estés tú, solo serás tú. Te lo juro por... por... Te lo juro por mi madre. —Su voz adquirió un tono suplicante, parecía un niño pequeño. Ella lo miró con los labios apretados y sin pinta de ceder. Caleb alzó los brazos y suspiró, haciendo acopio de paciencia—. Estás enfadada conmigo. Vale, lo entiendo. Intento ponerme en tu lugar y entender lo que has visto.

Ella lo fulminaba con la mirada; y él se la sostuvo entre furioso y contenido.

—¿Qué tengo que hacer para que me perdones? ¿Quieres gritarme? ¿Quieres pegarme? Si eso te va a hacer sentirte mejor, adelante.

La bofetada lo pilló por sorpresa. Se llevó la mano a la mandíbula con un gesto de dolor. La masajeó y un quejido escapó de su garganta. Entornó los ojos. Empezó a encenderse, aunque no sabía muy bien en qué sentido. A la mierda la paciencia. Dio un paso amenazador hacia ella.

—¿Te sientes mejor? —masculló Caleb con un tono alarmantemente bajo.

—La verdad es que sí. —Y era cierto. Nunca le había pegado a nadie, pero Caleb había logrado sacarla de sus casillas.

—Me alegro...

—¿Sí? —lo cuestionó Savannah en tono burlón.

—Sí, porque ahora me toca a mí.

Los ojos de ella se abrieron como platos.

—¿Vas a pegarme? —preguntó asustada.

Caleb negó con la cabeza y sus ojos brillaron con malicia tras sus espesas pestañas. La agarró por los hombros y tiró de ella. Savannah lo apartó, pero Caleb volvió a arrastrarla hacia él. Tomó con ambas manos su rostro y la atrajo con brusquedad. Le cubrió los labios con su boca, respirando con dificultad. Savannah continuaba resistiéndose. La abrazó por la cintura y oprimió sus labios contra los de ella con más fuerza. Con su cuerpo la empujó hasta dejarla contra la pared. De su pecho surgió un sonido mitad gemido mitad gruñido. La besó con más intensidad, abriéndole los labios con su lengua casi a la fuerza.

Savannah cedió y lo recibió con un sonido de lo más sensual. Gimió al sentir su contacto, su sabor. Sus manos se aferraron a sus hombros, descendieron por sus brazos y acabaron en sus caderas, tirando de él para sentirlo más cerca.

Caleb se apretó contra ella y gruñó casi sin aliento. La tomó por las mejillas y echó la cabeza hacia atrás para mirarla. Apenas podía respirar y jadeaba con los labios rozando los de ella. En sus ojos ardía un fuego capaz de consumirlos a los dos.

—¿Por qué te resistes tanto conmigo? Sé que estás loca por mí, tanto como yo por ti —susurró Caleb, tirando de su labio inferior con un mordisquito.

Savannah le colocó las manos en el pecho e intentó apartarlo. No pudo, era como mover un bloque de una tonelada.

—Tienes una tendencia preocupante a invadir el espacio de los demás —dijo sin aire en los pulmones. El corazón se le iba a salir por la boca. Cada vez que él le rozaba el cuerpo podía sentir cómo se incendiaba un poco más, y una deliciosa tortura se apoderó de su vientre.

—Solo el tuyo —contestó Caleb con una sonrisa torcida. Sus manos, a ambos lados de la pared, se deslizaron hasta la altura de sus caderas—. Contesta —pidió muy serio.

—No me resisto.

—Sí lo haces, es lo único que haces. Das un paso hacia mí e inmediatamente retrocedes tres. Y como juego está bien, pero creo que esa parte ya la hemos dejado atrás esta noche y que estamos en el siguiente nivel. —Acercó la boca a la de ella y deslizó la lengua sobre su labio inferior mientras colaba la mano bajo su camiseta, rozándole el estómago.

Ella se estremeció y la temperatura de su piel aumentó.

—¿Y qué nivel es ese? —preguntó Savannah, sin poder apartar la vista de sus labios. Tenían sobre ella un poder fascinante. Sin darse cuenta se inclinó hacia delante, buscándolos, pero él retrocedió y sonrió, provocándola.

—El nivel en el que deberíamos aflojar un poco esta tensión que hay entre tú y yo, porque a mí me está volviendo loco —masculló.

Apoyó su frente en la de ella. Cerró los ojos y aspiró el olor de su perfume. Savannah volvió a buscar sus labios y esta vez dejó que llegara hasta ellos. Apenas se rozaron, tentándose el uno al otro.

—Vale —respondió ella, temblando de pies a cabeza.

—Vale, ¿qué?

Savannah cerró los ojos y enredó los dedos en su cabello mientras él la besaba en el cuello y con la lengua trazaba el hueco bajo su oreja. Contuvo el aliento al sentir la mano de Caleb ascendiendo bajo su ropa, acariciándole con las puntas de los dedos el abdomen. Le rozó la curva del pecho por encima del sujetador y se le doblaron las rodillas.

—¿Qué? —insistió Caleb.

Savannah se apretó contra él.

—Siguiente nivel —murmuró.

Caleb dejó de pensar. La cogió por las caderas y la levantó del suelo. Savannah enlazó las piernas a su cintura y se aferró a su nuca. Se apretó contra ella y la besó con vehemencia. Ella buscó el borde de su camiseta y tiró hacia arriba para acariciar la piel del estómago y la espalda. Ese gesto aumentó su necesidad.

Savannah no podía pensar. Entre sus brazos solo era un cuerpo incapaz de controlar todas las sensaciones que la devoraban. Apretó las piernas con más fuerza y él se estremeció empujándola con las caderas contra la pared. Una vez y otra, más rápido, más fuerte. Notó la presión que había tras los pantalones del chico en el centro de sus muslos. Duro y rígido, y no se molestaba en ocultarlo. Él volvió a estrujar sus caderas contra las de ella y un gemido de sorpresa escapó de los labios de Savannah. Fue un gesto infantil pero no pudo evitarlo.

Caleb se detuvo y la miró con atención. Se movió en círculos sobre su centro y ella se ruborizó hasta que sus mejillas adquirieron un tono escarlata, irradiando calor. Si tenía alguna sospecha sobre la inocencia de la chica, esta acababa de disiparse. Bajó la cabeza y escondió el rostro en su cuello. Sonrió para sí mismo, sin dar crédito a la situación. Jamás lo habría imaginado, y menos sabiendo que ella había estado saliendo durante todo un año con Brian. Respiró hondo y trató de controlarse, aunque estaba seguro de que aquella erección no bajaría en horas.

—Vamos a dejarlo aquí, ¿vale? Y a partir de ahora iremos un poco más despacio.

—¿Por qué? —susurró Savannah. No lograba que el aire llegara a sus pulmones.

—Solo si tú quieres, princesa. Tú mandas y yo obedezco, pero en otro momento. Ahora voy a llevarte a casa...

«Porque si no acabaré por llevarte a la mía», pensó mientras cerraba los ojos para no mirarla. La dejó en el suelo con cuidado.

—Has dicho que yo mando. ¿Y si no quiero dejarlo aquí? —preguntó Savannah.

No quería parecer tan desesperada, pero la adrenalina que le corría por las venas le había nublado completamente el juicio y, ahora que sus brazos no la tocaban, sentía como si le hubieran arrancado un trozo del cuerpo que solo Caleb pudiera llenar. Cinco minutos de besos y caricias, y ya era adicta a él.

—También he dicho que en otro momento —replicó Caleb con voz firme, aunque sus pupilas, aún dilatadas por la excitación, lo traicionaban.

—¿Qué te pasa?

Caleb se pasó una mano por la cara y suspiró sin apenas aliento.

—¿Que qué me pasa? ¡Eres virgen, Sav!

Los ojos de la chica se abrieron de par en par y volvió a ruborizarse.

—¿Cómo lo sabes?

—Llámalo intuición —respondió él con una sonrisa—. Mira, no soy tan canalla como para aprovecharme de la situación y hacerte el amor en un callejón o en mi coche. ¡Te deseo mucho! Pero voy a echar el freno —dijo con toda la seguridad que logró reunir, aunque más para convencerse a sí mismo que a ella.

—¿Solo el freno o vas a aparcar para siempre?

Caleb la miró fijamente y su cara se transformó con una sonrisa oscura. Alargó una mano y tomó uno de sus sedosos mechones de pelo. Dejó que se deslizara entre sus dedos. ¿Aparcar para siempre? Ni de coña.

—No soy tan bueno como crees, Sav. Ni siquiera la mitad de bueno. Solo voy a bajar las revoluciones para no estrellarnos. Ten por seguro que me encargaré de que acabemos esto. —La besó, mientras deslizaba las manos hasta su trasero. La apretó contra su cuerpo y ella notó que seguía tan dispuesto como antes—. No pienso en otra cosa desde que te saqué a rastras del bar aquella noche.

24

*E*spero que la emergencia sea por algo así como el fin del mundo, un meteorito a punto de estrellarse contra la Tierra, o que Ryan Guzmán esté escondido en tu habitación, esperándome desnudo para el mejor polvo de mi vida. Porque si no, voy a matarte —masculló Cassie, mientras tiraba su bolso sobre la cama de Savie.

—Es importante.

—Eso espero. Me has sacado de la cama y me has hecho venir hasta aquí después de medianoche. ¡Ya sabes lo que me cuesta volver a dormir una vez que me despierto!

—Necesito hablar contigo... de sexo. Tú tienes experiencia, bastante, y solo puedo hablar de esto contigo —dijo Savie con cara de gatito abandonado.

Los ojos de Cassie se abrieron como platos. Se sentó en la cama y cruzó una pierna sobre la otra, entrelazando los dedos de sus manos sobre la rodilla. Le encantaba adoptar el papel de terapeuta.

—¡Esto sí que es una emergencia! —exclamó con una sonrisita—. Espera, tenemos que prepararnos. Chocolate, gominolas y una botella de algo fuerte.

Volaron hasta la cocina, y cinco minutos después habían montado sobre la alfombra del cuarto un picnic a base de azúcar y alcohol. Cassie descorchó una botella de vino dulce y sirvió dos vasos, pasó uno a su amiga y dio un sorbito al otro.

—Bien, suéltalo, con quién lo has hecho. Y espero no oír el nombre maldito, por favor, por favor... —susurró con los ojos cerrados.

—No lo he hecho con nadie. Aunque no ha sido por falta de ganas. ¡Por Dios, Cassie, estoy hecha un lío!

—¿Todo esto tiene que ver con tu salida secreta de esta noche?

—He salido con Caleb Marcus.

Cassie se atragantó con el vino y empezó a toser. Tuvo que dejar el vaso en el suelo y alzar los brazos por encima de su cabeza para que el aire llegara a sus pulmones. Cuando superó el ataque, agarró el vaso y se lo bebió de un trago sin apartar los ojos de los de su amiga.

—Cuéntamelo todo —suplicó.

—Ya sabes que trabaja aquí y que nos vemos casi a diario. Pero también nos hemos encontrado un par de veces en la calle y... bueno... Entre nosotros parece que hay química...

—Lo que hay entre vosotros es la energía de una supernova, nena. Emitís radiaciones nocivas para el resto de humanos sin pareja —se burló Cassie entre risas.

—¿Tanto se nota? —preguntó Savannah. Cassie asintió con una sonrisa tonta en la cara—. Vale, resumiendo. Esta noche vino a buscarme y acabé yendo con él hasta el barrio, a casa de uno de sus amigos. Una cosa llevó a la otra, discutimos, le di un bofetón y acabamos enrollándonos en la calle. Perdí el control por completo, Cass —suspiró, con una mirada que suplicaba comprensión—. Me dejé llevar como nunca creí que lo haría. Pero con él es tan fácil dejar de pensar y... Lo que me hace sentir es tan intenso que dejo de ser yo.

Cassie puso los ojos en blanco y después levantó las cejas.

—Eso no es malo, Savie. Es natural cuando das con un chico que te gusta y que logra encenderte con una mirada. Y Caleb está tan bueno que es imposible no ponerse a jadear con solo mirarle.

Savannah dobló las rodillas y se inclinó hacia delante.

—¡Cass, estábamos en medio de la calle! Si me hubiera pedido que me desnudara lo habría hecho sin pensar. Si él no llega a detenerse, lo habría hecho allí mismo, lo sé, y eso me asusta.

—¿Él puso el freno? —se extrañó Cassie con los ojos como platos. Savannah asintió—. ¿Qué pasó? ¿Os pillaron?

—No, se dio cuenta de que soy virgen.

Cassie se atragantó con un trozo de regaliz.

—¿Me estás diciendo que un tío como Caleb, con una virgen más que dispuesta, cortó el rollo? —casi gritó. Savannah volvió a asentir. Tenía la boca llena de chocolate que no dejaba de comer de forma compulsiva—. Nena, tú le gustas de verdad a ese chico. Pero ¿cómo se dio cuenta si no te quitaste la ropa?

Savannah se cubrió las mejillas con las manos. Le brillaban los ojos por culpa del vino y la vergüenza.

—Estábamos allí, besándonos y acariciándonos, y él... Su... —Empezó a mover las manos sin control, intentando describir con ellas lo que no era capaz de decir con palabras—. Se apretó contra mí... Y yo... Bueno, aquello era tan... ¡Uf!... ¡Ay! Es que... No me lo esperaba y él se dio cuenta.

Cassie se echó a reír con ganas. No podía parar. Savannah se quedó mirándola y también se echó a reír.

—A ver si lo he entendido. —Cassie hipó, con lágrimas en los ojos—. ¿Te asustaste al notar que estaba excitado? ¿Tan cerca estuvo?

—Asustada no es la palabra —dijo Savannah entre risas—. Y sí, estaba tan cerca que pensé que la tela de mis pantalones iba a fundirse. Fue alucinante, Cass. Es solo que no me sentí como esperaba.

—Por Dios, Savie, ¿me estás diciendo que, a punto de cumplir los diecinueve, nunca has tenido la polla de un chico entre las piernas?

Savannah le dio un manotazo y Cass puso los ojos en blanco.

—Rectifico: erección, verga, miembro, estaca...

Esta vez fue Savannah la que puso los ojos en blanco.

—¡No! Sabes que soy virgen.

—Sí, cariño, pero... Un chico y una chica pueden estar *muyyyyy* cerca y pasarlo bien sin llegar a hacerlo. ¿Me entiendes? —preguntó mientras friccionaba sus dedos índices.

Savannah se puso colorada.

—Cass, nunca he tocado así a un chico —respondió entre risas.

—¿Ni un pequeño frote de nada? —sondeó Cassie con chispitas en los ojos.

Savannah negó con la cabeza y apretó los labios para dejar de reír. Aquel vino era una bomba. Cassie soltó otra carcajada.

—¿Y qué has hecho con Brian durante todo un año?

—Nunca le dejé que llegara tan lejos. ¿Lo entiendes ahora? Con él nunca pude, es más, solo pensar en su... —Puso cara de asco— *cosita* frotándose contra mí me daba grima. Y esta noche, con Caleb, bueno... ¡Ha sido una sensación tan intensa! Esperaba sentir vergüenza, pero no... Sentir su... —No podía contener la risa viendo la cara alucinada de Cassie—. Y menuda... ¡Uf!

A Cassie se le escapó otra carcajada.

—¿Y cómo sabes que era tan «uff» si estuvo todo el rato dentro de sus pantalones?

Savannah se cubrió las mejillas con las manos.

—Por favor, no me hagas responder a eso, estoy demasiado borracha. Lo único que sé es que, en cuanto ocupamos el mismo espacio, no podemos dejar de tocarnos. Me asusta un poco sentirme así, porque jamás pensé que se pudiera desear tanto a alguien. Y darme cuenta de que no soy capaz de controlarme, hace que me pregunte si no me arrepentiré más adelante.

Se quedaron mirando el techo, con una sonrisa en la cara. Cassie giró el rostro para mirarla.

—Si haces algo porque te apetece o lo deseas, no tienes por qué arrepentirte. Ese chico ya te gustaba en el instituto. Es como si estuviera escrito. Aprovecha que él siente lo mismo, disfruta del momento y el tiempo se encargará del resto. No hay nada malo en una relación basada en el sexo, sobre todo si ese sexo es fantástico. Solo voy a darte un consejo, más bien una norma: no lo compliques enamorándote si no estás segura de que en ese sentido va a funcionar.

—No tengo intención de enamorarme. Sé que no saldría bien. Solo serán unas semanas, él regresará a Santa Fe y yo iré a Columbia. Y todo esto será un recuerdo.

—Pero uno de los buenos —señaló Cassie en tono travieso.

—De los mejores —susurró Savannah, mordiéndose el labio para reprimir el calor que le envolvía el estómago al pensar en él.

—¿Puedo hacerte una pregunta incómoda? —tanteó Cassie de repente.

—Ya sabes que sí.

—¿Por qué estabas tan dolida con Brian por los cuernos que te puso, si está claro que nunca has estado enamorada de él?

Savannah suspiró. Buena pregunta.

—En ese momento pensaba que sí, que le quería. Pero ahora sé que no. Ni uno solo de sus besos me hizo sentir lo que Caleb con solo mirarme. Pero confiaba ciegamente en él y me engañó. Creo que lo que me duele es el hecho de que me traicionara, no el motivo por el que lo hizo.

—Nunca me gustó ese idiota. Nunca entendí qué veías en él —dijo Cassie más para sí misma que para su amiga. Se puso de pie y fue hasta la cama, se dejó caer en las sábanas y se acurrucó.

Savannah la imitó y se tumbó a su lado con las rodillas en el pecho. Cara a cara se sonrieron, adormecidas.

—¿Y qué opinas de Caleb?

Cassie se encogió de hombros.

—Que sabe quién es, de dónde viene y adónde va. No aparenta ser otra cosa. Me gustan las personas así. Sabes qué esperar de ellas porque te lo dejan clarito desde el principio. —Sus ojos brillaron con emoción—. Hazme caso, Savie. No dejes que Caleb te rompa el corazón si no está dispuesto a sacrificar el suyo. Después no podrás recomponerlo.

Savannah sostuvo la mirada de su amiga.

—¿Por eso no has vuelto a salir con nadie más después de *él*?

Cassie suspiró y volvió a mirar el techo como si fuera algo fascinante.

—Eric era mi Caleb. Era guapísimo. Dos metros de músculos de acero y un trasero perfecto. A mí no se me fundían los pantalones cuando lo tenía cerca, se me fundían los huesos, y acabó por derretirme el corazón. Me lo dejó muy claro desde un principio. Siempre supe lo que había, que se iría a la Marina y sin cuentas pendientes. ¡Vive el momento, nena!, me decía. Pero bajé la guardia y me enamoré. ¡Qué le voy a hacer, me encantan los chicos malos! Y Eric era, con diferencia, el peor de todos. —Agarró la mano de Savie y le dio un apretón—. Caleb es igual. Los tíos así están cortados por el mismo patrón: una vida de mierda, muchos problemas y se largan cuando menos te lo esperas.

*L*a cortina ondeaba dentro del cuarto, sacudida por la ligera brisa que se colaba por la ventana entreabierta. Afuera el silencio era sepulcral, menos por un sonido seco y repetitivo. Savannah abrió los ojos y se quedó mirando el techo. Tenía un sabor horrible en la boca y notaba la lengua como si la tuviera dormida.

Se puso en pie y se mareó tanto que tuvo que agarrarse a la columna de la cama para no caerse de bruces. Cassie dormía a pierna suelta despatarrada sobre las sábanas, con el rostro cubierto por su rubia melena que, bajo los rayos de sol que la bañaban, parecía casi blanca. Sonrió y pensó que deberían dejar los picnics nocturnos durante un tiempo. Cada una de aquellas resacas debía acabar con millones de sus neuronas, y las iban a necesitar todas cuando comenzara el curso universitario.

Se acercó a la ventana con disimulo y su corazón comenzó a acelerarse hasta dar saltos en el momento que lo divisó. Uno a uno, los síntomas de la noche anterior se sucedieron en su cuerpo: escalofríos, palpitaciones, falta de aire y fiebre, mucha fiebre. Caleb era el virus que la hacía enfermar y no había medicinas que pudieran curarla; y de haberlas, no las querría. No había mejor muerte que consumirse por él. Apoyó la frente en el cristal. Estaba perdiendo la cabeza.

Dio un respingo al ver que Caleb estaba bajando del tejado. Corrió al baño, agarró una botella de enjuague bucal y tomó un buen trago. Lo agitó en su boca mientras volvía al cuarto. Entre saltitos y contoneos y algún tropezón, logró quitarse los shorts y la camiseta con los que se había quedado dormida. Cogió su pijama e intentó ponérselo con el mismo baile frenético. Su brazo y su cabeza se atascaron en la estrecha blusa y trastabilló, chocando contra el armario.

Cassie gruñó y alzó la cabeza con los ojos entornados.

—¿Qué haces?

—Vestirme.

Y al hablar se tragó el enjuague. Empezó a toser medio ahogada.

—¡Pero si te estás poniendo el pijama!

—Bueno... sí... ¡Duérmete!

—¿Cómo? No paras de moverte y de hacer ruidos raros. ¿Sabes que estás rompiendo una de las normas vitales para cuando tienes resaca? Dormir hasta mediodía —murmuró Cassie, hundiendo la cara en la almohada. La alzó de nuevo—. No me lo digas. *Mister Uff* está abajo.

—¡No lo llames así! —exclamó Savie entre risas. Logró ponerse la parte de arriba y corrió a la puerta.

—Entonces, ¿cómo? ¿Semental? —gritó Cassie a la puerta que acababa de cerrarse. Gimió por el dolor de cabeza que le taladraba las sienes—. Al menos finge que no estás desesperada.

Savannah bajó las escaleras de dos en dos, rezando para que Caleb hubiera abandonado el tejado para ir a buscar una de sus botellas de agua fría. Se precipitó a la cocina justo cuando una sombra alargada se encaminaba a la puerta de cristal del porche. Agarró una manzana roja y brillante y se apoyó en la encimera, con descuido, como si llevara allí un buen rato. La puerta se abrió y Caleb entró en la cocina con su habitual atuendo de cada mañana: tejanos rotos y desgastados, y camiseta gris sin mangas.

En cuanto la vio, esbozó una sonrisa lenta y burlona. Se quedó parado un momento, mirándola de arriba abajo. Su sonrisa se ensanchó.

—Buenos días —dijo con voz grave.

—Buenos días —respondió Savannah, y dio un mordisco a la manzana.

—¿Has dormido bien? —preguntó él, alzando las cejas con un gesto seductor.

Ella se enderezó cuando él comenzó a acercarse sin prisa.

—Buenos días, chicos —saludó la madre de Caleb al entrar en la cocina con la compra—. Hace un calor increíble. No recuerdo un verano como este...

Sin dejar de hablar sobre el calor y sus estragos, Hannah comenzó a colocar la compra en los armarios, sin percatarse de que los chicos se habían replegado, cada uno a una esquina, y que no dejaban de mirarse. Caleb sacó una bebida isotónica de la nevera y se la fue bebiendo a pequeños sorbos. Savie devoraba su manzana a mordisquitos. Ni una palabra, y los mensajes se sucedían en ambas direcciones a través de miradas infinitamente largas y esbozos de sonrisas que arrancaron más de un rubor.

—Caleb, ¿me estás escuchando?

El chico parpadeó y se fijó en su madre.

—¿Qué?

—Que si ya has terminado el tejado. Esta mañana dijiste que apenas te quedaban un par de horas de trabajo.

Se obligó a pensar en lo que su madre le estaba diciendo.

—Eh, sí, acabo de terminar.

—Hannah, ¿puedes subir y preparar el baño? Por favor —gritó una voz.

—Ahora mismo voy, señora Halbrook —respondió—. No te marches sin decírmelo, necesito pedirte un par de cosas —le dijo a Caleb al pasar por su lado. Le dio un beso en la mejilla y desapareció.

Caleb se estiró para ver el pasillo y sonrió de forma maliciosa antes de empujar la puerta y cerrarla con el pie. Dejó la botella en la isleta, mientras la rodeaba en busca de Savannah. Su mirada la acechaba como un depredador y a ella le encantaba ver esa expresión en su cara. Se plantó delante de la chica y bajó la cabeza hasta darle un enorme mordisco a la manzana que sostenía en la mano. La miró a los ojos mientras masticaba y tragaba. Había decidido echar el freno, pero no dejar de jugar. Esa parte podía ser tan divertida como el desenlace y él quería que Savannah se divirtiera, que anhelara esos juegos.

Savannah miró aquella boca salpicada de zumo de manzana y sus labios se abrieron con voluntad propia. Él se inclinó y le dio un beso lento y profundo.

—Ahora sí. Buenos días, princesa —susurró sobre su piel.

Ella sonrió y se quedó mirándolo con el corazón latiendo desesperado.

—¿Por qué siempre me llamas princesa?

Caleb bajó la vista un momento. La tomó por la cintura y la levantó hasta sentarla en la encimera. Sus ojos quedaron a la misma altura.

—Preguntas trascendentales a media mañana... humm —gruñó, pensativo—. ¿La verdad?

—Sí.

Se tomó su tiempo para contestar.

—Vale. Te llamo así porque eso es lo que veo cuando te miro. Una princesita en busca de un cuento con un príncipe azul, un palacio y un final feliz —respondió.

Le deslizó las manos por las piernas con suaves caricias y no apartó la vista de su cara para no perderse ninguna reacción. Cuando se le exigía sinceridad, eso era lo que daba, aun a riesgo de resultar molesto.

Savannah frunció el ceño. No esperaba esa respuesta, ni que él la viera de ese modo, tan encasillada en el papel de niña rica. ¿De verdad era así? Porque no quería serlo. Se percató de su mirada penetrante y dejó de torturarse con esa idea.

—¿Y tú qué eres, un principito? ¿También buscas un cuento con final feliz?

Caleb hizo una mueca de suficiencia y bajó las manos hasta las rodillas de Savannah. Primero empujó una, luego la otra, separándolas, y se colocó en medio. Alzó su camiseta hasta el ombligo y tiró de la cinturilla de los vaqueros hacia abajo, dejando a la vista su tatuaje.

—Yo soy el lobo feroz, nunca tengo finales felices —contestó sin apartar la mirada de su cara ni un segundo. La agarró de la cintura y tiró de ella hasta el borde de la encimera, atrayéndola hacia su cuerpo.

Savannah tragó saliva, turbada por su respuesta. Tenía la sensación de que escondía mucho más que la broma que aparentaba ser. Le dedicó una sonrisa y entrelazó sus dedos fríos con los de él. Cambió de tema.

—¿Es cierto que has terminado el tejado?

—Así es —respondió Caleb. La abrazó, sujetándole las manos contra la espalda, y se inclinó para depositar un beso en su cuello. Inspiró—. ¡Qué bien hueles!

La mirada de Savie voló hasta la puerta, rezando para que nadie entrara en ese momento, pero se distrajo de inmediato, porque era imposible no abstraerse con él tan cerca y haciendo aquellas cosas que hacía con la lengua sobre su cuello.

—Entonces, ¿es tu último día aquí? —logró preguntar.

Caleb levantó la cabeza y la miró. Sus dedos se deslizaban por el bajo de sus pantaloncitos con una languidez deliberada.

—Mis últimos minutos aquí. En cuanto recoja mis herramientas me largo.

Ella sonrió de forma coqueta.

—Voy a echar de menos verte en el cobertizo. Me estaba acostumbrando a las vistas.

—Lo sé —afirmó Caleb de forma rotunda. Ella frunció el ceño—. ¿Creías que no te veía? —Una sonrisa de pirata iluminó su rostro. Savannah se puso roja como un tomate e intentó soltarse de su abrazo, pero él no se lo permitió—. Yo también voy a echar de menos las vistas de esta preciosa sirena tomando el sol en la piscina. Por eso quiero que vengas conmigo esta tarde a la playa. Los chicos han planeado ir hasta Hollow Bay.

—Pero para eso se necesita un barco.

—Tenemos un barco. ¿Vendrás conmigo?

—¡Claro que irá contigo, y yo también! —exclamó Cassie. Los dos se volvieron de golpe hacia ella y Savannah bajó de un salto de la encimera—. Por cierto, deberíais tener más cuidado, podría entrar cualquiera y vuestro secretito... ¡puf! —dijo con un inocente pestañeo.

Caleb clavó una mirada interrogante en Savannah y esta se encogió de hombros con un gesto de disculpa.

—No pongas esa carita, *Mister Uff* —añadió Cassie—. A ella se le olvidó mencionarte que en vuestro acuerdo yo entro en el lote. Dos por una. ¡No voy a acostarme contigo, claro! —matizó—. No me van los tríos, pero me encantan las fiestas. Por cierto, ¿estará tu amigo el fracasado? Hace tiempo que no lo saludo —comentó como si nada.

Caleb alzó las cejas, mientras examinaba a la rubia. Le recordaba mucho a alguien, demasiado.

—¡Cassie! —la reprendió Savannah.

—¿Qué? —inquirió como si el tema no fuese con ella. Les guiñó un ojo y añadió mientras abandonaba la cocina—: Bueno, ya me diréis a qué hora salimos.

—¿Se lo has contado? —preguntó Caleb.

—Tus amigos también lo saben —se justificó Savannah—. ¿Te molesta?

—¿A mí? ¡No! Como si quieres poner un anuncio en el periódico, ya lo sabes. Pero me sorprende, cuando te obsesiona tanto que sea un secreto. —Se quedó pensando—. ¿Por qué cojones me ha llamado *Mister Uff?*

25

¿Qué demonios hace esa aquí? —preguntó Tyler a Caleb, mientras Savannah y Cassie avanzaban por el muelle hacia ellos.

—Se apuntó ella, no fue cosa de Sav.

—Pues le dices que no y punto. Mira, con tu chica trago, pero con esa Barbie... A esa me entran ganas de meterle dos...

—Venga, seguro que quieres meterle de todo menos miedo. ¡Es guapa! —le hizo notar Matt, que no perdía detalle de la conversación.

Tyler se giró hacia su amigo con una mirada asesina. Dio dos pasos acortando la distancia entre ellos, pero Matt no se amedrentó y su sonrisa socarrona no se borró en ningún momento de su cara.

—Si sigues por ese camino, tus hijos van a ser adoptados. ¿Captas la idea? —lo amenazó Tyler, señalando su entrepierna.

—Corta el rollo, Ty. Te estás comportando como un gilipollas —dijo Kim—. Ignora a la chica y se acabó.

—Esto es una mierda. No pintan nada con nosotros —masculló Tyler—. ¿Qué va a ser lo próximo, invitar a los *Cazadoras Azules* y jugar a las aguadillas con ellos?

Caleb puso los ojos en blanco y le dio la espalda. Tyler solía tener algunos días buenos, bastantes pasables y muchos malos. Aquel era de los peores. Con las manos embutidas en los bolsillos traseros de sus tejanos y una sonrisa pícara, se empapó de la imagen de Savannah, que vestía unos pantaloncitos diminutos y un biquini de infarto.

—Hola —saludó en cuanto llegaron a su lado.

—Hola —respondió ella, y contuvo el aire cuando él se inclinó para darle un beso en los labios.

Cassie carraspeó y Caleb la miró de reojo.

—¿No vais a presentarme?

Caleb suspiró y se dio la vuelta.

—Ya los conoces a todos, menos a Kim.

La chica alzó la mano y la saludó. Cassie le devolvió el saludo. A continuación esbozó una sonrisa maliciosa y clavó sus ojos azules en los de Tyler, que eran tan verdes como el tallo de una rosa recién cortada.

—Hola, Fra... —Savannah le dio un codazo en las costillas. «Me lo has prometido», la oyó susurrar—. Hola, Tyler. Me alegro de verte.

El chico entornó los ojos y la estudió con una expresión de cautela. Se acercó a ella y le cogió la bolsa que llevaba en las manos. Tenía pinta de pesar, y no era tan capullo. Pegó su nariz a la de ella.

—Ahora es cuando se supone que yo bajo la guardia y tú me apuñalas, ¿no?

—Estoy pensando en dejarte respirar un par de horas más. Aprovéchalas —le espetó Cassie. Le quitó la bolsa de las manos y se dirigió hacia el barco.

—Lo siento, es un tanto especial. Pero con Tyler se pasa. Creo que le recuerda a alguien, en muchos sentidos —dijo Savannah. Se recogió un mechón de pelo tras la oreja, mientras observaba a su amiga avanzar por el muelle.

Caleb le cogió la mochila y se la echó al hombro.

—¿En serio? —preguntó, mirándola a los ojos. A la luz del sol eran de un gris metálico, preciosos. Se encogió de hombros—. Pues por mí, como si quieren matarse. Lo único que me interesa de este viaje eres tú —le susurró al oído.

Savannah se ruborizó. ¡Qué voz! Cada vez que hacía eso lograba que su piel se estremeciera con un festival de escalofríos. Caleb la ayudó a subir al yate y, una vez a bordo, no pudo reprimir su sorpresa; también su preocupación. No entendía mucho de barcos, pero sí lo suficiente para saber que aquella maravilla era un *Oceanis* con más de trece metros de eslora. Hacía años que su padre quería comprar uno, pero nunca terminaba de decidirse. ¿De dónde habían sacado ellos un barco como aquel? Trató de no pensar en ese detalle, mientras Jace recogía amarras y ponía rumbo a Hollow Bay.

Tenían por delante unos veinte minutos de trayecto. Cassie se tumbó al sol bajo el palo de la vela. Matt y Kim se hacían arrumacos en la proa, y Tyler había desaparecido en el camarote. Caleb se acomodó junto a Savannah en una esquina de popa. Se había quitado la camiseta y cubierto la cabeza con una gorra negra calada hasta las orejas. A pesar del calor y de la fina película de sudor que recubría sus cuerpos, él atrajo a

Savannah hacia su pecho para abrazarla. Ella se dejó estrechar y colocó la mano abierta sobre su estómago plano y firme.

Savannah observó cómo Jace intentaba enseñar a Sally los pasos más básicos a los mandos del timón.

—Sabe lo que hace, ¿no?

Caleb la miró a través de sus gafas de sol.

—¿Jace? —preguntó. Ella asintió—. ¡Claro! ¿Temes que naufraguemos?

—No, no es eso. Pero esto no es un bote de remos, hay que saber navegar para manejarlo. Y un título de patrón.

Una sonrisa extraña reptó por el rostro de Caleb. La miró de arriba abajo y se entretuvo un poco más de lo necesario en sus pechos apenas cubiertos por dos triangulitos de licra. Suspiró, no podía evitarlo, y la sutileza no era una de sus virtudes más desarrolladas.

—¿Por qué no me haces la pregunta y así sales de dudas?

—¿Qué pregunta? —inquirió ella con un vuelco en el estómago.

—¡Eh, Jace, la princesita tiene curiosidad por saber de dónde hemos sacado el barco! —dijo Caleb, alzando la voz por encima de los graznidos de las gaviotas.

Jace se giró sin soltar el timón y esbozó una sonrisa.

—¿Quieres saber si lo hemos robado? —soltó sin más.

Savannah se quedó sin aire en los pulmones. Sentía la sangre agolpándose en sus mejillas, y algo parecido a la humillación.

—¡¿Qué?! ¡No! —se apresuró a contestar. Miró a Caleb, molesta, y se apartó de su lado—. Eso no es cierto —le dijo.

—¿Ah no? Yo creo que sí. Pero no me molesta que lo pienses. De verdad. Lo raro sería que no lo hubieras hecho —replicó él como si nada. Una pequeña llama ardió en su pecho, un punto airado. A veces olvidaba quién era ella en realidad y los prejuicios que venían de serie en los de su clase.

Savannah lo fulminó con la mirada.

—No lo hemos robado —dijo Jace. Sally se le abrazó a la cintura y soltó una risita muy sospechosa que hizo que Savannah se pusiera alerta—. Lo he tomado prestado.

—¿Prestado? ¿Y a quién se lo has tomado prestado?

—A Jasper Witcomb —respondió Jace.

Los ojos de Savannah se abrieron como platos.

—¿A Jasper Witcomb, de Astilleros Witcomb?

—Al mismo —repuso Sally.

—¿Y él sabe que lo has tomado prestado? —preguntó anonadada.

Ya se imaginaba camino de una celda con un mono naranja a juego con unas zapatillas.

—No, llevo como... unos dos años sin hablarme con él. Pero está acostumbrado a que haga estas cosas —explicó el chico.

Se inclinó sobre Sally y le dio un beso lento y profundo.

—Es el padre de Jace —informó Sally cuando logró despegarse de él.

—¿Es tu padre? —se extrañó Savie. Nunca habría imaginado que Jace, con sus brazos llenos de tatuajes orientales, fuera el heredero de una de las familias más adineradas de Carolina del Norte.

Jace sonrió y asintió. El aro de su ceja se alzó con un ligero temblor.

—No te cuadra nada de esto, ¿verdad? —inquirió. Savannah sacudió la cabeza—. Yo era como tú y tus colegas, pero me cansé de serlo. No quería una vida diseñada de principio a fin donde todos esperan que cumplas las normas impuestas. Que sigas los pasos de tus padres y que actúes como ellos creen que debes actuar. Qué amigos debes tener, qué novia, qué carrera estudiar, a qué te dedicarás después... ¡Joder, hasta la puta ropa! Siempre me ha dado igual lo que piensen los demás, no me van las etiquetas ni los moldes.

»Estoy cansado de ver cómo los estereotipos nos definen de forma injusta. Si vives en el barrio eres un delincuente, un marginado sin futuro ni aspiraciones al que no se le pasa por la cabeza ir a la universidad, conseguir una vida mejor. Eso es lo que mi padre piensa, y muchos como él. Y se equivocan de principio a fin. Pero a mí me da igual. Hace seis años conocí a Caleb y a Matt. Gracias a ellos conocí a Sally y me enamoré de ella y del barrio. Estos me aceptan como soy. Es mi familia la que no lo hace, así que, si por eso soy un delincuente marginado...

—¡Te aceptamos porque eres un cabrón con un yate! —le dijo Matt.

—Yo también te quiero —gritó Jace.

Matt le lanzó un beso y se echó a reír.

—No todos vivimos subyugados a las etiquetas y a los moldes —replicó Savannah—. Mi padre quiere que vaya a Stanford y que me convierta en juez, pero iré a Columbia y estudiaré filología. También espera que me case con cierto chico que, por mí, puede esperar sentado. No me imponen nada.

—¿Ah no? ¿Saben tu familia y amigos que sales con gente del barrio y que te das el lote con Caleb? Creo que no —respondió Sally antes de que ella pudiera decir nada.

—¡Eh, pelirroja! —intervino Cassie. Se había incorporado sobre los codos y fulminaba a Sally con una mirada muy fría—. Yo soy su amiga y sé qué hace y con quién, y no he explotado al verlos enrollándose. Creo que vosotros también juzgáis a la ligera y os dejáis llevar bastante por los «estereotipos».

—¿Le llevarías a cenar al Club y le harías arrumacos delante de todos esos estirados de tus amigos? —insistió Sally, ignorando por completo a Cassie.

—¡Déjalo, Sally! —la cortó Caleb con tono acerado. Empezaba a pasarse de la raya—. Que yo recuerde, tú tampoco has pisado ese club con Jace.

La chica guardó silencio y se quedó mirando a Savie y a Caleb alternativamente. Apretó los dientes y se dio la vuelta. Jace se encogió de hombros con una disculpa.

Savannah se quedó inmóvil, con la vista perdida en el mar. Sentía un revuelo de incomodidad en el estómago que la urgía a salir corriendo. Como siempre, escogió el camino fácil, el de la huida, el que la hacía sentirse como un pequeño títere sin un ápice de carácter y amor propio.

—Necesito un poco de sombra —dijo de repente.

Se puso de pie y se precipitó dentro del camarote. De reojo vio a Caleb recostado contra la popa y los brazos estirados sobre la barandilla. No hizo ademán de seguirla, sino que echó la cabeza hacia atrás y contempló el cielo azul y despejado.

Savannah bajó la escalera y se encontró en un espacioso compartimiento. Había una cocina en la banda de babor y un salón para varias personas en la banda de estribor. Al fondo, en la proa, se encontraba lo que parecía un dormitorio.

Se sentó en el salón, agradecida por el ambiente fresco de la cabina. Se inclinó sobre la mesa y se sujetó el rostro entre las manos. Estaba enfadada, pero solo tenía ganas de echarse a llorar. Se había sentido tan mal arriba, y todo gracias a Caleb y su doble personalidad. Un instante parecía adorarla y al siguiente no tenía inconveniente en hacerla sentir como una arpía. Suspiró y se frotó las mejillas.

Un movimiento captó su atención. Estiró el cuello y vio unos pies a través de una puerta entreabierta. Se había olvidado de que Tyler había bajado hasta allí nada más zarpar. Se levantó, tratando de mantener el equilibrio, y fue en su busca. Lo encontró tumbado sobre una cama, con las manos bajo la cabeza.

—Hola —dijo Savie.

Él solo movió los ojos para mirarla un segundo, y los clavó de nuevo en el techo.

—¿Buscando un escondite? —susurró con su voz ronca.

Savie sonrió y se encogió de hombros mientras se ruborizaba. Él palmeó la cama a su lado y ella no se lo pensó. Se sentía como un perrito abandonado en busca de cualquier palmadita de afecto. De repente, arriba todos eran extraños, incluido Caleb. De un salto se acomodó junto a él, pero manteniendo las distancias.

—A Sally no le caigo bien —dijo en voz baja.

—A Sally no le cae bien nadie, no le hagas caso —replicó Tyler.

—A ti tampoco te cae muy bien la gente.

Tyler se giró y la miró con el ceño fruncido.

—Tú me caes bien.

Savie le sostuvo la mirada y sonrió.

—¿Ah, sí?

El chico asintió.

—Bueno, un poco, vas sumando puntos.

—¿Y por qué no te cae bien Cassie? No es tan mala como crees.

Tyler la miró como si le faltara un tornillo y estuviera desvariando.

—¿Que no? Es la tía más borde y venenosa que he visto en mi vida. Cada vez que la oigo llamarme fracasado me entran ganas de...

—¿Besarla? —sugirió Savannah en broma.

Tyler entornó los ojos.

—Tú ves muchas películas románticas.

—Más bien leo libros románticos.

Tyler soltó una risita. Dobló las rodillas y acomodó la cabeza en el almohadón.

—Mal asunto. Los tíos que aparecen en esos libros no son reales y ponen el listón muy alto para los que sí lo somos. ¡Contra esos no hay quien compita! Tío guapísimo, rico, atento, que siempre adivina lo que estáis pensando y con una enorme polla multiorgásmica que nunca se cansa. ¿Os dais cuenta de que eso no existe?

Savannah se quedó de piedra durante un segundo, porque no esperaba esa especie de confesión por parte del chico. Pero al momento le entró la risa y no pudo evitar soltar una carcajada.

—¿Qué es lo que te hace tanta gracia? —preguntó Tyler con una enorme sonrisa—. ¿Lo de que sea un adivino o que tenga una polla que funciona con batería? —Savannah no podía responder. Movió una mano indicando que era por lo segundo, y se abrazó el estómago muerta de risa. Tyler se contagió de ella y su enorme cuerpo se agitó sobre la cama—. ¡Joder, pues lo digo en serio! Esas hazañas son imposibles, te lo aseguro. Dos polvos son posibles en una noche. Puede que tres, pero al borde de la muerte. A partir de ahí nos quedamos secos.

Las carcajadas de Savie aumentaron hasta un punto de histeria que amenazaba con romperle el diafragma.

—¡Tía, estás loca! —dijo Tyler con cara de idiota. Nunca había visto a nadie reírse así.

—¿Lo pasáis bien? —replicó una voz malhumorada desde la puerta.

Caleb estaba apoyado sobre la madera con los brazos cruzados a la altura del pecho y los contemplaba con una expresión furibunda. Tyler no se inmutó, pero Savie dio tal respingo que acabó sentada y pálida como una vela.

—Pues sí, bastante bien —respondió Tyler, sosteniéndole la mirada y sin intención de levantarse.

Caleb apretó los dientes y su respiración se aceleró. Estaba celoso y se sorprendió por ello, ya que era una emoción a la que no estaba acostumbrado; pero no hacía falta ser un genio para reconocerla. Savie se le estaba metiendo en la sangre. Maldijo para sus adentros. Iba a darse la vuelta para marcharse —pero con la firme intención de explicarle a Tyler un par de cosas más tarde—, cuando su amigo se levantó de la cama. Se detuvo a su lado.

—No seas capullo. Código de hermanos: es tuya, yo jamás me metería —le susurró.

—Lo sé —musitó Caleb sin apartar la vista de Savannah.

La contempló fijamente. Tenía los ojos brillantes y el pelo alborotado. Se abrazaba las rodillas y le sostenía la mirada. Era increíblemente sexy y le estaba costando contenerse. La deseaba, pero sabía que debía tomarse las cosas con calma; no quería un revolcón rápido, con Savannah no. Además, también quería que ella lo deseara de la misma forma, con la misma intensidad. Y eso requería un trabajo previo. Intentó no pensar en los motivos por los que se estaba tomando tantas molestias, negándose a sí mismo lo que tanto le apetecía cuando lo tenía al alcance de la mano. Savannah batió las pestañas y se mordió el labio inferior. Maldita sea, iba a matarlo.

Se sacó las zapatillas y se sentó frente a ella en la cama.

—Lo siento —dijo con gesto de concentración—. Lo que ha pasado arriba ha sido culpa mía. Yo lo he provocado. Supongo que, en tu lugar, habría pensado lo mismo si hubiera visto a unos cuantos colgados en un barco como este.

Ella negó con la cabeza. Calló durante un segundo y desvió la mirada.

—No es cierto, yo saqué conclusiones. Pude pensar bien o mal, y elegí la fácil. Si algo he aprendido en estos últimos días, es que las cosas no siempre son lo que parecen.

—No, no siempre son lo que parecen —repuso él. Le deslizó un dedo bajo la barbilla y la alzó para que le mirara. Tragó saliva cuando sus ojos se encontraron—. Pero entiendo que es difícil pensar bien de la gente como nosotros.

Savannah sacudió la cabeza, rechazando de pleno esa idea.

—No es tan difícil, Caleb. —Su nombre se deslizaba por su boca con facilidad, le gustaba pronunciarlo—. Sally tiene razón en todo lo que ha dicho, en todo. Y por eso no entiendo cómo, sabiendo que tengo prejuicios sobre nuestra relación, o lo que sea esto que tenemos, quieres seguir viéndome aun cuando te rebaja —musitó mientras se sonrojaba.

Intentó apartar la mirada pero él no la dejó.

—Ven aquí —pidió Caleb de repente.

La cogió de la mano y la atrajo hacia sí hasta que la tuvo sentada a horcajadas sobre sus caderas. Entonces le acarició el cuello y le recogió el pelo tras las orejas con una ternura insólita en él. Sus ojos se oscurecieron como nubes de tormenta mientras la miraba de arriba abajo.

—Esto no es rebajarme, es nuestro acuerdo, consentido por ambos. Somos adultos, nadie engaña a nadie —dijo con voz ronca.

—Pero no está bien —replicó ella—. Y todo porque no soy capaz de hacer lo que de verdad me apetece.

—¿Y qué te apetece? —preguntó Caleb con un tono demasiado tentador para pasarlo por alto.

—No estoy segura —susurró Savannah, perdida en aquella mirada que la consumía.

—¿Me lo dirás cuando lo averigües?

—Serás el primero en saberlo.

Él sonrió.

—Me encanta verte así, sobre mí —murmuró.

Se inclinó hacia delante y la besó en el hueco entre sus pechos. Sacó la lengua y capturó una gota de sudor que le resbalaba por la piel.

A Savannah se le aceleró la respiración.

—Me encanta lo preciosa que eres —continuó Caleb.

Deslizó una mano entre su larga melena hasta llegar a su nuca y la atrajo hacia sus labios para besarla. Con sus bocas enredadas se tumbó de espaldas sobre la cama, con ella apretada contra su pecho. Empezaron a moverse al mismo ritmo entre besos frenéticos. Y en algún momento Savannah susurró su nombre.

Caleb le rodeó la cintura con los brazos y, con un movimiento rápido, le dio la vuelta y se colocó sobre ella, sujetándole los brazos por encima de la cabeza. La miró a los ojos y ella arqueó la espalda, buscando su piel. Eva tentando a un Adán que no sabía de dónde estaba sacando las fuerzas para no arrancarle la poca ropa que los separaba. Caleb sepultó la cabeza en el cuello de la chica, tratando de controlar el deseo que le recorría el cuerpo.

—¡Oh, Dios! —gimió al sentir su lengua bajo la oreja.

Contuvo el aliento y le sujetó los brazos contra la cama con más fuerza. Era completamente suya, al menos en cuerpo. El corazón debía permanecer intacto, se recordó antes de decir alguna estupidez que pudiera interpretarse como sentimientos. Su experiencia con las mujeres le había enseñado que la mayoría tenía tendencia a ver señales donde no las había, a ver promesas en frases que no querían decir nada.

La miró desde arriba. Parecía una diosa, con la melena desparramada y los labios hinchados. El corazón se le aceleró e hizo que le costara respirar.

—Sabes lo que haces, ¿verdad? —le preguntó, mientras se ponía de rodillas entre sus piernas.

Savannah sostuvo la mirada de Caleb. Sabía perfectamente a qué se refería, podía ver el deseo en sus ojos, pero también el miedo. Se sentía exactamente igual que él. Entre ellos había un límite infranqueable que mantener a toda costa, y ella era la más interesada. Enamorarse de Caleb no era una opción.

—Sí. Sin complicaciones, solo pasarlo bien. Lo dejaste muy claro —musitó. Alargó los brazos y le acarició el pecho con las manos. Tenía la piel caliente y los músculos tensos.

Él tomó aliento al ver que sus manos descendían hacia abajo, se paraban en sus caderas y después recorrían la uve que formaba su abdomen. Cada vez que estaban a solas los gestos de Savannah eran más descarados y eso lo volvía loco.

—Necesito oírtelo decir —insistió Caleb.

Ella entornó los ojos y dejó caer los brazos abiertos en cruz sobre las sábanas.

—Tú me gustas, yo te gusto. Juntos, en exclusividad, mientras ambos estemos aquí. Solo atracción, sin sentimientos. Sexo, sin amor. Somos adultos y ese es nuestro acuerdo —lo dijo de una forma fría y mecánica. Quería que sonara así, oírlo en voz alta para convencerse a sí misma de que era de ese modo.

Caleb tragó saliva con la respiración entrecortada. Debería sentirse aliviado por aclarar la situación, y lo estaba, pero no dejaba de sentir un estremecimiento agridulce en la boca del estómago.

—Y sigues estando de acuerdo. ¿Hasta el final? —volvió a insistir. Se inclinó hasta acomodarse entre sus piernas, aguantando el peso de su cuerpo con los brazos.

—Sí, hasta el final. Eso es lo que deseo —respondió ella. Enredó los dedos en su pelo oscuro y revuelto. Pequeñas ondas le caían en la frente, y se las apartó como si estuviera acariciando a un niño.

Caleb se dejó caer sobre ella y la abrazó con fuerza. Sus cuerpos encajaron a la perfección. La arrastró con él hasta que quedaron tumbados de lado, mirándose. Alargó la mano y cogió la de ella.

—Jamás he deseado a nadie como te deseo a ti, Sav. A nadie. Y aunque tenerte así es una agonía, quiero alargarlo todo lo posible. Quiero que dure un poco más —su voz sonó tan suplicante que ella se estremeció.

Savannah se apoyó en un codo, reduciendo la distancia entre ellos. Se entretuvo unos segundos admirando su hermoso rostro. Podía ver el deseo ardiendo en sus pupilas, destellando de una forma que la dejó sin aliento. Se mordió el labio y sonrió de un modo provocativo.

La mirada de Caleb descendió hasta su boca. Suspiró inquieto. Su cabeza le decía una cosa, pero su cuerpo gritaba otra, demasiado tenso y dispuesto como para ignorarlo.

—¡Joder! —exclamó mientras se inclinaba sobre ella y la besaba con más fuerza de lo que lo había hecho nunca. Un gruñido vibró en su pecho cuando los labios de Savannah se entreabrieron y su lengua rozó la suya, respondiendo a cada caricia. Le plantó una mano en el trasero y la acercó a su cuerpo duro y firme.

—¿Dónde ha quedado lo de alargarlo todo lo posible? —logró decir ella mientras tomaba aire entre beso y beso.

Caleb rió bajito.

—Solo si tú quieres, princesa. Tú mandas y yo obedezco.

El yate golpeó algo y se detuvo con un ligero balanceo. Acaban de atracar en Hollow Bay. La cubierta se llenó de voces y pies corriendo de un lado a otro. Por encima del ruido, la voz de Cassie le gritaba algo a Tyler y el chico le respondió con un «que te den» alto y claro que arrancó un par de risas.

—Me parece que vamos a dejarlo aquí —replicó Savannah con aires de suficiencia. Se deshizo de su abrazo y se puso de pie con piernas temblorosas. Le guiñó un ojo, con la satisfacción de que esta vez había sido ella la que había pulsado el botón de pausa—. Te veo arriba.

Caleb se quedó mirándola con expresión hambrienta hasta que desapareció de su vista. Entonces se dejó caer sobre el colchón y se pasó las manos por la cara, después las arrastró por su pelo hasta agarrar un par de mechones y tirar de ellos como si quisiera arrancárselos. Sonrió y sacudió la cabeza, intentando relajar cada parte tensa de su cuerpo para poder regresar arriba; e intentó no hacer caso a una pequeña vocecita que comenzaba a despertar en su interior. «No lo compliques.»

26

Kilómetros de arena blanca y aguas cristalinas como las de una isla del Pacífico era lo que hacía especial a Hollow Bay. Allí, el sol siempre parecía más brillante, el cielo más azul, y el tiempo transcurría lentamente como si se encontraran en una dimensión distinta. Además, solo se podía llegar hasta allí en barco, por lo que la afluencia de gente era la justa. Esa tarde ellos estaban solos y Savannah lo agradeció.

Aun así, su vista vagaba de vez en cuando en busca de algún rostro conocido. Le daba rabia ponerse tan paranoica. ¿Qué era lo peor que podía pasar si la veían allí? Nada salvo por la charla que le darían sus padres; las amenazas sobre encerrarla en su cuarto si no dejaba ciertas amistades; las caras de reproche que sus amigas le pondrían para recordarle que su inmaculada reputación y su santidad se habían visto comprometidas...

¡Cuánta hipocresía! Estaba bien abrirse de piernas para el quarterback infiel, pero no enamorarse del chico conflictivo. Cuando este estaba demostrando ser mucho más íntegro, sincero y dulce. ¿Había dicho enamorarse? Se golpeó la frente con la mano, lo había dicho.

Terminó de escurrirse el pelo y se dejó caer en la toalla con el firme propósito de dejar su mente en blanco. Recostada sobre los codos, observó cómo el resto seguía con aquel juego estúpido de aguadillas del que ella necesitaba una pausa. Aguas cálidas, unos brazos firmes en torno a su cintura y una sonrisa deslumbrante cargada de intenciones oscuras. No necesitaba más para arder como una llama.

Precisaba tranquilizarse, y ver cómo Cassie y Tyler se tiraban los trastos a la cabeza era la forma perfecta. No habían dejado de discutir ni cinco minutos. Al principio era divertido, pero al cabo de dos horas ya nadie les prestaba atención, ni se preocupaba por si sus vidas corrían peligro bajo la amenaza de un asesinato pasional. Sí, pasional, porque empezaba a ser sospechosa esa antipatía, con la que daba la impresión de que disfrutaban demasiado.

Sonrió, mucho más relajada. ¡Y entonces Poseidón surgió del mar!

Caleb emergió del mar como una aparición, sacudiendo su cabeza para deshacerse del agua salada que se le metía en los ojos. Se pasó una mano por el pelo y lo arrastró hacia atrás, peinándolo con los dedos. Su cuerpo brillaba con miles de gotitas salpicando su piel dorada.

«Respira», se dijo a sí misma mientras se le aflojaba la mandíbula. Un metro ochenta y cinco de puro músculo, apenas cubierto por un bañador tipo bóxer, avanzaba hacia ella con una sonrisita que podría derretir los polos. Los tatuajes de sus brazos y su pecho no afeaban aquel cuerpo perfecto, sino todo lo contrario: lo hacían tan sexy que era imposible apartar los ojos.

La sonrisa de Caleb se ensanchó al ver la mirada caliente de Savannah sobre él. Se dejó caer junto a ella, boca abajo sobre la toalla. Parpadeó para desprenderse de las gotas atrapadas en sus pestañas y entornó los ojos.

—¿Quieres levantar el pie del freno? —preguntó con voz sugerente—. Por cómo me miras, parece que sí.

Savannah sonrió y se humedeció los labios con la lengua. Él dejó de respirar.

—Yo no soy la que lo tiene pisado —respondió. Echó la cabeza hacia atrás y sacudió su pelo casi seco por el sol, lo que hizo que sus ondas naturales se convirtieran en rizos descontrolados.

—¿Eso quiere decir que, si decido acelerar, vendrías conmigo al barco ahora? —sugirió. Sus ojos volaban por cada una de sus curvas. Verla en biquini era una tortura.

Ella le dedicó una mirada coqueta.

—No. Creo que yo también quiero que dure un poco más.

—¡Joder, esto me pasa por bocazas! —se quejó Caleb con un mohín que frunció sus labios. Parecía un niño pequeño al que acababan de quitarle un regalo de las manos.

Savannah se echó a reír y se giró para acariciarle la espalda. Deslizó la mano por su cuello y la enredó en su pelo mojado. Volvió a descender y sus dedos dibujaron el tatuaje, después la línea de su columna hasta la parte baja de la espalda. El chico tenía un cuerpo perfecto que pedía a gritos que lo tocara, o quizá lo pedía ella.

Caleb cerró los ojos y gimió con una sonrisa en los labios.

—Quieres torturarme —susurró con voz ronca y somnolienta—. Matarme, ¿verdad?

Ella se inclinó y acercó su boca a la de él.

—Sí, muy despacio, tan lentamente que no te darás cuenta de que ya estás muerto hasta que sea tarde —murmuró y le dio un beso en los labios.

Él sonrió sobre su boca, sin abrir los ojos.

—Eres un demonio —musitó—. Mi pequeño y precioso demonio.

Suspiró, y su respiración se volvió lenta y profunda.

Savannah se quedó mirándolo dormir, sin dejar de acariciarle el pelo.

Mientras lo observaba empezó a enfadarse consigo misma. No entendía cómo podía ser tan estúpida como para mantener en secreto al hombre más guapo y dulce de todo el universo. Dios, si debería mostrarlo sobre un pedestal con un cartel que dijera: «Solo mío, moríos de envidia». El problema era que no estaba segura de que fuese suyo. Iba a marcharse y no volvería a verle. Un dolor agudo le taladró el pecho. Se recostó sobre la toalla y trató de no pensar.

Media hora después, cerró el libro que estaba leyendo y contempló el mar. El sol había perdido brillo y en menos de dos horas anochecería. Iba siendo hora de regresar a Port Pleasant. Caleb continuaba dormido a su lado y estaba adorable con los labios entreabiertos y sus largas pestañas rozándole las mejillas.

Buscó con la mirada a los chicos. Cassie había hecho buenas migas con Kim y conversaban animadas dentro del agua. Tyler y Matt jugaban a las cartas sobre la arena, cerca de la orilla. Localizó a Jace y a Sally dando un paseo abrazados a unos cuantos metros de allí.

Caleb gimió a su lado. Alargó la mano hacia su brazo, pero no lo tocó. El chico tenía el cuerpo tenso y los puños apretados. Sus ojos no dejaban de moverse bajo los párpados. Su garganta se movió con un gruñido y balbuceó algo ininteligible; pero lo que fuera, no sonó bien. Se quedó mirándolo, ansiosa, preguntándose qué estaría soñando. Los puños de Caleb se cerraron con más fuerza y su respiración se aceleró. Su cara se contrajo con un gesto de dolor, y después de pena. La rabia lo volvió a transformar. Savannah se dio cuenta de que estaba sufriendo.

—Caleb —llamó en voz baja sin estar muy segura de si hacía bien despertándole. Le rozó el brazo—. Caleb.

Él gimió.

—Caleb, despierta.

Sin apenas darse cuenta, su espalda y su cabeza golpearon el suelo y ochenta kilos aplastaron su cuerpo, mientras una mano le aferraba la garganta con demasiada fuerza.

—¡No vuelvas a tocarme! —masculló él con una voz extraña.

—Ca... leb —balbuceó Savannah. Él tenía los ojos cerrados y resoplaba a solo unos milímetros de su cara. Su mandíbula no dejaba de contraerse y le chirriaban los dientes por la fuerza con la que los apretaba—. Me haces daño.

Caleb dejó de respirar, de repente despierto. Abrió los ojos y su cara se contrajo con una mueca dolorosa. Aflojó la mano y se apartó de golpe arrastrando el trasero.

—Lo siento, ¿te he hecho daño?

—No —mintió Savannah, notando su desazón—. ¿Qué te pasaba?

Hizo ademán de acercarse, pero él se alejó un poco más. Se puso en pie. La respiración le silbaba en la garganta.

—Necesito... Yo... Necesito un momento —masculló sin mirarla. Dio media vuelta y se alejó en dirección al muelle con la cabeza hundida entre los hombros.

Savannah se incorporó sin entender qué acababa de pasar. Vio a Tyler corriendo hacia ella. El chico se dejó caer de rodillas.

—¿Estás bien? ¿Qué ha pasado?

—No lo sé. Estaba dormido y de repente ha saltado sobre mí completamente ido.

Tyler suspiró y la tomó de la barbilla para verle el cuello, donde se apreciaban las marcas de unos dedos. Sacudió la cabeza y la miró a los ojos. Le brillaban por culpa de las lágrimas que se arremolinaban bajo sus pestañas. Se sentó junto a ella y la abrazó un instante.

—Vale, yo no te he contado esto, ¿de acuerdo? Caleb sufre pesadillas desde hace muchos años —dijo antes de que ella pudiera asentir—. Yo creo que, más que pesadillas, son momentos del pasado que revive. Siempre despierta así, como si se estuviera defendiendo a vida o muerte de algo. Bueno... —Arrugó los labios—. De alguien.

—¿Qué quieres decir? —preguntó ella, demasiado sobrecogida.

—No puedo hablarte de esto sin su permiso.

—Te juro que no se lo diré.

—Ni siquiera sé qué hay exactamente entre vosotros. Y es su vida, no la mía.

Savannah posó su mano sobre la de él y lo miró a los ojos con un ruego en ellos.

—¡Casi me estrangula! Por favor, necesito entender lo que acaba de pasar. O te juro que saldré corriendo y me alejaré todo lo que pueda de él.

Tyler se puso tenso y le sostuvo la mirada.

—Eso no le gustará. Está loco por ti.

—No lo está. Solo se trata de… —No acabó la frase y notó cómo se ponía roja.

—¿Estás segura de eso? Porque el resto del mundo no lo tenemos tan claro como vosotros.

Ella apartó la vista, sin querer analizar lo que había dado a entender.

—Por favor.

Tyler resopló y levantó la cabeza hacia el cielo.

—La verdad es que Caleb nunca ha hablado del tema, ni siquiera conmigo salvo alguna vez y nunca contaba mucho. Pero soy su mejor amigo desde que éramos unos mocosos y he visto y oído más de lo que me gustaría. Su padre era un maldito cabrón psicópata, ¿entiendes? Al hijo de puta se le iba la mano con demasiada facilidad. Caleb nunca se quejó, ni me dijo nada, pero yo solo tenía que verle la cara y el cuerpo para saber cómo había sido la noche en *El país de las jodidas maravillas*.

Savannah no podía respirar y se le estaba revolviendo el estómago.

—Con apenas doce años le enseñó a conducir. Caleb tiene un don con los coches, y a los catorce empezó a meterlo en carreras ilegales y en peleas, donde se hacían apuestas y sacaba la pasta para sus vicios. Lo tenía amenazado con hacerle daño a su madre y a su hermano. Nunca me lo dijo, pero tampoco había que ser un genio para darse cuenta. Lo sé porque nunca se largó cuando cualquier otro habría salido por pies de esa casa.

—¿También pegaba a Hannah y a Dylan?

Tyler sacudió la cabeza con un gesto afirmativo.

—Al principio sí, pero más adelante, cuando Caleb empezó con las carreras, dejó de hacerlo. No sé el motivo. —Miró a la chica a los ojos— . Caleb está muy jodido. Bajo esa sonrisa hay un tipo que está roto, ¿entiendes? Las pesadillas son solo la punta del problema. No soy un loquero ni nada de eso, pero hasta yo sé que las heridas hay que curarlas o la infección se extiende y acaba por matarte. Caleb necesita curarse, sacarse toda esa mierda, y dejar de tenerle miedo a su viejo y de creer que es como él. Tú estás conociendo su parte buena, la encantadora; pero tiene una mala, muy mala. Puede ser muy cabrón si se lo propone, pero ¿quién no lo sería si lo primero que aprendes en la vida es a defenderte a cualquier precio?

Savannah trató de no parecer asustada, pero era como se sentía con toda aquella información.

—¿Cómo es de mala esa parte?

—No es mal tío, te lo juro. Pero es como una bomba con un temporizador muy corto. Si se pone en marcha, si se le presiona más de la cuenta, estalla sin ningún control. Cuando se desestabiliza, por decirlo de algún modo, es capaz de cualquier cosa. Le he visto dar palizas a tíos que le doblaban la edad solo porque han mirado mal a uno de nosotros, ha pasado de una chica a otra sin importarle las consecuencias. Caleb siempre ha caminado al borde de un precipicio. Date por avisada.

A Savannah le flaqueó todo el cuerpo. Si no hubiera estado sentada, se habría caído de golpe.

—¿Esa es la parte que casi le hizo matar a su padre? Solo conozco los rumores, pero todos decían que era culpable. —Hizo una pausa y resopló mientras se apartaba el pelo de la cara, demasiado nerviosa—. Aunque ahora empiezo a verlo de otro modo. ¿Qué pasó aquella noche?

Tyler se encogió de hombros y comenzó a trazar líneas sobre la arena con el dedo.

—Solo los que estaban allí lo saben. Nunca me habló de lo que pasó. Fui a verle un par de veces al centro donde lo internaron, y me pidió que no lo hiciera más. Solo hablábamos por teléfono, y cuando salió le visité unas cuantas veces en Santa Fe. Allí está controlado, bajo supervisión constante. Su tío cuida de él y sabe canalizar su mal genio. Y parece que funciona porque Caleb está mucho mejor.

—Me gustaría poder ayudarle —susurró Savannah.

—Creo que ya lo estás haciendo —admitió Tyler, mirándola de reojo—. Esa obsesión que tiene contigo le mantiene ocupado, y mientras piense en ti no piensa en otras cosas. Al menos cuando está despierto.

—¿Obsesionado conmigo? Después de lo que me has contado, no sé si eso me gusta.

Tyler sonrió.

—Jamás le he visto ir detrás de una chica. Ni esa sonrisa de idiota que se le pone en la cara cuando está contigo. No le van los preliminares, ni las relaciones de más de una noche. Nunca ha habido chicas de las que se quedan en su vida.

—Te olvidas de Spencer.

Tyler sacudió la cabeza. Miró de reojo hacia al agua y su mirada se encontró con la de Cassie. La apartó rápidamente y tomó aire.

—No lo hago. Caleb quiso a Spencer, no lo dudo, pero nunca la necesitó. Y por eso no tenían futuro.

Savannah contempló el dibujo que tomaba forma bajo la mano de Tyler.

—Conmigo tampoco. Él volverá a Santa Fe y yo iré a Columbia —musitó, y darse cuenta de esa realidad le resultó doloroso. Su relación era como una cuenta atrás, rápida e inevitable.

—Bueno, eso es asunto vuestro —dijo Tyler mientras se ponía de pie—. Pero ojalá tengas razón y lo vuestro solo se trate de pasar un buen rato. Lo último que él necesita es colgarse de alguien como tú.

—Vaya, creía que te caía bien —replicó Savannah, molesta.

Tyler la miró desde arriba.

—Y me caes bien. Pero por Caleb dejaría de respirar.

Savannah asintió con una leve sonrisa. Tyler tenía razón, ella no le convenía a Caleb del mismo modo que él no era para ella. Les separaban demasiadas cosas. Alzó los ojos hacia el chico.

—¿Crees que Caleb estará bien?

—¿La verdad? No lo sé. Pero se le acabará pasando. No te preocupes.

Savannah se abrazó las rodillas y miró hacia el muelle, que apenas era un punto oscuro a lo lejos.

—Me preocupa. No… no quiero imaginar qué clase de vida ha tenido para que…

Tyler alzó un dedo, haciéndola callar, y negó con la cabeza.

—A Caleb no le gusta que le compadezcan. Olvida lo que te he contado. Si le mencionas algo de esta conversación le prenderé fuego a tu coche y tu amiga deseará no haberme llamado nunca fracasado.

Savannah se quedó de piedra. ¿Lo había dicho en serio? Por su expresión parecía que sí. Se puso de pie sin intención de amedrentarse y le sostuvo la mirada mientras se sacudía la arena de los brazos.

—Parece que Caleb no es el único con problemas serios.

—Todos tenemos nuestros demonios.

27

*C*aleb terminó de atornillar el canalón a la pared, mientras Tyler lo sujetaba desde arriba. Llevaban toda la tarde en silencio, trabajando en el tejado y en el nuevo cableado eléctrico. Así habían pasado los dos últimos días y la casa ya no parecía un edificio cochambroso, a punto de venirse abajo. Una mano de pintura y quedaría como nueva.

Bajó de la escalera y encajó la última parte del tubo metálico que descendía paralelo a la pared. Se quedó mirándolo y contempló todo el trabajo. No estaba mal. Adiós a las goteras y a las manchas de humedad en la pared. El suelo del porche era completamente nuevo y también la baranda.

—Parece que al final lo hemos conseguido —dijo Tyler a su lado, contemplando la casa.

Caleb sonrió y le dio una palmada en la espalda.

—Gracias, tío.

—De nada, hermano —respondió, chocando su puño con el de él—. ¿Qué nos queda?

—Cambiar la caldera. Pero eso puedo hacerlo yo, y lo haré mañana. Estoy muerto.

Tyler se apoyó en su camioneta, aparcada junto al Mustang en la entrada, y sacó una cerveza de la nevera que llevaba en la parte trasera. La abrió y le dio un trago, después se la pasó a su amigo.

—¿Por qué no salimos a cenar algo? Tengo hambre y llevamos dos días aquí encerrados.

—No sé, estoy cansado —respondió Caleb.

Su teléfono sonó y el corazón le dio un vuelco. Lo sacó del bolsillo esperando ver en la pantalla un mensaje de Savannah, pero era de Matt, recordándole que habían quedado al día siguiente. Desde que casi había estrangulado a la chica, la había estado evitando, poniendo como excusa la reforma de la casa.

No podía verla. No tenía muy claro el motivo, si era porque se sentía avergonzado por lo ocurrido o por no darle explicaciones si se las pedía; y seguro que se las pediría. Las mujeres siempre pedían explicaciones por todo. Se empeñaban en hablar de los sentimientos, de los traumas, de todo lo que él quería mantener enterrado en una caja de acero bajo dos toneladas de hormigón. Se convertían en psicólogas aficionadas que esperaban poder salvarte con su carita de comprensión absoluta, como si un cerebro jodido pudiera arreglarse tras un par de horas desnudando tu alma y tus secretos. Hasta ahora, lo único que le funcionaba en ese sentido era desnudar a la mujer en cuestión y hacerle de todo. Durante un rato se olvidaba de sus paranoias, pero después ellas querían hablar y todo se iba a la mierda. Él no servía para eso.

Había dado gracias al cielo cuando ella regresó al barco y no trató de sacar el tema sobre lo ocurrido. Se comportó como si nada hubiera pasado, hablando con todo el mundo y sentándose a su lado como si nada. Pero él empezaba a conocerla y sabía que en realidad no estaba bien. Ninguno de los dos estaba bien. Apenas habían hablado y la despedida se limitó a un leve roce en los labios. Cuando ella le llamó al día siguiente para quedar, él no tuvo valor y mintió; y en esas estaba.

El problema era que la echaba de menos. Echaba de menos tenerla cerca, oír su risa. Tocarla y besarla se había convertido en una necesidad. Se le había metido en la sangre como si fuera una droga, y quería más, necesitaba llegar hasta el final con ella. Acabar lo que se habían propuesto. De eso se trataba, ¿no? Entonces, ¿por qué tenía la sensación de que no era tan sencillo y que día a día todo se estaba enredando? No podía complicarse la vida con ella. ¡Dios, estaba hecho un lío!

—¡Venga, salgamos un rato, divirtámonos y pillemos un buen pedo! Nunca has dicho que no a una hamburguesa, una botella de tequila y un par de chicas. No me hagas suplicar —rezongó Tyler.

Caleb sonrió. Cuando Tyler se ponía en ese plan era imposible decirle que no, y el plan en cuestión no sonaba nada mal. Pensó en Savannah, en el acuerdo, en que no podía haber nadie más mientras lo mantuvieran, pero... ¿aún lo mantenían? Nunca se había comido tanto la cabeza por una historia y a ese paso iba a explotarle.

—Vale, pillemos ese pedo —dijo al fin. Lo necesitaba.

Una hora después iban caminando por el centro. Tyler se había empeñado en cenar en un local nuevo. Hacía días que le había echado el ojo a la camarera. Caminaban sin prisa, conversando de cosas sin importancia, cuando el teléfono de Caleb sonó. Le echó un vistazo y todo su cuerpo se tensó. Era ella. Tras un momento de duda, descolgó.

—Hola.

—Hola, soy... soy Sav. ¿Qué tal estás? ¿Qué tal la reforma?

Escuchar su voz provocó un terremoto en el cuerpo de Caleb. De repente necesitaba verla para poder respirar.

—Bien, casi hemos terminado —respondió sin aliento—. ¿Y tú cómo estás? ¿Qué haces?

—Estoy bien. En este momento saliendo de casa. Voy con Cassie a un local nuevo que han abierto en el centro. Una hamburguesería.

—¿En serio? —preguntó con una sonrisa boba. ¿Una señal del destino?

—Sí, ¿por qué iba a mentirte? —repuso ella un poco más seria.

—No lo digo por eso. Es que Tyler y yo nos encontramos en la puerta, vamos a cenar.

Hubo un silencio y estuvo seguro de que ella estaba mordiéndose el labio. Un gesto que hacía muy a menudo cuando se ponía nerviosa o se quedaba pensando en algo; y que a él le encantaba.

—¿Quieres compañía? —propuso ella en tono coqueto.

A él se le aceleró el pulso. Vale, eso significaba que... ¿estaban bien? Dios, sí quería verla.

—Me encantaría tener compañía. Pero este es un sitio público en el centro, lleno de gente...

—No me importa —respondió Savannah de inmediato.

Caleb apretó con fuerza el teléfono y se detuvo. Le dio la espalda a Tyler y bajó la voz.

—Eso cambia tu parte del acuerdo.

—Lo cierto es que... lo he estado pensando y por mí puedes olvidar todas mis cláusulas. Quiero verte, te echo de menos —admitió Savannah con voz ronca.

Caleb notaba su pecho subir y bajar muy deprisa.

—¿Y qué pasa con el resto del acuerdo? ¿Quieres aparcar? —preguntó para estar seguro.

—No quiero, esa parte sigue vigente —respondió—. No desaparezcas —dijo antes de colgar.

Caleb se giró hacia Tyler con una sonrisa en la cara, y guardó el teléfono en su bolsillo.

—Vale, no hace falta que me lo digas. Seremos tres.

—Cuatro —aclaró Caleb—. Cassie también viene.

La expresión de Tyler cambió de golpe, y su sonrisa dio paso a una mueca airada.

—Eh, no pongas esa cara, querías una chica. —Caleb ahogó una carcajada.

Tyler resopló. Lo que había empezado como una noche prometedora, empezaba a convertirse en una cita a ciegas para la que no estaba de humor.

—Quería a la camarera —refunfuñó.

—Vamos, admítelo, Cassie te pone mucho más. Te encanta que te dé caña y te castigue.

—Me gustaría si mantuviera la boca cerrada de vez en cuando. Es insoportable, y una pija creída. Tío, destila veneno. No me acostaría con ella aunque me lo suplicara.

—Ya... —Caleb frunció el ceño—. ¿Te lo has creído?

Tyler se rió por lo bajo.

—Ni de coña, pero sigue hablando demasiado.

Caleb se echó a reír y rodeó el cuello de su amigo con el brazo. Entraron en el local y ocuparon una de las pocas mesas libres que quedaban al fondo, cerca de la puerta batiente que daba acceso a la cocina. No era el mejor sitio, pero estaba alejado del ruido y el tránsito de clientes que se agolpaban en la barra. Una camarera se acercó y les entregó la carta. Tomó nota de las bebidas y regresó a toda prisa para recoger otro pedido.

La puerta principal se abrió y un grupo de gente entró haciendo mucho ruido. Caleb levantó los ojos de la carta y se encontró con la mirada de Brian Tucker sobre él. Todo su cuerpo se tensó como la cuerda de un violín a punto de romperse. Brian le dedicó una sonrisa a modo de saludo. Caleb empezó a levantarse de la silla sin darse cuenta, con los puños apretados y los dientes rechinando dentro de su boca. El muy cretino había dejado embarazada a Spencer y estaba seguro de que iba a pasar de ella en cuanto lo supiera.

—Siéntate —ordenó Tyler en un susurro. Caleb obedeció y soltó el aire que había estado conteniendo—. Pasa de él, ya no estamos en el instituto.

Brian se sentó a una mesa reservada junto a la entrada. Con él iban dos parejas de adultos y las amigas de Savannah; no recordaba sus nombres. No dejaban de parlotear y reír, y Caleb se esforzó por ignorarlos. La camarera apareció con las bebidas y, mientras las dejaba sobre la mesa, le dedicó a Caleb una sonrisa coqueta. Empujó con las puntas de los dedos una servilleta doblada y la dejó junto a su mano, le guiñó un ojo y se pasó la lengua por los labios.

Caleb la observó mientras se alejaba. Sabía lo que iba a encontrar sin necesidad de mirar. Estaba acostumbrado a que las chicas lo abordaran de mil maneras distintas, y aquella era de las más recurrentes. Le dio la vuelta al papel y allí estaba, un número de teléfono garabateado con un bolígrafo. En otro momento lo habría guardado, nunca había rechazado la oportunidad de pasarlo bien un rato. Pero esta vez...

Deslizó la servilleta hacia Tyler.

—¿Lo quieres?

Tyler miró de reojo el papel y sacudió la cabeza. Antes de contestar dio un trago a su cerveza.

—Paso. Si no soy el primer plato, no me interesa.

Caleb soltó una risita e hizo una bola con la servilleta.

—No sabía que te habías vuelto tan tiquismiquis.

Tyler sonrió con la botella entre sus labios.

—Y yo no sabía que un tarado como tú conocía esa palabra.

—Vete a la mierda —le soltó Caleb entre risas.

La puerta volvió a abrirse y Savannah apareció en el umbral con Cassie. Estaba preciosa con el vestidito blanco de lazos que llevaba el día que se vieron en el gimnasio. Ella sonrió con la vista clavada en él, pero esta se desvió hacia la mesa que tenía al lado y se puso pálida.

—¡Savie, cielo! —exclamó la señora Tucker—. ¿Qué hacéis aquí?

El tiempo se detuvo para Savannah.

—Hemos venido a cenar algo —logró responder. Tenía el corazón desbocado y podía notar los latidos en todos los rincones de su cuerpo.

—Nosotros también, ¿por qué no os sentáis? Hay sitio de sobra.

Savannah empezó a marearse. Por el rabillo del ojo podía ver a Caleb, mirándola fijamente. Estaba serio. Frente a ella, todos aquellos rostros que la contemplaban expectantes. Sus pensamientos se rompieron en jirones. No podía hacerlo, no podía dar el paso. Un pavor absurdo se apoderó de ella y la decisión de unos minutos antes comenzó a diluirse en un fuerte sentimiento de inseguridad. Agarró la silla que tenía al lado y la apartó para sentarse. Cassie la aferró del brazo.

—¿Nos disculpáis un momento? —preguntó con una sonrisa despreocupada en la cara, mientras la arrastraba hacia la barra—. Pero ¿qué haces? Caleb y Tyler están...

—No puedo hacerlo, Cassie, no puedo —balbuceó Savannah con lo que parecía un ataque de pánico—. Si voy con Caleb, todos ellos... Se lo dirán a mis padres... Mañana todo el mundo...

—¡Venga ya, no puedes estar hablando así a estas alturas! Caleb está ahí, a solo unos metros, y no deja de mirarte. No puedes darle un golpe así, ha sido idea tuya.

—Lo sé, pero no imaginé... No puedo hacerlo, Cassie. Lo siento. Todo esto es demasiado.

Cassie la fulminó con la mirada.

—Si voy con ellos, también empezarán a hablar mal de mí. Dirán miles de disparates. ¿Vas a dejar de ser mi amiga cuando eso ocurra? Porque voy a sentarme con ellos. Ahora mismo. —Savannah no contestó y apartó la mirada. Cassie sonrió con desdén y un suspiro burlón escapó de su garganta—. Que te aproveche la cena, cariño —le soltó con rabia, y antes de irse añadió—: Espero que despiertes y te des cuenta de que no se trata de ellos, sino de ti. Es tu vida y siempre se tratará de ti.

Savannah se quedó muda cuando vio a Cassie dirigirse a la mesa donde se hallaban Caleb y Tyler. Se sentó con ellos y tomó la cerveza de Tyler, le dio un trago y no miró hacia atrás ni una sola vez. Incapaz de respirar con normalidad, Savannah logró moverse y unirse a sus amigas. Marcia le hizo un sitio junto a Nora.

—¡Dios, no me digas que Cass está saliendo con uno de ellos! A esa chica se le ha ido la cabeza, en serio —susurró Marcia con la mano en la boca para amortiguar sus palabras.

—A lo mejor está con los dos. Siempre ha sido un poco... Ya sabéis... fácil —replicó Nora con una risita.

—Savie, cuéntanos, seguro que tú sabes algo.

—Yo...

—Shhh, callad. Se han levantado y vienen hacia aquí —les hizo notar Nora.

Savannah se hundió en el asiento y bajó la cabeza con el único deseo de morirse. De reojo vio pasar a Tyler, que sostuvo la puerta para Cassie; Caleb los seguía.

—¿Qué tal, Marcus? —saludó de repente Brian—. ¿Ya te marchas, y sin cenar? No me digas que la comida es un asco.

Caleb se detuvo y miró a Brian, después posó sus ojos en Savannah, que no apartaba la vista de su regazo. Lo había despreciado y ni siquiera se dignaba a mirarle.

—He quedado con alguien, pero parece que no va a presentarse —respondió con una sonrisa forzada—. No pasa nada. Tampoco era nadie importante, solo un rollo.

Brian trató de sonreír. No esperaba que Caleb se parara, y mucho menos para charlar. Se encogió de hombros. Entonces se dio cuenta de que algo raro le pasaba a Savannah, parecía a punto de desmayarse.

—Cariño, ¿estás bien? —preguntó, inclinándose sobre la mesa, preocupado.

—Cuida de tu chica, Tucker, parece que no se encuentra bien —dijo Caleb, y salió sin más del local.

—Savie —insistió Brian.

—Estoy bien —articuló ella a duras penas.

—Por Dios, Savie. ¿Has visto cómo te miraba Marcus? Chica, ¿qué le has hecho? —inquirió Marcia con la mano en la boca para que solo ella pudiera oírla.

—¿Qué le va a hacer? Nada —intervino Nora—. Seguro que es cosa de Cassie. Esos chicos son delincuentes, drogatas, ¿qué esperas de gente así? Se pasan el día colocados. Son unos fracasados.

El parloteo continuó y Savannah dejó de escuchar. Solo podía oír las palabras de Caleb atravesándola como cuchillos. Le había hecho daño, lo había herido. Ella era la que había roto el acuerdo, forzando aquella cita, y después lo había arrastrado por el barro como si fuera menos que nada. Caleb se había arriesgado a confiar en ella y le había devuelto el favor avergonzándose de él, fallándole. Se puso en pie con un pellizco en el estómago, no podía dejar las cosas así. Tenía que explicárselo.

—¡Savie! —exclamó Brian al ver que abandonaba la mesa.

—En... enseguida vuelvo.

28

Salió a la calle, buscándolo con la mirada desesperada. Se encaminó al lugar donde había visto aparcada la camioneta de Tyler, rezando para que aún estuvieran por allí. No había recorrido ni media manzana, cuando vio pasar la camioneta a toda velocidad. Tyler conducía y Cassie iba a su lado, pero no Caleb. Se le aceleró la respiración y echó a correr. ¿Iría andando?

Doscientos metros más adelante vio una figura que se alejaba rápido. Lo reconoció a pesar de la distancia y la penumbra. Lo habría hecho en cualquier parte. Apretó el paso mientras sus zapatos resonaban contra la acera. Él caminaba deprisa, con las manos en los bolsillos y la cabeza hundida, como si le colgara de los hombros.

—¡Caleb!

Él se detuvo un instante y miró hacia atrás. Al verla sacudió la cabeza y continuó caminando sin inmutarse.

—¡Caleb! Por favor, habla conmigo —gritó.

Logró darle alcance y lo sujetó por la muñeca para que se detuviera. Él se zafó con un tirón de su brazo, y la fulminó con la mirada. Una mirada que destilaba rabia. La contempló de arriba abajo como si no la conociera. Sacudió la cabeza.

—Por favor, habla conmigo —insistió Savannah. Le faltaba el aire e inspiró hondo tratando de calmar la respiración y los latidos de su corazón.

Caleb dijo que no con la cabeza. Resoplaba con los puños apretados.

—Por favor.

Él la miró y permaneció en esa posición durante unos segundos dolorosamente largos. Apretó la mandíbula y volvió a negar con la cabeza. El calor de sus ojos cuando la miraba, había dado paso a una frialdad tan gélida como una noche de lluvia en invierno. De repente avanzó un paso hacia ella, furibundo.

—Vale —masculló, y la apuntó con el dedo—. ¿Sabes qué? ¡Que te jodan, Sav! —le gritó—. ¡Que te jodan, nena! ¡Tú empezaste todo esto, no yo!

Savannah se mordió el labio inferior para no echarse a llorar. Estaba furioso.

—Caleb, por favor —suplicó. Alargó las manos y trató de acunarle el rostro.

Caleb se apartó como si su tacto quemara. No quería que lo tocara, ni siquiera tenerla cerca. Un sinfín de emociones se sucedían a través de su cuerpo: odio, culpa, dolor…, incluso deseo. Ni en un momento como aquel era capaz de mantener a raya la necesidad que despertaba en él.

—No me toques —replicó con ojos centelleantes.

Savannah se sentía fatal. Tragó saliva bajo su intensa mirada y comenzó a temblar.

—Por favor, escúchame. Lo siento mucho, lo siento —rogó con lágrimas en los ojos.

—Lárgate por donde has venido. No quiero verte —dijo él articulando cada palabra con una furia desmesurada. Se sentía como una bomba a punto de explotar.

Savannah negó con la cabeza. No pensaba marcharse, esta vez no iba a huir.

—Lo siento. Creí que podría… —insistió. Las lágrimas se deslizaban por sus mejillas.

La expresión de Caleb se ensombreció y su mandíbula se tensó.

—En el fondo no eres diferente a todos esos gilipollas. Lo único que te importa de verdad son las apariencias. Eres capaz de sacrificarte a ti misma solo para parecerte a la muñeca perfecta y rota que todos esperan que seas. ¡Me das pena! —le espetó, y sus ojos centellearon al cruzarse con los de ella. En ese momento la odiaba de verdad, porque su desprecio le había hecho darse cuenta de que sentía por ella mucho más de lo que imaginaba y estaba dispuesto a admitir. Apretó los puños y la mandíbula, tratando de contenerse.

—¿Y qué esperas que haga? —preguntó ella con un escalofrío.

—Yo no voy a decírtelo. Si tú no lo sabes… —Sacudió la cabeza otra vez. Se pasó las manos por el pelo y las dejó allí entrelazadas con la mirada perdida en los edificios. Cerró los ojos y respiró hondo, pero era incapaz de recuperar la calma.

—No es tan fácil —respondió Savannah. No conseguía salir de ese bucle de miedo y parálisis en el que había entrado.

—Sí lo es —gritó Caleb con todas sus fuerzas. Golpeó el aire con el puño—. ¡Joder! ¡Maldita sea! ¡Joder!

Savannah retrocedió un paso, intimidada por su pérdida de control.

—Pero mis padres... mis amigos... Creía que podría, pero no ha sido así. Ellos jamás me lo permitirían.

Caleb se llevó las manos a las caderas sin dejar de moverse. Ni siquiera sabía por qué seguía allí, hablando con ella. Se detuvo y la miró a los ojos. Estaba llorando, pero no dejó que sus lágrimas le afectaran. Era a él a quien habían hecho daño, al que le habían pisoteado sus sentimientos.

—Por Dios, Sav. Sigues sin entenderlo. No se trata de ellos, sino de ti. Eres adulta, nadie puede decirte qué hacer. ¿Qué quieres tú? —gruñó furioso, avanzando un paso hacia ella.

Savannah retrocedió un poco y se abrazó los codos.

—Lo que quiero no está bien. No es lo correcto.

Caleb hizo una mueca de dolor, de rabia, de frustración. Parecía un caleidoscopio de emociones. Sus ojos lanzaban chispas y su irritación fue en aumento.

¿Y quién decide qué es lo correcto? ¿Por qué es tan importante para ti hacer lo correcto cuando no es lo que quieres? ¿Por qué tienes tanto miedo? —exclamó con los músculos del cuello tensos como cables de acero.

A Savannah se le cortó el aliento.

—Porque yo no soy como tú, Caleb. Para mí no es tan fácil vivir sin que me importe nada —repuso con rabia, alzando la voz.

Caleb se quedó blanco. La miró en silencio unos segundos, con el rostro contraído por la incredulidad. Retrocedió impulsado por sus palabras, apartándose de ella.

—¿Crees que a mí no me importa nada? —dijo en voz baja.

Tictac, tictac. La bomba de su pecho estaba a punto de ponerse en marcha.

Ella también retrocedió un paso, abrumada por la furia y el odio que reflejaban sus ojos en ese momento. Tragó saliva y enfrentó su mirada.

—Respecto a mí, sí lo creo. Al fin y al cabo solo se trata de sexo, ¿no? Eso es lo que hay entre nosotros, un calentón. —Savannah exhaló por la nariz. No era capaz de creerse sus propias palabras—. Entonces, ¿por qué te enfadas así conmigo? Eso lo ibas a tener igual, con o sin hamburguesa.

El dolor volvió a reflejarse en los ojos de Caleb. Se puso pálido y sus labios esbozaron una triste sonrisa, que desapareció tras un nuevo estallido de furia

—¿De verdad crees que todo se reduce a echar un polvo? Si solo se tratara de follar no seguirías siendo virgen, te lo aseguro. Me habría colgado esa medallita hace días y tú no me lo habrías puesto muy difícil. —Se encogió de hombros—. Pero si estás tan segura de que las cosas son así, quizá debería pasar de toda esta mierda y follarte aquí mismo. ¿Qué dices, nos lo montamos y acabamos con esto de una puta vez? ¡Que más da, solo se trata de sexo!

Se dio la vuelta llevándose las manos a la cabeza.

—¡Ni siquiera me conoces! —añadió para sí mismo.

Savannah sabía que debería sentirse ofendida por sus palabras, pero no podía. Caleb tenía razón. Lo habrían hecho la primera noche si él no hubiera puesto el freno. Tampoco podía enfadarse por su tono despectivo y cruel, pues había sido ella quien lo había empujado y provocado hasta ese extremo. Captó otra lectura en su comentario y el corazón comenzó a saltarle en el pecho.

—¿Qué has querido decir? ¿De qué se trata entonces sino es de…?

Las palabras se atascaron en su boca. La idea era disparatada, y a la vez el sueño oculto en el que se negaba a pensar.

Caleb cogió aire, no podía explicárselo. Eso era lo que quería evitar, pensar en lo que sentía, desnudar su alma y ser vulnerable. No podía hablarle sobre algo que acababa de descubrir y de lo que ni siquiera estaba seguro. La miró a los ojos. A la mierda con todo, ya estaba jodido.

—¿Tú qué crees? —gritó. No era capaz de bajar el tono—. Para mí no eres solo una tía a la que tirarme. Dios, si voy detrás de ti como un perro. ¿Tanto te cuesta verlo? —Alzó los brazos en un gesto de súplica.

—Nuestro acuerdo...

—Nuestro acuerdo es una mierda. Es un juego. La excusa a la que nos aferramos para justificar que nos morimos el uno por el otro y no cagarnos de miedo. Porque a mí me aterra saber que no solo quiero estar dentro de ti, que necesito otras cosas que nadie salvo tú puede darme. Y que lo único que yo puedo darte a cambio es un montón de basura.

Savannah se quedó sin aire. No podía creer lo que acababa de oír. Caleb sentía algo por ella.

—¿Y cuándo te has dado cuenta de todo eso? —preguntó casi sin voz.

—Cuando me has roto el corazón en la puta hamburguesería —le soltó Caleb sin ningún miramiento.

Ella no podía dar crédito a sus palabras. Se llevó las manos a las mejillas y notó que las lágrimas volvían a deslizarse por ellas.

—Lo siento, yo no quería… No podía... mis padres, mis amigos... Si hubieses oído las cosas que han empezado a decir sobre Cassie, solo por sentarse con vosotros...

—¡Y dale! ¡Por Dios, deja eso de una vez! —suplicó Caleb con la voz rota—. Es mucho más fácil.

—No lo es —respondió Savannah, incapaz de deshacerse de aquella roca que la aplastaba.

Caleb resopló. Tictac, tictac, el reloj de su bomba interna iniciaba la cuenta atrás. Estaba perdiendo el control y no quería que viera esa parte de él. No quería… Lanzó una patada a la rueda de un coche aparcado y golpeó con el puño el contenedor junto al que se habían detenido, dos veces. Asestó otra patada al neumático y otro puñetazo, profiriendo una sarta de palabrotas.

Savannah soltó un grito al ver la abolladura en el metal. Sus ojos volaron hasta su mano, tenía que habérsela destrozado.

—A la mierda con lo que piensen. ¿Quieres estar conmigo sí o no? —bramó Caleb.

Ella guardó silencio, temblando de arriba abajo.

—¿Sí o no? —insistió cabreado, presionándola.

—No lo sé —sollozó, y tragó saliva para frenar el dolor que ascendía desde su pecho.

Caleb la miró fijamente y su rostro se entristeció por un segundo antes de volver a encenderse. Negó con la cabeza.

—Entonces es evidente que esto se ha terminado.

Dio media vuelta y comenzó a alejarse.

—¡Caleb!

—Que te den, Sav —dijo mientras levantaba el dedo corazón—. No eres más que una niñata estúpida y caprichosa. Lárgate con tus amiguitos e intenta no volver a cruzarte en mi camino. La próxima vez te juro que no seré tan amable.

—¿Amable? —preguntó ella, incrédula.

Caleb se detuvo unos pasos más adelante. A Savannah se le paró el corazón. Pero lo que hizo fue subir a su coche, aparcado allí, y salir a toda velocidad sin mirarla ni una sola vez.

29

*Q*ué haces aquí? —preguntó Cassie al ver a Savannah medio dormida, sentada en el porche de su casa.

Savannah parpadeó y necesitó un par de segundos para recordar dónde se encontraba. Se enderezó en el sillón de rafia en el que se había acurrucado. Se frotó el cuello para aliviar un leve tirón y trató de sonreír.

—¿Por qué no has llamado a la puerta? —inquirió Cassie.

Cruzó los brazos sobre el pecho y resopló.

—Lo hice, pero no hay nadie.

—Sí que lo hay. Mi madre —aclaró Cassie. Puso los ojos en blanco—. Pero ya debe estar hasta arriba de pastillas para dormir. —Miró a su amiga—. ¡Son más de las dos, Savie! ¿Cuánto llevas aquí?

—No lo sé, mucho. Te estaba esperando —respondió en voz baja. La miró a los ojos—. ¿Acabas de llegar?

—Sí.

—¿Dónde has estado?

—¿De verdad te importa?

Savannah apartó la vista de ella y apretó los labios con fuerza hasta convertirlos en una fina línea en su rostro.

—Por favor, no te enfades conmigo. Eres mi mejor amiga, Cass —suplicó al borde del llanto.

Cassie resopló y se sentó a su lado en el sillón. Miró a Savannah de reojo y suspiró mientras le daba un empujón cariñoso con el codo. Sus enfados con ella no solían durarle mucho, sobre todo cuando su amiga se comportaba como un perrito abandonado al que nadie quería. Esos tristes ojos grises eran su debilidad.

—Vengo del Shooter. He pasado casi toda la noche allí con Tyler. Como amigos —se apresuró a aclarar.

—¿Caleb estaba con vosotros?

Cassie negó con la cabeza y se abrazó las rodillas.

—No. Pero oí a Tyler hablando con él por teléfono. Creo que se marcha mañana. Regresa a Santa Fe.

Savannah palideció. Caleb iba a marcharse. Se acabó, y todo por su culpa. Se le retorció el estómago. No había querido ver la realidad y ahora esta caía sobre ella con un peso aplastante. Se había enamorado de Caleb en el instituto, y esos sentimientos nunca la habían abandonado como creía. Solo se encontraban en un estado latente, a la espera de despertar en cuanto la más mínima señal diera la voz de alerta; y la señal había llegado con la intensidad de un maremoto. Por eso había hecho tantos disparates y se había dejado llevar por ese deseo desmesurado que la hacía temblar con solo oír su voz. Se cubrió la cara con las manos y comenzó a llorar.

—Oh, no, Savie. Venga, no llores. Sabes que me bloqueo con estas cosas, nunca sé qué hacer o qué decir.

—Lo he estropeado todo —sollozó.

—¿Qué parte? —preguntó Cassie medio en broma.

Savannah soltó una risita frustrada cargada de tristeza.

—Todas. Cada parte de mi vida desde que vine al mundo. Si no, mira a mis padres. Yo lo estropeé todo y no dejan de recordármelo: todo lo que han sacrificado, todo lo que han hecho... —indicó mientras se limpiaba con las manos las lágrimas que resbalaban por su cara.

—Eso no es cierto —susurró Cassie, rodeándole los hombros con el brazo—. El problema no eres tú. Tú eres la consecuencia de que ellos fueran unos irresponsables. Eso no te convierte en culpable, eres la víctima. —Se quedó pensando y frunció el ceño cuando una idea tomó forma en su mente—. ¡Dios! ¿Esta es la razón de que te hayas escondido tras alguien que no eres tú? —Le tomó la cara y la giró para que la mirara. Entornó los ojos—. Te has pasado toda la vida complaciendo a los demás. A tus padres para ser la hija perfecta; a tus amigos; a tus profesores; incluso a tus estúpidos vecinos, para ser la chica a la que todos admiran... ¿Para compensar que existes? ¿Tanto necesitas que te acepten a toda costa? ¿Por qué? ¿A qué le tienes tanto miedo?

Savannah sacudió la cabeza y apartó la vista.

—No lo sé.

En el silencio que siguió, ambas se quedaron mirando el jardín. Los aspersores se habían puesto en marcha sin que se dieran cuenta y parecía que lloviera. El sonido del agua contra la hierba era hipnótico. Cassie alargó la mano y tomó la de su amiga.

—Va siendo hora de que empieces a complacerte a ti misma, cariño. Piénsalo, ¿de qué te ha servido todo el esfuerzo, todo lo que te has negado? Tus padres siguen siendo los mismos egoístas de siempre. Tu novio te puso los cuernos a pesar de que le idolatrabas. Y de los amigos mejor no hablar... ¿Marcia, Nora, Bonnie y compañía? Por favor, ¿de verdad te importa lo que piensen?

Savannah se puso en pie, demasiado abrumada y nerviosa como para permanecer quieta. Cassie tenía razón en todo, al igual que Caleb había estado en lo cierto con cada palabra que le había dicho, aunque hubieran sido dolorosas.

—Párate y piensa un momento —continuó Cassie, yendo a su lado—. ¿Qué hay de auténtico en tu vida? ¿Qué has encontrado hasta ahora que sea de verdad?

—A ti —respondió Savannah sin dudar—. Tú nunca me juzgas, me quieres como soy. Incluso cuando me comporto como una idiota estás ahí, igual que ahora. —Cassie asintió con una sonrisa—. Y a Caleb, él también es auténtico. No se parece a nadie que haya conocido.

Cassie sonrió y arqueó una ceja.

—Es un psicópata.

—No lo ha tenido fácil. Tú también lo serías si hubieras pasado por las mismas cosas que él ha pasado. Y a pesar de todo, lo sigue intentando —le espetó Savannah con rabia—. Y no deberías decir que es un psicópata cuando tú babeas por Tyler. Han salido del mismo molde, te lo aseguro.

Cassie alzó las manos en un gesto de paz.

—Le quieres.

—Sí —admitió.

—Sabes que él se está enamorando de ti, ¿verdad? —preguntó Cassie con el ceño fruncido. Savannah la miró estupefacta—. ¡Despierta! Es evidente que le gustan más cosas de ti que tus bragas. Me he dado cuenta esta noche. Casi explota cuando te ha visto sentarte con Brian.

»Y... Tyler y yo hemos visto vuestro numerito en la calle. Ty no se fiaba de Caleb y lo ha seguido para que no hiciera ninguna tontería.

Savannah bajó la vista al suelo, avergonzada.

—¿Lo habéis oído todo?

—Parte —convino Cassie.

—Entonces sabrás que ahora me odia.

—Cariño, del amor al odio hay solo un paso, en los dos sentidos. Nos pasamos la vida yendo y viniendo de uno a otro.

—No querrá hablar conmigo. Dudo que confíe en mí después de lo que le he hecho. No creerá que esta vez es diferente.

—¿Lo es, es diferente?

—¡Sí! —gritó Savannah—. No soporto la idea de que se vaya.

—Pues ve y díselo. No creo que tengas que suplicarle mucho —replicó Cassie con un bostezo. Savie frunció el ceño—. ¿A qué esperas, a que se largue? —Puso los ojos en blanco—. Ve a buscarle, ya, ¡vamos!

—¿Intentas deshacerte de mí?

—¿Tanto se ha notado? —preguntó Cassie en tono travieso—. Es que me muero de sueño y mientras sigas aquí...

Savannah sonrió. Se lanzó a sus brazos y le dio un abrazo que la dejó sin respiración. Salió corriendo en busca de su coche.

—¡Eh, Cass! —gritó desde la calle—. ¿Te ha besado?

—Se moría por hacerlo —respondió Cassie con una enorme sonrisa—. La próxima vez caerá. Ya sabes que tengo debilidad por los chicos malos. Alguien tiene que redimirlos.

*E*ran las dos y media de la madrugada, y a esas horas el barrio estaba tan muerto como el resto de la ciudad. Savannah aminoró la velocidad intentando ver el nombre de las calles a la luz de los faros de su coche. La mitad de las farolas no funcionaban y la luz de las pocas casas iluminadas no ayudaba mucho.

Inspiró hondo. Le costaba respirar con normalidad y no quería que el pánico se apoderara de ella. Sabía qué iba a decirle a Caleb si este se dignaba a escucharla, aunque no cómo enfrentar a su madre cuando la encontrara a esas horas de la noche en la puerta de su casa. Quizá, lo más sensato fuese esperar a que amaneciera, pero Caleb era tan impulsivo que, en un arrebato, podría poner rumbo a Santa Fe a primera hora y ella no lograría llegar a tiempo.

Se detuvo en un cruce para poder ver la señal que sobresalía tras un árbol y el poste de un semáforo. El corazón le dio un vuelco, esa era la calle que buscaba. Giró a la derecha y fue contando las casas, intentando encontrar el número 25. Frenó de golpe y se quedó mirando una que parecía recién reformada. La pintura blanca brillaba a la luz del porche, al igual que el barniz de la baranda. El Mustang aparcado en la entrada terminó de confirmarle que había llegado a su destino.

Miró a su alrededor, estirando el cuello por encima de los asientos. No había ni un hueco donde aparcar. Dio marcha atrás y estacionó en un espacio para carga y descarga de una tienda de comestibles. Esperaba que nadie hiciera el reparto a esas horas.

Paró el motor y se recostó unos segundos contra el asiento. Los nervios le arañaban el estómago como si dentro tuviera una pelea de gatos. Estaba aterrada, a punto de desmayarse por el pavor que le provocaba enfrentarse a Caleb y su desprecio. Suspiró. Pero para eso había ido hasta allí, ¿no? A intentarlo una vez más, a pesar de que todas las apuestas estaban en su contra y que se arriesgaba a salir de allí sin dignidad y con el alma herida. Había atisbado esa parte mala y violenta de la que Tyler le había hablado, y no quería verle así nunca más, gritando como un loco y golpeando cosas.

Se bajó del coche y tomó aire sin lograr que sus pulmones se llenaran por completo. Alisó su vestido con las manos un par de veces y se encaminó hacia la casa.

—¡Mirad lo que acabo de encontrarme, un gatito asustado!

Un hombre salió de la nada cortándole el paso. Savannah reculó al tiempo que ahogaba un grito y el corazón se le paraba un momento.

—¿Te has perdido, gatito? —preguntó el hombre con un gesto socarrón. Llevaba el pelo muy corto y vestía unos tejanos, que le quedaban demasiado estrechos, y una camiseta con la publicidad de un taller de reparaciones de electrodomésticos. Olía a tabaco y sudor.

—No —respondió Savannah, tratando de mantener la calma.

Se hizo a un lado y pasó de largo, pero un segundo hombre se plantó delante de ella y la miró de forma maliciosa, deteniéndose en la parte de sus piernas donde acababa el vestido. La bilis se le subió a la garganta.

—Dejadme en paz —dijo Savannah con voz ahogada.

—Pero si no te hemos hecho nada —replicó en tono apenado el primero.

Savannah sintió su aliento en la oreja y el calor de su cuerpo en la espalda. Se estremeció. No podía moverse sin tocarles. Prácticamente estaban sobre ella y le entraron náuseas.

—Tú no eres de por aquí, gatito. Me habría fijado —continuó el tipo. Con un dedo capturó un mechón de pelo de Savannah y se lo llevó a la nariz para olerlo.

—¿Por qué no os buscáis a otra a la que molestar? Yo tengo prisa —les espetó.

Su voz sonó fuerte y segura. ¡Bien por ella!, porque por dentro estaba temblando. Se hizo a un lado, pero volvieron a interceptarla. La respiración se le aceleró, haciendo subir y bajar su pecho muy deprisa. Lanzó una mirada a la casa de Caleb, que apenas estaba a una decena de metros. ¿La oiría si comenzaba a gritar?

—¿Ves a alguien más? —preguntó el tipo, como si Savie hubiera dicho la mayor tontería del mundo—. Además, me gustáis ariscas, y ver cómo acabáis ronroneando.

Una risa surgió de entre dos coches y Savannah pudo ver que había un tercer hombre sentado en la acera. Los latidos de su corazón se dispararon a niveles estratosféricos. Solo a ella se le ocurría meterse en aquel barrio en plena madrugada. Ni siquiera se le había pasado por la cabeza encontrarse con tres borrachos con ganas de molestar. Apretó los labios y se hizo a un lado para escabullirse. Le cortaron el paso. Lo intentó moviéndose a su izquierda, pero no era tan rápida como ellos. El tipo que había hablado hasta ahora la cogió por la muñeca.

—Vamos, no te enfades, quédate un ratito.

—¡No me toques! —masculló Savannah.

—Vale, dame un beso y dejo que te vayas.

Los otros dos se echaron a reír con ganas.

—Ni en tus sueños —soltó, alzando la voz. Retorció el brazo intentando que la soltara. Le hacía daño, pero el dolor no era nada comparado con el miedo y la sensación de vulnerabilidad que sentía.

—Solo un besito. A lo mejor te gusta.

—Seguro que le gusta —dijo el que estaba sentado. Tenía las manos entre las rodillas y estaba liando un cigarrillo.

—¿Has oído lo que dice mi amigo? Él nunca se equivoca. Venga, dame ese besito —ronroneó, acercando su cara a la de ella.

Savannah apartó el rostro con una mueca de asco. Sintió su aliento en el cuello y, de repente, oyó un golpe seco. Apenas tuvo tiempo de ver cómo el chico que había intentado besarla se estrellaba contra uno de los coches aparcados. Su cabeza rebotó en la ventanilla, como si fuera un muñeco, y cayó hacia atrás en el asfalto.

—Tú, gilipollas —dijo una voz ronca que Savannah habría reconocido en cualquier parte—. Voy a matarte.

Caleb había surgido de la nada. Se echó encima del segundo tipo y empezó a atizarle un puñetazo tras otro. El chico que estaba sentado en la acera tiró el cigarrillo al suelo y se abalanzó sobre él. No logró tocarlo, recibió un codazo en las costillas y otro en la cara que le rompió la nariz. Cayó de rodillas mientras gemía con las manos en el rostro. Cinco segundos después, el tercer idiota se alejaba a gatas con la cara ensangrentada. Caleb levantó del suelo al que había intentado besar a Savannah y lo empujó contra el coche. Lo agarró por el cuello y le dio una bofetada.

—¿Estás despierto, capullo? —preguntó, y le dio otro revés.

—Sí, sí —tartamudeó el tipo.

—Bien, ahora escucha atentamente. Sí tú o cualquiera de los gilipollas que van contigo, os atrevéis a respirar el mismo aire que ella, te mato. Te sacaré el corazón por la boca y se lo daré a mi perro, y después, en su lugar, meteré tus huevos —le dijo, buscando con sus ojos los del hombre para asegurarse de que lo había entendido—. ¿Está claro, hijo de puta? —subrayó cada palabra golpeándole la frente con el dedo.

Savannah apenas podía respirar. Sus ojos no se apartaban de Caleb, de la perversidad y el odio que exhalaba su voz, su expresión. Estaba segura de que cada amenaza que había salido de su boca no era un farol, sino una advertencia. Mataría a aquel tipo si le daba una razón para hacerlo. Su mano, aferrando la garganta del hombre, tensa y contenida, dejaba claro el esfuerzo que estaba haciendo para no seguir apretando hasta partirle el cuello.

—¿Está claro? —repitió.

—Sí, tío, sí —lloriqueó el otro.

Caleb lo soltó, lo puso derecho y lo empujó de nuevo, como si necesitara seguir haciéndole daño.

—Largo —gritó. El chico empezó a moverse, dando tumbos—. ¡Largo! —bramó, dando un paso hacia los otros dos.

Savannah se quedó mirando anonadada cómo desaparecían por un callejón, ayudándose entre ellos a caminar. Se dio la vuelta y se encontró con Caleb a solo unos centímetros de ella, con el ceño fruncido y una mirada fría. No parecía contento de verla. Iba descalzo y sin camiseta, vistiendo tan solo unos tejanos descoloridos y bajos que dejaban a la vista la línea de vello oscuro que nacía en su vientre y subía hasta su ombligo. No se adivinaba la ropa interior. Tuvo que clavarse las uñas en la mano para no posarla en aquel estómago. Llevaba el pelo alborotado y varios mechones le caían sobre la frente. En su cara aún se adivinaba el rastro de un sueño profundo.

—¿Qué estás haciendo aquí? ¿Crees que este barrio es Disneylandia? —inquirió Caleb con los músculos de la mandíbula tensos.

No tenía intención de mostrar lo mucho que le afectaba tenerla delante, ni la sorpresa y la curiosidad que sentía por saber qué estaba haciendo allí. Se estremeció. Joder, aún temblaba por dentro solo de pensar en lo que podría haber ocurrido si no se hubiera despertado. Esta vez estaba agradecido a sus pesadillas. Gracias a ellas había ido a la cocina a por un vaso de agua y desde la ventana había visto a tres memos molestando a una chica. Solo que, cuando su cerebro procesó la imagen y se dio cuenta de quién era ella, su corazón reventó en mil pedazos por el miedo y la rabia. Casi sale completamente desnudo a la calle, dispuesto a matar a golpes a aquellos imbéciles. No tenía ni idea de dónde había sacado la calma para ponerse los pantalones.

Ahora estaba de nuevo herido y enfadado con ella. Sus ojos sobre él eran puñales. La forma en la que lo miraba mostraba sus pensamientos con una claridad fotográfica. Dios, ¿qué pretendía, primero volverlo loco con sus deseos y sus inseguridades y después matarlo? No era una maldita flor a la que pudiera deshojar cuando le viniera en gana: ahora quiero estar contigo, ahora no...

—He venido para que hablemos —respondió ella.

—Pues yo no quiero hablar contigo. Sube a tu coche y lárgate.

—Por favor, Caleb. Vengo dispuesta a no moverme de tu puerta hasta que me escuches.

—Vete —dijo él en un susurro rabioso.

—Por favor —insistió ella, aferrándolo por la muñeca cuando se dio la vuelta dispuesto a marcharse. Lo rodeó y se plantó delante, cortándole el paso.

Caleb bajó la vista hasta el punto en el que sus cuerpos se tocaban. La mano de Savannah temblaba. No solo su mano, toda ella temblaba de arriba abajo, hasta sus labios se agitaban como si el ambiente estuviera a menos cinco grados. Una pequeña parte de él se ablandó al verla de ese modo.

—Tienes un minuto —dijo mientras se deshacía de su contacto. Que lo tocara era más de lo que podía soportar.

Savannah asintió y suspiró con la respiración entrecortada. Tenía una oportunidad y quería aprovecharla. Pidió al cielo no empezar a tartamudear y parecer más patética de lo que ya era.

—Vale. —Se humedeció los labios con la lengua, pero dejó de hacerlo en cuanto él entornó los ojos como si se lo estuviera recriminando—. Siento mucho todo lo que ha ocurrido. Sé que lo he fastidiado, que me he equivocado de principio a fin, y que no tienes por qué volver a confiar en mí ni creer nada de lo que te diga. Pero necesito que entiendas que me asusté, ¿vale? Esta noche tomé una decisión equivocada porque me asusté. Pero te juro que, si pudiera volver atrás en el tiempo, no volvería a cometer ese error. Iría contigo sin importarme nada más.

»No soy perfecta. Soy un desastre, insegura y patética. Me he pasado toda la vida intentando complacer a todo el mundo, porque pensaba que al hacerlo iba a sentirme mejor conmigo misma. Pero no es así, solo me siento bien cuando soy realmente yo, y eso solo ocurre cuando estoy contigo. La forma en la que tú me ves es la única que me importa, porque me gusta la clase de persona que soy cuando estamos juntos.

Su mirada le suplicaba comprensión. Continuó:

—Me importas, y tienes razón, no se trata solo de sexo…, aunque esa parte seguro que es genial. ¡Dios, si ya me gustabas en el instituto, cuando tú ni siquiera me veías aunque te dieras de bruces conmigo! Pintaba corazoncitos en mis libretas con nuestras iniciales —confesó, alzando los brazos en actitud de derrota. No le pasó desapercibido el gesto de sorpresa que él esbozó—. No lo merezco, pero necesito que me perdones. Jamás volveré a darte la espalda. Sé que pertenecemos a mundos muy diferentes, que no tenemos nada en común y que es prácticamente imposible que esto funcione. Sobre todo cuando dentro de nada nos separarán cientos y cientos de kilómetros. Pero quiero intentarlo, y no solo los días que nos quedan aquí, quiero seguir intentándolo después. Aunque todo el universo apueste contra nosotros.

»Si tú quieres, claro —añadió con la voz entrecortada. Bajó la vista esperando alguna reacción por parte de él, y añadió—: Creo que me he pasado un poco de ese minuto.

Él continúo inmóvil y callado, sin apartar su mirada de ella. Savannah cerró los ojos. Estaba tan nerviosa que el silencio la ahogaba y la sangre le atronaba en los oídos. Cuando los abrió, Caleb se hallaba a solo unos milímetros de su cuerpo. Tuvo que mirar hacia arriba para verle el rostro. Su expresión no delataba nada; el único signo de que estaba vivo era su respiración, que hacía subir y bajar su pecho con rapidez; y con cada inhalación, sus cuerpos se rozaban. Los labios del chico se abrieron con un resuello y la miró con tal intensidad que podía sentirla a través de su piel, envolviéndola.

Caleb pensó en todo lo que ella acababa de decirle. Su mundo estaba poniéndose patas arriba y no tenía ni idea de cómo ordenarlo. Ella hablaba de intentar que hubiera un futuro... ¿juntos? ¿Eso era lo que le estaba proponiendo? No un tú y yo, sino un nosotros pase lo que pase. Esa idea le provocaba vértigo. Un miedo profundo que rivalizaba con la posibilidad de que algo así pudiera funcionar. Jamás se había planteado dejar que alguien entrara en su vida de ese modo, nunca. Ya estaba bastante jodido como para pasarle su mierda a otra persona. Pero... tampoco imaginaba a nadie que no fuera ella para intentarlo. No iba a funcionar, era imposible que pudiera funcionar, aunque... ¿tan malo era que quisiera creer que sí?

—¿Caleb?

Su voz logró sacarlo del pozo en el que se habían convertido sus pensamientos. La miró y su expresión se suavizó poco a poco. Unas horas antes, cuando le había gritado en mitad de la calle, ahogado entre tanto miedo y frustración al darse cuenta de que la estaba perdiendo, jamás se había sentido tan vacío. Ella lo llenaba.

Su princesita iba a tener un cuento, y un palacio si se lo pedía. El príncipe era otra historia, tendría que conformarse con el lobo feroz y rezar para que hubiera un final feliz.

30

*C*aleb, di algo, por favor —pidió Savannah al ver que él continuaba inmóvil, mirándola fijamente.

Sin mediar palabra, Caleb la agarró por la cintura y la alzó del suelo, atrayéndola con fuerza hacia sí. Con una expresión atormentada, le cubrió la boca con los labios, ahogando en su interior un gemido. Ella se aferró a su cuello y le devolvió el beso, mientras una risita de alivio vibraba a través de su garganta. La apretó más contra él y echó a andar. Conocía de memoria los pasos que había, así que no necesitó mirar mientras se dirigía hasta la entrada de la casa. A tientas encontró la manija de la puerta de su Mustang y la abrió. Dejó a Savannah en el suelo el tiempo justo de mover el asiento hacia delante y hacerla entrar en la parte de atrás. La siguió y cerró la puerta.

Una vez dentro, Caleb no esperó. Deslizó una mano por su cuello y la atrajo hacia sus labios. Con la otra la arrastró hasta sentarla a horcajadas sobre él. La besó, abriéndose paso con su lengua dentro de su boca, y recorrió cada centímetro de la misma con más fuerza de lo que lo había hecho nunca. Le lamió los labios y volvió a introducir la lengua en su boca arrancándole una exclamación, mientras con una mano entre su pelo y la otra en las caderas, dirigía sus balanceos creando una maravillosa fricción.

Sus labios pasaron a acariciarle la garganta, consciente de todas las partes de su cuerpo que tocaban el de ella. Le mordió la piel y fue recompensado con un gemido de placer que lo llevó al límite.

—Me vuelve loco verte encima de mí —susurró pasando la lengua por el hueco de la base de su garganta.

Savannah se arqueó para permitirle un mejor acceso. Podía sentir la sonrisa de Caleb contra la piel, mientras sus manos grandes y ásperas se perdían por cada centímetro de su cuerpo, recorriéndolo con dedos expertos. Su boca dejó un reguero de besos hasta el borde del escote de su vestido. Se detuvo y la miró a los ojos. Ella no apartó la vista de su cara mientras él soltaba los lazos de sus hombros con lentitud.

—Deseaba hacer esto desde que te vi con este vestido aquel día en el gimnasio —susurró, tirando del segundo nudo. Ella se estremeció—. ¿Puedo? —No estaba pidiendo permiso, solo quería oír ese sí.

—Sí —musitó Savannah con el corazón desbocado.

Caleb esbozó una sonrisa oscura. Agarró el borde y tiró hacia abajo muy despacio, arrugándolo alrededor de la cintura de Savannah. Sus ojos se posaron en el sujetador sin tirantes. Le acarició los hombros y descendió hasta las copas de encaje, rozando con las puntas de los dedos la piel de alrededor. Se inclinó y pasó la lengua por el mismo lugar. Despacio, sin prisa, trazando suaves círculos. Después deslizó las manos bajo la curva del pecho, provocándola. Se inclinó y la besó muy despacio. Con suaves caricias recorrió el borde del sujetador hasta la espalda y soltó el cierre a la primera.

Savannah contuvo el aliento. Era la primera vez que se mostraba así delante de un chico. La prenda cayó entre ellos y Caleb la dejó a un lado con cuidado. La recorrió de arriba abajo con la mirada y con una lentitud premeditada cubrió sus pechos con las manos. Una oleada de calor le recorrió el cuerpo y su cabeza colgó hacia atrás con un gemido. Él le besó la garganta sin dejar de acariciarla, trazando leves círculos con los pulgares.

—Eres preciosa —dijo sobre su piel.

Savannah sintió frío cuando una de las manos de Caleb abandonó su pecho, y el infierno se desató en su interior cuando su boca ocupó el mismo lugar. Lamiendo, mordiendo y tirando con sensualidad. Se le aceleró la respiración y quiso gritar por lo bien que se sentía.

Caleb alzó la cabeza y vio el deseo en sus ojos. La besó con una necesidad que le hacía jadear. Sus manos reptaron por sus piernas, le aferraron el trasero y tiraron de la tela del vestido hacia arriba, convirtiéndolo en una especie de cinturón alrededor de sus caderas. Las deslizó hasta las rodillas y buscaron la parte interna de sus muslos. Acarició cada centímetro de piel suave, reprimiéndose, esforzándose para ir despacio y no perder el control. Algo que le estaba resultando muy difícil.

Savannah pensó que iban a hacerlo, al final iban a hacerlo, y su respiración se estremeció. Se ruborizó al mirarle a los ojos. Su sonrisa maliciosa le llegaba al alma y caldeaba su cuerpo. En ese instante todo su mundo se reducía a él y a la pasión abrumadora que le hacía sentir.

—Quiero tocarte —pidió Caleb con la tensión patente en la voz.

Savannah tembló, sus músculos se tensaron y sus piernas se abrieron por voluntad propia sobre él. Caleb aceptó la silenciosa invitación con una sonrisa sugerente. Se mordió el labio inferior sin apartar los ojos de los de ella, y posó la palma de su mano sobre la suave tela de su ropa interior. La acarició. A Savannah le flojeó todo el cuerpo y tuvo que inclinarse sobre él con las manos apoyadas en su pecho para no desplomarse. Caleb le acarició el cuello con la nariz y le mordisqueó la oreja, mientras sus dedos se abrían paso bajo el borde de las braguitas. Gimió con desesperación y se mordió los labios cuando uno de sus dedos encontró lo que buscaba y comenzó a moverse a su alrededor.

Se apretó contra él y dijo su nombre sin aliento dentro de su boca. Los músculos de sus piernas y su vientre se tensaron dolorosamente anhelando una liberación que se acercaba con rapidez. Se abrazó a su cuello con fuerza y la voz de Caleb sonó como un gruñido grave en su oído.

—La respuesta es sí —susurró Caleb—. Quiero intentarlo, y quiero que lo nuestro funcione, porque me pasaría la vida haciendo esto contigo.

Percibió el momento, y aumentó el ritmo ajustándose a la forma en la que Savannah se movía contra su mano. Ella se derretía entre sus brazos y se sintió el dueño del mundo por lograr que se sintiera así. Le lamió el cuello y le mordió la oreja, catapultándola a las estrellas con un gemido adorable que le traspasó el corazón.

Quedó satisfecha y deshecha contra su cuerpo, y la abrazó con ternura, disfrutando al tenerla de ese modo. Podría acostumbrarse a aquello para siempre. Le apartó el pelo de la cara con una mano y con la otra le acarició la espalda desnuda, trazando con los dedos la longitud de su columna hasta el trasero.

Savannah se acomodó sobre él y notó su cuerpo duro y rígido bajo ella. Se enderezó, echándose hacia atrás, y con ojos brillantes recorrió su torso hasta posarlos en sus pantalones.

—Quiero tocarte como tú a mí —murmuró. Se inclinó y le lamió el labio inferior. Algo muy parecido a un ruego escapó de su garganta.

Caleb le tomó el rostro entre las manos y la miró con atención. Le acarició los labios con el pulgar y se movió bajo ella para aliviar la presión en sus pantalones. Ninguna de las fantasías que había creado podía compararse con la realidad.

—¿Por qué me miras así? —preguntó Savannah al ver que no decía nada.

Caleb alargó su silencio un par de segundos. Las comisuras de su boca se elevaron con una sonrisa maliciosa y sus ojos, ardientes de deseo, se entornaron.

—Porque si estás esperando a que diga que no es necesario que lo hagas. O que te pregunte si estás segura de que quieres hacerlo... Es que aún no me conoces.

Ella sonrió y bajó sus manos hasta los pantalones del chico. Soltó el primer botón.

—Se me olvida que no eres tan bueno como creo —musitó.

Sin apartar los ojos de su hermoso rostro pasó al siguiente botón. Estaba sin aliento, iba a ser la primera vez que tocara a alguien de una forma tan íntima. Se deshizo del último botón y tiró de los pantalones hacia abajo. Él elevó las caderas con ella encima para que pudiera arrastrarlos y quedar libre.

—Ni siquiera la mitad de bueno —susurró Caleb.

Savannah deslizó la mano hacia abajo por su abdomen y rodeó su erección con los dedos. Caleb silbó entre dientes y arqueó la espalda contra ella con un siseo. No cerró los ojos en ningún momento, quería mirarla mientras lo acariciaba. Su princesita no tenía ni idea de lo que estaba haciendo, era puro instinto y le encantaba. Se estremeció con un gruñido y el anhelo brilló en sus ojos.

—¡Joder, Sav! —gimió, moviéndose más deprisa contra su cuerpo.

Ella vaciló un instante ante el tono exigente de su voz.

—No pares, por favor —suplicó Caleb, y su mano envolvió la de ella, guiándola. Dejó caer la cabeza hacia atrás, contra el asiento, y su cuerpo se puso tenso.

Se quedó fascinada con la expresión de su cara: parecía un ángel. Hermoso y oscuro. Daría cualquier cosa por verlo así todos los días. Sus abdominales se tensaban con cada inspiración y el aire escapaba de su boca entreabierta con un gemido. Lo miró a los ojos, empañados por las sensaciones. Con un grito ahogado él le rodeó la cintura con el brazo y la atrajo hacia su cuerpo. Se dejó arrastrar y lo besó mientras se estremecía contra ella.

Savannah sabía lo que le ocurría al cuerpo de un hombre cuando se corría. No era idiota, solo virgen, y la curiosidad la había llevado a entrar en algunas páginas webs con contenidos porno. Había sentido asco al ver esas escenas y siempre había pensado que no sería capaz de hacer algo así con un chico. Bueno, pues estaba equivocada. Le había encantado el poder sensual que había experimentado al darle placer a Caleb. En algún momento había dejado de pensar en lo que estaba haciendo y se había dejado llevar por lo que sentía. Curiosamente, no se moría de vergüenza, sino que se encontraba a gusto con aquella intimidad. Poco a poco, el cuerpo de Caleb recuperó la calma, pero no su corazón, que continuaba latiendo desbocado; podía notarlo contra el pecho. Le acarició el pelo, las mejillas y después la boca.

Caleb la abrazó con ternura, como si fuera a romperse si apretaba demasiado. Su nuez se movió al tragar saliva con fuerza antes de besarla en los labios.

—¿Estás bien? —preguntó Savannah. Se acurrucó en su regazo, disfrutando de la sensación de su piel desnuda y brillante contra la de él.

—Jamás he estado mejor en toda mi vida —respondió con voz ronca—. ¿Y tú?

—Si hubiera sabido que me estaba perdiendo todo esto, no te habría dejado echar el freno. —Le acarició la barba incipiente con los dedos. Él sonrió y un gruñido grave escapó de su garganta—. Por un momento creí que íbamos a hacerlo.

Caleb inclinó la cabeza para mirarla a los ojos.

—Te deseo. Me muero por estar dentro de ti. Pero no voy a hacerlo en el asiento trasero de un coche. No la primera vez. Y solo cuando de verdad estés lista —confesó con dulzura. Le puso un dedo bajo la barbilla y la besó en los labios—. Esto también es divertido.

Savannah le rodeó el torso con los brazos y apoyó la mejilla en el hueco entre su cuello y el hombro, atesorando cada palabra para no olvidarlas nunca.

Permanecieron abrazados durante un rato, quietos y callados. Caleb movió la mano y le acarició la espalda con los dedos. Casi le daba miedo sentirse tan bien. Por primera vez la angustia que sentía en el estómago desde que tenía uso de razón se aflojó. Era una liberación no sentir aquella opresión continua, sofocante y dolorosa. Abrazó con fuerza a la responsable del cambio y, durante aquel momento de paz, se preguntó por qué alguien como ella lo había elegido a él.

Sabía que Savannah se merecía algo mucho mejor que un tío inestable con tendencia a arrebatos homicidas. Pero era demasiado egoísta y no pensaba darle la opción de arrepentirse. Iba a enamorarla, de modo que solo pensara en él. Era un trato justo cuando ella había capturado su corazón y lo tentaba con su cuerpo hasta volverlo loco.

—Siento lo de esta noche, haberte gritado, los golpes… Cuando me enfado me convierto en un salvaje… No quería que me vieras así.

Ella se enderezó y arqueó una ceja.

—Las personas discuten, Caleb. Algunas se gritan y rompen cosas cuando pierden los nervios. Y yo tampoco me he portado muy bien que digamos.

Le acunó el rostro con las manos y le rozó la nariz con la suya. Caleb sonrió y colocó sus manos sobre las de ella.

—Sav, vas a necesitar mucha paciencia conmigo. Lo voy a fastidiar muchas veces, aunque esa no sea mi intención.

—Soy consciente. No te preocupes. Soy una chica lista y sé lo que acabo de comprar…

—El peor coche de todo el desguace —dijo Caleb en un susurro.

Ella sonrió y a él le encantó ver cómo se le iluminaba la cara.

—Bueno… —Se encogió de hombros—. Con los arreglos necesarios puede quedar bastante bien.

Caleb le acarició el pelo con los dedos y tiró de sus ondas para ver cómo volvían a rizarse. Dios, era increíblemente guapa, con aquella carita pequeña y redonda y esos ojos grises como el acero, pero cálidos e inocentes. Mirarla le hacía daño al respirar.

—Nunca dejes que me pase contigo —su voz imploraba—. No me lo permitas, nunca. Si te das cuenta de que voy a explotar, que me cabreo demasiado; si tu instinto te dice que no estás segura, no lo dudes, vuela. Jamás te haría daño, no a propósito, pero no confío en mí mismo.

Ella posó la mano sobre el tatuaje de su clavícula, acariciando el símbolo que unía su familia a su corazón.

—Tú no eres capaz de hacerme daño, ni siquiera por accidente. Los gritos no me gustan, pero, créeme, soy capaz de gritar mucho más fuerte que tú. Aún no me has visto enfadada de verdad, pequeño —dijo con un mohín.

Recordó cada palabra de Tyler, el miedo que Caleb tenía a acabar como su padre. Debía sacarle esa idea de la cabeza, no todo se reducía al ADN.

Él se echó a reír.

—Seguro que das miedo —comentó, mientras la apretaba contra su pecho—. Pero prométemelo. A la primera señal, sales pitando.

—Te lo prometo. Pero también te prometo que esto va a funcionar. ¿Y sabes por qué? —Él sacudió la cabeza—. Porque es tan difícil que resulte, que va a hacerlo solo por ser la excepción que confirma la puñetera regla.

Caleb soltó una carcajada, ronca y profunda, que hizo que cada centímetro de su piel se estremeciera.

—Eso espero, porque soy la peor elección que has hecho en tu vida. La peor idea, la más descabellada y la más peligrosa...

Ella se puso derecha y frunció el ceño.

—Sí, sí, sí... —resopló con los ojos en blanco—. Ahora vas a decirme eso de que eres un chico malo y que es mejor que me mantenga lejos de ti, y *blablabla...*

Caleb le cogió el rostro entre las manos y apretó los labios contra los suyos con fuerza.

—No —dijo, con tal intensidad que ella dejó de respirar—. Quiero que te acerques mucho a mí, y que no te separes bajo ningún concepto.

*S*e oyó un golpecito. Algo caminaba haciendo un ruido amortiguado por encima de su cabeza. Savannah oyó un largo maullido. ¿Un gato? ¿Desde cuándo tenía gato? Apretó los párpados, segura de que estaba soñando, y se acurrucó. Acomodó la mejilla sobre algo caliente que olía de maravilla. Inspiró y lo acarició con la mano. Piel firme y dura, suave, y que latía bajo su mano con un ritmo pausado. Se quedó inmóvil. Una respiración lenta se agitaba bajo ella. Despertó de golpe y se encontró con Caleb completamente dormido bajo su cuerpo, tumbado en el asiento trasero del coche, sosteniéndola por las caderas. Por un momento se distrajo observándole. Estaba guapísimo mientras dormía. Se obligó a reaccionar y pegó un bote.

—¡Dios mío, Caleb, despierta, nos hemos quedado dormidos y está amaneciendo!

Él gruñó y ella le dio una palmada en el estómago.

—¡Caleb! —exclamó. Le cogió la cara con una mano y le apretó los mofletes haciendo que sus labios se fruncieran—. Nos hemos quedado dormidos y está amaneciendo. Tu madre... tu madre podría aparecer en cualquier momento por la puerta.

Él protestó en un susurro.

—¿Y qué? Se va a enterar de lo nuestro de todos modos —suspiró adormilado sin abrir los ojos.

—Bueno, sí... Pero no quiero que se entere porque me encuentre medio desnuda en el asiento trasero de tu coche. ¿Qué va a pensar de mí?

Los ojos de Caleb se abrieron de golpe.

—¿Desnuda? —Levantó el torso para mirarla y sonrió. Estaba agachada buscando algo. Sacó de debajo de su espalda su sujetador y lo agitó en el aire—. ¿Buscas esto?

Ella lo fulminó con la mirada y se lo arrebató de la mano. Intentó ponérselo, pero sus dedos nerviosos no lograban dar con el cierre.

—Anda, deja que te ayude. —Se colocó tras ella y abrochó el sujetador. Sus manos le recorrieron la espalda y los costados. La besó en la nuca—. Buenos días —le dijo con voz ronca contra la piel.

Ella soltó una risita y le dio un codazo.

—Si tu madre nos pilla, me muero.

—Vale —cedió Caleb al fin. Se estiró para poder abrocharse el pantalón.

Savannah terminó de colocarse el vestido y pegó la nariz a la ventanilla para asegurarse de que no había nadie. Estaba eufórica y no quería pensar en ello. Cruzar los límites empezaba a resultarle divertido.

—Despejado —anunció, lanzando una mirada nerviosa a Caleb.

—Pues vamos allá —replicó él con una enorme sonrisa.

Abrió la puerta y bajó del coche. La ayudó a salir y cogidos de la mano cruzaron la calle. Prácticamente había amanecido y dentro de las casas sus habitantes comenzaban a despertar.

—¿Dónde aparcaste?

—Un poco más abajo —respondió ella, tirando de su mano—. ¡Quieres darte prisa! —lo jaleó.

—¿Por qué? Ya estamos en la calle, si mi madre nos ve...

—Te verá medio desnudo y descalzo, y a mí con un vestido con el que parece que he dormido. ¿Uno más uno...?

Se detuvo junto a su Chrysler y buscó la llave en su bolso.

—¿Sexo brutal y ganas de volver a repetirlo cuanto antes? —respondió él con tono travieso, arrinconándola contra la puerta. Le mordisqueó el cuello y después la oreja, mientras una mano juguetona se colaba bajo el vestido y le apretaba el muslo—. ¿Cuándo volveré a verte?

Savannah se derritió entre sus brazos.

—¿Cuándo quieres volver a verme?

—Aún no te has ido y ya quiero —dijo él, mientras le daba un beso tras otro en las comisuras de los labios.

—Esta noche, invítame a cenar —sugirió Savannah.

Caleb la miró a los ojos y todo su cuerpo protestó a gritos.

—Eso está hecho.

Sostuvo la puerta hasta que ella estuvo dentro. La despidió con la mano y se quedó mirando cómo desaparecía calle arriba. Con las manos enfundadas en los bolsillos de su pantalón regresó a su casa. No necesitaba mirarse en un espejo para saber que sonreía como un idiota. Esperar a la noche iba a ser una tortura.

31

Savannah se miró en el espejo del baño. Esa tarde había salido de compras, quería algo especial que ponerse para su cita con Caleb. Al final, tras probarse casi toda la tienda y volver loca a Cassie, se había decidido por un vestido violeta palabra de honor con vuelo en la falda. Era un poco formal y, aunque estaba segura de que su aspecto desentonaría con el talante despreocupado que siempre lucía Caleb, le apetecía arreglarse un poquito.

Se atusó la falda de nuevo, alisando unas arrugas inexistentes. Estaba nerviosa, tanto que no lograba respirar con normalidad, y la falta de oxígeno amenazaba con dejarla K.O. si resoplaba un poco más deprisa. Aquella iba a ser su primera cita oficial con Caleb, como amigos, novios o... lo que quiera que fuesen. Se quedó pensando. ¿Qué eran exactamente? En su discursito desesperado, ella le había hablado de un futuro juntos más allá de aquellos días en Port Pleasant. Le había propuesto mantener una relación y ver adónde les llevaba. Él había aceptado, pero no habían especificado en ningún momento el grado de compromiso de esa relación. No esperaba un anillo y que le pidiera que se convirtiera en su prometida. Pero sí deseaba ser la primera y única del resto de su vida. No era pedir mucho cuando él se estaba convirtiendo en el centro que hacía girar su mundo.

Miró el reloj, eran las siete y media. Se calzó unas sandalias plateadas y remató el conjunto con unos pendientes y una cadenita a juego de la que colgaba una lágrima de cristal. Echó un último vistazo al espejo. Esa noche sí que parecía una princesita.

Condujo hasta el taller de los Kizer, dispuesta a darle una sorpresa. Aparcó tras una vieja camioneta de grandes neumáticos y trató de caminar sin que se le hundieran los tacones en la gravilla.

Un par de tipos abandonaban el taller.

—¿Te has perdido, cariño? —preguntó uno de ellos, cortándole el paso y mirándola de arriba abajo. Era alto y le sobraban unos cuantos kilos; también necesitaba una buena ducha—. ¿Necesitas que te indique el camino? Tres pasitos más y lo habrás encontrado. Mi GPS nunca falla —añadió, haciendo un gesto obsceno con sus caderas.

El otro hombre se echó a reír con ganas.

Savannah suspiró exasperada y dio un paso atrás. Parecía que en las últimas horas se había convertido en un imán para los cretinos. Por el rabillo del ojo vio a Caleb en el interior del edificio. Acababa de salir del foso y venía a su encuentro con expresión sorprendida.

—Si vuelves a faltarme al respeto, mi novio te dará una paliza —le espetó con cara de pocos amigos.

—¿Ah, sí, y eso cuándo va ser, antes o después de que acabe su partida de golf? —se burló el tipo. Su amigo reía como si alguien le hubiera contado un chiste muy gracioso.

Savannah esbozó una sonrisita burlona.

—Cielo, ¿tú juegas al golf?

Se le aceleró el pulso al oír la risa ahogada de Caleb, que se había apoyado contra la pared y no perdía detalle del encuentro.

—No, cariño —repuso él—. Ya sabes que lo mío son los deportes de contacto. —Su voz estaba cargada de chulería y de dobles intenciones.

Savannah se puso colorada, aun así le lanzó una mirada retadora al hombre.

—¿Has oído? La próxima vez le diré que te patee el culo.

El tipo se quedó mirándola, después desvió la vista hacia su amigo y los dos se echaron a reír con ganas.

—¡Joder, Marcus! —gritó con una voz cascada por el tabaco—. Sabes elegirlas.

Caleb esbozó una sonrisa traviesa y se frotó los brazos.

—Ella me eligió a mí. Soy un capullo con suerte —respondió.

Los dos hombres alzaron la mano a modo de despedida y subieron a un camión aparcado junto a la carretera. Savannah no se movió hasta que el vehículo desapareció de su vista. Dio media vuelta y, sin mediar palabra, echó a correr hacia Caleb con un punto ardiendo en el pecho. Una sonrisa enorme se dibujó en los labios del chico, mientras abría los brazos para recibirla. Ella saltó y le rodeó el cuerpo con los brazos y las piernas.

—¿Estás loca? —preguntó Caleb entre risas, abrazándola por las caderas—. ¿Estabas dispuesta a que me pegara con ellos? ¡Suerte que les conocía!

—Seguro que les habrías dado de lo lindo —replicó ella con un mohín coqueto.

—¿Has visto el tamaño que tenían? Me habrían roto todos los huesos.

—No seas modesto. Te vi atizándoles a esos tipos anoche.

Él entornó los ojos.

—Los tíos de anoche estaban colocados, Sav. Y yo muy cabreado —le hizo notar con un guiño. Ella frunció el ceño y puso cara de suficiencia—. Vale, no tenían nada que hacer, ni siquiera en su mejor momento —admitió con un tonito engreído.

Savannah le plantó un beso en los labios. Caleb la dejó en el suelo y dio un paso atrás. La miró de arriba abajo y una sonrisa le iluminó el rostro.

—¿Dónde es el baile? —preguntó.

Savannah agarró la falda de su vestido y giró sobre sí misma como una muñequita.

—¿Te gusta?

Los ojos de Caleb brillaron, empapándose de ella.

—¡Estás preciosa! ¡Qué digo preciosa, estás para comerte! —ronroneó. Le puso una mano en el cuello y la atrajo para darle un beso largo y profundo que los dejó a ambos sin aire en los pulmones—. ¿Qué haces aquí? ¿No quedamos en que yo pasaría a buscarte?

—Quería darte una sorpresa.

—Me encanta que me sorprendas —susurró Caleb con el corazón latiéndole con fuerza contra el pecho. Era suya, solo suya.

Ella levantó la mano y pasó los dedos por su espesa y oscura cabellera.

—¿Listo para irnos?

—Solo necesito cambiarme.

La cogió de la mano y tiró de ella hacia el interior del taller. La dejó esperando en la oficina y fue hasta la pequeña habitación con baño que hacía las veces de vestuario. Encontró a Tyler terminando de vestirse.

—¿Tomamos una cerveza? —propuso el chico.

—Esta noche no. Sav ha venido a buscarme, vamos a cenar. En plan cita. Ya sabes.

—¿En plan cita? ¿Cena en un sitio romántico, vino y cursilerías?

—soltó Tyler sin poder disimular su asombro. Caleb asintió—. ¿Desde cuándo tú tienes citas?

Caleb se encogió de hombros.

—A ella le gustan ese tipo de cosas... supongo. ¿Crees que debería comprarle flores o algo? —preguntó pensativo.

Los ojos de Tyler se abrieron como platos. Sacudió la cabeza y se aclaró la garganta.

—¿Flores? Savannah ha dejado de ser un simple rollo, ¿verdad? Quiero decir, que anoche hicisteis algo más que las paces. Y no hablo de si echasteis un polvo o no.

—No echamos ningún polvo. No quise que la primera vez fuera tras un cabreo monumental. —Caleb suspiró y se dejó caer contra la pared.

—Vale, eso lo tengo claro, pero no has contestado a mi pregunta. ¿Vas en serio con ella?

—Supongo.

—¿Supones? —lo cuestionó Tyler.

Caleb lo miró de reojo y se encogió de hombros. Se estaba ruborizando y eso no era propio de él.

—Cuando estoy con ella siento… cosas.

—Cosas —repitió Tyler.

No es que él tuviera el vocabulario de un catedrático, pero Caleb no era lo que se decía pródigo en explicaciones.

Caleb levantó la vista y alzó las manos con un gesto de impaciencia.

—Sí, cosas. Cuando estoy con ella… siento cosas… buenas. Y me gusta sentirme así —confesó con una sonrisita.

Tyler también sonrió y sacudió la cabeza sin apartar los ojos de su amigo.

—Ya entiendo. ¡Vaya!

Caleb se frotó las manos contra los pantalones y suspiró. Le dedicó a su amigo una mirada intensa.

—Me gusta mucho. Quiero intentarlo con ella y necesito que funcione. No sé cómo lograrlo, pero necesito que resulte, Ty. Esa chica se me ha metido en la sangre y la quiero conmigo hoy, mañana, el mes que viene... Y con un poco de suerte no se dará cuenta de lo poco que le convengo y quizá dure lo suficiente.

Tyler se pasó la mano por la sombra que le oscurecía la mandíbula. No quería preocuparse por Caleb, pero no podía evitar hacerlo. No creía que Savannah fuese la mujer adecuada para su amigo. Al contrario, era un problema de los grandes con un bonito envoltorio.

—Pues espero que des con la fórmula mágica, porque no tenéis nada en común, nada. Y cuando sus padres se enteren... ¡Joder, Caleb, van a crucificarte! —le hizo notar, levantando las cejas de forma elocuente.

Caleb se sacó la camiseta agarrándola por el cuello y se sentó en el banco para quitarse las zapatillas.

—Tiene casi diecinueve años y yo veintiuno. Es una relación entre adultos, solo nos incumbe a nosotros. Me importa una mierda lo que digan sus padres —apuntó, sin poder evitar que sus palabras sonaran con un claro tono de amenaza.

—Ten cuidado, tío —le pidió Tyler, mientras le apretaba el hombro con la mano—. Ten mucho cuidado.

Caleb terminó de vestirse y fue en busca de Savannah. Se detuvo unos instantes en la penumbra y la observó a través de los cristales de la oficina. Se había sentado en el sofá con las rodillas muy juntas y los pies separados, los codos apoyados en los muslos y el rostro acunado entre sus manos mientras se mordisqueaba el labio inferior.

No se acostumbraba a quedarse sin respiración cada vez que la veía. Había estado con chicas impresionantes que dejaban a un hombre sin habla, pero Savannah tenía algo que no había encontrado en ninguna otra, y es que le hacía desear que hubiera un día más, una noche más, solo para poder verla de nuevo.

Golpeó el cristal con los dedos. Ella dio un respingo y sonrió al verle. Cogidos de la mano salieron afuera, mientras Tyler apagaba las luces y cerraba las puertas.

—¿Te gusta la langosta? —se interesó Savannah. Caleb le rodeó los hombros con el brazo y ella continuó sin esperar a que respondiera—. Ya verás, en el Club preparan la mejor. Te va a encantar.

Él se paró en seco.

—¿El Club?

—Sí, he pensado que podríamos cenar allí. Es un sitio tan bueno como cualquier otro y...

—No vamos a ir a ese club —declaró tajante.

—¿Por qué? —Savannah frunció el ceño contrariada.

—Porque no es necesario.

—Caleb, yo quiero ir...

Caleb la tomó del rostro y acercó su nariz a la de ella para que concentrara toda su atención en él. Un brillo de impaciencia le iluminó los ojos.

—No, no quieres ir. Quieres demostrarme que no te importa que te vean conmigo. Pero yo no lo necesito, ya no. Iremos a ese restaurante italiano que hay junto a la playa.

Savannah se puso roja al sentirse descubierta, y notó cómo el rubor se le extendía por el cuello.

—¿Te refieres a ese que tiene una terraza sobre el mar? —murmuró con un cosquilleo en el estómago.

Era uno de esos restaurantes pequeños y coquetos, con música suave y luz tenue. El lugar ideal para una cena romántica. No pudo evitar sorprenderse por la elección, sobre todo viniendo de él. No le tenía por el tipo de chico que regalaba flores y cuidaba los detalles.

Él sonrió y asintió con la cabeza.

—Vale —cedió ella, intentando contener una sonrisita estúpida.

—Genial, porque es nuestra primera cita y quiero que sea un buen recuerdo. El primero de muchos. ¡Italiano! —sentenció.

Savannah se derritió. Su mirada le hacía cosquillas por dentro.

—Eres un mandón.

Caleb esbozó una sonrisa traviesa y le dio una palmada en el trasero, instándola a caminar en dirección al coche.

—Iremos en el mío —dijo Caleb.

—De eso nada. Yo he venido a buscarte, yo conduzco —replicó ella.

Caleb entornó los ojos.

—¡No! Me gusta conducir y soy un poco antiguo en ese sentido. Ya sabes, cita... chico conduce, chico paga la cuenta.

Savannah alzó las cejas, boquiabierta. ¿Qué se suponía que debía contestar a eso? ¿Sí, mi amo? El desafío se reflejó en sus ojos.

—Pues conduces el mío y pagamos a medias.

Caleb abrió la puerta de su coche.

—Sav, súbete al coche —ordenó.

Savannah lo imitó. Se plantó junto a su vehículo y abrió la puerta en una clara invitación.

—Caleb, sube al coche y no te comportes como un Neanderthal.

Él abrió los ojos como platos. Se quedó callado un momento y enderezó la espalda. La primera impresión que había tenido sobre la chica al conocerla se confirmaba: tras aquella carita de ángel y su boquita contestona, se escondía un demonio de uñas afiladas. Adoptó un aire ofendido.

—¿Qué? —La apuntó con el dedo y su voz reflejó un matiz de enfado y deseo. ¿Por qué le ponía tanto discutir con ella?—. Eres tú la que se está poniendo histérica con el tema.

Savannah dio un paso adelante con las manos en las caderas. Empezaba a cabrearse.

—No me estoy poniendo histérica. Trato de sentar unas bases de igualdad entre nosotros. No me va el rollo *machito* y ya he cedido con el restaurante.

Caleb frunció el ceño y acercó su cara a la de ella. Su mirada descendió hasta su boca y le hormiguearon los labios.

—Pues anoche te gustaba ese rollo —susurró en un tono de voz que rezumaba sensualidad.

Savannah contuvo el aire e intentó que el calor de su vientre no se le reflejara en la cara.

—No vi que te quejaras cuando yo tomé el control —le recordó ella, como si nada.

Se quedaron mirándose fijamente, echando chispas por los ojos. El ambiente se cargó de excitación, tensión y enfado. Tras ellos alguien se estaba partiendo de risa. Tyler estaba apoyado contra su camioneta y se sacudía entre espasmos sin dejar de reír. Ambos se giraron para mirarlo. El chico se encogió de hombros y sacudió la cabeza.

—Retiro lo que te he dicho antes —le dijo a Caleb—. Sois tal para cual. En serio. Estáis hechos el uno para el otro. Me muero por ver vuestra primera pelea en serio.

—¡Tyler! —gritaron los dos a la vez.

—Lo que yo decía —replicó el chico mientras subía a su camioneta sin dejar de reír.

32

*M*e encanta este coche! —exclamó Savannah con un chillido. *P*aró el motor del Mustang y se bajó pegando saltitos.

Caleb la siguió, dando gracias al cielo de tener por fin los pies en el suelo. Aún le temblaban las piernas.

—A mí me encanta cómo has adelantado a ese camión a ciento veinte y sin mirar, y cómo el motorista que venía de frente casi se muere de un infarto —dijo en tono sarcástico, mientras cerraba la puerta con más fuerza de la que pretendía—. Te juro que me has quitado cinco años de vida.

—Exagerado —replicó ella con los ojos en blanco.

Caleb la miró, y extendió la mano con la palma hacia arriba.

—No te acostumbres a salirte con la tuya. Puedo volverme inmune a esos ojitos. Anda, dame las llaves —le pidió.

Savannah frunció los labios con un mohín.

—¿Qué llaves? ¿No serán estas? —preguntó de forma coqueta.

Las agitó, sosteniéndolas con las puntas de los dedos, y dio un paso atrás, y después otro, alejándose de él mientras sonreía con malicia.

Los ojos de Caleb brillaron y su expresión se volvió hambrienta. Era como si la chica supiera qué hacer, qué decir o cómo moverse en cada momento para acaparar su atención. Como si en el mundo no existiera nadie más salvo ella.

—Sí, esas llaves. No volverás a coger el coche hasta que te enseñe a conducir.

Savannah dio un respingo, como si un látigo la hubiera azotado. Tomó nota mental de otra de las ideas primitivas que pensaba eliminar del cerebro de Caleb. No solo eliminarla, la extirparía con cirugía si la obligaba.

—¡Ya sé conducir! —le espetó, y le puso mala cara.

—No, no sabes. Tú simplemente aceleras, giras y frenas. Eso lo hace cualquiera —le espetó sin cortarse—. Dame las llaves.

Caleb no era de los que adornaban los hechos para que los demás se sintieran bien, y tampoco iba a hacerlo con ella. ¿Por qué iba a decirle que conducía bien si era un peligro de metro setenta con ojos bonitos? ¿Por eso, porque tenía los ojos bonitos y le disparaba el pulso? Ni de coña.

Savannah se enderezó de golpe y se puso colorada.

—No. Ahora sí que no pienso dártelas —lo retó, cruzándose de brazos.

—Sav. —Caleb entornó los ojos y un destello amenazante los iluminó.

—Caleb. —Lo imitó ella, sin dejarse amedrentar.

Caleb se rió entre dientes y echó la cabeza hacia atrás, derrotado. Cuando volvió a mirarla su expresión era divertida. La contempló de arriba abajo. Se fijó en sus labios entreabiertos y rosados sin necesidad de ese brillo que solía ponerse. Lo volvían loco.

—Vale, quédatelas, pero a cambio quiero un beso.

Savannah se estremeció de pies a cabeza y su corazón se paró un segundo antes de volver a latir desbocado. Tragó saliva y esbozó una sonrisa de suficiencia con la que trató de disimular que ciertas partes de su cuerpo reaccionaban como nunca antes lo habían hecho al tono exigente de su voz.

—¿Un beso?

—Sí —respondió Caleb, mientras se acercaba lentamente a ella. Miró a su alrededor, evaluando el entorno y a las personas que iban de un lado a otro y que les observaban al pasar por su lado—. Pero tiene que ser un buen beso, uno muy bueno.

Savannah también miró a su alrededor. Vio a dos compañeras de clase paseando, y a la hija de su dentista saliendo de una tienda de dulces al otro lado de la calle. Hizo inventario de sus sentimientos. No se sentía incómoda ni cohibida. Caleb era su... ¿novio? Subiría el Himalaya para besarlo en la cima si se lo pidiera. Esbozó una sonrisa coqueta.

—¿Me estás poniendo a prueba? ¿Crees que no voy a besarte aquí?

—No veo que lo estés haciendo —le hizo notar él. Se mordió el labio, tratando de reprimir la risa.

—Bien —suspiró Savannah. Se guardó las llaves en el escote y le guiñó un ojo.

La mirada de Caleb sobre su escote aumentó unos cuantos grados el calor de sus mejillas, y su sonrisa de pirata le provocó un revoloteo en el estómago. Se acercó a él muy despacio. Se puso de puntillas, con la respiración entrecortada, sin apartar la mirada de sus ojos oscuros. Podía sentir en el pecho la calidez de su estómago duro y plano bajo la camiseta. Todo desapareció salvo él.

Deslizó la mano por su nuca y lo atrajo hacia su boca. Caleb se inclinó y se dejó besar, pero de inmediato sus labios empezaron a moverse sobre los de ella con avidez. Como si ella estuviera hecha de agua y él se hallara muerto de sed. Savannah se apretó contra su cuerpo. Se encontraba a su merced más de lo que estaba dispuesta a reconocer. Caleb resultaba embriagador e irresistible, tanto que debía ser malsano para la cordura.

Caleb profundizó el beso. Los tímidos roces de su lengua se transformaron en una invasión en toda regla y, mientras saboreaba cada dulce recoveco, le acarició el costado ascendiendo hasta la curva de su pecho. La apretó un poco más contra su cuerpo y ella gimió. Mordisqueó su labio inferior y ella se aflojó. Deslizó sin ningún problema un par de dedos en el interior de su escote.

Savannah se separó de golpe y lo miró mientras recuperaba el aliento. Una sonrisa perversa se dibujó en la boca de Caleb. Las llaves colgaban de sus dedos, y las guardó en el bolsillo de sus tejanos. Ella no supo si echarse a reír o enfadarse. Caleb se mordió el labio inferior con ese gesto sexy tan habitual en él, y optó por la primera. No podía enfadarse si se estaba muriendo por besarlo otra vez.

—Muy hábil —dijo con los ojos entornados.

Caleb la levantó del suelo, tomándola en brazos, y sonrió de oreja a oreja satisfecho de sí mismo.

—No soy de fiar, princesita.

—Créeme, es algo que no volveré a olvidar —susurró Savannah a milímetros de sus labios. Él quiso besarla de nuevo, pero lo rechazó empujándolo con una mano en el pecho—. ¿Tú no tenías hambre?

Caleb sonrió, y echó a andar hacia el restaurante con ella colgando de sus brazos.

—Tengo hambre de ti. Siempre tengo hambre de ti —dijo con voz ronca.

Ocuparon una pequeña mesa en la terraza, vestida con un mantel a cuadros blancos y rojos. La iluminación era suave, acogedora: un par de hileras de bombillas blancas que colgaban de una esquina a otra sujetas a unos postes formaban una delicada carpa de luz. El mar golpeaba los maderos que sostenían la terraza con un lento vaivén. El sonido de las olas se mezclaba con el de los cubiertos y las voces de los clientes que a esas horas llenaban el restaurante.

Tomaron raviolis, carpaccio y vino tinto, que Savannah bebió casi con miedo, temiendo que alguien reparara en que era menor para tomar alcohol. Se llevó a la boca una cucharada del helado casero de manzana y *Pop Rocks* que había pedido de postre. Apretó los labios, conteniendo una carcajada mientras el caramelo chisporroteaba dentro de su boca.

Caleb la miraba con los brazos apoyados en la mesa y sus largas piernas repantigadas a un lado. Una sonrisa le iluminaba la cara.

—¿Cómo puedes comerte eso? —preguntó.

Savannah se encogió de hombros.

—Está bueno y es divertido —respondió. Un trocito le explotó en la punta de la lengua y se echó a reír—. ¿Quieres probarlo?

Caleb puso una cara rara y negó con la cabeza.

—Venga, no seas miedica —replicó ella. Hundió la cuchara en el helado de color verde y la sacó rebosante. Se la ofreció, invitándolo con un guiño coqueto.

Caleb se quedó mirando el mejunje verde. Tomó la cuchara y se inclinó sobre Savannah. Inspiró bruscamente.

—Abre la boca —susurró.

—¡Lo sabía, eres un miedica! —exclamó Savannah, mientras sus labios se cerraban en torno al cubierto.

Caleb no apartó los ojos de su boca fruncida. Ella se relamió, atrapando una gota que resbalaba por su labio inferior. Notó que le faltaba el aire y esa tensión en el cuerpo que lo mortificaba con una urgencia desmedida. La deseaba tanto que la cabeza le daba vueltas.

—Ya te he dicho que no soy un miedica. Solo quiero probarlo de otro modo —dijo casi sin voz. Se inclinó y la beso. El helado penetró en su boca y el caramelo comenzó a crujir. Lo saboreó—. Sí que está bueno.

Savannah sonrió y lamió la cuchara. De reojo pudo ver muchas miradas sobre ellos, algunas conocidas. Una parte de ella aún sentía cierto revuelo, pero sabía que no estaba haciendo nada malo. ¿Cómo podía ser malo estar con alguien que era capaz de transportarla al séptimo cielo con una simple sonrisa? Todas esas personas no lo conocían.

—¿Qué no te comerías nunca? —preguntó de repente.

—Criadillas, jamás me comería algo así —respondió él con un estremecimiento.

—¡Puaj, qué asco! —exclamó ella.

—¿Y tú?

—Caracoles, nunca me metería en la boca uno de esos bichitos babosos.

Caleb se echó a reír.

—Pues no están tan malos.

—¿Los has probado? —se sorprendió ella.

—Sí. He hecho muchas locuras en mi vida —comentó con un atisbo de ironía.

Savannah clavó los codos en la mesa y lo miró fijamente.

—Vale, juguemos a las preguntas. Pero hay que ser sincero, así podremos conocernos —sugirió.

La sonrisa de Caleb desapareció de su cara. Se pasó un dedo por el labio inferior, sin estar muy seguro de si quería jugar a ese juego. Era demasiado peligroso para alguien como él. Hablar de sí mismo no le gustaba, alimentaba sus fantasmas, y había secretos que era mejor que nunca salieran a la luz.

—Sin preguntas incómodas. Te lo prometo —lo tranquilizó ella al ver su indecisión.

Él le sostuvo la mirada un segundo y asintió con un gesto. Se acomodó en la silla y le dedicó la sonrisa abierta que ella tanto deseaba.

—¿Cuál es tu comida favorita?

—Tú —respondió Caleb con los ojos entornados.

Savannah se ruborizó y su cuerpo se agitó con una sensación agradable.

—¡Caleb, contesta en serio o no sirve! —protestó.

—Lo he dicho en serio, te comería a todas horas y no me cansaría nunca. —Le guiñó un ojo. Ella le dedicó una mirada enojada—. Pero mi segundo plato favorito es la pizza de mozzarella y anchoas, ¿y el tuyo?

—Pizza con aceitunas negras y champiñones —admitió Savannah con una sonrisita—. ¿Dónde te gustaría vivir?

Antes de contestar, Caleb sirvió más vino en las copas y tomó un sorbo. Adoptó una expresión grave mientras hacía girar la copa entre sus dedos.

—Si de verdad pudiera elegir un lugar donde vivir, sería en Vancouver. Sé que me gustaría.

—¿Y por qué estás tan seguro?

—Es una ciudad preciosa, rodeada de naturaleza. Cosmopolita, urbana y a la vez salvaje. Y está muy lejos de todo esto —susurró para sí mismo. Miró a Savannah y le sonrió burlón—. ¿Y tú qué, dónde te gustaría asentarte?

Ella se quedó pensando un momento.

—La verdad es que no lo sé. Siempre he dado por hecho que me quedaré en Carolina del Norte, que después de graduarme en la universidad trabajaré cerca de aquí... —Frunció el ceño con un gesto que a Caleb le pareció adorable—. Creo que San Francisco sería una ciudad estupenda para vivir. Sí, si pudiera viviría allí.

—No está mal —dijo él—. ¿A qué quieres dedicarte?

—Me gustaría dar clases algún día y... —El resto de la frase se atascó en su garganta. Le daba vergüenza confesarle su secreto, su anhelo desde que era niña. Lo miró a los ojos y lo que vio en ellos le encogió el corazón. Caleb no la juzgaría, simplemente lo sabía—. Y me gustaría convertirme en escritora, publicar un libro o dos...

La ternura iluminó la cara de Caleb y rió por lo bajo sin poder disimular su sorpresa. Imaginaba que diría juez o abogado, o algo así.

—¿En serio? ¿Escritora?

—Sí, ¿qué pasa, tan raro te parece? —preguntó ella mientras el rubor le coloreaba las mejillas y una sonrisita avergonzada dibujaba sus labios.

Caleb sacudió la cabeza y la observó sin pestañear. No se había equivocado con ella. Savannah era una caja de sorpresas esperando a ser abierta para mostrarse tal y como era en realidad. Y a él le cautivaba lo que estaba descubriendo.

—No, la verdad es que no. Es más, no me cuesta nada imaginarte. No sé... te veo...

—¡Dios, nunca se lo había contado a nadie! —confesó ella, llevándose las manos a las mejillas.

—¿En serio? —se extrañó Caleb, encantado con la revelación y el hecho de que hubiera confiado en él.

—Eres la primera persona a la que se lo confieso. Ni siquiera se lo he dicho a Cassie.

—¿Y qué clase de libros quieres escribir?

—Si te lo digo te reirás. —Apartó la vista y se ruborizó.

Caleb cruzó los brazos sobre el mantel para estar más cerca de ella.

—No lo haré —le aseguró, y le dio un empujoncito con la rodilla por debajo de la mesa.

Savannah le sostuvo la mirada con cierta cautela.

—Historias románticas, paranormales... ¡Podría convertirte en uno de mis personajes! Un ángel caído que se enamora de una chica humana —bromeó. Se colocó un mechón de pelo tras la oreja y lo miró un poco avergonzada.

—Me encantaría leerlo —comentó él con una sonrisa.

—¿Y a ti qué te gustaría hacer? —quiso saber Savannah.

—Ya hago lo que me gusta. —Tamborileó con los dedos sobre la mesa—. Quizá tener un taller propio en un futuro. Pero trato de ser realista con lo que soy y a lo que puedo aspirar. Intento no tener sueños.

Savannah apretó los labios para que su expresión no reflejara esa compasión que Caleb detestaba, pero no podía evitar sentirla cuando le oía decir ese tipo de cosas. Quiso cambiar de tema y pensó en uno por el que sentía mucha curiosidad y a la vez miedo: chicas.

—¿Cuál es la mentira más gorda que le has dicho a una chica para deshacerte de ella?

Caleb se echó a reír.

—Le dije que era gay, y aun así no pensó que fuera un problema. ¡Dios, necesité ayuda para quitármela de encima, más que dedos parecía que tuviera ventosas!

Savannah se contagió de su risa traviesa.

—¿Y tú? —preguntó Caleb a su vez.

—A ti, cada vez que te decía que no me gustabas o que me parecías un cretino —murmuró, llevándose las manos a las mejillas.

Caleb soltó una carcajada.

—¡Suerte que no suelo darme por vencido!

—¿Con cuántas chicas has estado, Caleb? —inquirió, consciente de que era la peor pregunta que una mujer podía hacerle a un hombre si no estaba segura de poder encajar la respuesta.

—¿Te refieres a...?

—Sí.

Él se puso tenso y se echó hacia atrás en la silla. No entendía esa fascinación enfermiza que las mujeres sentían por ese tipo de detalles. Fuera cual fuera la respuesta, si había más de una en el historial, siempre se mosqueaban sin pararse a pensar que todo el mundo tiene un pasado y que lo importante era centrarse en el presente, en el «ahora aquí y contigo». Pero no pensaba mentir, ella tendría que lidiar con esa verdad si quería estar con él.

—Han sido muchas —respondió sin apartar la mirada de sus ojos—, pero ninguna se convirtió en algo importante, ni remotamente. Solo se trataba de sexo o de una escapatoria momentánea, no lo sé. Algunas de ellas también buscaban ese escape en mí y nos usábamos para evadirnos de nuestras vidas. Otras... supongo que creían estar enamoradas y quizá esperaban que, tras hacerlo, la historia fuese a durar. Pero nunca duró y nunca lo intenté.

—Con Spencer sí.

—No, con ella tampoco lo intenté. Es cierto que me importaba y que yo le importaba, pero vivíamos el momento, solo eso. En todo el tiempo que duró lo nuestro, nunca pensé en cómo sería la vida con ella. Nunca la imaginé en mi futuro. —Esbozó una triste sonrisa—. ¿Y tú, cuántos chicos? —le devolvió la pregunta para poder dejar de hablar. Sincerarse no iba con él y estaba seguro de que esa era la conversación más larga que había mantenido con una mujer a ese respecto; y solo porque se trataba de ella.

—Ya sabes que no ha habido nadie en ese sentido... solo contigo he llegado tan lejos. Sí que he salido con chicos, dos antes que con Brian, pero... nunca fuimos más allá de unos cuantos besos.

—Pero con Brian ibas en serio —dijo él como si no le afectara.

Por dentro le hervía la sangre al imaginarla entre los brazos de aquel gilipollas, con su asquerosa boca sobre la de ella.

Savannah se encogió de hombros y empezó a juguetear con la cucharilla.

—Sí. No íbamos a casarnos ni nada de eso. Había planes, por supuesto, pero no nos habíamos prometido. Aunque era algo que todos esperaban que pasara antes o después. Creo que todo el mundo, menos yo, tenía muy claro que no tardaría en convertirme en la futura señora Tucker. Ahora sé que habría sido el mayor error de mi vida.

Suspiró y levantó los ojos de la mesa. Sonrió como si se disculpara.

—Captado —dijo Caleb devolviéndole la sonrisa. La miró a los ojos fijamente con una intensidad abrumadora—. ¿De verdad crees que conmigo puedes conseguir algo que dure? ¿De verdad ves un futuro?

Savannah se mordió el labio. Después de lo que él había dicho sobre las chicas con las que había estado, y del hecho de que no le había dado una cifra y que esas «muchas» podían ser demasiadas para ella... Sí quería, deseaba ser especial para él. Ser la primera que le hiciera plantearse cómo sería la vida a su lado.

—Sé lo que me gustaría —explicó nerviosa—. Y sí, me gustaría que hubiera un nosotros que durara en el tiempo. Me encantaría ser la primera y la última, la única. —Alzó las manos—. ¡No te asustes! No estoy hablando de casarnos mañana y tener un hijo pasado mañana. Ni siquiera sé si esas cosas entran en mi forma de ver la vida, la verdad. Pero soy una romántica, no puedo evitarlo. Me gusta la idea de que dentro de un par de años estaremos cenando en algún otro lugar, recordando esta noche, y tan bien como ahora.

—¿Por qué? —Aún le costaba entender qué había visto ella en él.

—Tal vez esto te suene ridículo, porque apenas nos conocemos, pero siento como si antes de ti no hubiera tenido otra vida. Una vida de verdad siendo yo misma. Yo... me gustas y... me importas. Me siento bien cuando estoy contigo.

Caleb entrelazó sus dedos con los de ella. Le acarició la palma de la mano con el pulgar, trazando circulitos con una intimidad sobrecogedora. No había escapatoria posible. Estaba atrapado en los hilos que Savannah había tejido a su alrededor. Había conocido a tantas mujeres que no necesitaba ser muy listo para darse cuenta de que con ella todo era diferente y especial. Una sonrisa pícara se dibujó en sus labios.

—Anoche, cuando te quedaste durmiendo sobre mí, me pregunté por primera vez en mi vida cómo sería estar con la misma persona un día... y otro... y otro... Cómo sería estar contigo de esa forma, que solo fueras tú.

—¿Y encontraste la respuesta? —preguntó ella, con la respiración atascada en la garganta.

Caleb asintió y le dio un beso en los nudillos antes de contestar.

—Sí, lo tuve claro en cuanto me di cuenta de que te echaba de menos aun teniéndote conmigo.

Savannah sonrió con un millón de mariposas revoloteando en su estómago. Miró sus manos unidas.

—¿Qué pasará dentro de unas semanas, cuando yo vaya a Columbia y tú regreses a Santa Fe?

Caleb respiró hondo. Le acarició la mejilla con los dedos, se inclinó y la besó con dulzura. Nunca había besado así a nadie, con tanto cuidado y delicadeza, y solo deseaba hacerlo con esa chica. Apoyó su frente en la de ella.

—Que seguirás siendo mía —respondió con una convicción absoluta—. No sé si lograré ser mejor persona de lo que soy, o la que esperas que sea. Pero deseo serlo para ti, así que... no voy a dejar que la distancia sea un problema. Hay una fórmula y yo la encontraré.

—Entonces, ¿qué se supone que somos? —preguntó ella con voz ahogada.

—¿Qué quieres que seamos?

—Creo que si contesto a eso, acabaré metiendo la pata.

Caleb bajó la mirada hacia sus manos unidas y jugueteó con sus dedos. Inspiró y exhaló por la nariz.

—¿Temes asustarme?

Levantó la vista al ver que ella guardaba silencio. Se inclinó hacia delante, buscando sus ojos. Y añadió:

—Lo que siento por ti es importante, lo sé. Nunca he sentido nada así por nadie. Creo que... no solo me gustas, es más que eso. Tenerte cerca se está convirtiendo en una necesidad. Creo que me estoy enamorando de ti, ¿en qué me convierte eso?

Savannah se mordió el labio e instó a su corazón a que latiera más despacio.

—¿Novio? —sugirió casi con miedo y un atisbo de vergüenza.

—Novio... ¡Suena bien! —dijo Caleb con un guiño.

33

¡Ay! —se quejó Caleb entre risas, cuando Savannah le dio otra palmada en el estómago.

—¿Vas a decírmelo? —preguntó ella.

Caminaban por la calle a paso rápido, buscando algo de sombra bajo los toldos multicolores de los comercios. Ella le abrazaba la cintura y él le rodeaba los hombros con el brazo de forma protectora. Caleb sacudió la cabeza y se ajustó las gafas de sol.

—No —respondió, y su mano cazó la de ella antes de que le atizara de nuevo—. ¡Oye, vamos a tener que hacer algo con toda esa agresividad! —Se inclinó sobre su oído y susurró—: ¿Necesitas que te ayude a relajarte? Ya sabes que me encanta echarte una mano con eso.

Savannah resopló.

—Eres incorregible.

—Y a ti te gusta que lo sea. Muy, muy incorregible —dijo él, esbozando una sonrisa malvada.

—De todo puedo cansarme.

—¿De mí? —repuso Caleb. Su tonito engreído hizo que Savannah pusiera los ojos en blanco—. Jamás te cansarás de mí. Se me da demasiado bien mantener tu atención.

Savannah se puso colorada y, tras un momento, le dio un azote en el trasero que hizo que él rompiera a reír. Le encantaba oír su risa, era grave, profunda y le provocaba un hormigueo electrizante por todo el cuerpo. Intentó respirar con normalidad, algo difícil cuando él acababa de recordarle lo que habían estado haciendo la noche anterior, y la anterior..., y la anterior. Esas imágenes en su cabeza la hacían boquear como un pez. Darse el lote con Caleb era adictivo. Sentir sus manos y su boca sobre el cuerpo la transportaba al séptimo cielo.

—Dime adónde vamos y seguiré alimentando ese ego que gastas.

—Suplica cuanto quieras. Es una sorpresa —bromeó él con una sonrisita oscura—, y si te digo adónde vamos, dejará de serlo.

—No soy de las que suplican —replicó con desdén.

Caleb la miró con expresión juguetona.

—Un poco sí. —Bajó la voz hasta convertirla en un susurro que solo ella pudiera oír—. Oh, sí…, Dios mío…, por favor… —gimió con voz ronca—. Me encanta pervertirte.

Savannah se sonrojó. Notó que le faltaba el aire y se obligó a ignorar los pensamientos excitantes que invadían su cerebro. Recuperó la compostura y le propinó otra palmada.

—Así que admites que eres un pervertido.

Caleb sonrió con malicia y se inclinó para darle un beso lento y suave en los labios. Era tan tierno y dulce, que Savannah se olvidaba de su pasado, de sus demonios y de lo que era capaz de hacer cuando se enfadaba. Se olvidaba de esa parte mala oculta tras su sonrisa, de ese lado peligroso que caminaba de puntillas al borde de un abismo. Savannah se derritió bajo sus labios y disfrutó de su sabor. Suspiró y se apretó contra él rodeándole el torso con los brazos.

Una mujer se quedó mirándolos con los ojos como platos. Una décima de segundo después, esos ojos brillaron con desaprobación. Caleb casi podía oír los engranajes de su cerebro moviéndose a toda velocidad mientras los juzgaba y sacaba conclusiones que, estaba seguro, no eran nada buenas. Su reputación ya era una mierda, pero la idea de que la de Savannah pudiera resentirse por los prejuicios de personas como esa mujer lo ponía enfermo. Un tic contrajo el músculo de su mandíbula, mientras le sostenía la mirada con expresión asesina. Estaba harto de idiotas.

Miró de reojo a Savannah. Ella ni siquiera se había dado cuenta; caminaba sonriente, abrazada a su cintura. Entonces se dijo que su reputación le importaba un cuerno. Lo único que le interesaba era tenerla a su lado aunque todo el mundo se dedicara a señalarla con el dedo. Ella era su salvavidas.

Caleb se paró de golpe y sus ojos volaron hasta el bar que se encontraba a su derecha. Enfocó un punto tras el cristal de uno de los ventanales. Frunció los labios y resopló.

—¡Como esté bebiendo lo mato! —gruñó. Soltó a Savannah—. No te muevas de aquí. Enseguida vuelvo.

Le dio un beso en la frente y entró como alma que lleva el diablo en el local. Sin entender nada, Savannah se quedó allí, plantada, viendo a través de cristal ahumado cómo Caleb serpenteaba entre las mesas en dirección a la barra.

—Así que es cierto. Te has liado con Marcus.

Esa voz. Savannah tragó saliva y se dio la vuelta. Brian se alzaba a pocos centímetros de ella. Llevaba el pelo rubio oculto bajo una gorra de béisbol y unas gafas de sol que se quitó lentamente. Las colgó del cuello de su camisa, mientras la taladraba con sus ojos de color avellana.

—Si lo que quieres decir es que salimos juntos, sí, salgo con Caleb.

Brian apretó los dientes y se inclinó sobre ella.

—¿Es un puto castigo por acostarme con Spencer? Como yo me la tiré, tu plan es pagarme del mismo modo —le espetó.

Savannah se quedó de piedra. Primero, por la agresividad y el veneno que destilaba su voz; y segundo, por la conclusión absurda y egocéntrica a la que había llegado.

—¿Qué? ¡No, no es ningún castigo ni nada parecido! Caleb y yo estamos juntos y no tiene nada que ver contigo.

—Y una mierda.

Savannah dio un paso atrás. Lo miró asqueada.

—Piensa lo que quieras, pero no estoy con él para llamar tu atención. Lo que hay entre Caleb y yo es de verdad. Va en serio.

Brian la traspasó con su mirada.

Savannah le dio la espalda, dispuesta a terminar con aquella conversación.

—¡Qué cosas tiene la vida! —dijo él con desprecio—. Yo tenía que rogarte para que me dejaras besarte, y ahora eres tú la que le suplica a ese gilipollas que te folle.

La bofetada de Savannah le hizo escupir la última palabra.

—Eres un capullo —le espetó con rabia.

A Brian se le aceleró la respiración y apretó los puños.

—Sí, soy un capullo desesperado. Tú me estás haciendo esto. ¡Por Dios, Savie, recapacita!

La puerta del bar se abrió de golpe y Caleb salió con cara de pocos amigos. Con una mano apartó a Savannah, colocándola tras él, y con la otra retiró a Brian poniendo distancia entre ellos.

—¿Qué coño pasa aquí? —preguntó con una mirada asesina.

—Nada —se apresuró a contestar Savannah—. Ya se iba.

Brian la ignoró y se encaró con Caleb.

—Pasa que quiero que la dejes en paz, Marcus. Para ti solo es una muesca más, un rollo con el que pasar el tiempo, pero para ella puede ser el fin. Búscate a otra a la que arruinarle la vida.

Caleb apretó los puños.

—Eres hombre muerto.

Dio un par de pasos hasta que su pecho quedó a solo unos milímetros del de Brian. Le sacaba unos cuantos centímetros al rubio, y no solo en altura. Caleb era mucho más corpulento, tenía la espalda de un nadador y unos brazos que podían considerarse armas peligrosas. Todo su cuerpo temblaba en ese momento. Un torbellino de rabia cobraba velocidad en su interior y Savannah no estaba segura de que pudiera controlarlo.

—¡Caleb! —Lo agarró de la camiseta para llamar su atención, pero él no le hizo caso.

Caleb posó su dedo índice en el pecho de Brian con un golpe.

—Tú no sabes nada de mí.

—Pero sí de ella. Su sitio está en mi mundo, no en el tuyo —replicó Brian. Miró a Savannah—. Aún no es tarde, podemos arreglar todo este desastre. Sabes que te quiero.

—Estoy con Caleb. Márchate —le pidió ella.

Caleb dio un paso adelante, de forma que ocultó a Savannah tras su espalda.

—Ya la has oído. ¡Olvídate de ella, es mía! No la mires, no la toques, ni siquiera pienses en ella o desearás no haber nacido cuando te arranque los ojos, las manos y el cerebro. ¿Está claro? —le espetó mientras clavaba sus pupilas en los ojos de Brian.

—¿Tuya? ¿Hasta cuándo? Por lo que sé no suelen durarte mucho —replicó Brian, apartando el dedo de su pecho.

Caleb soltó un gruñido y se lanzó hacia delante.

—No, Caleb —suplicó Savannah. Desde la espalda le rodeó la cintura con los brazos y trató de alejarlo, pero era como mover un edificio—. Solo quiere que le pegues para meterte en un lío.

—Pues voy a hacerle feliz —gruñó él. Lo agarró de la camisa y dos botones salieron volando junto con sus gafas de sol—. ¡Será mía hasta que el infierno se congele! Si me entero de que vuelves a acercarte a ella...

Lo empujó con rabia. Savannah aprovechó el momento y se le colgó del cuello, llamando su atención.

—Caleb, por favor. Pasa de él. —Miró a Brian por encima de su hombro—. Vete y olvídate de nosotros.

—Sí, gilipollas, lárgate. La próxima vez no estará ella para pararme. Brian les miró con asco.

—No sabes lo que estás haciendo, Sav —replicó con una expresión triste.

Dio media vuelta, alejándose de allí con paso rápido.

—¿Qué te ha dicho para que le atizaras? —preguntó Caleb. Le tomó el pequeño rostro entre las manos y la obligó a mirarlo—. ¡Voy a matarlo, si vuelve a acercarse a ti lo mato! —farfulló sin esperar a que ella respondiera.

Un terrible instinto de protección y posesión se apoderó de él.

—Olvídalo, no merece la pena —rogó Savannah, con sus manos sobre las de él. Se puso de puntillas y le dio un beso, y añadió para distraerlo—: Quiero mi sorpresa.

—¿Qué te ha dicho, Sav? —insistió él sin ánimo de ceder.

En ese momento la puerta del bar se abrió y apareció un tipo con bermudas hawaianas y una camiseta de tirantes muy holgada que apenas le cubría medio torso. Lucía los brazos y una parte del cuello tatuados y unas dilataciones en las orejas. Guiñó los ojos por culpa del sol y acabó clavándolos en Caleb.

—Te juro por mi madre que solo estaba tomando un café —se disculpó en tono solemne mientras se llevaba la mano al pecho.

Caleb gruñó un par de maldiciones.

—Vale, Jerry, ¿lo tienes listo?

—Sí, y es una maravilla —respondió el tipo.

Los ojos de Savannah se abrieron como platos al entrar en el pequeño estudio de tatuajes. Las paredes estaban llenas de fotografías y pósters. La zona de espera era de lo más original, un par de asientos traseros que debían pertenecer a algún modelo antiguo de Cadillac, empotrados en la pared de ladrillo. Tras el mostrador había un chico, que no tendría más de quince años, guardando dibujos en unas fundas de plástico. Levantó la vista y les dedicó una sonrisa de bienvenida.

—Este es Py. Es mi nuevo aprendiz. El tío es un genio con el 3D —explicó Jerry.

—¿Qué tal? —saludó el chico. Alzó el puño y Caleb lo chocó con el suyo. Le guiñó un ojo a Savannah y continuó con su tarea.

Jerry se colocó tras el mostrador y cogió una carpeta. La puso sobre la mesa y sacó de ella un dibujo.

—Échale un vistazo a esto. No he trabajado en otra cosa desde que me lo encargaste.

Caleb se inclinó sobre el mostrador y giró con los dedos el boceto. Una sonrisa se fue dibujando en su cara, que poco a poco se ensanchó hasta las orejas. Levantó la vista del papel y sus ojos brillaron.

—¡Joder!

—Te gusta, ¿eh?

—Es perfecto —respondió Caleb—. Prepáralo todo, vas a hacérmelo.

—Tardo un minuto —indicó Jerry, entusiasmado, antes de desaparecer tras una cortina.

—¿Esta es la sorpresa? ¿Vas a tatuarte? —se extrañó Savannah.

El tono de su voz no pudo disimular cierta decepción. Le gustaban los tatuajes de Caleb, su cuerpo decorado destilaba erotismo y a ella le ponía mucho. Pero su mente había fantaseado con otro tipo de sorpresa. Se inclinó sobre el dibujo. Recorrió con los ojos los complicados trazos y poco a poco entendió lo que veía. Una ese entrelazada con una cinta. Levantó la vista de golpe y se encontró con la sonrisa engreída de Caleb sobre ella.

—¿Es una broma?

—No. Tú y una noche que no olvidaré jamás —repuso él, mientras señalaba la cinta.

Savannah entendió al instante qué significaba, eran los lazos del vestido blanco que él le quitó la primera noche que estuvieron juntos en su coche. Se ruborizó hasta las orejas y el corazón comenzó a latirle desbocado. Le pareció un gesto tan romántico que se le encogió el pecho por la falta de aire, pero no podía dejar que lo hiciera. Lo agarró del brazo y lo apartó a un rincón buscando algo de intimidad.

—Una cosa así es para siempre —susurró—. No puedes hacértelo.

—¿Por qué? —preguntó él, sin entender su reticencia.

—Caleb, y si lo nuestro... y si nosotros... Tú mismo dijiste que te estás enamorando de mí. Te «estás» enamorando, no que lo estés. ¿Y si más adelante te das cuenta...?

—¿De qué? —la interrumpió él con el ceño fruncido—. Ya soy mayorcito. No se trata de ningún impulso estúpido. Sé muy bien lo que siento, lo tengo muy claro. Y si algún día seguimos caminos distintos, sé que no me arrepentiré de llevarte en mi pecho. Mi cuerpo está lleno de cicatrices y todas están ahí por un motivo u otro, no lamento ninguna porque cuentan cómo he llegado a ser quien soy.

Savannah se quedó sin habla. Eso había sido tan hermoso e intenso. ¿Desde cuándo el chico malo se había convertido en alguien tan profundo? Se lanzó a su cuello y lo abrazó con fuerza. Él la alzó del suelo y le plantó las manos en el trasero cuando ella rodeó su cintura con las piernas. Lo miró a los ojos con una enorme sonrisa y enredó los dedos en su pelo. Se lo revolvió, tirando de un par de mechones para acercarlo a su boca. Le besó los labios y él clavó los dedos en la carne con un gruñido de excitación.

—¿Sav? —musitó contra su piel.

—¿Qué?

—Me hice pruebas al poco de establecer nuestro acuerdo. Nunca… nunca me he cuidado mucho… —confesó con cierta vergüenza—. Esta mañana llegaron los resultados. Estoy limpio —dijo en voz muy baja, entre beso y beso. Su tono grave y profundo reverberó en el pecho de ella, y añadió—: Y aunque no haré nada contigo sin un condón, es mejor asegurarnos de no correr ningún tipo de riesgo. Por eso estaría bien que tú también tomaras alguna precaución.

Ella se separó para mirarlo a los ojos. Se había puesto roja y las mariposas de su estómago se transformaron en abejorros zumbones. Sentía la respiración de Caleb como si fuera propia y juraría que hasta sus corazones galopaban al mismo ritmo. Un torbellino de emociones se apoderó de ella.

—Vale, mañana le haré una visita a mi médico —dijo casi sin voz. ¡Dios, había empezado la cuenta atrás! ¡Iban a hacerlo! Se estremeció con escalofríos de placer y miedo ante la expectación de esa realidad. Deseaba a Caleb, pero no podía evitar sentirse insegura ante algo desconocido. Por otro lado, el hecho de que él se preocupara por los dos de las consecuencias de un descuido, le llegó al alma. Ella jamás traería al mundo un bebé no deseado, como habían hecho sus padres.

Caleb dibujó una media sonrisa, atrevida y maliciosa, que se ensanchó al notar que ella se aflojaba entre sus brazos. No lo había planeado, pero la sugerencia había aparecido en su garganta antes de pararse a pensar. No tenía ningún problema en seguir esperando, pero ardía en deseos de estar con ella y Savannah parecía tan dispuesta como él.

—Caleb —lo llamó Jerry.

Siguieron a Jerry hasta un cuarto donde había una camilla, un armario lleno de antisépticos, gasas y bolsitas estériles con agujas y punteros, y un carrito con un par de máquinas tatuadoras y botes de tinta. Caleb se quitó la camiseta y se recostó en la camilla.

Savannah se sentó a su lado y observó con atención a Jerry, mientras este le desinfectaba la piel y ponía un papel de calco con el dibujo sobre el tatuaje de su pecho. Lo levantó con cuidado y la ese apareció marcada con un llamativo color azul, debajo de los símbolos que representaban a Hannah y a Dylan. El lazo los tocaba de forma estratégica como si los uniera a los tres formando un triángulo sobre su pecho.

—¿Listo? —preguntó Jerry.

Caleb asintió y clavó sus ojos en Savannah; los dejó allí durante todo el proceso. Ella le acariciaba el brazo, tenso por el puño que mantenía apretado por el dolor. Se miraron en silencio, como si estuvieran compartiendo el momento más íntimo de todos los que habían vivido hasta ahora.

Una hora después, el trabajo estaba terminado. Caleb se miró con atención en el espejo que colgaba de la pared del cuarto. Le encantaba cómo había quedado, y aún más lo que significaba.

Savannah se colocó a su lado y observó la piel enrojecida y un poco hinchada, en la que destacaba la tinta negra y brillante del nuevo tatuaje. Se le humedecieron los ojos. Sentía que era lo mas importante que nadie había hecho por ella nunca. En cierto modo, Caleb la había metido bajo su piel, y era la mayor declaración de sentimientos e intenciones que había recibido por parte de otra persona. Las palabras eran efímeras, desaparecían con el mismo aliento con el que se pronunciaban; aquello perduraría para siempre. De repente tuvo una idea.

—Yo también quiero hacerme uno.

Caleb giró la cabeza y la miró, sorprendido.

—Ni de coña.

—¿Qué? ¿Por qué no?

—Hacerse esto duele, ¿sabes? Y una vez que se empieza hay que terminarlo.

—Lo aguantaré —replicó ella, completamente convencida.

—No vas a hacerte ningún tatuaje —dijo él, remarcando cada palabra.

—Como si tú pudieras decidir eso —indicó Savannah con suficiencia. Una nueva discusión se oteaba en el horizonte, pero no pensaba ceder. Entre ellos comenzaban a ser tan frecuentes como los momentos pasionales—. Voy a pedirle a Jerry que me haga un lobo como el que tú y los chicos lleváis.

Dicho esto, dio media vuelta en busca de Jerry. Caleb la sujetó por el brazo y cada uno de los músculos de su torso se tensó al atraerla hacia él. La acorraló contra la pared y se inclinó sobre ella hasta que sus ojos quedaron a la misma altura.

—No quiero que mi novia acabe pareciéndose a mí, eso no es bueno —masculló él.

Los ojos de Savannah se abrieron como platos. ¡Dios, había dicho novia! Tragó saliva y se recompuso cuanto pudo. Frunció el ceño y lo apartó, empujándolo con las manos en el estómago.

—Quiero un lobo —insistió.

—¿Otro? ¿Qué pasa, no tienes bastante conmigo? —Caleb entornó los ojos y las comisuras de sus labios se curvaron con un gesto travieso.

—Me lo haré, en el mismo lugar que tú lo llevas. Hoy. Y no hay nada más que hablar, Caleb. Lo de que soy tuya no es literal, sino figurado.

—¡Joder, qué figurado ni qué nada, no te harás ese tatuaje! —explotó él.

—No es tu decisión —alzó la voz Savannah. Empezaba a cabrearse por su actitud de cavernícola—. ¿Qué problema tienes?

Caleb se pasó una mano por el pelo, moviéndose de un lado a otro como un león enjaulado. ¿Que qué problema tenía? Si ni siquiera sabía por dónde empezar de lo larga que era la lista de razones, aunque tenía muy clara cuál la encabezaba.

—No voy a permitir que ningún tío te ponga las manos encima, y menos ahí. Ni siquiera por accidente. Porque al que lo intente lo dejo manco.

Savannah soltó una carcajada seca.

—Así que se trata de eso. De unos estúpidos celos. Me sorprendes, Caleb. ¿Qué vas a hacer, asesinar a mi ginecólogo en la próxima revisión solo por ser un hombre que hace su trabajo? Jamás pensé que fueras tan...

Él le tapó la boca con la mano.

—Quién te mira ahí... quién... tu gine... —estaba tartamudeando, mala señal—. ¿Es un hombre? ¿Me estás diciendo que un tío mira entre tus piernas? Ya puedes ir cambiando de médico, pero ya. Y espero por su bien que sea un viejo de ochenta años medio ciego —soltó casi a gritos.

—¡Estamos en el siglo XXI! ¿De qué poblado de vikingos te has escapado tú? ¿Te das cuenta de lo irracional que está sonando todo lo que dices?

—¿Irracional? Vale, juguemos con tus reglas. Hace tiempo que tengo problemas en el hombro derecho por culpa del boxeo. Necesito un fisioterapeuta, así que voy a buscar a la tía más cañón que encuentre para que... me cure —ronroneó—. ¿Te parece bien?

Alzó las cejas con un gesto provocador.

Savannah apretó los puños. De golpe, sentía el deseo irrefrenable de soltarle una bofetada en plena cara. Caleb era un maldito chantajista que sabía qué piezas tocar para salirse con la suya. Se moría de celos solo con pensar que otra mujer pudiera tocarle un mechón de pelo. Estallaría literalmente si unas manos que no fueran las suyas se deslizaran por su hermoso cuerpo. ¿En qué momento su dulce y pasional relación había evolucionado a tormenta con riesgo de convertirse en un huracán de categoría seis? Resopló por la nariz y se cruzó de brazos, apoyando la espalda en la pared.

—Muy bien, hazlo. Me da igual. Tienes un problema muy serio con tus celos, Caleb, y si no te conociera, creo que hasta me darías miedo. Está claro cual de los dos es el más maduro.

Él esbozó una sonrisa maliciosa.

—Y puedes patalear todo lo que quieras, me haré el tatuaje —añadió categórica.

—Sav —susurró Caleb en un tono peligrosamente bajo.

—No digo que me lo haga Jerry, puedes elegir a quien quieras. Pero quiero ese lobo.

Él soltó un par de maldiciones.

—Vale, trato hecho —aceptó al fin.

—Vale.

Se quedaron inmóviles, retándose con la mirada mientras otro tipo de sensaciones los agitaba por dentro.

—Me da miedo la forma en la que puedo odiarte y adorarte al mismo tiempo —masculló Savannah.

En ese momento estaba furiosa con él, aunque una pequeña parte, que nunca reconocería, se sentía halagada por sus celos y su comportamiento primitivo. La hacía sentirse deseada, y saber que despertaba ese tipo de sentimientos en Caleb no dejaba de ser un estímulo de lo más excitante.

—A eso creo que lo llaman amor —dijo él, mientras deslizaba un dedo por el interior de la cinturilla de sus pantalones cortos y la atraía hacia su cuerpo.

Aún tenía deseos de estrangularla, pero besarla ganaba terreno en sus prioridades inmediatas. La miró con desesperación. Lo que sentía por ella no dejaba de abrumarlo. Había pasado un mes y medio desde que se cruzaran en el pasillo de aquel bar en el que le explicó el significado de su gecko, y tenía la sensación de que toda su vida, hasta ese momento, se encontraba a años luz.

—¿Qué voy a hacer contigo? —suspiró ella.

Él había colado las manos por debajo del dobladillo de su camiseta y le estaba acariciando la piel que había entre su estómago y su pecho. Se inclinó para besarla en el cuello. Eran incapaces de no tocarse, como si algún tipo de campo magnético los empujara al uno contra el otro.

—A mí se me ocurren un par de cosas —respondió con tono travieso.

Ella le sujetó el rostro con las manos y lo obligó a levantar la cabeza para mirarla. El brillo de sus ojos la dejó sin aliento. Respiró hondo y se esforzó por parecer severa.

—Nos tiramos los trastos a la cabeza todo el tiempo. Intentamos imponernos el uno al otro como si se tratara de una competición.

—¡No es cierto! —exclamó Caleb. Se encogió de hombros—. Bueno, sí lo es. Pero a mí no me parece que sea algo malo. Tampoco puedo comparar, eres la primera chica con la que estoy de esta forma... —Suspiró—. No puede ser malo cuando lo único que deseo después de que me grites, es besarte hasta quedarme sin aliento.

—Quizá te grite porque eres un celoso y un mandón —repuso ella con un mohín.

—Mira quién fue a hablar —musitó él divertido.

Savannah se quedó mirando sus labios, los tenía tan cerca que casi podía saborearlos. Se estremeció. Caleb estaba deslizando las manos por debajo de la tela de sus pantalones y jugueteaba con el elástico de sus braguitas.

—Sigues teniendo un problema muy serio con la invasión del espacio personal —le hizo notar.

Caleb soltó una risita.

—Mira quién fue a hablar —repitió.

Savannah se puso colorada. Sin darse cuenta sus manos habían seguido un recorrido parecido y aferraban el trasero del chico, obligándolo así a pegar sus caderas a su estómago. Lo fulminó con la mirada cuando él puso cara de chulito.

—Estoooooo... —Una mano apareció a través de la cortina, sosteniendo una tarjeta negra de presentación grabada con letras rojas—. Se llama Riley. Es la mejor a este lado del país y su lista de espera es de medio año. Decidle que vais de mi parte y os hará un hueco.

Savannah tomó la tarjeta y le echó un vistazo. Se ruborizó al darse cuenta de que su pequeña pelea había tenido oyentes.

—Gracias, Jerry.

—Lo que sea para que *Terminator* no me arranque un brazo —contestó el chico; su voz se fue alejando.

Caleb esbozó una sonrisa lenta y arrogante. Se inclinó y la besó en los labios sin apartar los ojos de ella. Había algo perverso en aquellos besos sensuales y en su mirada.

—Te encanta parecer malo y que los demás crean que lo eres —dijo Savannah con una sonrisita divertida.

Caleb se quedó muy quieto.

—Soy malo, Sav. Esa es la realidad —susurró contra su piel.

El juego y los dobles sentidos habían desaparecido de su voz de un plumazo, y en su lugar se percibía la frustración y la aceptación de que las cosas eran como eran porque a veces no podían ser de otro modo. Él estaba roto, era defectuoso, y lo creía de verdad.

—¿Y te gusta esa realidad? —preguntó Savannah muy seria, al notar su cambio de humor.

Se sentía atraída por él a un nivel que resultaba casi doloroso, pero no se le iban de la cabeza las cosas que Tyler le había contado sobre su pasado, ni esas fugaces pérdidas de control de las que ella misma había sido testigo. Y no paraba de preguntarse hasta qué punto se sentía mal consigo mismo después de esas explosiones; si es que lo hacía.

Caleb se apartó y se la quedó mirando. El brillo seductor de sus ojos se apagó y un calor muy diferente prendió en ellos.

—Solo cuando estoy contigo. Durante ese tiempo todo parece mejor... —Le tomó la mano y se la llevó a la altura del corazón, la apretó con fuerza contra su piel—, todo duele un poco menos.

Savannah tuvo que apoyarse en él para sostenerse. La rabia se abría paso por su pecho como lo haría una gota de ácido. Nunca había sido una persona violenta, pero en ese momento tenía ganas de despellejar a los responsables que le habían dañado el alma de ese modo.

—¿Aunque sea una mandona celosa con la que no paras de discutir? —bromeó, mientras enlazaba los brazos en torno a su cuello y trataba de sonreír con naturalidad.

—Sobre todo porque eres una mandona celosa que me pone a mil con esta boquita respondona —replicó Caleb, y las líneas de su rostro se suavizaron con una sonrisa antes de besarla.

34

*P*or Dios, no olvides tomarlas todos los días a la misma hora!

—Cassie, me lo has repetido como un millón de veces, que junto con el otro millón de mi médico, me sorprende que no se me haya grabado en la piel a fuego —se quejó Savannah. Apretaba en su bolso la cajita que acababan de darle en la consulta—. Además, también pienso usar protección. No quiero correr ningún riesgo.

—¡Genial, porque ningún método es al cien por cien infalible! Y aunque estoy segura de que el pequeño Marcus Halbrook sería una monada, aún soy joven para ser su madrina. —Cassie esbozó su mejor sonrisa y miró a Savannah con la expresión despreocupada que siempre lucía. Frunció el ceño—. Te has puesto pálida.

—Por un momento he visto a ese niño —bromeó Savannah con cara de susto.

—¿Tan descabellada te parece la idea de tener hijos en un futuro? ¿O es la posibilidad de tenerlos con Caleb lo que te asusta?

—Las dos... supongo.

—¿Y por qué? Queréis intentar que lo vuestro vaya en serio. Ir en serio significa que, con el tiempo, hablaréis de compromiso, más tarde de boda, y después vendrán los niños y el perro... la hipoteca...

—¡Por favor, Cass, déjalo! Empiezo a marearme.

Cassie soltó una risita.

—Así que solo le quieres por el sexo —bromeó.

—¡Claro que no! ¡Si estoy enamorada como una idiota de él! Pero soy realista, Cass. No creo que esa sea la idea que Caleb tiene de una relación seria. Y yo no necesito un anillo, un acta de matrimonio y niños. Solo saber que es mío y que jamás volverá a mirar y a desear a otra.

—Eso es lo que queremos todas, cariño —suspiró Cassie. Le sonrió con ternura y enlazó su brazo con el de ella—. ¿Y quién sabe? Quizá sea esa la idea de tu chico sobre una relación seria. Mirarte y desearte solo a ti.

A Savannah se le subió el corazón a la garganta. ¿Dónde tenía que firmar para conseguirlo? Y si el precio era su alma, ¿dónde estaba el cruce de caminos y el demonio más próximo? Necesitaba pensar en otra cosa o acabaría por deprimirse.

—Por cierto, gracias por acompañarme.

—De nada. Ya sabes que cuidar de ti es una de mis malas costumbres —respondió Cassie, encogiéndose de hombros mientras empujaba la puerta del Café.

Savannah le dio un golpe en el hombro.

—Eres odiosa —dijo entre risas.

Se sentaron a una de las mesas junto a la ventana, al lado de un expositor de libros y revistas. Enseguida se les acercó una camarera que les tomó nota, y un minuto después disfrutaban de un enorme batido de vainilla y café muy frío. Savannah se entretuvo releyendo la carta de bebidas, tratando de ignorar el hecho de que Cassie la miraba fijamente mientras sus labios rojos y un poco delgados se fruncían en torno a la pajita.

—¿Qué? —le soltó con cara de póker.

—Mi chica está a punto de convertirse en mujer. —Suspiró Cassie—. Me contarás hasta el último detalle, ¿verdad?

—Si quieres lo grabo en vídeo y después lo discutimos —le espetó, exagerando una sonrisa mordaz.

Cassie se quedó pensando. Agitó su batido con el dedo para deshacer la espuma.

—No te ofendas. Ver a Caleb desnudo echando un polvo, debe ser la fantasía de cualquier mujer hecha realidad. Pero a ti... —Se estremeció con un repelús—. Tiene que ser como ver a mi madre haciéndolo.

Savannah puso los ojos en blanco y cambió de tema.

—¿Puedo preguntarte algo sobre Eric?

—Claro —respondió Cassie.

—¿Discutíais mucho?

—¿Que si discutíamos? ¡A todas horas! Nos peleábamos por todo, hasta por la butaca del cine. Y no sé por qué, la verdad, porque empezábamos a meternos mano antes incluso de que la película empezara. ¿Por qué me lo preguntas?

—Brian y yo no discutimos ni una sola vez hasta... ya sabes. Nunca nos dijimos una palabra más alta que la otra y estábamos de acuerdo en todo. Pero con Caleb, a veces tengo la sensación de que no hacemos otra cosa que tirarnos los trastos a la cabeza como si nos odiáramos. Y lo hacemos hasta por los motivos más absurdos que puedas imaginar. Otras veces por celos estúpidos o por intentar salirnos cada uno con la nuestra.

Cassie sonrió. Apoyó la barbilla sobre sus manos entrelazadas y adoptó su pose de terapeuta sabelotodo.

—Cariño, si hubieras discutido con Brian, aunque solo fuera un poco, probablemente ahora estaríais juntos. A eso se le llama pasión, y reza para que Caleb y tú no la perdáis nunca —dijo con un suspiro. Sus ojos volaron a la puerta—. Ahí está tu bombón.

Savannah se giró en la silla y vio a Caleb saludándola desde la puerta. Estaba guapísimo con unos pantalones desgastados y una camiseta blanca que marcaba cada línea de su fantástico torso. El pelo le crecía deprisa y ya le cubría parte de las orejas y el cuello, donde se le rizaban las puntas de una forma muy mona. Un grupo de chicas en la mesa contigua se pusieron a cuchichear entre risitas, sin apartar los ojos de él, y los comentarios fueron subiendo de tono.

—¡Eh, mantened las bragas en su sitio, ese está cogido! —les espetó Cassie sin cortarse un pelo.

Savannah se echó a reír y se inclinó sobre la mesa para darle un beso a su amiga.

—Nos vemos esta noche, pásate por casa.

Cassie asintió y le tiró de un mechón de pelo que se le había soltado de la coleta.

—A todo esto, no me has dicho adónde vais —le hizo notar. Dio un sorbito a su batido.

—A Raleigh. Voy a hacerme un tatuaje.

Cassie empezó a toser, pero antes de que pudiera decir nada, Savannah ya se estaba lanzando a los brazos de su chico.

—Hola, princesa —dijo Caleb. La alzó del suelo por la cintura y le plantó un beso en los labios—. ¿Lista? Aún estás a tiempo de arrepentirte.

—De eso nada —replicó ella, tirando de su camiseta para que la siguiera afuera.

El viaje de dos horas hasta Raleigh pasó tan rápido como un suspiro. Hablaron de cosas sin importancia, de sus amigos, de películas y hasta de música. Y acabaron cantando a gritos los temas más clásicos de AC/DC y Aerosmith, que emitía una radio local.

No tardaron en encontrar el estudio de Riley y, para su sorpresa, la chica ya los estaba esperando. Jerry la había llamado para avisarla de que pasarían por allí.

A Savannah le costó un esfuerzo enorme no quedarse mirando fijamente a Riley. Era guapísima, una rubia despampanante con curvas de infarto y una cara de muñeca maquillada como si fuera una geisha. Pero lo que realmente llamaba la atención era su cuerpo decorado con tatuajes de colores brillantes, todos de estilo oriental. Lucía un enorme dragón en la espalda y un tigre en el vientre. Sus brazos parecían un jardín de nenúfares que acababan en un pez koi en cada mano.

La chica se presentó y les hizo pasar a una pequeña habitación con las paredes forradas de espejos. Solo había una forma de conseguir el boceto del lobo que Savannah quería tatuarse, y durante quince minutos tuvo que ver cómo Riley se comía con los ojos a un Caleb con los pantalones por debajo de las caderas y sin camiseta. El lobo tomaba forma donde nacía el vello y ascendía por su vientre hasta la altura del riñón.

Él no miró a Riley ni una sola vez, solo tenía ojos para Savannah, a la que no dejaba de sonreír con suficiencia cada vez que la vista de ella se perdía por su cuerpo medio desnudo. Eso mantuvo sus celos a raya.

Cuando Caleb había dicho que hacerse un tatuaje dolía, no mentía ni tampoco exageraba. Savannah tuvo que sacar fuerzas de su orgullo para no levantarse y salir corriendo. La aguja le taladraba la piel a una velocidad endemoniada y el intenso dolor se transformó en quemazón cuando Riley le limpió la piel con una gasa impregnada en desinfectante.

—Bien, esto ya está —informó la chica—. Termino los ojos y listo.

—Quiero... quiero que los ojos sean de color —logró articular Savannah, llevaba tanto tiempo con los dientes apretados que la mandíbula se le había quedado rígida—. ¿Es posible?

—Claro. ¿De qué color quieres que sean?

—Como los de él —respondió, mirando a Caleb. El chico estaba sentado a su lado y había pasado todo el tiempo acariciándole el rostro y el cabello, preocupado por ella cada vez que esbozaba una mueca de dolor—. De ese marrón dorado, y no olvides las motitas verdes... me encantan.

—Sin problema —aseguró Riley con una sonrisa, y fue en busca de la tinta que necesitaba.

—¡Joder, Sav! —exclamó Caleb en voz baja. Se inclinó sobre ella y le besó la comisura de los labios—. Eso ha sido especial, nena.

Savannah sonrió y le acarició la mejilla antes de cerrar los ojos. Riley volvía a la carga con aquella condenada tortura.

—Yo también quiero llevarte conmigo.

Caleb se empeñó en pagar la factura y Savannah aceptó porque estaba tan agotada que no podía discutir. Iniciaron el viaje de regreso a Port Pleasant de inmediato y solo pararon para repostar gasolina. Savannah se bajó del coche para estirar las piernas y Caleb entró en la tienda a por una botella de agua. Se acercó al mostrador y cogió un par de barritas de chocolate.

—¿Marcus? ¿Eres tú?

Caleb se giró hacia la voz. Durante un instante no logró reconocer al hombre que sí parecía conocerle a él. Entonces cayó en la cuenta. Era Jake Mo, con unos cuantos kilos de más y menos pelo.

—¿Jake?

El tipo se acercó y le palmeó la espalda mientras lo abrazaba.

—El mismo hijo de puta de siempre. ¿Qué haces aquí, chico? Lo último que supe es que estabas con tu tío pasando calor en el desierto.

—Ahora estoy en Port Pleasant, hace unas semanas que regresé. —Se rascó la cabeza y desvió la mirada—. Dylan, mi hermano...

Jake sacudió la cabeza a modo de reconocimiento.

—Lo siento, oí lo que le pasó. Tuvo mala suerte. ¡Qué cosas, eh! Los dos crecisteis entre coches, conducíais como demonios, y se estrella contra un árbol en una recta y a menos de sesenta.

—Aún no me lo creo —dijo Caleb con un suspiro.

—Yo tampoco. Conozco al tipo que lo encontró, ¿sabes? Si te sirve de algo, ni siquiera se enteró, no sufrió.

—Gracias, Jake. Aunque no cambia nada, mi hermano debería estar vivo.

—Sí, la vida es una mierda. —Se produjo un incómodo silencio—. Y tú qué tal estás, ¿piensas quedarte?

Caleb negó con la cabeza.

—No tengo ni idea de qué voy hacer. De momento voy viviendo el día, más adelante ya veré. ¿Y tú?

Jake se encogió de hombres.

—Sigo con lo mío, ya sabes. Con dos ex esposas y tres hijos, cuesta dejarlo. ¿Tú sigues corriendo?

Caleb sacudió la cabeza.

—No, lo dejé. Tú mejor que nadie sabes por qué corría, era cosa suya, no mía.

—Lo sé, era un maldito cabrón. Pero si necesitas pasta o algo, no dudes en llamarme. —Sacó una tarjeta del bolsillo de su camisa—. Este es mi número. Las cosas han cambiado mucho; las apuestas han subido y tendrías que ver qué coches manejan algunos tipos. Aunque ninguno superará jamás a tu Shelby. ¿Aún lo conservas?

—Mi madre lo tiene guardado en un almacén. Debería deshacerse de él —respondió Caleb. Miró la tarjeta y se la guardó en el bolsillo, aunque no pensaba usarla. Para él se había terminado esa vida.

—Me alegro de verte, chico.

Caleb estrechó su mano y se despidió con otro abrazo. Salió de la tienda y cruzó a la carrera entre los vehículos aparcados. Savannah lo esperaba de pie junto al coche. El viento agitaba su pelo y su diminuto vestido, convirtiéndola en una visión adorable y perfecta. Ella se enderezó cuando le vio acercarse y sus ojos le sonrieron como los de una gatita juguetona. Podría perderse en ellos para siempre.

—¿Quién era ese?

—Un viejo amigo.

Savannah se dio cuenta de que no iba a decir nada más sobre el encuentro. Caleb se cerraba de forma hermética en cuanto surgía algo que pudiera conducir de alguna forma a su antigua vida. Y ella, de momento, había decidido darle tiempo y respetar su silencio. Pero si continuaban juntos, él tendría que dejarla entrar en sus miserias.

Continuaron el viaje sin apenas hablar. Cuando se detuvieron frente a la casa de los Halbrook, habían transcurrido un total de seis horas y ya había anochecido. Caleb se giró en el asiento y la miró con detenimiento.

—¿Te duele? —preguntó. Sus ojos viajaron hasta el hueco entre sus piernas.

—Solo un poco —contestó ella—. Escuece más que otra cosa.

—Mañana no lo notarás. —Caleb esbozó una sonrisa traviesa—. ¿Puedo verlo?

—¿Aquí? —preguntó, sin poder evitar que sus ojos volaran a su casa. Caleb asintió una vez, y su mirada la desafió—. Vale.

Alzó las caderas un poco para poder subirse el vestido, y lo dobló con las manos hasta la cintura. Unas diminutas braguitas quedaron a la vista y también el tatuaje. Caleb deslizó los dedos por su piel sin tocar la zona enrojecida y tiró del elástico para poder ver la parte cubierta por la escasa tela. Sus labios se curvaron con una sonrisa tentadora y sus ojos se encendieron.

—Es muy sexy —susurró. Se inclinó muy despacio y besó su piel alrededor del dibujo.

—Caleb —susurró ella. Sus manos se cerraron en torno al asiento, apretándolo con fuerza, y su pulso se aceleró desbocado. Cada centímetro de su piel despertó con un estremecimiento, y empezó a arder cuando la mano del chico ocupó el hueco entre sus piernas y aquellos labios cálidos y húmedos tomaron una dirección peligrosa—. Caleb —repitió, esta vez con más urgencia. Solo sus manos se habían aventurado por aquel terreno, sentir su boca tan cerca era demasiado—. Caleb —jadeó.

Lo agarró por el pelo y lo forzó a alzarse. Algo parecido a un quejido escapó de su garganta cuando logró que la mirase a los ojos. Tuvo que obligarse a recordar que se encontraban frente a su casa, que sus padres estarían allí, y que cualquier vecino podría aparecer en el momento menos acertado.

—Vas a provocarme un infarto —le dijo, sujetando su muñeca para evitar que continuara con aquellos movimientos que la volvían loca.

—No estaba pensando en eso exactamente —señaló Caleb con malicia. Se inclinó sobre ella y le rozó el cuello con la nariz. Sus dedos se hundieron un poco más a través de la suave tela—. Aún es pronto, podemos ir a algún sitio y ser malos.

Savannah no supo de dónde sacó la voluntad para negarse a su petición. ¡Derretirse entre sus brazos era tan sencillo e inevitable! Siempre tenía hambre de él.

—Le prometí a mis padres que cenaría con ellos —contestó, apartando su mano.

Caleb regresó a su asiento con una mueca de tormento. La miró de reojo, como si ella lo hubiera castigado quitándole su juguete favorito.

—Otra vez será.

—Voy a compensarte, te lo prometo. Por acompañarme hasta Raleigh, por este momento, por todo —le aseguró.

Le dio un beso en la mejilla y otro en el hoyuelo que se le formó al sonreír. La barba incipiente le hizo cosquillas en la cara. Después le rozó los labios con la boca. Caleb gruñó una palabrota que quedó ahogada en su garganta y la besó con ganas mientras sus manos volvían a perderse bajo su ropa. Casi tuvo que apartarlo a la fuerza.

—Buenas noches —musitó.

—Buenas noches, princesa.

Savannah se quedó en la acera, viendo cómo el coche desaparecía a toda velocidad calle abajo. Con una sonrisa boba en la cara, cruzó el jardín hacia la entrada. La puerta se abrió y todo su mundo se vino abajo. Brian apareció en el umbral. Descendió los peldaños y se acercó a ella con una sonrisa.

—¿Qué haces aquí? —le espetó con malos modos.

Brian se encogió de hombros y adoptó su expresión más inocente.

—He venido a felicitar a tus padres por lo tuyo con el pandillero.

Savannah dio un paso atrás y le flojearon las rodillas.

—¿Has venido a contárselo? —inquirió con voz ahogada. Ni siquiera sabía por qué había hecho la pregunta, conocía la respuesta.

Él alzó las cejas con los ojos muy abiertos, sorprendido.

—¿Acaso era un secreto? —se burló. Se rió entre dientes—. ¡Ups, como soltaste todo ese rollo de que lo vuestro iba en serio, creí que era oficial!

—Eres un cerdo, Brian. Y si crees que vas a lograr algo yendo con el cuento a mis padres, estás muy equivocado. Ni tú ni ellos vais a apartarme de él —le advirtió.

Brian la miró con expresión apenada.

—¿Crees que me gusta hacer estas cosas? No me gusta, de verdad, prefiero ser el tipo bueno y encantador. Pero tú me estás obligando a jugar sucio.

Savannah sacudió la cabeza con incredulidad.

—¡Maldita sea, Brian, lo nuestro se acabó! ¿Es que no lo entiendes? Entre tú y yo jamás volverá a haber nada. Por favor, déjame en paz de una vez.

Brian apretó los labios y la miró con resentimiento.

—La verdad es que no tengo muy claro que quiera volver contigo.

Te quería, Savie. Aún te quiero. Pero esto es demasiado. ¡Joder, y si al menos hubiera sido con otro! Si hubiera sido con otro podría intentar olvidarlo, en serio. Por ti lo intentaría. Pero te estás tirando a un tío que es basura. Una mierda en la suela de mi zapato está por encima de él. Para mí ya no eres la misma chica dulce de la que me enamoré. Ahora no eres más que...

No terminó su frase, pero Savannah no tuvo problemas para captar el significado de esas palabras que no había pronunciado.

—No te conozco —musitó, completamente asqueada.

—Yo a ti tampoco —suspiró él con cierta tristeza—. Pero no pierdo la esperanza. Quiero que vuelvas a ser la de antes, y si he de jugar sucio para lograrlo, lo haré. Nos vemos, Savie. Ya me contarás cómo te ha ido con tus padres. Me ha costado convencerles de que no era ninguna broma pesada.

Brian pasó por su lado y desapareció andando en la oscuridad, mientras tarareaba la que había sido su canción. La primera canción que habían bailado en su primera cita.

Savannah se quedó inmóvil sobre el césped, anonadada y asustada. ¿De verdad había estado enamorada de un tipo como Brian? ¿De verdad él esperaba que ella volviera a su lado actuando como lo estaba haciendo? ¡Acababa de meterla en un buen lío! Contempló su casa. La luz del salón se encendió y dos sombras se movieron por él. Reconoció la silueta de su padre dirigiéndose al mueble bar, y cómo después se acomodaba en uno de los sofás. Su madre se sentó a su lado y permanecieron quietos.

Sabía que debía entrar y enfrentarse a ellos, pero sus piernas no le obedecían. Intentó serenarse. Quizá ni siquiera tenía motivos para preocuparse. Sus padres conocían a Caleb. Durante el tiempo que el chico había estado trabajando en el cobertizo, solo habían tenido halagos para él. Y a Hannah la adoraban. En los dos años que llevaba trabajando para ellos, se había hecho querer y se había convertido en alguien imprescindible, sobre todo para su madre.

No había asesinado a nadie, solo estaba enamorada de un chico estupendo y cariñoso, con una vida difícil que le había convertido en un superviviente desconfiado e irascible. Y con una reputación de pena que no le hacía justicia. Pero ¿quién podía culparlo de todas esas cosas?

Se había convencido a sí misma, cuando la puerta se abrió de nuevo.

Hannah apareció en el umbral cargando con un par de bolsas. Era muy tarde para que todavía estuviera allí. Los aspersores del jardín se pusieron en marcha y Savannah tuvo que correr hasta la entrada.

—¡Savie! —exclamó Hannah, sobresaltada.

—Hola, siento haberte asustado —se disculpó—. ¿Qué haces aquí tan tarde?

—Tenía que recoger mis cosas —explicó la mujer. Sus labios se curvaron con una sonrisa forzada.

—¿Por qué has recogido tus cosas? —inquirió Savannah con un mal presentimiento. Sus ojos volaron a las bolsas.

—Bueno. Tus padres ya no me necesitan, han decidido prescindir de mis servicios.

Savannah se quedó paralizada.

—¿Qué? ¿Te han despedido? —Se llevó las manos a las mejillas, atónita—. No... no pueden hacer eso.

—Claro que pueden —dijo Hannah con una sonrisa maternal—. No pasa nada, cielo. No iba a estar aquí para siempre.

—Es por Caleb y por mí, ¿verdad? A saber cuántas mentiras les habrá contado Brian.

Hannah se puso muy seria.

—¿Es cierto que vosotros dos...? ¿Caleb y tú?

—Sí —respondió Savannah sin dudar. Y de pronto las palabras se agolparon en su boca—. Y no tienes de qué preocuparte, de verdad. Él me importa mucho, Hannah. Tu hijo es lo mejor que me ha pasado en la vida. Es listo, bueno, es cariñoso... Estamos haciendo planes y...

—Sé cómo es mi hijo, lo conozco muy bien —la interrumpió Hannah—. Y por eso sé que lo que quiera que haya entre vosotros no va a funcionar. No es posible, Savannah. Vivís en mundos opuestos. Él jamás encajará en el tuyo y tú no aguantarías en el suyo. Esa es la realidad.

Savannah sintió las lágrimas pugnando por derramarse sobre sus mejillas. Sabía que a ojos de los demás su relación con Caleb parecía una locura, pero al mismo tiempo parecía lógica. No eran tan distintos.

—¡No! La realidad es que estamos bien juntos y encontraré la forma de que funcione.

—Solo le harás daño, y Caleb ya ha sufrido mucho. Niña, tú no sabes nada de él ni de mí. No puedes imaginar las cosas por las que mi hijo ha pasado, las que se ha visto obligado a hacer. Estoy segura de que no te ha hablado de nada de eso, y no lo hará nunca, porque es incapaz de confiar en nadie. Déjale en paz, Savie.

—Creí que yo te gustaba, pero tienes los mismos prejuicios que los demás. No crees que sea buena para él.

Hannah apretó los párpados mientras asentía.

—No es cuestión de ser buena o mala. Tú no eres la mujer que le conviene. Necesita una persona que conozca sus heridas, sus cicatrices, que sepa hacer frente a sus demonios y le ayude a sanar poco a poco. Alguien con quien pueda ser feliz y formar una familia, sin presiones ni sacrificios que acaben pesando más que el cariño.

—Yo puedo ser todo eso.

—No, no puedes. Por eso te lo pido. No, te lo suplico. Déjale antes de que sea tarde para él. No quiero que sufra más perdidas, ni que se culpe a sí mismo y siga pensando que todo lo malo que le ocurre es porque lo merece. Los tuyos nunca le aceptarán y, en el fondo, tú tampoco.

—Hannah —rogó.

—Entra en casa, Savannah. Tus padres te esperan para hablar contigo. Escúchales y hazles caso, tienen razón. Y yo hablaré con Caleb. Ha llegado el momento de terminar con esto y de que regrese con su tío —repuso la mujer y, sin esperar a que Savannah pudiera replicar, se dirigió hacia el taxi que acababa de detenerse junto a la acera.

35

Caleb salió de la ducha envuelto en una nube de vaho. Se cubrió las caderas con una toalla y se acercó al espejo. Lo limpió con la mano y se quedó mirando su reflejo. Debía hacer algo que llevaba mucho tiempo evitando: tenía que poner toda su mierda en orden. Debía aceptar el pasado, la culpa, y también perdonarse. Si no lo lograba, el futuro seguiría estando fuera de su alcance. Y también Savannah. No tenía ni idea de por dónde empezar, ni siquiera sabía si podría lograrlo solo; aunque por ella merecía la pena escarbar en la basura.

Había levantado tantos muros para protegerse, que su mente se había convertido en una habitación blanca completamente vacía. Cerró los ojos y se dejó arrastrar hasta aquella noche en la que se enfrentó a su padre. Sus manos aferraron el lavabo, con la sensación de estar retrocediendo para tomar impulso y lanzarse al vacío. Sintió que se le revolvía el estómago y que se le aflojaba todo el cuerpo. No pudo hacerlo, y su mente se quedó al borde del precipicio en el que vagaba peligrosamente desde hacía mucho.

Abrió los ojos y se quedó mirándose fijamente. El agua le goteaba del pelo mojado, y cada gota contra la superficie de cerámica reverberaba en el silencio haciendo que le palpitaran las sienes.

—No soy como tú —le dijo a la presencia que nunca lo abandonaba.

Se vistió con unas bermudas y una camiseta, y fue hasta la cocina para comer algo. Encontró a su madre al teléfono. Parecía muy cansada y se masajeaba las sienes como si le doliera la cabeza.

—Gracias, Vic. Mañana pasaré a firmar el contrato... No me importa empezar con el turno de noche si van a pagar más... Entonces, arreglado... Hasta mañana, Vic. Y gracias de nuevo.

Caleb se sirvió un vaso de leche.

—¿Qué pasa?

Hannah se apartó de la pared en la que se había apoyado y se sentó a la mesa.

—Mañana empiezo a trabajar en el servicio de limpieza del hospital. Este mes tendré que hacer el turno de noche.

—¿Por qué? ¿Qué pasa con los Halbrook? —preguntó Caleb mientras se sentaba junto a ella.

Hannah clavó la vista en su hijo y lo observó con atención. Soltó el aire que había estado conteniendo.

—Me han despedido, Caleb. En cuanto han sabido que te veías con Savannah han tomado cartas en el asunto. ¿De verdad creías que podrías mantener algo así en secreto? ¿Que sus padres o yo no acabaríamos por enterarnos?

Caleb notó cómo se encendía por dentro.

—Nunca ha sido secreto. Savannah y yo estamos saliendo, y hemos hecho lo que cualquiera. Pasear de la mano, ir a cenar, salir con amigos... ¿Dónde está el problema?

—¿Que dónde está el problema? ¿En qué estabas pensando, hijo? Entre esa chica y tú no puede haber nada. No te conviene, Caleb. Solo te dará problemas. Tienes que dejarla.

—¿Qué? ¡No! No voy a pasar de ella —negó categórico.

Hannah se inclinó sobre la mesa, buscando su mirada. Intentó tranquilizarse para razonar con él. Conociéndole, no iba a ser fácil. Por eso perdió la paciencia antes de intentarlo.

—¿Qué esperas que pase? Venga, dime. ¿Vas a ir a la universidad con ella? ¿Os casaréis algún día? Cuando se convierta en abogada o juez, ¿crees que querrá un marido que trabaja arreglando los coches de los demás? ¿Les hablará a sus amigos importantes de tu historial de antecedentes? ¿Se sentirá orgullosa de ti?

Caleb se levantó tan rápido que volcó la silla y la mesa se sacudió sobre sus largas piernas. El vaso de leche se derramó. Miró a su madre como si no la conociera, como a una extraña.

—Caleb, lo siento, no pretendía...

—¿Culparme? ¿Recordarme las cosas que he hecho? ¿Que tenga claro que no puedo aspirar a nada más que a este barrio y a alguien tan jodido como lo estoy yo? —gritó.

Golpeó la nevera con el puño y el sonido metálico ahogó la maldición que salió de su boca.

—No quería decir eso, hijo. He hablado sin pensar. Es que no quiero que nadie vuelva a hacerte daño.

Caleb empezó a dar golpecitos con la frente en el armario.

—Soporté cada hueso roto porque prefería mil veces que fuera mi dolor y no el vuestro. Cada vez que me interpuse, cada vez que le provoqué, cada paliza que me dio, cada vez que me obligaba a destrozar a otro chico en una de esas peleas. Era capaz de hacerlo porque solo pensaba en vosotros, en ti y en Dylan. Porque si pensaba en mí, si me atrevía a pensar en mí por un maldito segundo, sabía que no podría seguir adelante. ¿Sabes cuántas veces deseé que apretara el gatillo con el que me amenazaba? Aún noto el sabor metálico en la boca —dijo con voz temblorosa. Sentía la rabia desgarrada por todo el cuerpo. Se frotó el cuello para intentar aliviarla.

Hannah se levantó y se acercó a él sin estar muy segura de si se lo permitiría. Los cambios de carácter de Caleb eran tan rápidos y extremos como las subidas y bajadas de una montaña rusa. Le puso una mano en la espalda. El chico temblaba de arriba abajo mientras sus manos aferraban con fuerza la encimera y mantenía la vista clavada en la ventana.

—Caleb, lo siento. No quería hacerte daño. Sé muy bien todo lo que te has visto obligado a hacer y a soportar. Creciste demasiado deprisa, y conociste el miedo y el dolor antes que nada. Pero lo conseguiste. Lograste protegernos e hiciste de tu hermano un buen chico. A veces los hombres buenos tienen que hacer cosas que no lo son. Pero eso no te condena.

—No soy bueno. Ese es el precio que pagué —musitó él con los dientes apretados.

—Y si lo crees de verdad, ¿por qué quieres arrastrar a esa chiquilla contigo? Parece que te quiere.

Caleb se alejó de su madre. Cruzó la cocina y se refugió en la esquina.

—Porque con ella consigo olvidarme de todo. Con ella todo parece mejor: esta casa, este barrio, yo... —Mientras hablaba dejó que su espalda resbalara por la pared, hasta acabar sentado en el suelo con las piernas abiertas y los brazos reposando en las rodillas—. Consigue que piense en el mañana, en las cosas que podría hacer y en las que podría darle. Y porque cuando la hago reír me siento el puto amo del mundo.

Hannah se quedó muda, mirándolo con los ojos muy abiertos. Se acercó despacio y se arrodilló frente a él.

—Caleb —susurró—. ¿Te has enamorado de Savannah?

—Hace una semana que no tengo pesadillas —confesó él de golpe—. No sé si es por ella, pero es la verdad. No sueño nada salvo estupideces cursis. —Una sonrisa se dibujó en sus labios. La noche anterior había soñado con Savannah. Estaban en la playa, de noche, contando estrellas y dibujando con el dedo el contorno de las constelaciones. Después se la había comido a besos.

Hannah se cubrió la cara con las manos. Caleb tenía pesadillas desde los seis años, y estas se habían agravado en los últimos cuatro de un modo preocupante. Que esas visiones nocturnas hubieran desaparecido sin más, era algo que tener en cuenta. Quizá estaba preocupada sin motivo, por unos prejuicios sin sentido. Pensando así les estaba dando la razón a todos esos ricachones que creían que un chico como él no podía aspirar a un mundo mejor. Caleb se merecía toda la felicidad del mundo.

Enredó la mano en el pelo de su hijo y la deslizó hasta su mejilla.

—Espero que sepas lo que estás haciendo y que de verdad merezca la pena. Conociendo a los Halbrook, es posible que en este momento estén subiendo a su hija en un avión para alejarla de ti —indicó con un suspiro. Caleb se enderezó de golpe y frunció el ceño—. Son buena gente, pero hay que ser realista. No es lo mismo que entres en su casa para arreglarles el cobertizo, que para convertirte en el novio de su única hija.

Se levantó del suelo y se pasó una mano por el pelo despeinado, recogiendo los mechones sueltos en una improvisada coleta. Tenía ojeras y los hombros caídos.

Caleb la miró.

—Necesito que me apoyes en esto, mamá.

—Soy tu madre, no hay cosa en el mundo que no haría por ti. —Volvió a arrodillarse. Lo envolvió entre sus brazos y, aunque apenas podía abarcar su enorme cuerpo con ellos, lo arrastró hacia su regazo y le acunó la cabeza contra su pecho—. Todo saldrá bien, cariño.

*C*aleb entró en casa después de haber pasado casi toda la noche en el porche pensando en Savannah. Había tratado de llamarla varias veces, pero su teléfono estaba apagado. La incertidumbre lo estaba matando. Fue hasta su cuarto y se dejó caer en la cama. Unos días antes había desmontado la de su hermano y la había guardado en el garaje. Tenía la necesidad de que aquella habitación no se convirtiera en un mausoleo. Sus cosas, los libros, las fotografías, su ropa, lo ahogaban en recuerdos que en ese momento no se podía permitir el lujo de tener.

Sus ojos volaron hasta un par de revistas que sobresalían de una caja bajo el escritorio. Alargó la mano y tomó una para echarle un vistazo. Alzó las cejas, sorprendido. Era una de esas revistas de moda y cotilleos para adolescentes. Aquello no podía pertenecer a Dylan. Se estiró y con un dedo logró arrastrar la caja hasta la cama. Empezó a curiosear. Había un MP4 de color lila. Miró las listas de música: Taylor Swift, Jonas Brothers...

Se sentó de golpe y subió la caja a la cama. La volcó sobre las sábanas. Todas aquellas cosas pertenecían a una chica. Una fotografía asomó bajo una camiseta rosa en la que se podía leer: «Yo también quiero un novio vampiro». El corazón le dio un vuelco. En la imagen, un Dylan sonriente abrazaba a una chica rubia de ojos marrones. Eran la viva imagen de la felicidad. Caleb estudió aquel bonito rostro con mucha atención. No la conocía, ni siquiera le sonaba de haberla visto por el barrio. Intentó recordar las caras de todas aquellas personas que habían acudido al funeral. No, ella no había estado allí.

Volvió a guardarlo todo y se tumbó con las manos bajo la nuca. Dylan estaba saliendo con una chica y nunca le había hablado de ella. No existían secretos entre ellos, y menos de ese tipo; por eso no lograba entender por qué no le había dicho nada al respecto, cuando era evidente que aquella chica, quienquiera que fuese, le importaba.

Se quedó mirando el techo. Echaba de menos a Dylan. Intentaba convencerse a sí mismo de que era fuerte y de que podía superar su pérdida. Pero no podía. No importaba cuánto fingiera ante los demás, que no pronunciara su nombre o no hablara de él. El dolor estaba en su interior, helado y corrosivo, debilitándolo, confundiéndolo. Ese dolor no podría curarlo nada. Apretó los párpados, pero eso no pudo detener las lágrimas. Suspiró y se frotó el puente de la nariz. Su respiración se volvió rápida y superficial.

Y ahora podía perderla a ella.

El sol iluminó poco a poco la habitación de Savannah. Llevaba horas sentada sobre la cama, abrazada a sus rodillas sin moverse. Ni siquiera había intentado dormir. Las voces de sus padres aún resonaban en su cabeza. No le habían dado la oportunidad de hablar ni de explicarse; no les interesaba su versión de la historia.

Brian había logrado su objetivo. Con su sonrisa embaucadora y su expresión afectada, los había convencido de que Savannah solo estaba pasando por una época rebelde y que Caleb se había aprovechado de esa circunstancia. Que si se mantenían firmes y unidos, la pobre oveja descarriada volvería al redil. ¡Qué ingenuos! Todos sus esfuerzos los habían dedicado a enumerar los motivos por los que no volvería a ver a Caleb.

Dejó escapar un sollozo y se limpió con las manos las lágrimas que le resbalaban por la cara. No podía seguir lamentándose. Tenía que pensar y tomar decisiones. La primera sería poner distancia con sus padres. Hasta ahora, si ellos le hubieran pedido que se tirara por un puente, lo habría hecho por complacerlos. Pero eso se había terminado.

Se levantó con las piernas adormecidas y se dirigió al armario. Buscó una pequeña maleta en el altillo y la abrió sobre la cama. Sin pararse a pensar, comenzó a sacar ropa de los cajones y la fue guardando en ella. Sonaron unos golpecitos en la puerta y el pomo giró. Savannah le echó un vistazo al pestillo para asegurarse de que estaba echado.

—Savie, por favor, déjame entrar —pidió su padre al otro lado de la puerta. Savannah continuó doblando la ropa y lo ignoró por completo. La puerta se sacudió con algo más de fuerza—. Savannah, déjame entrar o echaré la puerta abajo. Tenemos que hablar.

«Como si no hubieras hablado ya bastante», pensó ella. La noche anterior sus padres habían convertido la conversación en un monólogo en el que ella había sido un mero espectador sin voz ni voto. Se acercó a la puerta y corrió el pestillo. Volvió al cajón y sacó otro par de camisetas. La puerta se abrió muy despacio y su padre entró.

—Savie, cariño. Debemos hablar... ¿Qué estás haciendo? ¿Qué haces con esa maleta?

—Me voy con Cassie unos días —respondió con frialdad.

—¿Qué? No... no puedes hacer eso.

—Sí que puedo. Tengo dieciocho años, puedo hacer lo que quiera y no necesito tu permiso.

Roger Halbrook cruzó la habitación y le quitó la ropa de las manos. Cerró la maleta de un manotazo y cogió a su hija por los brazos, obligándola a mirarle.

—¿Todo esto es por Caleb Marcus? Creí que anoche ya quedó claro ese tema y que no hay nada más que hablar a ese respecto.

Ella negó repetidas veces con la cabeza.

—¿Hablar? —le espetó en voz alta—. No me dejaste decir nada. Te dedicaste a darme órdenes, a amenazarme y a decirme lo mala hija que soy por querer a Caleb.

—Y si me hubieras escuchado sabrías que tengo razón. No puedes ver a un chico como ese, Savie. No te conviene. Anoche indagué un poco y... sus antecedentes con apenas quince años ya eran dignos de un adulto. Ha estado en un centro durante dos años por agredir a su padre.

Savannah se puso rígida como una piedra.

—¿Te has molestado en leer las declaraciones? Quizá te hayas perdido la parte en la que dicen que su padre era un hombre violento que le pegaba y abusaba de él. Quizá no tuvo más remedio y no le quedó más opción que defenderse. ¿Y si se trató de ese hombre o su familia? ¿Qué habrías hecho tú?

—Eso no justifica los robos, los allanamientos y tampoco la intención de homicidio. Podía haber recurrido a las autoridades, están para eso. Ese chico es peligroso y conflictivo.

—Y si lo crees de verdad, ¿por qué le ofreciste trabajar en casa? —le soltó con desdén. La rabia le estaba proporcionando la rebeldía que siempre había anhelado tener.

Su padre apartó la mirada.

—Bueno, creo en la reinserción y... ese dinero les iba a venir muy bien. Conocía a Hannah y a su otro hijo, ese chico que...

—Se llamaba Dylan, papá. Vino a esta casa casi a diario durante dos años. Le ayudaste. No finjas que no sabías nada de él.

—No lo hago, y estamos hablando de su hermano. Los chicos como él...

—Tú trabajas con chicos como él. Juzgas sus casos y sabes que la mayoría de las veces no es culpa suya, sino de las circunstancias y de la vida que han llevado. Pero ¿cuántos de ellos son malos de verdad? Intentas darles una nueva oportunidad, les procuras los medios y las personas para sacarlos del agujero. ¿Por qué Caleb no se merece que le des otra oportunidad?

Su padre suspiró y se sentó en la cama con las manos apoyadas en los muslos.

—Está bien, puede que Caleb sea un buen chico que solo ha tenido mala suerte, y que ahora esté completamente reinsertado. Pero, Savie, tienes que entender que no es lo que te conviene. ¿Qué esperas de una relación con él? ¿Qué puede ofrecerte?

Savannah entornó los ojos. Se sentía ofendida solo por la insinuación machista que contenía aquel comentario.

—No necesito que un hombre me mantenga, si te refieres a eso.

—¡Claro que no! Pero tampoco está de más tener la seguridad de que pudiera hacerlo si llega el momento. ¿Qué pasa con Brian? Formáis una pareja preciosa. Es un chico inteligente, con aspiraciones y un futuro brillante. Te adora, eso es evidente, y, aunque yo no soy muy objetivo con esas cosas, diría que es muy atractivo.

Savannah puso los ojos en blanco.

—Papá, si tuviera que elegir a un hombre con el que pasar mi vida basándome en el tamaño de su cartera, ese sería Brian. Pero, créeme, yo preferiría vivir en una caravana y trabajar de camarera el resto de mi vida, antes que pasar un solo día con él.

Su padre la miró como si hubiera perdido el juicio. Sacudió la cabeza y alzó las manos.

—No lo entiendo, Savannah. Hasta un ciego vería lo que tú te empeñas en ignorar. Caleb Marcus y tú ni siquiera pertenecéis al mismo mundo. No es lo que te conviene. No tiene nada que ofrecerte.

—¿Cómo sabes que no tiene nada que ofrecerme?

—Porque es evidente que...

Savannah perdió la paciencia.

—¿Que no tiene un apellido importante? ¿Que vive en un barrio pobre y sobrevive con un salario mínimo? ¿Que ha estado en la cárcel por defenderse del hombre que debía protegerle y quererle? ¿Que todos los que os creéis por encima de él ya le dais por perdido porque ni siquiera os atrevéis a confiar, solo un poco, en que puede lograrlo? Quizá el ciego seas tú, papá, porque no quieres ver más allá de lo «evidente».

Su padre se puso de pie tan rápido que parecía que lo habían fustigado.

—¿Qué insinúas? ¿Que no soy tolerante, que tengo prejuicios?

—Sí, eso mismo —admitió Savannah con fiereza y una mirada desafiante—. No te molestas en ver más allá. No me has preguntado por qué quiero estar con Caleb, qué he visto en él para dejar a un lado mis propios prejuicios, esos que he heredado de ti y de mamá.

—Eso no es justo, Savie —suspiró él con frustración.

—Pero es la verdad.

Su padre frunció el ceño, esforzándose por mantener la compostura. Negó con la cabeza. No entendía por qué su hija estaba sacando las cosas de quicio.

—¿Te das cuenta de que ese chico es una mala influencia? Tú nunca nos has desafiado, siempre te has comportado, has ido por el buen camino. Hasta ahora. Has roto con un chico maravilloso, has dejado a tus amigas y quieres irte de casa porque no nos parece bien que salgas con un muchacho que no te conviene. ¡Deja de rebelarte y de ser tan egoísta!

Savannah le dirigió una mirada fulminante.

—¿Egoísta? No he dado un solo paso en toda mi vida sin pensar antes si os parecería bien, si estaría actuando como esperabais que lo hiciera. Me he vestido como a mamá le gusta, elegía las asignaturas que tú querías, y me he comportado siempre bajo la presión de cumplir vuestras expectativas. Salí con Brian por ese motivo, elegí a mis amigas porque a vosotros os gustaban, no a mí. Y así con todo. Porque siempre me habéis hecho sentir como si tuviera que compensaros por todo lo que sacrificasteis al tenerme...

—¿Qué? ¿Por qué crees eso?

—¿Que por qué? ¿Acaso pensáis que estoy sorda o ciega, que en todos estos años no me he dado cuenta de las cosas? Me habéis tratado como el recuerdo viviente de todo lo que no pudisteis hacer porque tuvisteis que ocuparos de mí. Mamá tuvo que dejar la universidad, regresó aquí, sola, sintiéndose frustrada e insegura porque tú no podías estar con ella. Se comporta como si fuera una adolescente anclada en el pasado y ya ni siquiera puedo llamarla mamá porque no le gusta que la gente sepa que tiene una hija de mi edad. Y tú... Tú tuviste que estudiar y mantener una familia al mismo tiempo, en lugar de ir a conciertos, salir con amigos y jugar al fútbol. Y la ayudas a mantener esa ilusión de que el tiempo no ha pasado, sabiendo que eso me hace daño.

La perplejidad se dibujó en el rostro de su padre.

—Cariño, si tu madre y yo te hemos hecho sentir así, lo siento de veras. —Su voz se quebró—. Nunca te hemos culpado de nada. Fuimos unos irresponsables, y es cierto que tuvimos que pagar las consecuencias, pero tú eres lo mejor que nos ha pasado nunca. No podemos culparte de algo de lo que no eres responsable.

Savannah suspiró con ojos brillantes. La emoción amenazaba con apoderarse de ella. Era la primera vez que oía a su padre decir algo parecido, pero no quería distraerse del tema principal de aquella conversación.

—Pues me alegro —replicó—. Porque se acabó, yo he dejado de sentirme culpable y ya no siento esa necesidad constante de compensaros por el simple hecho de estar viva. Queredme por quién soy, porque a partir de ahora no siempre pensaré como vosotros ni haré lo que creéis que es correcto. No saldré con quien os gustaría y puede que no lleve la vida que habéis imaginado.

—Y quieres demostrarnos que eres capaz de decidir por ti misma con sentido común, saliendo con Caleb Marcus.

Savannah alzó las manos al cielo, exasperada.

—¡No le conoces, no es el canalla que anda detrás de la niña rica! Si le conocieras no me mirarías de esa forma, como si estuviera loca. Él no es el medio para fastidiaros porque esté enfadada. Sigues sin entenderlo.

—Entonces, ¡explícamelo! —rogó su padre.

—Cuando Caleb no está conmigo, siento un agujero en el pecho que no soy capaz de llenar con nada. Que duele hasta volverme loca y no me deja respirar. Ese agujero se transforma en un pozo oscuro y frío con solo pensar que no volveré a verle. Cuando estoy con él ese dolor desaparece y me siento feliz. —Sabía que estaba sonando desesperada, demasiado dramática, pero era como se sentía—. Cuando me mira me hace sentir única, especial. Para él no existe nadie más, solo yo, y sé que haría cualquier cosa que le pidiera. Él quiere ser mejor persona por mí, y lo está intentando con todas sus fuerzas.

»No voy a darle la espalda, no voy a dejarle ir. Caleb es mi elección, no espero que la aprobéis ni que la celebréis, pero si me queréis aquí, tendréis que aceptar que él forma parte de mi vida.

—Está bien —dijo su madre desde la puerta.

Los dos se volvieron hacia ella, sorprendidos de encontrarla allí.

—¿Cuánto tiempo llevas ahí? —preguntó Roger, preocupado por lo que pudiera haber oído.

—El suficiente para haberme dado cuenta de algunas cosas —respondió su esposa. Se abrazaba los codos con nerviosismo. Miró a su hija y un par de lágrimas se deslizaron por sus mejillas.

—¡Helen! —musitó Savannah.

—¡No! Soy tu madre, así que se acabó lo de «Helen». Me he comportado de un modo irresponsable. Si hubiera pensado más en ti, como es mi obligación, y menos en mí, ahora no estaríamos en este punto. Todo esto es culpa mía.

—No es culpa tuya, cariño —dijo él, yendo a su encuentro. Le rodeó los hombros con el brazo y la estrechó contra su pecho.

—Roger, deja de hacer eso, deja de ser tan indulgente conmigo. —Miró a Savannah a los ojos—. No me parece bien. No creo que ese chico sea bueno para ti. —Buscó la mano de su esposo y la cubrió con la suya—. Pero conozco ese vacío del que hablas, ese agujero en el pecho que no te deja respirar. Lo sentí durante todos los años que tu padre no pudo estar conmigo. Si estás segura de que Caleb es tu elección, la respetaremos...

—Helen —la regañó Roger, con el ceño fruncido.

Ella lo ignoró y se acercó a Savannah. Le colocó un mechón de pelo tras la oreja.

—Pero haréis las cosas bien —continuó—. Vendrá a casa para que podamos conocerle mejor, y sabremos en todo momento dónde estáis y con quién. Y tú seguirás dando prioridad a tus estudios; vuestra relación no puede alterar tus planes. Irás a Columbia y te licenciarás, y después... después estarás preparada para tomar decisiones respecto a tu vida. Si para entonces él sigue a tu lado, tendrás nuestras bendiciones.

»Savie, puede que no siempre te comprendamos, pero lo intentaremos. Te queremos, cariño. Deja esa maleta, por favor.

Savannah se quedó mirándola fijamente y su madre le devolvió la mirada. Sintió una opresión en el pecho que la ahogaba con una emoción que apenas podía contener. El corazón le latía con fuerza cuando se dejó rodear por sus brazos.

—Te quiero más de lo que puedas imaginar —dijo su madre.

—Yo también, mamá —susurró, y llamarla así aflojó el nudo. Una lágrima resbaló por su mejilla.

Helen la soltó y esbozó una sonrisa nerviosa. Se atusó el pelo y se frotó las manos en su vestido.

—¿Qué os parece si salimos a comer los tres juntos? —sugirió.

—Pero hoy es la comida en el Club con los Tucker —recordó Roger.

Savannah apretó los labios.

—Creo que esas comidas deberán aplazarse una temporada, Roger —dijo Helen en tono suspicaz—. Hoy saldremos los tres juntos, como la familia que somos. Me apetece ir a ese restaurante italiano que hay junto a la playa. ¿Qué... qué te parece, cariño? —preguntó a su hija.

Savannah asintió con una sonrisa, a pesar de que lo único que deseaba era ir en busca de Caleb. Su madre se merecía que pasaran esas horas juntas, por el esfuerzo que estaba realizando con todo aquel asunto.

—Me parece bien. Tienen un helado de manzana que te va a encantar.

—Estoy segura de que sí —respondió su madre con un suspiro entrecortado.

36

Caleb habría reconocido el ronroneo de aquel motor entre miles. Empujó la puerta y salió al porche. Allí estaba ella, como una aparición, bajando de su Chrysler. La desesperación que había sentido durante todo el día se esfumó de un plumazo. Se llevó las manos a la cabeza y logró llenar sus pulmones de aire por primera vez en muchas horas. Lo soltó con un suspiro de alivio y bajó los peldaños.

Savannah echó a correr hacia él y apenas tuvo tiempo de abrir los brazos antes de que ella le saltara encima y le rodeara la cintura con las piernas. Rezó para que hubiera venido a quedarse y no a despedirse; porque no podía dejarla marchar. La abrazó con tanta fuerza que ella resolló. Aflojó un poco.

—¡Joder, Sav, no vuelvas a hacerme esto! Te he llamado un millón de veces y he ido a tu casa otras tres.

Ella dejó caer los brazos por detrás de su cuello y lo miró a los ojos con una sonrisa.

—¿Has ido a casa? —Él asintió—. Lo siento, he pasado el día fuera, con mis padres. Tenemos que hablar.

La sonrisa de Caleb se borró de su cara, y en su rostro se formó una arruga de preocupación.

—Algo me dice que no va a gustarme.

Ella suspiró y le plantó un beso en los labios, sujetándole el rostro entre las manos. Inspiró con fuerza y hundió la nariz en su cuello. ¡Olía tan bien!

—Eso depende —susurró.

Caleb entró en la casa sin soltarla y se dirigió a la cocina. La sentó sobre la encimera y colocó las manos a ambos lados de sus caderas.

—¡Suéltalo!

Savannah empezó a contarle todo lo que había pasado desde la noche anterior: el encuentro con Brian, la conversación con Hannah, y, por último, los asaltos que había mantenido con sus padres. Caleb la escuchó sin parpadear. Se esforzaba por guardar silencio y no explotar con una sarta de maldiciones. Cuando terminó de hablar, la expresión del chico era indescifrable.

—¿No vas a decir nada? —le preguntó.

Caleb echó la cabeza hacia atrás. Hubo un momento de silencio. La miró a los ojos y después apoyó la frente contra la de ella. Inhaló el aroma de su piel y soltó el aire de forma entrecortada. Le rodeó la cintura con los brazos y de un tirón la apretó contra su cuerpo.

—Primero, voy a matar a Tucker —empezó a decir. Sus labios cubrieron la boca de la chica cuando ella intentó protestar. Cuando habló de nuevo, su voz sonó áspera—. Segundo, no tienes que preocuparte por mi madre, eso ya está solucionado. Y tercero, no tengo inconveniente en someterme al tercer grado de tus padres si con eso puedo tenerte.

—Más bien es un primer grado, y cuentas con todos los agravantes. Así que, no sé yo si te va a gustar —dijo Savannah mientras se ruborizaba.

Él esbozó una sonrisa arrogante. Se movió lo suficiente como para que sus labios se rozaran.

—Mientras la condena sea cadena perpetua a tu lado —susurró.

Posó los labios sobre los de ella mientras enredaba los dedos en un mechón de su cabello rubio. Sonrió sin dejar de besarla, recorriendo con la lengua la curva inferior de su labio, para después mordisquearlo muy despacio. Savannah gimió y el ardor de su impaciencia le calentó todo el cuerpo. Deslizó la boca por su cuello al tiempo que bajaba las manos por sus costados para agarrarle el trasero. Su cuerpo excitado se ajustó entre sus piernas, perfectamente alineado justo donde ella necesitaba que estuviera. Savannah jadeó y enroscó los dedos en su pelo, tirando de él hacia arriba para alcanzar su boca. Oprimió sus labios con fuerza contra los de ella y los abrió para él, aplastando su cuerpo tembloroso contra el suyo como si buscara fundir sus pieles. Caleb la saboreó, acariciando con su lengua la de ella, cada vez más rápido y más profundo. Sus caderas meciéndose al mismo ritmo con una deliciosa fricción.

Derretirse bajo los labios de Caleb era inevitable, Savannah lo sabía porque su cuerpo se convertía en una masa de hormonas incapaz de pensar. Sollozó cuando sus bocas se separaron y tardó un largo segundo en abrir los ojos. Él la estaba mirando, recorriendo todos y cada uno de sus rasgos como si estuviera memorizándolos.

—No tienes la más remota idea de lo que provocas en mí —susurró Caleb. Savannah se aferró a él para no desplomarse hacia atrás y le lanzó una mirada ardiente—. Sí que lo sabes.

Savannah asintió y se le aceleró el pulso. Sintió una presión en el pecho que la dejó sin voz. Sus labios pronunciaron un «te quiero» que quedó ahogado por el sonido de sus respiraciones, pero él lo oyó.

—¿Qué has dicho? —La miró fijamente a los ojos.

—Que significas más para mí de lo que puedo soportar —respondió ella con una adorable timidez.

Él entornó los ojos. De nuevo se sentía al borde del precipicio, con la sensación de estar a punto de saltar sin saber si sería capaz de hacerlo. Solo que esta vez era algo peligroso y excitante y no le daba miedo.

—Así no, quiero oírlo.

A Savannah se le subió el corazón a la garganta. Se inclinó hacia adelante y hundió la cabeza en el espacio entre su hombro y su cuello. Con un dedo en la barbilla él la obligó a mirarlo de nuevo. Nunca le había dicho a ningún chico esas palabras, nunca las había sentido de verdad.

—Te quiero —logró repetir.

Una sonrisa maravillosa se extendió por los labios de Caleb mientras la devoraba con la mirada. Se inclinó sobre ella muy despacio y un gruñido de placer brotó de su interior al ver cómo se mordía el labio inferior. Era tan guapa, y más aún con el deseo que le ardía en la mirada. Sus bocas se buscaron con urgencia y jadeó al sentir sus dedos en el pelo, tirando de él. Presionó su cuerpo contra el de ella, arrancándole un gemido sensual. A ese paso, detenerse iba a ser difícil. Abandonó su boca con un suspiro de resignación. Incapaz de abrir los ojos, apoyó su frente en la de Savannah y sonrió mientras le acariciaba la espalda con los dedos.

—¿Está tu madre en casa? —preguntó ella sin aliento.

—Si estuviera ya nos habría lanzado un cubo de agua fría.

Savannah sonrió. Se mordió el labio, con demasiadas emociones burbujeando en su interior. Caleb se apartó un poco para mirarla a los ojos.

—¿Y... volverá pronto? —quiso saber ella mientras le dibujaba con el dedo una línea desde el cuello hasta el estómago.

Caleb no se movió, ni parpadeó. Estaba tan alterado que no podía permitirse el lujo de imaginarlo sin perder el control.

—No volverá hasta mañana por la mañana.

Savannah le deslizó las manos por el vientre hasta el dobladillo de la camiseta, las coló por debajo y le acarició la piel de los costados ascendiendo por su pecho. Él seguía inmóvil.

—Caleb, yo...

—No lo digas si no estás segura —dijo él con voz ronca. Cerró los ojos un instante; cuando los abrió ardían—. No empieces si después vas a parar, hoy no. Hoy no podré echar el freno.

Savannah se estremeció por la necesidad que transmitía el tono de su voz.

—Hace tiempo que estoy segura —susurró, deslizando las manos por sus costillas—. No quiero esperar más.

Tiró de la camiseta hasta sacársela y contempló su torso sin ningún pudor: su pecho, su abdomen, cada músculo perfectamente cincelado que se flexionaba con solo respirar. Las yemas de sus dedos recorrieron la ese tatuada sobre su pectoral. Se inclinó y la besó, entreabrió los labios y la punta de su lengua lo probó con timidez.

Ni siquiera tuvo tiempo de ver cómo ocurría. Estaba sentada sobre la encimera y un segundo después se encontraba de espaldas contra la mesa. Cuando Caleb se inclinó sobre ella, sus cuerpos encajaron a la perfección, y pudo notar la evidencia y la firmeza de su deseo a través de la ropa. El calor que sentía por todo el cuerpo se hizo más intenso. Gimió y lo agarró por el pelo para atraerlo hacia sus labios. De la garganta de Caleb surgió un gruñido mientras trataba de quitarle la ropa. Su camiseta acabó en el suelo, después el sujetador.

Caleb se separó de ella para mirarla. Sus ojos la recorrieron de arriba abajo, mientras con la mano trazaba una senda desde su cuello a través del hueco entre los pechos hasta su estómago. Su mirada le llenó el alma. Tomó aliento y le desabrochó los pantaloncitos. Era preciosa, perfecta. Y era solo suya. Algunos mechones de pelo le cayeron por la frente cuando se inclinó para depositar un beso en su ombligo. Trazó un círculo con la lengua y ascendió con los labios mientras sus manos la exploraban.

A Savannah se le aceleró la respiración, a medida que el calor de su boca se acercaba a la curva de su pecho. Jadeó cuando una mano cubrió uno de sus senos y un beso suave y húmedo acarició el otro. Sus caderas se movieron con vida propia contra las de él, se contoneó al ritmo que sus caricias marcaban y sintió que se ahogaba sin remedio con cada palpitación de su vientre. Se preguntó si era posible morir de deseo, de necesidad. Estaba a punto de averiguarlo. Sus manos se pelearon con el cinturón de los pantalones de Caleb, después con el botón, pero no conseguía coordinarlas para soltarlo.

Caleb deslizó una mano por debajo de su cintura y la alzó de la mesa como si no pesara nada. La besó en el cuello, después en la boca buscándola con urgencia. Gotitas de sudor resbalaban entre sus cuerpos.

—Vamos a mi cuarto —susurró.

Savannah asintió con la cabeza sin apartar su mirada de la de él. Sonrió y él le devolvió la sonrisa, tan sensual que cada fibra nerviosa de su cuerpo se estremeció con un latigazo. Se estaba consumiendo. Lo besó y su lengua se introdujo en su boca con una urgencia desesperada. Su piel la llamaba a gritos y se apretó contra él como si nada fuera suficiente.

—Oh, Dios —gimió Caleb—, me vuelves loco.

La desinhibición de Savannah provocaba estragos en él; esa dualidad de inocencia y provocación se había convertido en su perdición.

La puerta se abrió.

—Caleb... ¡Mierda! —Matt se dio la vuelta en cuanto sus ojos procesaron la escena y chocó contra la pared. Se frotó la frente con los párpados apretados—. ¡Lo siento! Os juro que no he visto nada.

—¡Joder, Matt! —logró articular Caleb, rojo por la ira—. ¿No sabes llamar a la puta puerta?

Dejó a Savannah en el suelo y empujó su cuerpo medio desnudo hacia la cocina para que se vistiera.

—Lo siento, tío, lo siento. Puedes matarme, pero he venido por algo importante. Es Tyler —anunció, mientras se daba la vuelta muy despacio.

—¿Qué le pasa a Tyler? —inquirió Savannah. Se acercó a Caleb y este le rodeó la cintura con el brazo. Matt parecía de verdad preocupado—. ¿Qué pasa? —insistió.

—Van a quitarles el taller —respondió Matt—. Necesitan cinco de los grandes para pasado mañana o lo perderán.

—¿Qué? —exclamó Caleb con los ojos como platos—. ¿A quién le deben todo ese dinero?

—Hace cosa de un año pidieron un préstamo para arreglar los desperfectos de un incendio en su casa. Hubo un cortocircuito. Avalaron con el taller y... bueno, se les cumplió el plazo. Yo no tenía ni idea de nada, pero he pasado a verle y me lo he encontrado como una cuba. Jace se ha bajado los pantalones y va camino de Charlotte para pedirle la pasta a su viejo. No tiene muchas esperanzas de que le dé el dinero, sobre todo si le pide algo a cambio. Yo solo tengo quinientos pavos ahorrados, y el dinero de la beca no puedo tocarlo; Kim está sin blanca... Necesitamos un milagro, tío.

Un tenso silencio se instaló en la habitación. Caleb se frotaba la frente, pensando.

—Yo podría hablar con mis padres —dijo Savannah con cautela.

—¡No! Yo me encargo de esto —soltó Caleb entre dientes—. Voy a matar a ese idiota por no habérmelo dicho.

Se dio la vuelta y desapareció en la cocina. Regresó mientras se vestía, mascullando un sinfín de maldiciones bajo la mirada estupefacta de Savannah y de Matt.

—¿Y cómo piensas encargarte? ¿Tienes ese dinero? —quiso saber ella.

Caleb cogió su cartera de encima de la mesa y empezó a buscar algo. Cogió una tarjeta y la miró un segundo, dejando escapar un suspiro entrecortado.

—No, pero voy a conseguirlo —repuso. Marcó el número de la tarjeta en su teléfono móvil y esperó. Segundos después un hombre contestó al otro lado—. Jake, soy Caleb. Necesito pasta.

*C*aleb se paró frente a la puerta del almacén donde su madre había guardado todas las pertenencias de su padre. Notó una mano en la espalda, y pensó que no debería haber dejado que Savannah lo acompañara. Ya era bastante malo que volviera a las andadas como para meterla a ella en esos malos rollos. Pero decirle que no hiciera algo lograba justo el efecto contrario. Era tan cabezota como él. En cuanto había escuchado sus planes y la forma en la que pensaba conseguir el dinero para los Kizer, se había negado a separarse de él.

Giró la llave en la cerradura y subió la persiana. El olor a humedad y aire rancio les colmó los sentidos. Se quedó plantado frente a la entrada. Sus ojos vagaron por el interior. Había un par de cajas en un rincón y, bajo una lona gris, algo a lo que pensó que jamás volvería a acercarse.

—¿Estás bien? —preguntó Savannah.

Caleb asintió sin mirarla, tomó aire y entró sin dudar. Agarró la lona y tiró de ella.

—¡Vaya! —exclamó ella al ver el vehículo gris decorado con dos rayas negras sobre el capó—. ¿Qué coche es este? —Él la miró de reojo—. No me mires así, seguro que tú no sabrías distinguir un... ¡Bah, déjalo! No sabrías y punto.

Caleb puso los ojos en blanco, gesto que había aprendido de ella y que comenzaba a entender.

—Es un Shelby GT500. El coche más bonito del mundo, y lo gané en mi primera carrera conduciendo un Chevelle que se caía a trozos. Lo único bueno que mi padre me enseñó fue a amar los coches. Trabajé en esta maravilla durante tres años y no perdí ni una sola carrera. —Bajó la voz hasta convertirla en un susurro—. Aunque daba igual, él siempre encontraba otro motivo para hacerme sangrar.

Savannah se estremeció. Era la primera vez que Caleb le contaba algo sobre su padre. Ni siquiera respiró para no interrumpirlo, pero él no dijo nada más.

Con un cosquilleo en el estómago, Caleb se acercó al coche y abrió el capó para conectar la batería.

—Cruza los dedos para que funcione —dijo antes de girar la llave en el contacto. El sonido del motor se elevó en el aire. Cerró los ojos un momento para disfrutar de aquel ronroneo: era como escuchar un coro de ángeles. Aceleró y una sonrisa se extendió por su cara—. Muy bien, pequeño. Vamos a ponerte a punto.

Condujo el Shelby hasta el taller de los Kizer. Cuando aparcó en el interior, Tyler salió de la oficina luciendo un aspecto lamentable. Le seguían Matt y Kim.

—No voy a dejar que lo hagas.

—Cierra la boca antes de que te la cierre yo, Ty —le ordenó Caleb, apuntándole con el dedo a modo de aviso—. Eres un idiota. Me diste trabajo sabiendo que necesitabas ese dinero.

—Tú también lo necesitabas. Eres mi hermano, cuido de ti.

Caleb resopló.

—Y ahora yo cuido de ti —respondió mientras abría el capó.

—¡Joder! —exclamó Matt, mirando el motor—. Nunca he visto nada igual.

—Y nunca lo verás —masculló Caleb—. No hay ninguno como este, es de fabricación propia.

Tyler se paró a su lado y lo agarró de un brazo para que lo mirara.

—Caleb, no puedes correr. Es peligroso, y si te pillan...

—No me va a pasar nada y no van a pillarme. Jake me ha dicho que puedo sacar los cinco mil. Así que deja de lloriquear y ayúdame con esto. Tenemos hasta las once. —La rabia que lo invadía era tan fuerte que le temblaba el cuerpo. Apartó la mirada, apretando la mandíbula—. Estoy cabreado, estoy furioso, y no quiero descontrolarme, ¿de acuerdo?

Tyler asintió una sola vez. Tenía los labios tan fruncidos que habían desaparecido tras una fina línea recta. Acercó un potente foco y un carrito con herramientas, y en silencio comenzaron a trabajar.

No le quitéis los ojos de encima —dijo Caleb a sus amigos mientras señalaba a Savannah con un dedo.

—La esposaré a mi tobillo si hace falta —respondió Kim, haciendo un esfuerzo sobrehumano para no ponerse a gritar de exasperación.

Caleb estaba paranoico, irascible y llevaba una hora ladrando una sarta de advertencias y de órdenes. El chico no lo hacía a propósito, pero el nerviosismo del ambiente se contagiaba como un virus. El rumor de que Caleb Marcus volvía a competir había llegado hasta el último rincón del mundillo, y la afluencia de público se había multiplicado. También las apuestas. La cifra había subido de siete mil a diez mil. Si ganaba, después de darle a Jake su parte, sacaría para pagar la deuda de los Kizer y el resto iría para el gimnasio. Sus ojos volaron por el aparcamiento de la vieja planta de reciclaje abandonada. No cabía un alma. Se acercó a Savannah y la abrazó por la cintura.

—No es una buena idea que estés aquí. Si la situación se complica y hay que salir pitando, no sé si podré llegar hasta ti a tiempo. —Le plantó las manos en el trasero y la apretó contra su cuerpo—. Vete —suplicó.

Savannah negó con la cabeza y enlazó los brazos en torno a su cuello. Por nada del mundo se iría de allí, dejándole solo.

—Ya estoy aquí y no iré a ninguna parte. Si de verdad hay un nosotros y quieres que estemos juntos, lo estaremos para todo —respondió.

MARÍA MARTÍNEZ

Él suspiró y apoyó su frente en la de ella. Jamás había tenido problemas para decir que no, para imponerse y que se hicieran las cosas según sus deseos. Pero con Savannah era imposible, tenía la sensación de que si ella le pedía que saltara, saltaría; y un segundo después estaría panza arriba, esperando a que le rascara la tripa.

—No quería que conocieras esta parte de mí.

—¿Qué parte?

—La que da la razón a todos los que creen que soy un delincuente peligroso al que le gusta meterse en problemas.

—Tú no eres así.

—¡Joder, Sav, sabes que sí!

—Estás aquí por Tyler, y las veces anteriores dudo que fueran idea tuya. Siempre has tenido un motivo para hacer las cosas, y creo que esos motivos eran justos.

—Puede que sí, pero... Tengo un carácter de mil demonios. Pierdo los papeles cada dos por tres y actúo antes de pensar. ¡Y acabo de traerte a una carrera ilegal donde, si todo va bien, nos iremos a casa sin meternos en un lío! Si va mal... Bueno, la última vez que fue mal, mandé a un tipo al hospital y le destrocé el coche con una llave inglesa. Después su novia quiso que la compensara bajándome los pantalones.

»Este mundo no es para ti, nena, y yo me muevo en él como pez en el agua. ¿Qué has visto en mí para querer meterte en todo esto?

Savannah arrugó la nariz con un guiño coqueto.

—¿Y qué has visto tú en mí?

Él sonrió de oreja a oreja y sus ojos se posaron en sus labios con una mirada ardiente.

—Todo, princesa. Te hicieron a mi medida.

Savannah se echó a reír. Se puso de puntillas y lo abrazó.

—Eh, Caleb. Jake dice que ya están todos, es la hora.

Caleb miró por encima del hombro a la chica que acababa de aparecer tras ellos.

—Dile que ya voy.

Ella le guiñó un ojo y dio media vuelta, contoneándose de tal forma que corría el riesgo de dislocarse una cadera. Savannah le dedicó una mirada asesina. No importaba adónde mirara, en todas partes había alguna mujer comiéndoselo con los ojos y evidentes ganas de usar alguna otra parte del cuerpo. No estaba ciega, ella mejor que nadie conocía el efecto que su chico provocaba.

—Llegó la hora —dijo él nervioso.

Savannah le acarició el pelo. Caleb la levantó del suelo y ella lo envolvió con las piernas.

—No te preocupes, ¿vale? Ya me has dicho lo que tengo que hacer, y no me separaré de los chicos. Pero tú ten cuidado. Si te ocurre algo, me muero. —Una sonrisita despreocupada curvó sus labios—. Y si miras a cualquiera de esas zorritas que te están poniendo ojitos con las bragas en los tobillos, tú serás el que muera —le advirtió.

—¿Qué?—preguntó Caleb con los ojos como platos. Soltó una carcajada que hizo que todos se fijaran en él—. A la orden. Pero guarda el arma, yo solo te veo a ti. Sobre todo cuando te pones celosa y mandona. —La apretó contra su cuerpo como si quisiera fundirla con él—. Me encanta que seas una chica mala.

—¿Ves? A mí tampoco se me da tan mal manejarme en tu mundo —le hizo notar. Lo abrazó con fuerza, como si al soltarlo fuera a perderlo para siempre—. Ten cuidado, ¿vale?

Él la dejó en el suelo. Le tomó el rostro entre las manos y se perdió en sus ojos grises durante un largo segundo.

—No va a pasarme nada. Tú y yo tenemos que retomar algo muy importante en el punto que lo dejamos. Eso motiva bastante —susurró junto a su oído.

Savannah se ruborizó y se le aceleró el pulso.

—Entonces, date prisa y gana esa carrera.

Caleb esbozó una sonrisa juguetona y la besó en el cuello. Miró a Matt con una advertencia y la señaló con el dedo antes de desaparecer entre la gente.

Tyler lo esperaba junto al Shelby. Jake estaba a su lado y parecía nervioso.

—Tres minutos, Caleb, y a la carretera. Esto se está convirtiendo en zona caliente. Parece una puta feria con tanta gente. La pasma recibirá el aviso en cualquier momento.

—No te preocupes. Estoy listo.

Jake alzó el pulgar y se perdió entre la multitud en busca de los otros pilotos.

—He solucionado lo de las explosiones. Era la mezcla de aire y gasolina la que producía el ruido. La he equilibrado y ¡*voilà*! El sistema de sobrealimentación funciona de maravilla y el compresor... o explota o te duplica la potencia. Está a punto, el resto depende de ti —explicó Tyler.

—Bien —repuso Caleb, subiendo al coche. Se colocó el arnés —. ¿Qué tal los otros coches?

—Solo he visto dos. Un Nissan S15 al que le han metido un kit biturbo y un Saleen, pero lo conduce un idiota. ¡Pan comido! —respondió, mientras ocupaba el asiento del copiloto. De repente se organizó un revuelo. La gente abandonó el aparcamiento y se dirigió a la carretera, ocupando ambos lados de arcén—. Es la hora.

Caleb colocó el coche junto al margen derecho. En el centro aparecieron el Nissan y el Saleen. Un cuarto coche ocupó el lado izquierdo. Los nervios se palpaban en el ambiente. Ante él, diez kilómetros de curvas con tráfico antes de volver de nuevo a aquel punto.

—Suerte, capullo —dijo Tyler antes de bajarse.

Caleb sonrió y pisó el acelerador un par de veces. Un golpe en la ventanilla llamó su atención. La bajó y Tyler metió medio cuerpo dentro del coche.

—¿Recuerdas a los tíos que pasaban las anfetaminas? —preguntó algo alterado. Caleb asintió—. ¿Qué coche dijeron que llevaba el camello al que se las compraban?

—Un Challenger rojo...

—Con un tigre dibujado —terminó de decir Tyler, mientras señalaba con la cabeza al cuarto coche que participaba.

Caleb buscó el vehículo con la mirada. Allí estaba, un precioso Dodge rojo brillante con un tigre hortera destrozando la pintura de la puerta. Intentó ver al conductor, pero los cristales ahumados lo hacían imposible. Si trincaba al tipo, pensaba decirle unas cuantas cosas.

Jake apareció con una bandera roja y se subió al capó de un coche aparcado unos metros más adelante. Alzó el brazo. Los motores rugieron y los gritos y silbidos inundaron la noche.

—¡A quemar goma! —gritó mientras bajaba la bandera.

37

Caleb aceleró y una sobredosis de adrenalina se extendió por sus venas, con la misma velocidad endemoniada que los 700 CV que rugían bajo el capó lanzando al Shelby sobre el asfalto como si fuera un proyectil. La sensación era alucinante. Tan aterradora como adictiva. Habían pasado cuatro años desde la última carrera. Esperaba sentirse oxidado, pero no era así: su mente, su cuerpo y el coche formaron un único ser desde el primer segundo.

Sus ojos iban de los espejos al parabrisas captando hasta el último detalle de lo que había a su alrededor con una precisión milimétrica. Sus pies y sus manos se movían perfectamente coordinados. Doscientos veinte... treinta... cuarenta... La carretera se convirtió en un borrón. Un rápido vistazo al retrovisor le bastó para comprobar que el Nissan y el Saleen ya no eran un problema. No podía decir lo mismo del Dodge Challenger. El tipo que lo manejaba sabía conducir, pero no era rival. Y después de la carrera solo sería un montón de despojos, porque pensaba solucionar el problema que suponía. Nunca le habían gustado las drogas, y aún menos lo que les hacían a las personas.

Circularon pegados durante tres kilómetros, hasta que llegaron las curvas y comenzaron a encontrar tráfico. Esquivaron, como si de uno solo se tratara, un par de camiones y un deportivo. Caleb empezaba a divertirse. El Challenger mantenía su ritmo, no se despegaba de su parachoques trasero y, durante algunos segundos, lograba situarse a su lado, momento que Caleb aprovechaba para intentar ver el rostro del conductor.

Unos destellos en el espejo llamaron su atención. La policía.

—¡Joder! —masculló.

Hora de dejar de jugar. Pisó a fondo y su Shelby voló. Los neumáticos chirriaron al doblar la última curva y se mantuvieron pegados al asfalto. El Dodge apareció como un obús y Caleb no tuvo más remedio que maniobrar y rodar por el arcén entre una nube de arena, permitiendo que le adelantara. Los neumáticos derraparon y provocaron una lluvia de gravilla.

—¿Juego sucio? —se rió.

Clavó los ojos en el coche rojo y hundió el pie en el acelerador. Cambió de marcha y volvió a acelerar. El motor rugió y la aguja del cuentarrevoluciones vibró al máximo. Las luces de los coches de policía solo eran unos puntitos a lo lejos, pero estarían allí en cuestión de nada. La gente abarrotaba los márgenes. Divisó el brillo de la pintura reflectante que marcaba la meta y a Jake con la bandera en la mano. Adelantó al otro coche. ¡Un poco más!

Caleb cruzó la línea pintada sobre el asfalto. Pisó el frenó y los neumáticos dejaron una estela de humo gris y olor a goma quemada. Dio un volantazo. El coche giró sobre sí mismo y se detuvo en medio de la carretera, de frente al Challenger, cortándole el paso. El coche rojo se paró a pocos centímetros de él, pero la potente luz de sus faros delanteros lo cegó, impidiéndole ver algo más allá de una silueta borrosa. El conductor dio marcha atrás a toda velocidad. Después aceleró y pasó por su lado, alejándose de allí.

Caleb se llevó el teléfono a la oreja. Tyler lo estaba llamando.

—¡Lárgate! Jake me ha dado la pasta. Tengo a Savannah en la camioneta, la llevo a tu casa —gritó el chico.

Caleb lanzó el teléfono al asiento y salió de allí a toda prisa. Lo primero que debía hacer era ocultar el coche, por lo que se dirigió al almacén. Una vez dentro apagó el motor y se quedó inmóvil en el asiento, tan tenso por culpa de los nervios que le temblaba cada músculo del cuerpo y sentía calambres. Cuando algo se le metía en la cabeza, no solía abandonar, y ahora se estaba obsesionando con una idea. Patearía todo el pueblo y alrededores hasta dar con el tipo del Challenger. Quería saber quién era.

Cubrió el coche con la lona. Se le encogió el estómago al verlo desaparecer. Conducirlo de nuevo había despertado en él viejos sentimientos, unos más malos que otros, pero trató de canalizar solo los buenos. ¡Joder, aquella carrera había sido como un intento de suicidio, pero había sido divertido! Ese tipo de emociones, la adrenalina que inyectaban, eran demasiado adictivas. Ahí residía el peligro.

Minutos después aparcó el Mustang frente a su casa. Tyler le esperaba en la escalera del porche. Buscó a Savannah con la mirada.

—Está dentro —informó Tyler con una sonrisa. Iba a darle las gracias por habérsela jugado por él en la carrera, pero Caleb le dio una rápida palmada en la espalda y pasó de largo.

—Te llamo por la mañana.

Entró en la casa. Savannah, que estaba sentada en el sofá con cara de preocupación, se puso de pie en cuanto lo vio. Ella empezó a hablar, pero las palabras se ahogaron en su boca bajo el beso más hambriento que jamás le había dado. La tomó en brazos y la llevó hasta su habitación. La dejó en el suelo y, sin apartar los ojos de ella, se sacó las zapatillas y la camiseta. Se preguntó cómo aquella chiquilla había llegado a convertirse en el centro de su existencia. Quería confesárselo, pero era incapaz de hablar. Solo dos palabras bastarían y no sabía cómo pronunciarlas.

Le tomó el rostro entre las manos, le apartó el pelo de la cara y la besó muy despacio. Sus labios le recorrieron la mandíbula, después el cuello, dejando un rastro tibio sobre su piel con la lengua.

—Quítate la ropa —le susurró al oído.

Savannah obedeció sin dudar. Se deshizo de la camiseta y, con la respiración entrecortada, se desabrochó el sujetador con dedos temblorosos. Le siguió el pantalón. Se quedó mirándolo, vistiendo tan solo unas diminutas braguitas de encaje. No apartó los ojos mientras él se quitaba los pantalones.

Caleb le envolvió la cintura con los brazos y comenzó a acariciarla con movimientos lentos y deliberados. Las puntas de sus dedos trazaron sus costillas, la parte baja de su espalda y la curva de su trasero hasta los muslos. De su garganta surgió un gruñido sensual cuando ella gimió en respuesta a sus caricias. Se inclinó y la besó en el hombro. Después deslizó la lengua a lo largo de su garganta. La calidez de su boca hizo que Savannah se aflojara y soltara un suave sollozo. Se apretó contra su vientre y ella pudo notar lo mucho que la deseaba. Su cuerpo rígido la oprimía con fuerza, duro y exigente.

Con los dedos buscó la cinturilla de las bragas y coló las manos entre la piel de sus caderas y la tela. Muy despacio bajó el delicado tejido por sus largas piernas. La besó en el vientre y después en el ombligo, iniciando un lento ascenso que acabó de nuevo en sus labios. Con un jadeo tomó su boca con la lengua y la devoró por completo, hasta que no le quedó más remedio que tomar aire para no ahogarse.

Dio un paso atrás y la contempló sin parpadear. Era la primera vez que Caleb la veía desnuda de ese modo. Era hermosa y perfecta, tanto que dolía. Se quitó los calzoncillos y dejó que ella también lo mirara. Sonrió al ver sus ojos abiertos de par en par al fijarse en su erección. Dulce e inocente hasta en el último gesto. Volvió a abrazarla y la besó con delicada dulzura. El tacto de su lengua al entrar en su boca le recorrió todo el cuerpo hasta los dedos de los pies. La sujetó con fuerza y la llevó hasta la cama.

Savannah se dejó arrastrar por su abrazo, perdida por completo en aquel beso bajo el que se estaba desmoronando. La tumbó de espaldas y se situó sobre ella. La miró a los ojos. Él se estaba conteniendo, pero podía ver que ese autocontrol no duraría mucho. El de ella se había quedado fuera de la habitación. Lo atrajo para que la besara. Sus labios se volvieron más impacientes, mientras la mano de Caleb subía por la parte interior de su muslo. Soltó un largo y entrecortado suspiro cuando él la tocó y su cuerpo se movió sin pensar contra aquella mano. Lo abrazó por las caderas para sentirlo más cerca y le lamió el cuello, desbordada e impaciente.

Caleb le besó y rozó cada centímetro de piel. Concentrándose solo en ella, en que se relajara y estuviera lo más preparada posible. Consciente del regalo que ella le estaba dando al ser el primero y de lo importante que era ese momento para una chica. Sabía que la primera vez nunca era perfecta, más bien desconcertante además de dolorosa, pero iba a entregarse en cuerpo y alma para lograr que fuera especial.

Sus labios descendieron por su vientre y depositaron un reguero de besos a lo largo de su cadera. Ella se estremeció con todo su cuerpo palpitando ardiente.

Con un suspiro, Caleb se detuvo y la miró a través de las pestañas.

—Eres demasiado buena para mí, lo sabes. No... no merezco este momento. No soy el hombre... —Su voz se apagó al romperse y dejó caer la cabeza en su estómago.

Savannah alargó la mano y la enredó en su espesa cabellera oscura.

—En este momento todo lo que quiero eres tú. Te he elegido a ti.

—¿Estás segura? —preguntó con los labios sobre su piel.

—Sí.

Él le besó el interior de los muslos y rozó su piel con las puntas de los dedos. Ascendió por su cuerpo, acariciándole el estómago y el pecho. Trazó círculos húmedos alrededor del pezón, a los que Savannah respondió con un suspiro trémulo. Lo miró a los ojos y movió las caderas. «Por favor», dibujó con sus labios.

Caleb se estiró sobre ella y abrió el primer cajón de la mesita. Sacó un condón y desgarró el envoltorio. Se lo puso y tras un momento se acomodó entre sus piernas.

—¿Confías en mí? —murmuró. Savannah asintió, con las manos aferradas a sus brazos—. Entonces, cierra los ojos y relájate.

Ella sacudió la cabeza.

—No quiero cerrarlos, quiero mirarte —repuso sin aliento.

Caleb le dedicó una sonrisa arrebatadora que hizo que su cuerpo ardiera.

—Y yo que me mires.

Se inclinó y la besó con ternura, hasta aflojarla por completo. Y con un lento y pequeño movimiento se deslizó dentro de ella. Savannah se tensó y su rostro se contrajo con una mueca. Alzó la cabeza y la miró. Empujó un poco más y la barrera desapareció. Ella gimió una queja con los ojos cerrados. Se quedó quieto y comenzó a besarla, como si a través de aquellos besos pudiera aliviarla.

—Mírame —musitó contra su boca.

Savannah abrió los ojos y lo miró.

—Ya está, princesa —dijo con una sonrisa cargada de deseo y ternura—. Relájate.

Él se retiró un poco y volvió a deslizarse en su interior, muy despacio. Y una vez más. Y otra.

Savannah contenía el aire con cada invasión. El nerviosismo empezó a desaparecer bajo una sensación placentera, que poco a poco se fue transformando en una llama que le quemaba las entrañas. Caleb se estaba tomando su tiempo besando y tocando cada parte de su cuerpo. El cosquilleo que notaba entre los muslos cobró intensidad y ese fue el último pensamiento coherente que tuvo. Empezó a balancearse contra él, mientras con las piernas se aferraba con fuerza a sus caderas y le clavaba los dedos en la espalda. Sus cuerpos encajaban a la perfección, al igual que sus movimientos, cada vez más rítmicos y rápidos. Se abrazó a él y Caleb hundió la cabeza en el hueco de su cuello. El sudor les resbalaba por la piel. Gimió cuando él la acarició con su lengua bajo la oreja. Alzó las caderas hacia las de él y lo atrajo con más fuerza.

Caleb suspiró agarrándola como si nada fuera suficiente.

—Mi princesa —susurró con tono posesivo, al sentir cómo ella se estremecía y se tensaba entre sus brazos.

La miró. Tenía los ojos cerrados y las mejillas arreboladas. Ella era todo cuanto necesitaba. Jamás había habido ni habría nadie como ella. La besó entre jadeos de placer, que se volvieron más intensos con cada embestida.

—Oh, Dios —murmuró ella.

Caleb gimió, y sus caderas controlaron cada movimiento, sintiéndose morir cada vez que el cuerpo de ella se apretaba alrededor del suyo. Era todo tan intenso que tuvo que luchar contra la creciente presión que tensaba su vientre. Presionó un poco más fuerte y notó cómo ella llegaba hasta el borde y estallaba con un grito mientras arqueaba la espalda.

Se hundió un poco más en ella y su cuerpo se liberó con un sonido gutural. El orgasmo lo sacudió con una intensidad abrumadora. Nunca había sentido nada tan perfecto. Exhausto, se derrumbó sobre ella. Sus brazos la envolvieron, aún temblorosos, y la besó con ternura por toda la cara.

Al cabo de unos largos segundos sus cuerpos se relajaron y sus respiraciones se volvieron más lentas. Caleb se movió con cuidado y la liberó de su peso, dejándose caer de espaldas a su lado. Savannah lo miró con expresión satisfecha y sonrió.

—¡Vaya! —susurró, con las mejillas cubiertas de rubor. Se acurrucó junto a él y apoyó la cabeza en su pecho.

—¡Vaya! —repitió él. Cerró los ojos y la abrazó—. Podría acostumbrarme a esto sin problema.

—¿Quieres repetir? —sugirió Savannah en tono coqueto. Se acercó a él y le rozó la piel con la nariz, aspirando su olor.

Él soltó una carcajada.

—¡Dios, dame unos minutos para recuperarme! —exclamó. La apretó contra su pecho y la besó en la frente—. ¿Estás bien? —quiso saber, esta vez más serio.

—¿De verdad tienes dudas?

Caleb se encogió de hombros y suspiró. Para él había sido el mejor momento de toda su vida y lo había dado todo para hacerla sentir bien, pero una extraña inseguridad le hacía dudar. Necesitaba ser el centro de su universo, que cuando los separaran cientos de kilómetros ella solo pudiera pensar en él; en todos los sentidos.

Savannah depositó un beso en su pecho y lo rodeó con el brazo.

—Ha sido increíble, y lo sabes —respondió, enrojeciendo como un tomate. Su imagen, completamente desnudo sobre ella, mientras se movía sin dejar de mirarla, quedaría grabada en su cerebro para el resto de su vida.

Caleb sonrió encantado. Se quedó mirando el techo, disfrutando de la sensación de tenerla de ese modo junto a él. Su piel, su olor, su respiración sobre su cuerpo eran como un estanque de paz en el que podría sumergirse para siempre sin desear nada más. Se quedaron así un rato, en silencio.

—¿Es cierto que estabas enamorada de mí en el instituto? —preguntó Caleb de repente, con una risita.

Savannah se cubrió la cara con la mano.

—Como una idiota —confesó, hundiendo la cabeza en el espacio entre su hombro y su cuello—. Pero nunca me miraste.

—Tuviste suerte de que no lo hiciera, era un capullo. —La tomó de la barbilla y la miró a los ojos—. Ahora toda mi atención es tuya, cada uno de mis pensamientos es tuyo. Mi corazón es tuyo.

A Savannah se le encogió el pecho. Escuchar esa declaración le había hecho darse cuenta de lo lejos que habían llegado las cosas entre ellos. Lo tenían todo en contra, nada les aseguraba un mañana juntos; y empezaban a necesitarse de la misma forma que necesitaban el aire para respirar. Hacer el amor había sido la sentencia que los condenaba a no poder estar el uno sin el otro. Sentirlo en su interior iba a convertirse en su peor adicción.

—Y yo soy tuya —musitó.

Se estiró sobre su pecho para besarlo en los labios. Sus fuertes brazos la ciñeron por la cintura y tiraron de ella hacia arriba. La estrechó con fuerza y aumentó la presión sobre sus labios. Sin aliento, Savannah se apartó y lo miró a los ojos. El corazón empezó a golpearle las costillas. Bajo ella la expresión de Caleb cambió, sus ojos se oscurecieron hasta tornarse negros y feroces. Notó una presión bajo su cadera, que iba en aumento, y todo su cuerpo se estremeció de expectación.

—Creí que necesitabas unos minutos —dijo mientras se ruborizaba.

Él sonrió con suficiencia.

—No dije cuántos —respondió Caleb. Sin darle tiempo a reaccionar la hizo girar y se colocó sobre ella. La cogió por las muñecas y le estiró los brazos por encima de la cabeza. Entornó los ojos con malicia—. La segunda vez siempre es mucho mejor.

*E*l timbre de un teléfono comenzó a sonar. Savannah abrió los ojos y se encontró encima del pecho de Caleb como si fuera una almohada y con las sábanas de la cama enrolladas en las piernas. Él le rodeaba la espalda con el brazo y ella le abrazaba la cadera. Parpadeó y sintió su pesada respiración bajo ella.

—Caleb —susurró. Él gruñó y la apretó con un gesto posesivo contra su pecho—. Despierta, es tu teléfono el que suena.

—Déjalo y duérmete —ronroneó—. Aún no ha amanecido.

—Podría ser importante. Y yo debería irme a casa.

Caleb se despertó de golpe.

—¿A casa... por qué?

El teléfono dejó de sonar.

—Tu madre no tardará en volver y mis padres estarán preocupados.

—Pero estamos juntos y todos ellos lo saben. ¡Qué importa! ¡Vamos, quédate! Mi madre no se va a asustar si te encuentra aquí.

—No me parece bien. Me sentiría incómoda. —Le dio un beso sobre el tatuaje y se incorporó para vestirse.

—Sav, no quiero que te vayas de mi cama, quiero que te quedes aquí —suplicó Caleb. Le acarició la espalda con los dedos y bajó hasta la curva de su trasero. Su voz sonó ronca—. Dormir y hacer el amor, dormir y hacer el amor. Para siempre. Venga, es el mejor plan del mundo.

—¿Pretendes que vivamos en tu cama? —preguntó ella sonriente. Él asintió, alzando las cejas con un gesto que le resultó muy sexy. El teléfono volvió a sonar—. Deberías cogerlo.

Caleb resopló. Se levantó de la cama completamente desnudo y fue en busca de sus pantalones. Sacó el teléfono de uno de los bolsillos y contempló el número. No le sonaba.

—¿Sí? —contestó. Una risita de suficiencia se dibujó en su cara al ver cómo Savannah se lo comía con los ojos. Ella se sonrojó y se abrochó los pantalones como excusa para apartar la vista.

—Buenas noches. Le llamo del hospital de Port Pleasant. Disculpe, pero ¿conoce a una mujer llamada Spencer Baum? —dijo una voz de mujer al otro lado del teléfono.

La sonrisa se borró del rostro de Caleb.

—Sí. ¿Le ha ocurrido algo?

—Verá: ha ingresado hace como una hora. Parece que cayó por unas escaleras. En su teléfono aparecía este número como contacto en caso de emergencia, por eso le estoy llamando —informó la mujer.

—¿Y está bien?

—Lo siento, pero esa información solo puede facilitarla el médico que la está atendiendo.

—Gracias. Iré ahora mismo.

Colgó el teléfono y se quedó mirándolo.

—¿Qué ocurre? —se interesó Savannah.

—Era del hospital —respondió él. Sus ojos vagaban de un lado a otro, desenfocados—. Spencer ha sufrido un accidente y la han ingresado.

Savannah se estremeció. La invadió una oleada de celos y se sintió como una arpía. La chica podía estar herida y a ella solo le molestaba ver a Caleb tan preocupado.

—¿Está bien? —preguntó, haciendo de tripas corazón.

Él sacudió la cabeza.

—No lo sé, no me lo han dicho. —Se pasó una mano por la cara, cada vez más nervioso—. Sav, sé lo que sientes por ella y no quiero que te enfades, pero... Debo ir al hospital. Ella no tiene a nadie, y ni siquiera sé si está bien o no.

—Claro, lo entiendo. No te preocupes... Ve —aseguró Savannah, forzando una sonrisa.

Caleb la miró sin parpadear, como si intentara leer en su cara lo que sus palabras no decían.

—¿Estás segura? No quiero que esto sea un problema para nosotros.

Savannah asintió con una sonrisa. Se sentía como una de esas caricaturas de los dibujos animados, con un ángel en un hombro y un demonio en el otro. Uno aconsejándole que hiciera lo correcto y otro que lo mandara todo al cuerno y encerrara a Caleb en aquel cuarto, lejos de las garras de Spencer.

—En serio. No pasa nada. Llámame luego, ¿vale?

Una inseguridad terrible se apoderó de ella mientras se dirigía a la puerta. Había hecho el amor con Caleb, ya le había dado lo que él tanto ansiaba. Se acabó el misterio. ¿Y si ahora lo perdía? Su preocupación por Spencer podía acercarlos de nuevo. Unas lágrimas estúpidas se arremolinaron bajo sus pestañas.

Caleb la sujetó por la muñeca y la obligó a darse la vuelta.

—¿Adónde vas? Sav, quiero que vengas conmigo. No te vayas, por favor.

Los ojos de Savannah se abrieron como platos.

—¿Quieres que vaya contigo?

—¡Sí! No me gustan los hospitales. He estado demasiadas veces allí y me ponen nervioso —confesó Caleb, desviando la mirada al suelo—. Sé que te estoy pidiendo mucho, porque Spens y tú no os lleváis bien. Pero debo ir y me gustaría que me acompañaras.

El sol acababa de colarse entre los nubarrones de tormenta.

—Vale. Entonces vamos —aceptó con una tímida sonrisa.

Por dentro estaba saltando.

38

Juntos se precipitaron en la sala de urgencias. Caleb se dirigió al punto de recepción y habló con la enfermera.

—Está en la tercera planta —dijo él, mientras volvía a coger a Savannah de la mano y la guiaba al ascensor. Subieron en silencio y, en cuanto las puertas se abrieron con un chirrido, salieron a toda prisa en busca del puesto de enfermeras. Una mujer de unos sesenta años apilaba sobre el mostrador unas carpetas marrones.

—Perdone. —Caleb llamó su atención. La enfermera levantó la vista y le dedicó una sonrisa forzada—. ¿Podría decirme a qué habitación han llevado a Spencer Baum?

—Habitación 214 —informó la mujer tras comprobar los datos en un ordenador—. ¿Sois familiares?

—Lo más parecido que tiene —respondió él.

La enfermera asintió y les indicó con el dedo el pasillo donde se encontraba la habitación.

Savannah se tragó la bilis que ascendía por su garganta y siguió a Caleb, aferrada a su mano. Encontraron la habitación y se deslizaron dentro sin hacer ruido. Spencer estaba sobre la cama con los ojos cerrados, inconsciente, conectada a un monitor cardíaco y a un par de vías que salían de sus brazos hasta unas bolsas con medicación que colgaban de un soporte.

Caleb se acercó a ella y le tomó la mano. Savannah se quedó a los pies de la cama, demasiado impresionada, mirando a la chica con una expresión de horror. Su cara estaba deformada por la inflamación de un pómulo y un ojo morado e hinchado. En la frente tenía un apósito en el que se apreciaba una pequeña mancha roja: sangre. Otro hematoma bastante feo tomaba forma bajo sus labios. Tenía el brazo derecho escayolado y le habían puesto un collarín.

La puerta se abrió y entró un médico con un portafolios. Levantó los ojos y los miró.

—¿Sois familiares?

—Sí —respondió Caleb—. ¿Cómo está?

El médico suspiró y se acercó a su paciente. Comprobó los monitores y apuntó algo en un gráfico.

—Tardará en recuperarse, pero se pondrá bien. Aunque... —Bajó la vista y carraspeó—, ha perdido el bebé.

Savannah dio un respingo y miró a Caleb con los ojos como platos. Por un segundo lo pensó, no pudo evitarlo, y la idea asomó a su mente como un doloroso fogonazo. Él levantó la vista y sus ojos se encontraron. Lo que vio en ellos la tranquilizó y respiró aliviada. No era suyo.

—Tenemos que operarla y controlar una pequeña hemorragia —continuó el doctor—. También comprobaremos los daños que parece haber sufrido, porque en la ecografía se muestra una zona desprendida que... Bueno, no sabremos nada hasta que estemos en el quirófano.

—¿Quiere decir que es posible que no pueda tener más hijos? —dedujo Savannah, intuyendo lo que el hombre no se había atrevido a decir.

—Cabe la posibilidad.

—¿Sabe qué le pasó? —preguntó Caleb con una voz fría como el hielo. Tictac, tictac, el precipicio apareció junto a sus pies.

—Tendrá que hablar con la policía.

—¿La policía? —inquirió Savannah.

—¿No ha sido un accidente? —intervino Caleb.

—Parece que había indicios de violencia en la casa. Y ella presenta un fuerte golpe en la espalda, por lo que podrían haberla empujado. Ingresó consciente, pero en estado de shock, y no recordaba nada. Bueno, la operación está prevista para dentro de un par de horas. La enfermera les mantendrá informados —contestó el médico. Les dedicó una leve sonrisa de ánimo y salió de la habitación.

Caleb se pasó una mano temblorosa por la cara. Una idea demasiado peligrosa se abría paso a través de su cerebro. Se inclinó sobre Spencer y la besó en la frente. «Si ha sido él, deseará no haber nacido», le dijo en silencio, sin despegar los labios de su piel.

Necesitaba reflexionar con calma y no dejarse llevar por el impulso que palpitaba en su pecho.

—Sabías que estaba embarazada —dijo Savannah. Se había dado cuenta de que no estaba sorprendido por la noticia. Él asintió—. Y el padre... —Caleb le dedicó una mirada con la que parecía decir: «Ni siquiera lo pienses». Ella tragó saliva—. También sabes quién es el padre.

Caleb no respondió de inmediato y Savannah tuvo el tiempo suficiente para empezar a atar cabos.

—Sí —declaró al fin con una sonrisa cínica.

Savannah cerró los ojos.

—Dime que no es él —pidió. Caleb apretó la mandíbula y la miró de una forma que la hizo sentirse totalmente expuesta. Se llevó una mano a la boca—. ¡Dios mío, lo es!

—Sí, y dudo que le entusiasmara la idea.

—¿Qué insinúas?

Caleb le sostuvo la mirada.

—Que este accidente le arregla un problema.

Savannah negó con la cabeza, convencida de que Caleb había llegado a una conclusión precipitada.

—Brian tiene muchos defectos, pero no es capaz de algo así.

—Yo no lo tengo tan claro —replicó Caleb, e infinidad de emociones cruzaron por su cara—. ¿Y sabes qué? Si compruebo que ha tenido algo que ver con lo que le ha pasado a Spens, más le vale esconderse.

Savannah rodeó la cama y se plantó delante de él. Lo cogió por los brazos y lo obligó a girarse hacia ella.

—¡Prométeme que no vas a hacer nada! No tienes pruebas. Podrías estar equivocado. Seguramente te equivocas. —Caleb esbozó una sonrisa mordaz—. Escúchame. Si ha sido él, lo denunciaremos. Pero no saques conclusiones precipitadas basándote en tu aversión hacia él. Por favor, no te metas en problemas.

Caleb resopló por la nariz, mientras se dirigía a la puerta. Ni siquiera se molestó en contestar.

—¿Adónde vas? —preguntó Savannah con miedo.

—Al pasillo, los chicos querrán saber qué le ha ocurrido a Spens.

Minutos después, Caleb colgó el teléfono tras hablar con Tyler y ponerlo al corriente de lo sucedido. No quiso contarle nada sobre el bebé y sus sospechas. Tenía que pensar con calma y no dejarse llevar por las emociones. Nunca había sido fan de Tucker. El tipo ya era un cretino desde niño. El típico creído que se consideraba por encima de todo y de todos. Un niño de papá acostumbrado a tener cuanto deseaba, ya fueran cosas o personas. Era un engreído taimado que apuñalaba por la espalda sin remordimientos. Caleb lo sabía muy bien, porque por su culpa había sido expulsado muchas veces durante sus años en el instituto.

Se apoyó contra la pared y dejó caer la cabeza. Sabía que parecía una locura, rezaba para que solo fuera producto de su odio hacia él, pero si descubría que Brian había tenido algo que ver con Spens, ya podía ir saliendo del país.

Era casi media mañana y la gente llenaba los pasillos: enfermeras que entraban y salían de las habitaciones y pacientes y familiares que caminaban de un lado a otro. Se pegó a la pared para dejar paso a unos celadores que empujaban una camilla con una mujer que se reía como una histérica y que iba haciendo gestos obscenos. Los siguió con la vista, hasta que cruzaron una doble puerta con un letrero en el que se podía leer: Área de psiquiatría. Vale, eso lo explicaba.

Caleb se puso derecho y clavó los ojos en las dos mujeres que avanzaban por el pasillo en dirección contraria a los celadores. Una de ellas tendría la edad de su madre, vestía de forma elegante y caminaba muy estirada, con cierto aire de desdén. La más joven apenas levantaba la vista del suelo y se abrazaba el estómago con brazos temblorosos. Cuando llegaron a su altura la chica alzó la cabeza y sus miradas se encontraron. Caleb dejó de respirar, demasiado impresionado. Era ella. A pesar de su palidez, su expresión triste y unos ojos sin vida, reconoció a la chica que aparecía en la fotografía junto a Dylan.

Ella se paró en seco y una chispa de reconocimiento cruzó por sus ojos.

—Brenda, ¿estás bien? —le preguntó la mujer que la acompañaba.

La chica sacudió la cabeza, confusa.

—Sí, mamá —respondió.

«Brenda», repitió Caleb en su mente para no olvidarlo. Necesitaba hablar con ella. Sus ojos volaron hasta las puertas dobles del ala de psiquiatría y de nuevo a la muchacha. No parecía estar bien. Su mirada y sus gestos denotaban que sufría. Esa no era la chica que posaba sonriente junto a su hermano, ¿qué le habría pasado?

Decidió seguirlas. Aceleró el paso para no perderlas de vista. Como si ella hubiera sentido su presencia, volvió la cabeza. Su cara se contrajo al borde del llanto y moduló con los labios un «No, por favor». Caleb se detuvo, demasiado impresionado, y se quedó mirando cómo entraban en el ascensor.

Corrió hacia el ascensor. Las puertas acababan de cerrarse y bajaba. Como alma que lleva el diablo se lanzó escaleras abajo. Llegó hasta la planta baja y empujó la puerta que conducía al vestíbulo. La localizó en la salida. La mujer que la acompañaba le dijo algo y dio media vuelta, entrando de nuevo en el vestíbulo para dirigirse al mostrador de recepción. No podía perder la oportunidad.

A paso rápido cruzó la entrada y las puertas automáticas. Ella alzó la vista y al verle dio un paso atrás y chocó contra la pared, negando con la cabeza sin parar.

—¡No, no pueden verte hablando conmigo! —dijo ella. Con ojos desorbitados miraba a su alrededor, como si esperara que en cualquier momento fuera a surgir algo horrible para abalanzarse sobre ella.

—¿Me conoces?

Ella asintió de modo compulsivo.

—Eres igual que él. ¡Vete, por favor! —suplicó, llevándose las manos al pecho.

Caleb se acercó un poco más y alargó los brazos hacia ella. La chica se hizo un ovillo y movió las manos para evitar que la tocara. Flexionaba los dedos como si estuviera sacudiéndose algo que revoloteaba sobre su piel.

—Yo también te conozco. He visto las fotos. Estabais juntos. ¿Por qué nunca me habló de ti? —preguntó en el tono más calmado que pudo adoptar.

—Por favor. No puede vernos juntos, pensará que te lo he contado. Vete. —La melena rubia le caía como una cortina sobre las mejillas huesudas. Sus ojos de color avellana le suplicaban una comprensión que él no podía darle.

—¿Quién eres y qué relación tenías con mi hermano?

Ella gimió algo incomprensible y se clavó las uñas en la piel de la muñeca. Tres surcos sanguinolentos la marcaron. Caleb miró impresionado las heridas, sin saber qué pensar. Su curiosidad por la chica iba en aumento.

—Si se entera de que hemos hablado te hará daño, igual que se lo hizo a él —musitó ella.

«¿A él?» Caleb se puso pálido.

—¿De quién hablas? —Algo en los ojos de la chica encendió una pequeña luz en su cerebro—. ¿Hablas de Dylan? ¿Alguien le hizo daño a mi hermano? —murmuró.

—Hazme caso. Vete del pueblo y olvídate de todos los que viven aquí, de todos. No pude protegerle, no pude. Fue por mi culpa, yo tuve la culpa. Y ahora no está.

La ansiedad lo estaba ahogando y nunca había tenido paciencia para los jeroglíficos. Hasta ahora siempre le había funcionado el «yo pregunto y tú respondes sin dudar si quieres conservar las piernas». Pero la chiquilla estaba como una puta cabra.

—¡Por Dios, habla claro! ¿De qué tienes la culpa? ¿Le hiciste algo a mi hermano?

—Vete, por favor, vete. Lo ve todo, siempre lo sabe todo. Yo sé cómo es de verdad. ¡Irá a por ti!

Se agachó y se cubrió los oídos con las manos.

—Brenda, ¿alguien que conoces le hizo daño a mi hermano? —preguntó Caleb muy despacio, marcando cada palabra como si estuviera hablando con un niño pequeño.

—¡Brenda!

La mujer que la acompañaba llegó corriendo, sin percatarse siquiera de la presencia de Caleb. Obligó a la chica a ponerse de pie y se la llevó a rastras en dirección al aparcamiento. Caleb se quedó parado. Algo en su cabeza intentaba abrirse paso. ¿Dónde había visto antes a aquella mujer?

*D*espués de la operación, y tras pasar un tiempo en observación en cuidados intensivos, el médico trasladó a Spencer de nuevo a la habitación. Los chicos pasaron a visitarla y también Chad, el dueño del bar donde ella trabajaba. Continuaba sedada, y la enfermera les informó de que era prudente mantenerla en ese estado durante unas cuantas horas.

A última hora de la tarde, cuando el tiempo de visita terminó, todos se fueron a casa excepto Caleb y Savannah, que habían decidido quedarse a pasar su segunda noche allí. Ninguno de los dos dijo nada durante horas. Savannah intentaba comportarse como siempre, pero sabía que algo más que lo ocurrido a Spencer tenía preocupado a Caleb. Empezaba a conocerlo. Apoyado contra la pared y con los ojos cerrados, fingía que estaba relajado. Pero la tensión de su cuerpo y la fuerza con la que apretaba la mandíbula mostraba a las claras todo lo contrario.

Se acercó a él.

—¿Estás bien? —le preguntó.

Caleb abrió los ojos y la miró un instante, antes de volver a ocultarlos bajo sus largas y oscuras pestañas. Le deslizó una mano por el cuello hasta la nuca y la atrajo hacia su pecho. La envolvió con sus brazos, aferrándose a ella como si fuera un salvavidas en medio del océano, y la besó en el pelo como única respuesta.

—Estás cansado, ¿por qué no te vas a casa? Yo me quedaré con ella.

—¿Lo dices en serio? ¿Te quedarías con ella?

—¡Claro que sí! —Se puso tensa—. No le deseo nada malo, y menos lo que le ha pasado.

Caleb le tomó el rostro entre las manos con una angustia en el pecho que lo dejó sin voz. No quería estropear lo que tenían. Ella era cuanto deseaba y no quería perderla, pero solo era cuestión de tiempo que lo hiciera. La besó, fue cuidadoso y delicado. Respiró hondo y esbozó una débil sonrisa.

—Me quedo. Por la mañana vendrá Kim y nosotros iremos a descansar. Juntos, a mi casa. —Suspiró mientras volvía a abrazarla—. Necesito tenerte cerca.

Poco después, ella se quedó dormida en el sillón. Caleb era incapaz de cerrar los ojos a pesar de estar tan cansado que las piernas se le doblaban. Se acercó a la ventana y se quedó mirando el parque que había al otro lado de la calle. No conseguía apartar de su mente a Brenda y sus advertencias. Necesitaba averiguar quién era y qué demonios había tratado de decirle.

Apoyó la espalda en la pared y acabó sentado en el suelo con los brazos descansando sobre las rodillas. Se quedó mirando a Savannah, con esa sonrisa estúpida que se le dibujaba en la cara cada vez que la contemplaba. Verla dormir, con esa paz que irradiaba, era algo fascinante que lo calmaba. Empezó a pensar en cómo sería tener una casa propia, con un dormitorio inmenso en el que dormir con ella cada noche. En el que hacer el amor con ella cada noche.

Sus ojos volaron a la cama y se encontró con Spencer despierta, mirándolo fijamente.

—¡Eh! ¡Hola, preciosa! —susurró mientras se levantaba y se acercaba a ella.

—La miras como si fuera a desaparecer en cualquier momento —dijo Spencer con voz ronca. Carraspeó e hizo una mueca de dolor.

Caleb tomó el vaso con agua que había sobre la mesita y la ayudó a beber.

—¿Cómo te encuentras?

—La quieres, ¿verdad? —preguntó ella, ignorando su preocupación—. Puedes decírmelo, en serio. No me molesta.

Caleb miró a su chica. Asintió.

—La quiero. —Sonrió y sacudió la cabeza—. Es curioso, a ella aún no he logrado decírselo. Esas dos palabras se me atascan en la garganta cada vez que lo intento.

Observó el rostro magullado de Spencer y trató de no perder la sonrisa. Le acarició la mejilla y le apartó unos mechones de pelo del cuello.

—Ahora cuéntame qué pasó —le pidió en tono vehemente.

—No lo sé. Todo está borroso en mi cabeza, no lo recuerdo con claridad. Creo que me asaltaron.

—La policía dice que en tu casa había signos de violencia —explicó él, sin perder de vista su expresión. Hizo una pausa. Al ver que no respondía, fue directo al grano—. Spens, ¿Brian te ha hecho esto?

—¡No! —respondió ella dando un respingo.

—¿No lo hizo, no lo sabes o no lo recuerdas? —insistió Caleb.

Spencer abrió la boca varias veces para contestar, pero no sabía qué decir. Intentaba pensar, forzando su mente, pero esta se resistía y un dolor insoportable comenzó a latirle en las sienes. Se llevó las manos a la cabeza.

—Caleb —murmuró Savannah. Se había despertado—. No es el momento y la estás condicionando.

Él la ignoró.

—¿Hablaste con él sobre el bebé? ¿Sabía que era el padre?

Los ojos de Spencer se abrieron como platos al darse cuenta de adónde quería llegar Caleb. Se llevó las manos al vientre y un gemido escapó de sus labios cuando él apartó la mirada.

—¿Lo he perdido? —preguntó casi sin voz.

Caleb posó una mano sobre las de ella y le acarició los dedos. Asintió una sola vez. Las mejillas de Spencer se llenaron de lágrimas silenciosas. Él le tomó el rostro con las manos y las fue secando con los pulgares. Se inclinó y la besó en la frente.

—¿Hablaste con él? —insistió sin despegar los labios de su piel. Ella asintió—. ¿Anoche, antes de...?

Ella negó con la cabeza.

—Le llamé nada más regresar de casa de mi abuela. Quedamos a la mañana siguiente en un restaurante a las afueras.

—¿Y?

—Me dijo que no creía que fuera suyo, pero me ofreció dinero para que me deshiciera del bebé. Yo quería tenerlo y le dije que no iba a aceptar su dinero ni nada de él. Le aseguré que el bebé era suyo, y le prometí que no volvería a tener noticias de ninguno de los dos.

—¿Y cómo se lo tomó?

—No lo sé. Me dijo que esperaba que cumpliera mi promesa y también que no quería volver a verme. Caleb, sé lo que estás pensando, pero no es posible. No he vuelto a verle desde entonces.

Caleb ignoró sus palabras.

—¡Espero que tenga una buena coartada, porque si no...!

Apretó los puños y una explosión de ira lo sacudió.

—Caleb, Brian no me ha hecho nada —imploró Spencer—. Te lo he dicho, no he vuelto a verle.

Él ni siquiera contestó. Dio media vuelta y salió de la habitación.

—¡Caleb! —Savannah corrió tras él. Lo alcanzó en el pasillo y logró asirlo de la muñeca y obligarlo a que la mirara—. ¿Adónde vas?

—Quédate con ella, por favor.

—Sé lo que estás pensando y no, no vas a hacerlo. No voy a dejarte.

Se puso rígido y entornó los ojos.

—Escucha, nena. No creas ni por un momento que lo que siento por ti es un lazo con el que puedes controlarme. Tú nunca podrás decirme lo que puedo o no puedo hacer. ¿Está claro?

Savannah dio un paso atrás, sintiendo cada palabra como un mazazo en el pecho. Respiró hondo.

—Solo quiero evitar que hagas una tontería. Estás enfadado y preocupado por lo que le ha pasado a Spencer. Es normal, ella te importa. Pero te estás dejando llevar por lo que sientes por Brian y no piensas con claridad.

—Te aseguro que pienso con bastante claridad.

En su fuero interno, Savannah quiso abofetearlo por ser tan testarudo.

—¿Y se puede saber qué piensas hacer? No tienes pruebas de nada —le espetó.

—No las necesito —respondió, mientras echaba a andar.

—Caleb...

—Déjame, Sav. No te estoy pidiendo permiso.

—Si te vas, puede que cuando vuelvas yo ya no esté aquí —dijo ella casi sin voz.

Caleb se detuvo, rígido y con los puños apretados, pero no se volvió. Había entendido perfectamente qué quería decir.

—Si es tu decisión... En esta relación no hay condiciones.

A ella se le cayó el mundo al suelo.

—Entonces, tú y yo... lo de anoche no significó nada.

Caleb echó la cabeza hacia atrás como si lo hubiera abofeteado. Se giró muy despacio.

—Lo de anoche es lo más importante que me ha pasado en la vida. ¡Joder, tú eres mi vida! Pero eso no me va a convertir en tu títere. Yo no soy así, Sav.

Recobró la compostura y apretó la mandíbula. Segundos después entraba en el ascensor, dejando a Savannah plantada en el pasillo.

Ella regresó a la habitación. Las lágrimas se arremolinaban bajo sus pestañas e hizo todo lo posible por apartarlas. Miró a Spencer, que cada vez estaba más pálida, y se preocupó. Se acercó a la cama.

—¿Estás bien? ¿Necesitas que llame al doctor?

Spencer le devolvió la mirada mientras negaba con la cabeza. Se abrazó el estómago y se hizo un ovillo bajo las sábanas. Savannah sintió lástima por todo lo que le había pasado. Intentó olvidarse de sí misma y de Caleb, de la angustiosa posibilidad de que Brian estuviera detrás de lo ocurrido. Esa idea era demasiado terrible y la asustaba hasta la médula. Se sentó en la cama y con una mano temblorosa le acarició la melena desparramada por la almohada.

—Puedes irte si quieres. No se lo diré —dijo Spencer.

—No quiero irme. No voy a dejarte sola.

—No somos amigas, ni siquiera nos soportamos.

—Es posible. Pero voy a quedarme contigo.

Spencer la miró desconcertada.

—¿Por qué?

—Porque si yo estuviera en tu lugar, querría que te quedaras —respondió Savannah. Colocó su mano sobre el brazo de la chica y le dio un ligero apretón. Para su sorpresa, ella deslizó la mano y la colocó sobre la suya.

—Los chicos como él no cambian jamás —empezó a decir Spencer—. Nunca se convertirá en el hombre que tú quieres que sea. No encaja en el perfil de chico perfecto. Si no sabes aceptarle tal y como es, será mejor que lo dejes en paz.

—No quiero que cambie, pero tampoco quiero vivir con miedo a que le ocurra algo.

Spencer guardó silencio unos segundos. Se encogió hasta hacerse muy pequeña.

—A los chicos como él siempre les ocurre algo... A las chicas como yo, también. Deberías llamar a Tyler antes de que Caleb haga una tontería, él sabrá cómo encontrarlo.

39

Caleb se bajó del coche con ganas de golpear algo, o más bien a alguien. Se dirigió a la entrada de un garito elegante en el centro. Sus opciones de encontrarle esa noche se agotaban. Al cruzar la puerta le hervía la sangre.

Solo necesitó un vistazo para localizarlo. Estaba junto a la barra con un par de sus colegas, vistiendo ropa cara y un peinado perfecto. Cruzó entre la gente que abarrotaba el local sin fijarse en nada. Sus sentidos no captaban la música alternativa que sonaba a través de los altavoces ni las luces estroboscópicas que parpadeaban en lugares estratégicos del techo. Todo su ser se centraba en Brian Tucker.

Mantuvo la mirada fija en él mientras se acercaba con ganas de golpearle. La rabia que sentía hacía imposible que pensara con claridad.

Brian se dio la vuelta, alertado por uno de sus amigos. Su rostro adoptó una expresión cauta. Caleb se le echó encima sin avisar.

—¿Creías que no me iba a enterar, imbécil de mierda? —gritó Caleb—. Ha perdido el niño, ¿no es eso lo que buscabas?

Le dio un empujón en el pecho que lo estrelló contra la barra. Brian se enderezó, pero no a tiempo de evitar que un puño impactara contra su mandíbula.

—¿De qué estás hablando? —preguntó sorprendido y confuso. Se llevó la mano a la boca, la sangre le manaba del labio manchándole la camisa—. ¿Estás colocado? ¿Qué demonios te has metido?

—Voy a romperte hasta el último hueso —rió Caleb con desprecio. Se lanzó sobre él. Los amigos de Brian lograron interponerse, pero Caleb era imparable y se deshizo de ellos sin esfuerzo. La gente se apartó, protegiéndose tras las mesas—. Voy a hacerte pagar lo que le has hecho a Spencer.

Le dio otro empujón y Brian estuvo a punto de caer al suelo al tropezar con un taburete de la barra.

—¿A Spencer? ¿De qué hablas? Yo no le he hecho nada.

—Eres hombre muerto, Tucker. Yo no necesito pruebas para saber que fuiste tú, y voy a encargarme de que lo pagues. —Soltó un derechazo que lo alcanzó en el costado.

Brian se dobló hacia delante, sujetándose las costillas. Se enderezó con los dientes apretados y lo miró con un odio patente y corrosivo.

—¿Te sientes muy hombre por darle una paliza a una chica? ¡Inténtalo conmigo, vamos! —lo provocó Caleb.

Brian le clavó el hombro en el estómago y logró que cayera de espaldas sobre una mesa.

—Yo no he tocado a Spencer —masculló, sujetándolo por el cuello.

—Su cara dice lo contrario. ¡Joder, ese niño también era tuyo! —gritó Caleb, apartándolo de un codazo.

—¿Y quién lo dice? —inquirió Brian. Sus ojos brillaron de ira—. Podría ser de cualquiera. No somos los únicos que se la han tirado, Marcus. Ella es lo que se dice una chica fácil. Le gusta que le den caña.

—¡Hijo de puta!

Caleb apretó los puños. Brian estiró los brazos para protegerse.

—Pégame cuanto quieras. Lo sabes tan bien como yo. Y aunque ese niño hubiera sido mío, ¿por qué iba a hacerle algo así? Joder, soy asquerosamente rico, podría mantener a una decena de críos.

—Quizá porque era un bastardo. Sería una mancha muy fea en tu vida perfecta.

—No soy tan frío como crees. Y... y no sé por qué te tomas este asunto tan a pecho. Ni que se tratara de Savannah. Si fuera ella lo entendería. —Brian entornó los ojos y lo miró con desconfianza—. ¿Estás jugando a dos bandas?

—No sigas por ese camino. No trates de darle la vuelta —le advirtió Caleb.

—Me pone enfermo que esté contigo, pero te ha elegido. No me gusta, pero tengo que aceptarlo, aunque la quiero y no me voy a rendir. Cuando le rompas el corazón, estaré ahí, esperándola...

No pudo acabar la frase. El puño de Caleb aterrizó sobre su cara y después en su costado. Brian se dobló hacia delante sin aire en los pulmones. Apenas tuvo tiempo de ver la rodilla que se elevaba hacia su rostro, pero el golpe no llegó. Cuando logró enderezarse, vio cómo los amigos de Caleb intentaban contenerlo sin mucho éxito. El chico se retorcía entre gruñidos. Justo detrás de ellos, Cassie lo fulminaba con la mirada.

—¡Basta ya! —gritó Tyler, esquivando por los pelos un codazo—. No nos obligues a sacudirte.

—¡Suéltame, voy a matarlo! —gruñó Caleb.

Matt lo sujetaba por los hombros, arrastrándolo hacia la salida, y Tyler trataba de contenerlo empujándolo en el pecho con las manos para que retrocediera.

—Me parece bien, cárgatelo, pero al menos busca un sitio donde no haya cien testigos que puedan señalarte con el dedo.

—Inteligencia masculina, cada día tengo más claro que solo es un mito —dijo Cassie.

Sostuvo la puerta abierta mientras ellos salían a trompicones.

Tyler le dedicó una mirada asesina a la chica.

—No estás ayudando —le soltó.

—Le habéis encontrado gracias a mí, monada —replicó ella, lanzándole un beso—. ¿Cómo se dice? Ah, sí, gracias.

Tyler masculló una sucesión de palabrotas y maldiciones, pero acabó dedicándole una sonrisa imperceptible.

—Esto no va a quedar así, Marcus —gritó Brian desde la barra, en la que se había apoyado para coger aire.

—A partir de ahora mira hacia atrás. La sombra que verás será la mía, hijo de puta —gruñó Caleb desde la calle.

Tyler y Matt lograron arrastrarlo hasta el coche. Caleb sacudió los brazos para liberarse de ellos. Lo soltaron, pero atentos por si volvía a la carga.

—¿Se te ha ido la cabeza o es que te has vuelto idiota de repente? —preguntó Tyler alzando la voz—. Pero ¿cómo se te ocurre entrar ahí y liarte a golpes con él? ¡Mierda, Caleb, si te denuncia llevas todas las de perder! Y entonces, ¿qué? ¿A quién ayudas así?

—No me vengas con monsergas —respondió Caleb con un gruñido. Se puso derecho y se pasó la mano por los labios. Sentía el sabor de la sangre en la lengua y un dolor agudo en el estómago que le obligaba a resoplar cada dos inhalaciones—. Ese imbécil le ha hecho daño a Spencer. ¿Acaso no es también tu amiga?

Tyler ignoró la señal de advertencia en la mirada de su amigo y le dio un empujón que lo estampó contra el Mustang.

—Me importa Spencer tanto como a ti, pero yo uso el cerebro de vez en cuando, imbécil. Párate y piensa un poco, piensa en todo lo que puedes perder si te encierran otra vez. Y además... ¿de dónde sacas que Tucker le ha hecho daño a Spencer? Estás obsesionado con él. El instituto quedó atrás.

Caleb se tragó las palabras y guardó silencio. Sabía que, en el fondo, Tyler tenía razón. No podía dejarse llevar por sus impulsos, sobre todo por el tipo de impulsos que él sentía. Además, tenía que admitir que no había sopesado todas las consecuencias si le hacía daño a Brian en aquellas circunstancias. Siempre le pasaba lo mismo. Algo ocurría y su mente se apagaba como si le hubieran dado a un interruptor, y su yo oscuro emergía como un demonio del infierno tomando el control.

—Solo lo sé —respondió.

—¿Y desde cuándo eres vidente? Joder, Caleb, tienes que centrarte. Se te está yendo la cabeza.

Caleb abrió la boca para contestar, pero Tyler le apuntó con el dedo y se lo clavó en el pecho sin contemplaciones.

—Yo que tú escogería con mucho cuidado lo que vas a decir. Me has jodido una noche que pintaba de maravilla y yo también tengo ganas de cargarme a alguien —añadió Tyler.

Cassie soltó una risita y centró toda su atención en la manicura de sus uñas.

—Porque el bebé que ha perdido Spencer era de él —respondió Caleb, a sabiendas de que estaba traicionando el secreto de su amiga.

El silencio se impuso. Nadie dijo nada, pero sus caras de sorpresa hablaban por sí mismas. De repente, el estallido de Caleb cobraba sentido sin dejar a nadie indiferente.

—Eso no le hace culpable —dijo Tyler con el rostro tan pálido como una vela—. Vete a casa —le ordenó—. Por la mañana iré a verte y hablaremos con más calma, ¿de acuerdo?

Caleb vaciló un momento. Empezaba a sentirse estúpido. Joder, Tyler tenía razón, había actuado dejándose llevar por la rabia. Ver a Spencer herida lo había sacado de sus casillas y no se había parado a pensar.

—Vale —cedió al fin—, pero primero voy al hospital. Dejé allí a Sav.

—Savannah ya no está allí —dijo Matt.

A Caleb se le aceleró la respiración y se giró hacia el chico. La niebla que había embotado su mente se aclaró. ¡Dios, había metido la pata hasta el fondo con ella!

—¿Y dónde está?

—No lo sé, supongo que se habrá ido a casa. Kim ha tomado el relevo en el hospital.

—Tengo que verla —musitó para sí mismo.

Rodeó el coche sin despedirse y se sentó al volante. La puerta del copiloto se abrió y Cassie se sentó a su lado.

—A ver cómo te digo esto para que lo entiendas y no suene peor de lo que es —empezó a decir ella. Frunció los labios con un mohín—. Si le haces daño a Savie te cortaré las pelotas. Esa idiota está enamorada de ti desde que tenía catorce años, le importas, y parece que ella también te importa a ti. Así que... ¡deja de explotar como una bomba cada vez que se te cruzan los cables, deja de hacer gilipolleces! ¡Ella merece la pena y si tú no eres capaz de verlo, déjale el sitio a otro que sí pueda!

Caleb entornó los ojos con una mirada amenazante.

—¡Qué! —soltó ella con un parpadeo inocente—. Me quedaría a charlar, pero tengo planes. Así que intenta portarte bien durante un rato y no me los fastidies.

Se bajó del coche y lo despidió con la mano antes de dirigirse a la camioneta de Tyler, aparcada al otro lado de la calle.

Desde el baño Savannah pudo oír cómo la ventana de su cuarto se abría. El corazón se le aceleró. Sabía que era él. No creía en conexiones químicas, románticas, ni en nada de eso. Esas cosas solo formaban parte de los libros y las películas. Pero a veces tenía la sensación de que entre ellos era así. Mantenían algún tipo de lazo invisible que palpitaba cuando estaban cerca el uno del otro.

Se apoyó en el lavabo para sostenerse –las piernas le temblaban como si fueran de mantequilla–, y se miró en el espejo mientras un suspiro de alivio escapaba de entre sus labios. Que él estuviera allí, colándose en su habitación, era señal de que no se había metido en ningún lío..., o quizá sí. Se tomó su tiempo antes de salir, necesitaba hacer inventario de sus sentimientos. Aún estaba enfadada con él. Se ahuecó el pelo tras cepillarlo y se lavó los dientes. Después se deshizo de la toalla y se vistió con un culotte y una camiseta de tirantes que había preparado para dormir.

Salió del baño. La habitación estaba en penumbra, iluminada tan solo por la luz anaranjada de la lámpara de lava que tenía sobre la cómoda. Caleb estaba sentado junto a la ventana, con la cabeza colgando entre los hombros y los brazos apoyados en las piernas. ¡Parecía tan cansado! Alzó la cabeza y se quedó mirándola. Se puso de pie y se acercó a ella sin decir una palabra. De pronto, cayó al suelo de rodillas y la abrazó por las caderas hundiendo el rostro en su vientre.

Savannah no se movió, demasiado aturdida por la escena. Pero poco a poco bajó la mano hasta su cabeza y le enredó los dedos en el pelo. Lo acunó contra su cuerpo como si se tratara de un niño pequeño, sin apenas respirar. Él la apretaba con tanta fuerza que se le estaban durmiendo las piernas. Levantó la cabeza y la miró.

—Lo siento —susurró Caleb—. Lo siento mucho, princesa.

Ella se tragó el millón de preguntas que tenía en la punta de la lengua y también un par de reproches. Deslizó los dedos por su mandíbula, oscura por una barba de tres días que le daba un aspecto muy sexy.

—Lo sé —respondió.

—Te dije que lo estropearía muchas veces —le recordó, mientras le rozaba con la nariz la piel que sobresalía por encima de sus braguitas. Le besó el estómago y deslizó las manos por debajo de su camiseta.

—Lo recuerdo —musitó ella con un estremecimiento.

Caleb alzó la barbilla para mirarla a los ojos. Un indicio de dolor atravesó su mirada.

—No te merezco.

—No, no me mereces —respondió Savannah sin aliento. El brillo hambriento de sus ojos la hizo temblar de excitación.

—Pero te necesito, ahora.

Savannah dejó de respirar al oír la desesperación y el anhelo de su voz. Caleb era su peor idea, su peor elección, la más peligrosa. Estaba segura de esa realidad porque él mismo se lo había advertido semanas atrás, pero también estaba segura de que jamás podría haber nadie para ella salvo él. Caleb era cuanto deseaba, le pertenecía.

Se soltó de su abrazo. Se acercó a la puerta, dejándolo de rodillas en el suelo, y corrió el pestillo. Cuando se dio la vuelta Caleb se había puesto de pie y estaba justo detrás de ella. La tomó en brazos y la llevó a la cama. La tumbó de espaldas y acomodó las piernas entre sus muslos mientras con su boca cubría la de ella y su lengua la acariciaba en un solo movimiento. Tiró de su labio inferior con los dientes y volvió a introducir la lengua en su boca, provocando.

Ella arqueó la espalda y gimió cuando le acarició la parte inferior del pecho por debajo de la camiseta. Sus manos ascendieron y le sacaron la prenda por la cabeza, obligándola a interrumpir el beso. Se quedó mirándola desde arriba y sin romper el contacto visual le quitó las bragas, deslizándolas por sus piernas. Ella se estremeció al notar las puntas de los dedos trazando el camino de vuelta por el interior de sus muslos.

Caleb le dobló las rodillas y las separó. La miró con ojos dominantes y se inclinó despacio para besarla en el cuello. Sus labios dejaron un rastro húmedo sobre la piel sedosa, derritiéndose por dentro con cada gemido que escapaba del cuerpo de Savannah. Su boca le acarició la curva del pecho y se cerró en torno a su pezón. Ella arqueó la espalda y alzó las caderas, retorciéndose debajo de él con el corazón latiendo desbocado. Caleb dejó escapar un suspiro cargado de erotismo y fue abriéndose camino a besos descendiendo por su cuerpo.

—Eres perfecta —susurró contra su piel. Le acarició el ombligo con la nariz, mientras deslizaba una mano bajo su trasero y lo elevaba un poco. Resbaló hacia abajo por su cuerpo, acariciando, besando y lamiendo cada curva.

Savannah dejó de respirar, paralizada por el deseo y la tensión al darse cuenta de que su destino era el vértice entre sus piernas. Quiso detenerlo y lo agarró por el pelo para que no continuara bajando. Pensar en él besándola de una forma tan íntima la avergonzaba. No sirvió de nada, era como detener el empuje de un tren, y un gritito escapó de su garganta cuando la boca de Caleb la besó allí al tiempo que sus dedos se deslizaban en su interior.

Entonces comenzó una lenta tortura que la llevó a perder el poco control que le quedaba. Se mordió el labio para no gritar y empezó a temblar entre gimoteos mientras su cuerpo se retorcía y el placer inundaba cada músculo y cada nervio de su ser.

*C*aleb abrió los ojos de golpe y se quedó mirando el techo. La luz anaranjada de la lámpara proyectaba sombras en las paredes, trazando las formas caprichosas de las burbujas que subían y bajaban en su interior. Eran hipnóticas. Giró la cabeza sobre la almohada y contempló el cuerpo desnudo de Savannah a su lado. Dormía profundamente, boca abajo, dándole sin pretenderlo la imagen más hermosa y sensual que había tenido nunca. Se colocó de lado y deslizó los dedos por su piel suave, desde la nuca hasta la curva de su trasero firme. Se inclinó y la besó en el hueco donde se unía a la espalda.

Verla así tuvo efectos inmediatos sobre él. Pero no era el momento ni el lugar. Tampoco lo había sido antes, pero la desesperación, su necesidad de ella y el miedo a haber podido estropearlo todo entre ellos habían borrado cualquier pensamiento lúcido de su mente. Cogió su ropa del suelo y comenzó a vestirse. Terminó de atarse las zapatillas como pudo, porque no era capaz de apartar la vista de la cama.

Al ponerse en pie empujó sin querer la estantería repleta de libros y trastos. Algo cayó sobre la alfombra con un golpe seco. Se agachó y cogió una fotografía con marco. Levantó el brazo para colocarla en su sitio, cuando los rasgos sonrientes de un rostro llamaron su atención.

De una zancada cruzó el cuarto hasta la cómoda y puso la fotografía bajo la luz. Allí estaba Savannah con un par de años menos, abrazando a la chica rubia del hospital, la misma que aparecía junto a Dylan. Con lo ocurrido en las últimas horas, se había olvidado completamente de ella. Se le aceleró el pulso y la miró con más atención. Las dos chicas parecían estar frente a uno de esos pabellones de madera que solía haber en los campamentos de verano.

«Fue por mi culpa, yo tuve la culpa...», las palabras de Brenda resonaron en su mente. El estómago le dio un vuelco y su cabeza comenzó a trabajar a toda prisa. En la fotografía no parecía la persona desequilibrada que él había visto. ¿Qué le habría pasado para acabar en aquel estado? La presión de su pecho aumentó. Exhaló despacio y vació de aire sus pulmones; en su lugar se instaló una oscuridad que había pensado que no volvería a sentir nunca más. Y si no estaba loca... Y si sus palabras contenían algo de verdad... Y si no había sido un accidente...

Miró a Savannah, ella sabía quién era la chica. Se acercó a la cama.

—Sav... —susurró su nombre.

Ella gimió y movió la cabeza, parpadeó un par de veces y una sonrisa se extendió por su cara. En el último segundo Caleb vaciló. No podía preguntarle abiertamente por Brenda. Savannah querría saber a qué se debía su interés y él no podía contestar a esa cuestión. Después de su arrebato unas horas antes, lo único que iba a conseguir era parecer a sus ojos un paranoico inestable. Mantener la boca cerrada era lo más sensato. Ya encontraría otra forma.

—Está a punto de amanecer, será mejor que me vaya a casa —musitó mientras le apartaba el pelo de la cara con ternura.

Ella asintió y él se inclinó para darle un beso en los labios. Después cubrió su cuerpo desnudo con la sábana y se quedó mirándola mientras volvía a dormirse. De repente tuvo un pálpito, la seguridad de que iba a estropearlo sin remedio. Iba a perderla.

40

Caleb salió de casa con una única idea en la cabeza. Iba a averiguar quién era la chica y qué le había pasado a Dylan en realidad. Solo podía pensar en sus palabras, en su miedo; y las repetía para sí mismo sin cesar. Aquel asunto apestaba y necesitaba descubrir la verdad.

—¿Sabes dónde está? —le preguntó a Tyler, que apuraba un café apoyado en su camioneta.

—El tipo de la grúa que retiró el coche después del accidente dice que lo llevó por orden de la policía hasta un desguace que hay al norte. Por la carretera comarcal que circula junto a la autopista —respondió. Dejó el vaso de plástico en la plataforma de su camioneta y subió al Mustang de Caleb—. ¿Vas a contarme qué pasa? Has evitado este tema desde que regresaste. Y ahora, de repente, quieres detalles.

Caleb dio marcha atrás y se incorporó a la carretera antes de contestar.

—No pasa nada. Ha llegado el momento de que asuma lo que le ha ocurrido a mi hermano. No puedo regresar a Santa Fe sin despedirme de él y arreglar las cosas.

—Lo entiendo, pero... ¡Joder, Caleb! ¿No es un poco siniestro que quieras ver el coche? No sé, hay otra forma.

—Es posible. Pero esta es «mi» forma, ¿vale? —replicó con un atisbo de impaciencia.

—¡Vaaaaale! —dijo Tyler, levantando las manos en un gesto de paz.

El dueño del desguace los recibió en una oficina prefabricada en la que hacía un calor insoportable. Aunque no tanto como el ruido del compresor del aire acondicionado que colgaba por fuera de una de las ventanas. Era como si un terremoto constante agitara las paredes.

Minutos después salieron de la oficina con unas cuantas indicaciones y una advertencia para que tuvieran cuidado con los perros. Se movieron por las calles que formaban los metros y metros de cubos de chatarra comprimida y los coches aplastados. Un paisaje apocalíptico de muros de hierro y acero.

Encontraron lo que buscaban cerca de una grúa y una cinta transportadora de gran tonelaje: un Ford Crown de color marrón dorado con el morro aplastado en forma de uve.

—Nunca entendí cómo podía conducir esta mierda. Intenté mil veces que se quedara con una de las camionetas que mi padre tenía a la venta. Le habría costado mucho menos que esta lata —comentó Tyler, dándole una patada a uno de los neumáticos.

—Para él habría sido como aceptar caridad. Era demasiado orgulloso —contestó Caleb.

—Sí, eso parece que es bastante común en tu familia —le hizo notar su amigo.

—Mira quién fue a hablar, *Yo No Necesito A Nadie* Kizer.

Tyler le enseñó el dedo corazón, mientras modulaba con los labios un «vete a la mierda».

Caleb se acercó al Ford y la garganta se le cerró completamente. Escudriñó el vehículo y se sorprendió de que no estuviera tan destrozado como esperaba. El parabrisas estaba roto, una telaraña de grietas lo recorría por completo, pero no había ni rastro de colisión. Solo parecía haber cedido por la presión del golpe. Tiró de la puerta del conductor unas cuantas veces, hasta que logró desencajarla y que se abriera. En cuclillas examinó el interior. El salpicadero se había combado hacia arriba y el cuadro del cuentakilómetros estaba desencajado. El volante se veía intacto. En realidad, todo el interior estaba demasiado bien para un golpe como el que se suponía que había tenido.

Intentó no fijarse en las manchas oscuras de la tapicería de los asientos y en las que salpicaban parte del interior de la puerta y el volante.

—¿Suficiente? —masculló Tyler, preocupado por su mejor amigo.

Caleb negó con un gesto y se puso de pie. Rodeó el vehículo hasta la parte trasera y se quedó mirando el parachoques y el punto donde cerraba el maletero. Recorrió con los dedos la superficie donde se apreciaban unas marcas. Una presión se instaló en sus costillas impidiéndole respirar con normalidad.

—Dime qué ves —le pidió a Tyler. Cada palabra sonaba como si la pronunciara con los dientes apretados.

—¿Qué esperas que vea? —preguntó este con un suspiro. Guiñó un ojo y miró hacia el cielo, donde un sol mortal brillaba sin compasión.

Caleb lo agarró de un brazo y tiró de él hacia abajo, clavándole una mirada asesina.

—¿Qué ves, Ty?

El chico percibió la ansiedad en su voz y se agachó a su lado. Observó las marcas, unas abolladuras que pasaban desapercibidas si no te fijabas en ellas. Las tocó con los dedos y su respiración se aceleró. Ambos habían crecido entre coches y talleres y sabían tanto o más que cualquier genio de la mecánica. Durante un instante abrió mucho los ojos y un brillo de comprensión los iluminó. Levantó la vista y la clavó en Caleb.

—Defensas de una camioneta o un todoterreno —respondió.

Volvió a estudiarlas. Las depresiones en la carrocería no correspondían a las de un golpe seco. Todo apuntaba a que otro vehículo había empujado al Ford y la presión había dejado huellas.

—Lo guiaron —añadió Tyler, pasándose una mano por el pelo con nerviosismo.

Caleb asintió. Su respiración era tan acelerada que su pecho se movía a simple vista bajo su camiseta. Se puso de pie y dio media vuelta. Tyler lo siguió.

—¿Vas a contarme de qué va todo esto?

—Aún no.

—¿Que aún no? ¡Eh! —Tyler lo agarró por el hombro para detenerlo—. No me toques las narices. Hemos venido hasta aquí porque ya sabías lo que ibas a encontrar.

Caleb apartó la vista.

—En el fondo he venido porque esperaba estar equivocado y quería sacarme la idea de la cabeza. Ahora que sé que es verdad, las cosas van a complicarse mucho y no quiero que te metas.

—Haberlo pensado antes de enseñarme ese puto coche —le espetó Tyler. Apoyó las manos en sus caderas—. Ya estoy metido. Así que, o me lo cuentas o te obligo.

Caleb estuvo callado tanto tiempo que creyó que al final no iba a hacer ningún comentario.

—Está bien, pero no aquí —cedió al fin.

Pararon en el primer bar de carretera que encontraron. Tyler pidió dos especiales y café para llevar y los comieron en una mesa en la calle, bajo un porche recalentado por el sol que convertía el ambiente en una sauna. El único lugar donde podrían hablar sin oídos inoportunos.

Caleb le habló de la fotografía que había encontrado, de su hipótesis acerca de la relación que su hermano había mantenido con aquella desconocida. Después le relató el encuentro que había tenido con ella en el hospital y cómo sus palabras angustiadas habían despertado sus sospechas. Sospechas que se había confirmado durante la visita al desguace.

Tyler meditó la historia en silencio. Se repantigó en la silla y estiró sus largas piernas bajo la mesa.

—Vale, tu hermano salía con una chica y no te lo dijo. —Se encogió de hombros—. Puede que solo fuera un rollo y que no le diera mayor importancia. ¿Por qué iba a mantener en secreto una relación más seria? Luego Dylan murió y ella se quedó trastornada. O no. Igual ya estaba loca y tu hermano la dejó, o rompieron y ella no pudo superarlo. Pero de ahí a pensar en asesinatos... —Tyler resopló—. ¿Te das cuenta de cómo suena todo esto? ¡Es de película!

Caleb se inclinó sobre la mesa con los brazos cruzados. Entornó los ojos.

—Sé cómo suena, pero vi a esa chica y me reconoció. Está asustada, trastornada. Dijo que a Dylan le habían hecho daño y que no pudo salvarlo. ¡Y ya has visto el coche, no puedes ignorar eso! Voy a averiguar qué le pasó a mi hermano. Si compruebo que solo se trató de un accidente y que me he dejado llevar por las fantasías de una loca, lo dejaré estar. Si no es así, no pararé hasta dar con la persona que le hizo eso a mi hermano.

Tyler empujó con el tenedor los trozos de beicon que tenía en el plato. Lo apartó. Había perdido el apetito.

—¿Y por dónde pretendes empezar?

Caleb exhaló bruscamente.

—Hay un tipo, Jake lo conoce. Encontró a Dylan tras el accidente y avisó a los servicios de emergencia. Intentaré hablar con él, puede que viera algo. Después encontraré a Brenda y, si es necesario, la obligaré a que me cuente lo que sabe. Conoce a Savannah, debe moverse en su círculo de gente.

Tyler negó con la cabeza.

—No te aconsejo que metas en esto a Savannah.

—Lo sé. La encontraré por mi cuenta, esta ciudad no es tan grande. No descansaré hasta saber la verdad. Tengo un mal presentimiento con todo este asunto —susurró Caleb en tono vehemente. Su cuerpo estaba tan tenso que sus músculos se marcaban a través de la ropa como si fueran de granito.

—Vale, lo investigaremos, pero lo haremos bien. Sobró dinero de la apuesta. Deberíamos comprar el Ford y guardarlo en un sitio seguro. Si estás en lo cierto, es una prueba.

—Sí, es una buena idea.

—Pues a trabajar.

*E*ran cerca de las once —dijo Jacob, el tipo del que Jake le había hablado a Caleb—. Oí un fuerte golpe y al doblar la curva lo vi. Estaba empotrado contra el árbol. Entonces me di cuenta de que había otros dos coches.

—¿Dos? —inquirió Caleb, confuso.

Jacob asintió completamente seguro y dio otro trago a su cerveza. No había un ápice de duda en sus ojos. Caleb hizo un gesto al camarero para que le sirviera otra.

—Vi un coche rojo de aspecto deportivo en medio de la carretera, y otro mucho más grande y oscuro –un todoterreno o una furgoneta– que se incorporaba al asfalto a toda prisa. —Se encogió de hombros—. En un principio pensé que habían tenido algo que ver, que se asustaron, y huyeron de allí en cuanto se dieron cuenta de que yo me acercaba. O que simplemente vieron lo que pasó y se largaron para no tener que contestar preguntas. No lo sé.

Caleb se pasó una mano por el pelo. Se terminó toda la bebida de un trago y dejó el vaso sobre la barra. Se quedó mirando las gotitas que resbalaban por el cristal.

—¿Qué clase de deportivo?

—Podría ser cualquiera —respondió Jacob—. No pude verlo bien, lo siento.

Caleb asintió con los labios apretados. El pecho le subía y le bajaba con cada inspiración brusca y dolorosa.

—¿Se lo contaste a la policía?

—Claro, un par de agentes me tomaron declaración allí mismo. ¡Joder, hasta me hicieron la prueba de alcoholemia! Pero esa noche yo iba tan sobrio como un bebé. Mira, la verdad es que ni siquiera tomaron nota de nada de lo que les dije. Cuando les hablé de los dos vehículos, me miraron como si estuviera loco. Me pidieron mi número de teléfono por si necesitaban contactar conmigo, pero no lo hicieron. Fin de la historia.

Caleb inclinó la cabeza y lo miró a los ojos.

—Gracias por hablar conmigo. Aunque no lo creas, me has ayudado.

—Jake me ha dicho que el chico era tu hermano. Seguramente no te sirva de nada, no cambia el resultado, pero no creo que sufriera. Apenas pasaron dos minutos desde que se estrelló hasta que llegué a él. Ya no respiraba. No sufrió.

Caleb sonrió y le dio una palmada en la espalda.

—¿Volverías a contar esto si te lo pidiera?

—Donde sea y ante quien sea —aseguró Jacob.

—Gracias —dijo Caleb. Sacó su cartera del bolsillo, pero Jacob lo detuvo con una mano.

—No he hablado contigo por dinero. Soy de los que creen que la vida te devuelve los favores. Espero que, si algún día necesito un favor, haya alguien dispuesto a echarme una mano.

Caleb sonrió agradecido, y se despidió con un apretón de manos. Abandonó el bar y cruzó el aparcamiento en busca del coche.

—¡Eh! —exclamó Jacob desde la puerta. Caleb se dio la vuelta y observó al hombre mientras corría hacia él—. No crees que fuera un accidente, ¿verdad?

Caleb no contestó y entornó los ojos. Jacob se detuvo a su lado y escrutó los alrededores antes de volver a hablar.

—No sé, pero es posible que tengas razón. Tu hermano tenía cardenales en la cara y en los brazos y sangre seca en el pelo y en la ropa. No soy un experto, pero dudo que se los hiciera al chocar contra el árbol. Es imposible que tuviera ese aspecto tan solo dos minutos después. Y… ahora… lo de esos coches allí ya no me parece tan normal. No lo había pensado hasta este momento.

Caleb se quedó mudo. Apretó los dientes y las aletas de su nariz se dilataron.

—Gracias por decírmelo.

*L*o siento, pero no puedo facilitarles esa información —dijo el forense sentado tras su mesa—. El informe que redacté se lo di a la policía. Ellos tienen todos los detalles sobre ese caso.

Caleb estaba apoyado contra uno de los archivadores de cajones que atiborraban el laboratorio, con los brazos cruzados sobre el pecho. No le quitaba los ojos de encima al tipo, mientras se esforzaba en guardar silencio.

—Seguro que posee alguna copia. Si no, ¿para qué son todas esas carpetas y cajones? —preguntó Tyler. Apoyó las manos en la mesa y se inclinó hasta que sus ojos quedaron a la misma altura.

—Por supuesto que guardo una copia de todas las autopsias, pero son confidenciales.

—El caso se cerró, fue un accidente. Podríamos pasar por alto lo de la confidencialidad. Mire, solo quiero saber las causas exactas de la muerte. —Señaló a Caleb—. Mi amigo era su hermano, y quiere saber qué le pasó al chico. Ayúdenos.

—No puedo hacer nada, lo siento.

—¿No puede o no quiere? —intervino Caleb. Estaba perdiendo la paciencia—. Me dijeron que el cuerpo estaba destrozado y he visto el estado en el que quedó el coche... Algo no cuadra y voy a averiguar qué es.

—¿Qué estás insinuando? Mi profesionalidad no es discutible. Tengo muchos años de experiencia y te aseguro que la causa de la muerte fueron las múltiples lesiones que sufrió... —Se detuvo, estaba hablando demasiado.

—¿Usted vio el coche? ¿Está seguro de que esas lesiones las provocó el golpe?

—No vi el vehículo, pero sí he visto muchos accidentes de tráfico a lo largo de todos estos años y sé lo violentos que pueden llegar a ser. El ser humano es frágil, un golpe sin importancia en un mal sitio puede truncar una vida.

Caleb resopló exasperado.

—El aspecto de mi hermano era el de alguien apaleado. Yo sí he visto el estado del coche y le digo que algo falla en esta historia. Estoy seguro de que tomó alguna fotografía. Las toman, ¿no? Déjeme ver una.

—No puedo.

Esta vez fue Tyler quien perdió la paciencia. Golpeó la mesa con los puños.

—¡Solo te está pidiendo una puta fotografía! ¿Quieres salir a la calle sin tener que preocuparte de quién puede estar tras la siguiente esquina? Puede que sea alguien con mi cara.

—¿Me estás amenazando? —preguntó el forense con los ojos como platos.

—Una maldita fotografía es lo único que quiere —masculló Tyler con los puños apretados.

El doctor tragó saliva y sus ojos vagaron del rostro de un chico al otro, sopesando en su mente las consecuencias de aquella extraña reunión. Se puso de pie y se dirigió a un armario cerrado con llave.

—Dylan Marcus, ¿no?

—Sí —respondió Caleb con voz ronca.

El forense empezó a pasar los dedos por encima de un montón de carpetas de color marrón. Se detuvo en una y la sacó, llevándola después hasta su mesa. La abrió y hojeó la documentación que contenía. Tomó una fotografía y la empujó sobre la mesa con las puntas de los dedos.

—Nunca he mentido en mi trabajo; solo que, a veces, cuando no hay sospechas criminales sobre una muerte, las autopsias a los cuerpos no son muy exhaustivas. En todo momento me hablaron de un accidente de tráfico, y lo parecía, solo tomé muestras para saber si había consumido drogas y alcohol. En alcohol dio positivo.

—Dylan no solía beber... —empezó a decir Tyler.

Caleb se acercó a la mesa temblando de arriba abajo. Le echó un vistazo.

—¡Dios! —gimió. Se le doblaron las rodillas por la impresión.

Cerró los ojos un momento, armándose de valor, y volvió a mirar la imagen. Dylan estaba tumbado en una camilla metálica, cubierto hasta la cintura por una sábana de color gris. Tenía los ojos cerrados, hinchados y amoratados; el labio inferior partido, y alrededor de una de las comisuras otro cardenal se extendía hacia la mejilla; el otro pómulo tenía una brecha, y otra se apreciaba en la frente. Su torso y sus brazos eran como un mapa siniestro de contusiones.

Caleb había participado en muchas peleas, demasiadas, y sabía cómo quedaba un hombre después de que le dieran una paliza brutal.

Agarró la fotografía y salió de allí a toda prisa, a punto de vomitar.

41

*C*aleb apretó la cruz en su puño hasta que las esquinas de plata se le clavaron en la piel. Había encontrado el colgante en la caja, después de hurgar por tercera vez en su interior en busca de... cualquier cosa. El revés estaba grabado con las iniciales B y D y las palabras *Para siempre*. Cerró el puño con más fuerza, pero el único dolor que empeoró fue el que notaba en el pecho.

Se sentía culpable por lo que había permitido que le hicieran a su hermano; si hubiera estado con él, nadie le habría puesto una mano encima. Pensar en cómo podrían haber sido las cosas le resultaba devastador; y esa idea provocó una nueva herida, mucho más profunda que cualquier otra.

No había nada ni nadie en el mundo que pudiera hacerle sentir mejor, el desgarro era insoportable. Pero no sabía qué hacer, dónde buscar, a quién acudir... ¿La policía? El agente que le había atendido lo había tratado como a un apestado, y a punto estuvo de liarse a golpes con él. Tyler lo había evitado. Si no lo hubiera hecho, en ese momento estaría detenido en alguna celda.

Tyler se había convertido en su sombra, literalmente. Lo miró de reojo, con una mezcla de agradecimiento e inquina; sentirse vigilado le ponía los nervios de punta. Estaba sentado a su lado en los peldaños del porche, tragando su quinta o sexta porción de pizza; ya había perdido la cuenta.

El teléfono de Caleb sonó otra vez. Miró la pantalla y se le encogió el estómago. Tenía un mensaje de Savannah.

Savannah:
Te echo de menos.
Caleb:
Yo también te echo de menos.
Savannah:
Dile a Tyler que le odio por tenerte trabajando como un esclavo.

Caleb sintió una punzada de remordimientos por haberle mentido. Le había dicho que Tyler le necesitaba en el taller. No se le ocurrió otra cosa que ocultara sus verdaderas intenciones.

Caleb:
Te lo compensaré. Prometido.
Savannah:
¿Mañana? ¿Desayunamos juntos? Mis padres no estarán.
Caleb:
¿Me estás invitando a tu casa?
Savannah:
A mi casa, a mi cocina, a mi dormitorio...

Caleb sonrió por primera vez en todo el día.

Caleb:
¿Alguna vez te han llevado el desayuno a la cama?
Savannah:
Nunca un chico guapo y sexy... y ¿sin ropa?

Su sonrisa se ensanchó y la respiración se le aceleró.

Caleb:
Tú ordenas, yo obedezco.
Savannah:
Entonces sin ropa. Besos. Te quiero.
Caleb:
Yo también te quie...

Se quedó mirando durante un largo segundo lo que había escrito. Lo borró y exhaló todo el aire de golpe. Apretó los labios formando una fina línea recta.

Caleb:
Hasta mañana, princesa.

—No tienes por qué hacerlo, Caleb. Podrías seguir adelante y ya está. Nadie te lo echaría en cara —dijo Tyler en tono lúgubre.

Caleb levantó la vista del teléfono y lo miró.

—¿Qué quieres decir?

—Que podrías coger a Savannah y largarte de aquí con ella, a cualquier parte. Olvida toda esta mierda —susurró sin disimular que estaba preocupado.

—No puedo hacer eso. Ahora no —replicó Caleb al tiempo que se ponía de pie.

Parpadeó una vez y luego otra. Un velo brillante cubrió sus ojos.

—Te entiendo y en tu lugar yo estaría haciendo lo mismo. Pero como no lo estoy, puedo ver las cosas con más perspectiva. Nada va a devolverte a Dylan, pero sí puedes perder muchas cosas si sigues adelante. A Savannah para empezar.

Caleb se lo quedó mirando. En su rostro podía leerse la lucha interna que sufría.

—¿Crees que no lo sé? —le espetó alzando la voz—. Pero no podría vivir con esto dentro. —Se golpeó el pecho con el puño y la rabia se apoderó de él en un segundo—. Y acabaría perdiendo todas esas cosas igualmente. No pararé hasta que el hijo de puta que le hizo eso a mi hermano lo pague. Lo intentaré por las buenas, pero si no funciona, será por las malas. Tampoco sería la primera vez.

Lanzó un puñetazo al aire mientras soltaba una retahíla de maldiciones y palabrotas, y cruzó el césped de su jardín a grandes zancadas. Por descontado que no sería la primera vez que hacía las cosas por las malas, prácticamente era experto.

—¿Adónde vas? —preguntó Tyler, exasperado por las explosiones de mal humor de su amigo.

—A conducir un rato. Si sigo aquí acabaré destrozando algo o a alguien —masculló, dedicándole una mirada cargada de intenciones.

Tyler se levantó de un salto.

—Espera, voy contigo.

—No te ofendas, Ty, pero necesito estar solo un rato —contestó.

Por suerte, no lo siguió. Subió al coche, agradecido por el silencio y el hecho de estar solo por primera vez en los últimos dos días. Reconocía la ayuda y la preocupación de su amigo, pero estaba llegando a su límite, y no quería que el motivo por el que lo cruzara fuera Tyler. Le debía tanto al chico que jamás viviría los años suficientes para agradecérselo todo.

Por ese motivo iba a tratar de hacer bien las cosas; por él y por la mínima posibilidad que tenía de lograr un futuro junto a la única chica que necesitaba de verdad.

El problema era que no tenía nada que pudiera servirle para aclarar lo que le pasó a su hermano aquella noche. Solo un coche con marcas de defensas en la parte trasera; una fotografía que mostraba a su hermano apaleado; una chica aterrada que decía cosas sin sentido; y un agente de policía que no pensó en ningún momento que el accidente de Dylan mereciera algo más que un par de frases en un informe policial. Jacob había visto dos coches en el lugar del accidente, uno de ellos un deportivo rojo, pero nada más. Y eso era lo único que tenía, absolutamente nada salvo su instinto.

Giró la llave en el contacto y el motor rugió. Ese sonido lo tranquilizaba. Conducir era una de las pocas cosas que aún lograban calmarlo. Tomó la carretera de la costa. Los minutos pasaron y cuando decidió dar media vuelta y regresar, había anochecido por completo.

El indicador de gasolina parpadeaba en el salpicadero. Se dirigió a la gasolinera y llenó el depósito antes de regresar a casa. Tuvo que dar un pequeño rodeo porque dos coches habían chocado a la entrada del Walmart y la calle estaba cortada. Giró hacia el centro. Mala idea. El tráfico era mucho más lento en esa zona. Bajó la ventanilla y sacó la cabeza para intentar averiguar por qué se detenían los coches.

El corazón le dio un vuelco. ¡Era ella! Vio su reflejo en el cristal de un escaparate y necesitó un segundo para darse cuenta de que caminaba por el otro lado de la calle. Se inclinó hacia la otra ventanilla. Allí estaba, con el rostro oculto bajo su larga melena rubia, caminando encogida sobre sí misma como la había visto hacer en el hospital. Dio un bote en el asiento. Tenía que aprovechar aquella oportunidad, porque quizá no se le presentara otra.

El vehículo de delante se movió y Caleb aprovechó el hueco para deslizarse con su Mustang hasta la acera y aparcar. Se bajó a toda prisa y siguió a la chica.

—¡Brenda! —la llamó.

Ella miró hacia atrás y, al reconocerlo, sacudió la cabeza y aceleró el paso. Caleb echó a correr y la alcanzó al doblar una esquina.

—Espera, por favor.

La agarró por la muñeca para que se detuviera.

—Suéltame, no pueden vernos juntos. ¡Suéltame, por favor! —suplicó Brenda, tirando de su brazo mientras sus ojos se movían a toda velocidad por las caras que pasaban junto a ellos.

—He visto tus cosas en mi casa, también esto —dijo Caleb, mostrándole la cruz que pendía de una cadena. Ella se quedó atónita, mirándola sin parpadear, y sus ojos se llenaron de lágrimas—. ¿La quieres?

Brenda asintió con la cabeza y la palma de su mano se abrió frente a él. Caleb se la entregó y Brenda cerró los dedos en torno al colgante. No dejaba de temblar.

—Sé que estabais juntos —dijo Caleb, buscando sus ojos—, y también sé que lo que le pasó no fue un accidente. —Ella se estremeció y dio un paso atrás—. Tú sabes qué le pasó, pero tienes miedo. Tienes miedo de la persona que le hizo daño a mi hermano, ¿verdad? Tú sabes quién fue. Brenda, ¿quién fue?

Ella sacudió la cabeza con los ojos desorbitados y comenzó a alejarse.

—Si le querías, ayúdame. Hazlo por él. Necesito saber qué le pasó —insistió Caleb.

—No puedo, lo siento. Olvida este asunto y vete de Port Pleasant. Hazlo por Dylan, vete.

—¡Brenda! —rugió una voz desde la carretera—. ¿Qué demonios haces? Sube a la camioneta ahora mismo.

La chica dio un respingo y la vida abandonó su rostro. Bajó la cabeza y se dirigió a una enorme camioneta GMC con defensas cromadas en la parte delantera. Subió al asiento trasero.

Caleb se quedó inmóvil, con los ojos clavados en el conductor. Necesitó un momento para reconocerlo. Sus pensamientos retrocedieron hasta la noche en la playa, cuando jugaron a verdad o prenda con Brian y sus amigos. Era Mick, el tipo con el que Tyler había tropezado en la arena y con el que casi había llegado a las manos. Mick le sostuvo la mirada con una expresión insolente, y una sonrisita burlona se dibujó en sus labios antes de acelerar y desaparecer entre el tráfico.

Caleb regresó a casa y se sentó en el porche. Su mente era un caos. Necesitaba respuestas para volver a respirar sin esa sensación angustiosa en el pecho que convertía su sangre en ácido y que le quemaba por dentro. Aún no sabía qué clase de milagro lo mantenía allí sentado, cuando lo único que quería era ir en busca de ese tío. Pero le había hecho una promesa a Tyler. Primero iba a intentarlo por las buenas, y su única razón era Savannah. Lograría que Brenda hablara, después iría a por Mick, y el testimonio de Jacob terminaría de darle forma a aquella locura.

Se pasó una mano por el pelo. Algo se le escapaba, algo evidente que no conseguía ver. ¿Qué relación había entre Brenda y Mick? ¿Sería su chica? ¿Celos? Arrojó la lata de refresco que tenía en la mano contra una de las columnas del porche. El bote reventó y el contenido salió a presión como si fuera un géiser. Se quedó mirando la columna: había hecho un agujero en la madera.

Con un suspiro se puso de pie. Debía limpiar todo aquello o le daría un buen disgusto a su madre. El teléfono sonó dentro de la casa. Fue hasta la cocina, pensando que sería Tyler para asegurarse de que seguía allí y que no estaba asesinando a nadie en ningún descampado. Descolgó.

—Diga —respondió con desgana.

—Soy Brenda, hablaré contigo —dijo una voz ahogada en sollozos al otro lado.

El corazón se le desbocó en el pecho. Tomó aliento en un intento por calmarse, pero no funcionó en absoluto. Hubo un momento de silencio.

—¿Cómo has conseguido este número?

—Dylan —replicó ella a modo de respuesta—. Hablaré contigo. Estaré dentro de quince minutos en el aparcamiento de Wings, la vieja feria.

—Gracias —dijo Caleb en tono vehemente antes de colgar.

Salió disparado de la casa. El pulso le iba a mil por hora mientras conducía hasta la vieja feria. Hacía años que aquel recinto estaba cerrado al público, desde que el ayuntamiento decidió trasladarla junto al paseo marítimo, donde la afluencia de turistas era mucho mayor.

Se detuvo en el aparcamiento, que estaba oscuro como la boca de un lobo. Los faros de su vehículo iluminaron un pequeño Toyota de color gris. Se bajó y fue hasta el coche.

Brenda surgió de la oscuridad. El pecho le subía y bajaba con rapidez y el rostro le brillaba bajo un reguero de lágrimas. Lo miró horrorizada, demasiado aturdida para moverse. Temblaba de arriba abajo, tanto que era un milagro que las piernas la sostuvieran erguida.

Caleb aceleró el paso.

—¿Estás bien? —preguntó preocupado.

Ella se encogió y dio un paso atrás.

—Lo siento —gimió—. Lo siento mucho. Me han obligado.

Caleb se detuvo. Ella no le estaba mirando, sino que contemplaba algún punto tras él. Apenas tuvo tiempo de ver una sombra. Recibió un golpe en las piernas y otro en la espalda que lo dejó sin aire. Cayó de rodillas, desorientado. A continuación sintió cómo le cubrían la cabeza con algún tipo de bolsa o saco de tela. Recibió un nuevo golpe, una patada, esta vez en el estómago, que le hizo doblarse hacia delante y caer de lado. Otra patada en el costado le arrancó un aullido ronco y dejó de sentir cuando un puño se estrelló en su cabeza.

42

A medio camino entre la consciencia y la inconsciencia, Caleb notó cómo lo agarraban por los brazos y lo sacaban del maletero de un coche. Tiraron de su cuerpo, arrastrándolo por un suelo de gravilla. Los goznes de una puerta chirriaron y se vio arrojado hacia delante. Cayó de costado y tosió. Apenas le llegaba aire a los pulmones.

Le quitaron la bolsa de la cabeza y respiró hondo al tiempo que alguien le lanzaba un cubo agua fría y maloliente. Volvió a toser y escupió el agua que le había entrado en la boca. Terminó de despertarse del aturdimiento que embotaba sus sentidos.

Una mano lo agarró del pelo y tiró de él, obligándolo a que se pusiera de pie. Trastabilló hacia un lado, pero alguien lo empujó para enderezarlo. Le palpitaban las sienes con un dolor agudo y, cada vez que trataba de respirar, sentía como si las costillas se le clavaran en los pulmones. Parpadeó, y poco a poco sus ojos se adaptaron a la tenue luz que emitían dos fluorescentes que colgaban de una viga en el techo. Estaba en el centro de una especie de viejo almacén. Las únicas ventanas tenían rejas y se encontraban a la altura de la cubierta. A su derecha había un coche, un Challenger rojo con una cabeza de tigre dibujada en la puerta. La impresión hizo que su mente comenzara a despejarse.

Una risita ahogada sonó a su espalda. De las sombras salieron dos personas. Caleb los reconoció enseguida: Mick, y Terry Tucker, el primo de Brian.

—¿Te gusta? ¡Es una maravilla, un coche precioso! Me ganaste por los pelos, ¿sabes?

Brian apareció tras él y, al pasar por su lado, le dio un golpecito en la cabeza con la mano. Caleb lo miró desconcertado.

—¡El gran Caleb Marcus! —exclamó, alzando los brazos—. Mírate, no eres para tanto. Solo eres escoria, basura.

—Tú —logró articular Caleb.

—¡Sorpresa! —exclamó Brian—. No te lo esperabas, ¿eh? Bueno, esa es la gracia. Si nadie imagina lo que hago, eso quiere decir que soy bastante bueno. Aunque no tanto como me gustaría. Creo que sabes más de lo que deberías, y no me queda más remedio que tomar medidas.

Caleb realizó una inspiración dolorosa y entrecortada que le abrasó la garganta.

—¿Qué clase de medidas? —logró preguntar.

Brian se inclinó hacia él con las manos en las rodillas.

—¿Sabes qué les ocurre a los que van por ahí haciendo preguntas, a los que meten sus narices en expedientes policiales y que intentan desenterrar a los muertos? Pues que sufren accidentes.

Caleb se concentró a través del dolor, asimilando las palabras de Brian. Todo el puzle encajó a la perfección. El coche, las drogas, las carreras... y Dylan. Pero ¿por qué Dylan? Miró a Brian a los ojos, esos ojos... Y entonces lo supo. La vio en él.

—Es tu hermana.

Brian suspiró de forma exagerada y sacudió la cabeza.

—Chico listo. —Le guiñó un ojo.

—La has utilizado para atraparme.

—Oh, claro que sí. Brenda es muy fácil de manipular, ¿sabes?

—Mataste a mi hermano —masculló Caleb, asaltado por la cruda realidad.

—Sí. Lo cierto es que no pensaba llegar tan lejos, pero se me fue un poquito la mano. —Brian se encogió de hombros—. Bueno, tú ya sabes cómo son estas cosas, ¿no? Quieres enviar un mensaje, pero el tipo no para de hablar y no quiere entender que no tiene opciones. Te planta cara, te contesta, le atizas un poco para que capte la idea, pero te vuelve a contestar y... acaba con el cuello roto. Cosas que pasan.

Caleb forcejeó con las cuerdas mientras asesinaba con la mirada a Brian. Acababa de admitir que había golpeado a Dylan hasta liquidarlo, y ni siquiera le había visto un asomo de arrepentimiento. Necesitaba saber los motivos. Después, le arrancaría el corazón a través de la garganta.

—¿Y cuál era ese mensaje que querías enviarle?

Brian se rió y le guiñó un ojo. Se acercó lentamente, y se quedó mirándolo. Sin previo aviso lo golpeó en la cara. Caleb intentó mantener el equilibrio y movió la mandíbula de un lado a otro.

—Que un mierda como él no podía tener a alguien como mi hermana ni ser amigo de mi novia. El capullo de tu hermano de verdad creía que podía ser uno de nosotros. Se coló en casa de los Halbrook gracias a la zorra de tu madre. Se hizo amiguito de Savannah, se metió a Roger Halbrook en el bolsillo y logró que este le recomendara para una beca completa en Columbia. Se la concedieron, pero le faltaba la chica para cumplir el sueño americano y puso sus ojos en mi hermana. Se equivocó desde el principio. Le avisé, pero no me hizo caso. No quiso entender que nosotros y vosotros ni siquiera pertenecemos a la misma especie. No podía aspirar a cosas para las que no había nacido.

»Y ahora tú intentas hacer lo mismo. ¿Te crees que puedes quedarte con mi chica? ¿Esperas que me quede de brazos cruzados mientras los Halbrook te llaman hijo? De eso nada.

—Tampoco te quedaste de brazos cruzados con Spencer, ¿verdad?

Brian se echó a reír.

—Por supuesto que no. Jamás tendría un hijo con una fulana. Solo me la follé, una vez. Me alegro de que no me contagiara nada.

Caleb se lanzó a por él, a pesar de que tenía las manos atadas a la espalda.

—Hijo de puta, voy a matarte.

Mick se adelantó y le dio un puñetazo en el costado que le hizo caer de rodillas. Caleb se puso de pie como pudo, resoplando.

—¿En serio? Porque te miro y no veo a ese tipo duro al que todos temen. Solo veo a un fracasado, a un mierda —rió Brian.

Caleb esbozó una sonrisa malévola.

—Pues este mierda va a limpiar el suelo contigo. ¿Crees que porque juegas a ser un chico malo que trafica con drogas y participa en carreras lo eres de verdad? Para creer que somos de especies diferentes, te esfuerzas demasiado en ser como yo.

Brian frunció el ceño y acortó la distancia que los separaba. Como si estuvieran sincronizados, Mick y Terry sujetaron a Caleb por los brazos. Brian le soltó un rodillazo en el estómago. Lo sujetó por el pelo y le echó la cabeza hacia atrás para que lo mirara.

—¿Como tú? Soy mil veces mejor que tú. No tienes ni idea de por qué estoy haciendo todas esas cosas.

—Pues explícamelo, ya que estás tan hablador —masculló Caleb entre dientes.

Brian le soltó la cabeza con desdén y se alejó unos pasos limpiándose la mano mojada en los pantalones.

—Vale, si tanto te interesa. Lo hago porque puedo hacerlo, porque es divertido. Me gusta tener una doble vida. Me ayuda a quemar adrenalina ¿sabes?

Caleb lo miró sin poder creerse sus palabras.

—Estás como una puta cabra. Nada de esto te va a funcionar. Mis amigos darán contigo, no les costará mucho en cuanto descubran que Brenda es tu hermana. Y lo harán.

Brian alzó los brazos y se estremeció como si temblara.

—¡Uy, qué miedo! —Soltó una risotada y se acercó a un montón de maderos que había junto a unos bidones de gasóleo vacíos. Cogió uno y lo sopesó en la mano. Lo tiró y probó otro—. No te preocupes, se me da bastante bien deshacerme de los cabos sueltos. Nadie puede relacionarme con tu hermano. Y por lo que sé, Spencer no tiene ni idea de lo que pasó, y el bastardo es historia. ¿Quién va a acusarme? ¿Y de qué? —Las comisuras de sus labios se curvaron hacia arriba al encontrar un madero de su agrado. Lo balanceó en el aire—. Tú eres mi único problema, y cuando tú caigas, tus amiguitos recibirán el mensaje. Entenderán que deben estarse calladitos por el bien de todos, sobre todo sin pruebas. ¿A quién van a creer?

Caleb apretó los dientes. Sabía lo que estaba a punto de pasar. Iba a molerlo a golpes hasta matarlo, como hizo con Dylan. Había participado en tantas peleas que el dolor físico no le daba miedo. Se había acostumbrado a las heridas y a los golpes. En esos momentos su alma abandonaba su cuerpo y simplemente encajaba y golpeaba, encajaba y golpeaba. Una bendición años atrás. Ahora iba a ser como bajar al infierno, porque esta vez solo iba a encajar.

—Asegúrate de hacerlo bien. Porque si no, volveré a por ti y nadie podrá pararme, ¿lo captas? —gruñó Caleb.

Brian inclinó la cabeza y sonrió.

—No te preocupes, lo haré bien. No puedo matarte aquí, necesito que aguantes para lo que vendrá después. Tiene que parecer un accidente, no sé si me entiendes. La práctica te hace experto, y con tu hermano aprendí de los fallos —explicó Brian mientras balanceaba el madero de delante hacia atrás y le asestaba un golpe en las costillas.

—No seas cobarde. Al menos desátame —masculló Caleb con una

risita, una vez que logró recuperar el aliento—. Tienes miedo de que os dé una paliza a todos yo solo.

Brian soltó una carcajada.

—Haría eso si te considerara un igual. Para mí solo eres un perro, un montón de mierda.

Caleb se puso derecho y lo desafió con la mirada.

—¡Que te jodan!

Lo golpearon durante lo que a Caleb le pareció una eternidad. Al principio se obligó a permanecer recto, después se tambaleó de un lado a otro sin control. Cada vez que iba a caer, lo enderezaban para volver a pegarle. Le llovían los golpes desde todos los frentes y acabó desplomándose en el suelo, donde se ensañaron con él. En algún momento perdió el conocimiento.

Volvió en sí. No tenía ni idea de cuánto tiempo había pasado. A través de la neblina espesa de su mente, le pareció oír el ronroneo familiar de un motor. Una voz distante, pero inconfundible, le estaba hablando, aunque no lograba entender nada. Le costaba pensar. Intentó abrir los ojos. Imposible. Pudo reconocer el hormigueo que produce la hinchazón. Alguien le golpeó la mejilla.

—¿Estás ahí? —dijo la voz, esta vez un poco más cerca.

Caleb giró la cabeza y, a través de las rendijas en las que se habían convertido sus ojos, pudo ver la sombra de un rostro. Intentó enfocarlo, pero era incapaz.

—No sé si puedes oírme. Espero no haberte reventado los tímpanos, porque hay unas últimas palabras que quiero que te lleves contigo —musitó Brian.

Caleb trató de hablar y entonces tragó algo que supuso que sería sangre. Tenía la boca llena de ella. Notó su aliento en el cuello cuando se inclinó sobre su oído y, con el movimiento, percibió el olor del mar y el sonido de las olas rompiendo contra las rocas. Su mente empezó a despejarse y a atar cabos. Estaba dentro de un coche, su Mustang, y se encontraban en los acantilados. El plan de Brian tomó forma en su mente.

—Quiero que sepas que no me he olvidado de Savannah —empezó a decir con tono perverso. Estaba disfrutando con todo aquello, igual que un maldito psicópata—. Siempre tuve planes para ella, era la chica perfecta: callada, confiada, complaciente y tan sexy. Iba a ser la esposa ideal, la madre de mis hijos... Ahora es una zorra, pero me sigue gustando. —Bajó la voz y soltó una risita—. No creo que me cueste mucho volver con ella. La pena le hará bajar la guardia y ¿quién estará allí para consolarla?

Caleb se estremeció y la bruma de su mente se disipó de golpe. Savannah no, a ella no. Notó un latigazo de dolor. Brian había cerrado la puerta del coche y le había golpeado el brazo. A partir de ese momento todo sucedió muy deprisa. Percibió cómo el coche comenzaba a moverse y el sonido de otros neumáticos en la gravilla ahogado por un motor que aceleraba. No necesitaba verlo para saber que la camioneta de Mick estaba empujando su Mustang hacia el acantilado.

El miedo por Savannah hizo que su adrenalina se disparara y, con ella, el mal genio que le hacía funcionar cuando ninguna otra cosa podía. Tenía que salir de allí. Palpó el cinturón de seguridad, lo llevaba puesto. Trató de soltarlo. Sus dedos manchados de sangre resbalaban sobre el enganche. Tiró con fuerza, pero no logró que se abriera. Desesperado, se inclinó hacia delante y tanteó con la mano bajo el asiento, rezando para que no la hubieran encontrado. Gimió al sacar la afilada navaja de su escondite. Ni siquiera sabía cómo estaba logrando moverse, solo podía sentir dolor y más dolor.

El Mustang empezó a moverse más rápido. No podía ver nada, la oscuridad era absoluta, aunque percibió el momento en el que los neumáticos delanteros se encontraron en el aire.

«Sav, Sav, Sav», pensaba mientras cortaba la cinta de un tajo y abría la puerta. El coche ya volaba, y no pensó en nada al saltar afuera. Nada podía ser peor que estrellarse unos metros más abajo dentro de un ataúd de hierro. Su cuerpo se vació de aire al impactar contra la piedra. Resbaló mientras sus pies y sus manos intentaban asirse a cualquier cosa que detuviera la caída. Abajo, el coche sonó como un trueno al estrellarse contra las rocas.

*A*quí hay alguien! —gritó uno de los bomberos que había acudido al acantilado.

El servicio de asistencia se puso en marcha y se preparó para descender por la roca.

—Ya lo tengo. ¡Subidnos!

Caleb solo veía destellos de luces que le taladraban el cerebro. Cada movimiento amenazaba con lanzarlo de nuevo al abismo de la inconsciencia. Una voz conocida lo llamaba desde alguna parte que no podía precisar.

—¡Joder, Caleb! —exclamó Tyler, llevándose las manos a la cabeza—. Dios, Dios... ¿Cómo está? ¿Puede decirme cómo está?

—No lo sabremos hasta que lleguemos al hospital.

*S*avannah se precipitó en la sala de urgencias. Vio a Tyler hablando con un médico y corrió a su lado.

—¿Dónde está? ¿Cómo está?

Tyler la acogió bajo su brazo y la estrechó con fuerza.

—De eso me está hablando el doctor —respondió el chico.

El médico los contempló con gesto serio.

—Su vida no corre peligro, pero no hay un centímetro de su cuerpo que no esté magullado. Me sorprende que no tenga lesiones más importantes dado el estado en el que se encuentra. Le hemos repetido todas las pruebas dos veces para asegurarnos de que no hay hemorragias o daños graves, y no hemos encontrado nada. Aun así tardará bastante en recuperarse, y necesitará sedación las próximas horas. Ha tenido mucha suerte.

—¿Podemos verle? —preguntó ella con el corazón en un puño.

—Le subirán en unos minutos a la planta de trauma. Vayan hasta el puesto de enfermeras de esa planta, allí les informarán.

Tras darle las gracias al doctor, Tyler y Savannah corrieron al ascensor.

—¿Qué le ha pasado? —preguntó Savannah.

—Ha tenido un accidente —respondió Tyler con la vista clavada en su reflejo en el espejo—. El coche se salió de la carretera y se precipitó por el acantilado. Parece que Caleb logró saltar a tiempo.

Las puertas del ascensor se abrieron y ambos salieron a toda prisa. Encontraron a Hannah Marcus en el puesto de enfermeras. Había algún tipo de problema con la póliza del seguro y la mujer se vio obligada a ir al mostrador de admisión para rellenar algunos datos. Savannah la acompañó, después de que la enfermera le asegurara que aún tardarían unos minutos en subir a Caleb desde urgencias.

Tyler entró en la habitación. Segundos después aparecieron Jace y Matt.

—¿Qué cojones ha pasado? —le espetó Jace.

Llevaba el pelo despeinado y en su mejilla se apreciaban las marcas de las sábanas. La llamada lo había sorprendido durmiendo.

Tyler lo miró de arriba abajo. Alguien debería decirle que solo llevaba el pantalón de un pijama y que las zapatillas eran de chica, pero no iba a ser él. Se pasó una mano por el pelo y suspiró.

—Un accidente con el coche.

De repente la puerta se abrió y un par de celadores entraron con Caleb tumbado en una camilla. Con cuidado lo colocaron en la cama. La enfermera que los seguía lo conectó a un monitor cardíaco y le colocó un par de vías por las que le empezó a administrar el contenido de unas bolsas de suero.

—¿Sois familiares? —preguntó la mujer con recelo. Los chicos asintieron—. ¿Los tres?

—Somos sus hermanos —replicó Matt con su mejor sonrisa—. No me diga que no nota el parecido.

La enfermera dudó un segundo. Al final asintió con la cabeza.

—Llamadme si necesitáis algo. Y dejad que descanse y aseguraos de que esté tranquilo, ¿de acuerdo?

La puerta se cerró y la habitación se quedó en silencio. Los tres se acercaron a la cama.

—¡Joder! —exclamó Jace al ver el rostro de Caleb deformado por los hematomas y la inflamación. Se llevó las manos a la cara y se restregó la barba incipiente—. ¿Qué coño le ha pasado, Ty? Esto es como...

—Revivir lo de Dylan, lo sé —dijo Tyler con la voz ronca.

De repente Caleb se despertó, parpadeó y sus ojos reflejaron confusión. Tardó unos segundos en encajar las piezas y, en el proceso de atar cabos, su rostro se convirtió en un caleidoscopio de emociones y sufrimiento. Pegó un bote y trató de levantarse. Su cara se transformó con una mueca de dolor. Resopló y un aullido brotó de su garganta mientras sus manos volaban al costado para sujetarse las costillas.

—¿Qué demonios haces, Caleb? —le soltó Tyler, intentando que se tumbara de nuevo.

—Tío, tranquilízate. Estás bien, estás en el hospital. Te vas a poner bien, campeón —dijo Matt sujetándolo por los hombros.

Caleb sacudió la cabeza y con los dedos tanteó las vías. Logró quitarse una y un hilito de sangre resbaló por su brazo empapando las sábanas.

—Tengo que irme —susurró con voz áspera.

—¿Irte adónde? ¿Tú te has visto? —intervino Jace.

Caleb buscó con los ojos la mirada de Tyler.

—Tienes que sacarme de aquí. Tiré del hilo y la araña dio la cara. Soy un cabo suelto y ese tío está loco —explicó entre gruñidos de dolor.

Tyler se puso pálido.

—¿De qué hablas?

—Sé quién mató a mi hermano.

—¡Se ha jodido la cabeza! —exclamó Matt.

—¿Quién? —preguntó Tyler.

—Tucker. La chica, Brenda, es su hermana —respondió Caleb casi sin voz.

Tyler se quedó de piedra. Necesitó un segundo para que la idea calara en su mente. Su cerebro se puso en marcha a una velocidad endemoniada.

—¿Él te ha hecho esto?

Caleb tragó saliva antes de contestar.

—Él y otros dos.

—¡Será hijo de puta! Vale —replicó Tyler, con la respiración acelerada—. Jace, busca una silla de ruedas. Matt, ve a por el coche y espéranos en la salida.

Jace abrió la boca para protestar.

—¡Haced lo que os digo! —les ordenó. Rodeó la cama y se inclinó sobre Caleb para asirle la espalda con los brazos y ayudarle a levantarse—. Venga, chico, nos largamos de aquí.

43

Caleb abrió los ojos y se quedó mirando el techo de la habitación. Apoyó las manos en el colchón y trató de moverse hacia arriba. El dolor que le recorrió el cuerpo casi lo sumió de nuevo en la inconsciencia. Su respiración se convirtió en un jadeo agónico, pero intentó concentrarse en las inspiraciones para recuperar el control. Hizo inventario del estado de su cuerpo. No necesitaba verse para saber que estaba hecho papilla. Incluso ese parecía un diagnóstico demasiado bueno.

Apretó los labios y se movió hasta que logró sentarse. Sacó las piernas fuera de la cama. Todo le dio vueltas y las náuseas ascendieron desde su estómago hasta la garganta. Tuvo que obligarse a no vomitar. En la mesita vio un par de antiinflamatorios y un bote con analgésicos. Los tragó como si estuviera comiendo caramelos. Cerró los ojos, respiró profundamente e hizo una mueca de dolor al ponerse de pie. Apoyándose en la pared, logró arrastrarse hasta el baño.

El espejo le devolvió una imagen que parecía sacada de una película de terror. Estaba tan pálido como un cadáver, al menos en las pocas partes en las que podía apreciar la piel intacta. Se levantó la camiseta y examinó su torso. Lo habían machacado sin compasión. Era un milagro que continuara vivo.

Se quitó la ropa y logró meterse en la ducha. El agua caliente, al impactar contra su piel, tuvo el efecto de un millón de agujas clavándose en él. Manipuló los mandos hasta que salió fría. Se apoyó contra la pared y dejó que le desentumeciera los músculos. Poco a poco su mente empezó a despejarse de la niebla que la embotaba, y un único pensamiento la ocupó: iba a matar a Brian Tucker.

El tipo era un psicópata demente con complejo de Dios, que había asesinado a Dylan después de torturarlo; y su desequilibrada estupidez le había llevado a intentar lo mismo con él. No había vuelta atrás; costara lo que costara, aunque eso supusiera sacrificar todo lo que le importaba, iba a vengar la muerte de su hermano.

Envolvió sus caderas con una toalla y se acercó al lavamanos, con serios problemas para mantener el equilibrio. Clavó la mirada en el espejo.

—Voy a matarlo... Voy a matarlos a todos —susurró con los dientes apretados.

Sus ojos descendieron hasta el tatuaje que le cubría parte del pecho y se detuvieron sobre él. Un dolor agudo, que nada tenía que ver con el sufrimiento físico que sentía, le atravesó el alma. Iba a perder a la única persona que lograba que su vida tuviera sentido. Una chica preciosa con un interior aún más hermoso, que había elegido quererle pese a saber quién y qué era.

Pero había tomado una decisión y no pensaba dar marcha atrás. A fin y al cabo, terminaría por perderla de todos modos; solo era cuestión de tiempo que fastidiara lo que tenían, fuera lo que fuera. No era bueno para ella, nunca lo había sido. En el fondo le estaba haciendo un favor, porque iba a eliminar de su vida sus dos mayores problemas: Brian y él mismo.

Regresó a la habitación y tomó el teléfono móvil que Tyler había recuperado de sus cosas. Un mensaje y la dejaría libre.

Caleb:
Te prometí que encontraría la fórmula para que lo nuestro funcionara.
Lo siento, no hay fórmula alguna. Jamás funcionará. Tú y yo no tenemos futuro, nunca lo hemos tenido. Ahora lo sé. Nunca quise hacerte daño, Sav.
Cuídate.

—Deberías imprimirlo y ponerlo en la pared. Así podrías verlo al despertar, al acostarte, lanzarle dardos, montar un altar en plan psicópata obsesiva... —dijo Cassie.

Estaba tumbada en la cama de Savannah, mientras lanzaba una bola de papel hacia el techo y volvía a atraparla.

Savannah la miró de reojo. Apretó el teléfono que sostenía en la mano y lo lanzó contra la alfombra. La pantalla con el mensaje parpadeó un par de veces antes de apagarse.

—O también podrías estrellar tu teléfono. Es menos sutil pero mucho más efectivo —añadió Cassie.

Savannah se puso de pie y comenzó a caminar por la habitación como un león enjaulado. La frustración que sentía le había robado el sueño y hacía que no pudiera estar quieta. Habían pasado diez días desde que Caleb tuvo el accidente. Diez días desde que desapareció sin ni siquiera despedirse. Tres días después de que se largara le había llegado el mensaje: escueto, directo y demoledor. Lo había leído como un centenar de veces, puede que más.

No había derramado ni una lágrima, y no por falta de ganas. Necesitaba ese desahogo casi tanto como respirar, pero no podía. Llorar significaba que aceptaba la ruptura, que se resignaba; y no pensaba hacer ninguna de las dos cosas.

Quería explicaciones, necesitaba respuestas. Un Caleb medio muerto se había evaporado del hospital sin el permiso de los médicos. Según sus amigos, él y su madre habían tomado un avión hasta Santa Fe, de donde no tenía intención de volver. Y hablando de amigos, Tyler, Matt y todos los demás también estaban desaparecidos. Tyler se pasaba el día en el taller; Matt y Kim en el gimnasio; Jace y Sally habían salido del pueblo. Todos aseguraban no tener noticias de Caleb. Él quería que le dejaran tranquilo y ellos lo respetaban.

—Es que no lo entiendo, Cassie. No logro entenderlo. Podía verlo en sus ojos cuando me miraba, yo... yo le importaba. Quería tanto como yo que lo nuestro funcionara —dijo en tono desesperado.

Cassie asintió muy seria.

—Estoy segura de eso, cielo. Mientras duró lo creía de verdad, pero en algún momento eso cambió.

—¿En horas? —preguntó Savannah, escéptica.

—En unas horas pueden pasar muchas cosas. Eric recibió una carta y todo se acabó, había algo que le importaba más que yo. Siempre lo supe y no me pilló por sorpresa. Puede que haya ocurrido lo mismo con Caleb. Quizá, si te paras a pensar, los indicios estaban ahí y no los veías.

Savannah cerró los ojos un instante. Si Cassie pretendía darle ánimos, estaba haciéndolo francamente mal. Resopló y volvió a derrumbarse sobre la cama.

—Vale, pues al menos que me lo diga a la cara, ¿no? —El desafío se reflejó en sus ojos—. Después de todo, creo que es lo mínimo que merezco.

Cassie se incorporó sobre un codo y contempló a Savannah. Su expresión le dio mala espina.

—¿En qué estás pensando?

Savannah se puso de pie con decisión. Fue hasta el armario y sacó su bolsa de viaje.

—Me voy a Santa Fe en el primer avión que encuentre —aseguró.

Se acercó a la cómoda y tomó de uno de los cajones un estuche de metal cerrado con llave. Lo abrió y sacó una tarjeta de débito.

—Papá me dijo que solo era para emergencias, ¿cuánto crees que costará un billete a Santa Fe?

—¿Lo dices en serio?

—¿Crees que bromeo? —preguntó a su vez Savannah con los ojos entornados.

Cassie la estudió un instante. Suspiró resignada.

—No, creo que no.

Tres horas después, Savannah hacía cola para facturar su maleta. Cassie la había acompañado al aeropuerto y esperaba a su lado con mala cara. Su amiga no estaba de acuerdo con aquel precipitado viaje, pero eran como hermanas y sabía que la apoyaría hasta el final.

—¿Estás bien? —preguntó Cassie.

Savannah asintió mientras se ponía de puntillas para ver cuántas personas había delante de ella.

—Sí, solo un poco nerviosa —confesó en voz baja.

—No tienes por qué hacerlo.

—Sabes que debo hacerlo —replicó Savannah con voz suplicante.

El teléfono de Cassie sonó. Ella le echó un vistazo a la pantalla y una sonrisa sugerente se le dibujó en la cara. El responsable de esa sonrisa medía un metro ochenta, tenía los ojos verdes y el pelo del color del bronce. Cassie respondió a través de los auriculares.

—¿Qué tal, bombón? ¡Cuánto tiempo!

—Sí, bueno... últimamente estoy un poco liado. Solo te llamaba para saber cómo estás —dijo Tyler al otro lado.

—De maravilla, como siempre —respondió ella.

—Bien. Esto... Quería decirte que... Lo que pasó entre nosotros estuvo muy bien y... Bueno, no... no quiero que pienses que paso de ti ni nada de eso. No soy de los que dejan de llamar a una chica después de hacerlo. Ya sabes a qué me refiero.

—Me encanta cuando te pones nervioso —dijo Cassie con voz coqueta—. Lo que pasó estuvo bien, y no debes preocuparte. Ya sé que no eres de los que aparecen con flores a la mañana siguiente. Que no volvieras a llamar también era una posibilidad con la que contaba.

—Vale, me alegro de aclararlo. Pero lo cierto es que... —Tyler hizo una pausa—, sí que me gustaría volver a llamarte y quedar para tomar algo. Estaré perdido unos días, pero cuando solucione mis líos, me gustaría llamarte.

—Claro, cuando quieras.

Una voz anunció el próximo vuelo a través de megafonía.

—¿Estás en el aeropuerto? ¿Vas a alguna parte?—preguntó Tyler, desconcertado.

—No, yo no. Es Savannah. Va a Santa Fe a buscar a Caleb. Así que estaría bien que me dieras alguna dirección útil para que la chica no acabe secuestrada por esas calles de Dios. O un número de teléfono, eso también serviría.

—¿Que va adónde? ¡Joder, mierda! No dejes que coja ese vuelo y tráela de vuelta.

—Escucha, Tyler, ella quiere hablar con él. Quizá para tu amiguito lo de pasar página sea algo fácil, pero Savie le quiere y para ella un mensaje no es suficiente. La apoyo en esto —empezó a explicar Cassie a la defensiva.

Sacudió la cabeza ante la expresión interrogante de Savannah.

—¡Caleb no está en Santa Fe, pero todos deben creer que sí! —aclaró Tyler. Parecía como si hubieran tenido que arrancarle las palabras con un cuchillo.

—¿Qué? ¿Cómo que no está allí? Pero si todos vosotros... ¡Tyler, esto apesta!

—Escúchame. Coge a Savannah y volved a casa. Os estaré esperando. Y... ¡joder, no habléis de esto con nadie!

*S*avannah se despidió de Cassie y subió a la camioneta de Tyler. El chico estaba tan tenso que rechinaba los dientes sin darse cuenta. No había dicho ni una palabra, negándose a dar cualquier explicación delante de Cassie. A ella no le había sentado bien. Puso el vehículo en marcha y se dirigió al noreste sin mirarla ni una sola vez.

—¿Adónde vamos? —quiso saber Savannah sin esforzarse en ser amable.

—Cerca de Beaufort.

—¿Él está allí? —preguntó con el corazón en un puño. Tyler asintió una sola vez—. ¿Sabe que voy?

Tyler negó con la cabeza y su pecho se infló con una profunda inspiración. Sus ojos volaron al espejo retrovisor, atento a los coches que circulaban tras él. Ella comenzó a mosquearse.

—¿Por qué actúas como si te estuvieran siguiendo?

—Porque puede que me estén siguiendo —contestó él, mirándola de soslayo.

—¿De qué va todo esto, Ty? —Su voz sonó a súplica.

Tyler dio un volantazo y tomó la salida que estaban a punto de dejar atrás. Circuló unas decenas de metros y aparcó en el arcén. Se bajó del coche. Alzó la cabeza y se pellizcó el caballete de la nariz con los dedos. Savannah lo siguió afuera sin quitarle los ojos de encima.

—Caleb es una de las personas más importantes de mi vida, ¿lo entiendes? —dijo él en tono acerado mientras contemplaba el horizonte. Se le tensaron los hombros cuando se giró hacia ella—. No me arrepiento de estar participando en esta historia. Ninguno de nosotros se arrepiente, así que puedes ahorrarte los reproches. Voy a contarte lo que ocurre. No quiero preguntas, y me da igual si lo entiendes o no. Es la verdad y punto. ¿De acuerdo?

Savannah dio un paso atrás y se abrazó los codos. Nunca había visto a Tyler en ese estado. Asintió de forma compulsiva. Él continuó:

—Y si te lo cuento es porque no soy tan cruel como para dejar que te plantes en Santa Fe sabiendo que él no está allí.

—Vale —susurró—. Pero vas a llevarme hasta él, ¿verdad?

—Sí, y no porque quiera. Algo me dice que tú y la loca de tu amiga no os quedaréis en casa de brazos cruzados. —Suspiró—. Cuando Caleb te vea aparecer, querrá matarme. Me dejó muy claro que lo vuestro se había terminado por el bien de los dos. No quiere ni oír tu nombre.

Para Savannah sus palabras fueron como un puñetazo en el estómago. El orgullo casi le hizo darse la vuelta y marcharse a casa. Que les dieran a todos, sobre todo a Caleb. Pero no podía. Necesitaba verle, averiguar de qué iba todo aquello, pero sobre todo verle.

—Lo entiendo —musitó.

—¿Tú sabías que Brenda Tucker salía con Dylan?

Savannah dio un respingo y cambió de posición para poder verle el rostro.

—¿Qué? —inquirió, boquiabierta.

—Ya veo que no. —Tyler soltó el aire de sus pulmones por la nariz—. Vale, ahí va la historia.

Tyler empezó a contarle todo lo ocurrido desde que Caleb descubrió a Brenda en el hospital y comenzó a sospechar sobre las causas de la muerte de su hermano. Ella escuchó sin interrumpirle ni una sola vez. La historia tomó forma dentro de su mente y poco a poco fue asimilando lo que le estaba contando, incapaz de creer que una sola palabra pudiera ser cierta.

Cuando Tyler terminó su relato, Savannah no podía respirar, no podía pensar con claridad y ni siquiera era capaz hablar. Estaba demasiado asustada e impresionada como para moverse. Le dolía el pecho, y se percató de que había empezado a llorar sin darse cuenta.

—¿Estas bien? —se preocupó Tyler.

Savannah hizo un gesto negativo con la cabeza. Iba a vomitar. Se llevó una mano a la boca y se apartó en busca de aire. Inspiró hondo y se secó las lágrimas que humedecían sus mejillas. Jamás habría podido imaginar nada tan horrible, y lo peor de todo era que creía cada palabra.

Brian era un perturbado mental con un complejo de Dios sin límites, tenía que serlo, porque alguien en su sano juicio no podía hacer las cosas que él había hecho sin ningún tipo de remordimiento. Y si no lo era... Ay señor, ¿qué clase de persona podía ser tan inhumana y cruel? Había asesinado a Dylan y coaccionado a Brenda para que no hablara. ¡Brenda, pobre Brenda! Ahora entendía el cambio que había sufrido en los últimas semanas, sus problemas... ¿Qué le habría hecho Brian para convertirla en el cuerpo sin vida que ahora era? Y no solo eso. Había intentado lo mismo con Caleb y casi lo había conseguido.

—No hay forma de demostrarlo y está claro que el hijo de puta y sus amiguitos son capaces de cualquier cosa. A Caleb no le ha quedado más remedio que desaparecer, para recuperarse y... para protegernos a nosotros, a su madre, y también a ti —explicó Tyler. Clavó sus ojos en ella—. Así que no puedes decirle nada de esto a nadie, ¿lo entiendes? No ha pasado nada. Para ti, Caleb sufrió un accidente, se marchó a Santa Fe con su madre y ahí acaba la historia. —La tomó por los hombros—. Esto es importante, Savannah. No hablarás con nadie de esto, como si nada hubiera pasado. Aunque creas que puedes hacer algo, confiar en alguien, no puedes, porque lo único que conseguirás es que lo maten.

A Savannah le costó encontrar su propia voz para contestar.

—No te preocupes, no diré nada. Pero ¿cómo sabes que Brian no irá tras él, que no tratará de buscarlo y acabar lo que empezó?

—No lo sabemos, pero ha pasado más de una semana y sigue haciendo su vida como si nada. Se hace ver de vez en cuando, supongo que para recordarnos que debemos mantener la boca cerrada. Debe de estar convencido de que es intocable. Creerá que Caleb ha salido corriendo y que nosotros le tememos. Y tiene que creer que todo eso es verdad.

—¿Y lo es? ¿Es verdad que Caleb ha salido huyendo?

Tyler esbozó una sonrisa cínica.

—No, Caleb no es de los que huyen. Si da un paso atrás, solo es para coger impulso. Lo conozco demasiado bien —repuso, sin poder disimular su inquietud.

—¿Y qué piensa hacer? —preguntó Savannah con el pánico atenazándole la garganta.

—Recuperarse —respondió el chico mientras se pasaba una mano por la nuca.

—¿Y cuando se recupere?

—No lo sé. No me lo ha dicho. Lo cierto es que no habla mucho desde el día del accidente —contestó Tyler con la mirada perdida. Suspiró y cogió el cigarrillo que llevaba sobre la oreja. Lo prendió y le dio una larga calada—. Ahora que lo sabes todo, lo inteligente sería que volvieras a casa y te olvidaras del tema. No me pidas que te lleve a verlo, él no quiere.

—Si no me llevas a verle, patearé cada metro de Beaufort y alrededores hasta encontrarle. Entiendo que se haya escondido como lo ha hecho, pero no entiendo que me haya dejado, y menos a través de un mensaje. No ha confiado en mí, me ha echado de su vida, y quiero que me diga por qué.

Tyler se encogió de hombros con aire de resignación.

—Lo imaginaba. Sube, estaremos allí en un par de horas.

44

*D*urante las dos horas que duró el viaje hasta Beaufort, ninguno de los dos dijo nada. Tyler estaba convencido de que Caleb iba a cabrearse mucho con él cuando le viera aparecer con Savannah. Sabía que las razones de su amigo para alejarse de ella del modo que lo había hecho eran completamente válidas, pero la chica se merecía algo más que un mensaje. Sin embargo, era algo más complicado lo que animaba a Tyler a ir en contra de los deseos de Caleb. Su instinto no paraba de lanzarle avisos de peligro respecto a su amigo, y Savannah era la única con poder suficiente sobre él como para desbaratar cualquier locura que se le estuviera pasando por la cabeza.

Llegaron a Beaufort a mediodía.

—¿Y por qué aquí? —preguntó ella mientras contemplaba el mar que bordeaba la costa salpicada de pequeños muelles.

Tyler se encogió de hombros.

—Los abuelos de Jace eran de aquí. Él heredó la casa al morir su madre. Al principio pensamos esconderlo en el barco y navegar mar adentro, pero Caleb apenas podía respirar sin ver las estrellas. Así que este nos pareció el mejor sitio. ¿Quién pensaría en buscarlo aquí?

Ella giró la cabeza de golpe.

—¿No podía respirar? ¿Hay algo que deba saber? ¿Está... está bien?

—Todo lo bien que puede estar alguien después de que le den una paliza salvaje. Hace días que no le veo, pero Jace dice que se recupera rápido —respondió Tyler en voz baja.

Aminoró la velocidad y acabó por detenerse frente a una casa de paredes blancas y tejado gris, rodeada por una valla de madera también blanca. Apagó el motor y sacó la llave del contacto. Clavó los ojos en la casa y un tic contrajo su mandíbula. Miró a Savannah y le dedicó una sonrisa tensa.

—¿Lista?

Savannah asintió y bajó de la camioneta con los nervios estrujándole el estómago. No sabía qué iba a decirle a Caleb cuando lo tuviera delante. Estaba dolida y asustada por los últimos acontecimientos y, a pesar de todo, seguía sin entender por qué la había dejado. O quizá sí y esa idea la aterraba aún más.

La puerta se abrió de golpe y Jace apareció vistiendo tan solo unos pantalones cortos.

—Dime que has traído más analgési... —Las palabras se atascaron en su boca. Sus ojos se abrieron como platos e inmediatamente se entornaron al clavarlos en Tyler—. Menudo día has elegido para las visitas. Está de un humor de perros.

—Hola, Jace —dijo Savannah yendo a su encuentro.

—Hola, preciosa.

Abrió los brazos y la estrechó con un ligero vaivén.

—¿Dónde está? —preguntó Tyler.

—Entra y compruébalo tú mismo. Yo os espero aquí.

Tyler tomó aire y entró en la casa con Savannah pisándole los talones. Cruzó el salón y se dirigió a la cocina. La puerta estaba abierta y el sonido de una respiración apurada llegó hasta ellos.

Caleb, vestido tan solo con unas bermudas marrones, se balanceaba de espaldas a ellos colgando de una de las vigas del porche. Con las piernas cruzadas a la altura de los tobillos, subía y bajaba haciendo flexiones con los brazos. Cada uno de sus músculos se tensaba bajo su piel cubierta por una película de sudor. Las partes visibles de su cuerpo parecían un mapa de cardenales que iban desde un tono verdoso azulado hasta el amarillo. Tenía dos cortes, uno en el costado y otro al final de la espalda, que ya estaban cicatrizando.

Savannah se llevó las manos a la boca para ahogar un gemido. No quería imaginar el aspecto que habría tenido la noche del accidente si ahora estaba así. Contuvo el deseo de correr y abrazarlo, recordándose que él no se iba a alegrar de verla.

—¡Eh! —dijo Tyler.

Caleb aterrizó en el suelo y se dio la vuelta. Una sonrisa comenzó a dibujarse en sus labios, que desapareció inmediatamente al ver a Savannah tras él. Por un momento su rostro adoptó una expresión vulnerable, pero se recompuso de inmediato y apretó los dientes.

—Vaya, te veo bien —continuó Tyler—. Ni siquiera esperaba encontrarte levantado.

—¿Qué coño estás haciendo, Ty? Lo dejé muy claro —masculló sin mirar a Savannah.

Entró en la cocina y pasó junto a ellos golpeando con su hombro el de Tyler. Cogió una botella de agua del frigorífico y un bote de analgésicos de uno de los armarios. Se echó dos a la boca y los tragó con un sorbo de agua después de masticarlos. Estaba a punto de darle un infarto. Su corazón latía a un ritmo endemoniado que le embotaba los oídos.

Llevaba diez días mentalizándose de que se había acabado, que ella era historia. Solo pensar en Savannah le dolía como si le atravesaran el pecho con un cuchillo y después lo retorcieran en su interior. Verla, tenerla delante a solo unos pasos de distancia, oliendo su perfume, viendo su boca fruncida por una mueca airada, multiplicaba ese dolor por mil. ¡Joder, estaba a punto de caer de rodillas delante de ella y echarse a llorar como un bebé!

—La paré en el aeropuerto a punto de coger un avión a Santa Fe. Iba sola a buscarte, ¿qué querías que hiciera? ¿Que la dejara ir? Tengo una cosa que se llama conciencia —explicó Tyler sin asomo de culpa.

Caleb les dio la espalda para que no vieran que estaba demasiado afectado. «¿A Santa Fe?», pensó con un vuelco en el estómago. Ella iba a buscarlo; después de todo, iba a recorrer miles de kilómetros solo para verle. Se pasó las manos por la cara y pensó en Dylan, en Tucker y en lo que había planeado. Ella estaba fuera del círculo.

—Pues tu conciencia y tú deberías haber hecho cualquier cosa menos traerla aquí —replicó Caleb.

—¡Y una mierda!

—No es asunto tuyo —bramó Caleb enfurecido.

—No, es tuyo, así que arréglalo de una vez —gritó Tyler.

—¿Queréis dejar de hablar como si yo no estuviera aquí? —les espetó Savannah—. Ty, ¿te importaría dejarnos a solas?

—Encantado —dijo el chico en tono mordaz, mientras daba media vuelta y salía de la cocina a toda pastilla.

Caleb no pensaba quedarse allí. Se dirigió a la puerta, pero ella le cortó el paso. Estaba muy enfadada y solo tenía ganas de abofetearlo, pero trató de calmarse por el bien de los dos. Intentar razonar con él era más sensato que iniciar una guerra de acusaciones. Hizo acopio de paciencia y dominio de sí misma, aunque era difícil mantenerlo cada vez que reparaba en las marcas y heridas de su torso y brazos. Su hermosa cara no estaba mucho mejor.

—Lo sé todo —empezó a decir con voz vacilante—. Lo de Dylan y Brenda. Lo de Brian y los accidentes. Ni siquiera puedo imaginar cómo te sientes, pero de ahí a dejarme... y la forma en la que lo has hecho. No logro entenderlo. Hablábamos de tener un futuro juntos, eso implica muchas cosas, entre ellas apoyarnos en los malos momentos. Pero tú me has apartado sin más, como si nunca te hubiera importado. Caleb, sé que estás enfadado, dolido. ¡Casi te matan! Pero déjame que te ayude a superar esto, juntos podemos encontrar la forma de que Brian pague por todo lo que ha hecho. Seguiré tus reglas, no haré ni diré nada, pero no me apartes de tu lado.

Caleb negó con la cabeza y guardó silencio.

—¿Ni siquiera vas a mirarme? —preguntó ella, buscando sus ojos con desesperación.

Hubo un largo silencio durante el cual ninguno se movió.

—Hablas como si se tratara de ti. No lo entiendes, tú ya no formas parte de lo que quiero. —Caleb respiró hondo y la miró a los ojos por primera vez desde que había llegado—. Si hubiera creído que tenía que darte alguna explicación o decirte algo más, lo habría hecho. Pero no había nada más que decir.

No apartó la vista de ella en ningún momento. La tensión se le reflejaba en la espalda y se pasó una mano por la nuca.

Savannah se puso roja, notaba un fuerte calor en las mejillas y en el cuello. La frialdad de Caleb era peor que recibir una bofetada en plena cara. Sabía que estaba a punto de ponerse a llorar, pero no iba a hacerlo.

—Ahora, por el bien de todos, márchate y olvida estas semanas —añadió él.

—¿Qué? —exclamó Savannah sin dar crédito.

Caleb se dio la vuelta y se frotó las mejillas. Se acercó a la puerta y contempló el mar.

—Ya me has oído. Vete.

Savannah soltó una risita incrédula.

—No puedes estar hablando en serio. Después de todo lo que hemos pasado no...

De repente, Caleb se volvió hacia ella, sus ojos centelleaban. Cabreado, la empujó hacia la salida.

—¿Acaso estás sorda? —dijo en tono grave y airado—. Que te largues. Quiero que desaparezcas de una puta vez.

La bofetada los cogió a los dos por sorpresa. Savannah no pensó en lo que hacía, solo sentía rabia y esta fue la que le golpeó la mejilla. Caleb notó cómo la piel empezaba a arderle. Bien, se lo merecía, eso y mucho más; pero no pensaba echarse atrás. Tomó aire para armarse de valor y herirla para obligarla a que se fuera. Apartó la vista, si la miraba no podría.

—Márchate, vete, puerta... —repitió alzando la voz—. ¿Lo captas ya? No quiero que estés aquí, no quiero verte. Quiero que te largues...

Su cabeza se sacudió con otra bofetada, esta vez en la otra mejilla. Vio un odio puro brillando en sus ojos grises normalmente dulces, y ni siquiera tuvo tiempo de reaccionar cuando ella se le echó encima y lo empujó en el pecho con las manos abiertas. El sonido del golpe contra la piel restalló en la cocina.

—¿Que me largue? —soltó Savannah, con tanta rabia que apenas podía respirar. Con una mano lo volvió a empujar mientras con la otra trataba de golpearlo de nuevo—. ¿Que me vaya? ¿Eso es lo que quieres, que me olvide de ti? ¿Que me olvide de lo que hay entre nosotros? —No cesó en su empeño por pegarle, mientras le soltaba todo lo que se le pasaba por la cabeza, dejando salir la agonía que había sufrido desde que él se marchó—. ¡Eres un capullo y un egoísta! ¡No estás solo en esto! ¿Es que no lo entiendes? ¡No estás solo, pedazo de idiota! —Caleb paraba cada golpe sin esfuerzo, pero no hacía nada por detenerla—. ¿De verdad crees que vas a estar mejor sin mí? ¿De verdad quieres que olvide todo lo que ha pasado? ¿Que olvide sin más que te quiero? ¡Porque te quiero! No te lo mereces, pero te quiero —le gritó con el rostro bañado de lágrimas, alcanzándolo en el pecho una vez tras otra con los puños apretados.

Caleb no pudo soportarlo más. La agarró por las muñecas, pero eso no evitó que tratara de alejarlo a empujones. La sujetó más fuerte y ella forcejeó con todo su cuerpo. No le quedó más remedio que inmovilizarla contra la encimera para que no se hiciera daño.

—Basta, para... —susurró él.

Se miraron a los ojos, rebosantes de dolor y pasión. Jadeaban, respirando el uno el aliento del otro. Allí donde sus cuerpos estaban en contacto, la piel les ardía. Los labios de Savannah temblaron con un suspiro entrecortado, y la mirada de él descendió hasta ese punto. Una décima de segundo después la boca de Caleb estaba sobre la de ella.

Caleb dejó de respirar y de su garganta escapó un gruñido. Mientras la besaba solo podía pensar que no debía hacerlo, que debía apartarse y sacarla de allí. Pero Savannah era su debilidad, y la había echado tanto de menos. Ahora su tacto lo estremecía y su olor lo envolvía como si de una manta caliente y suave se tratara. Y él tenía tanto frío.

Savannah respondió a su beso y separó los labios para dejarle entrar. El sabor salado de sus lágrimas se mezcló con el de la saliva dulce. Pegó su cuerpo al de él, eliminando el minúsculo espacio que los separaba. Le acarició la boca con los labios y lo mordió, le clavó los dientes en la piel carnosa. Caleb gimió con el suave castigo y el sonido reverberó en el interior de su pecho. La rabia, la ira…, todo desapareció, y solo quedó el deseo. Un deseo primario, instintivo, que no dejaba lugar al entendimiento.

Sin palabras, la empujó aplastándola contra la nevera. Le bajó la cremallera de sus tejanos cortos y metió la mano entre la tela y sus bragas. Ella se apretó contra esa mano y gimió. Adoraba ese sonido. Deslizó la otra mano por su trasero hasta el muslo y tiró de su pierna para enlazarla a su cadera. Su cuerpo excitado se apretó contra el de ella.

La levantó del suelo. Sus costillas protestaron, pero no les prestó atención. Savannah le rodeó con las piernas y lo atrajo hacia ella con la espalda arqueada contra la fría superficie. Caleb le coló las manos por debajo de la camiseta y le acarició la piel hasta la curva de los pechos. Los cubrió sobre el sujetador. El corazón le latía deprisa y su velocidad aumentó cuando ella comenzó a gemir, diciéndole lo que quería con sus quejidos y contoneos. Se movió con ella entre los brazos, sin dejar de besarla. Logró llegar al pasillo y lo cruzó a trompicones, chocándose con las paredes. Tiraron una lámpara que reposaba sobre una consola. Ni siquiera se percataron del estruendo.

Empujaron la puerta y se precipitaron en el interior del dormitorio. Caleb la cerró a tientas con el pie. La soltó y comenzó a desnudarla, mientras ella hacía otro tanto con sus pantalones. Las manos de la chica le acariciaron los abdominales y ascendieron por su pecho. La abrazó de nuevo, sin dejar de explorarla con caricias hambrientas con las que le recorrió la espalda hasta el trasero. Cayeron sobre la cama con los brazos y las piernas enredados. Sus caderas se tocaban.

Savannah tomó el control. Lo empujó, logrando así que quedara de espaldas contra las sábanas, y se colocó a horcajadas sobre él. Se inclinó sobre su pecho y lo besó, mientras sus piernas lo ceñían con el corazón a punto de explotar. Caleb la hizo girar y se acomodó sobre ella, sujetándole los brazos por encima de la cabeza.

—Dios, estar dentro de ti es mi cielo —susurró en su oído con una dolorosa mezcla de deseo y furia.

—No voy a perdonarte —dijo ella sin aliento.

—Lo sé… Siempre lo estropeo, Sav… Siempre lo fastidio todo. —Sus ojos intensos y abrasadores no se apartaban de su cara mientras se movía cada vez más rápido.

—Me has hecho daño desapareciendo —sollozó oprimiendo las caderas de él contra las suyas.

—Lo siento —suspiró, apoyando su frente sobre la de ella. Le cogió la pierna por el muslo y la enlazó a su cadera—. Te deseo tanto. Te necesito tanto.

La besó, acelerando el ritmo del balanceo de su cuerpo sobre ella. ¡Les resultaba tan fácil perderse el uno en el otro! La miró a los ojos y apartó de su mente el después, porque solo quería pensar en ese momento. Un pensamiento demasiado egoísta, pero él lo era.

45

Caleb se levantó de la cama deseando tener más tiempo para estar con Savannah, pero no lo tenía. Que ella le hubiera encontrado aceleraba sin remedio sus planes. La maldita espera llegaba a su fin. No tenía ni idea de qué pasaría después, aunque podía imaginarlo. De una forma u otra, su vida iba a dar un cambio en las próximas horas y no para bien.

Empezó a vestirse sin hacer ruido para no despertarla. Se puso los pantalones y sacó una camiseta negra de su bolsa. Cogió las llaves del Shelby y se las guardó en el bolsillo de los tejanos. Le había pedido a Tyler que se lo trajera unos días antes. Sabía que iba a necesitarlo ahora que su Mustang era un amasijo de hierros. Guardó la cartera en la bolsa y cerró la cremallera con sigilo, pero no fue suficiente, porque ella se removió en la cama.

—¿Adónde vas? —preguntó Savannah en voz baja.

—Tengo que irme —respondió él, controlando sus emociones.

—¿Por qué tienes que irte? —Se le encogió el estómago cuando él se dio la vuelta y pudo ver sus ojos, de nuevo inexpresivos.

Caleb tomó la bolsa y se la colgó del hombro.

—Eso es asunto mío. Vete a casa y sigue con tu vida, Sav.

Ella pestañeó, confundida. Y se quedó helada cuando vio que se dirigía a la puerta.

—¿Aún quieres que rompamos? Lo que ha pasado esta tarde... Creí que...

Caleb se giró hacia ella con los labios apretados.

—¿Qué creías? —le espetó de malos modos—. ¿Que por echar un polvo iba a cambiar de opinión sobre lo nuestro? Pues lo siento, pero no cambia nada —dijo, a sabiendas de que le estaba haciendo daño.

La expresión de su cara le confirmó que no solo le estaba haciendo daño, la estaba destrozando.

—Un polvo —repitió ella avergonzada mientras se cubría el cuerpo desnudo con la sábana.

Él cerró los ojos y se vino abajo un instante.

—Lo siento. No quería que sonara así. Pero necesito que entiendas que se acabó. Esto que tenemos, sea lo que sea, no es bueno para ninguno de los dos. ¡Joder, tenía que haber sido más listo, haber pasado de ti como me aconsejaban todos!

Savannah se puso de pie con el corazón en un puño.

—¿Qué te pasa, Caleb? ¿Por qué me tratas de este modo? Tú no eres así.

—¡Por supuesto que soy así, pero tú no quieres verlo! —explotó—. ¡Mierda, Sav, te lo advertí desde un principio! Soy un caso perdido del que es mejor que no esperes nada.

—No lo eres.

—No tienes ni idea. No me conoces. ¿Quieres saber de qué te estoy hablando? ¿Qué clase de persona soy? —gritó con ojos centelleantes. Ella asintió temblando de arriba abajo—. Mi hermano y yo pasábamos casi todo el tiempo encerrados en nuestro cuarto, mi madre nos obligaba a quedarnos allí sin hacer ruido para que mi padre no se fijara en nosotros. Pero no siempre lo lograba y... ocurrían cosas. Cuando Dylan tenía cuatro años, mi padre lo obligó a dormir toda una noche en el patio, completamente solo. Estaba cansado de sus miedos nocturnos y de sus pesadillas, de que se despertara en medio de la noche y no le dejara dormir. Dylan siempre estaba asustado, siempre lloraba; le daban miedo los golpes y los gritos, tanto como a mí. Esa noche, mientras le oía llorar acurrucado bajo la ventana, me prometí que lo protegería de toda aquella mierda. Yo era el mayor, ¿quién iba a protegerle si no lo hacía yo? No pude cumplirlo. A la noche siguiente le dio tal paliza que le dislocó un brazo. Entonces juré que no dejaría que mi padre volviera a tocarle...

A Savannah se le quedó el cuerpo helado ante aquella confesión. Quiso interrumpirlo, protestar. ¿Cómo iba un niño de seis años a cumplir un juramento así? Él continuó, y su voz adquirió un tono glacial e insensible.

—Cada vez que mi padre llegaba a casa bebido o colocado, yo escondía a Dylan en un armario. Robé un reproductor de DVD portátil y varias películas, y durante un tiempo logré mantenerlo a salvo y ajeno a cuanto pasaba en aquella casa. Después busqué otras formas. Pero a mi madre no podía esconderla. No importaba cuánto intentaba ella complacerle, hacer las cosas como a él le gustaban. Nunca era suficiente y siempre encontraba un motivo para insultarla o humillarla.

»Un día, al llegar a casa del colegio, lo encontré intentando ahogarla en la pila de la cocina donde estaba fregando los platos. No lo pensé, salté sobre él y comencé a golpearle, y por primera vez se fijó en mí. Me molió a palos, pero funcionó. Así que cada vez que las cosas comenzaban a desquiciarse, yo hacía algo para llamar su atención y toda su ira se concentraba en mí.

Cerró los ojos un instante. Oía con claridad los sollozos que Savannah trataba de ahogar en su garganta. Le agradeció en silencio que no dijera nada y que se mantuviera alejada de él. Odiaba que le compadecieran. Que le tuvieran lástima era el peor insulto que podía recibir. De golpe, una necesidad imperiosa de contárselo todo se apoderó de él. Por primera vez en su vida los recuerdos que guardaba solo para él pesaban demasiado y necesitaba sacarlos. Se aclaró la garganta y continuó hablando.

—Un día me llevó a un local donde me obligó a pegarme con otro chico. Gané la pelea y él un montón de dinero. Eso le tuvo contento un par de días. Así que, cuando volvió a llevarme allí, yo me esforcé para ganar de nuevo. Hice mucho daño a otros, más del que puedes imaginar. Después llegaron las carreras. Me enseñó todo lo que sabía sobre coches, mecánica... y sobre todo a conducir. Y empecé a ganar esas carreras para él, porque cuando conseguía suficiente pasta, se largaba de casa una buena temporada y podíamos vivir tranquilos. Pero siempre regresaba a por más. Yo era su maldita mina de oro, su matón, su ladrón y su saco de boxeo con el que se desahogaba cuando se ponía violento. Algo que siempre ocurría cuando bebía demasiado o se colocaba. ¡Joder, en un par de ocasiones no me voló la cabeza de milagro! Durante todos esos años hice cosas horribles, me obligué a no sentir nada y lo logré. Acabé convirtiéndome en otra persona. Y mientras tanto, también la cagué por mi cuenta: tomé drogas, me emborraché muchas veces, cometí tantos delitos que podría empapelar esta habitación con el listado de mis antecedentes y me tiré a tantas tías que no entiendo cómo no pillé algo o no dejé embarazada a alguna. No me importaba nada, porque lo único que quería era mantener a salvo a mi madre y a Dylan.

»Una noche él regresó de uno de sus viajes. Apareció sin avisar. Cuando llegué a casa lo encontré sobre Dylan golpeándole la cabeza contra el suelo. Algo se rompió dentro de mí. No importaba cuánto hiciera, cuánto dinero pudiera ganar para él. La pesadilla no terminaría hasta que el monstruo que vivía en ella desapareciera. Esta vez no me interpuse para llamar su atención. No lo provoqué. Fui hasta mi cuarto, a por el bate que guardaba bajo la cama. Cuando regresé a la cocina, tenía muy claro lo que iba a hacer. No actué en defensa propia, ni ninguna otra mierda como las que alegó el abogado durante el juicio. Quería devolverle cada golpe, cada hueso roto, cada gota de sangre. ¡Quería matarlo!

—Pero no lo hiciste —susurró Savannah.

Apenas podía tenerse en pie. El relato de Caleb la había ido desgarrando por dentro. No era capaz de imaginar el infierno que había sido su vida desde que vino al mundo, su sufrimiento, su miedo. En cierto modo ya conocía la historia gracias a Tyler, pero oírla de su boca, viendo la expresión desolada de sus ojos, era algo para lo que no estaba preparada. Ni siquiera se atrevía a preguntar por esas cosas tan horribles que se había visto obligado a hacer.

—No, no lo hice. Mi hermano ya tenía bastante con un monstruo. No necesitaba que yo me convirtiera en otro, y menos delante de él. Pero aquella noche me rompí por completo; si quedaba algo dentro de mí que se pudiera salvar, desapareció.

—Cariño, te sientes culpable y es un sentimiento horrible. Yo también me siento culpable. Dylan iba todas las tardes a casa para recoger a tu madre —empezó a decir Savannah. Se dio cuenta de que Caleb contenía la respiración—. Una de esas tardes me encontró en la cocina, a punto de suicidarme por culpa de los deberes de química. Se sentó a mi lado y me miró. Nunca antes habíamos hablado, pero una vez empezamos no pudimos parar. Era muy inteligente y divertido, siempre estaba bromeando. Gracias a él logré subir mi notable a un sobresaliente. En el instituto apenas coincidíamos. —Tomó aire, temblorosa—. Y si lo hacíamos, él solía fingir que no me había visto. Con el tiempo me di cuenta de que lo hacía por mí. Si hay algún lugar donde las clases sociales son como los sacramentos de la Biblia, ese es el instituto —admitió avergonzada.

Toda su vida había jugado a ese juego, lo había permitido. Los populares y los perdedores. Ahora se avergonzaba de haberse dejado llevar por los prejuicios y por el rebaño de idiotas que establecían esas normas no escritas. Idiotas como ella. Caleb continuaba en silencio. Tenso como un bloque de granito.

—Ese último curso, Brenda también estaba en clase de química y se le daba de pena —continuó Savannah—. Le hablé de Dylan y de las clases. Al principio no estaba muy segura, pero una tarde vino hasta casa y les presenté. Se cayeron bien de inmediato. Nunca sospeché nada. Pasábamos juntos casi todas las tardes, pero, cuando la clase terminaba, cada uno se iba a su casa y nunca imaginé que entre ellos hubiera surgido algo. Ahora, cuando pienso en aquellas tardes, me doy cuenta de las miradas, de las sonrisas, de la complicidad que compartían. —El corazón se le encogió de dolor—. Y no puedo evitar sentirme culpable. Si yo no les hubiera presentado, quizá Dylan estaría vivo y Brenda... ella no habría pasado por todo este infierno. Aunque no lo creas, te entiendo. Estás dolido, enfadado, pero no eres esa persona tan horrible que crees ser.

Las palabras de Savannah albergaban tanto dolor y culpa, que Caleb tuvo que resistir la necesidad de acercarse y abrazarla. Si sentía su cuerpo pegado al suyo, acabaría por mandar sus propósitos al cuerno y lo echaría todo a perder. Acabaría convirtiendo su vida en un infierno o, peor aún, la arrastraría al suyo.

—No eres malo —insistió ella.

Caleb sacudió la cabeza y abrió los brazos con un gesto de derrota.

—Sí que lo soy y no voy a cambiar, ni por ti ni por nadie. ¡Métetelo en la cabeza!

—No quiero que cambies —le aseguró Savannah—. Pero creía que querías tener un futuro conmigo, que querías intentar ser mejor persona por mí. Me prometiste que lo ibas a intentar.

Caleb se pasó las manos por la cara, ahogando un gemido de frustración. Recordaba cada palabra. Las había pronunciado durante su primera cita de verdad en aquel restaurante italiano, pero desde entonces habían cambiado muchas cosas.

—Lo sé. Ahora quiero un montón de cosas que antes no quería, pero no puedo engañarme creyendo que puedo tenerlas. ¡No puedo! No puedo tener la vida que quiero ni puedo darte la vida que tú quieres. ¡No puedo tenerte, y mucho menos a partir de hoy! Las cosas van a cambiar.

—¿Qué quieres decir con eso?

Él no contestó, se limitó a sostenerle la mirada. El desafío y la resolución que brillaban en sus ojos le traspasó el corazón. Y entonces lo supo, lo vio con claridad. Sabía lo que pretendía hacer y lo que eso suponía. De repente, su empeño en apartarla de él cobró sentido. Se le rompió el corazón.

—Prométeme que no vas...

Caleb no la dejó terminar.

—No puedo hacerte promesas que no voy a cumplir —dijo con el rostro inexpresivo.

Se dirigió a la puerta. Ella corrió y logró detenerlo por la muñeca.

—No lo hagas. No vayas a por él. Tú no quieres hacerlo, tú no eres así, ¡lo sé!

Él sacudió la cabeza y una risa ahogada cargada de exasperación brotó de su garganta. Sacudió el brazo para soltarse.

—Lo soy, solo que tú nunca me has visto así. En esta vida solo he aprendido una cosa: tienes que gritar más fuerte que los demás si quieres que te escuchen, tienes que pegar más fuerte que los demás si quieres que te respeten, tienes que dar más miedo que los demás si quieres que te teman. ¡Y yo voy a convertirme en su puta pesadilla!

—Brian no merece la pena. Déjame ayudarte —suplicó Savannah—. Tenemos a Brenda, hablaré con ella.

Caleb se dio la vuelta como si lo hubieran azotado. Pegó su cara a la de ella.

—Ni siquiera lo pienses. No-te-metas —remarcó cada palabra como si las estuviera escupiendo.

—¿Y qué pasa con nosotros?

—Nada, nada de nada. Porque ya no hay un nosotros, ni un tú y yo. ¡Métetelo en la cabeza de una puñetera vez! ¡Se acabó!

46

Tyler había llevado a Savannah de vuelta a casa. Durante el viaje habían compartido sus preocupaciones: el temor a que Caleb hiciera algo irreparable y la necesidad que ambos tenían de poder ayudarle de algún modo. Tyler se había sentido tan impotente como ella, porque era incapaz de encontrar una solución al desastre que se estaba gestando.

No podían presentarse ante la policía sin más y decirles que Caleb Marcus iba tras el *hijo predilecto de la ciudad* para tomarse la justicia por su mano y vengar así la muerte de su hermano. Con su reputación, tomarían a Caleb por un loco, lo encerrarían y Brian se iría de rositas. Su única posibilidad se reducía a obtener las pruebas que pudieran demostrar que el accidente de Dylan había sido un asesinato, y el de Caleb un intento fallido de acabar con su vida. Aunque ninguno de los dos sabía cómo hacerlo.

Savannah se encerró en su habitación con el teléfono apretado contra su pecho. Tyler le había prometido que la llamaría si había algún cambio. Con un poco de suerte, sus amigos lograrían encontrar a Caleb e impedirían que hiciera una tontería de la que se arrepentiría para siempre.

Se derrumbó en la cama completamente abatida y desesperada por poder hacer algo. Pero ¿qué podía hacer? No había nadie creíble que pudiera contar la verdad, nadie salvo... Brenda. Savannah no estaba segura de cuánto sabía Brenda ni de cuánto podía haber visto, pero sí estaba segura de que la chica podía ser la llave que abriera la puerta que necesitaban.

Se dio cuenta de que debía llegar hasta ella, pero no podía hacerlo sola. Necesitaba ayuda. Con el corazón en un puño, llamó a Cassie por teléfono.

—Tengo que contarte algo muy importante —dijo en cuanto su amiga descolgó.

Una hora después, Savannah estacionaba su coche en el aparcamiento del hospital con Cassie sentada a su lado.

—Tienes un aspecto horrible —dijo Cassie.

Savannah la miró de reojo mientras entraban en el edificio y cruzaban el vestíbulo, donde se encontraban los ascensores que conducían a las consultas externas.

—El tuyo no es mejor.

—¡Qué quieres! Aún tengo los pelos de punta con todo lo que me has contado!

—Ya han pasado muchas horas, ¿y si no lo conseguimos? ¿Y si Brian ya está en una cuneta...?

—¿Con la cabeza en el culo? —replicó Cassie, deleitándose con la idea—. Espero que no, sería un fastidio perdérmelo.

Savannah la fulminó con la mirada.

—Es broma, lo siento. Estoy tan nerviosa que digo más disparates de los habituales —se disculpó Cassie—. Mira, Nora me ha dicho que Brian había viajado a Columbia para no sé qué tema de la universidad. Conociéndole, se habrá quedado a pasar la noche para tomar algo con sus colegas y tirarse a una animadora. No está en Port Pleasant.

—Espero que tengas razón. —Savannah soltó un gruñido—. ¿Tienes claro lo que debes hacer?

Cassie asintió y sus ojos se iluminaron.

—¡Me siento como si fuera Nikita en una misión para la División!

—Cass, céntrate —replicó Savannah con el ceño fruncido.

—Tranquila, sé lo que tengo que hacer y estoy lista. Entretendré a Sophie el tiempo suficiente para que puedas hablar con Brenda.

Savannah tomó el ascensor hasta la tercera planta. Al salir al pasillo se le erizó el pelo de la nuca. Respiró hondo varias veces y se dirigió hacia el ala de psiquiatría. Sabía que Brenda acudía todas las tardes para recibir terapia tras haber sufrido varias crisis nerviosas. Le habían diagnosticado trastornos de personalidad. Nunca había entendido cómo, de un día para otro, aquella chica guapa, inteligente y divertida se había convertido en una persona con problemas de ansiedad, aislamiento social y fobias. Ahora empezaba a hacerse una idea de qué y quién la había empujado a casi perder el juicio. ¡Dios, si el loco era él!

No tenía ni idea de dónde buscarla, así que optó por preguntarle a una enfermera. La mujer la miró de arriba abajo con suspicacia, al final no debió encontrar nada sospechoso, porque sonrió y le indicó una puerta de cristal. Savannah se apoyó contra la pared del pasillo, frente a la puerta, y esperó.

Se frotó los brazos, cada vez más impaciente. Esperaba que la sesión de Brenda no se alargara mucho o le iba a dar un infarto. Por momentos, lo único que oía eran los latidos de su corazón resonando por todo su cuerpo. La puerta se abrió y Brenda apareció seguida de una mujer con el pelo recogido en un moño a la altura de la nuca y una gafas de pasta de color azul.

—Hola, Brenda —dijo Savannah, esbozando una gran sonrisa—. Tu madre va a retrasarse un poco. Me ha pedido que te acompañe mientras.

Miró a la doctora a los ojos y su sonrisa de niña buena se ensanchó. La terapeuta, tras un par de segundos en los que parecía que estaba tomando una decisión vital, le devolvió la sonrisa. Se inclinó sobre Brenda como si se estuviera dirigiendo a un niño pequeño.

—Brenda, ¿qué te parece, esperas a tu madre con tu amiga? Yo tengo otro paciente y no puedo quedarme.

Brenda miró de reojo a Savannah y empezó a retorcerse los dedos. Al final asintió. En cuanto la puerta se hubo cerrado, Savannah se apresuró a rodear con los brazos los hombros de la chica y la guió por el pasillo, fuera del ala del psiquiatría en dirección a la zona de trauma.

—¿Qué te parece si buscamos un sitio tranquilo para esperar a tu madre? —sugirió en tono despreocupado—. Pero si no te importa, primero quiero ver cómo está una amiga. La pobrecita sufrió un accidente hace un par de semanas.

No aflojó el paso hasta que llegó a la habitación donde aún estaba ingresada Spencer. Empujó la puerta y literalmente arrastró dentro a Brenda. Aquel era el único lugar en el que pensó que podrían hablar sin sobresaltos.

—No... no creo... no creo que sea... buena idea —tartamudeó Brenda, cada vez más nerviosa—. Esperaré... esperaré... esperaré a mi madre fuera.

Savannah le cortó el paso y bloqueó con su cuerpo la salida.

—¿Qué pasa aquí? —preguntó Spencer, que acababa de salir del baño. Miró a las dos chicas, esperando a que alguna contestara.

Savannah solo le dedicó una mirada ansiosa y volvió a clavar los ojos en Brenda. Intentó no dejarse impresionar por su aspecto desvalido.

¡Madre mía, nunca la había visto tan mal! Pero no podía dejar que la conmoviera. Tenía que hacerlo.

—Lo siento, Brenda, pero tú y yo tenemos que hablar de tu hermano, de Dylan, y de lo que puede pasar si no me ayudas.

Los ojos de Brenda se abrieron como platos. De repente se derrumbó en el suelo y se hizo un ovillo mientras comenzaba a mecerse de delante hacia atrás como un tentetieso. Se cubrió los oídos y empezó a gemir. Savannah se arrodilló a su lado y le acarició el pelo rubio, demasiado seco y estropeado.

—Brenda, cariño. Solo tú puedes ayudarme a parar a Brian. Sé lo de Dylan, y sé que intentó hacer lo mismo con Caleb...

—¿Qué? —graznó Spencer tras ellas—. ¿Qué le ha ocurrido a Caleb? ¿Y qué pasa con Brian?

—Nada, ahora está bien —respondió Savannah.

—¿Y qué significa ahora? ¿Cómo estaba antes? Niñata, espero por tu bien...

—Cierra el pico y escucha, Spens. Es posible que así puedas enterarte de lo que pasa. Caleb tenía razón en todo, ¿entiendes? —le espetó en tono airado, y añadió con más calma—: Confía en mí, por favor.

Spencer apretó los dientes y guardó silencio. Savannah centró su atención en Brenda, que tarareaba con voz de pito una melodía desafinada. ¡Ay, señor, estaba como una regadera! Pero en una situación como esta, de nada servía andarse con rodeos.

—Brenda, tienes que ayudarme. Si no hacemos algo van a pasar cosas muy malas. —Le tomó el rostro entre las manos y la obligó a mirarla—. Te prometo que no dejaré que te hagan daño, pero tenemos que parar esta locura. —La chica se enderezó y negó con la cabeza. Sus ojos desquiciados volaron hasta Spencer. Savannah suspiró—. Escúchame, por favor. Se llama Spencer, es una buena chica, es mi amiga. ¿Quieres que te cuente por qué está aquí? Hace un tiempo ella y Brian estuvieron juntos, se quedó embarazada...

Los ojos de Brenda se abrieron como platos. Se quedó mirando fijamente el vientre de la chica y, por un momento, su expresión se suavizó. Le gustaban los niños. Savannah se dio cuenta de lo que podía estar pasándole por la cabeza y aprovechó el momento para tocar la siguiente tecla.

—A tu hermano no le gustó la idea, y parece que tiró a Spencer por una escalera para solucionar el «contratiempo». Ha perdido el bebé...

—Y no podré tener más hijos —terminó de decir Spencer, demasiado abrumada.

Brenda se pegó a la pared con un gélido escalofrío bajándole por la espalda.

—Dylan, Spencer, Caleb... tú. Que sepamos hasta ahora. Brian tiene un problema muy serio. Pero en este momento, eso no es lo peor. Caleb está buscándolo, quiere vengarse y no parará hasta conseguirlo. ¿Entiendes lo que eso significa? —Savannah le acarició la mejilla—. Va a matarlo por su hermano. Si Dylan nos está viendo desde alguna parte, ¿qué crees que estará pensando?

—¿Dylan nos está viendo? —preguntó Brenda, abriendo mucho los ojos.

Savannah asintió con la cabeza con la esperanza de haber despertado algo en ella y lograr que la escuchara.

—Yo lo creo. Y sé lo mucho que quería a Caleb. No creo que esté en paz viendo a su hermano, a sus amigos... a ti, sufriendo de este modo. Podemos parar esta locura, podemos pararla por él, para que descanse en paz.

Le tomó las manos y se las frotó, las tenía frías y temblorosas.

—Pero Brian no me dejará, me hará a mí lo mismo. No quiero que me haga más daño. —Sus dedos se crisparon tirando de las mangas de su chaqueta hacia abajo.

De repente, Savannah cayó en la cuenta de que estaban en agosto y que la chica vestía una chaqueta gruesa de punto. Le tomó el brazo y lo remangó. Se quedó de piedra. El gritito de sorpresa que soltó Spens le dijo que no era la única horrorizada por la imagen. La piel aparecía salpicada de moratones, algunos tenían un aspecto horrible. Recordó haber oído a Sophie hablando con su madre de que Brenda había comenzado a autolesionarse. Levantó la vista y la miró.

—Tú no te estás haciendo esto, te lo hace él —susurró con el estómago revuelto. Brenda retiró el brazo y lo escondió a su espalda—. Tienes que confiar en mí. No estás sola. Nos tienes a nosotras, a los amigos de Dylan, a Caleb. Él te protegerá. Si paramos a Brian no podrá hacerte más daño, ni a ti ni a nadie. Está enfermo, necesita ir a un lugar en el que puedan ayudarle.

—No puedo... —lloriqueó Brenda.

—Sí puedes. La chica que eras puede, la chica de la que se enamoró

Dylan puede... ¿Por favor? Se lo contaremos a mi padre, nos creerá, lo sé. Él parará a Brian.

Spencer se arrodilló junto a ellas.

—Por favor —rogó—. Si es cierto que tu puedes hacer algo, ¡hazlo! No dejes que Caleb arruine su vida. Que Dylan o mi hijo... —las palabras se atascaban en su garganta—. ¡Por favor!

Brenda cerró los ojos durante lo que pareció una eternidad. De repente se puso en pie, deslizando la espalda por la pared para no caerse. Se llevó la mano al pecho y aferró la cadena con la cruz que ocultaba bajo su ropa. La había recuperado gracias a Caleb, y eso jamás lo olvidaría.

—Tengo pruebas... Tengo pruebas... escon... escondidas en mi cuarto. Brian me obligó a mirar cuando Dylan... cuando... —Se le quebró la voz con un gemido de dolor.

Savannah se acercó y la abrazó.

—Vale, no hace falta que lo digas. Vamos a por esas pruebas. —Le tomó el rostro entre las manos y le dedicó una sonrisa en la que reflejó un gran alivio—. ¡Gracias! Ahora debemos actuar con calma. ¿De acuerdo?

Brenda asintió sin estar muy segura. Apretó la cruz en su mano. Savannah tenía razón, había que parar aquella locura. Tenía que hacerlo por Dylan.

Y si se ha venido abajo? ¿Y si nos ha delatado? ¡Esto es un suicidio!

—¡Cassie! —gritó Savannah, a punto de sufrir una crisis nerviosa. Pisó el freno a fondo, no se había dado cuenta de que el semáforo se había puesto en rojo—. ¿Quieres dejarlo ya? Creía que la histérica era yo.

—Joder, es que nosotras no somos del FBI ni de la CIA. Esto no se nos da bien, nos van a pillar. Estamos en manos de una loca. ¿Quién puede confiar en una persona que está como una cabra?

Savannah puso los ojos en blanco. El deseo de colocarle un bozal a Cassie se convirtió en su único pensamiento. Se paró frente a la enorme verja de hierro que poseía la mansión de los Tucker. Sacó el brazo a través de la ventanilla y llamó a un interfono. Sonrió a la cámara. Segundos después la puerta se abrió.

—Yo confío en ella. Sé que lo hará bien. Tú preocúpate de tu parte, ¿vale? Hay que convencer a su madre de que nos deje sacar a Brenda de casa. ¿Y quién tiene un don para convencer a la gente de que haga lo que no quiere?

—¿Tú? —repuso Cassie, dibujando una sonrisa inocente. Savannah entornó los ojos con una mirada asesina—. A mí me has convencido para que me convierta en un corderito al que van a degollar.

—¡Así no ayudas! —masculló Savannah, frustrada.

—Vaaaale —se disculpó Cassie, hundiéndose en el asiento. Su ánimo estaba tan oscuro como las nubes de tormenta que habían cubierto el cielo. De repente se enderezó y pegó la nariz a la ventanilla. El BMW de Brian estaba aparcado frente al garaje de su casa—. ¡Mierda, ha vuelto!

Savannah se encogió de hombros para disimular el estremecimiento que le bajaba por la espalda.

—Mira el lado positivo, aún sigue vivo y Caleb a salvo —le hizo notar con una sonrisita nerviosa, mientras detenía su coche detrás del BMW. Sacó la llave del contacto y suspiró—. Vamos allá.

Se bajaron del vehículo y se dirigieron a la entrada de la mansión. Se sonrieron para darse ánimo, pero sus labios solo esbozaron una línea tensa y apretada. La puerta se abrió justo cuando iban a llamar y Brian apareció frente a ellas. La expresión de su cara mostró confusión. Para nada esperaba encontrarlas allí.

—¡Menuda sorpresa! —exclamó. Una sonrisa taimada se extendió por su cara sin apartar los ojos de Savannah—. ¿A qué debo el placer?

Savannah se esforzó por devolverle la sonrisa. Se mordió el labio y se preparó para representar el papel de su vida.

—Venimos a ver a tu madre y a tu hermana.

—¿A mi hermana para qué? —inquirió Brian, esta vez bastante más serio. Sus ojos se entornaron.

—Hemos pensado organizar una fiesta de despedida en el Club, para los graduados, incluida Brenda. Dentro de tres semanas todos nos iremos y... Bueno, algunos no nos veremos hasta Navidad o el próximo verano. Estaría bien despedirnos con un baile o algo así —dijo con tono vacilante. Estaba segura de que se iba a dar cuenta de que estaba mintiendo.

Brian la contempló durante dos largos segundos. Poco a poco la sonrisa regresó a su cara.

—Sigues estando adorable cuando tartamudeas —susurró, inclinándose sobre ella—. Dudo que Brenda quiera ir. No se encuentra muy bien últimamente. Pero a mí sí que podéis invitarme. Me encantaría asistir a vuestra fiesta.

Savannah sintió náuseas. Por supuesto que Brenda no se encontraba bien, su hermano el psicópata la tenía atemorizada.

—Claro, date por invitado, ¿verdad, Cassie?

Cassie asintió con una sonrisa de oreja a oreja. Brian se la devolvió, pero no era sincera.

—¡Estupendo! Supongo que querréis hablar con mi madre para...

—Para que nos ayude a prepararlo todo. Se le dan muy bien estas cosas —se apresuró a aclarar Savannah.

—Estará encantada de pasar algo de tiempo contigo. Te echa de menos —comentó él—. Todos en casa te echamos de menos.

Savannah se puso colorada y trató de sonreírle. Se le doblaban las rodillas. Asintió sin saber qué responder. Brian se inclinó hacia delante con una reverencia.

—Señoritas, tengo que marcharme. Suerte con los preparativos de vuestra fiesta.

Pasó entre ellas y se dirigió hacia el garaje. De repente se dio la vuelta.

—Savie, cariño.

El tiempo se detuvo. Savannah se giró sin apenas respirar y con los ojos muy abiertos. Las había pillado.

—¿Te importaría mover tu coche? No puedo salir —pidió Brian.

—¡Claro! —exclamó enseguida, soltando de golpe todo el aire que estaba conteniendo.

Corrió hasta su Chrysler pero, cuando iba a abrir la puerta, una mano en su brazo la detuvo. Tragó saliva y alzó la cabeza para encontrarse con los ojos de Brian a pocos centímetros de los suyos.

—Dicen que has roto con Marcus.

Ella asintió con la cabeza. Notó que se le sonrojaban las mejillas.

—Sí, el mismo día que sufrió el accidente su madre decidió llevárselo a Santa Fe. La única familia que tienen está allí.

—¿Y pudiste hablar con él? ¿Te dijo algo? —tanteó Brian con cautela.

—No, la verdad es que me plantó con un simple mensaje. Al final todos teníais razón sobre él. Me equivoqué —admitió en voz baja.

—Bueno, todos nos equivocamos a veces, ¿no crees? No eres la única. —Le guiñó un ojo y le tomó un mechón de pelo. Lo acarició y dejó que resbalara entre sus dedos—. Yo me equivoqué, tú te equivocaste. Ambos dijimos cosas de las que seguro nos arrepentimos. Va siendo hora de perdonarnos por nuestros errores. No me gusta que estemos enfadados.

—A mí tampoco.

Brian se acercó un poco más y deslizó las puntas de los dedos por sus brazos.

—Teníamos algo especial. Me gustaría recuperarlo.

—A mí también —respondió ella. Las palabras le sabían a bilis y tuvo que recordarse por qué estaba haciendo aquello. Brian sonrió encantado y bastante sorprendido.

—Podríamos empezar con una cena, para hablar y ponernos al día. No sé, ¿te parece bien esta noche?

—Sí, esta noche sería perfecto.

Lentamente, Brian se inclinó sin apartar sus ojos de los de ella. Savannah tuvo que obligarse a permanecer quieta. El corazón le saltaba en el pecho, aterrado. Cuando su boca rozó sus labios, tragó saliva para no vomitar. Dejó que la besara. Por suerte, fue un beso de lo más casto y se apartó enseguida. Brian sonrió con suficiencia.

—Pasaré a recogerte sobre las ocho. Seguro que tus padres se alegran de verme.

—Estoy segura de eso.

Brian se llevó la mano al bolsillo y sacó su teléfono móvil, que no dejaba de vibrar. Le echó un vistazo y se puso serio mientras sus mejillas enrojecían. Un brillo furioso cruzó por sus ojos.

Mick:
Problemas. Tenemos que hablar. Nos vemos donde siempre.

—¿Todo bien? —preguntó ella.

Brian la miró. Se inclinó y depositó otro beso en sus labios.

—De maravilla.

Savannah se quedó inmóvil mientras Brian subía a su deportivo y salía marcha atrás. Cuando estuvo segura de que la verja se había cerrado y que él no volvería, corrió a la casa con el corazón en un puño. Esa maldita cena no iba a tener lugar, aunque esperaba que por el motivo correcto.

47

*B*renda había dicho que tenía pruebas y era verdad. La noche en la que Dylan murió, ella intentó pedir ayuda. Su hermano los había descubierto juntos en una playa. No estaban haciendo nada, solo hablaban cogidos de las manos, pero para Brian fue suficiente. Los arrastró hasta el viejo almacén que su familia poseía en el campo, donde se guardaba un antiguo tractor y las herramientas que los trabajadores usaban cuando esas tierras aún se cultivaban muchos años atrás.

Brian la obligó a mirar mientras sus amigos y él le daban una paliza a Dylan. Trató de llamar a la policía, pero la descubrieron. Brian le arrebató el teléfono y lo tiró al suelo; y el destino quiso que el vídeo de su nuevo iPhone 5 se pusiera en marcha. En la imagen solo se veía el techo de planchas de aluminio, pero el sonido era impecable, hasta el punto de captar el momento en el que le rompieron la nariz a Dylan con un crujido espeluznante. Brenda no supo qué mano guió a la suya para recuperar el teléfono mientras la sacaban a rastras de allí, tras el cuerpo sin vida del único chico del que se había enamorado en su vida.

Brian siempre había sido demasiado arrogante y narcisista. Él nunca se equivocaba y estaba acostumbrado a salirse con la suya. Quizá por eso no volvió a preocuparse de ese teléfono ni de ninguna otra cosa. Y gracias a eso, ahora el juez Halbrook estaba oyendo aquella grabación.

Sentado a la mesa que tenía en el despacho de casa, la palidez y la rigidez de su cara le hacían parecer diez años más viejo. Las arrugas de su rostro se movían al ritmo de los sonidos y las voces que surgían de la grabación. No era difícil hacerse una idea de la crueldad y la violencia que se desataron aquella noche. Cerró los ojos al percibir un crujido y el gemido que sonó a continuación. Los abrió y los clavó en Brenda. La chica estaba encogida en el sofá de piel, tapándose los oídos. Savannah la mantenía abrazada y le limpiaba las lágrimas con un pañuelo en el que se mezclaban con sus propias lágrimas.

Su mirada se cruzó con la de su hija y el miedo lo paralizó con una idea espantosa: ella podía haber sido la siguiente. Su pequeña había estado cerca de ese monstruo toda su vida y él no había sido capaz de verlo. Años y años de formación, de cursos sobre psicología, conducta criminal y mil cosas más, y no lo había visto.

«Si le cuentas algo de esto a alguien, le prenderé fuego a tu cuarto contigo dentro. Te mataré como he hecho con él, puta». Esa era la última frase que había registrado el teléfono, momentos antes de que empujaran el coche de Dylan hasta estrellarlo contra un árbol. Y había salido de los labios de Brian.

Roger Halbrook paró el vídeo. Ni siquiera tenía fuerzas para ponerse de pie.

Savannah se quedó mirándolo fijamente, conteniendo la respiración a la espera de que dijera algo. Pero, para su sorpresa, fue su madre, que no se había movido del rincón donde había pasado todo el tiempo mirando a través de la ventana, la que dio el primer paso. Se acercó a la mesa y descolgó el teléfono, se lo tendió a su esposo con una mano temblorosa.

—Roger, llama a la policía.

Él la miró en estado de shock. Ella asintió con la cabeza, animándolo. Cogió el teléfono que le ofrecía y marcó.

—Soy el juez Halbrook. Necesito que emita una orden de detención contra Brian Benjamin Tucker. El motivo: asesinato en primer grado y posible tentativa de homicidio. El sujeto es peligroso.

—Pero, señor. Se refiere usted a... —dijo una voz al otro lado.

—Sí, Harrison, me refiero al muchacho de Benjamin. Encuéntrenlo...

—Papá... —lo llamó Savannah. Él alzo la cabeza y se encontró con su mirada suplicante—. Caleb —le recordó.

—Harrison.

—¿Señor?

—También busquen a Caleb Marcus. Si le encuentran, tráiganlo a mi casa, por favor.

*B*rian detuvo el coche a un lado del camino y recorrió a pie los últimos metros hasta el almacén. No quería arañar los bajos con aquel terreno pedregoso. El todoterreno de Mick estaba aparcado bajo la sombra de los árboles que ocultaban la construcción de ojos indiscretos. Suspiró con desgana. Seguro que el idiota de su amigo lo había llamado por alguna tontería. Cada dos por tres se ponía paranoico y había que enfriarle los ánimos. Pero ese día nada iba a estropearle su buen humor.

Estaba dándole vueltas a su cita con Savannah. La llevaría a cenar a ese nuevo restaurante que habían abierto la pasada primavera en el muelle. Después pensaba cobrarse en especie los meses que habían pasado separados. Iba a volver con ella, por supuesto que sí. Hacía medio año que había comprado el jodido anillo de compromiso, grabado con su nombre. Ya tenía los planos de la que sería su casa una vez se casaran. Y a él no le gustaba alterar sus planes. Pero nada iba a evitar que la dulce Savannah aprendiera algunas nuevas reglas antes de retomar su relación.

A pesar de todo, aún seguía oyendo esa vocecita en su cabeza que le sugería alternativas, como buscarse a una chica más decente para vestirla de blanco y convertir a Savannah en su juguetito. Una sonrisa maliciosa se dibujó en su cara mientras empujaba la puerta del almacén.

La puerta repicó tras él al cerrarse, pero ni siquiera la oyó. Sus ojos, abiertos como platos, estaban clavados en el centro del edificio. Primero notó que su Challenger no estaba allí. En su lugar, bajo un haz de luz, se encontraban Mick y Terry. Los dos se hallaban de rodillas, uno al lado del otro, amordazados y atados. Dio un paso hacia ellos y vio la sangre que les empapaba las mordazas y la ropa. Tenían la cara destrozada.

Su mente se puso en marcha. Dio media vuelta para largarse de allí. Pero no llegó a tocar la puerta. Caleb Marcus le golpeó con el puño derecho en el estómago y, cuando se inclinó hacia delante, le atizó con el izquierdo en la mandíbula. Cayó de espaldas y rodó por el suelo.

—Marcus —masculló, limpiándose la sangre de la boca mientras se ponía de pie.

Caleb sonrió con maldad.

—Te dije que lo hicieras bien, porque si no volvería a por ti.

—Y eso debería darme miedo. ¿Qué piensas hacer? Soy intocable, capullo.

Caleb entornó los ojos y borró la sonrisa de su cara.

—Voy a matarte.

Brian reaccionó al oír sus palabras. No eran una simple amenaza, sino una sentencia. Lo vio en su cara. Había ido allí a liquidarlo con la determinación del que ya no tiene nada que perder. Se abalanzó sobre él y logró dar el primer golpe.

Los dientes rechinaron dentro de la boca de Caleb y paladeó el sabor de su propia sangre. El segundo y último golpe le machacó las costillas. El dolor lo estremeció de arriba abajo. Joder, aún estaba débil; pero eso nunca lo había detenido. Cerró los puños y devolvió el golpe, y sin darle tiempo a recuperarse, volvió a sacudirle. Lo atacó con saña. Sus puños se estrellaban una vez tras otra en su cara ensangrentada. Un golpe a la cara, otro a las costillas, sin descanso.

Brian dejó de atacar. Apenas se tenía en pie y movía los brazos sin parar para protegerse. Todo acabó cuando Caleb estrelló la rodilla contra su cara. Cayó al suelo con un ruido sordo y la cara cubierta de sangre. Su respiración era irregular, jadeaba como si se estuviera asfixiando. Caleb lo contempló desde arriba con desprecio.

—Creí que ibas a matarme —susurró Brian. Sonrió mostrando los dientes manchados de rojo.

—Y voy a hacerlo —respondió Caleb. Se agachó y lo cogió de un hombro. Lo giró hasta colocarlo boca abajo con la cara en la tierra. Le ató las manos y lo amordazó. Después lo arrastró al lado de Mick y Terry. Se agachó para hablarle al oído—. Pero primero quiero ver si un hijo de puta como tú sabe volar.

La expresión de Brian cambió y algo parecido al miedo hizo brillar sus ojos.

Los metió a los tres en el maletero del todoterreno. Estaba a punto de introducir la llave en el contacto cuando su teléfono móvil comenzó a sonar. No recordaba haberlo encendido. Dejó que sonara hasta que la pantalla se iluminó con un mensaje de voz. Marcó y escuchó. Se le aceleró el corazón, era Savannah.

«Caleb, sea lo que sea lo que estás haciendo, déjalo y ven a mi casa. Escucha, Brenda ha hablado, tenía pruebas, y mi padre ha dado orden para que detengan a Brian. Se acabó, cariño. ¿Me oyes? Se acabó. No podrá librarse de esta. Va a pagar por todo. Caleb, ven a casa...». Apagó el teléfono y lo dejó en el asiento. Se quedó inmóvil durante unos segundos con la vista clavada en el parabrisas. La duda lo carcomía. Una parte de él quería volver con ella y olvidarse de todo. La otra no podía. Sacó de su bolsillo la fotografía de Dylan que llevaba a todas partes. Pasó los dedos sobre su rostro y la volvió a guardar. Había heridas del corazón que acababan infectando la sangre, y esa infección se extendía como un virus destrozándolo todo. El único antídoto era la venganza.

—¡Listos para el salto! —gritó para que le oyeran desde el maletero.

Condujo hasta el acantilado donde había dejado el Challenger. Ironías de la vida, la historia iba a repetirse, solo que esta vez él prendería la mecha. Pasó un infierno hasta que logró colocarlos en el interior del coche. Le dolía cada centímetro del cuerpo y se sentía agotado. Por fin cerró la puerta y se quedó mirándolos a través de los cristales. Mick, el más grande de los tres, gimoteó como un bebé al comprobar hasta dónde los había llevado y lo que pretendía. Ignoró el ruego silencioso, recordándose que meses atrás, probablemente, había sido su hermano el que imploraba. ¿Habían atendido sus súplicas? No, le habían roto los huesos y después le partieron el cuello.

Ahora debían pagar por lo que habían hecho. Cuando acorralas a un animal, al final se defiende, y si das con el animal equivocado, acabas muerto. Ellos se equivocaron el día que decidieron utilizar a su hermano como piñata.

Subió al todoterreno y giró la llave en el contacto. Mientras el motor ronroneaba, miró la fotografía de su hermano sobre el salpicadero y se obligó a dejar de pensar. Lentamente pisó el acelerador. Las revoluciones del motor aumentaron y el Challenger comenzó a moverse delante de él.

De repente, una hilera de coches de policía apareció en la carretera con las sirenas aullando. Se detuvieron con fuertes frenazos que provocaron una lluvia de gravilla seguida de una nube de polvo. Un montón de agentes salieron de los vehículos y rodearon el coche.

—¡Levante las manos del volante y salga del vehículo! —gritó un agente, apuntándole con un pistola.

Caleb ni siquiera lo miró, tenía la vista clavada en el coche rojo y en sus ocupantes. «Y una mierda», pensó. Aceleró con el todoterreno y el Challenger avanzó un poco más.

—¡Levante las manos del volante y salga del vehículo! No nos obligue a disparar.

—¡No! ¡No le disparen!

La voz de Savannah llegó hasta Caleb a través del ruido y los gritos. Miró por el espejo retrovisor y la vio. El señor Halbrook trataba de sujetarla, mientras ella se retorcía para liberarse, gritando su nombre. También estaba Tyler; su presencia explicaba cómo le habían encontrado. Su amigo era el único que le conocía lo suficiente como para saber que podía ser tan retorcido con Brian.

—Salga del coche, por favor. No se lo repetiré de nuevo —ordenó otro agente.

Caleb miró a su alrededor. Contó a cinco apuntándole con sus armas. Pero eso no fue lo que le detuvo, sino un recuerdo que apareció de la nada como un latigazo. Su padre en el suelo de la cocina, inmóvil; y él, de pie sobre su cuerpo, con el bate empuñado por encima de la cabeza. Ya no se trataba de defensa propia, ni de proteger a su familia, en ese momento solo se reducía a un único deseo: quería matarlo. Lo único que le impidió hacerlo fue su hermano que, hecho un ovillo en un rincón, le miraba con el mismo terror en los ojos que cuando veía al viejo. Esa noche bajó el bate porque no quería ser un monstruo a los ojos de su hermano, aunque se sentía uno. Ahora reconocía a ese mismo monstruo abriéndose camino en su interior.

Levantó las manos a ambos lados de su cabeza. La portezuela se abrió de golpe y una mano tiró de él sacándolo del vehículo con brusquedad. Otro agente se coló en el coche por la otra puerta y quitó la llave del contacto, deteniendo el motor. Lo empujaron de bruces contra el todoterreno y se golpeó la mejilla. Apretó los dientes mientras le sujetaban los brazos a la espalda y lo esposaban. Giró la cabeza y vio cómo ayudaban a salir del coche a Brian y a sus amigos.

Los paramédicos corrieron hasta ellos y enseguida dieron órdenes para que acercaran unas camillas. Con cierto alivio comprobó que un policía los esposaba a las barras de metal. Sabía que el mundo no solía ser justo con la gente como él, pero... ¡esos asesinos no podían librarse de lo que habían hecho!

Se tragó una queja cuando el policía que lo había esposado tiró de sus brazos para enderezarlo. Mientras lo guiaba al coche patrulla, sus ojos volaron hasta Savannah. Sentimientos contradictorios se sacudían en su interior. En cierto modo ella le había salvado la vida. Había hecho mucho más que eso, pero era incapaz de sentirse agradecido. En realidad no sentía nada, solo ese maldito tictac en la cabeza.

—¿Por qué lo esposan? ¿Por qué se lo llevan? ¡Él no ha hecho nada! —le gritaba Savannah a su padre.

—Es el procedimiento, Savie. Tienen que detenerle. Estaba a punto de lanzar por ese precipicio a tres personas —intentaba explicarle su padre.

—Quiero ir con él. Quiero ir con él.

—No puedes. No te metas o me apartarán del caso y no podré ayudarle.

Aquellas palabras hicieron que Savannah cesara en su empeño. Se quedó mirando cómo uno de los policías sujetaba la cabeza de Caleb para que no se golpeara al entrar en el vehículo. Él le sostuvo la mirada sin mover un solo músculo de su cara. Había aprendido a leer aquel rostro y lo que vio la asustó hasta la médula. Vio rabia, dolor; a alguien que se había ido resquebrajando poco a poco hasta romperse por completo. Alguien que se había rendido y que la daba por perdida. Y eso solo significaba una cosa: que ella también lo había perdido a él.

48

Habían pasado tres semanas desde que habían detenido a Caleb, y esa mañana, por fin, lo pusieron en libertad. El fiscal había presentado cargos contra él por intento de homicidio, pero el proceso ni siquiera llegó a iniciarse. Una vez que el abogado que le asignaron empezó a aportar pruebas, testigos y una larga lista de atenuantes y circunstancias, el fiscal decidió retirar los cargos. No había caso. Ningún jurado lo condenaría, y mucho menos tras la tensión social que se había generado al conocerse la magnitud de los hechos. Aunque, quizá, la razón de mayor peso fue que el juez Halbrook supo de qué hilos tirar para que el chico pudiera salir libre. A veces, los hombres buenos se veían obligados a hacer cosas no tan buenas para impartir justicia.

El juicio contra Brian iba a celebrarse en pocos días. Sería juzgado por tráfico ilegal de drogas, homicidio, tentativa de homicidio y lesiones, por lo que le esperaría una larga vida entre rejas. Caleb no pensaba asistir. No iba a quedarse. En la cárcel había tenido tiempo para pensar, para darse cuenta de que tenía un problema consigo mismo que no podía ignorar por mucho más tiempo y al que debía hacer frente.

Esta vez se despidió de todos sus amigos y no salió huyendo como solía hacer. Los reunió en su casa y les contó los planes que tenía. Se comprometió a mantener el contacto, y esta vez pensaba cumplirlo. Los chicos no terminaban de entenderlo. Entre todos formaban una familia. Perder a uno de sus miembros, de nuevo, no era fácil. Tyler fue el que peor lo encajó. Estaba cansado de despedidas y de no poder tener cerca a su mejor amigo. Y Spencer ni siquiera apareció. Días antes se había marchado a Carolina del Sur para vivir con su abuela.

Caleb cenó con su madre, y se dijeron adiós como si solo se estuvieran dando las buenas noches y fueran a verse al día siguiente. Sabían que aquello no era un adiós, sino un hasta pronto.

Cargó el Shelby con sus cosas y le echó un último vistazo a la casa. Su madre alzó la mano desde la ventana y la agitó, esbozando una sonrisa. Él le devolvió el gesto y, tras tomar una bocanada de aire, pisó el acelerador. Le quedaba un último sitio que visitar antes de marcharse.

Prácticamente había anochecido cuando llegó al cementerio. Se bajó del coche y echó un vistazo alrededor. Con las manos en los bolsillos caminó sobre la hierba pulcramente cortada. Los grillos cantaban en todos los rincones y a lo lejos se oía el chapoteo y el croar de las ranas del pequeño lago junto al que solía jugar de pequeño con Dylan y sus amigos. Sonrió al recordar cómo se retaban a cruzar el cementerio en plena noche. Ahora era él quien se retaba a sí mismo para no echarse atrás. Serpenteó entre las tumbas con el estómago revuelto. Cada pocos pasos se detenía, tomaba aire y se obligaba a continuar. Necesitaba hacer aquello.

Sus ojos se posaron en una lápida de granito en la que solo aparecía un nombre y unas fechas: Joshua Marcus, 1969-2009. Se acercó muy despacio y se quedó mirando el suelo donde reposaban los restos de su padre. La adrenalina inundó su torrente sanguíneo y comenzó a sudar. Estaba allí, muerto, bajo dos metros de tierra donde no podría volver a hacerle daño. Entonces, ¿por qué aún sentía su aliento en la nuca y sus manos en el cuello dejándole sin aire? Se agachó y tomó un puñado de tierra. Se había pasado toda la vida teniendo miedo, y continuaba teniéndolo. Miedo a ser como él, a arrastrar la maldición familiar.

«No lo soy», pensó. Pero ahora debía creérselo y darse cuenta de que la sangre no dictaba quién era. Se puso de pie y se alejó sin más. Nunca había sido nada suyo, solo un extraño, una pesadilla de la que había despertado.

Cruzó el cementerio, sin prisa, en dirección a la tumba de Dylan. Cuando alcanzó la lápida encontró sobre la hierba unas flores frescas. Un movimiento llamó su atención y vio una chica alejándose. La luz de la luna llena incidía directamente sobre ella, iluminándola con un halo pálido y espectral. La mujer se giró hacia él y se quedó inmóvil. Era Brenda. Ninguno de los dos se movió, solo se miraron. Al final ella volvió a darle la espalda y se alejó.

Entre ellos ya estaba todo dicho, era una de las pocas personas a las que había accedido a ver mientras estaba detenido. La chica había sido importante para su hermano y ese lazo entre ellos era trascendental. Una parte de él la culpaba de lo ocurrido, no podía evitarlo, pero también sabía que no tenía razón al pensar así. Brenda era otra víctima. Una muñeca rota con pocas posibilidades de recuperarse del todo, y Caleb sabía lo malo que era vivir así, hecho pedazos. Hablaron durante dos horas y trató de aliviar el sufrimiento y la culpabilidad que ella sentía. No sabía si lo había logrado, pero esperaba de todo corazón que sí. Por Dylan.

Caleb se agachó y acarició la lápida. Una punzada de dolor le taladró el estómago. Las lágrimas se arremolinaron en sus pestañas y resopló mientras las alejaba con un parpadeo. Había hecho tantas cosas mal, se había equivocado tantas veces consigo mismo. Al menos con Dylan lo había hecho bien. En realidad, no estaba tan seguro de eso, pero su madre se lo había repetido a diario durante los últimos meses. Quizá tuviera razón. Nunca había dejado que Dylan siguiera sus pasos. Apenas era un par de años mayor que él y se había convertido en su padre, obligándole a estudiar, a no meterse en líos... ¡Dios, si hasta le había impuesto un toque de queda! Sonrió al recordar la vez que lo pilló fumando hierba. Le obligó a fumar y a fumar, hasta que se encontró tan mal que acabó vomitando hasta la primera papilla. Nunca más se acercó a las drogas.

—Lo intenté, hermanito. Te juro que lo intenté. Hice lo que pude para mantenerte a salvo, pero me equivoqué. Creí que alejarme de ti era lo mejor que podía hacer. Lo siento. Si hubiera estado aquí, nadie te habría hecho daño. Te prometí que siempre cuidaría de ti y rompí mi promesa.

Apenas reconocía la voz desgarrada que salía de su garganta.

Apoyó la palma de la mano sobre la hierba y cerró los ojos. Y entonces pasó. Estalló en sollozos mientras toda la rabia y la pena y el dolor que había estado conteniendo salían a borbotones al exterior. Clavó las rodillas en el suelo y se cubrió la cara con las manos. Las lágrimas le quemaban la piel. No era capaz de respirar y sintió que se ahogaba por momentos. Maldijo al mundo entero por haberle arrebatado a la persona más importante de su vida. Un rugido salió de su boca y golpeó con el puño la hierba, una vez y otra y otra. Enredó las manos en su espesa cabellera oscura y tiró de ella sin saber qué hacer con toda la frustración que sentía. Dylan no iba a volver y nunca recuperaría lo que tenían, pero sí podía hacer algo en su nombre.

—Te juro que voy a convertirme en el hombre que querrías que fuera —musitó antes de ponerse en pie.

Regresó al coche. Iba a girar la llave en el contacto cuando se dio cuenta de que en el parabrisas había algo. Salió y tomó lo que parecía un trozo de papel. Lo desdobló y vio que había una nota garabateada.

Mucha suerte. Cuídate, por favor. TQ. S.

Caleb levantó la cabeza de golpe y miró a su alrededor buscando a Savannah con la mirada. Ella había estado allí y algo le decía que no se encontraba muy lejos. Se pasó una mano por el pelo y respiró hondo, tratando de controlar el impulso de llamarla a gritos. Dejarla había sido lo más difícil que había hecho nunca, porque Savannah era lo único que había deseado de verdad en toda su vida. Ella le había robado el corazón y se había adueñado de su alma. Jamás habría nadie más para él, porque ella era la única mujer por la que podía pensar en el futuro y sentir esperanza.

Pero para merecerla debía recomponerse y eso le iba a llevar tiempo. Corría el riesgo de no lograrlo o de que, si lo conseguía, ya fuera tarde y ella hubiera rehecho su vida con otro hombre. Pensar en eso le estrujaba las entrañas y unos celos enfermizos lo envenenaban. Era el precio a pagar. Debía poner las cosas en su sitio y enfrentarse a sí mismo. Tenía que deshacerse de ese dolor constante que sentía en el pecho, de la rabia que envolvía sus pensamientos, y entonces estaría listo. Tendría algo que ofrecerle.

*S*avannah se quedó mirando cómo Caleb se guardaba la nota en el bolsillo y subía de nuevo al coche. El sonido de los neumáticos sobre la gravilla, alejándose, era lo más triste que había oído nunca. Se acabó, se había ido llevándose con él un pedazo de su corazón. Había salido de su vida con la misma rapidez que había entrado, pero dejando un vacío que nada ni nadie llenaría nunca. No imaginaba su vida en brazos de ningún otro. Caleb formaba parte de ella y no podía dejarlo marchar por mucho que se esforzara. Estaba impreso en su piel y en su corazón.

Él había elegido su camino y ahora debía hacerlo ella. La realidad volvió a golpearla. Él se había ido. No más risas, no más caricias, no más besos. Una lágrima rodó por su mejilla, anunciando el nacimiento del despojo humano en el que iba a convertirse. Necesitaba respuestas y él se había largado sin dárselas, quizá porque él tampoco las tenía. La incertidumbre iba a volverla loca y no podía permitirse ese lujo.

Brenda se paró a su lado. Aún parecía nerviosa y vulnerable, aunque el miedo había desaparecido de sus ojos. Sus mejillas habían recuperado el rubor y había cogido algo de peso. Nada de eso significaba que se estuviera recuperando, pero era un comienzo.

—¿Lista para irnos? —preguntó Savannah.

La chica asintió con la cabeza.

—Entonces vamos.

Entrelazó su brazo con el de ella y la guió a través del cementerio hasta el lugar donde había aparcado.

—Tienes suerte —musitó Brenda con la vista clavada en el cielo. Apretaba en su mano la cruz que colgaba de su cuello.

—¿Suerte? —inquirió Savannah sin entender.

—Caleb está vivo. Mientras ambos respiréis, siempre tendrás la esperanza de que esté ahí, al doblar una esquina o al subir a un autobús, o que vuelva a buscarte. Sin embargo, eso no significa que tengas que estar toda la vida esperando. El mundo es demasiado grande y puede que nunca volváis a encontraros. No hagas como yo, no persigas fantasmas eternamente.

Savannah inspiró hondo y sus ojos se humedecieron.

—No sé cómo hacerlo, Bren —admitió con tono desesperado.

Brenda la miró y un esbozo de sonrisa se dibujó en su cara.

—Persiguiendo sueños.

49

Quince meses después

Savannah cogió con una mano temblorosa el bolígrafo que le ofrecían y estampó su firma en cada una de las páginas del contrato. Una sonrisa de oreja a oreja se dibujó en su cara. Alzó su mirada brillante y se encontró con la de su recién estrenada agente literaria. La mujer le sonrió y le ofreció su mano.

—¡Bienvenida a la familia!

—Gracias —dijo Savannah.

—¡No! Gracias a ti por confiar en nosotros. Tu trabajo es excelente. Eres buena, Savannah. Este manuscrito... —Colocó la mano sobre un montón de folios encuadernados— es una maravilla. Conozco a varios editores que matarían por él. Ya verás. Dentro de nada tendré muy buenas noticias para ti.

—Gracias. Siempre he soñado con dedicarme a esto, con ser escritora.

—Y vas a ser una de las mejores. Estoy segura.

Meses atrás había tomado la decisión más importante de su vida. Hacer caso a una buena amiga y perseguir sus sueños. Sus padres creyeron que se había vuelto loca al posponer la universidad un par de años para dedicarse a escribir novelas, pero ella jamás había estado tan segura de algo. Y la prueba de que no se había equivocado reposaba dentro de la carpeta que llevaba apretada contra el pecho. Había firmado un contrato con una de las mejores agentes literarias del país. ¡Sí!

Salió del edificio y tomó una gran bocanada del aire frío de finales de noviembre. Alzó la vista y contempló el cielo de San Francisco. Otro sueño cumplido. Apenas llevaba un par de meses viviendo allí y ya se había adaptado por completo. Compartía un pequeño apartamento con otras dos chicas en la zona de Chinatown. Le encantaba el olor de la ciudad, el ambiente, su gente.

Caminó durante un rato para despejarse. Los últimos días habían sido demasiado intensos. La llamada de la agencia, los nervios, la explosión de adrenalina que apenas la había dejado dormir. Se arrebujó bajo el abrigo y apretó el paso en busca de un tranvía.

Al doblar una esquina se dio de bruces con un estudio de tatuajes. Miró a través del cristal y vio a una chica recostada en un sillón mientras le tatuaban algo en la muñeca. A su lado, un chico sonriente le besaba los nudillos de la otra mano.

Se le encogió el estómago y su mano descendió hasta su vientre sin pensar. Acarició sobre el vestido a su lobo. Detestaba seguir anclada en el pasado, a su recuerdo. Pero no podía borrarlo. Se preguntó si, allí donde estuviera, él también estaría cumpliendo sus sueños. Si habría conocido a alguien...

Habían pasado quince meses desde que se habían separado. Era mucho tiempo, tanto que habría podido casarse y hasta tener un hijo. Apartó esa idea, el dolor era demasiado intenso. Ya sufría bastante luchando todos los días contra su recuerdo como para atormentarse con esos pensamientos.

Subió al tranvía y un chico muy amable le cedió su asiento. Se lo agradeció con una sonrisa y trató de pensar en la trama de la nueva novela que estaba escribiendo, en los personajes... El esquema tomaba forma. Tenía bastante claro el principio, también el final; aún le quedaba lo más difícil: averiguar qué demonios iba a ocurrir durante el *nudo*. Una risita escapó de su garganta. Parecía el esquema de su propia vida, solo que en este caso no tenía mas que el comienzo. El nudo central y el desenlace seguían siendo una incógnita sin despejar, y las matemáticas siempre se le habían dado de pena. Volvió a reír para ignorar la sensación de que, a pesar de todo, seguía faltándole algo.

Bajó del tranvía y recorrió con paso rápido las calles que la separaban de su apartamento. Le encantaba aquel barrio ruidoso lleno de carteles luminosos y comercios repletos de cosas raras, por no hablar de las comidas. Nada que ver con Port Pleasant, donde todo era tan normal que exasperaba.

Por fin llegó al portal del edificio donde se encontraba su apartamento. Buscó las llaves en el bolso. Su teléfono móvil sonó en el bolsillo y tuvo que hacer malabares para poder sacarlo. En la pantalla parpadeaba un mensaje.

Cassie:
Tienes que llamarme. Llámame. Llámame ahora mismo. No imaginas quién está preguntando...

—Hola, Sav.

Savannah levantó la cabeza de golpe. El corazón se le detuvo un instante antes de comenzar a latir desbocado en un peligroso ascenso hacia su garganta. Conocía aquella voz grave y áspera. Se quedó paralizada, segura de que su oído le estaba jugando una mala pasada. Porque no podía ser. Se dio la vuelta muy despacio. ¡Ay, madre! ¡Era él, Caleb estaba allí de verdad! Vestía un tejano oscuro y una camiseta de algodón gris bajo una chaqueta de piel negra. El pelo empezaba a cubrirle las orejas y unos mechones rebeldes revoloteaban por su frente. Decir que estaba guapo no le hacía justicia.

Savannah trató de recuperar el ritmo de su respiración y lo miró a los ojos, marrones y brillantes como si una luz los iluminara desde dentro. Nunca los había visto tan vivos.

—Hola —respondió en apenas un susurro. El suelo se sacudía bajo ella, o quizá fueran sus piernas.

Caleb dio un paso hacia Savannah y la miró de arriba abajo. No quedaba en ella ningún rastro de la niña que recordaba. ¡Y estaba más sexy que nunca! Lucía un vestido negro ajustado con botas altas y un abrigo entallado que marcaba con precisión su silueta. Se le aceleró la respiración y un calor endiablado le quemó las entrañas. Dos pasos más y solo necesitaría inclinarse un poco para besar aquellos labios que tanto echaba de menos. El problema era que ya no tenía ese privilegio.

—Te veo bien. ¿Qué tal te va?

—Bien —logró responder Savannah, demasiado turbada por la impresión.

—Creí que estarías en Columbia, en la universidad.

—Cambié de opinión, decidí que quería probar otras cosas. A mis padres casi les da un infarto, pero parece que se van acostumbrando. ¿Y a ti qué tal te va? ¿Dónde has estado todo este tiempo? —soltó, recuperando el control sobre sí misma.

Caleb se encogió de hombros.

—Viajando sin rumbo.

—¿Es algo metafórico? —preguntó desconcertada.

Caleb sonrió. Se moría por tocarla y tuvo que hundir las manos en los bolsillos de su chaqueta para no sucumbir a su deseo.

—No es metafórico. He estado viajando durante todo un año. Boston, Chicago, Seattle, Colorado, Alberta...

Savannah habría esperado cualquier respuesta menos esa.

—¡Todo un año! ¿Y qué has estado haciendo de un lado para otro todo ese tiempo?

Caleb se encogió de hombros.

—He servido mesas, he lavado coches y he aprendido mucho sobre quién soy.

—¿Y has hecho ese viaje tú solo? —La pregunta apareció en su boca sin darle tiempo a pensar, y Savannah se arrepintió inmediatamente.

—Sí. Ese era el motivo del viaje, estar solo.

—¿Y qué pasa? ¿San Francisco está en tu itinerario? —inquirió ella. La necesidad imperiosa de saber qué estaba haciendo él allí le martilleaba el pecho.

«Ni siquiera pienses que está aquí por ti», se dijo a sí misma.

—Aunque no lo creas, esta fue la primera parada. —Caleb sacudió la cabeza—. Hace tiempo que dejé de dar vueltas. Llevo tres meses viviendo en Vancouver. He encontrado trabajo allí y me gusta aquello. Es diferente.

Savannah se mordió el labio y se balanceó sobre los tacones.

—Parece que ambos estamos cumpliendo nuestros sueños.

Caleb asintió. Entonces se fijó en la carpeta que abrazaba y en el membrete dorado grabado en la esquina superior. Sonrió.

—Parece que sí. ¿Debo felicitarte?

Alargó la mano y golpeó la carpeta con el dedo. La brisa agitó la melena de la chica y un mechón se le enganchó en la comisura de los labios. No pudo controlar el impulso y se lo apartó rozándole los labios a propósito con las yemas de los dedos.

Savannah le devolvió la sonrisa y se puso colorada.

—Acabo de firmar un contrato con una agente literaria. Intentará vender mis manuscritos —respondió.

—Me alegro por ti, señorita escritora —musitó Caleb. Dio otro paso hacia ella—. Te lo mereces.

Savannah dejó de respirar. Todo lo que aún sentía por él la arrolló con la fuerza de un camión. Su cuerpo cobró vida de repente: demasiadas emociones, demasiados sentimientos y preguntas, muchas preguntas. Se estaba mareando y ya no soportaba más aquel «Hola, qué tal, pasaba por aquí».

—¿Qué haces aquí, Caleb? —Su nombre se deslizó por su boca con una suavidad y una familiaridad indebida.

Caleb la contempló un largo segundo antes de contestar. Había llegado el momento de hacer la mayor apuesta de toda su vida, porque para eso estaba allí.

—Estoy buscando a alguien, una chica. Hay algo importante que necesito decirle —confesó, incapaz de apartar sus ojos de ella.

Savannah apretó la carpeta contra su pecho para disimular que estaba temblando de arriba abajo, y no por el frío.

—¿Y qué es eso tan importante que quieres decirle?

Caleb se pasó una mano por la nuca. Jamás había estado tan nervioso.

—Tantas cosas que no creo que sepa por dónde empezar. Pero me gustaría darle las gracias.

—¿Las gracias? —inquirió Savannah, confusa.

Él asintió muy serio. Irguió los brazos y tomó aire.

—Quiero darle las gracias por preocuparse por mí y por evitar que arruinara mi vida. Por haberme impedido hacer algo de lo que me habría arrepentido para siempre y que me habría destrozado. Quiero darle las gracias por enseñarme que siempre hay otro camino aunque cueste verlo, y que siempre se puede cambiar.

»También quiero pedirle perdón. Perdón por haberle hecho daño, por no confiar en ella cuando me había demostrado con creces que no me fallaría jamás. Perdón por haberme cargado lo que había entre nosotros. La fastidié, metí la pata hasta el fondo, fui cruel y la hice sufrir. Estaba seguro de que si no la apartaba de mí, acabaría destrozando su vida del mismo modo que estaba destrozando la mía. Nunca podré perdonarme por ello, y si pudiera volver atrás y tragarme cada palabra, lo haría.

—Caleb —musitó Savannah sin saber muy bien qué decir, ni adónde pretendía llegar él.

—Y después necesito explicarle algo —continuó Caleb. Dio otro paso y el olor de su perfume lo envolvió como un abrazo. Ella era su casa, el lugar al que quería regresar cada día—. Dejarla es lo más difícil que he hecho nunca, pero no tenía más remedio. Estaba roto por dentro. No tenía nada que ofrecerle. No podía arrastrarla a un infierno lleno de traumas y miedos. Tenía que poner mis cosas en orden y enfrentarme a mí mismo y a mis decisiones. Y debía hacerlo solo, porque no estaba seguro de si lo lograría. Lo he conseguido. Sé que he tardado, pero ahora estoy en paz conmigo mismo —explicó.

Savannah no podía apartar los ojos de su mirada, tan intensa y oscura como el abismo que estaba a punto de tragársela. Caleb suspiró antes de añadir:

—Sé que soy un desastre y un capullo con un genio de mil demonios, y que no hay nada en el mundo que pueda hacer para merecerla. Pero quiero intentarlo. Estoy dispuesto a cambiar, a intentar ser mejor. Quiero ser el hombre que ella necesita y estoy dispuesto a arriesgarlo todo por un futuro que merece la pena. Porque ella es la única chica con la que imagino ese futuro. Nací para quererla y, si no es ella, no será ninguna otra. Así que, estoy dispuesto a hacer cualquier cosa que me pida para recuperarla. Solo espero que no sea tarde.

Se quedó inmóvil un momento, y luego un estremecimiento le recorrió el cuerpo. Ya estaba, ya lo había soltado todo. Días ensayando y al final había improvisado porque nada le parecía suficiente. No había palabras en el mundo que pudieran expresar cómo se sentía.

Savannah no se había dado cuenta de que estaba llorando hasta que Caleb le rozó la mejilla con el pulgar y le limpió una lágrima. Tenía las manos frías y temblorosas y ella deseó cubrirlas con las suyas y no soltarlas nunca, pero estaba bloqueada. Demasiado impresionada por la declaración. Ni en sus mejores sueños contaba con que algo así pudiera pasar. Había tirado la toalla hacía mucho, tanto que llevaba mucho más tiempo convenciéndose de que lo había perdido, que esperando a que regresara.

—¿Qué crees que dirá? —preguntó Caleb.

—No lo sé —respondió ella, encogiendo los hombros. De repente estaba aterrada—. Supongo que... que te dirá que no necesita que le des las gracias. Hizo lo que consideraba correcto y todo lo que pudo para que no arruinaras tu vida. Te perdonará por haberla hecho sufrir y por haber sido cruel, y también por haberla dejado. En el fondo entendía tus motivos y que necesitabas encontrar tu propio camino; aunque fuera sin ella. Pero... —resopló y cerró los ojos un momento.

—Pero...

—Pero... —Se le formó un nudo en la garganta cuando lo miró a los ojos. Los nervios la estaban destrozando y el dique que a duras penas contenía sus sentimientos se vino abajo—. Todo esto. Tú... y aquí... No lo esperaba. Estaba convencida de que no volvería a verte, que se había acabado para siempre. Y ahora me sueltas todo esto y yo ni siquiera soy capaz de pensar. ¡Más de un año! ¡Dios, te presentas ante mí quince meses después de largarte sin un maldito adiós y me dices que esperas que no sea tarde! ¿Te das cuenta de lo que me estás haciendo? He vivido obligándome a no pensar en ti, a olvidarte.

—Lo siento —se disculpó él—. Si... si pudiera volver atrás, lo cambiaría todo.

—Yo también —confesó ella.

Caleb le tomó el rostro entre las manos y la obligó a que lo mirara a los ojos.

—Sav, haré lo que sea por ti, lo que me pidas, solo tienes que decírmelo. Quiero recuperarte. Tú eres todo mi mundo.

Ella lo apartó y dio un paso atrás.

—Pero yo no sé lo que quiero. No lo sé. —Sollozó—. Apenas he conseguido vivir sin esperarte, sin preguntarme si ese sería el día que aparecerías. Me ha costado mucho llegar hasta aquí y conseguir lo poco que tengo. Ahora no puedes aparecer sin más y volver a poner mi mundo del revés. —Se llevó las manos a la frente y negó con la cabeza—. Necesito pensar. No... no puedo darte una respuesta ahora.

Caleb la miró fijamente mientras asimilaba el mensaje. Asintió una sola vez.

—Está bien. No tenía ningún derecho a esto. La culpa es mía. Toda la responsabilidad es mía. Lo siento mucho. Cuídate, ¿vale? —dijo mientras su corazón se hacía pedazos.

Se inclinó y la besó en la frente, demorándose en el contacto hasta que sus labios se pusieron blancos. Apretó los párpados. Se apartó y trató de sonreír mientras la miraba por última vez. Dio media vuelta y comenzó a alejarse. Joder, ¿qué pensaba que iba a ocurrir, que iba a saltar a sus brazos con una enorme sonrisa como si nunca hubiera pasado nada? Tenía lo que se había ganado a pulso. ¡Estar solo!

Savannah se quedó mirándolo. Notó cómo el pánico, el miedo y la desesperación crecían en su interior. Y la respuesta apareció sin más. ¡Ay, madre, se iba, se estaba yendo! Pero ¿qué demonios estaba haciendo allí plantada? ¿Que no sabía lo que quería? ¡Por Dios, lo quería a él! ¡Día y noche, de por vida!

—¡CALEB! —gritó, con tanta desesperación que la gente se paró a mirarla.

Caleb se dio la vuelta y vio a Savannah corriendo hacia él. Una punzada de esperanza se abrió paso en su interior, donde un intenso dolor lo estaba matando. Ella redujo la velocidad y se detuvo a pocos pasos, reprimiendo el impulso de lanzarse a sus brazos y enterrar el rostro en su pecho. Trató de mantener el equilibrio sobre sus tacones, algo bastante difícil cuando sus piernas se movían con vida propia. Las mejillas le ardían y un calor asfixiante le recorría el cuerpo. De repente le sobraba el abrigo, el vestido... y le faltaban las palabras.

—Has dicho que harías cualquier cosa por mí. Lo que sea para recuperarme —murmuró Savannah con la respiración entrecortada.

—Sí, lo que sea —respondió Caleb.

El corazón se le subió a la garganta.

—Bien. ¡Pues quiero mi cuento! No necesito un palacio, pero una casa pequeñita con grandes ventanas por donde entre mucha luz para que pueda escribir estaría bien. Tampoco necesito un príncipe azul, prefiero al lobo fiero, engreído y gruñón. Pero lo que sí necesito, por encima de todo, es un final feliz. ¡Quiero que me des mi final feliz! —exclamó con tono vehemente.

Caleb le rodeó la cintura con el brazo y la atrajo hacia su cuerpo como si tuviera miedo de que pudiera desvanecerse si no la sujetaba con fuerza. Con la otra mano le acunó el rostro. Temblaba de arriba abajo y un suspiro trémulo escapó de su garganta.

—Te juro que lo tendrás —aseguró con una sonrisa que prometía el universo, y le rozó la sien con los labios—. Un final para siempre.

Savannah notó cómo se le aflojaban los huesos y un escalofrío le recorría el vientre. Un hambre voraz se apoderó de ella. Deslizó las manos por su torso, bajo la chaqueta, sin importarle que la carpeta hubiera caído al suelo y que el viento arrastrara las hojas. Echaba tanto de menos tocarlo, sentirlo.

—Y no quiero que cambies, me gusta como eres. Un capullo con un genio de mil demonios —dijo ella, mirándolo a los ojos.

Él soltó una risa ahogada.

—Vale, eso será fácil.

La besó en la comisura de los labios mientras le clavaba los dedos en la espalda con un gesto posesivo. Tenía miedo de soltarla.

—Y me querrás con toda tu alma el resto de tu vida. Solo serás mío, no habrá nadie más.

Caleb asintió sin dudar. Su mirada era pura convicción. Jamás podría mirar a nadie más que no fuera ella.

—Hecho, es imposible que exista otra que no seas tú. Soy tuyo.

—Y estarás en mi cama cada noche —señaló Savannah con voz ahogada. Enterró el rostro en su pecho.

—Te haré el amor cada noche —le susurró Caleb al oído. La apretó con más fuerza para sentirla en cada centímetro de su piel.

A Savannah se le desbocó el corazón con aquellas palabras.

—Y serás tú quien le diga a mis padres que nos vamos a vivir juntos.

Caleb soltó una carcajada que hizo que ella también se echara a reír. Se separó un poco para mirarla.

—De acuerdo. Querrán cortarme las pelotas, pero lo haré. ¿Algo más?

Ella asintió con una sonrisa coqueta.

—Quiero que me beses.

Los ojos de Caleb se oscurecieron de deseo al posarse sobre su boca. Le tomó el rostro entre las manos y la besó con suavidad. Sus labios se curvaron en una sonrisa sobre los de ella y un ronroneo vibró en su garganta cuando Savannah abrió la boca y su lengua acarició la de él. La alzó del suelo y la estrechó fuerte contra sí. Tenerla entre sus brazos una vez más era algo que no merecía, pero pensaba ganarse ese regalo cada día.

—Te quiero, princesa.

Agradecimientos

Siempre es más difícil escribir los agradecimientos que el libro en sí, porque sé que acabaré olvidándome de alguien importante.

En primer lugar, le doy las gracias de todo corazón a Esther Sanz, la editora que todo escritor soñaría tener. Sin ella no podría existir este libro. Nunca podría haber emprendido este viaje sin ti.

Gracias a mi familia por aguantar toda esta locura. Sin su apoyo y comprensión no podría haber hecho todo esto. Os quiero mucho.

A Nazareth Vargas; muchas gracias por todo lo que has hecho para que Cruzando los límites haya dejado de ser solo un sueño. No tengo palabras para expresar lo que significas para mí. Eres un regalo.

A Yuliss M. Priego; gracias por cada empujón, por estar ahí y por pedirme siempre más. Te adoro.

A Tamara Arteaga; gracias, peque. A veces dos almas gemelas tienen la suerte de coincidir en el momento justo y en el lugar oportuno. Tú y yo lo hicimos.

A Raquel Cruz; gracias por ser un ángel, y por esa conversación de madrugada que me hizo darme cuenta de que eres mucho más especial, si cabe.

Le estoy enormemente agradecida a Cristina Más y a Marta Fernández, por no dejar que me rinda. Siempre conmigo.

No puedo olvidarme de Bea Magaña; gracias por todo. Nunca me cansaré de repetirlo.

A Daniel Ojeda y Eva Rubio; gracias por vuestro apoyo y todo el cariño que me dais. No me dejéis nunca.

A María Cabal; gracias por ser la personita más encantadora del mundo. Te quiero por como eres.

Y por último, pero no por ello menos importante, me gustaría darles las gracias a todas esas personas que he ido conociendo a lo largo de mi aventura literaria. Escritores, lectores y blogueros; no estaría donde estoy hoy de no ser por su apoyo.